OMNIBUS

OMNIBUS

Dan Brown

ANGELI E DEMONI

Traduzione di Annamaria Biavasco e Valentina Guani

MONDADORI

Questo libro è un'opera di fantasia. Personaggi e luoghi citati sono inven-
zioni dell'autore e hanno lo scopo di conferire veridicità alla narrazione.
Qualsiasi analogia con fatti, luoghi e persone, vive o scomparse, è assolutamente casuale.

www.danbrown.com

www.librimondadori.it

ISBN 88-04-53167-3

DESIGNED BY JAIME PUTORTI
AMBIGRAM ARTWORK © 1999 JOHN LANGDON

COPYRIGHT © 2000 BY DAN BROWN
© 2004 ARNOLDO MONDADORI EDITORE S.P.A., MILANO
TITOLO DELL'OPERA ORIGINALE
ANGELS & DEMONS
I EDIZIONE NOVEMBRE 2004
XXII EDIZIONE NOVEMBRE 2005

Il centro di ricerca più grande del mondo – il *Conseil Européen pour la Recherche Nucléaire* (CERN) di Ginevra – è riuscito recentemente a produrre i primi esemplari di antimateria. Dal punto di vista fisico, l'antimateria è identica alla materia, a parte il fatto che le particelle di cui è composta hanno caratteristiche speculari: per esempio, un protone ha carica positiva, un antiprotone ha carica negativa.

Nel momento stesso in cui materia e antimateria vengono in contatto, tutta la loro massa si trasforma in energia: questo significa che è possibile liberare una quantità enorme di energia senza produrre inquinanti chimici o radioattivi. Basterebbero quantità minime di antimateria per rifornire di energia una città come New York.

Ma l'antimateria ha un inconveniente...

È altamente instabile. Al minimo contatto con la materia ordinaria, anche solo con l'aria, si trasforma istantaneamente in energia. Dal contatto fra un grammo di antimateria e un grammo di materia si sprigiona la stessa quantità di energia di una bomba atomica da 20 chiloton, come quella sganciata su Hiroshima.

Fino a poco tempo fa era possibile produrre soltanto quantità infinitesimali di antimateria (pochi atomi alla volta), ma adesso il CERN ha messo a punto un nuovo deceleratore di antiprotoni, che consentirà di produrne quantità molto maggiori.

Impossibile fare a meno di chiedersi se questa sostanza altamente volatile salverà il mondo o verrà usata per creare l'arma più letale che sia mai esistita.

NOTA DELL'AUTORE

Tutte le opere d'arte, le tombe, i passaggi sotterranei, gli edifici e i monumenti di Roma cui si fa riferimento nella vicenda sono reali (compresa la loro ubicazione) e tuttora esistenti. Anche la setta degli Illuminati è realtà.

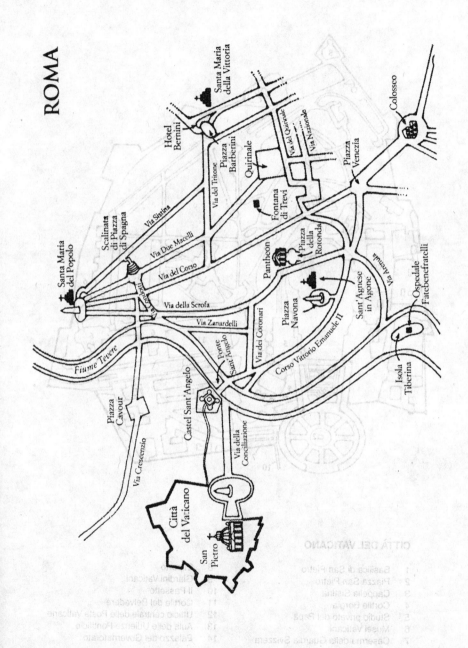

CITTÀ DEL VATICANO

1 Basilica di San Pietro
2 Piazza San Pietro
3 Cappella Sistina
4 Cortile Borgia
5 Studio privato del Papa
6 Musei Vaticani
7 Caserma della Guardia Svizzera

8 Eliporto
9 Giardini Vaticani
10 Il Passetto
11 Cortile del Belvedere
12 Ufficio centrale delle Poste Vaticane
13 Aula delle Udienze Pontificie
14 Palazzo del Governatorato

ANGELI E DEMONI

A Blythe...

Il fisico Leonardo Vetra sentì odore di carne bruciata. Era la sua. Terrorizzato, alzò gli occhi verso l'ombra scura che incombeva su di lui. «Cosa vuole da me?»

«La password» disse lo sconosciuto con voce aspra. «La parola d'ordine.»

«Ma io non...»

L'uomo gli premette di nuovo sul petto il ferro arroventato, ancora più a fondo. Si udì uno sfrigolio di carne che bruciava.

«Non c'è nessuna password!» gridò Vetra, straziato dal dolore, sentendosi venire meno.

Lo sconosciuto lo guardò torvo. «Proprio come temevo.»

Vetra si sforzava di rimanere cosciente, ma stava per perdere i sensi. L'unica consolazione era sapere che il suo aggressore non avrebbe mai raggiunto il proprio scopo. Un attimo dopo, l'uomo estrasse una lama e gliela avvicinò al viso. La lama oscillò, con precisione chirurgica.

«Per l'amor di Dio!» gridò Vetra. Ma era già troppo tardi.

1

La giovane donna lo chiamava ridendo dall'alto dei gradoni della piramide di Giza: "Forza, Robert, sbrigati! Lo sapevo che avrei dovuto sposare un uomo più giovane!". Aveva un sorriso incantevole.

Lui si sforzava di tenerle dietro, ma aveva le gambe pesanti come due macigni. "Aspettami" implorava. "Per favore..."

Continuava a salire, con la vista che gli si annebbiava e un rimbombo nelle orecchie. "Devo raggiungerla!" Ma quando alzò di nuovo lo sguardo la donna era sparita: al suo posto c'era un vecchio dai denti marci, che lo osservava con una smorfia malinconica. Gli sfuggì un grido angoscioso, che risuonò nel deserto.

Si svegliò di soprassalto dall'incubo. Il telefono accanto al letto squillava. Sollevò la cornetta, intontito. «Pronto?»

«Robert Langdon?» chiese una voce maschile.

Langdon si tirò su a sedere nel letto vuoto cercando di schiarirsi le idee. «Sì, sono io...» Diede un'occhiata alla sveglia digitale. Erano le cinque e diciotto del mattino.

«Devo vederla immediatamente.»

«Con chi parlo?»

«Mi chiamo Maximilian Kohler. Sono un fisico delle particelle.»

«Come, scusi?» Langdon era confuso. «È proprio sicuro di voler parlare con me?»

«Lei insegna iconologia religiosa all'università di Harvard, giusto? Ha scritto tre libri sulla simbologia e...»

«Ha idea di che ore sono?»

«Mi perdoni, ma vorrei che lei vedesse una cosa. Non posso discuterne per telefono.»

A Langdon sfuggì un borbottio irritato. Non era la prima volta che gli accadeva: scrivere libri sulla simbologia religiosa comportava, fra l'altro, ricevere telefonate di fanatici a caccia di conferme sull'ultimo segno ricevuto da Dio. Il mese prima una spogliarellista dell'Oklahoma gli aveva promesso "la notte più infuocata della sua vita" se fosse andato a trovarla per verificare l'autenticità di una croce magicamente comparsa tra le sue lenzuola. Langdon l'aveva chiamata "la Sindone di Tulsa".

«Come ha fatto a trovare il mio numero?» Si sforzò di essere educato, nonostante l'ora.

«Su Internet. Nel sito del suo libro.»

Langdon corrugò la fronte. Era più che sicuro che su quel sito non fosse riportato il suo numero di telefono. Era chiaro che quell'uomo mentiva.

«Devo vederla» insistette la voce. «La pagherò bene.»

Langdon stava iniziando a spazientirsi. «Mi spiace, ma proprio non...»

«Se parte adesso, può essere qui per le...»

«Io non ho nessuna intenzione di muovermi da qui! Sono le cinque del mattino!» Langdon riattaccò e posò di nuovo la testa sul cuscino, chiuse gli occhi e provò a riaddormentarsi. Non ci fu verso. L'incubo lo aveva turbato troppo. Riluttante, si infilò la vestaglia e scese al piano di sotto.

Langdon gironzolava a piedi nudi per la sua casa vittoriana nel Massachusetts stringendo tra le mani il suo rimedio preferito contro l'insonnia, una tazza fumante di Nesquik. Il chiarore della luna d'aprile filtrava dalle finestre illuminando i tappeti orientali. I colleghi spesso lo prendevano in giro dicendo che casa sua pareva più un museo etnografico che un'abitazione privata, piena com'era di oggetti sacri provenienti da ogni parte del mondo: una bambola di legno *akwaba* del Ghana, una croce d'oro spagnola, un idolo delle Cicladi e persino un raro *boccus* intessuto del Borneo, simbolo di eterna giovinezza del guerriero.

Si sedette su una cassapanca d'ottone a gustarsi la cioccolata calda e si vide riflesso nel vetro del bovindo, pallido e deformato, simile a un fantasma. "Un fantasma che sta invecchiando" pensò, trovandosi suo malgrado a ricordare che il suo spirito eternamente giovane abitava in un corpo mortale.

Pur non essendo bello nel senso convenzionale del termine, il quarantenne Langdon aveva quello che le colleghe del gentil sesso definivano il "fascino dell'erudito": folti capelli sale e pepe, penetranti occhi azzurri, suadente voce baritonale e sorriso grintoso e spensierato. Ex tuffatore nelle squadre studentesche del liceo e del college, Langdon aveva ancora la prestanza del nuotatore, con il suo metro e ottanta di statura e un fisico che manteneva in forma grazie a cinquanta vasche al giorno nella piscina dell'università.

Per gli amici, era un personaggio enigmatico: in certi momenti sembrava un tipo all'antica, altre volte un uomo moderno e al passo coi tempi. Nel fine settimana era facile vederlo bighellonare per il campus in jeans e discutere con gli studenti di grafica computerizzata o storia delle religioni, ma sulle riviste d'arte più autorevoli appariva in giacca di Harris tweed e gilet a disegni cachemire, immortalato durante le conferenze tenute alle inaugurazioni di musei e mostre.

Benché come insegnante fosse rigoroso e piuttosto severo, era il primo a farsi avanti quando si trattava di divertirsi. Estroverso e allegro, era molto amato dagli studenti, che lo avevano soprannominato "il Delfino", per la sua indole scherzosa e per la leggendaria abilità di tuffatore e giocatore di pallanuoto, capace di tenere testa da solo a un'intera squadra di avversari.

Mentre era lì seduto con lo sguardo perso nell'oscurità, il silenzio fu nuovamente interrotto da uno squillo, stavolta del fax. Troppo assonnato per arrabbiarsi, ridacchiò stancamente.

"Il popolo di Dio" pensò. "Duemila anni ad attendere un messia, e non si sono ancora stufati."

Riportò la tazza vuota in cucina e andò senza fretta nello studio. Raccolse sospirando il fax appena arrivato e lo guardò.

Fu istantaneamente colto da un attacco di nausea.

Sul foglio era riprodotta la foto di un cadavere. Nudo, con il collo spezzato, la testa girata completamente all'indietro e una bruciatura spaventosa sul petto. Un marchio a fuoco. Gli era stata impressa nella carne una parola. Langdon la conosceva bene. Anzi, benissimo. La osservò incredulo.

Illuminati

«Illuminati» balbettò, con il cuore che gli batteva all'impazzata. «Non può essere...»

Intimorito, Langdon girò lentamente il fax e osservò la parola capovolta.

Rimase senza fiato per lo shock. Si sentiva come se fosse appena stato investito da un camion. Non credendo ai propri occhi, girò di nuovo il fax e rilesse il marchio a fuoco per un verso e per l'altro.

«Illuminati» ripeté.

Sbalordito, crollò su una sedia e vi rimase per un po'. Poi si accorse che la spia rossa del fax lampeggiava. Chi aveva inviato quel foglio era ancora in linea, probabilmente in attesa di parlare con lui. Rimase a fissare la lucina intermittente per qualche secondo. Poi, tremante, sollevò la cornetta.

2

«Mi sono guadagnato la sua attenzione, ora?» disse la voce all'altro capo del filo.

«Altroché. Le dispiacerebbe darmi una spiegazione?»

«Stavo per dargliela anche prima.» La voce era fredda, meccanica. «Sono un fisico e dirigo un centro di ricerca. C'è stato un omicidio. Quella che le ho mandato è una foto del cadavere.»

«Come ha fatto a trovarmi?» Langdon non riusciva a raccapezzarsi e cercava di non pensare all'immagine del fax.

«Gliel'ho già detto. In Rete. Nel sito del suo libro, *L'arte degli Illuminati*.»

Langdon provò a riordinare le idee. Il suo saggio era praticamente sconosciuto negli ambienti letterari ufficiali, ma si era conquistato un notevole seguito in Rete. Nondimeno, quella spiegazione era priva di senso. «Quel sito non contiene informazioni utili per contattarmi» ribatté. «Ne sono certo.»

«Fra i miei dipendenti c'è gente molto abile nel ricavare dalla Rete informazioni sugli utenti.»

Langdon era scettico. «Anche riservate, a quanto pare. Dovete essere molto pratici del Web.»

«È naturale» ribatté l'uomo. «L'abbiamo inventato noi.»

Qualcosa nel tono di quella risposta fece pensare a Langdon che l'uomo non stesse scherzando.

«Devo vederla» insistette lo sconosciuto. «Non è un argomento del quale si può discutere al telefono. Il centro che dirigo è a non più di un'ora di volo da Boston.»

Langdon rimase immobile a osservare il fax nella luce fioca

dello studio. Era terrificante, ma rappresentava forse la scoperta epigrafica del secolo: per lui, quel simbolo era la conferma di un decennio di studi.

«È urgente» ribadì la voce.

Lo sguardo di Langdon era fisso sul marchio. "Illuminati." Il suo lavoro si era sempre basato su antichi documenti e leggende con un fondamento storico – l'equivalente iconologico dei fossili –, ma l'immagine che aveva davanti agli occhi in quel momento era attuale. Si sentiva come un paleontologo che si trovi a faccia a faccia con un dinosauro vivo e vegeto.

«Mi sono preso la libertà di mandare un aereo a prelevarla» disse l'uomo al telefono. «Sarà a Boston tra venti minuti.»

Langdon si sentì la gola improvvisamente asciutta. "Un'ora di volo..."

«Perdoni la mia insistenza, ma ho bisogno di lei qui» disse la voce.

Langdon osservò ancora una volta il fax, un antico mito confermato nero su bianco. Le implicazioni erano spaventose. Guardò fuori della finestra. Le prime luci dell'alba filtravano tra le betulle del giardino, ma il panorama gli sembrò improvvisamente diverso. In preda a uno strano miscuglio di paura ed esaltazione, si rese conto di non avere scelta. «Okay» rispose. «Mi dica dove mi aspetta il suo aereo.»

3

A migliaia di chilometri da lì, stavano per incontrarsi due uomini. L'antica sala medievale dai muri di pietra era semibuia.

«Benvenuto» disse in tono autorevole quello seduto nell'ombra. «La missione è stata portata a termine?»

«Sì» rispose l'altro, scuro di pelle. «Perfettamente.» Le sue parole risuonarono aspre.

«E non ci saranno dubbi sul responsabile?»

«Nessuno.»

«Eccellente. Hai portato ciò che ti ho chiesto?»

Gli occhi dell'assassino scintillarono, neri come la pece. Estrasse una pesante apparecchiatura elettronica e la posò sul tavolo.

L'uomo nell'ombra parve compiaciuto. «Hai fatto un buon lavoro.»

«Servire la fratellanza è un onore» disse l'assassino.

«La fase due inizierà a breve. Riposa, adesso. Questa notte cambieremo il mondo.»

4

La Saab 900S imboccò a gran velocità il Callahan Tunnel e ne uscì sul lato est del porto di Boston, nei pressi del Logan Airport. Robert Langdon seguì le indicazioni per Aviation Road e svoltò a sinistra dopo il vecchio edificio della Eastern Airlines. Nell'oscurità, a meno di trecento metri dal cancello, si stagliava un hangar contrassegnato da un grande numero "4" disegnato con la vernice. Langdon parcheggiò nel piazzale di sosta e scese dall'auto.

Da dietro l'hangar sbucò un uomo dal viso tondo, con indosso una tuta blu da aviatore. «Robert Langdon?» chiese in tono amichevole, con un accento che Langdon non riuscì a identificare.

«Sono io» rispose, chiudendo a chiave l'auto.

«Tempismo perfetto» osservò il pilota. «Sono appena atterrato. Prego, mi segua.»

Langdon ubbidì, teso. Non era solito ricevere telefonate misteriose né prendere appuntamenti con persone sconosciute. Non sapendo cosa aspettarsi, aveva scelto di vestirsi come quando andava a lezione: pantaloni beige, dolcevita e giacca di Harris tweed. Ripensò al fax che aveva nella tasca della giacca ed ebbe di nuovo un moto di sgomento: non riusciva a capacitarsi di quell'immagine.

Il pilota parve percepire la sua inquietudine. «Volare non le crea problemi, vero?»

«No, per niente» rispose Langdon. "Sono i cadaveri marchiati a fuoco a crearmi problemi. Volare non mi turba affatto."

Il pilota gli fece strada verso la pista.

Nel vedere l'aereo, Langdon si fermò di colpo, a bocca aperta. «Voleremo su quello?»

Il pilota sorrise. «Le piace?»

Langdon rimase a guardare a lungo. «Non saprei. Che cosa diavolo è?»

Il velivolo che li aspettava era imponente. Assomigliava vagamente allo Space Shuttle, ma più schiacciato, quasi piatto: sembrava un enorme cuneo. La prima reazione di Langdon fu di incredulità: l'aggeggio parcheggiato sulla pista pareva adatto al volo quanto una Buick. Le ali erano praticamente inesistenti, nient'altro che due tozze pinne nella parte posteriore della fusoliera. Dalla sezione di coda sporgevano due alettoni. Per il resto non era altro che una fusoliera lunga una sessantina di metri. E senza oblò.

«Duecentocinquanta tonnellate a serbatoio pieno» dichiarò fiero il pilota, come se stesse parlando di suo figlio appena nato. «Va a idrogeno liquido. La carlinga è in titanio con fibre di carburo di silicio. Il rapporto spinta/peso è di venti a uno, contro il sette a uno della maggior parte dei jet. Il direttore deve avere molta fretta di vederla. È raro che faccia uscire questo bestione.»

«Senta, ma vola davvero?» domandò Langdon.

Il pilota sorrise. «Certo.» Gli fece strada. «Ha un aspetto un po' inquietante, lo so, ma le conviene farci l'abitudine. Nel giro di cinque anni saranno tutti così. È un HSCT, un jet ipersonico per trasporto civile. Il nostro centro è stato tra i primi ad averne uno.»

"Hai capito, il centro" pensò Langdon.

«Questo è un prototipo del Boeing X-33, ma ne esistono decine di altri, il National Aero Space Plane, lo Scramjet russo, lo HOTOL britannico» spiegò il pilota. «È il velivolo del futuro, anche se ci sta mettendo un po' a imporsi nel settore civile. Fra poco diremo addio ai jet convenzionali.»

Langdon lo osservò con diffidenza. «Credo che avrei preferito un jet convenzionale.»

Il pilota gli indicò la scaletta. «Da questa parte, prego, professor Langdon. Faccia attenzione.»

21

Qualche minuto dopo, Langdon si ritrovò seduto nella cabina passeggeri deserta. Il pilota l'aveva fatto accomodare nella prima fila, gli aveva allacciato la cintura ed era scomparso nella parte anteriore dell'aereo. Langdon pensò che, in fondo, l'interno del jet ipersonico era molto simile a quello di un normale aereo di linea. L'unica differenza era l'assenza di oblò, che lo metteva un po' in ansia. Soffriva infatti di claustrofobia, conseguenza di un trauma infantile mai del tutto superato.

La sua avversione per i luoghi chiusi non arrivava a essere un problema invalidante, ma era da sempre motivo di frustrazione. Si manifestava in modo subdolo: gli impediva per esempio di praticare sport al chiuso, tipo lo squash, e l'aveva indotto a sborsare una fortuna per la sua casa vittoriana ariosa e dai soffitti alti, nonostante fossero disponibili alloggi universitari molto più economici. Langdon sospettava inoltre che la passione per l'arte che nutriva sin da ragazzino fosse nata in parte dall'amore per gli ampi spazi dei musei.

I motori si accesero rombando e il velivolo vibrò in modo sinistro. Langdon strinse i denti e si fece coraggio, mentre l'aereo iniziava a rullare sulla pista. Gli altoparlanti diffondevano musica country a basso volume. Un telefono sulla parete accanto a lui emise due squilli. Langdon sollevò la cornetta. «Sì?»

«Tutto bene, professore?»

«Insomma...»

«Si rilassi. Tra un'ora saremo a destinazione.»

«Che sarebbe...?» chiese Langdon, rendendosi improvvisamente conto di non sapere dove fossero diretti.

«Genève» rispose il pilota, mandando su di giri i motori. «È lì che si trova il centro.»

«Come ha detto? Geneva?» Langdon era già più sollevato. «Ho dei parenti dalle parti del lago Seneca, nello Stato di New York. Non sapevo che a Geneva ci fosse un centro di ricerche di fisica.»

Il pilota rise. «Non Geneva, professor Langdon... Genève... Ginevra, in Svizzera.»

Langdon ci mise un po' prima di capire. «In Svizzera?» Agitatissimo, esclamò: «Ma se ha detto che era a un'ora di volo!».

«Infatti» ridacchiò il pilota. «Questo gioiellino vola a Mach quindici.»

L'assassino camminava furtivo lungo la strada affollata di una città europea. Era un uomo forte e muscoloso, con la pelle scura, di un'agilità sorprendente. L'incontro appena concluso lo aveva esaltato e si sentiva ancora euforico.

"È andata bene" si disse. Il padrone non gli aveva mai mostrato il proprio volto, ma il killer era onorato di essere stato ammesso alla sua presenza. Stentava a credere che fossero passati solo quindici giorni da quando lo aveva contattato per la prima volta. Ricordava ancora ogni parola di quella telefonata.

«Mi chiamo Giano» aveva esordito la voce all'altro capo del filo. «Abbiamo un legame che ci unisce, io e lei, un nemico comune. Ho saputo che è possibile ottenere i suoi servigi, dietro adeguato compenso.»

«Dipende» aveva replicato l'assassino.

La voce gli aveva detto chi rappresentava.

«Se è uno scherzo, non lo trovo divertente.»

«Mi sembra di capire che ha già sentito parlare di noi» aveva replicato Giano.

«Certamente. La vostra è un'istituzione leggendaria.»

«E ciononostante dubita della mia sincerità?»

«Lo sanno tutti che la setta si è estinta molto tempo fa.»

«È quello che abbiamo fatto credere: non c'è nemico più temibile di quello di cui nessuno ha più paura.»

L'assassino era scettico. «Dunque, la setta non si è mai sciolta?»

«No, anzi. Abbiamo radici ovunque, persino nella sacra fortezza dei nostri più acerrimi nemici.»

«Impossibile. Sono invulnerabili.»

«Noi arriviamo molto lontano.

«Nessuno può arrivare fin lì.»

«Presto anche lei si ricrederà. Avrà una prova inconfutabile di quanto siamo potenti. Abbiamo appena compiuto un atto altamente dimostrativo.»

«Che cosa avete fatto?»

L'assassino aveva strabuzzato gli occhi. «Impossibile...»

Ma l'indomani lo aveva letto sulle prime pagine di tutti i giornali e il suo scetticismo era scomparso.

Erano passati quindici giorni, da allora, e non aveva più alcun dubbio. "La setta esiste ancora" pensò. "E stanotte tornerà a colpire svelando tutto il suo potere."

Mentre camminava, i suoi occhi neri luccicavano di impazienza. Una delle organizzazioni più segrete e temute della storia aveva richiesto i suoi servigi. "Saggia scelta" pensò. La fama della sua riservatezza era superata solamente da quella della sua pericolosità.

Fino a quel momento aveva fatto tutto ciò che gli era stato ordinato: aveva eliminato una minaccia e consegnato a Giano l'oggetto richiesto. Adesso stava a lui assicurarsi che venisse collocato nel luogo giusto.

Il luogo giusto...

L'assassino si chiedeva come avrebbe fatto Giano a portare a termine una missione tanto delicata. Doveva avere dei contatti all'interno. Il potere della setta pareva davvero illimitato.

"Giano..." pensò il killer. Ovviamente era un nome in codice. Era ispirato a Giano bifronte, il dio romano dai due volti, oppure a una delle lune di Saturno? Be', poco contava. Il potere esercitato da Giano era incommensurabile. Lo aveva dimostrato al di là di ogni dubbio.

L'assassino immaginò i propri antenati sorridergli dall'alto. Stava portando avanti la loro battaglia, fronteggiando lo stesso avversario che loro avevano combattuto per secoli, fin dall'XI secolo, quando le armate con l'emblema della croce li avevano depredati per la prima volta, stuprando e uccidendo, dichiarandoli immondi, profanando i loro templi e le loro divinità.

Per difendersi, i suoi antenati avevano formato un piccolo

ma temibile esercito divenuto famoso per le stragi che compiva vagando per le campagne e massacrando tutti i nemici che incontrava sul suo cammino. I suoi membri erano celebri non solo per le loro carneficine, ma anche perché avevano l'abitudine di festeggiarle abbandonandosi all'estasi indotta dalle droghe. La loro sostanza prediletta, dalle forti proprietà stupefacenti, era l'hashish.

E così erano stati chiamati *Hashashin*, cioè, letteralmente, "uomini dediti all'hashish". Il loro nome era diventato sinonimo di morte in quasi tutte le lingue del mondo e aveva dato origine al termine "assassino".

Erano trascorsi sessantaquattro minuti quando Robert Langdon, incredulo e in preda a un lieve mal d'aria, scese dalla scaletta su una pista inondata di sole. Contento di ritrovarsi all'aperto, si godette la brezza fresca che gli soffiava sul viso. Strizzando gli occhi osservò la vallata verdeggiante, circondata da una corona di vette innevate.

"Sto sognando" pensò. "Da un momento all'altro mi sveglierò."

«Benvenuto in Svizzera» disse il pilota raggiungendolo. Doveva gridare per farsi sentire, nonostante il rombo dei motori HEDM ad alta densità di energia che si stavano spegnendo alle loro spalle.

L'orologio di Langdon segnava le sette e sette minuti.

«Ci sono sei ore di differenza fra Boston e Ginevra» disse il pilota. «Sono le tredici e sette minuti, qui.»

Langdon regolò l'orologio.

«Come si sente?»

«Come se avessi mangiato del polistirolo» commentò, accarezzandosi la pancia.

Il pilota annuì. «È l'altitudine. Abbiamo volato a diciottomila metri. Le è andata bene che abbiamo solo attraversato l'Atlantico. Se fossimo andati a Tokyo sarei arrivato alla quota massima, centosessanta chilometri. Lassù sì che ci si sentono rimescolare le budella.»

Langdon annuì stancamente e decise di considerarsi fortunato. Tutto sommato, il viaggio era stato di una normalità stupefacente: a parte l'accelerazione del decollo che lo aveva lasciato letteralmente senza fiato, era stato davvero un volo banale, con qualche leggera turbolenza e piccoli cambiamenti di pressione salendo di quota, ma niente che lasciasse intendere che l'X-33 stava sfrecciando alla sconvolgente velocità di quasi diciottomila chilometri orari.

Il pilota affidò il velivolo ad alcuni tecnici e accompagnò Langdon in uno spiazzo vicino alla torre di controllo, dove li attendeva una Peugeot nera. Salirono in macchina e partirono a tutta velocità, percorrendo una strada asfaltata che tagliava il fondovalle. Langdon vide dal finestrino alcune case in lontananza e verdi distese che sfrecciavano davanti ai suoi occhi.

Osservò l'ago del tachimetro, che sfiorava i centosettanta chilometri orari. "Ma chi è questo, un maniaco della velocità?"

«Il centro dista cinque chilometri» spiegò il pilota, come se gli avesse letto nel pensiero. «Tra due minuti ci siamo.»

Langdon cercò inutilmente la cintura di sicurezza. "Perché non facciamo tre, così magari ci arriviamo vivi?"

Il pilota continuò a premere sull'acceleratore.

«Le piace Reba McEntire?» domandò a Langdon, infilando una cassetta nell'autoradio.

Una voce femminile iniziò a cantare: *"It's just the fear of being alone..."*, ho solo paura di restare da sola.

"Io non ho questa paura" commentò fra sé Langdon. Le sue colleghe lo prendevano spesso in giro dicendogli che collezionava oggetti da museo per riempire un vuoto che, a loro dire, solo una donna avrebbe potuto veramente colmare. Langdon di solito ci rideva su e ribatteva che aveva già tre amori nella vita – la simbologia, la pallanuoto e il celibato –, e che quest'ultimo aveva il grande vantaggio di dargli la libertà di girare il mondo, dormire quanto gli pareva e godersi pacifiche serate casalinghe con un buon libro e un bicchiere di brandy.

«Il centro è come una piccola città» disse il pilota, distogliendolo dai suoi pensieri. «Non abbiamo solo laboratori, ma anche supermercati, un ospedale e persino un cinema.»

Langdon annuì stancamente e si voltò a guardare il complesso davanti a loro.

«E poi abbiamo l'impianto più grande del mondo» proseguì il pilota.

«Davvero?» chiese Langdon girando lo sguardo sulla campagna che lo circondava.

«Inutile che lo cerchi qua fuori, professore» disse il pilota, sorridendo. «È sei piani sottoterra!»

Langdon non ebbe il tempo di chiedere altro; il pilota frenò improvvisamente e l'auto inchiodò sbandando davanti a una guardiola.

Langdon lesse il cartello. SECURITE ARRETEZ. Rendendosi conto di essere davvero in Svizzera, fu colto dal panico. «Mio Dio! Non ho il passaporto!»

«Non ce n'è bisogno» lo rassicurò il pilota. «Abbiamo accordi particolari con il governo svizzero.»

Langdon vide esterrefatto che l'uomo passava un tesserino alla guardia, la quale lo inseriva in un sistema di identificazione elettronico. Sull'apparecchio si accese una spia verde.

«Nome del passeggero?»

«Robert Langdon» rispose il pilota.

«Ospite di?»

«Del direttore.»

La guardia inarcò le sopracciglia. Si voltò per confrontare un tabulato con i dati sullo schermo del computer, poi disse: «Buona permanenza, professor Langdon».

L'auto ripartì e girò a tutta velocità intorno a una rotatoria che portava all'edificio principale, un parallelepipedo ultramoderno tutto vetro e acciaio. Langdon lo osservò ammirato: l'architettura moderna gli era sempre piaciuta.

«La cattedrale di cristallo» spiegò il pilota.

«È una chiesa?»

«Macché. La chiesa è la sola cosa che manca, qui al centro. La nostra unica religione è la fisica e il nostro motto è: "Scherza con i santi, ma lascia stare i quanti".»

Langdon, disorientato, aspettò che l'auto completasse il giro e andasse a fermarsi di fronte all'entrata dell'edificio. "La nostra unica religione è la fisica... Nessun controllo di frontiera... Jet che vanno a Mach quindici... Ma dove diavolo sono finito?"

La risposta non tardò ad arrivare. Era incisa nella lastra di granito all'ingresso dell'edificio.

CERN
Conseil Européen
pour la Recherche Nucléaire

«Ricerca nucleare?» domandò Langdon, certo di aver capito fin troppo bene.

Il pilota non rispose. Era chino in avanti e trafficava con l'autoradio. «Siamo arrivati. Il direttore verrà a prenderla qui.»

Langdon vide un uomo sulla sessantina uscire dall'edificio su una sedia a rotelle. Calvo, macilento, mascella squadrata, indossava un camice bianco da laboratorio e scarpe eleganti saldamente posate sul poggiapiedi. Si accorse anche da quella distanza che aveva gli occhi spenti, come due pietre grigie.

«È lui?» domandò Langdon.

Il pilota alzò gli occhi. «Ma guarda...» Si voltò verso Langdon, rivolgendogli un sorriso tutt'altro che rassicurante. «Parli del diavolo...»

Perplesso, Langdon scese dall'auto.

L'uomo sulla sedia a rotelle avanzò velocemente e gli tese una mano sudaticcia. «Professor Langdon? Ci siamo sentiti per telefono. Sono Maximilian Kohler.»

Maximilian Kohler, direttore generale del CERN, era soprannominato *der König*, il Re, più perché metteva paura che per rispetto. Regnava incontrastato dal suo trono con le rotelle: pochi lo conoscevano intimamente, ma tutti al CERN erano al corrente della triste vicenda che l'aveva lasciato paralizzato. E pochi lo biasimavano per la sua asprezza e per la sua assoluta dedizione alla scienza.

Langdon era al suo cospetto da pochi istanti e già aveva intuito che Kohler amava mantenere le distanze. Si trovò praticamente costretto a correre, per tener dietro alla sedia a rotelle elettrica che sfrecciava silenziosa verso l'ingresso. Non aveva mai visto una carrozzella tanto sofisticata: era equipaggiata con una sfilza di apparecchiature elettroniche tra cui un telefono con commutatore a più linee, un cercapersone, lo schermo di un computer e persino una piccola videocamera estraibile. Una vera postazione di comando semovente.

Langdon seguì Kohler oltre una porta automatica e si trovò in un grande atrio.

"La cattedrale di cristallo" si disse, alzando gli occhi al cielo.

Dal soffitto di vetro azzurrato il sole pomeridiano splendeva disegnando raggi geometrici nella sala e conferendo un senso di maestosità alle bianche pareti piastrellate e al pavimento di marmo, venati di ombre angolate. L'aria profumava di pulito, di disinfettante. Alcuni scienziati camminavano a grandi passi, che riecheggiavano nell'ampia sala.

«Da questa parte, prego.» La voce di Kohler sembrava quasi computerizzata, con un'inflessione rigida e precisa, dura come i suoi lineamenti severi. Tossì e si asciugò la bocca in un fazzoletto candido, fissando Langdon con gli occhi grigi e inespressivi. «Facciamo presto, per favore.» La sedia a rotelle sembrava volare sul pavimento.

Langdon lo seguì lungo corridoi apparentemente interminabili che si diramavano dall'atrio, brulicanti di attività. Gli scienziati parevano sorpresi di vedere in giro il direttore e guardavano perplessi lo sconosciuto che lo accompagnava.

«Mi vergogno ad ammetterlo, ma non avevo mai sentito nominare il CERN» disse Langdon per fare un po' di conversazione.

«La cosa non mi sorprende» rispose Kohler, laconico ma schietto. «La maggior parte degli americani non sa che l'Europa riveste un ruolo di primo piano nella ricerca scientifica. Ci considerate un luogo pittoresco in cui fare shopping... dimenticando da dove sono venuti uomini come Einstein, Galileo e Newton.»

Langdon non sapeva cosa rispondere. Prese il fax dalla tasca. «Senta, ma l'uomo nella foto...»

Kohler lo interruppe con un gesto. «Per favore, non qui. La sto portando da lui.» Tese la mano. «Forse è meglio che lo dia a me.»

Langdon gli porse il fax e riprese a camminare in silenzio.

Kohler svoltò improvvisamente a sinistra e imboccò un ampio corridoio tappezzato di premi e riconoscimenti.

Langdon notò una targa di bronzo particolarmente grande e, passandoci davanti, rallentò per leggere che cosa c'era scritto.

PREMIO ARS ELECTRONICA
per l'innovazione culturale nell'era digitale
conferito a Tim Berners-Lee e al CERN
per l'invenzione del World Wide Web

"Che mi prenda un colpo" pensò Langdon. "Allora al telefono non scherzava." Langdon aveva sempre creduto che fossero stati gli americani a inventare il Web. Ma, in fondo, la sua conoscenza della Rete si limitava al sito del suo libro e a occasionali esplorazioni online del Louvre o del Museo del Prado sul suo vecchio Macintosh.

31

«Il Web è nato qui, come rete interna» spiegò Kohler. Di nuovo tossì e si asciugò la bocca. «Per consentire agli scienziati dei diversi dipartimenti di condividere quotidianamente i risultati del loro lavoro. Naturalmente il mondo continua a credere che sia una tecnologia americana.»

Langdon lo seguiva lungo il corridoio. «Perché non chiarite l'equivoco?»

Kohler fece spallucce, apparentemente disinteressato. «Un errore irrilevante per una tecnologia irrilevante. Il CERN vale ben più di una connessione globale tra computer. I nostri scienziati producono miracoli quasi ogni giorno.»

Langdon rivolse a Kohler uno sguardo interrogativo. «Miracoli?» Quella parola non figurava nel vocabolario del Fairchild Science Building di Harvard. I miracoli erano appannaggio della School of Divinity, la scuola di teologia.

«La vedo scettico» disse Kohler. «Pensavo fosse uno studioso di simbologia religiosa. Non crede nei miracoli?»

«Mi lasciano un po' perplesso» rispose Langdon. E aggiunse tra sé: "Specialmente quelli che avvengono nei laboratori scientifici"

«Forse "miracolo" non è la parola giusta. Stavo solo cercando di parlare nel suo linguaggio.»

«Nel mio linguaggio?» Langdon si sentì improvvisamente a disagio. «Non vorrei deluderla, signor direttore, ma io studio *simbologia* religiosa... Sono un docente universitario, non un sacerdote.»

Kohler rallentò, si voltò e disse, comprensivo: «Certo, sono stato ingenuo. Non occorre essere ammalati di cancro per volerne studiare la sintomatologia».

Era la prima volta che Langdon sentiva una simile argomentazione.

Kohler ripartì facendo cenni di approvazione con la testa e aggiunse: «Credo che io e lei ci intenderemo alla perfezione, professore».

Ma Langdon non ne era tanto sicuro.

A un certo punto Langdon sentì uno strano rimbombo, che cresceva di intensità a mano a mano che si avvicinavano alla fine del corridoio che stavano percorrendo. «Che cos'è?» domandò, costretto a urlare per il frastuono. Sembrava che ci fosse un vulcano in piena eruzione.

«Il tubo di Newton» rispose Kohler con voce cupa. Non diede altre spiegazioni e Langdon non chiese chiarimenti. Era stanco per il viaggio e Maximilian Kohler non pareva interessato a vincere il premio per l'ospitalità. Ripensò al motivo per cui si trovava lì. Gli Illuminati. In quell'immenso complesso c'era un cadavere, un corpo marchiato a fuoco con uno strano simbolo... e lui aveva appena fatto un volo di quasi cinquemila chilometri per vederlo.

Quando giunsero in fondo al corridoio, il rumore era diventato assordante e le vibrazioni si sentivano fin sotto le suole delle scarpe. Imboccarono una galleria panoramica, nelle cui pareti ricurve c'erano quattro porte trasparenti simili agli oblò di un sottomarino. Langdon si fermò a guardare.

Aveva visto parecchie cose strane nella sua vita, ma quella le superava tutte. Sbatté le palpebre più volte, temendo di avere le allucinazioni. In un enorme cilindro alcune persone galleggiavano nell'aria, come prive di peso. Erano tre. Una gli fece un cenno di saluto e si esibì in una capriola a mezz'aria.

"Oh, mio Dio" pensò Langdon. "Sono finito nel regno del mago di Oz."

Il fondo del grande vano cilindrico era costituito da una griglia sotto la quale si intravedeva una gigantesca elica.

«La nostra versione del tubo di Newton» spiegò Kohler, che si era fermato ad attenderlo. «Una galleria del vento verticale. Ottimo sistema per combattere lo stress.»

Langdon non riusciva a distogliere lo sguardo, sbalordito. Una delle tre persone nel tubo, una donna obesa, si avvicinò all'oblò, gli sorrise e fece "okay" con il pollice alzato. Langdon ricambiò il sorriso chiedendosi se lei sapeva che quel gesto era un antico simbolo fallico che rappresentava la virilità.

La donna era l'unica a indossare una specie di paracadute in miniatura, una striscia di stoffa che svolazzava rigonfia sopra di lei. Sembrava un giocattolo. «A che cosa serve quell'affare?» domandò Langdon a Kohler. «Avrà un diametro di un metro a dir tanto...»

«Attrito» rispose Kohler. «Aumenta la resistenza aerodinamica.» Si avviò di nuovo lungo il corridoio. «Un metro quadrato di stoffa rallenta la caduta di un corpo di circa il venti per cento.»

Langdon annuì, ammutolito.

Non sospettava che poche ore più tardi, in una città lontana centinaia di chilometri da lì, quell'informazione gli avrebbe salvato la vita.

8

Quando uscirono sul retro dell'edificio principale del CERN, Langdon si sentì di nuovo a casa. Il paesaggio che aveva davanti ricordava molto il campus di un'università dell'Ivy League.

Sotto il sole splendente, un pendio erboso digradava verso una serie di dormitori di mattoni, fra aceri e vialetti percorsi da ricercatori carichi di libri. Ad accentuare l'atmosfera universitaria, due uomini con i capelli lunghi si lanciavano un frisbee e dalla finestra di uno dei dormitori proveniva la *Quarta sinfonia* di Mahler a tutto volume.

«Questi sono gli alloggi dei dipendenti» spiegò Kohler dirigendo la sua sedia a rotelle verso gli edifici. «Pensi che qui lavorano più di tremila fisici, i cervelli migliori del mondo, tedeschi, giapponesi, italiani, olandesi... Oltre la metà degli specialisti di fisica delle particelle del pianeta sono al CERN. Collaborano con noi ricercatori di oltre cinquecento università e sessanta nazioni.»

Langdon era impressionato. «E come fanno a comunicare tra loro?»

«In inglese, naturalmente. La lingua universale della scienza.»

Langdon aveva sempre creduto che il linguaggio universale della scienza fosse la matematica, ma era troppo stanco per polemizzare e seguì docilmente Kohler lungo il vialetto. Erano a metà strada quando un giovane passò loro accanto correndo. Lo slogan sulla maglietta proclamava: NO GUT, NO GLORY!

Langdon lo lesse, sconcertato. «*Gut*? Nel senso di "fegato"? "Niente fegato, niente gloria"?»

«No, nel senso di *Grand Unified Theory*» ribatté Kohler con un sorriso. «La teoria della grande unificazione.»

«Capisco» disse Langdon, che in realtà non aveva capito nulla.

«Lei conosce la fisica delle particelle, professore?»

Langdon si strinse nelle spalle. «Ho un'infarinatura di fisica generale: la caduta dei gravi, roba così...» I tuffi gli avevano insegnato un profondo rispetto per l'incredibile potere dell'accelerazione gravitazionale. «La fisica delle particelle è lo studio degli atomi, no?»

Kohler scosse il capo. «Gli atomi sono grossi come pianeti, rispetto alla materia dei nostri studi. Noi ci occupiamo solo del *nucleo* degli atomi, che è appena un decimillesimo delle dimensioni dell'intero.» Ebbe un nuovo accesso di tosse. «Qui al CERN cerchiamo di dare una risposta alle domande che l'uomo si pone sin dalla notte dei tempi. Da dove veniamo? Di cosa siamo fatti?»

«Ed è in un laboratorio di fisica che si trovano queste risposte?»

«Le sembra strano?»

«Sì. Mi sembrano domande di ordine spirituale.»

«Professor Langdon, in origine le domande erano tutte di ordine spirituale. Il ruolo della religione è da sempre quello di colmare le lacune che la scienza non riesce a spiegare. Il potere di far sorgere e tramontare il sole era attribuito a Elio e al suo carro fiammeggiante, i terremoti e i maremoti corrispondevano all'ira di Poseidone. La scienza moderna ha dimostrato che quegli dèi erano falsi idoli. Presto tutte le divinità saranno considerate false: la scienza ha fornito una risposta a quasi tutte le domande dell'uomo. Sono pochi gli interrogativi ancora irrisolti, e sono quelli a cui è più difficile trovare una risposta. Da dove veniamo? Cosa ci facciamo qui? Qual è il significato della vita e dell'universo?»

Langdon era stupefatto. «Ed è a queste domande che il CERN sta cercando di rispondere?»

«È a queste domande che il CERN sta *rispondendo*, per la precisione.»

Langdon rimase in silenzio mentre attraversavano un cortile. A un certo punto un frisbee gli passò sopra la testa e atterrò proprio di fronte a loro. Kohler non ci badò e tirò dritto.

Una voce gridò dall'altro lato del cortile: «*S'il vous plaît!*».

Langdon si voltò e vide un vecchio signore canuto, con indosso una felpa con la scritta COLLEGE PARIS, che gli faceva cenno con la mano. Raccolse il frisbee e glielo rilanciò con notevole abilità. L'anziano signore lo prese con un dito solo e lo fece roteare un po' prima di rilanciarlo al suo compagno di giochi. «*Merci!*» esclamò, rivolto a Langdon.

«Congratulazioni» gli disse Kohler quando Langdon lo ebbe raggiunto. «Ha appena giocato a frisbee con un premio Nobel, Georges Charpak, l'inventore della camera proporzionale multifilo.»

Langdon annuì. "Il mio giorno fortunato."

Langdon e Kohler impiegarono altri tre minuti per arrivare a destinazione, un grande dormitorio ben tenuto in mezzo a un boschetto di pioppi. Rispetto agli altri pareva una residenza di gran lusso. La targa di pietra accanto all'ingresso diceva PADIGLIONE C.

"Che fantasia" pensò Langdon.

Ma, a dispetto del nome insignificante, il padiglione C incontrava i suoi gusti in materia architettonica. Massiccio e di stile tradizionale, aveva una facciata di mattoni rossi, con una balaustra elaborata, ed era fiancheggiato da siepi simmetriche. Salendo su per la rampa che portava all'entrata, i due uomini varcarono un cancello tra due colonne di marmo. Su una di queste qualcuno aveva appiccicato un Post-it.

QUESTA COLONNA È IONICA

"Solo un fisico può scrivere una cosa simile" pensò tra sé e sé, sorridendo. «Mi solleva constatare che persino i cervelloni del CERN commettono errori» disse poi ad alta voce.

Kohler alzò lo sguardo. «In che senso?»

«Chi ha scritto questo biglietto ha sbagliato. La colonna non è ionica. Le colonne ioniche hanno il fusto di diametro uniforme, mentre questa è rastremata. È dorica. Un errore piuttosto frequente.»

Kohler non sorrise. «Chi l'ha scritto intendeva fare una battuta, professor Langdon. Si riferiva al fatto che contiene *ioni*, che come lei ben sa sono particelle dotate di carica elettrica.»

Langdon si voltò verso la colonna con una smorfia.

Era ancora irritato per la brutta figura quando uscì dall'ascensore all'ultimo piano del padiglione C. Seguì Kohler per un corridoio che sorprendentemente sembrava in stile coloniale francese, con un'ottomana di ciliegio, un grande vaso di porcellana per terra e pannelli di legno alle pareti.

«Cerchiamo di offrire una sistemazione confortevole ai nostri interni» spiegò Kohler.

"E si vede" pensò Langdon. «Dunque, l'uomo del fax viveva qui? Era uno dei vostri illustri ricercatori?»

«Assolutamente» disse Kohler. «Avevamo appuntamento stamattina e, siccome non si è presentato e non rispondeva al cercapersone, sono venuto a cercarlo a casa e l'ho trovato morto nel soggiorno.»

A Langdon vennero i brividi nel ricordare che stava per vedere un cadavere. Non era mai stato particolarmente forte di stomaco. Se ne era accorto da ragazzo, quando uno dei suoi insegnanti di arte aveva raccontato in classe che Leonardo Da Vinci aveva raggiunto la sua perizia nel disegno anatomico a forza di esumare e sezionare cadaveri.

Kohler si fermò davanti all'unica porta in fondo al corridoio. «Quello che voi americani chiamereste *penthouse*, l'attico» annunciò, tamponandosi il sudore dalla fronte.

Langdon guardò la porta di quercia. La targhetta diceva:

LEONARDO VETRA

«Leonardo Vetra avrebbe compiuto cinquantotto anni la prossima settimana» disse Kohler. «Era uno degli scienziati più brillanti del nostro tempo. La sua morte è una grave perdita per la scienza.»

Per un attimo Langdon credette di percepire l'ombra di un'emozione sul viso impassibile di Kohler ma, rapida com'era apparsa, sparì. Il direttore del CERN mise la mano in tasca e ne estrasse un grosso mazzo di chiavi.

A Langdon venne uno strano pensiero. L'edificio pareva deserto. «Come mai non c'è nessuno?» domandò. Quella calma assoluta era l'esatto opposto di quel che si aspettava di trovare sulla scena di un delitto.

«Gli altri residenti sono nei loro laboratori» rispose Kohler, cercando la chiave giusta.

«Intendevo la polizia» spiegò Langdon. «È già andata via?»

Kohler si bloccò con la chiave a mezz'aria. «La polizia?»

Langdon lo guardò negli occhi. «Sì, la polizia. Mi ha inviato via fax la foto di un uomo assassinato. Immagino che abbia chiamato la polizia.»

«Certo che no.»

«Cosa?»

Kohler lo fissò. «È una situazione complessa, professore.»

Langdon era sulle spine. «Ma... lo avrà pure detto a qualcuno, no?»

«Sì. Alla figlia adottiva di Leonardo. Anche lei lavora qui al CERN, condividevano il laboratorio. Si occupavano dello stesso progetto. Purtroppo questa settimana era via per una ricerca sul campo. L'ho informata della disgrazia e si è già messa in viaggio. Sarà qui a momenti.»

«Ma se Vetra è stato assassinato...»

«Verrà aperta un'inchiesta» lo interruppe Kohler risoluto. «A tempo debito. Siccome comporterà certamente una perquisizione del laboratorio, intendo aspettare finché non sarà arrivata la dottoressa Vetra. Lei e Leonardo mantenevano il massimo riserbo sulle loro ricerche e sento di doverle almeno un minimo di discrezione.»

Girò la chiave nella toppa.

Quando la porta si spalancò, furono investiti da una folata di aria gelida. Langdon indietreggiò sbigottito. Oltre la soglia c'era un mondo alieno, immerso in una fitta nebbia bianca, le cui volute fumose avviluppavano il mobilio.

«Ma che diavolo...» balbettò Langdon.

«L'impianto di condizionamento è al freon» rispose Kohler. «Ho abbassato la temperatura al massimo per conservare meglio il cadavere.»

Langdon si abbottonò la giacca di tweed per proteggersi dal freddo. "Sono nel regno di Oz" pensò. "E ho dimenticato le scarpette magiche per tornare a casa."

9

Il cadàvere disteso per terra dinanzi a Langdon era raccapricciante. Il defunto Leonardo Vetra era supino, completamente nudo, di un color grigio bluastro, con la testa rivoltata all'indietro, a faccia in giù sul pavimento, e le vertebre del collo visibilmente fuori posto. Giaceva in una pozza di urina congelata e aveva i peli del pube coperti di brina.

Langdon cercò di trattenere la nausea e si concentrò sul petto della vittima. Aveva guardato e riguardato più volte il fax, ma visto di persona il marchio a fuoco era molto più impressionante. I margini, anneriti e in rilievo, erano perfettamente delineati, la scritta leggibilissima.

Si chiese se era per l'aria condizionata o per lo sconcerto che gli era venuta la pelle d'oca.

Girò intorno al cadàvere e, con il cuore che gli martellava nel petto, osservò la geniale simmetria del marchio. Ora che l'aveva davanti agli occhi, gli pareva ancora più inconcepibile.

«Professore?» lo chiamò Kohler.

Langdon non lo sentì neppure. Era in un altro mondo, un

mondo dove la fusione di storia, mito e realtà lo assorbiva completamente, e stava cercando di dare un senso a quel che vedeva.

«Professore?» Kohler lo fissava, in fiduciosa attesa.

Langdon non si voltò. Era completamente assorto, totalmente concentrato. «Che cosa sa?»

«Solo quello che ho avuto il tempo di leggere sul suo sito Web. Che quella degli Illuminati è un'antica setta.»

Langdon annuì. «L'aveva già sentita nominare?»

«No. Non avevo mai sentito parlare di Illuminati prima di vedere il marchio a fuoco sul corpo di Leonardo Vetra.»

«E così ha cercato in Rete.»

«Sì.»

«E ha trovato centinaia di riscontri, immagino.»

«Migliaia» disse Kohler. «Ma il suo sito conteneva riferimenti a Harvard, a Oxford e a una prestigiosa casa editrice, e aveva una bibliografia ragionata. Come scienziato sono convinto che la validità delle informazioni dipenda dalla validità della fonte da cui provengono. Le sue credenziali parevano attendibili.»

Langdon non riusciva a staccare gli occhi dal cadavere.

Kohler non aggiunse altro. Rimase a guardare, apparentemente in attesa che Langdon si decidesse a dargli qualche delucidazione.

Lo storico alzò gli occhi e si guardò intorno. «Forse dovremmo parlarne in un posto un po' più caldo.»

«Qui va benissimo.» Kohler pareva insensibile al freddo. «Mi dica.»

Langdon aggrottò la fronte. La storia degli Illuminati non era delle più semplici. "Morirò congelato prima di riuscire a spiegarla tutta." Guardò di nuovo il marchio, con una sorta di timore reverenziale.

Molti studiosi fornivano descrizioni anche accurate del simbolo degli Illuminati, ma nessuno l'aveva mai visto. Alcuni antichi documenti lo definivano un ambigramma, cioè un simbolo leggibile sia dritto sia capovolto. Gli ambigrammi erano frequenti in simbologia – la svastica, lo yin-yang, la stella di David, certe croci – ma che una *parola* potesse diventare un ambigramma pareva poco realistico. Molti iconologisti

41

moderni avevano tentato di ricostruire il simbolo, ma nessuno era mai riuscito a disegnare la parola "Illuminati" in modo che fosse leggibile nei due sensi e quindi la maggior parte degli studiosi aveva finito per concludere che si trattasse di una leggenda

«Chi sono, dunque, gli Illuminati?» chiese Kohler.

"Bella domanda" pensò Langdon. E iniziò il suo racconto.

«Il divario tra scienza e fede è sempre stato profondo, sin dai tempi più antichi» spiegò Langdon. «Gli scienziati e i pensatori che avevano il coraggio di proclamare le loro teorie, come Giordano Bruno...»

«... venivano assassinati» lo interruppe Kohler. «Bruciati sul rogo per aver rivelato delle verità scientifiche. La Chiesa ha sempre perseguitato la scienza.»

«Sì. Ma nel Cinquecento, a Roma, un gruppo di scienziati decise di reagire. Alcune delle menti più brillanti del tempo – fisici, matematici, astronomi – iniziarono a incontrarsi in segreto per cercare di difendersi dai pregiudizi diffusi dalla Chiesa. Temevano infatti che il monopolio esercitato dal clero sulla "verità" rappresentasse un grave pericolo per il progresso. Poiché credevano profondamente nei "lumi" della ragione, presero il nome di Illuminati. Fondarono il primo *think tank* della storia e si dedicarono alla ricerca della verità scientifica.»

Kohler ascoltava in silenzio.

«Naturalmente, furono perseguitati senza pietà dalla Chiesa cattolica e riuscirono a salvarsi solo perché erano una setta segreta. Ma la voce si diffuse clandestinamente negli ambienti culturali e gli Illuminati crebbero fino ad annoverare nei loro ranghi studiosi provenienti da ogni parte d'Europa. Si incontravano regolarmente a Roma, in un covo segretissimo che chiamavano la "Chiesa dell'Illuminazione".»

Kohler tossì e si spostò leggermente sulla sedia.

«La frangia più estremista della setta non avrebbe esitato a ricorrere alla violenza, pur di combattere la tirannia della Chiesa, ma il suo esponente più illustre la persuase a desistere. Era un pacifista, oltre che uno degli scienziati più importanti di tutti i tempi.»

Langdon era certo che Kohler avesse capito di chi stava parlando. Persino la gente comune conosceva la storia dello sfortunato astronomo condannato a morte e costretto dalla Chiesa ad abiurare per aver affermato che era la terra a girare intorno al sole, e non viceversa. Nonostante i suoi dati fossero incontrovertibili, l'astronomo fu severamente punito per aver sostenuto che Dio non aveva posto il genere umano al centro dell'universo.

«Si chiamava Galileo Galilei» disse Langdon.

Kohler lo guardò. «Galileo Galilei?»

«Sì. Galileo era un Illuminato. Ed era allo stesso tempo un devoto cattolico. Tentò di ammorbidire la posizione della Chiesa sulla scienza affermando che quest'ultima non metteva in discussione l'esistenza di Dio, ma caso mai la rafforzava. Scrisse che, quando seguiva al telescopio il movimento dei pianeti, riusciva a sentire la voce di Dio nella musica delle sfere celesti. Sosteneva che scienza e religione non erano nemiche, ma alleate, che usavano due linguaggi diversi per raccontare la medesima storia, una storia di simmetria e di equilibrio: paradiso e inferno, giorno e notte, caldo e freddo, Dio e Satana... Tanto la scienza quanto la religione cantavano le lodi della simmetria divina, proclamavano l'eterna lotta tra la luce e le tenebre.» Langdon si interruppe e batté i piedi per scaldarsi.

Kohler lo guardava impassibile dalla sedia a rotelle.

«Purtroppo» proseguì Langdon «l'unificazione di scienza e religione non rientrava nei piani della Chiesa.»

«Lo credo bene!» interloquì Kohler. «Le avrebbe impedito di essere l'*unico* canale attraverso il quale l'uomo poteva comprendere Dio. Per questo la Chiesa accusò Galileo di essere eretico, lo processò e lo dichiarò colpevole. Conosco la storia, professor Langdon. Ma tutto ciò risale a secoli fa. Che cosa c'entra Leonardo Vetra?»

"Domanda da un milione di dollari" pensò Langdon, e venne al punto. «La condanna di Galileo gettò lo scompiglio tra gli Illuminati. Furono commesse delle imprudenze e la Chiesa scoprì così l'identità di quattro membri dell'organizzazione, che vennero catturati e interrogati, ma non rivelarono nulla, neppure sotto tortura.»

«Furono torturati?»

Langdon annuì. «Sì, furono marchiati vivi. Sul petto. Con il simbolo della croce.»

Kohler strabuzzò gli occhi e lanciò un'occhiata perplessa al corpo di Vetra.

«Dopodiché furono brutalmente assassinati e i loro cadaveri esposti per le strade di Roma, in modo da scoraggiare chiunque avesse voluto emularli entrando nella setta. E gli Illuminati, braccati dalle autorità ecclesiastiche, ripararono fuori dall'Italia.»

Langdon si interruppe, poi guardò Kohler dritto negli occhi e riprese: «Entrarono in clandestinità e si mescolarono con altri gruppi in fuga dalle epurazioni della Chiesa: mistici, alchimisti, occultisti, ebrei, musulmani. Con il tempo, iniziarono a fare nuovi adepti e diventarono una setta più misteriosa e profondamente anticristiana. Acquisirono grande potere, praticarono rituali occulti e vissero nella più totale segretezza, giurando di riemergere un giorno per vendicarsi sulla Chiesa cattolica. La setta divenne così potente che la Chiesa arrivò a considerarla la più grande forza anticristiana esistente al mondo e la chiamò *Shaitan*».

«*Shaitan?*»

«È una parola araba che significa "avversario". L'avversario di Dio. La Chiesa la scelse perché l'arabo era considerato una lingua impura.» Dopo un attimo di esitazione Langdon aggiunse: «*Al-Shaitan* è il nome del diavolo, dall'ebraico *satan*, Satana».

Sul viso di Kohler passò un'ombra di inquietudine.

La voce di Langdon si fece cupa. «Senta, io non so come mai il suo collega abbia questo marchio sul petto, né chi glielo abbia impresso. So soltanto che si tratta del simbolo, a lungo ritenuto scomparso, della più antica e potente setta satanica del mondo.»

10

L'assassino camminava di buon passo in un vicolo stretto e deserto, e i suoi occhi neri erano sempre più smaniosi. Si stava avvicinando alla meta e ripensava alle ultime parole di Giano. "La fase due inizierà a breve. Riposa, adesso."

Sogghignò. Era rimasto sveglio per tutta la notte, ma dormire era l'ultimo dei suoi desideri. Solo ai deboli piaceva dormire. Lui era un guerriero, come i suoi antenati, e i guerrieri non dormivano mai, a battaglia iniziata. E questa battaglia era iniziata, non c'era alcun dubbio: proprio lui aveva avuto l'onore di spargere il primo sangue. Gli rimanevano due ore per festeggiare la vittoria prima di rimettersi all'opera.

"Dormire? Conosco modi molto migliori per rilassarsi..."

L'amore per il piacere gli era stato tramandato dai suoi antenati, che erano soliti fare uso di hashish. Lui, però, preferiva gratificazioni di altro genere. Andava fiero del suo corpo, una macchina letale perfetta, e a dispetto della tradizione si rifiutava di intossicarlo con gli stupefacenti. Conosceva altri metodi per soddisfarsi, ben più salutari e appaganti di qualunque droga.

Eccitato, affrettò il passo, arrivò all'uscio privo di indicazioni e suonò il campanello. Da uno spioncino due dolci occhi castani lo scrutarono. Poi la porta si aprì.

«Benvenuto» lo salutò un'elegante signora accompagnandolo in un salotto bene arredato, dalle luci soffuse. L'aria era pervasa di profumi costosi e fragranze muschiate. «A sua disposizione.» Gli porse un catalogo con tante fotografie. «Suoni, quando avrà fatto la sua scelta.» Poi si dileguò.

L'assassino sorrise.

Seduto sul comodo divano con il catalogo sulle ginocchia, sentì il fremito del desiderio carnale che si risvegliava in lui. Il suo popolo non festeggiava il Natale, ma immaginò che un bambino cristiano seduto di fronte a un cumulo di regali, in procinto di scoprire le meraviglie che lo attendevano, dovesse sentirsi così. Aprì l'album ed esaminò le foto. C'era di che soddisfare le fantasie sessuali di una vita.

"Marisa", una dea italiana. Impetuosa come una giovane Sophia Loren.

"Sachiko", una geisha giapponese. Flessuosa e di certo abilissima.

"Kanara", una conturbante visione nera. Muscolosa ed esotica.

Esaminò il catalogo due volte, prese una decisione e premette il pulsante che gli aveva indicato la maîtresse. Quando questa riapparve, un minuto dopo, le indicò la sua scelta.

La donna sorrise. «Mi segua.»

Concluse le formalità economiche, la maîtresse fece una telefonata, sussurrando. Attese qualche minuto, poi lo precedette lungo una scala di marmo che portava in un lussuoso corridoio. «È la porta dorata in fondo» disse. «Ha scelto il meglio.»

"Certo" pensò lui. "Sono un intenditore."

L'assassino percorse il corridoio a passo felpato, come una pantera ansiosa di consumare un pasto atteso a lungo. Quando fu dinanzi alla porta sorrise soddisfatto. Era già socchiusa... e invitante. La spinse e la porta si aprì senza far rumore.

Quando vide la donna, capì di avere fatto un'ottima scelta. Era esattamente come aveva chiesto che fosse... nuda, supina, le braccia legate alle colonne di un letto a baldacchino con spessi cordoni di velluto.

Si fece avanti e le passò il dito scuro sull'addome bianco come l'avorio. "Ho ucciso, ieri notte" pensò. "Tu sei la mia ricompensa."

11

«Satanica?» Kohler si asciugò la bocca agitandosi sulla sedia. «Questo sarebbe il simbolo di una setta *satanica*?»

Langdon camminava avanti e indietro nella stanza gelida per scaldarsi un po'. «Sì, ma non nel senso moderno del termine.»

Gli spiegò velocemente che, benché spesso descritti come fanatici adoratori del diavolo, storicamente i satanisti erano individui, non di rado molto colti, che si opponevano alla Chiesa. *Shaitan*. Era anche possibile che le dicerie sui rituali di magia nera a base di pentacoli e sacrifici animali non fossero altro che menzogne diffuse dalla Chiesa per diffamarli. Nel corso del tempo, tuttavia, gli avversari della Chiesa, che volevano emulare gli Illuminati, avevano iniziato a credere a quelle menzogne e a metterle in pratica, e così era nato il satanismo moderno.

Kohler lo interruppe bruscamente. «Questa è storia antica. Io voglio sapere come questo simbolo è arrivato *qui*.»

Langdon trasse un respiro profondo. «Posso soltanto dirle che fu creato da un anonimo artista del XVI secolo, affiliato alla setta come tributo all'amore di Galileo per la simmetria, una sorta di sacro logo che gli Illuminati ufficialmente tennero segreto con l'intenzione di rivelarlo solo il giorno in cui avessero avuto abbastanza potere da risorgere e portare a compimento la loro missione.»

Kohler assunse un'espressione preoccupata. «Quindi questo significa che gli Illuminati sono ricomparsi?»

Langdon corrugò la fronte. «No, è impossibile. C'è un capitolo della loro storia che non le ho ancora raccontato.»

«Mi illumini» disse Kohler accennando un sorrisetto.

Langdon si strofinò le mani per scaldarle e passò mentalmente in rassegna le centinaia di documenti che aveva consultato e scritto sull'argomento. «Dopo avere abbandonato Roma, gli Illuminati vagarono per l'Europa in cerca di un luogo sicuro in cui riorganizzarsi e furono accolti da un'altra società segreta, una fratellanza di ricchi muratori bavaresi.»

Kohler parve stupito. «La massoneria?»

Langdon annuì, per nulla sorpreso che Kohler l'avesse capito al volo. La massoneria moderna contava più di cinque milioni di affiliati in tutto il mondo, di cui la metà solo negli Stati Uniti e più di un milione in Europa.

«Ma i massoni non sono satanisti!» esclamò Kohler, improvvisamente scettico.

«No, infatti. Furono vittime della loro stessa benevolenza. Dopo avere accolto, nel Settecento, gli scienziati perseguitati dalla Chiesa, divennero inconsapevolmente una copertura per gli Illuminati, che si moltiplicarono tra le loro file, conquistarono posizioni di potere nelle logge e ricostituirono in segreto la loro setta in seno alla massoneria. Una società segreta all'interno di un'altra società segreta, insomma. Inoltre, sfruttarono la rete delle logge massoniche nel mondo per ampliare la loro influenza.» Dopo un altro profondo respiro, Langdon, sempre più infreddolito, proseguì: «L'obiettivo degli Illuminati era annientare il cattolicesimo. Consideravano i suoi dogmi il più grande pericolo per il genere umano e temevano che, se la Chiesa avesse continuato a spacciare le proprie false credenze per verità assoluta, il progresso scientifico si sarebbe arrestato e l'umanità sarebbe stata condannata a un futuro di ignoranza e di inutili guerre sante».

«Quello che stiamo vivendo oggi.»

Langdon lo guardò. Kohler aveva ragione. Le guerre sante occupavano ancora le prime pagine dei giornali. "Il mio Dio è migliore del tuo." E il numero delle vittime pareva essere direttamente proporzionale al fervore dei credenti.

«Continui» disse Kohler.

Langdon fece mente locale e riprese: «Gli Illuminati, divenuti sempre più potenti in Europa, cominciarono a diffondersi anche in America, una giovane nazione il cui governo era in gran parte costituito da massoni come George Washington e Benjamin Franklin: uomini onesti e timorati di Dio, ignari del fatto che la massoneria era divenuta la roccaforte degli Illuminati. Gli Illuminati sfruttarono i loro infiltrati per contribuire alla fondazione di banche, università e industrie grazie alle quali finanziarsi». Fece una pausa. «Il loro obiettivo era la creazione di un unico Stato mondiale, una sorta di Nuovo ordine mondiale laico.»

Kohler rimase impassibile.

«Un Nuovo ordine mondiale basato sui lumi della ragione e della scienza» precisò Langdon. «La cosiddetta dottrina luciferica. Secondo la Chiesa l'aggettivo "luciferico" era un riferimento a Lucifero, ma per la massoneria andava inteso nel senso etimologico, letterale del termine: "portatore di luce".»

Kohler sospirò, e la sua voce si fece improvvisamente grave. «Professore, si sieda, per favore.»

Langdon, guardingo, si accomodò su una sedia ricoperta di brina.

Kohler gli si avvicinò. «Non sono sicuro di aver capito esattamente, ma di una cosa sono certo: Leonardo Vetra era una delle più grandi risorse del CERN. Ed era un amico. Ho bisogno del suo aiuto per trovare gli Illuminati.»

Langdon non sapeva come rispondergli. «Trovare gli Illuminati?» "È uno scherzo, vero?" «Mi spiace, signor direttore, ma temo sia impossibile.»

Kohler si accigliò. «Che cosa significa? Non vorrà...»

«Signor direttore.» Langdon si chinò verso Kohler, cercando le parole più adatte per esprimere ciò che stava per dire. «Non ho ancora concluso. A dispetto delle apparenze, è estremamente improbabile che siano stati gli Illuminati a marchiare a fuoco il suo collaboratore. Non si manifestano da almeno mezzo secolo e la maggior parte degli esperti sostiene che la setta si sia sciolta molto tempo fa.»

Le sue parole rimasero come sospese a mezz'aria. Kohler lo guardò in bilico tra l'ira e lo stupore. «Come fa a dire che questa setta non esiste più, se il suo nome è marchiato a fuoco sul petto di quest'uomo?»

Era da quando aveva ricevuto il fax che Langdon si poneva quella domanda. La comparsa dell'ambigramma degli Illuminati era sorprendente e avrebbe lasciato sbigottiti gli iconologisti di tutto il mondo. Ma, a rigore, non dimostrava assolutamente nulla. «Un simbolo non prova in alcun modo la presenza del suo creatore originario.»

«Che cosa sta cercando di dirmi?»

«Che quando una setta come quella degli Illuminati cessa di esistere i suoi simboli permangono e possono essere adottati da altri. È un fenomeno ben noto in iconologia. I nazisti si sono impossessati della svastica indù, i cristiani hanno fatto propria la croce egizia, i...»

«Stamattina, quando ho digitato la parola "Illuminati" al computer, il motore di ricerca mi ha dato migliaia di occorrenze» ribatté Kohler. «A quanto pare molti ritengono che esistano ancora.»

«Il mondo è pieno di fanatici che vedono complotti da tutte le parti» replicò Langdon, che detestava la quantità di teorie cospiratorie che ammorbavano la cultura popolare moderna. I media adoravano i titoli apocalittici e molti sedicenti "esperti di sette" campavano tirando fuori strampalate dimostrazioni del fatto che gli Illuminati erano ancora in attività e stavano organizzando un Nuovo ordine mondiale. Un recente articolo apparso sul "New York Times" elencava i nomi di numerosi personaggi famosi in odore di massoneria, tra cui Sir Arthur Conan Doyle, il duca di Kent, Peter Sellers, Irving Berlin, il principe Filippo, Louis Armstrong e una sfilza di industriali e banchieri.

Kohler puntò il dito verso il corpo di Vetra. «Alla luce dei fatti, forse questi fanatici non hanno tutti i torti.»

«La capisco, signor direttore» disse Langdon con tutta la diplomazia di cui era capace. «Ma continuo a ritenere che la spiegazione più plausibile sia che un'*altra* organizzazione si sia impossessata del simbolo degli Illuminati e lo stia utilizzando per i propri scopi.»

«Quali scopi? A chi giova quest'omicidio?»

"Bella domanda" pensò Langdon. Anche lui faticava a immaginare che qualcuno avesse improvvisamente rispolverato il marchio degli Illuminati dopo quattrocento anni. «L'unica cosa che posso dirle è che, ammesso che gli Illuminati siano ancora in attività, cosa che personalmente ritengo impossibile, non sarebbero comunque coinvolti nella morte di Leonardo Vetra.»

«No?»

«No. Gli Illuminati si battevano contro la cristianità, ma esercitavano il loro potere con mezzi politici e finanziari, non con la violenza. Inoltre sceglievano i loro nemici in base a un rigido codice morale e nutrivano il massimo rispetto per gli uomini di scienza. Non avrebbero mai assassinato un collega scienziato come Leonardo Vetra.»

Lo sguardo di Kohler si fece gelido. «Forse ho tralasciato di dirle che Leonardo Vetra non era uno scienziato come tutti gli altri.»

Langdon sospirò, paziente. «Signor direttore, sono certo che il suo collaboratore era geniale sotto ogni punto di vista, ma resta il fatto che...»

Kohler azionò la sedia a rotelle e uscì nel corridoio, lasciandosi dietro una scia di nebbiolina bianca.

"Per l'amor di Dio" mormorò Langdon, e lo seguì.

Kohler lo stava aspettando in fondo al corridoio. «Questo era il suo studio» disse, indicando una porta scorrevole. «Forse, quando l'avrà visto, cambierà idea.» Respirando affannosamente, l'aprì.

Langdon guardò all'interno e si sentì accapponare la pelle. "Oh, Signore" disse tra sé.

In un'altra nazione, una giovane guardia stava pazientemente seduta davanti a una serie di monitor e osservava le immagini provenienti dalle centinaia di telecamere senza fili dell'impianto a circuito chiuso. Le inquadrature si susseguivano ininterrottamente.

Un corridoio elegantemente decorato.

Uno studio privato.

Una cucina di dimensioni industriali.

Le immagini scorrevano e l'uomo si sforzava di restare concentrato e vigile, nonostante fosse quasi alla fine del suo turno. Svolgere quel servizio era un onore. Un giorno o l'altro avrebbe ricevuto il supremo riconoscimento.

Stava seguendo il corso dei suoi pensieri, quando una delle schermate lo mise in allarme.

Con un riflesso istintivo così rapido che quasi se ne spaventò lui stesso, allungò la mano e premette un pulsante sul pannello dei comandi per fermare l'immagine.

Con i nervi a fior di pelle, si chinò verso lo schermo per osservare più da vicino. Un'indicazione diceva che l'immagine proveniva dalla telecamera numero ottantasei, che normalmente era puntata su un corridoio.

Ma quello che aveva di fronte agli occhi decisamente non era un corridoio.

Langdon osservò sconcertato lo studio dello scienziato. "Che posto è mai questo?" Un gradito soffio di aria calda sul viso non bastò a fargli varcare la soglia con minore trepidazione.

Kohler lo seguì in silenzio.

Langdon si guardava intorno senza riuscire a raccapezzarsi. Quella stanza conteneva la più improbabile congerie di oggetti che avesse mai visto. Sul muro di fronte campeggiava un enorme crocifisso di legno che Langdon riconobbe essere un pezzo spagnolo del XIV secolo. Sopra la croce, appeso al soffitto, c'era un modellino metallico dei pianeti in orbita, a sinistra un dipinto a olio raffigurante la Vergine Maria e una tavola periodica degli elementi. Sulla parete accanto c'erano altre due croci di ottone e un poster di Albert Einstein con la famosa massima: DIO NON GIOCA A DADI CON L'UNIVERSO.

Langdon entrò, guardandosi attorno stupito. Sulla scrivania di Vetra, accanto a una Bibbia rilegata in pelle, c'erano un modellino in plastica dell'atomo di Bohr e una riproduzione in miniatura del *Mosè* di Michelangelo.

"Quando si dice l'eclettismo..." pensò Langdon. La temperatura della stanza era gradevole, ma qualcosa in quella scena gli dava i brividi. Gli pareva di assistere allo scontro fra due titani filosofici, a un destabilizzante miscuglio di forze opposte. Diede uno sguardo ai titoli sullo scaffale:

La particella di Dio: se l'universo è la domanda, qual è la risposta?
Il Tao della fisica
God: the Evidence

Su uno dei reggilibri era incisa la frase:

LA VERA SCIENZA SCOPRE DIO DIETRO OGNI PORTA.
PAPA PIO XII

«Leonardo era un sacerdote cattolico» disse Kohler.

Langdon si voltò. «Un sacerdote? Credevo avesse detto che era un fisico.»

«Era entrambe le cose. E non era né il primo né l'ultimo: ci sono sempre stati scienziati nei ranghi della Chiesa. Per lui la fisica era la legge naturale di Dio. Sosteneva che la mano di Dio è visibile nell'ordine della natura che ci circonda. Attraverso la scienza sperava di dimostrare l'esistenza di Dio agli scettici. Si definiva un teofisico.»

"Un teofisico?" A Langdon quella parola suonava come un ossimoro impossibile.

«Nel campo della fisica delle particelle ultimamente sono state fatte incredibili scoperte dalle notevoli implicazioni spirituali» continuò Kohler. «E molte sono dovute a Leonardo Vetra.»

Perplesso, Langdon squadrò il direttore del CERN. «Spiritualità e fisica?» Era una vita che studiava la storia delle religioni e sapeva benissimo che il rapporto tra scienza e fede era da sempre conflittuale... come l'acqua e l'olio, irriducibili nemici inconciliabili fra loro.

«Gli studi di Vetra sulla fisica delle particelle erano molto all'avanguardia» spiegò Kohler. «Aveva intrapreso un percorso di fusione tra scienza e religione, dimostrando che si trattava di due punti di vista imprevedibilmente complementari. La "nuova fisica": così la chiamava.» Estrasse un libro dallo scaffale e glielo porse.

Langdon osservò la copertina. *Dio, i miracoli e la nuova fisica*, di Leonardo Vetra.

«Un campo molto specialistico, ma che sta fornendo una risposta ad annose questioni sull'origine dell'universo e sulle forze che lo permeano» osservò Kohler. «Leonardo riteneva che la sua ricerca potesse convertire milioni di persone a una nuova spiritualità. L'anno scorso dimostrò in maniera incontrovertibile l'esistenza di un'energia comune a tutte le creature dell'universo. Diede una dimostrazione concreta del fatto che siamo tutti fisicamente collegati, che le molecole di un corpo sono interconnesse a quelle degli altri corpi, che esiste una forza comune che ci unisce.»

Langdon era disorientato. "Uniti nel Suo spirito" pensò. «Il professor Vetra aveva davvero trovato un modo per dimostrare la connessione del tutto?»

«Con prove definitive. In un recente articolo pubblicato su "Scientific American", la "nuova fisica" veniva salutata come il primo passo verso una conoscenza di Dio più attendibile di quella offerta dalla religione.»

Langdon, colpito, ripensò agli Illuminati, inveterati nemici della Chiesa, e volle provare a ipotizzare l'assurdo. Ammettendo che esistessero ancora, avrebbero davvero potuto assassinare Leonardo Vetra per impedirgli di diffondere alle masse il suo messaggio? Scacciò quel pensiero. "Assurdo! La setta degli Illuminati non esiste più! Tutti gli storici lo sanno!"

«Vetra aveva moltissimi nemici nel mondo scientifico» proseguì Kohler. «Molti puristi lo disprezzavano, anche qui al CERN. A loro dire, utilizzare la fisica analitica per supportare i dogmi della religione era una sorta di tradimento.»

«Ma voi scienziati di oggi non siete un po' meno prevenuti nei confronti della Chiesa?»

Kohler brontolò disgustato. «E perché mai dovremmo esserlo? La Chiesa non ci brucia più sul rogo, d'accordo, ma non creda che con questo abbia sostanzialmente cambiato atteggiamento. Come mai in metà delle scuole americane non è permesso parlare di evoluzionismo? Perché la Christian Coalition americana è la lobby più influente contro il progresso scientifico nel mondo? La guerra tra scienza e fede infuria ancora, professore: si è solo spostata dai campi di battaglia ai consigli di amministrazione.»

Langdon dovette convenire che Kohler aveva ragione. La settimana precedente i rappresentanti della School of Divinity di Harvard avevano sfilato davanti all'istituto di Biologia per protestare contro l'inserimento dell'ingegneria genetica fra le materie del corso di laurea. Il preside, il prestigioso ornitologo Richard Aaronian, aveva difeso la propria scelta esponendo alla finestra del suo ufficio un grande striscione raffigurante il simbolo cristiano del pesce, modificato con l'aggiunta di quattro zampette: un tributo, secondo Aaronian, all'evoluzione verso la terraferma dei prototteri, pesci africani muniti di polmoni. Sotto il pesce, al posto di IESUS, lo striscione riportava la parola DARWIN.

Sentendo un trillo acuto, Langdon alzò gli occhi.

Kohler si chinò a prendere il cercapersone dal suo alloggiamento nel bracciolo della sedia a rotelle e lesse il messaggio. «Bene. È la figlia di Leonardo, Vittoria. Sta arrivando proprio adesso all'eliporto. Sarà meglio che le andiamo incontro: non voglio che veda suo padre in queste condizioni.»

Langdon era d'accordo. Nessun figlio meritava uno shock del genere.

«Le chiederò di spiegarci a quale progetto stava lavorando con il padre... Forse potrà aiutarci a fare luce sul movente dell'omicidio.»

«Crede che Vetra sia stato ucciso per via delle sue ricerche?»

«È probabile. Mi aveva accennato al fatto che stava lavorando a un progetto estremamente innovativo, ma non mi aveva voluto dire altro. Era molto riservato, tanto che mi aveva chiesto un laboratorio privato per poter lavorare nel massimo isolamento e io glielo avevo concesso, perché era uno scienziato di grande valore. Ultimamente il consumo di energia elettrica del suo laboratorio era aumentato tantissimo, ma io non gli avevo fatto domande.» Kohler si voltò verso la porta dello studio. «Ma c'è un'altra cosa che deve sapere, prima che andiamo via.»

Langdon non era sicuro di volerla sentire.

«L'assassino ha sottratto una cosa a Vetra.»

«Che cosa?»

«Mi segua.»

Kohler tornò nel soggiorno, gelido e invaso dalla nebbia. Langdon lo seguì, senza sapere cosa aspettarsi. Il direttore del CERN fermò la carrozzina accanto al corpo di Vetra e invitò Langdon ad avvicinarsi. Lo storico ubbidì, controvoglia, nauseato dall'odore dell'urina.

«Guardi la faccia» disse Kohler.

"La faccia?" Langdon corrugò la fronte. "Non ha detto che l'assassino gli aveva sottratto una cosa?"

Langdon si inginocchiò, titubante, per osservare la faccia del cadavere, che però era completamente girata dall'altra parte, schiacciata sulla moquette.

Kohler si sporse dalla sedia a rotelle e con grande sforzo voltò lentamente la testa congelata del morto, producendo uno scricchiolio sinistro. La faccia era contratta in una smorfia di dolore. Kohler la tenne ferma per un attimo.

«Oh, mio Dio!» gridò Langdon, allontanandosi inorridito. Il volto di Vetra era ricoperto di sangue. Un solo occhio castano, inanimato, guardava verso di lui. L'altra orbita era vuota. «Si è portato via un *occhio*?»

57

14

Langdon uscì dal padiglione C, sollevato di essere nuovamente all'aria aperta e cercò di scacciare dalla mente l'immagine dell'orbita vuota dello scienziato.

«Da questa parte» disse Kohler, imboccando un ripido sentiero. La sedia a rotelle elettrica parve accelerare senza sforzo. «La dottoressa Vetra arriverà da un momento all'altro.»

Langdon lo seguì, allungando il passo.

«E così dubita ancora del coinvolgimento degli Illuminati?» chiese Kohler.

Langdon non sapeva più che cosa pensare. Il fatto che Vetra fosse un sacerdote rendeva il quadro più inquietante, ma nonostante ciò faceva fatica ad abbandonare le proprie certezze. E poi, il fatto che gli fosse stato cavato un occhio... «Sì, dubito ancora che gli Illuminati siano responsabili di quest'omicidio» rispose, con più convinzione di quanta non ne provasse in realtà. «L'occhio mancante lo dimostra.»

«Cioè?»

«Infierire sui cadaveri non è un gesto tipico degli Illuminati» spiegò Langdon. «La mutilazione fa pensare piuttosto a gruppuscoli disorganizzati e privi di esperienza, a fanatici o terroristi. Le azioni degli Illuminati in genere erano molto più calcolate, intenzionali...»

«Intenzionali? Non le sembra che estrarre un bulbo oculare sia un gesto intenzionale?»

«Intendevo dire che è una mutilazione priva di significato, che non rimanda a un disegno più vasto...»

La sedia a rotelle si fermò di scatto in cima alla salita e Kohler si voltò. «Professore, mi creda, quell'occhio cavato rimanda a un disegno più vasto. Ci giurerei.»

Mentre attraversavano il prato che portava in cima alla collina, iniziarono a sentire il frastuono dell'elicottero che proveniva da ovest. Descrisse un arco sulla valle e quindi virò verso la piazzola di atterraggio dipinta sull'erba.

Langdon osservò la manovra assorto nei suoi pensieri, che turbinavano come le pale del rotore. Si chiese se sarebbe bastata una notte di sonno a schiarirgli le idee, ma ne dubitava.

Appena l'elicottero toccò terra, il pilota scese e iniziò a scaricare i bagagli. Erano parecchi: sacche di tela, borse di plastica, bombole da sub e casse che parevano piene di attrezzature per l'immersione.

Langdon era confuso. «Sono i bagagli della dottoressa Vetra?» gridò, per farsi udire da Kohler nonostante il rombo del motore.

Kohler annuì e gli rispose, gridando anche lui: «Era alle Baleari per alcune ricerche biologiche».

«Credevo fosse un fisico!»

«Infatti. Ma si occupa degli aspetti biologico-ambientali della fisica. Studia l'interconnettività dei sistemi organici. Il suo campo ha strette analogie con la fisica delle particelle di cui si occupava il padre. Di recente Vittoria ha confutato una delle teorie fondamentali di Einstein osservando un banco di tonni con telecamere a sincronizzazione atomica.»

Langdon guardò Kohler per capire se stava scherzando. "Cosa c'entra Einstein con i tonni?" Iniziava a chiedersi se l'X-33 non l'avesse per caso lasciato sul pianeta sbagliato.

Un attimo dopo, Vittoria Vetra emerse dalla fusoliera. Robert Langdon capì che quella era davvero la giornata delle sorprese. La donna che stava scendendo dall'elicottero in pantaloncini corti cachi e maglietta bianca non aveva affatto l'aspetto del topo di biblioteca che si aspettava. Alta e snella, molto graziosa, abbronzata, con i capelli neri e lunghi scompigliati dalla corrente d'aria prodotta dalle pale dell'elicottero, aveva un viso tipicamente italiano e una bellezza decisa e sensuale. Il vento le faceva aderire i vestiti al corpo sottile, mettendo in risalto il seno piccolo ma sodo.

«Vittoria Vetra è una donna di eccezionale forza interiore» disse Kohler, forse cogliendo i pensieri di Langdon. «Trascorre molto tempo a lavorare in ecosistemi pericolosi. È vegetariana ed esperta di hatha yoga.»

"Hatha yoga?" Langdon trovava insolito che una scienziata, figlia di un prete cattolico, praticasse antiche tecniche di meditazione orientale.

La guardò incuriosito. Si vedeva che aveva pianto e nei profondi occhi neri le si leggeva una grande emozione, ma si avvicinò ai due uomini con passo deciso. Era tonica, forte e aveva l'aria di chi sta molto all'aria aperta.

«Condoglianze, Vittoria» le disse Kohler. «È una perdita incommensurabile per la scienza... e per tutti noi del CERN.»

Vittoria annuì riconoscente. «Si sa già chi è stato?» chiese in inglese, in tono pacato.

«Non ancora.»

La donna si voltò verso Langdon e gli strinse la mano. «Mi chiamo Vittoria Vetra. Lei è dell'Interpol, suppongo.»

Mentre rispondeva alla stretta, Langdon rimase per un attimo incantato dal suo sguardo limpido. «Robert Langdon.» Non seppe cos'altro aggiungere.

«Il professor Langdon non appartiene alle forze dell'ordine» spiegò Kohler. «È uno specialista americano che ci sta aiutando a individuare i responsabili dell'assassinio di suo padre.»

Vittoria pareva dubbiosa. «E la polizia?»

Kohler sospirò senza dire nulla.

«Dov'è il corpo?» domandò Vittoria.

«In buone mani.»

La pietosa bugia sorprese Langdon.

«Voglio vederlo» insistette Vittoria.

«Vittoria, suo padre è stato assassinato brutalmente» le ricordò Kohler. «Farebbe meglio a ricordarlo com'era.»

La donna stava per rispondere, ma fu interrotta.

«Ciao, Vittoria!» la salutarono alcuni scienziati che passavano poco lontano. «Bentornata!»

Lei si voltò verso il gruppetto di uomini e fece un cenno di saluto.

«Stiamo confutando qualche altra teoria di Einstein?» le chiese uno.

60

«Tuo padre sarà fiero di te!» rincarò un altro.

Vittoria, a disagio, ricambiò i saluti dei colleghi. Poi si rivolse a Kohler con espressione confusa. «Non lo sa ancora nessuno?»

«Ho deciso di mantenere il più stretto riserbo.»

«Non ha detto allo staff che mio padre è stato assassinato?» Più che stupefatta, adesso sembrava arrabbiata.

Kohler assunse un tono più duro. «Forse dimentica, Vittoria, che appena denuncerò il fatto verrà aperta un'inchiesta. Il centro verrà perquisito da cima a fondo, compreso il vostro laboratorio. Ho sempre avuto il massimo rispetto per la privacy di suo padre e lui mi aveva detto soltanto due cose riguardo al vostro ultimo progetto: primo, che avrebbe potuto fruttare al CERN milioni di franchi di licenze nei prossimi dieci anni; secondo, che non era ancora pronto per essere pubblicizzato, in quanto comportava notevoli rischi. Date queste premesse, ho ritenuto preferibile evitare che degli estranei entrassero nel laboratorio, magari sottraendo materiale prezioso o provocando danni incalcolabili a se stessi o al CERN. Sono stato chiaro?»

Vittoria restò a guardarlo senza aprire bocca. Langdon intuì che lei nutriva rispetto e soggezione per Kohler e che comprendeva, pur non condividendole, le sue ragioni.

«Prima di denunciare il fatto devo sapere a cosa stavate lavorando» aggiunse il direttore. «Può accompagnarci nel laboratorio?»

«Il laboratorio non c'entra niente» replicò Vittoria. «Nessuno sapeva a cosa stavamo lavorando. I nostri esperimenti non possono avere nulla a che fare con l'assassinio.»

Kohler emise un sospiro che sembrava un rantolo. «Gli indizi lasciano intendere il contrario.»

«Indizi? Quali indizi?»

Anche Langdon era curioso di sentire la risposta, ma Kohler si asciugò la bocca e rispose: «Si fidi di me, Vittoria».

La donna gli lanciò un'occhiata carica di diffidenza.

15

Langdon seguì in silenzio Vittoria Vetra e Kohler verso l'atrio principale. La donna aveva le gambe agili e scattanti di una campionessa di tuffi e Langdon pensò che quell'invidiabile forma fisica doveva essere anche merito dello yoga. Sentiva il suo respiro lento e misurato, e si chiese se stesse cercando di controllare le proprie emozioni.

Avrebbe voluto dirle qualcosa, offrirle la sua solidarietà. Anche lui aveva vissuto il vuoto improvviso lasciato dalla perdita del padre. Ricordava soprattutto il funerale, grigio e piovoso. Aveva appena compiuto dodici anni. La casa era piena di colleghi di suo padre in abito scuro che gli stringevano con forza la mano e parlavano di attacco cardiaco e stress. Sua madre scherzava tra le lacrime dicendo che era sempre riuscita a seguire l'andamento del mercato azionario semplicemente prendendo la mano al marito e sentendogli il polso: sembrava direttamente collegato con Wall Street.

Una volta Langdon l'aveva sentita implorare il marito di fermarsi un attimo, ogni tanto, almeno "per sentire il profumo delle rose", e così per Natale lui aveva regalato al padre una minuscola rosa di vetro soffiato. Com'era fiero di quel regalo! Alla luce, il fiore di vetro proiettava sul muro un incredibile arcobaleno di colori. «Carina» gli aveva detto, aprendo il pacchetto. «La metto qui, così non si rompe.» Lo aveva baciato sulla fronte e aveva sistemato la rosa sullo scaffale più alto della libreria, nell'angolo più buio del soggiorno. Qualche giorno dopo, Langdon aveva preso la scala per riprendersi la rosa e riportarla al negozio. Suo padre non se n'era mai accorto.

Il campanello dell'ascensore lo riscosse da quei pensieri. Vittoria e Kohler entrarono. ma lui rimase esitante davanti alle porte aperte.

«Che cosa c'è?» chiese Kohler, più impaziente che preoccupato.

«Niente, niente» rispose lui, facendosi forza per entrare in quello spazio angusto. Utilizzava gli ascensori soltanto quando non poteva proprio farne a meno: preferiva le scale.

«Il laboratorio del professor Vetra è sottoterra» disse Kohler.

"Che bellezza!" pensò Langdon, sentendo un vento gelido salire dalle profondità del pozzo. Poi le porte si chiusero e iniziò la discesa.

«Sei piani» disse Kohler, monocorde.

Langdon visualizzò mentalmente l'oscurità e il vuoto sotto di loro. Provò a distrarsi guardando il numero del piano sul display. Curiosamente, l'ascensore indicava due sole fermate: piano terra e LHC. «LHC?» chiese, cercando di non mostrarsi teso.

«*Large Hadron Collider*» spiegò Kohler. «È un acceleratore di particelle.»

"Acceleratore di particelle?" Il termine gli era vagamente familiare. L'aveva sentito la prima volta durante una cena con alcuni colleghi alla Dunster House di Harvard. Bob Brownell, un fisico suo amico, si era seduto a tavola con un diavolo per capello.

«L'hanno cancellato, quei bastardi!» aveva detto rabbioso.

«Cosa hanno cancellato?» avevano chiesto gli altri.

«L'SSC!»

«Il che?»

«L'SSC, il *Superconducting Super Collider*.»

Qualcuno aveva fatto spallucce. «Non sapevo che Harvard ne stesse costruendo uno.»

«Non Harvard!» aveva risposto. «Gli Stati Uniti! Doveva essere l'acceleratore di particelle più potente del mondo! Uno dei progetti scientifici più importanti del secolo. Uno stanziamento di due miliardi di dollari, e il senato ha affossato il progetto. Tutta colpa dei dannati lobbisti cristiani del Texas!»

Dopo essersi calmato, Brownell aveva spiegato loro che un acceleratore di particelle era un enorme tubo circolare in cui venivano accelerate particelle subatomiche. I magneti nel tu-

63

bo si attivavano e disattivavano in rapida successione, spingendo le particelle a girare in tondo a velocità spaventose, nell'ordine dei trecentomila chilometri al secondo.

«Ma è quasi la velocità della luce...» aveva esclamato uno dei professori.

«Infatti» aveva risposto Brownell, il quale aveva poi proseguito dicendo che, se si acceleravano due particelle in direzioni opposte e le si facevano entrare in collisione, era possibile spezzarle, suddividendole nei loro componenti fondamentali. «Gli acceleratori di particelle sono indispensabili per il futuro della scienza» aveva concluso. «La collisione di particelle è l'unico modo per capire la struttura dell'universo.»

Charles Pratt, il poeta ufficiale di Harvard, non era parso impressionato. «Mi sembra un approccio piuttosto neandertaliano» aveva osservato. «Un po' come spaccare due orologi sbattendoli l'uno contro l'altro per vedere come sono fatti dentro.»

Brownell aveva posato la forchetta ed era uscito infuriato dalla sala.

"E così il CERN possiede un acceleratore di particelle" pensò Langdon in ascensore. "Un grande tubo circolare per spezzare le particelle." Si chiese perché l'avessero sistemato sottoterra.

Quando l'ascensore si fermò, tirò un sospiro di sollievo al pensiero di poter posare nuovamente i piedi sulla terraferma. Ma, appena si aprirono le porte, tutto il suo sollievo svanì: era di nuovo in un mondo alieno.

Si trovava in un tunnel, che pareva estendersi all'infinito sia da una parte sia dall'altra. Era di cemento, liscio, largo a sufficienza per permettere il passaggio di un TIR. Illuminato a giorno nel punto in cui si trovavano loro, diventava buio subito dopo. Vi soffiava un vento umido, quasi a ricordargli che si trovava nelle viscere della terra. Gli pareva di sentirne il peso sopra la testa e per un attimo tornò un bambino di nove anni, prigioniero nell'oscurità per quelle cinque lunghissime ore che ancora lo tormentavano. Strinse i pugni per vincere la paura.

Vittoria Vetra uscì dall'ascensore e si avviò decisa nel tunnel buio, senza aspettarli. I neon si accendevano automaticamente al suo passaggio. L'effetto era inquietante, come se il tunnel fosse vivo e anticipasse ogni suo movimento. I due uomini la seguirono a distanza. Le luci si spegnevano gradualmente dietro di loro.

«L'acceleratore di particelle è qui sotto?» chiese Langdon.

«Eccolo qui!» Kohler indicò un tubo cromato che correva lungo la parete interna del tunnel, alla sua sinistra.

Langdon lo osservò perplesso. «È questo?» Non era così che se lo aspettava. Aveva un diametro più o meno di un metro e si estendeva, perfettamente dritto, lungo il tunnel, per sparire poi nell'oscurità. "Sembra una fogna altamente tecnologica" pensò. «Credevo che gli acceleratori di particelle fossero circolari.»

«Infatti *è* circolare» replicò Kohler. «Sembra dritto, ma è un'illusione ottica. La circonferenza del tunnel è talmente ampia che la curvatura è impercettibile, come quella della superficie terrestre.»

Langdon era esterrefatto. "Questo tunnel è circolare?" «Ma... dev'essere enorme!»

«L'LHC è l'impianto più grande del mondo.»

Langdon comprese a scoppio ritardato a che cosa si riferiva il pilota quando gli aveva parlato di un enorme impianto sotterraneo. «Ma...»

«Misura più di otto chilometri di diametro e ventisette di circonferenza.»

A Langdon girava la testa. «Ventisette chilometri?» Guardò in faccia il direttore del CERN, poi si voltò di nuovo verso l'antro buio che aveva davanti. «Questo tunnel è lungo ventisette chilometri?»

Kohler annuì. «Esatto: un anello perfetto che arriva fino in territorio francese. Al massimo dell'accelerazione le particelle compiono diecimila giri del tubo al secondo, prima di entrare in collisione.»

Langdon sentì cedergli le gambe. «Vuole dire che il CERN ha scavato milioni di tonnellate di terra solo per far scontrare minuscole particelle?»

Kohler si strinse nelle spalle. «A volte per conoscere la verità occorre smuovere le montagne.»

16

A centinaia di chilometri di distanza dal CERN, una voce grac-
chiava da una ricetrasmittente. «Okay, sono nel corridoio.»

La guardia che osservava gli schermi premette il pulsante
della ricetrasmittente. «La telecamera che ci interessa è la numero ottantasei. Dovrebbe essere in fondo.»

Seguì un lungo silenzio. La fronte della guardia si imperlò
di sudore. Poi la ricetrasmittente ricominciò a gracchiare.

«Non c'è» disse la voce. «Vedo il supporto su cui era monta-
ta, ma qualcuno deve averla tolta.»

Il tecnico sospirò. «Grazie. Aspetta lì un secondo, per favore.»

Si voltò nuovamente, sbuffando, verso la fila di schermi.
Ampie zone del complesso erano aperte al pubblico ed era già
capitato che qualche telecamera senza fili venisse rubata da un
turista a caccia di souvenir, ma non appena l'apparecchio veniva portato via dal complesso, il segnale si perdeva e lo schermo diventava nero. Perplesso, il tecnico osservò il monitor:
dalla telecamera numero ottantasei giungeva ancora un'immagine chiara e nitida.

"Se la telecamera è stata rubata, perché continuiamo a ricevere il segnale?" si chiese. C'era una sola spiegazione plausibile. La telecamera si trovava ancora all'interno del complesso, e qualcuno l'aveva semplicemente spostata. "Ma chi? E
perché?"

Osservò lo schermo ancora un momento, poi riprese in mano il walkie-talkie. «C'è qualche sgabuzzino, lì intorno? Armadi, nicchie non illuminate?»

La voce rispose in tono perplesso. «No... perché?»

Il tecnico aggrottò la fronte. «Niente, non importa. Va bene così, grazie.» Spense la ricetrasmittente con una smorfia.

Essendo di piccole dimensioni e per di più senza fili, la telecamera numero ottantasei avrebbe potuto essere ovunque, in quel sorvegliatissimo complesso che comprendeva trentadue edifici in un raggio di meno di un chilometro. Il tecnico sapeva solo che si trovava in un luogo buio, e questo non era certo di grande aiuto. C'erano moltissime zone buie nel complesso: sgabuzzini, condutture dell'impianto di riscaldamento, capanni degli attrezzi nei giardini, guardaroba e persino un dedalo di tunnel sotterranei. Ci sarebbero volute settimane per localizzare la telecamera mancante.

"Ma questo è l'ultimo dei miei problemi" pensò. Oltre al mistero della telecamera nascosta, c'era infatti un altro problema, ben più preoccupante.

La guardia fissò lo schermo che trasmetteva il segnale proveniente dalla telecamera rubata. Inquadrava un oggetto, un'apparecchiatura dall'aspetto moderno, che non gli sembrava di avere mai visto prima. Aveva un display elettronico, che lampeggiava.

Nonostante avesse ricevuto un addestramento rigoroso, che gli aveva insegnato ad affrontare le emergenze più gravi, il tecnico aveva il batticuore. Non doveva lasciarsi cogliere dal panico: c'era sicuramente una spiegazione. Quell'oggetto era troppo piccolo per rappresentare un vero pericolo. Ciononondimeno, la sua presenza era inquietante. Molto inquietante.

"Proprio oggi doveva succedere?" pensò.

La sicurezza aveva sempre rappresentato una priorità assoluta per i suoi superiori, ma quel giorno era di importanza vitale, più che in qualunque altro momento degli ultimi dodici anni. Il tecnico rimase a lungo a osservare l'oggetto e sentì il brontolio di un temporale che si preparava in lontananza.

Poi, sudato, chiamò il responsabile.

17

Non molti bambini possono dire di ricordare il primo incontro con il loro padre, ma Vittoria Vetra sì. Aveva otto anni e viveva all'orfanotrofio di Siena, un'istituzione cattolica, essendo stata abbandonata dai genitori, che non aveva mai conosciuto. Quel giorno pioveva. Le monache l'avevano già chiamata due volte per il pranzo, ma come sempre Vittoria aveva fatto finta di non sentire. Si era sdraiata nel cortile a guardare le gocce di pioggia che cadevano dal cielo, cercando di indovinarne la traiettoria. Le monache continuavano a chiamarla, dicendole che si sarebbe buscata una polmonite, e allora sì che le sarebbe passata la curiosità nei confronti della natura.

"Non vi sento nemmeno" pensava Vittoria.

Era bagnata fradicia, quando il giovane sacerdote era andato a cercarla. Vittoria non lo conosceva, non l'aveva mai visto prima. Si aspettava che la prendesse per un braccio e la trascinasse a forza nel refettorio, invece no. Con sua grande meraviglia, le si era disteso accanto, inzaccherandosi la tonaca.

«Le monache si lamentano che fai un sacco di domande» le aveva detto.

Vittoria l'aveva guardato storto. «Che cosa c'è di male?»

Il prete era scoppiato a ridere. «Ah, ma allora hanno proprio ragione.»

«Che cosa ci fai tu, qui fuori?»

«Quello che ci fai tu... Mi chiedo perché cade la pioggia.»

«Io non me lo sto chiedendo: lo so già!»

Il giovane si era stupito. «Lo sai già?»

«Suor Francesca dice che le gocce di pioggia sono le lacrime degli angeli che vengono a lavare via i nostri peccati.»

«Ah, adesso capisco!» aveva esclamato il prete divertito. «Questo spiega tutto.»

«Non spiega un bel niente, invece!» aveva ribattuto la bambina. «La pioggia cade perché *tutto* cade! *Tutte* le cose cadono, non solo la pioggia!»

Il prete si era grattato la testa con aria perplessa. «Mi sa che hai proprio ragione: tutto cade. Sarà la gravità...»

«Sarà cosa?»

Il prete l'aveva guardata stupefatto. «Non hai mai sentito parlare della gravità?»

«No.»

Il giovane si era stretto nelle spalle, intristito. «Peccato, perché la gravità spiega un sacco di cose.»

Vittoria si era tirata su a sedere. «E che cos'è?» gli aveva chiesto. «Dimmelo!»

«Te lo spiego mentre mangiamo, va bene?» Il prete le aveva strizzato l'occhio.

Era Leonardo Vetra. Dopo essersi laureato in fisica con ottimi voti, aveva sentito la vocazione ed era entrato in seminario.

Leonardo e Vittoria erano diventati grandi amici e formavano una strana accoppiata nel mondo rigido e solitario dell'istituto. Vittoria lo faceva ridere e lui la teneva sotto la propria ala protettrice, insegnandole che tutte le cose belle, come gli arcobaleni e i fiumi, avevano una spiegazione scientifica. Le parlava della luce, dei pianeti, delle stelle e di tutta la natura dal punto di vista di Dio e della scienza. Vittoria, così intelligente e avida di sapere, era un'allieva appassionata e Leonardo la proteggeva come una figlia.

Anche Vittoria era felice. Non aveva mai conosciuto la gioia di avere un padre. A differenza degli altri adulti che rispondevano alle sue domande con un'alzata di spalle o uno scappellotto, Leonardo passava ore e ore a mostrarle libri e le chiedeva di esprimere il proprio parere sugli argomenti più vari. Vittoria pregava che restasse per sempre con lei. Ma un giorno il suo peggiore incubo era divenuto realtà: padre Leonardo le aveva annunciato che stava per lasciare l'orfanotrofio.

«Mi trasferisco in Svizzera» le aveva detto. «Mi è stata assegnata una borsa di studio in fisica all'università di Ginevra.»

«Fisica?» aveva protestato Vittoria. «Io credevo che tu amassi Dio!»

«Infatti lo amo tantissimo. Proprio per questo voglio studiare le sue regole divine. Le leggi della fisica sono la tela su cui Dio ha dipinto il suo capolavoro.»

Vittoria era disperata, ma padre Leonardo aveva un'altra notizia da darle: aveva chiesto ai suoi superiori se la bambina poteva andare a stare con lui, e gli avevano detto di sì.

«Tu vuoi che io ti adotti?» le aveva chiesto.

«Che cosa vuol dire "adottare"?» aveva domandato la bambina.

Padre Leonardo glielo aveva spiegato e Vittoria lo aveva abbracciato forte per cinque minuti, piangendo di gioia. «Oh, sì, sì!»

Leonardo le aveva detto che doveva stare via per un po', in modo da trovare una sistemazione per loro due in Svizzera, promettendole però che nel giro di sei mesi si sarebbero riuniti. Era stata l'attesa più lunga che Vittoria avesse mai vissuto, ma Leonardo aveva mantenuto la parola: cinque giorni prima del suo nono compleanno, Vittoria si era trasferita a Ginevra. Di giorno frequentava la Scuola internazionale, di sera studiava con il padre.

Tre anni dopo, Leonardo Vetra era stato assunto al CERN e aveva traslocato con Vittoria in una specie di paese delle meraviglie.

Vittoria Vetra percorreva come un automa il tunnel dell'LHC. Vide il proprio riflesso sbiadito nel tubo di metallo e avvertì l'assenza di suo padre. Di solito era serena, in armonia con l'ambiente, ma di colpo le pareva che nulla avesse più senso. Le ultime tre ore erano state un incubo.

La chiamata di Kohler l'aveva raggiunta alle dieci del mattino, mentre lei era alle isole Baleari sul ponte della barca d'appoggio per le immersioni. «Suo padre è stato assassinato. È meglio che lei torni subito.» Nonostante l'afa insopportabile, Vittoria si era sentita raggelare. Il tono impassibile di Kohler le aveva fatto accapponare la pelle.

Così adesso era di nuovo a casa. Ma poteva ancora chiamare casa quel posto? Il CERN, in cui abitava da quando aveva dodici anni, era improvvisamente diventato un luogo estraneo. Suo padre, l'uomo che lo rendeva magico, non c'era più.

Benché si sforzasse di respirare profondamente, non riusciva a calmarsi. Mille domande la assillavano, sempre più insistenti. Chi aveva ucciso suo padre? E perché? Chi era quello "specialista americano"? Perché Kohler insisteva tanto per entrare nel laboratorio?

Aveva accennato a un possibile collegamento fra l'assassinio di suo padre e il progetto a cui stava lavorando. "Ma com'è possibile? Nessuno ne sapeva nulla! E, ammesso che qualcuno avesse scoperto qualcosa, perché ucciderlo?"

Avvicinandosi al laboratorio, Vittoria si rese conto che stava per rivelare la più grande scoperta di suo padre senza di lui. Aveva immaginato quel momento in maniera molto diversa, con lui che convocava nel laboratorio i più eminenti scienziati del CERN e osservava i loro volti stupefatti. Con quale orgoglio avrebbe spiegato che tutto era nato da un'idea di Vittoria, con quanta fierezza avrebbe detto che sua figlia aveva avuto un ruolo fondamentale nel successo dell'impresa... Vittoria aveva un groppo alla gola. "Avremmo dovuto vivere questo momento insieme" pensò. Invece era lì da sola, senza eminenti scienziati, senza volti stupefatti: solo uno sconosciuto americano e Maximilian Kohler.

"Maximilian Kohler. *Der König*."

Quell'uomo non le era mai piaciuto, nemmeno da bambina. Con il tempo aveva imparato a rispettarlo per la sua straordinaria intelligenza, ma il suo contegno glaciale le era sempre parso disumano, l'esatta antitesi del calore di suo padre. Kohler cercava nella scienza la logica ineccepibile, mentre suo padre era spinto da un senso di meraviglia spirituale. Ciononostante, il rapporto tra i due era sempre stato all'insegna del massimo rispetto. "Il genio accetta incondizionatamente il genio" le aveva detto qualcuno.

"Mio padre era un genio" pensò. "Mio padre... è morto."

Al laboratorio di Leonardo Vetra si accedeva da un lungo corridoio rivestito di piastrelle bianche. A Langdon parve di entrare in una specie di manicomio sotterraneo. Alle pareti erano appese alcune immagini in bianco e nero incorniciate. Studiava immagini da una vita, ma quelle gli erano del tutto incomprensibili. Parevano negativi di fotografie di strisce e spirali disposte a casaccio. Si chiese se non fossero opera di qualche artista contemporaneo. "Magari di Jackson Pollock sotto l'effetto delle amfetamine..."

«Sono diagrammi a dispersione» spiegò Vittoria notando il suo interesse. «Immagini computerizzate di collisioni di particelle. Questa è la particella Z» disse indicando una scia indistinta, quasi invisibile nello sfondo confuso. «L'ha scoperta mio padre cinque anni fa. Energia pura, senza massa. Potrebbe trattarsi della particella materiale più piccola che esista. La materia non è altro che energia imprigionata.»

"La materia è energia?" Langdon la guardò stupefatto. "Suona molto zen." Lanciò un ultimo sguardo alla minuscola scia e si domandò che cosa avrebbero pensato i suoi amici dell'istituto di Fisica di Harvard nel sentire che aveva trascorso il fine settimana ad ammirare particelle Z in giro per il CERN di Ginevra.

«Vittoria» disse Kohler, mentre si avvicinavano all'imponente porta d'acciaio del laboratorio «non gliel'avevo ancora detto, ma stamattina sono già venuto quaggiù a cercare suo padre.»

Vittoria arrossì lievemente. «Davvero?»

«Sì. E immaginerà il mio stupore quando ho scoperto che aveva tolto la normale serratura a combinazione.» Indicò un sofisticato dispositivo elettronico installato accanto alla porta.

«Mi dispiace» rispose Vittoria. «Lei sa che mio padre aveva l'ossessione della privacy. Non voleva che nessuno oltre a noi due potesse accedere al laboratorio.»

«Ho capito» replicò Kohler. «Apra lei, allora.»

Vittoria rimase un istante immobile, poi trasse un respiro profondo e si avvicinò al congegno sul muro.

Langdon non era assolutamente preparato a quel che stava per accadere.

La dottoressa Vetra allineò l'occhio destro con un oculare simile a quello di un telescopio e premette un pulsante. Si udì un *clic* e si accese un fascio di luce, che oscillò avanti e indietro sul suo occhio.

«È uno scanner retinico» spiegò. «Un dispositivo di sicurezza infallibile, programmato per autorizzare l'accesso a due individui soltanto: mio padre e me.»

Robert Langdon rimase raggelato. Gli tornò in mente il cadavere di Leonardo Vetra, con il volto insanguinato e l'orbita vuota. Per un attimo fu tentato di negare l'evidenza ma poi, sotto lo scanner, sulle mattonelle bianche, vide alcune macchie rossastre. Sangue secco.

Vittoria, per fortuna, non le notò.

Le ante scorrevoli della porta d'acciaio si aprirono, e la donna varcò la soglia.

Kohler rivolse a Langdon uno sguardo torvo, il cui messaggio era chiaro: "Glielo avevo detto che quella mutilazione aveva un senso".

73

18

La donna legata aveva i polsi gonfi e arrossati. L'assassino, scuro di pelle, era coricato accanto a lei e ammirava esausto le sue nudità. Si domandò se faceva finta di dormire, una patetica scusa per non dovergli fornire altre prestazioni.

Ma non aveva importanza. Ormai appagato, si tirò su a sedere sul letto.

Al suo paese le donne erano proprietà degli uomini, strumenti di piacere, oggetti da scambiare, come capi di bestiame. Erano remissive e coscienti del loro ruolo. Le europee, invece, ostentavano una forza e un'indipendenza che lo sorprendevano e lo eccitavano. Sottometterle era un piacere a cui non sapeva rinunciare.

Era soddisfatto, ma sapeva che ben presto sarebbe stato assalito da nuovi appetiti. La sera prima aveva ucciso e mutilato, e per lui uccidere era una droga: la soddisfazione era soltanto temporanea e non faceva che accrescere il desiderio, il bisogno. L'euforia si era già spenta e la sete stava tornando.

Rimase a lungo a osservare la donna che gli dormiva accanto. Le accarezzò il collo con la palma della mano, eccitato all'idea di poterle togliere la vita con un semplice gesto. Che importanza avrebbe avuto? Era una creatura subumana, un semplice veicolo di piacere e di sottomissione. Le sue dita nodose le strinsero la gola; sentì il pulsare dei vasi sanguigni, ma si trattenne e allontanò la mano. Aveva una missione da compiere, una causa per cui combattere ben più importante della soddisfazione dei suoi appetiti.

Mentre si alzava dal letto, pensò con un fremito di orgoglio all'onore che gli era stato riservato. Non poteva neppure immaginare il potere dell'uomo che si faceva chiamare Giano e dell'antica setta di cui era il capo. Stentava a credere che avessero scelto proprio lui. Chissà come erano venuti a sapere della sua sete di vendetta e del suo valore... Probabilmente non l'avrebbe mai scoperto. "Hanno radici ovunque..."

Gli avevano affidato l'onore di portare a termine la missione. Sarebbe stato le loro mani, la loro voce. Assassino e messaggero, quello che il suo popolo chiamava *Malak al-haq*, l'Angelo della Verità.

Il laboratorio di Vetra era avveniristico.

Tutto bianco, pieno di computer e di speciali apparecchiature elettroniche, sembrava asettico come una sala operatoria. Langdon si domandò quali segreti poteva mai contenere perché qualcuno arrivasse a tanto pur di entrarvi.

Kohler era visibilmente preoccupato e si guardava intorno alla ricerca di eventuali intrusi, ma il laboratorio era deserto. Anche Vittoria si muoveva con circospezione, come se quel luogo, in assenza del padre, le fosse divenuto estraneo.

Lo sguardo di Langdon si posò immediatamente su una serie di colonnine al centro della stanza: erano pilastri di acciaio lucido, alti non più di un metro, disposti a cerchio come in una Stonehenge in miniatura. Sembravano espositori di pietre preziose. In cima a ogni colonnina c'era una specie di tubo trasparente, grande più o meno come quelli per le palline da tennis.

Kohler osservò perplesso quei cilindri apparentemente vuoti, ma non indagò. Voltandosi verso Vittoria chiese invece: «Manca qualcosa?».

«E come potrebbe?» ribatté Vittoria. «Lo scanner retinico permette l'accesso solo a me e a mio padre.»

«Controlli, la prego.»

Vittoria sospirò e si guardò in giro attentamente, poi si strinse nelle spalle. «Sembra tutto a posto. Il tipico disordine organizzato di mio padre.»

Langdon intuì che Kohler stava valutando fino a che punto raccontarle la verità. Evidentemente aveva deciso di non scoprirsi oltre, perché dopo un po' portò la sedia a rotelle al centro della stanza e si mise a esaminare i misteriosi contenitori cilindrici.

«I segreti sono un lusso che non possiamo più permetterci» dichiarò infine.

Vittoria annuì rassegnata. Era visibilmente commossa, come se tornando nel laboratorio i ricordi l'avessero travolta.

"Dalle un momento per riprendersi" pensò Langdon.

Vittoria chiuse gli occhi e trasse un respiro profondo, come per prepararsi alla rivelazione che stava per fare. Prese fiato ancora una volta e un'altra ancora...

Langdon la guardava preoccupato. "Starà bene?" Rivolse un'occhiata a Kohler che, forse conoscendo già quel rituale, non sembrava per nulla turbato. Passarono una decina di secondi prima che la donna riaprisse gli occhi.

Langdon restò sbigottito di fronte alla metamorfosi. Vittoria Vetra sembrava un'altra: aveva il volto disteso, la testa alta, lo sguardo sereno e rilassato. Era come se avesse trovato un nuovo equilibrio, la posizione più adatta per affrontare la crisi. Risentimento e dolore sembravano svaniti.

«Non so da che parte cominciare...» disse con voce tranquilla.

«Perché non dall'inizio?» la incitò Kohler. «Ci parli degli esperimenti di suo padre.»

«Il suo sogno era riconciliare scienza e fede» iniziò Vittoria. «Il suo obiettivo dimostrare che la scienza e la religione sono due discipline assolutamente compatibili, due approcci diversi per trovare un'unica verità.» Si interruppe, quasi non sapesse come andare avanti. «E... ci era riuscito.»

Kohler ascoltava in silenzio.

«Sperava che il suo esperimento mettesse fine a una delle più aspre diatribe della storia.»

Langdon si domandò quale, visto che erano innumerevoli.

«Il creazionismo» dichiarò Vittoria. «La disputa sulla genesi dell'universo.»

"Oh, la disputa per eccellenza!" pensò Langdon.

«La Bibbia, come tutti sappiamo, afferma che l'universo fu creato da Dio. Egli disse: "*Fiat lux*" e tutto quel che ci circonda apparve dal vuoto infinito. Disgraziatamente, però, la fisica sostiene che la materia non può essere creata dal nulla.»

Langdon aveva letto alcuni articoli sull'argomento. L'idea che Dio potesse aver creato qualcosa "dal nulla" era in contrasto con le leggi della fisica moderna e perciò, dal punto di vista scientifico, il racconto del *Genesi* era inverosimile.

«Professor Langdon» continuò Vittoria voltandosi verso di lui «suppongo che lei conosca la teoria del Big Bang.»

Langdon si strinse nelle spalle. «Più o meno» rispose. Sapeva che il Big Bang – la teoria accettata dalla scienza – era la grande esplosione primordiale da cui avrebbe tratto origine l'universo. A quanto aveva capito, gli scienziati sostenevano che da un unico punto di energia estremamente concentrata si era scatenata un'immensa esplosione che, espandendosi, aveva dato origine all'universo. O qualcosa del genere.

Vittoria proseguì. «All'inizio, quando il gesuita Georges Lemaître propose un abbozzo della teoria dell'espansione dell'universo, nel 1927...»

«Come, scusi?» la interruppe Langdon. «Sta dicendo che fu un sacerdote ad avanzare per primo la teoria del Big Bang?»

Vittoria parve sorpresa. «Ma certo.»

«E io che pensavo...» balbettò Langdon. «Ma non fu l'astronomo di Harvard Edwin Hubble?»

Kohler gli rivolse un'occhiataccia. «La solita arroganza americana. Hubble divulgò la scoperta nel 1929, due anni dopo Lemaître.»

Langdon si accigliò. "Però il telescopio Hubble... non mi dite che dovrebbe chiamarsi telescopio Lemaître!"

«Il professor Kohler ha ragione» intervenne Vittoria. «Fu Lemaître ad avere l'intuizione e Hubble si limitò a confermarla, raccogliendo le prove concrete della sua attendibilità scientifica.»

«Capisco» borbottò Langdon, chiedendosi se i colleghi dell'istituto di Astronomia di Harvard facessero mai cenno a Lemaître.

«Quando Lemaître espose per la prima volta la teoria del Big Bang, molti scienziati affermarono che era ridicola sostenendo che la materia non poteva essere creata dal nulla» proseguì Vittoria. «Ma quando Hubble ne dimostrò la correttezza, la Chiesa la presentò come la prova concreta del fatto che la Bibbia era scientificamente attendibile. La verità divina.»

Langdon annuì, ascoltando con attenzione.

«Naturalmente gli scienziati non furono affatto felici di vedere le loro scoperte utilizzate dalla Chiesa a scopo di propaganda e spiegarono la teoria del Big Bang in termini matematici, privandola di qualsiasi connotazione religiosa. Purtroppo per la scienza, però, le loro equazioni continuano ad avere una lacuna che la Chiesa, naturalmente, non manca di sottolineare.»

«La *singolarità*» bofonchiò Kohler con un tono che lasciava intendere che quel problema lo tormentava da una vita.

«Esattamente. La singolarità. Il momento esatto della creazione, l'attimo zero» confermò Vittoria. Poi si voltò verso Langdon. «La scienza non è ancora riuscita a isolare il momento della creazione. Le nostre equazioni spiegano le prime fasi della vita dell'universo, ma se procediamo a ritroso, più ci avviciniamo all'attimo zero, più la logica vacilla e improvvisamente tutto perde di significato.»

«Già. E la Chiesa sbandiera questa deficienza come prova del miracoloso intervento di Dio» disse Kohler spazientito. «Venga al punto.»

Vittoria cambiò espressione. «Il punto è che mio padre ha sempre creduto nell'intervento di Dio nel Big Bang. Se la scienza non è mai riuscita a comprendere il momento divino della creazione, lui era convinto di farcela.» Indicò con aria triste un foglietto stampato nella postazione di lavoro di suo padre. «Mi sventolava questo sotto il naso ogni volta che la mia fiducia vacillava.»

C'era scritto:

SCIENZA E RELIGIONE NON SONO IN CONFLITTO.
MA LA SCIENZA È ANCORA TROPPO GIOVANE PER COMPRENDERE.

«Voleva innalzare la scienza a un livello da cui avrebbe potuto ammettere l'esistenza di Dio» continuò Vittoria. Si passò una mano tra i lunghi capelli, immalinconita. «Aveva intrapreso perciò una ricerca che nessun altro scienziato aveva mai concepito e che nessuno aveva mai avuto la tecnologia per condurre.» Si interruppe, forse indecisa su come proseguire. «Dimostrare la plausibilità della Genesi.»

"Che cosa?" si stupì Langdon. "*Fiat lux?* La materia dal nulla?"

Kohler si guardò intorno. «Mi scusi, credo di non aver capito bene.»

«Mio padre ha creato un universo dal nulla.»

Kohler si voltò di scatto. «Che cosa?»

«O, per meglio dire, ha riprodotto il Big Bang.»

Kohler era stupefatto e Langdon sconcertato. "Ha creato un universo? Ha riprodotto il Big Bang?"

«In scala molto ridotta, certo» puntualizzò Vittoria, sempre più infervorata. «Ma è stato incredibilmente semplice. Ha accelerato in direzioni opposte due fasci ultrasottili di particelle, che si sono scontrati frontalmente a velocità straordinaria, compenetrandosi l'uno nell'altro e comprimendo tutta la loro energia in un unico punto. In questo modo ha ottenuto una densità di energia mai vista prima.» Prese a snocciolare una serie di valori che il direttore del CERN ascoltò strabuzzando gli occhi.

Langdon cercava di non perdere il filo: Leonardo Vetra aveva simulato il punto di energia compressa da cui si pensava fosse nato l'universo...

«I risultati sono stati assolutamente strabilianti» disse Vittoria. «Dopo la loro pubblicazione, la fisica moderna non sarà più la stessa.» Parlava più lentamente, ora, forse perché stava per arrivare al nocciolo del discorso. «In questo punto di energia ultracompressa all'interno dell'acceleratore si sono infatti materializzate dal nulla particelle di materia.»

Kohler non ebbe alcuna reazione. Si limitò a guardarla.

«*Materia*» ripeté Vittoria. «Sbocciata improvvisamente dal nulla. C'è stato un incredibile spettacolo di fuochi d'artificio subatomici e un universo in miniatura ha preso vita. Perciò mio padre ha provato non solo che la materia può essere creata dal nulla, ma anche che sia il Big Bang sia la Genesi si possono spiegare con la presenza di un'enorme fonte di energia.»

«Cioè Dio?» domandò Kohler.

«Dio, Budda, la Forza, Jahwèh, la singolarità, il punto di unicità... chiamiamolo come vogliamo, il risultato non cambia. Scienza e religione giungono alla stessa conclusione: alla base della creazione c'è l'energia pura.»

Seguì un lungo silenzio. Quando infine Kohler parlò, il suo tono era grave. «Vittoria, non riesco a capacitarmi di quello che ha detto. Davvero suo padre ha creato la materia dal nulla?»

«Sì» rispose Vittoria, indicando i contenitori trasparenti. «E ne ho la prova. Questi cilindri contengono alcuni campioni della materia che ha creato.»

Kohler tossì e si avvicinò ai cilindri con il fare guardingo di un animale che giri intorno a qualcosa di cui istintivamente diffida. «Mi scusi, Vittoria, ma come faccio a sapere che qui dentro c'è la materia creata da suo padre? Potreste averla presa ovunque!»

«Queste particelle sono uniche, signor direttore» ribatté Vittoria, sicura di sé. «Sono particelle di un tipo che non esiste in alcun altro luogo al mondo e dunque non può che trattarsi di materia creata qui, da mio padre.»

Kohler si incupì. «Vittoria, scusi, ma non la seguo. Esiste un solo tipo di materia, e...» Si interruppe, lasciando la frase a metà.

Vittoria assunse un'espressione trionfante. «Quante conferenze ha tenuto su questo argomento, signor direttore? L'universo contiene due tipi di materia, è scientificamente provato.» Si voltò verso Langdon. «Professore, che cosa dice la Bibbia riguardo alla creazione? Che cosa creò Dio?»

Langdon, non capendo che attinenza ci fosse, era a disagio. «Be', Dio creò... la luce e le tenebre, il paradiso e l'inferno...»

«Esattamente» esclamò Vittoria. «Creò ogni cosa e il suo contrario. In maniera simmetrica, con un equilibrio perfetto.» Si voltò di nuovo verso Kohler. «La scienza afferma lo stesso concetto, e cioè che il Big Bang creò ogni cosa e il suo contrario.»

«E questo vale anche per la materia...» mormorò Kohler pensoso.

Vittoria annuì. «Infatti, quando mio padre effettuò l'esperimento, apparvero due tipi di materia.»

Langdon non capiva. "Leonardo Vetra ha creato il contrario della materia?"

Kohler pareva irritato. «Senta, ciò di cui lei parla esisterà pure nell'universo, ma di certo non sulla terra. E con ogni probabilità neppure nella nostra galassia!»

«Appunto!» replicò Vittoria. «Il che dimostra che le particelle contenute in questi cilindri sono state necessariamente "create".»

Kohler si irrigidì. «Vittoria, sta forse dicendo che qui dentro ci sono dei campioni di...?»

«... antimateria» concluse lei orgogliosa. «Signor direttore, ne sta ammirando i primi esemplari al mondo.»

Percorrendo a lunghi passi la galleria buia, l'assassino pensò che era cominciata la "fase due" dell'operazione.

La fiaccola non era veramente necessaria, lo sapeva, ma faceva effetto, e anche questo era importante. Aveva imparato a considerare la paura come sua alleata. "La paura è l'arma più efficace."

Nella galleria non c'erano specchi in cui controllare il travestimento, ma dall'ombra ondeggiante della veste capiva che era perfetto. Confondersi in mezzo agli altri faceva parte del piano, della sua perversione. Neppure nelle sue fantasie più contorte avrebbe mai immaginato di interpretare quel ruolo.

Fino a due settimane prima avrebbe considerato impossibile l'impresa che lo attendeva alla fine di quella galleria: un vero e proprio suicidio, come entrare inermi nella tana del lupo. Ma Giano aveva ridefinito i confini del possibile.

Erano molti i segreti che Giano gli aveva rivelato negli ultimi quindici giorni, e uno di essi era proprio quel passaggio segreto, antichissimo ma ancora in condizioni perfette.

Mentre si avvicinava al nemico, si domandò se il compito che lo attendeva sarebbe stato facile come gli era stato promesso. Giano gli aveva assicurato che qualcuno avrebbe predisposto tutto dall'interno. "Dall'interno... Incredibile." Più ci pensava, più gli pareva strano.

"*Wahad... ithnayn... thalaatha... arba'a...*" si disse in arabo, avvicinandosi all'uscita. "Uno... due... tre... quattro..."

«Ha già sentito parlare di antimateria, vero, professore?» gli chiese Vittoria, che nel laboratorio bianco sembrava ancora più abbronzata.

«Sì. Be'... più o meno» rispose Langdon.

«Allora guardi *Star Trek*» concluse lei abbozzando un sorriso.

Langdon arrossì. «Ai miei studenti piace così tanto...» Aggrottò la fronte. «L'antimateria è il carburante dell'*Enterprise*, giusto?»

Vittoria annuì. «La fantascienza di qualità affonda sempre le radici nella scienza vera.»

«Dunque, l'antimateria esiste davvero?»

«È una realtà. Ogni cosa ha il suo contrario. I protoni hanno gli elettroni, i quark top, i quark bottom. C'è una simmetria cosmica a livello subatomico. L'antimateria è yin rispetto alla materia, yang. Bilancia l'equazione fisica.»

Langdon pensò all'autonomia della scienza sostenuta da Galileo.

«Già nel 1918 gli scienziati sapevano che esistono due tipi di materia» continuò Vittoria. «Uno è quello che vediamo sulla terra, la materia di cui sono fatte le rocce, gli alberi, gli esseri umani... L'altro è il suo opposto, identico al primo in tutto e per tutto, ma fatto di particelle con proprietà speculari, come la carica, che è opposta.»

Intervenne Kohler, con voce improvvisamente tremula. «Ma le barriere tecnologiche da superare anche solo per conservare l'antimateria sono enormi! La neutralizzazione, per esempio...»

«Mio padre ha creato un vuoto a polarità inversa in maniera tale da poter estrarre dall'acceleratore i positroni di antimateria prima del decadimento.»

Kohler corrugò la fronte. «Ma così si estrae anche la materia. Non c'è modo di separare le particelle.»

«Ha anche applicato un campo magnetico, che devia la materia verso destra e l'antimateria verso sinistra, perché hanno polarità opposte.»

All'improvviso i dubbi di Kohler parvero incrinarsi. Guardò Vittoria visibilmente turbato e fu sopraffatto da un improvviso accesso di tosse. «Incredibile...» disse asciugandosi la bocca. «Ma...» Faceva fatica a convincersi, continuava ad avere delle resistenze. «Ammettiamo pure che il procedimento di estrazione abbia funzionato. Questi cilindri però sono fatti di materia, no? Com'è possibile conservare l'antimateria all'interno di un recipiente fatto di materia? La reazione sarebbe istantanea...»

«Il campione di antimateria non entra in contatto con il contenitore» lo interruppe Vittoria, che evidentemente si aspettava quell'obiezione. «L'antimateria è sospesa al suo interno, a distanza di sicurezza sia dalla parete sia dalle basi del cilindro.»

«Ma... come fate a tenerla sospesa?»

«È intrappolata fra due campi magnetici che si intersecano. Venga a vedere.»

Vittoria attraversò la stanza e si avvicinò a un ingombrante marchingegno che a Langdon fece venire in mente certe armi dei cartoni animati: era una specie di cannone con un mirino in cima e un groviglio di componenti elettronici sotto. Vittoria puntò il mirino su uno dei cilindri, guardò nell'oculare ed effettuò alcune regolazioni. Poi si scostò, lasciando il posto a Kohler.

Lo scienziato era sbalordito. «Ne avete raccolto una quantità *visibile*?»

«Cinquecento nanogrammi» rispose Vittoria. «Un plasma liquido contenente milioni di positroni.»

«Milioni? Ma se finora ne erano state individuate solo alcune particelle...»

«Xeno» lo interruppe Vittoria. «Mio padre ha fatto passare

il fascio di particelle accelerate attraverso un getto di xeno, in modo da eliminare gli elettroni. Non mi ha spiegato la procedura nei dettagli, ma so che comportava l'iniezione simultanea di elettroni nell'acceleratore.»

Langdon era disorientato. Aveva l'impressione che Kohler e Vittoria stessero parlando una lingua a lui sconosciuta.

Kohler si zittì. Aveva la fronte aggrottata. A un certo punto fece un sospiro e sussultò. «Ma teoricamente questo ne libererebbe...»

Vittoria annuì. «Sì. Una quantità ragguardevole.»

Kohler osservò il cilindro. Incerto, si sollevò facendo forza sulle braccia per avvicinare l'occhio all'oculare. Rimase a lungo a osservare senza dire nulla. Quando si lasciò ricadere sulla sedia a rotelle aveva la fronte imperlata di sudore e rantolava. «Dio mio... Ci siete riusciti davvero.»

Vittoria annuì. «Il merito è tutto di mio padre.»

«Sono... sono senza parole!»

Vittoria si voltò verso Langdon. «Vuole dare un'occhiata anche lei?»

Langdon avanzò, incerto su cosa aspettarsi. A mezzo metro di distanza, il cilindro pareva vuoto; qualunque cosa contenesse doveva essere infinitesimale. Avvicinò l'occhio all'oculare. Gli ci volle un attimo per mettere a fuoco l'immagine, poi lo vide.

Non era sul fondo del contenitore come si sarebbe aspettato, ma sospeso nel centro. Era un globulo scintillante di liquido simile a mercurio che fluttuava a mezz'aria come per magia, vibrante, con la superficie lievemente increspata. Gli ricordava le immagini di una goccia d'acqua a gravità zero che aveva visto una volta in un documentario. Era una sfera microscopica, naturalmente, ma si vedevano i movimenti di ogni sua concavità e le onde che la percorrevano mentre ruotava lentamente su se stessa.

«Fluttua...» disse.

«E meno male» ribatté Vittoria. «L'antimateria è fortemente instabile. Da un punto di vista energetico è l'immagine speculare della materia, e dunque se le due dovessero venire a contatto si annullerebbero all'istante a vicenda. Tenere l'antimateria isolata dalla materia è un'impresa, ovviamente, perché al mondo tutto è materia. Per conservare i campioni è indispensabile che non vengano mai a contatto con nulla, neppure con l'aria.»

Langdon era sbalordito.

«E questi cilindri...» intervenne Kohler, passandoci un dito sopra, meravigliato. «Anche questi sono stati progettati da suo padre?»

«No» rispose Vittoria. «Li ho ideati io.»

Kohler la guardò stupito.

Vittoria si spiegò, modesta. «Mio padre era riuscito a produrre le prime particelle di antimateria, ma si trovava a un punto morto, perché non sapeva come conservarle. Io gli ho suggerito questi contenitori sottovuoto in materiale nanocomposito, dotati alle due estremità di elettromagneti di carica opposta.»

«A quanto pare ha mutuato il genio di suo padre.»

«No davvero. Mi è bastato ispirarmi a madre natura. La fisalia cattura i pesci fra i tentacoli usando le cariche sviluppate dalle sue nematocisti. Il principio qui è lo stesso. Ogni cilindro ha un elettromagnete per lato e i due campi magnetici opposti si intersecano al centro, mantenendo l'antimateria sospesa nel vuoto.»

Langdon osservò nuovamente il cilindro. L'antimateria era sospesa nel vuoto e non entrava in contatto con nulla. Kohler aveva ragione. Era geniale.

«Dov'è la fonte d'energia dei magneti?» chiese Kohler.

«Nella colonna sottostante.» Vittoria la indicò. «I contenitori sono avvitati su un supporto che li tiene costantemente sotto carica, in modo che non venga a mancare la forza portante dell'elettromagnete.»

«Che cosa accadrebbe altrimenti?»

«Be', l'antimateria cadrebbe venendo a contatto con il fondo del cilindro e si verificherebbe l'annichilazione.»

Langdon drizzò le orecchie. «Annichilazione?» Il suono di quella parola non gli piaceva.

Vittoria non pareva preoccupata. «Sì. Quando materia e antimateria entrano in contatto si distruggono istantaneamente a vicenda e questo processo, in fisica, si chiama "annichilazione".»

Langdon annuì. «Oh.»

«È la reazione più semplice in natura. Una particella di materia e una di antimateria si combinano rilasciando due nuove particelle, chiamate fotoni. Il fotone, in pratica, è un lampo di luce di proporzioni infinitesimali.»

Langdon ne aveva sentito parlare e sapeva che i fotoni erano particelle di luce, energia nella sua forma più pura. Preferì evitare di fare domande sul capitano Kirk e i siluri fotonici che usava nelle battaglie contro i Klingon. «Allora, se l'antimateria viene a contatto con la materia provoca un minuscolo lampo di luce?»

Vittoria si strinse nelle spalle. «Dipende da cosa intende per "minuscolo". Venite, vi faccio vedere.» Allungò una mano per svitare il cilindro dal suo supporto.

Kohler lanciò un urlo di terrore e si gettò in avanti per fermarla. «Vittoria! Cosa fa? È impazzita?»

22

Kohler, incredibilmente, rimase in piedi per un secondo e, traballante sulle gambe inerti, bianco come un cencio, gridò: «Vittoria! Lasci quel cilindro dov'è!».

Langdon assistette attonito alla reazione di panico del direttore.

«Cinquecento nanogrammi!» continuò Kohler. «Se cade la tensione magnetica...»

«Direttore, non c'è alcun rischio» lo rassicurò Vittoria. «Ognuno di questi dispositivi ha un sistema di sicurezza, una batteria tampone che lo alimenta qualora venga rimosso dalla colonna di ricarica. Il campione di antimateria rimane sospeso anche se tolgo il cilindro dal supporto.»

Kohler pareva dubbioso. Scuotendo il capo, si rimise a sedere.

«La batteria entra in funzione automaticamente non appena il cilindro viene rimosso dalla colonna di ricarica» proseguì Vittoria. «Ha un'autonomia di ventiquattr'ore.» Si voltò verso Langdon, quasi avesse percepito la sua ansia. «L'antimateria ha caratteristiche stupefacenti, professore, che la rendono estremamente pericolosa. Un campione da dieci milligrammi, dal volume paragonabile a un granello di sabbia, può sprigionare la stessa energia di duecento tonnellate di propellente convenzionale per razzi.»

Langdon era confuso quanto prima.

«È la fonte di energia del futuro. Mille volte più potente dell'energia nucleare. Con un rendimento del cento per cento. Niente scorie, niente radiazioni, niente inquinamento. Ne basterebbero pochi grammi per illuminare una grande città per un'intera settimana.»

"Grammi?" pensò Langdon inquieto, arretrando di un passo.

«Non si preoccupi» disse Vittoria. «Questi campioni sono frazioni infinitesimali di grammo, milionesimi. Sono relativamente innocui.» Allungò la mano e svitò il cilindro dal supporto.

Kohler ebbe un fremito, ma non interferì. Appena staccato dalla colonna di ricarica, il cilindro emise un breve suono acuto e vicino al fondo si accese un piccolo display a LED. Le cifre rosse lampeggiarono e cominciò il conto alla rovescia.

24:00:00...

23:59:59...

23:59:58...

Langdon lo osservò e lo trovò minacciosamente simile a una bomba a orologeria.

«La batteria dura esattamente ventiquattr'ore» spiegò Vittoria. «Può essere ricaricata riposizionando il cilindro sulla sua base. È stata progettata come dispositivo di sicurezza, ma può servire anche per il trasporto.»

«Per il trasporto?» Kohler era impietrito. «Portate questa roba fuori dal laboratorio?»

«Certo che no» disse Vittoria. «Ma poterla spostare può aiutarci a studiarla meglio.»

Vittoria condusse Langdon e Kohler all'altra estremità della stanza e scostò una tenda dietro la quale c'era una vetrata che dava su una sala enorme con muri, pavimento e soffitto interamente rivestiti di acciaio. A Langdon ricordò la cisterna della petroliera sulla quale aveva viaggiato per recarsi in Papua Nuova Guinea a studiare i tatuaggi degli Hanta.

«Ecco la camera di annichilazione» disse Vittoria.

Kohler la guardò stupito. «Siete riusciti a osservare delle *vere* annichilazioni?»

«Mio padre era affascinato dalla fisica del Big Bang... enormi quantità di energia sprigionate da minuscoli nuclei di materia.» Aprì uno scomparto di acciaio sotto la vetrata, vi depose il cilindro e lo richiuse. Poi tirò una leva a fianco dello scomparto e un attimo dopo videro il cilindro comparire dall'altra parte del vetro e rotolare descrivendo un ampio arco sul pavimento della sala, fino a fermarsi al centro.

Vittoria sorrideva nervosamente. «State per assistere alla vostra prima annichilazione materia-antimateria. Pochi milionesimi di grammo. Un campione relativamente minuscolo.»

Langdon osservò il cilindro in mezzo alla camera di annichilazione. Anche Kohler si sporse verso la vetrata, titubante.

Vittoria spiegò: «In condizioni normali avremmo dovuto aspettare ventiquattr'ore perché le batterie si esaurissero, ma sotto il pavimento di questa sala ci sono dei magneti più potenti di quelli del cilindro, capaci di annullare il campo magnetico che tiene sospesa l'antimateria. E quando materia e antimateria si toccano...»

«Avviene l'annichilazione» mormorò Kohler.

«Ancora una cosa» disse Vittoria. «L'antimateria libera energia pura. Il cento per cento della massa viene convertita in fotoni. Perciò non guardate direttamente il campione. Copritevi gli occhi.»

Langdon di solito era prudente, ma in quel momento ebbe la sensazione che il tono di Vittoria fosse un po' troppo drammatico. "Non guardate direttamente il campione?" Il congegno era a una trentina di metri di distanza, dietro una spessa lastra di plexiglas scuro. E poi il granellino nel cilindro era invisibile, microscopico. "Coprirmi gli occhi?" pensò Langdon. "Quanta energia potrà mai produrre un minuscolo granellino..."

Vittoria premette un pulsante.

Langdon rimase di colpo accecato. All'interno del cilindro comparve un puntino luminoso che subito dopo esplose allargandosi in ogni direzione e producendo un'onda d'urto luminosa che si propagò con energia dirompente fino alla vetrata. Per poco Langdon non cadde all'indietro, quando la detonazione scosse il soffitto della sala. La luce avvampò intensissima per un attimo, poi tornò indietro, ripiegandosi su se stessa e collassando fino a ridursi a un minuscolo puntino che infine sparì nel nulla. Langdon sbatté le palpebre, con gli occhi doloranti, mentre recuperava a fatica la vista. Guardò la camera di annichilazione incandescente di luce. Il cilindro sul pavimento era scomparso. Completamente disintegrato. Non ne restava traccia.

Rimase a guardare strabiliato. «Dio...»

Vittoria annuì, con la faccia triste. «È esattamente quel che disse mio padre.»

23

Kohler guardava dentro la camera di annichilazione, esterre-fatto. Robert Langdon, che gli stava accanto, era ancora più scioccato.

«Voglio vedere mio padre» chiese Vittoria. «Vi ho mostrato il laboratorio. Ora voglio vedere mio padre.»

Kohler si voltò lentamente, come se non avesse sentito. «Perché avete aspettato così tanto, Vittoria? Avreste dovuto parlarmi immediatamente della scoperta.»

Vittoria lo guardò. "Quanti motivi vuole che le dia?" «Di-rettore, di questo potremo discutere più tardi. Adesso voglio vedere mio padre.»

«Si rende conto delle possibili implicazioni di questa tecno-logia?»

«Certo» ribatté lei. «Guadagni enormi per il CERN. Adesso voglio...»

«È per questo che avete mantenuto il segreto?» chiese Kohler, provocandola. «Temevate che io e il consiglio di am-ministrazione decidessimo di sfruttare economicamente la licenza?»

«È giusto che venga sfruttata» replicò Vittoria, lasciandosi prendere dalla discussione. «L'antimateria è un'innovazione importante, ma anche pericolosa. Io e mio padre volevamo avere il tempo di perfezionare le procedure e renderla sicura.»

«In altre parole, non vi fidavate del consiglio di amministrazione. Temevate che desse la precedenza all'aspetto eco-nomico piuttosto che alla sicurezza.»

Vittoria era sorpresa dalla freddezza di Kohler. «C'erano

anche altre questioni da considerare» replicò. «Mio padre aveva bisogno di tempo per presentare l'antimateria sotto la giusta luce.»

«Sarebbe a dire?»

"Indovina un po'." «La materia che nasce dall'energia, dal nulla. La dimostrazione pratica che la Genesi è scientificamente possibile.»

«In sostanza, suo padre non voleva che le implicazioni religiose venissero sottovalutate per lucro?»

«Grosso modo, diciamo che è così.»

«E lei che cosa voleva?»

Le preoccupazioni di Vittoria, paradossalmente, erano quasi opposte. L'aspetto commerciale era decisivo per il successo di qualsiasi nuova fonte d'energia, e l'antimateria era una soluzione potenzialmente molto efficiente e non inquinante, ma se la scoperta fosse stata divulgata anzitempo avrebbe rischiato di essere bruciata da errori politici e di immagine, come già era accaduto con l'energia solare e nucleare. Il nucleare aveva proliferato prima di raggiungere livelli di sicurezza accettabili, causando gravi incidenti. L'energia solare invece si era diffusa prima di essere conveniente, rivelandosi un cattivo investimento per molti. Entrambe le tecnologie si erano guadagnate una cattiva fama ed erano state abbandonate prima di sviluppare tutte le loro potenzialità.

«Le mie motivazioni erano un po' meno nobili di quelle di mio padre, che voleva riconciliare scienza e fede» ammise Vittoria.

«L'ambiente» suggerì Kohler, sicuro di sé.

«Energia illimitata. Niente più miniere a cielo aperto. Nessun inquinamento. Nessuna radiazione. La tecnologia dell'antimateria può salvare il pianeta.»

«O distruggerlo» ribatté Kohler. «A seconda di chi ne farà uso e con quale fine.» Vittoria rabbrividì e Kohler le chiese: «Chi altri era al corrente?».

«Nessuno. Gliel'ho già detto» rispose Vittoria.

«E allora per quale motivo suo padre è stato assassinato, secondo lei?»

Vittoria si irrigidì. «Non ne ho idea. Aveva nemici qui al CERN, come lei sa, ma l'omicidio non può avere a che fare con

93

l'antimateria. Ci eravamo giurati a vicenda di mantenere il segreto ancora per qualche mese, finché non fossimo stati pronti.»

«E lei è certa che suo padre abbia mantenuto la promessa?»

Vittoria replicò furibonda: «Mio padre ha tenuto fede a giuramenti ben più impegnativi di questo!».

«E lei non ne ha parlato con nessuno?»

«Certo che no!»

Kohler sospirò e rimase un attimo zitto, pensando a come formulare la domanda successiva. «Supponiamo che qualcuno abbia scoperto a cosa lavoravate e sia riuscito a introdursi qui dentro: che cosa avrebbe preso? Suo padre teneva appunti, quaggiù? Documentazione riguardante i suoi protocolli?»

«Direttore, mi sembra di avere avuto già abbastanza pazienza. Adesso voglio delle risposte. Lei continua a pretendere che qualcuno sia entrato qui dentro, ma ha visto lo scanner retinico? Mio padre era attentissimo, sia alla segretezza sia alla sicurezza.»

«Mi dia retta, Vittoria» insistette Kohler con una fermezza che la spaventò. «Che cosa potrebbe mancare?»

«Non ne ho idea.» Vittoria, furente, si guardò intorno. Tutti i campioni di antimateria erano al loro posto. La postazione di lavoro di suo padre pareva in ordine. «Non è entrato nessuno» sentenziò. «È tutto al suo posto, quassù.»

«Quassù?» Kohler parve sorpreso.

Vittoria l'aveva detto istintivamente. «Sì, qui nel laboratorio superiore.»

«Stavate utilizzando anche il laboratorio inferiore?»

«Come deposito.»

Kohler le si avvicinò rapido, tossendo di nuovo. «Usavate il Deposito materiali pericolosi? E che cosa ci tenevate?»

"Materiali pericolosi. Cos'altro, se no?" Vittoria stava perdendo la pazienza. «Antimateria.»

Kohler si sollevò sui braccioli della sedia a rotelle. «Ne esistono altri campioni? Perché non me l'ha detto subito?»

«Perché glielo dico adesso» ribatté Vittoria con altrettanta veemenza. «Mi ha lasciato a malapena il tempo di parlare!»

«Dobbiamo andare a controllare» disse Kohler. «Voglio vedere quei campioni.»

«È uno solo» lo corresse Vittoria. «E si trova al sicuro. Nessuno potrebbe mai...»

«Uno solo?» balbettò Kohler. «Perché non lo tenevate qui?»

«Mio padre preferiva conservarlo a maggiore profondità, per precauzione. È più grande degli altri.» Vittoria notò lo sguardo allarmato che si scambiavano i due uomini.

Poi Kohler le si avvicinò di nuovo. «Più grande di cinquecento nanogrammi?»

«Era indispensabile» si giustificò Vittoria. «Dovevamo dimostrare che la soglia di rendimento poteva essere superata.» Il rapporto fra costo e rendimento era il problema di tutte le nuove fonti di energia. Costruire una piattaforma petrolifera per ottenere un solo barile di greggio era antieconomico, ma se con un'ulteriore piccola spesa quell'impianto avesse permesso di estrarre milioni di barili, l'affare si sarebbe rivelato redditizio. Con l'antimateria era la stessa cosa: mettere in azione ventisette chilometri di elettromagneti per generare un minuscolo esemplare richiedeva una quantità di energia maggiore di quella che si sarebbe potuta ottenere dall'antimateria creata. Per verificarne la convenienza occorreva disporre di campioni di dimensioni maggiori.

Leonardo Vetra aveva avuto qualche remora, ma Vittoria aveva insistito a lungo. A suo parere, affinché la loro scoperta venisse presa sul serio, bisognava dimostrare due cose. Prima di tutto che era possibile produrre quantità di antimateria tali da giustificare i costi e, in secondo luogo, che tali quantità potevano essere conservate in assoluta sicurezza. Alla fine lei l'aveva spuntata e suo padre si era convinto a seguire il suo consiglio, ma non senza stabilire regole ben precise in fatto di segretezza e di sicurezza: l'antimateria sarebbe stata conservata nel Deposito materiali pericolosi, scavato nel granito venti metri sotto il laboratorio. Inoltre, l'esistenza di quel campione sarebbe rimasta un segreto tra loro due.

«Vittoria» insistette Kohler, ansioso. «Quanto è grande questo campione?»

Vittoria, orgogliosa, sapeva che era una quantità tale da far impallidire persino il grande Maximilian Kohler. Visualizzò mentalmente il campione di antimateria conservato nel deposito sotterraneo, una piccola sfera sospesa all'interno del contenitore cilindrico, perfettamente visibile a occhio nudo. Quel campione non era microscopico, ma grande come un pallino da fucile.

Vittoria inspirò profondamente. «Duecentocinquanta milligrammi.»

«Che cosa?» Kohler impallidì. «Duecentocinquanta milligrammi? Ma equivale a... quasi cinque chiloton!» calcolò, in preda a un accesso di tosse.

"Chiloton" era una parola che Vittoria detestava e che non avrebbe mai utilizzato. Il chiloton era l'unità di misura dell'energia sprigionata dagli ordigni nucleari, della potenza distruttiva. Lei e suo padre si esprimevano in elettronvolt e kilojoule, unità di misura dell'energia costruttiva.

«Una simile quantità di antimateria potrebbe letteralmente liquefare tutto nel raggio di un chilometro!» esclamò Kohler.

«Sì, se annichilata tutta in una volta» ribatté secca Vittoria. «Cosa che nessuno si sognerebbe mai di fare!»

«Nessuno dotato di buonsenso. E, comunque, se si interrompesse l'alimentazione del contenitore...»

«Proprio per questo lo conserviamo nel Deposito materiali pericolosi, protetto da un sistema di alimentazione a prova di blackout e da un ulteriore sistema di sicurezza.»

Kohler si voltò, rincuorato. «C'è un ulteriore sistema di sicurezza nel Deposito materiali pericolosi?»

«Sì, un secondo controllo della retina.»

«Andiamo subito giù» disse Kohler.

Il montacarichi scendeva velocemente nelle viscere della terra. Il deposito era a cinquanta metri di profondità.

Vittoria avvertiva la tensione dei due uomini. Sul viso solitamente impassibile di Kohler si leggeva una fortissima ansia. "È vero, il campione è enorme, ma abbiamo preso tutte le precauzioni..."

Il montacarichi si fermò e la porta si aprì. Vittoria fece strada lungo un corridoio semibuio che portava a un'enorme porta di acciaio. DEPOSITO MATERIALI PERICOLOSI. Lo scanner retinico accanto alla porta era identico a quello del laboratorio superiore. La donna si avvicinò e allineò con cura l'occhio alla lente.

Poi, però, si allontanò di scatto. C'era qualcosa di molto strano... La lente, di solito pulitissima, era sporca, macchiata di... *sangue*? Confusa, si voltò verso Kohler e Langdon, che erano pallidi come cenci. Entrambi tenevano gli occhi bassi, fissi sul pavimento.

Vittoria seguì il loro sguardo e...

«No!» gridò Langdon cercando di fermarla. Ma era troppo tardi.

Vittoria si bloccò alla vista di quello strano oggetto, assolutamente fuori luogo e al tempo stesso familiare.

Le ci volle un istante per capire.

Poi lanciò un grido. Per terra, gettato come una cartaccia, c'era un bulbo oculare. Avrebbe riconosciuto ovunque la sfumatura di castano dell'iride che la stava fissando.

Il tecnico addetto alla vigilanza trattenne il fiato mentre il comandante si sporgeva sopra la sua spalla a osservare il banco di schermi che aveva di fronte. Trascorse un minuto.

Il silenzio del comandante era comprensibile, si disse il tecnico. Era un uomo ligio al protocollo. Non si arrivava al comando di uno dei corpi militari più prestigiosi del mondo parlando a vanvera, senza riflettere. "Ma a che cosa starà pensando?"

L'oggetto che stavano osservando sul monitor era una specie di cilindro trasparente. Fino a lì, niente di particolarmente strano. Era tutto il resto a essere incomprensibile.

Il cilindro conteneva infatti una gocciolina che sembrava di mercurio e che, chissà come, ci galleggiava dentro sospesa a mezz'aria, illuminata dal lampeggiare di un display a LED in un inquietante conto alla rovescia.

«Può aumentare il contrasto?» gli chiese a un certo punto il comandante, facendolo trasalire.

Il tecnico ubbidì, e l'immagine si fece più nitida. Il comandante si avvicinò ancora allo schermo, socchiudendo gli occhi per vedere meglio un dettaglio che era appena comparso sul fondo del contenitore.

Il tecnico seguì il suo sguardo. A malapena visibile, accanto al display, c'era una sigla. Quattro lettere maiuscole che luccicavano ai riflessi della luce intermittente.

«Lei resti qui e non dica niente a nessuno» ordinò il comandante. «Me ne occupo io.»

Davanti alla porta del Deposito materiali pericolosi, a cinquanta metri sottoterra, Vittoria Vetra barcollò e andò quasi a sbattere contro lo scanner. Sentì l'americano che si precipitava ad aiutarla e la sorreggeva. Sul pavimento, ai suoi piedi, c'era il bulbo oculare di suo padre. "Gli hanno cavato un occhio!" Le girava la testa. Kohler si avvicinò e disse qualcosa. Langdon la aiutò ad accostare di nuovo l'occhio allo scanner retinico. Si udì un *bip* e la porta scorrevole si aprì.

Con la macabra visione dell'occhio di suo padre ancora impressa nella mente, Vittoria entrò aspettandosi un nuovo orrore. Si guardò intorno confusa e lo vide: la colonna di ricarica al centro della stanza era vuota.

Il cilindro era sparito. Avevano cavato un occhio a suo padre per rubarlo. Le possibili conseguenze di quel gesto le si affacciarono alla mente troppo vorticose perché potesse comprenderle. Si sentì crollare il mondo addosso. Il campione in grado di provare che l'antimateria era una nuova fonte di energia sicura ed efficiente era stato rubato. "Ma se nessuno sapeva della sua esistenza..." Vittoria dovette ammettere la realtà: qualcuno aveva scoperto l'antimateria, non riusciva però a immaginare chi potesse essere stato. Era chiaro che nemmeno Kohler, il direttore del CERN, che si diceva sapesse tutto quel che succedeva al centro, aveva la più pallida idea del progetto.

Suo padre era morto. Assassinato a causa del suo genio.

Oltre al dolore, Vittoria provava anche un'altra emozione, ancora più intollerabile e schiacciante, che la dilaniava: il senso di colpa. Un implacabile, irriducibile senso di colpa. Sapeva di essere stata lei a convincere il padre a creare quel campione di antimateria, benché lui la ritenesse un'imprudenza. E adesso qualcuno l'aveva ucciso per rubarlo...

"Duecentocinquanta milligrammi..."

Come ogni tecnologia, dal fuoco alla polvere da sparo al motore a combustione, anche l'antimateria nelle mani sbagliate poteva rivelarsi letale. Spaventosamente letale. L'antimateria era un'arma micidiale, potente e inesorabile. Nel momento in cui era stato rimosso dal suo supporto, il cilindro aveva iniziato il suo inarrestabile conto alla rovescia.

E allo scadere del tempo...

Una luce accecante. Un rombo di tuono. L'incenerimento spontaneo. Un lampo e poi... un cratere vuoto, enorme.

L'idea che l'opera di suo padre potesse essere usata come strumento di distruzione la turbava profondamente. L'antimateria era l'ordigno ideale dei terroristi: non aveva parti metalliche individuabili dai metal detector, non lasciava tracce chimiche identificabili dai cani poliziotto, non aveva detonatori da disinnescare, ammesso che le forze dell'ordine fossero riuscite a localizzarne il contenitore. Il conto alla rovescia era iniziato...

Langdon non sapeva che cosa fare. Prese il fazzoletto e coprì l'occhio di Leonardo Vetra per terra. Vittoria era sulla soglia del deposito, visibilmente addolorata e spaventata, e Langdon stava per andarle vicino, ma Kohler lo trattenne.

«Professore?» Con aria impassibile, gli fece cenno di seguirlo per parlargli a quattr'occhi. Langdon ubbidì a malincuore, lasciando Vittoria da sola. «Lei che è uno specialista, mi dica che cosa intendono fare questi bastardi di Illuminati con l'antimateria» bisbigliò Kohler, cupo.

Langdon cercò di concentrarsi. La sua prima reazione fu di razionale scetticismo, malgrado l'assurdità della situazione. Quelle di Kohler erano congetture. Congetture prive di fondamento. «Gli Illuminati non esistono più, signor direttore, ne sono più che convinto. Questo crimine potrebbe essere stato commesso da chiunque, magari da un altro scienziato del CERN che è venuto a conoscenza della scoperta di Vetra e, ritenendola troppo pericolosa, ha voluto impedirgli di portarla a compimento.»

Kohler aveva un'espressione decisamente scettica. «Le pare che questo sia un crimine dettato da scrupoli di coscienza, professore? È assurdo. Chi ha ucciso Leonardo aveva un solo obiettivo: impadronirsi del campione di antimateria. E senza dubbio ha già dei piani al riguardo.»

«Sta parlando di terroristi?»

«È evidente.»

«Ma gli Illuminati non erano terroristi.»

«Vada a dirlo a Leonardo Vetra.»

Langdon si rese conto con sgomento che c'era un fondo di innegabile verità in quell'affermazione. Leonardo Vetra era stato marchiato con il simbolo degli Illuminati. Ma da dove proveniva quel simbolo? L'idea che qualcuno avesse utilizzato quel marchio solamente per coprire le proprie tracce e sviare i sospetti era poco plausibile. Doveva esserci un'altra spiegazione.

Langdon si sforzò di prendere in considerazione anche le ipotesi più inverosimili. "Ammesso che gli Illuminati siano ancora attivi e che abbiano rubato l'antimateria, perché l'hanno fatto? Qual è il loro obiettivo?" Il suo cervello gli suggerì una risposta, che decise immediatamente di scartare. Era vero, gli Illuminati avevano un nemico ben preciso, ma un attacco terroristico su larga scala contro la Chiesa era inconcepibile. Sarebbe stato totalmente contrario al loro stile. Sì, gli Illuminati avevano ucciso in passato, ma sempre singoli individui, accuratamente selezionati. La distruzione di massa non rientrava nei loro obiettivi. Langdon si fermò a riflettere. Certo, in un gesto del genere sarebbe stato possibile ravvisare una maestosa eloquenza: l'antimateria, la più avanzata scoperta scientifica, utilizzata per annientare la...

Si rifiutò di accettare quel pensiero assurdo. «Dev'esserci un'altra spiegazione, oltre al terrorismo» dichiarò.

Kohler lo fissò, in attesa di una risposta.

Langdon provò a mettere ordine nei suoi pensieri. Storicamente gli Illuminati avevano esercitato il loro potere per mezzo di strumenti finanziari. Controllavano le banche. I loro forzieri erano pieni di lingotti d'oro. Si diceva fossero in possesso della più preziosa gemma esistente al mondo, il Diamante de-

101

gli Illuminati, una pietra purissima di dimensioni enormi. «Il denaro» disse Langdon. «L'antimateria può essere stata rubata a fini di lucro.»

Kohler parve perplesso. «Lucro? E a chi si può rivendere un cilindro di antimateria?»

«Non mi riferivo al campione, ma alla tecnologia» ribatté Langdon. «Deve avere un valore incalcolabile. Forse qualcuno ha rubato il campione per analizzarlo e trovare il modo di riprodurlo.»

«Spionaggio industriale? Ma la batteria del cilindro ha un'autonomia di ventiquattr'ore soltanto... Non riuscirebbero mai a riprodurre una tecnologia tanto complessa in così poco tempo...»

«Potrebbero ricaricarlo prima che si distrugga, però, costruire una colonna di ricarica simile a quelle che si trovano qui al CERN.»

«Nel giro di ventiquattr'ore?» chiese scettico Kohler. «Anche se avessero rubato i progetti, per realizzare un caricatore come quello ci vorrebbero mesi, non ore!»

«Ha ragione» intervenne Vittoria, a voce bassissima.

Si voltarono entrambi. La donna si stava avvicinando con passo incerto quanto la voce.

«È impossibile. Nessuno riuscirebbe mai a capire com'è fatto il caricatore e a ricostruirlo in così poco tempo. La sola interfaccia richiederebbe settimane di studio: filtri di flusso, bobine magnetiche, leghe di condizionamento energetico... il tutto calibrato per lo specifico livello di magnetismo ambientale.»

Langdon si rabbuiò. L'avevano convinto. Non si poteva semplicemente collegare un cilindro di antimateria a una presa di corrente, e via. Nel momento in cui era stato rimosso dal CERN, il cilindro aveva iniziato le sue ventiquattr'ore di viaggio senza ritorno verso il nulla.

E questo portava a una sola, inquietante, conclusione.

«Dobbiamo chiamare l'Interpol» disse Vittoria con una voce che suonava distante persino a lei stessa. «Dobbiamo avvertire subito le autorità.»

Kohler scosse il capo. «Assolutamente no.»

Vittoria rimase di sasso. «No? Come sarebbe a dire?»

«Lei e suo padre mi avete messo in una situazione particolarmente delicata.»

«Direttore, dobbiamo farci aiutare. Dobbiamo trovare quel cilindro e riportarlo qui prima che succeda un disastro. Abbiamo delle responsabilità!»

«Abbiamo la responsabilità di riflettere prima di agire» ribatté Kohler in tono più aspro. «Questa situazione potrebbe avere ripercussioni molto pesanti per il CERN.»

«Si preoccupa per la reputazione del CERN? Ha idea dei danni che provocherebbe quel cilindro in un'area urbana? Ha un raggio di distruzione di quasi un chilometro!»

«Avreste dovuto pensarci prima di creare il campione.»

Per Vittoria fu come una pugnalata. «Ma... abbiamo preso tutte le precauzioni possibili.»

«A quanto pare non sono bastate.»

«Ma nessuno sapeva dell'esistenza dell'antimateria!» Si rese subito conto che quell'argomentazione era assurda. Era evidente che qualcuno lo sapeva, che il loro segreto era stato scoperto.

Vittoria non ne aveva parlato con nessuno. Restavano due sole spiegazioni. O suo padre si era confidato con qualcuno senza avvisarla – il che era assurdo, considerando che era stato lui a volere tanta riservatezza – oppure erano stati spiati. "Tramite il cellulare, forse?" Ricordava che si erano telefonati qualche volta mentre lei era in viaggio. Avevano parlato troppo? Poteva essere. E poi c'erano le e-mail... Ma erano stati prudenti, no? O era stato forse il sistema di sicurezza del CERN? Che qualcuno li avesse spiati a loro insaputa? Ma era inutile pensarci, ormai. Il danno era irrimediabile. "Mio padre è morto."

Quel pensiero la spronò ad agire. Prese il cellulare dalla tasca degli shorts.

Kohler le si avvicinò rapidamente, in preda a un violento accesso di tosse, gli occhi lampeggianti di rabbia. «A chi telefona?»

«Al centralino del CERN. Per farmi passare l'Interpol.»

«Rifletta!» Kohler, tossendo e annaspando, le si fermò davanti con uno stridio di freni. «È davvero così ingenua? Quel cilindro potrebbe essere in qualunque parte del pianeta, ormai. Nessun servizio segreto al mondo riuscirebbe a mobilitarsi in tempo per trovarlo.»

«Vuole che non facciamo nulla, allora?» A Vittoria rincresceva contrariare un uomo in condizioni di salute tanto precarie, ma il direttore faceva discorsi troppo assurdi.

«No, voglio che facciamo la cosa più intelligente» ribatté Kohler. «Non metteremo a rischio la reputazione del CERN coinvolgendo autorità che comunque non risolverebbero la situazione. Non subito. Non senza averci pensato bene.»

Vittoria sapeva che c'era una certa logica in quell'argomentazione, ma al contrario di suo padre, che credeva in una scienza prudente e affidabile, oltre che nell'innata bontà dell'uomo, era consapevole che la logica, per definizione, non tiene conto della morale. Vittoria credeva in quegli stessi valori, ma li vedeva in termini di karma. Voltò le spalle a Kohler e aprì il cellulare.

«Non lo faccia» disse il direttore.

«Provi a fermarmi.»

Kohler non si mosse.

Un istante dopo, Vittoria capì il perché. A quella profondità, il cellulare non aveva campo.

Furente, si diresse verso il montacarichi.

L'assassino attendeva in fondo alla galleria di pietra con la fiaccola ancora accesa. Il fumo si mescolava all'odore di chiuso e di umidità. Il silenzio era assoluto. La porta di ferro che gli sbarrava la strada pareva antica come quella galleria, arrugginita ma ancora robusta. Attese, fiducioso, nell'oscurità.

Era quasi l'ora.

Giano gli aveva promesso che qualcuno avrebbe aperto la porta dall'interno. L'assassino era rimasto stupefatto: era un tradimento inaudito. Era pronto ad aspettare davanti a quella porta anche tutta la notte, pur di compiere la sua missione, ma sapeva che non ce ne sarebbe stato bisogno. Il suo padrone era un uomo determinato.

Qualche minuto dopo, esattamente all'ora stabilita, udì un clangore metallico dall'altro lato della porta, grosse chiavi che giravano nella toppa, tre serrature che scattavano l'una dopo l'altra cigolando e stridendo come se non fossero state utilizzate da secoli. Alla fine, tutte e tre si aprirono e tornò a regnare il silenzio.

L'assassino attese paziente per cinque minuti, esattamente come gli era stato ordinato. Poi, elettrizzato, spinse la porta, spalancandola.

«Vittoria, glielo proibisco!» Kohler aveva il respiro affannoso e ansimava sempre di più, a mano a mano che il montacarichi del Deposito materiali pericolosi risaliva.

Vittoria non lo ascoltava. Aveva bisogno di una tregua, voleva trovare qualcosa di familiare in quel luogo che ormai non sentiva più essere casa sua, ma sapeva che non era possibile, che doveva stringere i denti e agire. "Mi serve un telefono."

Robert Langdon, accanto a lei, era silenzioso come al solito. Vittoria aveva rinunciato a chiedersi chi fosse. "Uno specialista americano?" Kohler non avrebbe potuto essere più vago. "Il professor Langdon ci sta aiutando a individuare i responsabili dell'assassinio di suo padre." Ma per il momento non era stato di alcun aiuto. La sua gentilezza e il suo calore umano parevano sinceri, ma era chiaro che le stava nascondendo qualcosa. Come Kohler, del resto.

Kohler tornò all'attacco. «In quanto direttore del CERN, sono responsabile del futuro della scienza. Se questo dovesse diventare un incidente di portata internazionale e il CERN dovesse subire...»

«Il futuro della scienza?» Vittoria lo guardò dritto in faccia. «Pensa davvero che potremo sfuggire alle nostre responsabilità negando che l'antimateria veniva dal CERN? Intende ignorare le vite umane che abbiamo messo in pericolo?»

«Siete stati voi, lei e suo padre, a metterle in pericolo» ribatté Kohler. «Non il CERN.»

Vittoria distolse lo sguardo.

«E comunque in pericolo c'è ben altro» aggiunse il direttore.

«Lei sa bene che la tecnologia dell'antimateria può avere implicazioni vastissime. Se il CERN, in seguito allo scandalo, fosse costretto a chiudere i battenti, sarebbe un danno per tutti. Il futuro dell'umanità è nelle mani di strutture come questa, di scienziati come lei e suo padre, che lavorano per risolvere i problemi di domani.»

Vittoria aveva già sentito quella predica di Kohler sui meriti della scienza, ma non aveva mai abboccato. La scienza era responsabile di metà dei problemi che tentava poi di risolvere. Il "progresso" era il cancro del pianeta.

«Il progresso scientifico comporta dei rischi» proseguì Kohler. «È sempre stato così. I programmi spaziali, la genetica, la medicina... È inevitabile commettere errori. L'importante è sopravvivere ai propri sbagli, a ogni costo. Per il bene di tutti.»

Vittoria era affascinata dal modo in cui Kohler riusciva ad affrontare con distacco scientifico qualsiasi dilemma morale. Sembrava gelidamente scisso fra ragione e sentimenti. «Crede che il CERN sia così indispensabile per il futuro del pianeta da esonerarci da ogni responsabilità morale?»

«Non si metta a discutere di morale con me. Creando quel campione di antimateria lei e suo padre avete oltrepassato un limite, mettendo a rischio questa struttura. Io sto cercando di difendere non solo i posti di lavoro dei tremila scienziati che lavorano qui, ma anche la reputazione di suo padre. Pensi a lui. Leonardo Vetra non merita di essere ricordato come il creatore di un'arma di distruzione di massa.»

Vittoria, punta nel vivo, pensò: "Sono stata io a convincere mio padre a creare quel campione. È colpa mia!".

Quando la porta del montacarichi si aprì, Kohler stava ancora parlando. Vittoria uscì, tirò fuori il telefonino e riprovò a chiamare. Ma nemmeno nel laboratorio c'era campo. «Dannazione!» Si diresse verso l'uscita.

«Vittoria, si fermi.» Il direttore rantolava, cercando di raggiungerla. «Aspetti! Dobbiamo parlare.»

«Abbiamo parlato abbastanza!»

«Pensi a suo padre» insistette Kohler. «Lui che cosa avrebbe fatto?»

Vittoria continuò a camminare.

«Vittoria, non le ho detto tutto.»

La donna rallentò.

«Non so bene perché» continuò Kohler. «Forse cercavo solo di proteggerla. Mi dica cos'è che vuole. Vediamo di metterci d'accordo, a questo punto.»

Vittoria si fermò al centro del laboratorio, ma non si voltò. «Voglio ritrovare l'antimateria. E voglio sapere chi ha ucciso mio padre.» Attese una risposta.

Kohler sospirò. «Vittoria, sappiamo già chi ha ucciso suo padre. Mi spiace.»

Vittoria si girò di scatto. «Cosa...?»

«Non sapevo come dirglielo. È difficile da...»

«Sapete chi ha ucciso mio padre?»

«Abbiamo un'idea abbastanza precisa, sì. L'assassino ha lasciato una sorta di biglietto da visita. È questa la ragione per cui ho chiamato il professor Langdon. Conosce bene il gruppo che ha rivendicato l'assassinio.»

«Un gruppo? Un gruppo terroristico?»

«Be', hanno rubato duecentocinquanta milligrammi di antimateria...»

Vittoria osservò Robert Langdon, immobile al centro della stanza. Stava cominciando a capire. "Ecco il perché di tanta segretezza." Era stupita di non esserci arrivata prima: Kohler aveva già chiamato le autorità. Quelle con la A maiuscola. Era tutto chiaro, adesso. Robert Langdon era americano, conservatore, evidentemente intelligente. "Ma certo... come ho fatto a non capirlo subito?" Animata da una rinnovata speranza, gli disse: «Professor Langdon, voglio sapere chi ha ucciso mio padre. E anche se la vostra agenzia è in grado di trovare l'antimateria».

«Agenzia?» balbettò Langdon.

«Lei è dell'intelligence statunitense, giusto?»

«Veramente... no.»

«Il professor Langdon è docente di storia dell'arte all'università di Harvard» intervenne Kohler.

Per Vittoria fu una doccia fredda. «Storia dell'arte?»

«È uno specialista di simbologia» sospirò Kohler. «Vittoria, abbiamo ragione di ritenere che suo padre sia stato assassinato da una setta satanica.»

Vittoria udì le parole, ma il suo cervello si rifiutò di elaborarne il significato. "Una setta satanica."

«La setta dei cosiddetti Illuminati.»

Vittoria guardò prima Kohler e poi Langdon, chiedendosi se non si trattasse di uno scherzo di cattivo gusto. «Gli Illuminati?» domandò. «Quelli di Baviera?»

Kohler era stupito. «Li conosce?»

A Vittoria si riempirono gli occhi di lacrime. «C'è un videogame della Steve Jackson che si chiama *Illuminati di Baviera: il Nuovo ordine mondiale*. Va per la maggiore, qui.» Le si incrinò la voce. «Ma non capisco che cosa...»

Kohler rivolse a Langdon uno sguardo confuso.

Langdon annuì. «È un gioco molto famoso, a sfondo storico. Parla di un'antica società segreta che conquista il mondo. Non sapevo fosse conosciuto anche in Europa.»

La figlia di Vetra era allibita. «Ma che discorsi fate? Gli Illuminati? È un videogioco.»

«Vittoria, gli Illuminati hanno rivendicato l'assassinio di suo padre» disse Kohler.

Lei raccolse tutto il coraggio che aveva per trattenere le lacrime. Si sforzò di tenere duro e affrontare la situazione con raziocinio ma, più si concentrava, meno ci capiva. Suo padre era stato ucciso. I sistemi di sicurezza del CERN erano stati violati. Da qualche parte c'era un ordigno il cui conto alla rovescia era già iniziato, e lei ne era responsabile. E il direttore aveva affidato a un docente di storia dell'arte l'incarico di aiutarli a trovare una leggendaria conventicola di satanisti.

Si sentì improvvisamente sola. Si voltò per andarsene, ma Kohler le si parò davanti. Si frugò in una tasca e ne estrasse un fax spiegazzato, che le porse.

Quando mise a fuoco l'immagine, Vittoria barcollò inorridita.

«L'hanno marchiato» disse Kohler. «L'hanno marchiato a fuoco sul petto.»

La segretaria di Maximilian Kohler, Sylvie Baudeloque, era in preda al panico e camminava nervosamente davanti all'ufficio vuoto del direttore chiedendosi dove diavolo fosse finito.

Era stata una giornata a dir poco fuori della norma. Certo, ogni giornata trascorsa a lavorare per Maximilian Kohler poteva riservare delle sorprese, ma quel giorno il direttore aveva superato se stesso.

«Mi trovi Leonardo Vetra!» le aveva ordinato quel mattino, non appena era arrivata.

Ubbidiente, Sylvie aveva tentato di rintracciarlo al cercapersone, al telefono, via e-mail. Senza risultato.

Kohler allora era uscito, irritato, probabilmente intenzionato a cercarlo di persona. Al suo ritorno, qualche ora dopo, sembrava stravolto... Non che avesse mai un'ottima cera, ma era decisamente peggio del solito. Si era chiuso nel suo ufficio e Sylvie lo aveva sentito comunicare via modem, telefono e fax, e poi ancora per telefono. Poi se n'era andato di nuovo senza farsi più vedere.

Sylvie aveva deciso di ignorare la cosa, considerandola una delle tante scene melodrammatiche di Kohler, ma quando aveva visto che il direttore non tornava in tempo per la sua iniezione quotidiana aveva iniziato a preoccuparsi sul serio; le sue condizioni di salute richiedevano la massima puntualità nella terapia e, tutte le volte che il direttore aveva sgarrato, le conseguenze erano state piuttosto gravi: crisi respiratorie, devastanti accessi di tosse e grande agitazione tra il personale dell'infermeria. A volte Sylvie pensava che Maximilian Kohler nutrisse istinti suicidi.

Pensò di contattarlo al cercapersone per ricordargli della puntura, ma sapeva per esperienza che la compassione feriva Kohler nell'orgoglio. La settimana precedente si era talmente infuriato con uno scienziato ospite del CERN, il quale aveva osato mostrarsi indebitamente impietosito dal suo stato, che si era alzato in piedi e gli aveva tirato in testa un blocco per appunti. Re Kohler sapeva essere spaventosamente agile, quando usciva dai gangheri.

In quel momento, però, la preoccupazione di Sylvie per la salute del direttore era passata in secondo piano, soverchiata da un dilemma ancora più pressante. Il centralinista del CERN aveva chiamato cinque minuti prima, agitatissimo, per comunicare che c'era una chiamata molto urgente per il direttore.

«Non è reperibile» gli aveva detto Sylvie.

Il centralinista le aveva riferito di chi era la chiamata.

Sylvie era quasi scoppiata a ridere. «Sta scherzando, vero?» Ma la risposta del centralinista l'aveva lasciata esterrefatta. «E l'identificativo del chiamante conferma...?» Aveva aggrottato la fronte. «Capisco. Okay. Non può chiedere per cosa diavolo...» Aveva sospirato. «No, non importa. Lo metta in attesa. Rintraccio subito il direttore. Sì, certo, capisco. Faccio più in fretta che posso.»

Ma non era riuscita a trovarlo. L'aveva chiamato tre volte sul cellulare e si era sentita invariabilmente rispondere: "L'utente da lei chiamato non è al momento raggiungibile". "Non è raggiungibile? E dove si è cacciato?" Allora aveva provato a chiamarlo due volte sul cercapersone. Nessuna risposta. Non era da lui. Gli aveva addirittura inviato un'e-mail, che avrebbe potuto ricevere sul computer portatile. Nulla. Sembrava fosse sparito dalla faccia della terra.

"E ora che cosa faccio?" si chiese Sylvie.

Sapeva che, a parte andare a cercarlo di persona per tutto il CERN, c'era un solo modo per richiamare l'attenzione del direttore. Kohler non ne sarebbe stato affatto felice, ma la persona all'altro capo del telefono non si poteva lasciare in attesa, né pareva dell'umore adatto per sentirsi dire che il direttore era irreperibile.

Spaventata dal suo stesso ardire, Sylvie prese la decisione. Entrò nell'ufficio di Kohler e andò ad aprire lo sportello dell'armadietto metallico incassato nel muro dietro la scrivania. Osservò i comandi e trovò il pulsante che cercava.

Poi, dopo un profondo respiro, afferrò il microfono.

29

Vittoria non ricordava neppure come fossero arrivati all'ascensore principale. Stavano salendo e Kohler era dietro di lei, con il respiro affannoso. Lo sguardo fisso e preoccupato di Langdon l'attraversava come se lei fosse un fantasma. Le aveva preso di mano il fax e se l'era infilato nella tasca della giacca ma, ora che Vittoria aveva visto quell'immagine raccapricciante, sapeva che non l'avrebbe più dimenticata.

Si sentiva terribilmente scombussolata. "Oh, papà, quanto vorrei riabbracciarti!" pensò, e per un attimo, nell'oasi della sua memoria, le parve di essere tornata bambina e di essere con lui. Aveva nove anni, faceva le capriole in un prato pieno di stelle alpine e vedeva il cielo svizzero che le girava intorno.

«Papà! Papà!»

Leonardo Vetra rideva al suo fianco, raggiante. «Che cosa c'è, angioletto?»

«Papà, chiedimi cosa c'è che non va!»

«Ma sembri così contenta, tesoro. Perché dovrei chiederti cosa c'è che non va?»

«Chiedimelo e basta.»

Suo padre aveva fatto spallucce. «Okay. Cosa c'è che non va?»

Lei era scoppiata di nuovo a ridere. «Non c'è niente che non va! Tutto va, tutto si muove! Tutto gira: la terra intorno al sole, la luna intorno alla terra, gli atomi! E anche noi giriamo in tondo con tutta la terra... Tutto, tutto va!»

Suo padre aveva riso. «Te la sei inventata tu?»

«Bella, vero?»

«La mia piccola Einstein.»

La bimba si era imbronciata. «Io non sono spettinata come lui: ho visto la foto!»

«Sarà anche stato spettinato, ma aveva un gran cervello. Ti ho detto che cosa ha scoperto, no?»

Vittoria aveva sgranato gli occhi, spaventata. «No! Papà, me l'avevi promesso!»

«$E = MC^2$!» aveva detto lui, facendole il solletico. «$E = MC^2$!»

«No, la matematica no! Te l'ho detto, la odio!»

«Mi fa piacere che la odi, perché alle bambine è assolutamente proibito studiare la matematica.»

Vittoria si era bloccata, incredula. «Davvero?»

«Certo, lo sanno tutti! Le femmine giocano con le bambole e i maschi studiano la matematica. Niente matematica per le bambine. In teoria non dovrei neppure parlartene.»

«Cosa? Ma non è giusto!»

«Le regole sono regole. Niente matematica per le bambine.»

Vittoria era indignata. «Ma le bambole sono noiose!»

«Mi spiace» le aveva detto suo padre. «Potrei anche rivelarti qualcosa, ma se mi beccano...» Si era guardato intorno con fare circospetto.

Vittoria aveva seguito il suo sguardo. Sulle montagne non c'era nessuno. «Okay» gli aveva sussurrato. «Okay, dimmelo nell'orecchio!»

Il movimento dell'ascensore la riscosse. Vittoria aprì gli occhi. Suo padre non c'era più.

La triste realtà la colpì come un pugno nello stomaco. Guardò Langdon. La sincera preoccupazione che gli leggeva nello sguardo le scaldava il cuore e la consolava in parte della freddezza di Kohler.

Aveva un unico pensiero che l'assillava, sempre più incalzante.

"Dov'è l'antimateria?"

L'avrebbe scoperto ben presto.

30

«Maximilian Kohler è pregato di mettersi immediatamente in contatto con il proprio ufficio.»

Quando le porte dell'ascensore si riaprirono nell'atrio principale, Langdon rimase abbagliato dal sole. Ancora prima che l'eco dell'annuncio agli altoparlanti si fosse spenta sopra le loro teste, tutti i congegni elettronici sulla sedia a rotelle di Kohler iniziarono a trillare e ronzare simultaneamente: cercapersone, telefono, computer portatile. Il direttore, risalito in superficie, era di nuovo raggiungibile. Kohler guardò sconcertato le spie luminose.

«Il direttore è cortesemente pregato di contattare il suo ufficio.»

Kohler parve sorpreso di sentire il proprio nome agli altoparlanti.

Alzò la testa, dapprima contrariato, poi inquieto. Langdon lo fissò per un momento, quindi lanciò un'occhiata a Vittoria. Tutti e tre restarono paralizzati per un istante, come se la tensione fra loro si fosse dissolta e adesso, nell'emergenza, si ritrovassero uniti.

Kohler estrasse il cellulare dal bracciolo della sedia a rotelle. Compose un numero interno, cercando di trattenere un nuovo accesso di tosse. Vittoria e Langdon rimasero in attesa.

«Pronto? Sono Kohler» disse ansimando. «Sì? Ero ai piani sotterranei, fuori campo.» Ascoltò, sgranando gli occhi grigi. «*Chi?* Certo, me lo passi.» Trascorse un istante. «Pronto? Sono Maximilian Kohler, il direttore del CERN. Mi dica.»

Vittoria e Langdon rimasero a osservarlo in silenzio.

«Non è prudente parlarne al telefono» disse il direttore dopo essere rimasto a lungo in ascolto. «Vi raggiungo immediatamente.» Ricominciò a tossire. «D'accordo. All'aeroporto Leonardo da Vinci tra quaranta minuti.» Boccheggiando, squassato da un nuovo attacco di tosse, riuscì appena a biascicare un'ultima frase. «Cercate di localizzare il cilindro immediatamente... Arrivo.» Poi chiuse il telefono.

Vittoria gli si precipitò accanto, ma il direttore non riusciva più a parlare. Langdon vide che la ragazza prendeva il cellulare e chiamava l'infermeria del CERN. Si sentiva come una nave all'approssimarsi di una tempesta: sballottato, ma distante.

"All'aeroporto Leonardo da Vinci tra quaranta minuti" aveva detto Kohler.

Le ombre incerte che avevano aleggiato nei suoi pensieri per tutta la mattina presero d'un tratto consistenza, formando un'immagine nitidissima. Nel bel mezzo di quella confusione fu come se gli si fosse spalancata improvvisamente una porta. "L'ambigramma, l'omicidio del sacerdote scienziato, l'antimateria. E ora... l'obiettivo." L'aeroporto Leonardo da Vinci, a Fiumicino, poteva significare una cosa sola. In quell'istante di lucidità Langdon si rese conto di essere appena passato dall'altra parte della barricata: adesso ci credeva anche lui.

"Cinque chiloton... *Fiat lux.*"

Nell'atrio accorsero due infermieri in camice bianco. Si inginocchiarono accanto a Kohler e gli applicarono una maschera a ossigeno sul viso. La gente che passava si fermava a guardare a rispettosa distanza.

Kohler inspirò profondamente due volte, poi si scostò la maschera dal viso e, ancora boccheggiante, guardò Vittoria e Langdon. «Roma...»

«Roma?» si stupì Vittoria. «L'antimateria è a Roma? Chi era al telefono?»

Il viso di Kohler era contratto in una smorfia, il grigio degli occhi offuscato. «La Guardia Svizzera...» biascicò senza fiato. Poi gli infermieri gli rimisero la maschera sul viso. Prima che lo portassero via, Kohler afferrò Langdon per un braccio.

Langdon annuì. Aveva capito.

«Andate...» rantolò Kohler da sotto la maschera. «Andate voi... chiamatemi...» Gli infermieri lo stavano già portando via.

Vittoria, impietrita, lo guardò scomparire, poi si voltò verso Langdon. «Roma? Ma... cos'ha detto sulla Svizzera?»

Langdon le posò una mano sulla spalla e mormorò pianissimo: «Ha detto "Guardia Svizzera", il corpo armato pontificio».

31

L'X-33 decollò rombando e virò subito verso sud, in direzione di Roma. Langdon stava seduto in silenzio. In quegli ultimi quindici minuti erano successe talmente tante cose che solo ora, dopo aver finito di spiegare a Vittoria chi erano gli Illuminati e perché ce l'avevano con la Chiesa, cominciava ad avere un quadro più chiaro della situazione.

"Ma che diavolo sto facendo?" si chiese. "Me ne sarei dovuto andare finché ne avevo la possibilità!" In cuor suo, però, sapeva di non averla mai avuta veramente.

Il buonsenso gli diceva di tornarsene a Boston, ma la curiosità intellettuale prevaleva sulla prudenza. Era ormai quasi del tutto convinto che la scomparsa degli Illuminati dalla faccia della terra fosse stata un'ingegnosa messinscena e voleva trovare delle prove, delle conferme. E poi era anche una questione di coscienza: dal momento che Kohler stava male e non poteva viaggiare, non se la sentiva di lasciare Vittoria Vetra da sola, tanto più visto che lui conosceva bene la setta degli Illuminati e poteva darle concretamente una mano.

Inoltre, anche se si vergognava un po' ad ammetterlo, da quando aveva saputo dove si trovava l'antimateria, non era più preoccupato soltanto per le vite umane in pericolo. Quante opere d'arte c'erano nella Città del Vaticano?

La più grande collezione d'arte del mondo era collocata su una bomba a orologeria. Le 1407 stanze dei Musei Vaticani ospitavano più di sessantamila opere di valore inestimabile: Michelangelo, Leonardo, Bernini, Botticelli... Langdon si chiese se fosse possibile trasferirle altrove, in caso di necessità, ma subito si rese conto che sarebbe stata un'impresa assurda. Alcune sculture pesavano tonnellate, e comunque i più grandi tesori erano di ordine architettonico: la Cappella Sistina, la basilica di San Pietro, la celebre scala elicoidale del Bramante, che conduce ai Musei Vaticani. Preziosissime testimonianze del genio creativo dell'uomo. Langdon si domandò quanto tempo mancava all'esaurimento della batteria del cilindro.

«Grazie di essere venuto con me» gli disse Vittoria con un filo di voce.

Langdon si riscosse dai suoi pensieri e la guardò. Era seduta nella fila di posti al di là del corridoio. Persino alla luce al neon della cabina emanava un'aura di compostezza e grande equilibrio. Il suo respiro era più regolare, ora, come se le si fosse accesa dentro una scintilla di autoconservazione... una brama di giustizia e di risarcimento, spinta dall'affetto filiale.

Non aveva avuto il tempo di cambiarsi e, in pantaloncini corti e maglietta a mezze maniche, aveva la pelle d'oca. Langdon si tolse la giacca e gliela porse.

«Come siete cavalieri, voi americani» scherzò lei, ringraziandolo con gli occhi.

L'aereo attraversò una zona di turbolenze e Langdon avvertì un'improvvisa sensazione di pericolo. Il fatto che su quel jet non ci fossero oblò peggiorava il suo senso di soffocamento. Si sforzò di immaginare di essere in aperta campagna e subito si rese conto che era un'idea ridicola, perché proprio in aperta campagna era rimasto traumatizzato. "Un buio opprimente..." Scacciò quel ricordo. "Non devo pensarci, è passato tanto tempo."

Vittoria lo guardava. «Lei crede in Dio, professor Langdon?»

La domanda lo stupì. E ancora di più lo stupì il tono in cui gli era stata posta. «Vuole sapere se credo in Dio?» Avrebbe preferito un argomento di conversazione un po' meno impegnativo.

"I miei amici mi definiscono un enigma spirituale" pensò. Pur essendo uno studioso di religioni, Langdon non era credente. Rispettava la fede, la forza che essa infonde in tante persone, la carità cristiana, ma la sospensione del giudizio, indispensabile per credere, era un ostacolo insormontabile per

119

una mente razionale come la sua. «Mi piacerebbe molto» si trovò a risponderle.

In un tono che non era né ostile né provocatorio, Vittoria ribatté: «E perché non crede, allora?».

Langdon ridacchiò. «Be', non è così facile. Dovrei avere fede, accettare i miracoli, l'immacolata concezione, l'intervento divino... E poi ci sono le Scritture: la Bibbia, il Corano, i testi sacri buddisti... contengono regole e punizioni molto simili e sostengono tutti, in un modo o nell'altro, che chi non si attiene alle regole andrà all'inferno. Io non riesco a immaginare un Dio che si comporti così.»

«Voglio sperare che ai suoi studenti non permetta di dribblare le domande in maniera così sfacciata.»

Quella frecciata lo colse impreparato. «Cosa?»

«Professor Langdon, non le ho chiesto se crede in quel che l'uomo dice di Dio, ma se crede in Dio. È diverso. Le Scritture sono narrazioni, leggende, un tentativo dell'uomo di spiegare il proprio bisogno innato di significati. Non voglio un suo parere su un genere letterario. Le sto chiedendo se crede in Dio. Quando osserva il cielo stellato, percepisce il divino? Sente la mano di Dio in ciò che sta ammirando?»

Langdon rifletté.

«Sono stata indiscreta, vero?» si scusò Vittoria.

«Ma no, stavo...»

«Di certo discuterà questi temi religiosi con i suoi studenti.»

«Continuamente.»

«Scommetto che lei fa sempre l'avvocato del diavolo. Per vivacizzare il dibattito.»

Langdon sorrise. «Dev'essere anche lei un'insegnante.»

«No, ma ho avuto un bravo maestro. Mio padre era capace di sostenere le ragioni di entrambi i lati del nastro di Möbius.»

Langdon rise, visualizzando mentalmente la striscia rettangolare di cui si fanno coincidere i lati opposti dopo una torsione di mezzo giro, la geniale creazione di Möbius, che praticamente aveva un lato solo. L'aveva vista per la prima volta in un'opera di Escher. «Posso chiederle una cosa, dottoressa Vetra?»

«Non possiamo darci del tu? Altrimenti mi sento vecchia.»

Langdon sospirò tra sé, sentendo d'un tratto sulle spalle tutti i suoi anni. «D'accordo.»

«Stavi per farmi una domanda.»

«Sì. Da scienziata, oltre che da figlia di un prete cattolico, cosa pensi della religione?»

Vittoria si scostò una ciocca di capelli dagli occhi. «La religione è come il linguaggio o il modo di vestire: tendiamo a conformarci alle tradizioni che ci vengono tramandate, ma alla fin fine proclamiamo tutti la stessa cosa, e cioè che la vita ha un senso e che siamo grati a chi ce l'ha data.»

Langdon, incuriosito, chiese: «Dunque, secondo te il fatto di essere cristiani o musulmani dipende semplicemente da dove si nasce?».

«Non è ovvio? Basta guardare la diffusione delle religioni nel mondo.»

«Dunque, la fede è un fatto casuale?»

«No, la fede è universale. Sono arbitrarie le interpretazioni specifiche che ne diamo. C'è chi prega Gesù, chi va alla Mecca, chi studia le particelle subatomiche. Ma in un modo o nell'altro siamo tutti in cerca della verità, di qualcosa che ci trascende.»

Langdon pensò che gli sarebbe piaciuto che i suoi studenti sapessero esprimersi con altrettanta chiarezza. Diamine, avrebbe voluto sapersi esprimere così anche lui. «E tu?» chiese. «Tu credi in Dio?»

Vittoria rimase a lungo in silenzio. «La scienza mi dice che deve esserci un dio, la mente che non lo comprenderò mai, e il cuore che non sono tenuta a farlo.»

Langdon ammirò la concisione di quella risposta. «Quindi, secondo te Dio esiste, ma noi non lo comprenderemo mai.»

«Non *la* comprenderemo mai» lo corresse Vittoria con un sorriso. «Penso che i nativi americani avessero ragione.»

Langdon ridacchiò. «A adorare la Madre Terra?»

«Gea. Il pianeta è un organismo vivente. Noi siamo le sue cellule e abbiamo funzioni diverse, ma siamo interconnessi. Siamo l'uno al servizio dell'altro e tutti al servizio del tutto.»

Guardandola, Langdon ebbe una sensazione che non provava da molto tempo. Negli occhi di Vittoria c'era una limpidezza che lo stregava e nella sua voce una purezza che trovava affascinante.

«Posso farle un'altra domanda, professore?»

«Robert» la corresse lui. «Non avevamo deciso di darci del tu?» "Altrimenti mi sento vecchio. *Sono* vecchio!"

«Scusa se te lo chiedo, Robert, ma come mai hai cominciato a occuparti della setta degli Illuminati?»

Langdon ripensò al passato. «In realtà, è stato per i soldi.»

Vittoria parve delusa. «Per i soldi? Ti hanno commissionato uno studio sull'argomento?»

Langdon rise, rendendosi conto di essersi espresso in modo ambiguo. «No. I soldi nel senso di "banconote".» Si frugò nelle tasche e tirò fuori un biglietto da un dollaro. «Mi sono lasciato affascinare da questa setta quando ho scoperto che le banconote statunitensi sono piene di simboli degli Illuminati.»

Vittoria strizzò gli occhi, incerta se prenderlo sul serio o no.

Langdon le porse la banconota. «Guarda qui. Vedi il *Great Seal*, sulla sinistra? Il Grande Suggello?»

Vittoria prese la banconota e la guardò attentamente. «La piramide, intendi?»

«Esatto. Che collegamento c'è tra le piramidi e la storia degli Stati Uniti?»

Vittoria fece spallucce.

«Giusto» disse Langdon. «Non c'è alcun collegamento.»

Vittoria aggrottò la fronte. «E allora perché è raffigurata sul dollaro?»

«È un curioso episodio della nostra storia» spiegò Langdon. «La piramide è un simbolo occulto che rappresenta la convergenza verso l'alto, verso la fonte ultima dell'illuminazione. Hai visto da cos'è sormontata?»

Vittoria esaminò la banconota. «Da un occhio dentro un triangolo.»

«L'hai mai visto altrove?»

Vittoria ci pensò un attimo. «In effetti, sì... ma non ricordo bene...»

«È un simbolo ricorrente nelle logge massoniche di tutto il mondo.»

«È un simbolo della massoneria?»

«No, degli Illuminati. Lo chiamavano il delta. Un invito al cambiamento illuminato. L'occhio simboleggia la presunta onniveggenza degli Illuminati e il triangolo rappresenta l'illu-

122

minazione. Ma è anche la lettera greca delta, che è il simbolo matematico del...»

«Del cambiamento. Della transizione.»

Langdon sorrise. «Dimenticavo che sto parlando con una scienziata.»

«Vuoi dire che in pratica il Grande Suggello sarebbe un invito al cambiamento illuminato e onniveggente?»

«O all'introduzione di un Nuovo ordine mondiale.»

Vittoria, sbigottita, tornò a osservare il dollaro. «La scritta sotto la piramide dice NOVUS... ORDO...»

«NOVUS ORDO SECLORUM» concluse Langdon. «Nuovo ordine secolare.»

«Secolare nel senso di laico?»

«Sì. Di non religioso. Questa frase non solo esprime con chiarezza l'obiettivo degli Illuminati, ma contraddice palesemente l'altra frase che si trova accanto: IN GOD WE TRUST, confidiamo in Dio.»

Vittoria pareva inquieta. «Ma com'è possibile che tutti questi simboli siano finiti sulla moneta più importante del mondo?»

«La maggior parte degli studiosi sostiene che ci sia lo zampino del vicepresidente Henry Wallace. Era un massone di alto grado e di certo aveva legami con gli Illuminati. Che poi facesse veramente parte della setta o fosse un'inconsapevole vittima della sua influenza, nessuno può saperlo. Ma fu Wallace a convincere il presidente a adottare come simbolo il Grande Suggello.»

«E come? Perché mai il presidente degli Stati Uniti avrebbe dovuto accettare di...»

«Il presidente era Franklin Delano Roosevelt. Wallace si limitò a dirgli che *Novus ordo seclorum* era la traduzione latina di *New Deal.*»

Vittoria, scettica, chiese: «E Roosevelt non fece controllare a nessuno quel simbolo, prima di ordinare alla zecca di stamparlo?».

«Non ce n'era motivo. Lui e Wallace erano fratelli.»

«Fratelli?»

«Puoi verificare in qualunque libro di storia» disse Langdon sorridente. «Franklin Delano Roosevelt era massone.»

32

Langdon trattenne il fiato mentre l'X-33 scendeva verso l'aeroporto internazionale Leonardo da Vinci di Fiumicino. Vittoria teneva gli occhi chiusi come se cercasse di mantenere il controllo della situazione con la forza di volontà. Il velivolo toccò la pista e rullò fino a un hangar privato.

«Mi dispiace di essere andato così piano» si scusò il pilota, uscendo dalla cabina di pilotaggio. «Ma ho dovuto limitare la velocità per via delle direttive contro l'inquinamento acustico nelle zone abitate.»

Langdon guardò l'orologio. Il volo era durato trentasette minuti in tutto.

Il pilota aprì il portellone. «Qualcuno vuole dirmi cosa sta succedendo?»

Né Vittoria né Langdon risposero.

«Bene» disse il pilota stiracchiandosi. «Aspetterò a bordo, con l'aria condizionata e la mia cassetta di Garth Brooks.»

Il sole del tardo pomeriggio splendeva fuori dall'hangar. Langdon teneva la giacca di tweed sulla spalla. Vittoria guardò il cielo e inspirò profondamente, come se i raggi del sole potessero trasmetterle chissà quale mistica energia rivitalizzante.

"Questi mediterranei..." pensò Langdon, già sudato.

«Non siamo un po' cresciutelli per i cartoni animati?» chiese Vittoria, senza aprire gli occhi.

«Prego?»

«Ho visto il tuo orologio quando eravamo sull'aereo.»

Langdon arrossì. Era abituato a dover difendere il suo orologio con Topolino che segnava l'ora con le braccia, un pezzo da collezione che gli era stato regalato dai suoi genitori quando era bambino e l'unico orologio da polso che avesse mai portato. Subacqueo e fosforescente, era perfetto per nuotare e anche per guardare l'ora di notte nei viali bui del campus. Quando gli allievi di Langdon mettevano in dubbio il suo gusto in fatto di abbigliamento, lui rispondeva che portava l'orologio di Topolino per ricordarsi ogni giorno di restare giovane dentro.

«Sono le sei» annunciò.

Vittoria, gli occhi ancora chiusi, annuì. «Il nostro accompagnatore sta arrivando.»

Langdon sentì un gran rumore, guardò su e si sentì morire. Da nord si stava avvicinando un elicottero. Langdon vi era salito una volta, nella valle di Palpa, sulle Ande, per osservare i geoglifi di Nazca, immense linee scavate nel suolo desertico, e non gli era piaciuto neppure un po'. "Una scatola da scarpe volante." Dopo due voli su un jet ipersonico, aveva sperato che il Vaticano li mandasse a prendere con una macchina.

Evidentemente non era così.

L'elicottero rallentò sopra le loro teste, indugiò un momento a punto fisso e quindi discese rapido sulla pista di fronte a loro. Era bianco e aveva uno stemma sulla fiancata: due chiavi decussate sormontate dal triregno. Langdon conosceva bene quel simbolo: era lo stemma ufficiale del Vaticano, l'emblema della Santa Sede. O, come si diceva a volte con un termine che indicava anche il trono papale, del soglio pontificio.

"Che giramento di *pale*" borbottò fra sé Langdon osservando l'elicottero sulla pista. Aveva dimenticato che il Vaticano ne possedeva uno per trasportare il pontefice all'aeroporto, agli appuntamenti o alla residenza estiva di Castel Gandolfo. Langdon avrebbe di gran lunga preferito un'automobile.

Il pilota saltò giù dall'abitacolo e andò loro incontro a grandi passi.

Ora era Vittoria a sentirsi poco tranquilla. «E quello sarebbe il nostro pilota?»

Langdon condivideva la sua preoccupazione. «Volare o non volare, questo è il problema.»

Il pilota pareva bardato per interpretare un dramma shake-

125

speariano. Aveva un'ampia casacca a larghe bande verticali blu e gialle, come i calzoni a sbuffo e le ghette. Ai piedi portava scarpe nere che parevano pantofole e sulla testa un basco nero di feltro.

«La tradizionale uniforme della Guardia Svizzera» spiegò Langdon. «Disegnata da Michelangelo in persona.» Guardando il pilota che si avvicinava, fece una smorfia. «Una delle sue opere meno riuscite, va detto.»

Nonostante l'abbigliamento inconsueto, il pilota faceva sul serio. Si avvicinò con la rigidità e il contegno di un marine. Langdon aveva letto dei rigorosi requisiti necessari per entrare a far parte di quel corpo scelto, considerato l'esercito più fedele ed efficiente del mondo. Gli aspiranti dovevano essere cittadini svizzeri, di fede cattolica romana, di sesso maschile, di età compresa tra i diciannove e i trent'anni, alti almeno un metro e settantaquattro, celibi, e dovevano aver frequentato la scuola reclute in Svizzera.

«Siete del CERN?» domandò loro la guardia in tono inflessibile.

«Sissignore» rispose Langdon.

«Come avete fatto presto!» esclamò, rivolgendo uno sguardo sconcertato all'X-33. «Signora, ha con sé altri indumenti?» aggiunse poi, rivolgendosi a Vittoria.

«Come ha detto, scusi?»

L'uomo indicò i pantaloncini corti. «Non si può entrare in Vaticano con le gambe scoperte.»

Langdon la guardò e aggrottò la fronte. Se n'era dimenticato: nella Città del Vaticano era vietato mostrare le gambe in segno di rispetto, e la regola valeva tanto per gli uomini quanto per le donne.

«Veramente, no» rispose Vittoria. «Siamo partiti in fretta e furia.»

La guardia annuì con aria contrariata. Poi si rivolse a Langdon. «Ha armi con sé?»

"Armi?" pensò Langdon. "Ma se non ho portato neppure un cambio di biancheria!" Scosse la testa.

L'ufficiale si chinò e cominciò a tastarlo dal basso verso l'alto, partendo dai calzini. "Fiducioso, il ragazzo" si disse Langdon mentre l'uomo gli palpava le gambe con le mani forti, av-

126

vicinandosi in maniera imbarazzante al cavallo dei pantaloni per poi passare a tastargli petto e spalle. Quando fu persuaso che Langdon era disarmato, si voltò verso Vittoria e la squadrò da capo a piedi.

Vittoria lo guardò truce. «Non ci pensi nemmeno.»

La guardia le lanciò un'occhiataccia, ma Vittoria non batté ciglio.

«Che cos'ha lì dentro?» chiese l'uomo indicando un rigonfiamento nella tasca anteriore degli shorts.

Vittoria tirò fuori un cellulare ultrasottile. La guardia lo prese, premette un pulsante e se lo appoggiò all'orecchio per verificare che fosse funzionante. Poi, evidentemente rassicurata, glielo restituì. Vittoria se lo rimise in tasca.

«Si volti, per favore» le ordinò poi.

Vittoria eseguì, tenendo le braccia tese in fuori, e fece un giro completo su se stessa.

La guardia la squadrò attentamente. Langdon aveva già stabilito che Vittoria non aveva rigonfiamenti sospetti né sopra né sotto. La guardia parve giungere alla stessa conclusione.

«Grazie. Da questa parte, prego.»

L'elicottero della Guardia Svizzera era pronto a ripartire. Vittoria salì a bordo per prima, con gran disinvoltura, senza neppure abbassare la testa. Langdon invece esitava.

«Non si potrebbe proprio andare in auto?» gridò in tono semimisero al pilota che si stava mettendo ai comandi.

L'uomo non rispose.

Langdon si consolò al pensiero che probabilmente era meglio viaggiare così che in macchina, data la fama degli automobilisti romani. Inspirò profondamente e salì a bordo, chinandosi per passare sotto le pale.

«Avete localizzato il cilindro?» gridò Vittoria mentre la guardia dava gas ai motori.

L'uomo si voltò a guardarla con aria interrogativa. «Come ha detto, prego?»

«Il cilindro. Non ci avete chiamato per un cilindro?»

Il pilota si strinse nelle spalle. «Non so di cosa stia parlando. Siamo stati molto impegnati, oggi. Il comandante mi ha ordinato di venire a prendervi. Non so altro.»

Vittoria rivolse a Langdon uno sguardo allarmato.

«Allacciatevi le cinture, per favore» disse il pilota, mentre il motore saliva di giri.

Langdon ubbidì. Con la cintura allacciata, il minuscolo abitacolo sembrava ancora più piccolo. Poi, con un rombo, l'elicottero si sollevò da terra e virò verso Roma.

"Roma... *caput mundi*" pensò Langdon, la città dove regnò Giulio Cesare, dove fu crocifisso san Pietro; la culla della civiltà moderna, che rischiava di venire distrutta da un ordigno micidiale nascosto chissà dove.

33

Roma vista dall'alto è un labirinto, un dedalo intricatissimo di antiche strade che serpeggiano intorno a edifici, fontane e monumenti.

L'elicottero del Vaticano volava basso in direzione nord, attraverso il perenne strato di smog prodotto dal traffico dell'Urbe. Langdon osservò l'ingorgo di autobus, motorini, pullman turistici e stuoli di Fiat che sfrecciavano come impazziti. *"Koyaanisqatsi"* pensò. Era una parola hopi che significava "vita senza equilibrio".

Vittoria sedeva dietro di lui, silenziosa e determinata.

L'elicottero fece una stretta virata.

Langdon, con lo stomaco sottosopra, guardò verso l'orizzonte e riconobbe il Colosseo, che considerava uno dei più grandi paradossi della storia. L'anfiteatro, ritenuto uno dei simboli della cultura e della civiltà occidentale, in realtà era stato costruito per ospitare brutali spettacoli: leoni affamati che sbranavano prigionieri, eserciti di schiavi che si battevano all'ultimo sangue, stupri collettivi di donne catturate in lontane terre esotiche, decapitazioni e castrazioni pubbliche. Era ironico, pensò Langdon, o forse soltanto giusto, che il Colosseo fosse stato preso a modello per il Soldiers Field di Boston, lo stadio dove ogni autunno le tifoserie esaltate di Harvard e Yale incitavano al massacro le rispettive squadre.

Langdon scorse poi il Foro Romano, il cuore della Roma precristiana, dove antichi templi e colonne erano riusciti chissà come a non farsi fagocitare dalla metropoli circostante.

A ovest, il Tevere si snodava sinuoso attraverso la città. Persino dall'alto si capiva che doveva essere molto profondo: l'acqua era agitata, marrone, limacciosa e piena di schiuma per via delle recenti e abbondanti piogge.

«Dritto davanti a voi» disse il pilota, prendendo quota.

Langdon e Vittoria guardarono fuori e la videro. Come una montagna che sbuca dalla bruma del primo mattino, la cupola della basilica di San Pietro si ergeva maestosa in lontananza.

«Ecco, qui invece Michelangelo ha dato il meglio di sé» disse Langdon a Vittoria.

Langdon non aveva mai visto San Pietro dall'alto. La facciata marmorea brillava nel sole pomeridiano. Con le sue centoquaranta statue di santi, martiri e angeli, l'imponente costruzione era larga come un campo da calcio e lunga come quattro. Il suo interno cavernoso poteva ospitare oltre sessantamila fedeli, cento volte la popolazione della Città del Vaticano, che era lo Stato più piccolo del mondo.

Incredibilmente, nonostante la mole, la basilica nulla toglieva alla piazza antistante che, ampia e ariosa, sembrava un'oasi di pace nel caos della capitale; un po' come Central Park a New York. Di fronte alla basilica, la vasta piazza ellittica era abbracciata da duecentottantaquattro colonne disposte in due emicicli. Il diametro delle colonne, perfettamente allineate, cresceva progressivamente verso l'esterno, in modo da creare un trompe l'œil che ampliava il senso di solennità e magnificenza della piazza.

Mentre osservava quel tempio monumentale, Langdon si domandò che cosa avrebbe pensato san Pietro, se fosse stato lì in quel momento. Aveva subito un martirio raccapricciante – era stato crocifisso a testa in giù proprio in quel luogo – e ora riposava nella più sacra delle tombe, in una necropoli sotterranea esattamente sotto il cupolone.

«Città del Vaticano» annunciò il pilota in tono assai poco cordiale.

Langdon osservò le invalicabili mura di pietra che cingevano il complesso... una protezione curiosamente terrena per un mondo di segreti, potere e misteri spirituali.

«Guarda!» esclamò Vittoria tirandolo per un braccio. Indicò giù, nervosa, verso piazza San Pietro. Langdon avvicinò il viso al vetro.

«Laggiù» insistette lei, puntando il dito.

Langdon guardò. In fondo alla piazza era parcheggiata almeno una decina di furgoni con enormi antenne paraboliche puntate verso il cielo, sui quali erano riconoscibili loghi familiari:

EUROPE NEWS

RAI SAT

BBC

UNITED PRESS INTERNATIONAL

Langdon, confuso, si domandò se la notizia del furto dell'antimateria fosse già trapelata.

Vittoria si era irrigidita. «Perché ci sono tutte quelle televisioni? Che cosa succede?»

Il pilota si voltò e la guardò male. «Come, non lo sapete?»

«No» ribatté lei.

«Il conclave» disse l'uomo. «Inizierà tra un'ora circa. Tutto il mondo è in attesa.»

"Il conclave." Quella parola riecheggiò per qualche istante nelle orecchie di Langdon prima di colpirlo come un pugno nello stomaco. "Già." Come aveva potuto dimenticarsene? La notizia era su tutti i giornali.

Il papa era deceduto quindici giorni prima, dopo dodici anni di regno. Tutti i quotidiani del mondo avevano parlato dell'ictus che aveva stroncato l'amatissimo pontefice nel sonno. La sua morte, improvvisa e prematura, aveva destato non pochi sospetti. E adesso, quindici giorni dopo, secondo la tradizione stava per riunirsi in conclave il Collegio dei cardinali elettori, formato da centosessantacinque membri, incaricati di designare il nuovo pontefice.

"Cardinali di tutto il mondo oggi sono qui" pensò Langdon mentre l'elicottero sorvolava la basilica di San Pietro e la Città del Vaticano. «Gli uomini più potenti della cristianità... l'intera curia romana è in pericolo.»

34

Il cardinale Mortati alzò gli occhi verso la famosa volta affrescata della Cappella Sistina e cercò di riflettere serenamente per un attimo. Tra le pareti echeggiavano le voci dei cardinali provenienti da svariate nazioni del mondo, che bisbigliavano irrequieti consultandosi a vicenda in varie lingue, tra cui le tre più diffuse nella Chiesa: italiano, spagnolo e inglese.

Nella Cappella Sistina di solito entravano lunghe lame di luce dalle finestre, che però quel giorno erano state coperte con drappi di velluto nero, come da tradizione: i cardinali riuniti in conclave, infatti, non potevano inviare segnali o comunicare in alcun modo con il mondo esterno. La cappella era pertanto immersa in una penombra rischiarata soltanto da candele. In quella luce tutto sembrava più puro ed evanescente e gli alti dignitari della Chiesa cattolica parevano eterei come santi.

"Che privilegio essere qui a sovrintendere a questo sacro evento" pensò Mortati. I cardinali che avevano già compiuto gli ottant'anni erano troppo vecchi per essere eleggibili e non presenziavano al conclave, ma Mortati, settantanovenne, era il decano del Collegio dei cardinali elettori, incaricato di dirigere il rituale.

In ossequio alla tradizione, i porporati si erano riuniti nella Cappella Sistina due ore prima dell'inizio del conclave per prestare giuramento e prendere gli ultimi accordi sulle procedure dell'elezione. Alle diciannove sarebbe giunto il camerlengo del defunto papa, che avrebbe recitato la preghiera di apertura prima di congedarsi dal Collegio. La Guardia Svizzera avrebbe poi sigillato le porte della cappella e il rituale più antico e segreto del mondo avrebbe avuto inizio. I cardinali non sarebbero potuti uscire fino a quando non avessero deciso chi tra loro sarebbe stato il nuovo papa.

"Conclave." Persino il nome ispirava segretezza. *Cum clave*, cioè, letteralmente, "chiuso a chiave". Ai porporati era vietato qualsiasi contatto con l'esterno. Niente telefonate, messaggi o bisbigli attraverso le porte. Il conclave era una camera stagna, che nulla poteva influenzare. I cardinali dovevano avere *solum Deum prae oculis*... solo Dio dinanzi agli occhi.

Fuori, naturalmente, erano appostati i media, che facevano ipotesi e congetture su chi sarebbe divenuto il leader di un miliardo di cattolici in tutto il mondo. Il conclave si svolgeva sempre in un'atmosfera molto tesa e in passato era stato accompagnato persino da violenze, avvelenamenti e omicidi. "Fortunatamente i tempi sono cambiati" pensò il decano. "Il conclave, stasera, sarà concorde, ispirato e soprattutto breve."

O, almeno, così pensava fino a pochi minuti prima.

Adesso, però, si era presentato uno sviluppo inaspettato. Misteriosamente, quattro cardinali non si erano presentati nella cappella. Mortati sapeva che tutte le uscite del Vaticano erano sorvegliate e che gli assenti non potevano essersi allontanati di molto, ma il fatto che non fossero ancora arrivati a meno di un'ora dalla preghiera di apertura era sconcertante. Anche perché non erano cardinali qualsiasi. Erano i più importanti.

I più papabili.

Il decano aveva già avvertito la Guardia Svizzera della loro assenza, ma non gli era ancora giunta risposta. Anche altri si erano accorti della stranezza e bisbigliavano tra loro inquieti. "Possibile che, di tutti i porporati, proprio quei quattro siano in ritardo?" Mortati iniziava a temere che la serata si sarebbe rivelata più lunga del previsto.

Non immaginava quanto.

35

L'eliporto del Vaticano era situato all'estremità nordoccidentale del territorio dello Stato pontificio, il più lontano possibile dalla basilica di San Pietro, per motivi di sicurezza e di rumorosità.

«Eccoci arrivati» annunciò il pilota mentre toccavano terra. Uscì e aprì il portellone scorrevole.

Langdon scese per primo e si voltò per aiutare Vittoria, che però era già saltata agilmente a terra. Ogni muscolo del suo corpo pareva concentrato su un solo obiettivo: trovare l'antimateria prima che succedesse l'irreparabile.

Dopo aver disteso una cerata sull'elicottero per proteggerlo dal sole, il pilota li accompagnò a una specie di grosso golf cart elettrico con cui li condusse poi lungo il confine occidentale dello Stato pontificio, protetto da un muraglione alto una quindicina di metri e largo abbastanza da poter resistere anche ai carri armati. Al suo interno, a intervalli di cinquanta metri l'una dall'altra, erano schierate sull'attenti le guardie svizzere. Il mezzo svoltò a destra in via dell'Osservatorio. I segnali indicavano tutte le direzioni:

PALAZZO DEL GOVERNATORATO
COLLEGIO ETIOPICO
BASILICA DI SAN PIETRO
CAPPELLA SISTINA

Accelerarono sull'asfalto perfettamente liscio e superarono un tozzo edificio che una scritta indicava come RADIO VATICA-

NA. Langdon osservò ammirato la sede dell'emittente radiofonica più ascoltata al mondo, che diffondeva la parola di Dio a milioni di credenti in ogni paese.

«Attenzione» disse il pilota, immettendosi in una rotatoria.

Quando ebbero svoltato, Langdon stentò a credere alla vista che gli si presentò davanti. "I Giardini del Vaticano" pensò. "Il cuore della Città." E, di fronte, il retro della basilica di San Pietro, vista da una prospettiva che pochi avevano il privilegio di ammirare. A destra si stagliava il palazzo del Tribunale, la sfarzosa residenza papale i cui decori barocchi erano paragonabili solamente a quelli della reggia di Versailles. L'austero palazzo del Governatorato, ora dietro di loro, ospitava le istituzioni amministrative dello Stato pontificio. Più avanti, a sinistra, si ergeva l'imponente edificio rettangolare dei Musei Vaticani. Langdon sapeva che non avrebbe avuto il tempo di visitarli, questa volta.

«Ma non c'è nessuno?» chiese Vittoria, osservando i prati e i viali deserti.

La guardia scostò la manica e diede un'occhiata al suo sofisticato cronografo, stranamente moderno rispetto all'uniforme anacronistica. «I cardinali sono riuniti nella Cappella Sistina. Il conclave inizia tra poco meno di un'ora.»

Langdon annuì: ricordava vagamente che prima del conclave i cardinali trascorrevano un paio d'ore nella Cappella Sistina per riflettere con calma e consultarsi con gli altri membri del Collegio, in modo da rinsaldare vecchie amicizie e rendere più agevole l'elezione del nuovo pontefice. «E i residenti? I dipendenti?»

«Vengono allontanati dalla città per motivi di riserbo e di sicurezza fino al termine del conclave.»

«E cioè?»

La guardia si strinse nelle spalle. «Dio solo lo sa.» Quelle parole suonarono bizzarramente letterali.

Dopo aver parcheggiato il golf cart sull'ampio spiazzo erboso alle spalle della basilica di San Pietro, la guardia scortò Langdon e Vittoria su per una scalinata che portava a un piazzale di marmo dietro l'abside. Attraversato il piazzale costeggiarono il muro posteriore della basilica fino a giungere a un cortile triangolare, su via Belvedere, e andarono verso una serie di edifici contigui. Studiando la storia dell'arte, Langdon aveva imparato quel minimo di italiano che gli permise di capire le indicazioni per la Tipografia Vaticana, il laboratorio di restauro degli arazzi, l'ufficio centrale delle Poste Vaticane e la chiesa di Sant'Anna. Attraversarono un'altra piccola piazza e giunsero a destinazione.

La caserma della Guardia Svizzera era un tozzo edificio di pietra situato a fianco del Corpo di vigilanza, a nordest della basilica di San Pietro. Ai lati dell'ingresso c'erano due guardie, immobili come statue.

Impugnavano la tradizionale alabarda lunga più di due metri e provvista in cima di un'affilatissima lama ricurva, con la quale si diceva fossero stati decapitati numerosi musulmani durante le crociate antiturche, nel XV secolo, e Langdon dovette ammettere che non avevano nulla di comico, pur indossando anch'esse l'uniforme blu e gialla.

Vedendoli arrivare, le due guardie si fecero avanti e sbarrarono loro il passo incrociando le alabarde. Una guardò il pilota con aria perplessa e indicò Vittoria: «Non può entrare, vestita così».

Il pilota gli fece cenno di lasciar perdere. «Il comandante vuole vederli subito.»

Le guardie, scure in viso, si scansarono.

All'interno, l'atmosfera era gradevole. Non sembravano gli uffici amministrativi di un corpo militare, pensò Langdon: nei corridoi elegantemente ammobiliati erano esposti dipinti che qualunque museo del mondo avrebbe volentieri ospitato nella propria galleria principale.

Il pilota indicò una ripida rampa di scale che portava ai piani inferiori. «Da questa parte, prego.»

Langdon e Vittoria scesero gli scalini di marmo tra due file di statue di nudi maschili pudicamente coperti con foglie di fico di colore più chiaro rispetto al resto del corpo.

"La grande castrazione" pensò Langdon.

Era stata una terribile tragedia per l'arte rinascimentale. Nel 1857, papa Pio IX aveva deciso che le forme maschili potevano indurre alla concupiscenza. Armatosi perciò di martello e scalpello, aveva staccato i genitali a tutte le statue maschili presenti in Vaticano. Aveva mutilato sculture di apolli, efebi, satiri e poi coperto il danno con foglie di fico in gesso. Erano state evirate centinaia di statue. Langdon si era chiesto spesso se i falli di pietra erano stati conservati. Forse da qualche parte ce n'era una cassa piena.

«Eccoci arrivati» annunciò la guardia.

In fondo alle scale c'era una pesante porta d'acciaio. La guardia digitò un codice e la porta si aprì. Langdon e Vittoria entrarono.

Oltre la soglia regnava il caos più totale.

36

Erano nel quartier generale della Guardia Svizzera.

Langdon ammirò il contrasto di stili ed epoche diverse della sala che aveva davanti. Era una splendida biblioteca rinascimentale, con scaffali intarsiati, tappeti orientali e arazzi di squisita fattura... piena di monitor, fax, mappe elettroniche del territorio del Vaticano e televisori sintonizzati sulla CNN. Numerose guardie svizzere in uniforme digitavano febbrilmente su tastiere di computer e console, con cuffie futuristiche in testa.

«Aspettate qui» ordinò la guardia.

Attraversò la sala e si avvicinò a un uomo in divisa militare blu che parlava al cellulare. Era altissimo, asciutto, così dritto da sembrare quasi inclinato all'indietro. La guardia gli disse qualcosa e l'uomo rivolse un'occhiata a Langdon e Vittoria. Annuì, poi voltò le spalle e proseguì la telefonata.

La guardia tornò da loro. «Il comandante Olivetti sarà da voi tra un momento.»

«Grazie.»

Li salutò e si avviò verso le scale.

Langdon osservò Olivetti dall'altra parte della sala e pensò che non gli era mai capitato di trovarsi davanti al comandante in capo delle forze armate di una nazione. Mentre aspettavano, guardò con interesse le guardie che andavano avanti e indietro dando ordini. L'attività era febbrile.

«Continuate a cercare!» gridava uno al telefono.

«Avete controllato nei Musei?» domandava un altro.

Non c'era bisogno di conoscere particolarmente bene l'italiano per capire che i servizi di sicurezza vaticani erano impegnati in una ricerca frenetica, e questo era incoraggiante. La cosa preoccupante, però, era che evidentemente non avevano ancora trovato l'antimateria.

«Tutto bene?» chiese Langdon a Vittoria.

La donna si strinse nelle spalle e gli sorrise con aria stanca.

Finalmente il comandante spense il telefono e attraversò la sala nella loro direzione. A mano a mano che si avvicinava, sembrava sempre più alto.

Anche Langdon era alto e non gli capitava spesso di dover alzare la testa per guardare la gente, ma con il comandante Olivetti dovette adattarsi. Bastava osservarlo in faccia per capire che era un uomo di grande esperienza. Aveva i capelli scuri tagliati cortissimi e lo sguardo attento, determinato. Era solido, scattante, composto nei movimenti, e assomigliava più a un agente segreto americano che a una guardia svizzera, forse anche per l'auricolare nascosto con discrezione dietro l'orecchio.

Si rivolse loro in inglese, con forte accento straniero e a voce sorprendentemente bassa, ma con efficienza militare. «Buongiorno, sono il comandante Olivetti, capo della Guardia Svizzera. Sono stato io a contattare il vostro direttore.»

Vittoria alzò gli occhi. «Grazie per averci ricevuto, comandante.»

Olivetti non rispose e fece loro cenno di seguirlo oltre quel dedalo di apparecchiature elettroniche. «Prego» disse poi, aprendo una porta. Langdon e Vittoria entrarono in una sala di controllo semibuia con file e file di monitor su cui si alternavano in lenta sequenza serie di immagini in bianco e nero. Un tecnico era seduto davanti agli schermi e le osservava attentamente.

«Può andare» disse Olivetti.

L'uomo raccolse le sue cose e uscì dalla stanza.

Olivetti si avvicinò a uno degli schermi e lo indicò dicendo: «Questa immagine proviene da una telecamera nascosta da qualche parte nella Città del Vaticano. Gradirei una spiegazione».

Langdon e Vittoria guardarono lo schermo e rimasero entrambi senza fiato. Non c'erano dubbi, era il contenitore sottratto al CERN. La gocciolina scintillante di antimateria, sinistramente sospesa a mezz'aria, illuminata dal pulsare intermittente del display a LED, era inconfondibile. Il resto dello schermo era quasi completamente nero, come se il cilindro si trovasse in uno sgabuzzino o in una stanza buia. Nella parte superiore del monitor lampeggiava in sovrimpressione una scritta: IMMAGINI LIVE – TELECAMERA N. 86.

Vittoria guardò le cifre che lampeggiavano sul timer. «Mancano meno di sei ore» sussurrò a Langdon, tesa.

Langdon guardò l'ora. «Abbiamo tempo fino a...» Si interruppe, con un nodo alla gola.

«Mezzanotte» concluse Vittoria, con espressione grave.

"Mezzanotte" pensò Langdon. "Non potevano scegliere orario più drammatico." A quanto pareva, chi aveva rubato il cilindro aveva calcolato i tempi alla perfezione. Rendendosi conto di essere proprio nel luogo dell'imminente disastro, si sentì assalire da una spaventosa sensazione di ineluttabilità.

Olivetti sussurrò: «Questo oggetto è di proprietà del vostro centro?».

Vittoria annuì. «Sì, è stato sottratto da uno dei nostri laboratori. Contiene una sostanza estremamente instabile, che si chiama antimateria.»

Olivetti rimase impassibile. «Sono piuttosto pratico di ordigni incendiari, signorina Vetra, ma non ho mai sentito parlare di "antimateria".»

«È una nuova tecnologia. Se non riusciamo a localizzarla per tempo, dovremo far evacuare la Città del Vaticano.»

Il comandante chiuse lentamente gli occhi, poi li riaprì spazientito. «Evacuare la Città del Vaticano? Lei è al corrente di quel che sta per succedere qui stasera?»

«Sì, comandante. La vita dei cardinali impegnati nel conclave è in pericolo. Abbiamo circa sei ore. A che punto siete con le ricerche del cilindro?»

Olivetti scosse il capo. «Non le abbiamo nemmeno incominciate.»

Vittoria trasalì. «Cosa? Ma abbiamo sentito i suoi uomini che parlavano di cercare...»

«Sì, certo» la interruppe Olivetti. «Ma non stiamo cercando

il vostro cilindro. Stiamo svolgendo un altro tipo di ricerca, che non vi riguarda.»

A Vittoria si incrinò la voce. «Non avete neppure iniziato a cercare il cilindro di antimateria?»

Il comandante la guardò impassibile con occhi da insetto. «Signorina Vetra, lasci che le spieghi una cosa. Il direttore del vostro centro si è rifiutato di fornire per telefono il benché minimo dettaglio su questo oggetto, limitandosi a dirmi che dovevamo trovarlo immediatamente. Purtroppo abbiamo altro da fare e non posso permettermi il lusso di impegnare i miei uomini in un'operazione sulla quale non ho informazioni concrete.»

«L'informazione concreta è che tra sei ore quel congegno ridurrà in cenere l'intero Vaticano, comandante» disse Vittoria.

Olivetti rimase impassibile. «Signorina, voglio mettere in chiaro una cosa» ribatté con sussiego. «Nonostante l'aspetto antiquato, tutti gli ingressi alla Città del Vaticano, sia pubblici sia privati, sono dotati di sofisticatissime apparecchiature di rilevamento. Chiunque tentasse di introdurre un ordigno incendiario verrebbe immediatamente individuato. Abbiamo scanner anti-isotopi radioattivi, filtri olfattivi progettati dalla DEA capaci di individuare la benché minima traccia chimica di combustibili e tossine, usiamo i più avanzati metal detector e scanner a raggi X esistenti...»

«Mi fa molto piacere» ribatté Vittoria con la stessa freddezza. «Purtroppo, però, l'antimateria non è radioattiva, ha la stessa traccia chimica dell'idrogeno puro ed è contenuta in un cilindro di materiale plastico. Quindi sfuggirebbe a tutte le vostre apparecchiature.»

«Dimentica la batteria, signorina» disse Olivetti indicando il LED lampeggiante. «La minima traccia di nickel-cadmio verrebbe individuata da...»

«Anche le batterie sono di plastica.»

Olivetti stava perdendo la pazienza. «Batterie di plastica?»

«Elettroliti in gel polimerico e teflon.»

Olivetti si chinò verso Vittoria, dall'alto della sua statura. «Signorina, qui in Vaticano riceviamo decine di allarmi bomba al mese» le disse. «Tengo personalmente i corsi di aggiornamento al personale sulle nuove tecnologie in fatto di esplosivi e so benissimo che non esiste al mondo una sostanza capace di produrre gli effetti devastanti che mi descrive. Dovrebbe essere una testata atomica con un nucleo delle dimensioni di una palla da tennis.»

Vittoria lo squadrò. «La natura ha ancora molti misteri da svelare.»

Olivetti le si avvicinò ancora. «Posso sapere chi è lei esattamente e qual è il suo ruolo al CERN?»

«Faccio parte dello staff di ricerca e ho l'incarico di gestire questa crisi.»

«Perdoni la scortesia, ma se questa è davvero una crisi, come mai invece che con il suo direttore sono qui a parlare con lei? Che oltretutto ha la sfrontatezza di presentarsi qui conciata in questo modo?»

Langdon sbuffò. Non riusciva a credere che in un'emergenza tanto critica il comandante si mettesse a sindacare sull'abbigliamento. D'altra parte, però, in un luogo dove bastavano dei nudi di pietra a suscitare pensieri impuri, le gambe scoperte di Vittoria Vetra potevano effettivamente costituire una minaccia per la sicurezza nazionale.

«Comandante Olivetti» intervenne Langdon, nel tentativo di disinnescare quello che pareva un altro ordigno in procinto di esplodere. «Mi chiamo Robert Langdon. Non sono del CERN, insegno storia delle religioni in un'università americana. Ho assistito a una dimostrazione della potenza dell'antimateria e posso confermare che si tratta di una sostanza estremamente pericolosa. Inoltre, abbiamo ragione di credere che sia stata nascosta all'interno del Vaticano da una setta antireligiosa intenzionata a sabotare il conclave.»

Olivetti si voltò e squadrò Langdon dall'alto in basso. «Straordinario! Una donna in pantaloni corti viene a dirmi che una goccia di un liquido misterioso sta per far saltare in aria la Città del Vaticano e un professore americano mi racconta che siamo stati presi di mira da una congrega antireligiosa... Cosa dovrei fare, secondo voi?»

«Trovare il contenitore dell'antimateria» disse Vittoria. «Prima che esploda.»

«Come se fosse facile... Potrebbe essere ovunque. La Città del Vaticano non è poi così piccola.»

«Le telecamere dell'impianto a circuito chiuso non sono dotate di localizzatori GPS?»

«Non è che vengano rubate tanto spesso. Comunque, nel giro di qualche giorno la troveremo.»

«Non abbiamo a disposizione giorni» puntualizzò Vittoria, risoluta. «Mancano solo sei ore.»

«A cosa, signorina?» Olivetti alzò la voce e puntò il dito sullo schermo. «Alla fine del conto alla rovescia? Alla distruzione del Vaticano? Mi creda, non mi piace che si interferisca con il mio operato. Né gradisco che strani aggeggi meccanici appaiano misteriosamente nel mio territorio. Sono preoccupato. Preoccuparmi fa parte del mio mestiere. Ma trovo che la *vostra* preoccupazione sia un tantino eccessiva.»

Langdon non riuscì a trattenersi dal chiedere: «Ha mai sentito parlare degli Illuminati?».

Olivetti perse definitivamente la pazienza. Come uno squalo pronto ad attaccare, replicò mostrando i denti: «L'avverto. Non ho tempo per queste sciocchezze».

«Ne ha sentito parlare, allora.»

Olivetti lo fulminò con un'occhiata. «Il mio lavoro è difendere la Chiesa cattolica: è ovvio che ne ho sentito parlare. Ma so anche che non esistono più da tempo.»

Langdon prese dalla tasca il fax con l'immagine di Leonardo Vetra marchiato a fuoco e lo mostrò a Olivetti.

«Ho scritto un libro sulla setta degli Illuminati» disse al comandante che osservava il fax. «Io stesso fatico ad ammettere che sia ancora in attività, e tuttavia la comparsa di questo marchio e l'odio secolare degli Illuminati nei confronti del Vaticano mi fanno pensare che forse esistano ancora.»

«Potrebbe essere uno scherzo, un falso elaborato al computer» replicò Olivetti restituendogli il fax.

Langdon lo guardò allibito. «Un falso? Guardi la simmetria! Lei dovrebbe essere il primo a rendersi conto dell'autenticità di questo...»

«L'autenticità è per l'appunto quel che manca in tutta questa storia. Forse lei non lo sa, ma sono anni che gli scienziati del CERN criticano le politiche del Vaticano, sollecitandolo incessantemente a ritrattare la teoria creazionista, a porgere scuse formali per Galileo e Copernico, a mutare il suo atteggiamento nei confronti di ricerche ritenute pericolose o eticamente discutibili. Qual è lo scenario più probabile, a parer suo? Che una setta satanica di quattro secoli fa sia riemersa armata di una nuova tecnologia, o che qualche buontempone del CERN stia cercando di sabotare un evento sacro del Vaticano con una bufala ben congegnata?»

«L'uomo nella foto è mio padre» disse Vittoria, furente. «L'hanno assassinato. Crede davvero che possiamo scherzare su una cosa del genere?»

«Non so, signorina. Quel che so è che non darò l'allarme finché non mi fornirete risposte più convincenti. Il mio compito è garantire sicurezza e discrezione, affinché la Santa Sede possa svolgere il ruolo spirituale che le compete in piena serenità. Oggi più che mai.»

«Non potreste rimandare il conclave?» suggerì Langdon.

«Rimandare il conclave?» Olivetti rimase a bocca aperta. «Ma cosa dice? Guardi che il conclave non è una partita di baseball, che si svolge o no a seconda delle condizioni atmosferiche. È un evento sacro, regolato da una ritualità e da un codice rigorosissimi. Un miliardo di cattolici sono in attesa della nomina del loro nuovo capo spirituale. I media di tutto il mondo aspettano la fumata bianca. Il protocollo di questo evento è sacro e non è soggetto a modifiche. Il conclave si è sempre svolto regolarmente, nonostante terremoti, carestie, persino la peste, dal 1179 a oggi. Credetemi, non verrà certo cancellato perché è stato assassinato uno scienziato o rubato un cilindro di Dio solo sa cosa.»

«Mi faccia parlare con il suo capo» chiese Vittoria.

Olivetti la guardò furibondo. «Il capo sono io.»

«Voglio parlare con qualcuno della curia» ribatté lei.

Olivetti era paonazzo. «Sono andati via tutti. A parte le guardie svizzere, gli unici presenti nella Città del Vaticano in questo momento sono i membri del Collegio cardinalizio. E sono tutti nella Cappella Sistina.»

«E il camerlengo?» chiese Langdon in tono distaccato.

«Chi?»

«Il facente funzione del defunto papa.» Langdon rispose con disinvoltura, nella speranza che la memoria non lo tradisse. Ricordava di avere letto una volta della strana distribuzione dei poteri in Vaticano dopo la morte del pontefice. Se ben ricordava, in periodo di sede vacante, il potere autonomo e completo passava temporaneamente nelle mani dell'ultimo assistente personale del papa, il camerlengo, un prelato che si occupava di sovrintendere al conclave fino all'elezione del nuovo pontefice. «Se non erro, in questo momento lei risponde al camerlengo.»

«Senta» tagliò corto Olivetti corrucciato «il camerlengo è un semplice sacerdote che faceva da assistente personale al defunto papa.»

«Ma è qui adesso. Ed è a lui che risponde la Guardia Svizzera, giusto?»

Olivetti incrociò le braccia. «Professor Langdon, è vero che la norma vaticana affida al camerlengo la direzione generale durante il conclave, ma solo perché, non essendo eleggibile al soglio pontificio, con la sua presenza assicura l'imparzialità dell'elezione. È come se il vostro presidente morisse e uno dei suoi collaboratori sedesse momentaneamente nello Studio Ovale. Il camerlengo è giovane e le sue conoscenze in fatto di sicurezza, e non solo, sono estremamente limitate. A tutti gli effetti, sono io che comando qui.»

«Ci porti dal camerlengo» insistette Vittoria in tono autoritario.

«Impossibile. Il conclave avrà inizio tra quaranta minuti e il camerlengo è nello studio privato del papa che si sta preparando. Non ho intenzione di disturbarlo.»

Vittoria aprì la bocca per rispondere, ma fu interrotta da qualcuno che bussava alla porta. Olivetti aprì.

Una guardia in alta uniforme indicò l'orologio e disse: «È ora, comandante».

Olivetti controllò il proprio cronografo da polso e annuì, poi si voltò nuovamente verso Langdon e Vittoria con aria severa. «Seguitemi.» Li condusse fuori dalla sala di controllo fino a un divisorio trasparente. «Il mio ufficio» disse, facendoli entrare. Era una stanza anonima: una scrivania ingombra di carte, schedari, sedie pieghevoli, un distributore di acqua fresca. «Sarò di ritorno fra dieci minuti. Vi consiglio di sfruttare questo tempo per decidere la vostra linea di azione.»

«Non può andare via così!» protestò Vittoria «Il cilindro è...»

145

«Scusate, ma sono in ritardo» la interruppe Olivetti. «Aspettatemi qui fino alla fine del conclave, quando avrò tempo da dedicarvi.»

«Il controllo cimici nella cappella, comandante» gli ricordò la guardia.

Olivetti annuì e fece cenno di cominciare ad andare.

«Cimici? Ve ne andate per cercare delle cimici?» domandò Vittoria.

Olivetti si voltò e la guardò male. «Microspie, signorina. Noi teniamo molto alla discrezione.» Indicandole le gambe, aggiunse: «Al contrario di lei, è evidente».

Uscì sbattendo la porta e facendo tremare la parete trasparente. Quindi, con un movimento elegante, chiuse a chiave la porta.

«Idiota!» gridò Vittoria. «Non può tenerci prigionieri qui dentro!»

Attraverso il vetro Langdon vide che Olivetti diceva qualcosa alla guardia, la quale annuì. Poi il comandante si allontanò a grandi passi dalla stanza, la guardia girò su se stessa e si posizionò di fronte a loro, dall'altra parte del vetro, con le braccia conserte. Aveva una pistola alla cintura.

"Ci mancava solo questa" pensò Langdon.

37

Vittoria lanciò un'occhiataccia alla guardia svizzera fuori della porta, che ricambiò con uno sguardo truce. Nonostante la divisa clownesca, non faceva per niente ridere.

"Ma è possibile?" pensò Vittoria. "Tenuti in ostaggio da un uomo armato in pigiama?"

Langdon era pensieroso e Vittoria sperava che stesse usando il suo cervello di professore di Harvard per trovare una via d'uscita. Dall'espressione, però, sembrava più sotto shock che alla ricerca di una soluzione. Le dispiacque averlo coinvolto fino a quel punto. Il suo primo istinto sarebbe stato tirare fuori il cellulare e chiamare Kohler, ma sapeva che sarebbe stata una sciocchezza. Prima di tutto la guardia le avrebbe sequestrato il telefono e comunque, se l'attacco di asma aveva avuto il suo solito decorso, con ogni probabilità il direttore del CERN era ancora fuori combattimento. Inoltre, Olivetti non pareva disposto a credere a nessuno.

Cercò di concentrarsi per "ricordare" la soluzione di quel problema.

Era uno stratagemma che aveva imparato dalla filosofia buddista: di fronte a un problema apparentemente senza soluzione, invece di chiedere alla propria mente di trovarne una bisognava cercare semplicemente di ricordarla. Il solo pensare di averla bastava già a eliminare il paralizzante senso di impotenza, preparando spiritualmente alla risoluzione del problema. Vittoria utilizzava spesso quel sistema, quando era alle prese con quesiti scientifici che la maggioranza delle persone considerava irrisolvibili.

In quel momento, però, lo stratagemma sembrava non sortire alcun risultato. Vittoria provò a elencare mentalmente le alternative che aveva a disposizione e le necessità più impellenti. Doveva avvertire qualcuno. Trovare qualcuno in Vaticano che la prendesse sul serio. Ma chi? Il camerlengo? E come raggiungerlo, chiusa com'era in una scatola di vetro provvista di una sola uscita?

"Cerca lo strumento giusto" si disse. "C'è sempre uno strumento che puoi utilizzare. Guardati intorno."

Rilassò le spalle, chiuse gli occhi e fece tre respiri profondi. Sentì rallentare il battito cardiaco e rilassare i muscoli. Lentamente la paura si dissolse. "Libera la mente. Cosa rende positiva la situazione? Quali risorse hai?"

La sua mente analitica, ricondotta alla calma, era una risorsa straordinaria. In pochi secondi capì che quella cella rappresentava anche la loro via di fuga.

«Faccio una telefonata» disse.

Langdon alzò gli occhi. «Stavo per suggerirti di chiamare Kohler, ma...»

«Non a Kohler.»

«E a chi?»

«Al camerlengo.»

Langdon rimase scioccato. «Vuoi telefonare al camerlengo? E come?»

«Olivetti ha detto che è nello studio privato del papa.»

«Ah, be'. E tu hai il numero privato del papa?»

«No... ma non lo chiamo con il *mio* telefono.» Gli indicò con un cenno del capo il centralino telefonico digitale sulla scrivania di Olivetti. «Il comandante avrà pure una linea diretta con lo studio del papa!»

«Se è per questo ha anche un energumeno armato a un paio di metri da qui.»

«Già. Ma noi siamo chiusi dentro...»

«Me n'ero accorto.»

«Voglio dire che l'energumeno è chiuso fuori. Questo è l'ufficio del comandante della Guardia Svizzera. Non credo che siano in molti ad avere la chiave.»

Langdon diede un'occhiata alla guardia. «Il vetro mi pare piuttosto sottile e la pistola del nostro amico piuttosto potente.»

«Pensi che mi sparerà per una telefonata?»

«Non si sa mai. Non siamo in un posto molto normale e, per come si sono messe le cose...»

«Male che vada trascorreremo le prossime cinque ore e quarantotto minuti in una prigione vaticana» tagliò corto Vittoria. «Se non altro, avremo una poltrona in prima fila per assistere all'annichilazione.»

Langdon impallidì. «Appena tocchi la cornetta, quello avverte Olivetti, vedrai... E poi ci sono venti tasti e nessuna scritta, su quel telefono. Che cosa fai, li provi tutti finché non ti risponde la persona giusta?»

«No, no» rispose Vittoria, decisa. «Uno solo.» Alzò la cornetta e premette il primo pulsante a partire dall'alto. «Il numero *uno*. Scommetto uno dei tuoi dollari "illuminati" che è quello giusto. Chi può mettere al numero uno il comandante della Guardia Svizzera, se non Sua Santità?»

Langdon non ebbe il tempo di risponderle. La guardia fuori della porta iniziò a picchiare sul vetro con la pistola, facendole segno di rimettere a posto il telefono.

Vittoria gli fece l'occhiolino. L'uomo montò su tutte le furie.

Langdon si allontanò dalla porta e si voltò di nuovo verso Vittoria. «Diamine, spero tu abbia ragione, perché il nostro amico non sembra molto contento!»

«Dannazione!» fece lei, l'orecchio al ricevitore. «Mi ha risposto una voce registrata.»

«La segreteria telefonica di Sua Santità?» si stupì Langdon.

«Non era lo studio del papa» spiegò Vittoria riattaccando. «Ma il menu settimanale della mensa vaticana.»

Langdon fece un sorrisetto imbarazzato alla guardia fuori della porta, che li guardava truce mentre chiamava Olivetti al walkie-talkie.

38

Il Servizio dei telefoni del Vaticano si trova nello stesso edificio della Farmacia vaticana, dietro l'ufficio centrale delle Poste, in una stanza piuttosto piccola che ospita un centralino a otto linee Corelco 141, da cui transitano quotidianamente più di duemila chiamate, molte delle quali deviate in automatico a un sistema informativo preregistrato.

L'unico operatore di turno sedeva sorseggiando tranquillo una tazza di tè. Si sentiva orgoglioso di essere uno dei pochissimi dipendenti autorizzati a rimanere in Vaticano quella sera. Certo, l'onore era in qualche modo guastato dalla presenza delle guardie svizzere fuori della porta. "Persino al gabinetto mi tocca andare con la scorta" si lamentò dentro di sé. "Ah, quali affronti bisogna subire in nome del conclave..."

Per fortuna il traffico telefonico era stato scarso, quella sera. Anche se, a pensarci bene, non era poi una cosa positiva: negli ultimi anni l'interesse mondiale nei confronti del Vaticano era notevolmente diminuito. I giornalisti chiamavano sempre meno e i mitomani erano ormai una rarità. L'ufficio stampa sperava che il conclave fosse accolto con più entusiasmo, invece, sebbene piazza San Pietro fosse gremita di giornalisti, questi erano prevalentemente italiani o europei. Sì, c'era anche qualche network generalista a diffusione mondiale, ma non con inviati di spicco.

L'operatore prese in mano la tazza, domandandosi quanto sarebbe durato il conclave. "Scommetto che a mezzanotte o giù di lì sarà tutto finito" si disse. Le persone più addentro sapevano chi era il favorito nella rosa dei papabili già prima che il conclave si riunisse, e l'elezione si riduceva a un rituale di tre o quattro ore. Eventuali disaccordi dell'ultima ora avrebbero potuto prolungare la cerimonia fino all'alba... o magari un tantino oltre. Il conclave del 1831 era durato ben cinquantaquattro giorni, ma stavolta girava voce che la fumata bianca sarebbe arrivata molto presto.

Il ronzio di una linea interna distolse l'operatore dai suoi pensieri. Osservò la lucetta rossa intermittente e si grattò la testa. "Questa è bella" pensò. "La linea zero? Chi è che chiede informazioni dall'interno? E a quest'ora, poi? Chi ci sarà ancora in giro?"

«Vaticano. Pronto?»

La voce all'altro capo del filo era precipitosa. L'operatore riconobbe subito l'accento: la lieve inflessione francese era la stessa delle guardie svizzere. Ma di certo a chiamare non era una guardia. Nel sentire una voce di donna, scattò in piedi e mancò poco che si rovesciasse il tè addosso. Controllò la linea, pensando di essersi sbagliato, ma la chiamata veniva effettivamente dall'interno. "Dev'essere successo qualcosa di strano!" pensò. "Cosa ci fa una donna nella Città del Vaticano, stasera?"

La donna parlava rapida e concitata. L'operatore era abbastanza esperto da capire quando aveva a che fare con un pazzo, e la sua interlocutrice non gli sembrava una psicopatica. Era agitata, ma sembrava in sé, controllata, precisa. La ascoltò allibito.

«Il camerlengo?» esclamò incredulo, cercando di capire da dove provenisse la chiamata. «Non posso assolutamente inoltrare... Sì, lo so che si trova nello studio privato del papa, ma... Mi scusi, può ripetermi il suo nome? E deve avvertirlo che...?» Rimase in ascolto, turbato. «Siamo tutti in pericolo? In che senso? Scusi, ma lei da dove chiama? Forse dovrei contattare la Guardia...» Si bloccò di scatto. «Dove mi ha detto che si trova? Dove?»

Ascoltò stupefatto, poi prese una decisione. «Resti in linea» disse, mettendola in attesa senza lasciarle il tempo di rispondere, dopodiché chiamò l'ufficio del comandante Olivetti pensando che non era possibile che quella donna fosse davvero lì.

Invece la stessa voce lo aggredì immediatamente: «Per l'amor di Dio, mi passi il camerlengo!».

Le porte della caserma della Guardia Svizzera si aprirono e i presenti si fecero da parte per lasciar passare il comandante Olivetti, che si fiondò dentro come un razzo. Quando ebbe svoltato l'angolo per raggiungere il suo ufficio, ebbe la conferma di quanto il suo subordinato gli aveva appena riferito al walkie-talkie: Vittoria Vetra stava usando il suo telefono privato.

"Che donna!" pensò. Furibondo, infilò la chiave nella toppa e aprì la porta. «Che cosa sta facendo?»

Vittoria lo ignorò. «Sì» disse al telefono. «E devo avvertire...»

Olivetti le strappò la cornetta di mano. «Si può sapere chi diavolo...» Il rigido e militaresco Olivetti abbassò lo sguardo e si ingobbì. «Sì, monsignor camerlengo...» disse. «È esatto... ma per motivi di sicurezza io... no, certo... l'ho trattenuta qui solo perché... certamente, ma...» Rimase in ascolto. «Sì, monsignore, subito» disse infine. «Li porto su immediatamente.»

39

Il Palazzo Apostolico è un insieme di costruzioni di diverse epoche nella parte nordorientale del territorio del Vaticano che comprende anche la Cappella Sistina. L'edificio che si affaccia su piazza San Pietro ospita la residenza del Santo Padre e il suo studio privato.

Vittoria e Langdon seguirono in silenzio il comandante Olivetti, furibondo, lungo un corridoio in stile rococò, salirono tre rampe di scale ed entrarono in un ampio locale in penombra.

Langdon osservava sbalordito la moltitudine di opere d'arte di valore incalcolabile, i busti, gli affreschi, i fregi. Passarono addirittura accanto a una fontana d'alabastro. A un certo punto Olivetti girò a sinistra e si avvicinò con fare deciso a una delle porte più grandi che Langdon avesse mai visto.

«Lo studio privato del papa» disse a denti stretti, lanciando un'occhiataccia a Vittoria. La donna non batté ciglio e bussò con decisione. Langdon non riusciva a capacitarsi di essere davanti allo studio di una delle massime autorità religiose del mondo.

«Avanti!» disse una voce da dentro.

Quando la porta si aprì, Langdon dovette coprirsi gli occhi, perché la luce che entrava dalle finestre era abbagliante. Impiegò qualche istante a riacquistare la vista.

Lo studio del papa somigliava più a un salone da ballo che a un ufficio: aveva il pavimento di marmo rosso, le pareti affrescate e un enorme lampadario di cristallo. Le finestre davano su piazza San Pietro, inondata di sole.

"Mio Dio" pensò Langdon. "Quando si dice camera con vista..."

In fondo al salone, seduto a una scrivania intarsiata, c'era un uomo intento a scrivere. «Prego» disse, posando la penna e facendo loro cenno di avvicinarsi.

Olivetti scattò sull'attenti. «Monsignore» esordì, in tono dispiaciuto «non sono riuscito a...»

Il prelato gli fece segno di tacere. Si alzò in piedi e studiò attentamente i due visitatori.

Langdon se lo immaginava gracile, anziano, con l'espressione angelica, appesantito da ricchi paramenti e con la corona del rosario fra le mani. Invece il camerlengo indossava una semplice veste nera e aveva un fisico robusto, sportivo. Prossimo ai quarant'anni, giovanissimo per gli standard vaticani, era sorprendentemente bello, con folti capelli castani ed enigmatici occhi verdi, che irradiavano una luce che pareva alimentata dai misteri dell'universo. Quando gli fu vicino, Langdon gli lesse nello sguardo una profonda stanchezza, come se fosse reduce dai quindici giorni più difficili della sua vita.

«Carlo Ventresca» si presentò. «Sono il camerlengo.» Parlò in inglese, con accento pressoché perfetto, in tono gentile e modesto.

«Vittoria Vetra.» La donna fece un passo avanti e gli strinse la mano. «Grazie di averci ricevuto.»

Olivetti si irrigidì.

«Le presento Robert Langdon dell'università di Harvard» proseguì Vittoria. «Studioso di storia delle religioni.»

«Padre» esordì Langdon nel suo migliore italiano, chinandosi per baciargli la mano.

«No, no» si schermì il camerlengo. «Il fatto che io sia in questa stanza non deve trarvi in inganno. Sono un semplice servitore di Dio, chiamato a svolgere il suo compito in un momento di necessità.»

Langdon rialzò la testa.

«Prego, accomodatevi» disse il camerlengo. Sistemò alcune sedie intorno alla scrivania, e Langdon e Vittoria si sedettero. Olivetti, invece, preferì restare in piedi.

Il camerlengo tornò dietro la scrivania, giunse le mani, emise un sospiro e rivolse uno sguardo ai convenuti.

«Monsignore, mi perdoni per l'abbigliamento della signorina» si scusò Olivetti. «Avrei dovuto...»

«L'abbigliamento della signorina è l'ultimo dei miei pensieri» ribatté il camerlengo, più stanco che infastidito. «Mi preoccupa molto di più essere chiamato dal centralino mezz'ora prima dell'inizio del conclave ed essere informato che una donna sta cercando di contattarmi dal *suo* telefono, comandante, per avvertirmi di un pericolo del quale *lei* non mi ha fatto parola.»

Olivetti rimase rigido e impettito, come un soldato durante una severa ispezione.

Langdon era affascinato dal camerlengo, uomo di grande carisma e autorevolezza. Con il suo viso fresco e l'espressione sofferta, gli ricordava un eroe mitologico.

«Monsignore, non si preoccupi» replicò Olivetti, contrito ma sicuro di sé. «Lei ha ben altre cose a cui pensare...»

«Lo so. Ma so anche che, in quanto reggente provvisorio dello Stato pontificio, la responsabilità del benessere e della sicurezza dei cardinali impegnati nel conclave è mia. Che cosa sta succedendo?»

«Niente. È tutto sotto controllo.»

«Non mi sembra proprio.»

«Padre» li interruppe Langdon, porgendo al camerlengo il fax spiegazzato. «Guardi questo.»

«Monsignore, la prego, non si lasci influenzare da...» intervenne il comandante Olivetti.

Ignorandolo, il camerlengo prese in mano il fax e guardò la foto del cadavere di Leonardo Vetra. Con un sospiro spaventato, chiese: «Chi è?».

«Mio padre» rispose Vittoria con voce incerta. «Era un sacerdote, oltre che un uomo di scienza. È stato assassinato ieri notte.»

Il camerlengo la guardò impietosito. «Le mie condoglianze, signorina.» Si segnò, guardò di nuovo il fax e assunse un'espressione indignata. «Chi mai ha potuto...? E questa terribile ustione...» Si interruppe e osservò l'immagine più da vicino.

«Un marchio a fuoco: "Illuminati"» spiegò Langdon. «Di certo questo nome le dirà qualcosa.»

Ventresca fece una faccia stranita. «L'ho già sentito, sì, ma...»

«Gli Illuminati hanno assassinato Leonardo Vetra per impossessarsi di una nuova tecnologia alla quale stava...»

«Monsignore» interloquì Olivetti «è un'assurdità. Gli Illuminati? È evidente che si tratta di una montatura.»

Il camerlengo parve riflettere sulle parole di Olivetti, poi rivolse a Langdon uno sguardo così intenso che lo studioso si sentì mancare il fiato. «Professore, ho trascorso la mia esistenza in seno alla Chiesa cattolica. Conosco bene la leggenda degli Illuminati e dei loro marchi. Vivo nel presente, però. La Chiesa ha già abbastanza nemici reali, non mettiamoci a resuscitare i fantasmi...»

«Il simbolo è autentico» replicò Langdon, non riuscendo a evitare di assumere un tono sulle difensive. Si avvicinò al camerlengo e girò il fax, dimostrandogli la perfetta simmetria del disegno. Ventresca rimase zitto. «Non penso che si possa creare un ambigramma così perfetto nemmeno al computer» continuò Langdon.

Il camerlengo giunse le mani e stette a lungo in silenzio. «La setta degli Illuminati scomparve molto tempo fa» disse infine. «È storicamente accertato.»

Langdon annuì. «Fino a ieri ne ero convinto anch'io.»

«E adesso non lo è più?»

«Dopo tutto quello che è successo, sospetto che sia ricomparsa per portare a compimento la sua antica missione.»

«Mi perdoni, ma le mie nozioni di storia sono un po' arrugginite. Qual era la missione degli Illuminati?»

Langdon fece un profondo respiro. «Distruggere la Città del Vaticano.»

«Distruggere la Città del Vaticano?» Il camerlengo pareva più confuso che spaventato. «Ma è impossibile!»

Vittoria scosse il capo. «Purtroppo non è l'unica brutta notizia che abbiamo da darle...»

156

40

Il camerlengo si voltò sbalordito verso Olivetti. «È vero?»

«Monsignore, effettivamente uno strano dispositivo c'è...» ammise il comandante. «È inquadrato da una delle telecamere a circuito chiuso. Quanto al suo potenziale distruttivo, io non sono in grado di smentire, ma...»

«Un momento» lo interruppe il camerlengo. «È possibile *vedere* questo ordigno?»

«Sì, monsignore. È inquadrato dalla telecamera numero ottantasei.»

«Perché non l'avete ancora recuperato, allora?» chiese il camerlengo, lievemente alterato.

«Perché non sappiamo dov'è.» Olivetti, sempre sull'attenti, gli spiegò la situazione.

Il camerlengo lo stette ad ascoltare, e Vittoria intuì che era in ambasce. «Siamo sicuri che sia all'interno della Città del Vaticano?» domandò il camerlengo. «La telecamera non potrebbe trasmettere da qualche altro luogo?»

«No, è impossibile» rispose Olivetti. «Le mura del Vaticano sono schermate elettronicamente per proteggere le nostre frequenze interne. Non è possibile che il segnale provenga da fuori. Se la telecamera fosse stata portata all'esterno, non lo riceveremmo.»

«Suppongo che abbia impiegato tutte le risorse a sua disposizione per cercarla, comandante.»

Olivetti scosse il capo. «No, monsignore. È un'impresa che potrebbe richiedere centinaia di ore e i problemi di sicurezza attualmente sono moltissimi. Con tutto il rispetto per la signorina Vetra, la quantità di esplosivo di cui parla è minima e ritengo improbabile che abbia il potenziale distruttivo che lei paventa.»

Vittoria perse la pazienza. «Le assicuro che può radere al suolo l'intera Città del Vaticano, invece! Vorrei sapere perché si ostina a non credermi.»

«Mia cara signorina, le ricordo che sono un esperto di esplosivi» ribatté Olivetti, inflessibile.

«La sua preparazione è obsoleta» replicò Vittoria. «Nonostante il mio abbigliamento, che capisco lei trovi inadeguato, sono una scienziata e lavoro nel più avanzato istituto di ricerca subatomica del mondo. Ho progettato personalmente il contenitore che impedisce l'annichilazione immediata di quel campione di antimateria. Perciò si fidi di me: se non troviamo quel cilindro entro le prossime sei ore, alle sue belle guardie svizzere non resterà più niente da proteggere se non un enorme cratere.»

Olivetti si voltò verso il camerlengo, fulminandolo con i suoi occhi da insetto. «Monsignore, in tutta coscienza non posso permettere che questa pagliacciata vada avanti. Stiamo perdendo tempo prezioso. La setta degli Illuminati? Un minuscolo cilindro dall'enorme potere distruttivo? Queste fantasticherie...»

«Basta» intervenne il camerlengo. Benché l'avesse pronunciata in tono pacato, quella parola parve riecheggiare nella grande sala. Seguì un profondo silenzio. «Che il suo potere distruttivo sia enorme o no, che a mettercelo siano stati gli Illuminati o qualcun altro, è certo che quell'oggetto, qualunque cosa sia, non dovrebbe essere qui... Meno che mai nell'imminenza del conclave» aggiunse con un filo di voce. «Pertanto, voglio che venga individuato e rimosso. Organizzi immediatamente le ricerche, comandante.»

Olivetti insistette. «Monsignore, anche se impegnassi tutti i miei uomini, per perlustrare il Vaticano e trovare quella telecamera potrebbero volerci giorni. Le faccio presente, peraltro, che dopo aver parlato con la signorina Vetra ho ordinato a uno dei miei collaboratori di controllare questa "antimateria" nei nostri manuali di balistica più aggiornati. Non viene neppure menzionata, in quei testi.»

"Ma sei scemo?" pensò Vittoria. "Cerchi l'antimateria sui manuali di balistica? Hai provato sull'enciclopedia? Sotto la lettera A!"

Olivetti stava dicendo: «Pertanto, ritengo ingiustificata una ricerca a tappeto sull'intero territorio della Città del Vaticano».

«Comandante.» La voce del camerlengo ribolliva di rabbia. «Mi permetta di ricordarle che, quando parla a me, parla alla Santa Sede. Forse lei non prende in debita considerazione il mio ruolo... Nondimeno, secondo la legge vaticana, io sono il facente funzione del Sommo Pontefice. Se non erro, i cardinali attualmente si trovano dentro la Cappella Sistina e fino alla sua riapertura lei non dovrebbe avere grossi problemi di sicurezza. Non capisco il motivo di questa sua titubanza. Se non la conoscessi bene, potrei addirittura pensare che vuole deliberatamente mettere a repentaglio il conclave.»

«Come osa!» esclamò Olivetti infuriato. «Sono stato al servizio del defunto pontefice per ben dodici anni e di quello precedente per quattordici! Dal 1438 la Guardia Svizzera ha sempre...»

Si interruppe, sentendo gracchiare la ricetrasmittente che portava alla cintura. «Comandante?»

Olivetti afferrò il walkie-talkie. «Ho da fare! Cosa c'è?»

«Chiedo scusa» disse la voce. «Chiamo dal centralino. Volevo informarla che abbiamo ricevuto un allarme bomba.»

Olivetti non si scompose. «Be', seguite la solita procedura e poi fate rapporto.»

«Mi scusi, comandante, non l'avrei disturbata se si fosse trattato di ordinaria amministrazione...» La guardia esitava. «Ma la persona che ha chiamato ha nominato quella sostanza sulla quale mi aveva ordinato di effettuare una ricerca. L'antimateria.»

Nello studio del papa tutti si scambiarono uno sguardo sconcertato.

«Può ripetere, per favore?» balbettò Olivetti.

«Ha parlato di antimateria, comandante. Così, mentre i miei colleghi tentavano di rintracciare la chiamata, io ho preso ulteriori informazioni e... be', in tutta franchezza, questa storia dell'antimateria è piuttosto preoccupante.»

«Se non erro, mi aveva detto che il manuale di balistica non ne faceva menzione.»

«Infatti. Ma stavolta ho cercato in Rete.»

"Alleluia" pensò Vittoria.

«Pare abbia un enorme potenziale distruttivo» continuò la guardia. «Personalmente mi sembra un'esagerazione e non so quanto sia attendibile la fonte, ma pare che, a parità di peso, l'antimateria produca una detonazione cento volte superiore a quella di una testata nucleare.»

Olivetti accusò il colpo. Vittoria sorrise trionfante, ma nel vedere l'orrore dipinto sul volto del camerlengo tornò subito seria.

«Avete rintracciato la chiamata?» chiese Olivetti.

«Niente da fare. È un cellulare, la trasmissione è criptata. Le linee SAT sono miscelate, perciò è impossibile effettuare la triangolazione. Dal segnale IF risulta effettuata da Roma, ma non c'è modo di rintracciare il chiamante.»

«E a parte questo cosa dice il chiamante? Ha fatto qualche richiesta?»

«Nossignore. Si è limitato a informarci dell'esistenza di un campione di antimateria nascosto in Vaticano. Sembrava dare per scontato che già lo sapessimo. Mi ha chiesto addirittura se l'avevamo già visto. Siccome lei me ne ha parlato poco fa, comandante, ho ritenuto opportuno avvisarla.»

«Ha fatto benissimo» rispose Olivetti. «Sarò lì tra un minuto. Se dovesse richiamare, mi avverta immediatamente.»

Ci fu un momento di silenzio, poi la guardia disse: «Guardi che è ancora in linea, comandante».

Per Olivetti fu come un elettroshock. «È ancora in linea?»

«Sissignore. Stiamo cercando di localizzarlo da dieci minuti, ma senza risultati. Evidentemente sa che non possiamo riuscirci, perché non si fa problemi a restare al telefono. Anzi, si rifiuta di interrompere la comunicazione finché non avrà parlato con il camerlengo.»

«Gli dica di passarmelo» ordinò Ventresca. «Subito.»

Olivetti si voltò. «Mi perdoni, monsignore, ma per gestire queste situazioni è meglio avere una certa esperienza di negoziazione, una preparazione specifica...»

«Me lo passi!»

Olivetti ordinò alla guardia di inoltrare la chiamata al camerlengo.

Un attimo dopo, il telefono sulla scrivania dello studio privato del papa iniziò a squillare. Il camerlengo premette il tasto del vivavoce. «In nome di Dio, chi si crede di essere?»

41

La voce all'altoparlante era fredda e metallica, il tono arrogante. Erano tutti tesi ad ascoltare.

Langdon provò a identificare l'accento, forse mediorientale.

«Parlo a nome di un'antica fratellanza che ha subito le vostre persecuzioni nei secoli» annunciò la voce, con una strana cantilena. «Sono il messaggero degli Illuminati.»

Langdon si irrigidì: ormai non c'erano più dubbi. Per un attimo si sentì riassalire dal miscuglio di angoscia, emozione, profondo terrore che aveva provato quella mattina quando aveva visto per la prima volta l'ambigramma.

«Che cosa volete?» domandò il camerlengo.

«Rappresento uomini di scienza, uomini che come voi cercano una risposta. Riguardo al destino dell'uomo, ai suoi scopi, al suo creatore.»

Il camerlengo disse: «Chiunque voi siate, sappiate che...».

«Silenzio! Le conviene starmi a sentire. Per duemila anni la Chiesa ha monopolizzato la ricerca della verità e schiacciato sotto una coltre di menzogne e di profezie apocalittiche chiunque le si opponesse. Avete manipolato la verità per asservirla ai vostri scopi, eliminando chiunque scoprisse qualcosa che non si confaceva alle vostre politiche. Vi sorprende essere nel mirino degli uomini illuminati di tutto il mondo?»

«Se foste davvero illuminati, non ricorrereste a ignobili ricatti.»

«Ricatti?» L'uomo al telefono scoppiò a ridere. «Questo non è un ricatto. Noi non poniamo condizioni e non scendiamo a patti. Distruggeremo il Vaticano, punto e basta. Attendevamo questo giorno da quattrocento anni: a mezzanotte la vostra città sarà rasa al suolo. Non riuscirete a impedirlo.»

Olivetti si avvicinò al telefono. «Impossibile! Gli accessi alla città sono controllati. Non potete aver introdotto un ordigno in Vaticano!»

«Chi ha parlato? Una guardia svizzera, forse? Lo intuisco dalla sua fiduciosa ingenuità. Be', se è un ufficiale saprà senz'altro che per secoli gli Illuminati si sono infiltrati nelle organizzazioni più elitarie del mondo. Perché non anche in Vaticano?»

"Gesù" pensò Langdon. "Hanno qualcuno all'interno." Era vero che la setta degli Illuminati aveva adepti ovunque: nelle logge massoniche, nelle banche più prestigiose, negli organismi governativi. Una volta Churchill aveva detto ad alcuni giornalisti che, se le spie inglesi fossero riuscite a infiltrarsi tra le file dei nazisti quanto gli Illuminati nel parlamento inglese, la Seconda guerra mondiale si sarebbe conclusa in un mese.

«È tutto un bluff» sbottò Olivetti. «La vostra influenza non può estendersi fino a questo punto.»

«E perché? Non si può forse eludere la vigilanza del corpo armato pontificio? La Guardia Svizzera sorveglia forse costantemente ogni angolo del Vaticano? Mi dica, le guardie svizzere non sono esseri umani? Crede davvero che siano disposte a rischiare la vita per un uomo che si favoleggia abbia camminato sulle acque? Provi a chiedersi come ha fatto quel cilindro di antimateria a varcare le mura vaticane. O come sia potuto accadere che quattro dei vostri gioielli più preziosi siano spariti oggi pomeriggio.»

«Gioielli?» Olivetti si rabbuiò. «Che cosa intende dire?»

«Non uno, quattro. Possibile che non vi siate ancora accorti della loro assenza?»

«Ma cosa sta...» Olivetti si interruppe di botto, spalancando gli occhi come se avesse appena ricevuto un pugno nello stomaco.

«Vedo che comincia a capire...» disse l'uomo al telefono. «Devo elencarvi i nomi?»

«Volete spiegarmi cosa sta succedendo?» intervenne il camerlengo, disorientato.

L'uomo al telefono scoppiò a ridere. «Il comandante non

l'ha informata? Non mi sorprende: pecca di superbia. Certo, non è facile da ammettere... Quando giuri di proteggere i cardinali e quattro di loro spariscono...»

Olivetti sbottò: «Come fa a saperlo, lei?».

«Camerlengo» proseguì la voce al telefono in tono compiaciuto «chieda al comandante se *tutti* i cardinali sono nella Cappella Sistina.»

Gli occhi verdi del camerlengo si posarono su Olivetti, interrogativi.

«Monsignore, è vero. Mancano all'appello quattro cardinali» sussurrò il comandante all'orecchio del camerlengo. «Ma non c'è motivo di allarmarsi. Risultano regolarmente arrivati alla residenza, hanno preso il tè con lei qualche ora fa... Sono semplicemente in ritardo. Ho dato ordine di cercarli, ma è certo che sono soltanto andati a fare due passi e hanno perso la cognizione del tempo...»

«Come sarebbe?» Il camerlengo era fuori di sé. «Avrebbero dovuto presentarsi nella Cappella Sistina più di un'ora fa!»

Langdon lanciò a Vittoria uno sguardo stupito. "Sono scomparsi quattro cardinali? Erano loro che stavano cercando le guardie svizzere?"

«Adesso vi faccio l'elenco, così vi convincerete» disse la voce al telefono. «Il cardinale Lamassé di Parigi, il cardinale Guidera di Barcellona, il cardinale Ebner di Francoforte...»

Olivetti pareva farsi più piccolo a ogni nome.

La voce attese un istante, come pregustando con particolare soddisfazione l'ultimo nome. «E l'italiano Baggia.»

Il camerlengo ebbe un tracollo e si accasciò sulla sedia. «Non è possibile!» mormorò con un filo di voce. «I quattro cardinali più eminenti... anche Baggia! Non posso crederci!»

Langdon aveva letto abbastanza sui conclavi moderni da capire perché il camerlengo era così disperato. Benché in teoria fossero eleggibili tutti i cardinali al di sotto degli ottant'anni, erano pochissimi quelli in grado di ottenere una maggioranza di due terzi. Evidentemente i porporati che avevano maggiori probabilità di essere eletti erano spariti. Tutti e quattro.

Il camerlengo aveva la fronte imperlata di sudore. «Che intenzioni avete?»

«Che intenzioni crede possiamo avere? Sono un discendente della setta degli Assassini.» Langdon ebbe un brivido. Conosceva bene gli Hashashin. La Chiesa si era fatta molti nemici nel corso dei secoli, e fra i più temibili c'erano proprio loro.

«Liberate i cardinali, vi prego» implorò il camerlengo. «Non vi basta minacciare di distruggere la città di Dio?»

«Dimentichi i suoi cardinali, non li rivedrà mai più. Ma stia certo, la loro morte avrà ampia risonanza... Vi assisteranno milioni di persone. Il sogno di ogni martire. Darò a ognuno di loro una luminosa visibilità mediatica. E così a mezzanotte gli occhi di tutti saranno puntati sugli Illuminati. Perché cambiare il mondo senza che il mondo possa assistere? Vi è una sorta di ebbrezza morbosa nelle pubbliche esecuzioni, non crede? L'avete dimostrato voi stessi, nei secoli, con l'Inquisizione, le crociate, la persecuzione dei Templari...» Si interruppe. «E naturalmente la Purga.»

Il camerlengo tacque.

«Non le dice niente?» chiese l'uomo al telefono. «Ma certo, in fondo lei è solo un ragazzino. E comunque i preti sono ignoranti in fatto di storia. Forse perché vi vergognate, a studiare certe cose...»

«1668» spiegò Langdon, pensieroso. «La Chiesa marchiò a fuoco con il simbolo della croce quattro scienziati che facevano parte della setta degli Illuminati. Per "purgare" i loro peccati.»

«Chi ha parlato?» chiese l'uomo al telefono, più incuriosito che turbato. «Chi altri è in ascolto?»

Langdon trasalì. «Non serve che le dica il mio nome» rispose, cercando di nascondere il tremito nella sua voce. Parlare con un Illuminato era sconcertante, per lui... Un po' come parlare con George Washington. «Sono un docente universitario che ha studiato la storia della vostra setta.»

«Molto bene» rispose la voce. «Mi fa piacere che qualcuno sia a conoscenza delle atrocità commesse contro di noi.»

«Credevamo che non esisteste più.»

«Ci siamo adoperati perché questa erronea convinzione si diffondesse. Che cos'altro sa di noi e delle persecuzioni di cui fummo oggetto?»

Langdon ci pensò su. "Che cos'altro so? Che tutto questo è

follia, ecco che cosa so!" «Gli scienziati furono marchiati a fuoco e quindi uccisi, e i loro corpi esposti nelle pubbliche piazze di Roma perché servissero di monito ad altri scienziati tentati di entrare nella setta.»

«Proprio così. E noi faremo lo stesso: "occhio per occhio, dente per dente". Vendicheremo i nostri fratelli. Dalle venti in poi i vostri quattro cardinali moriranno, uno alla volta, allo scoccare di ogni ora. Entro mezzanotte il mondo intero avrà gli occhi puntati su di noi.»

Langdon si avvicinò al telefono. «Intendete davvero marchiare e uccidere i quattro cardinali?»

«La storia si ripete, no? Naturalmente noi non saremo pusillanimi e rozzi come la Chiesa. Loro uccisero in segreto ed esposero i cadaveri nelle piazze senza farsi vedere da nessuno. Vili codardi.»

«Cosa sta cercando di dire?» chiese Langdon. «Che marchierete a fuoco e ucciderete quegli uomini in pubblico?»

«Vedo che capisce al volo. Naturalmente, dipende da cosa si intende per "pubblico". Mi sembra di capire che non siano molti, ormai, ad andare in chiesa.»

Langdon ci mise un attimo a capire. «Intendete ucciderli in chiesa?»

«Un gesto di cortesia. Così Dio farà più in fretta a portarsi le loro anime in paradiso. È il minimo che possiamo fare. Anche la stampa gradirà, ne sono certo.»

«È tutto un bluff» ripeté Olivetti, che pareva essersi ripreso dallo shock. «Non potete uccidere qualcuno in una chiesa e aspettarvi di passarla liscia.»

«Un bluff? Ci aggiriamo come fantasmi tra le guardie svizzere, vi sequestriamo sotto il naso quattro cardinali, nascondiamo una bomba micidiale nel cuore del vostro tempio più sacro e voi dite che bluffiamo? Vedrete cosa penseranno i media, appena verranno ritrovati i primi cadaveri. Vedrete se a mezzanotte non sapranno tutti chi sono gli Illuminati.»

«Sorvegliamo ogni chiesa!» esclamò Olivetti.

«Non credo che abbiate guardie a sufficienza» rise l'uomo al telefono. «Fate due calcoli: a Roma ci sono più di quattrocento chiese cattoliche. Cattedrali, cappelle, oratori, abbazie, monasteri, conventi, scuole parrocchiali...»

166

Olivetti rimase impassibile.

«Tra novanta minuti uccideremo il primo» concluse la voce. «E avanti così, uno ogni ora. Una progressione aritmetica di morte. Addio.»

«Un attimo!» intervenne Langdon. «Quali marchi a fuoco intendete usare sui cardinali?»

L'assassino parve divertito. «Immagino che lei lo sappia già. O è forse scettico? Li vedrà ben presto, e scoprirà quanta verità ci sia in certe antiche leggende.»

Langdon era scioccato. Aveva capito perfettamente il significato di quella risposta. Ripensò al marchio sul petto di Leonardo Vetra. Si diceva che gli Illuminati possedessero cinque marchi. "Ne rimangono quattro" pensò Langdon. "Tanti quanti i cardinali scomparsi."

«Ho giurato di dare alla Chiesa un nuovo pontefice. L'ho giurato dinanzi a Dio» disse il camerlengo.

«Il mondo non ha bisogno di un nuovo papa» replicò l'uomo al telefono. «A mezzanotte e un minuto non avrà nulla su cui governare, a parte un cumulo di macerie. La Chiesa cattolica è finita. Il vostro dominio sul mondo sta volgendo al termine.»

Nello studio privato del papa cadde il silenzio.

Il camerlengo era prostrato. «Siete degli illusi. La Chiesa è ben più che pietra e mattoni. Non si possono cancellare così duemila anni di fede! Una religione non si soffoca radendo al suolo i suoi luoghi di culto. La Chiesa cattolica continuerà a esistere, con o senza la Città del Vaticano.»

«Nobile menzogna. Ma pur sempre una menzogna. Sappiamo entrambi la verità. Mi dica, perché la Città del Vaticano è protetta da mura?»

«Gli uomini di Dio vivono in un mondo pericoloso» replicò il camerlengo.

«Lei è molto giovane, vedo. Tra le mura del Vaticano è conservato metà del patrimonio della Chiesa cattolica: dipinti, sculture, gioielli, volumi di valore inestimabile... E poi l'oro e gli atti di proprietà immobiliare conservati nei caveau della Banca Vaticana. Secondo alcune stime, siamo sui quarantotto virgola cinque miliardi di dollari. Insomma, un bel gruzzoletto. Che domani finirà in cenere. Sarà un disastro anche dal

167

punto di vista economico. Nemmeno gli uomini di Chiesa possono lavorare gratis.»

Che le stime fossero piuttosto precise lo si leggeva sui volti sgomenti di Olivetti e del camerlengo. Langdon non sapeva se fosse più scioccante il fatto che la Chiesa cattolica disponesse di somme simili o che gli Illuminati ne fossero a conoscenza.

Ventresca sospirò. «La nostra Chiesa si fonda sulla fede, non sul denaro.»

«Mi perdoni, ma anche questa è una menzogna. Lo scorso anno avete investito centottantatré milioni di dollari per sostenere le diocesi in difficoltà in giro per il mondo. La percentuale di presenze alle celebrazioni liturgiche ha toccato un minimo storico. Basti pensare che nell'ultimo decennio è scesa del quarantasei per cento. Le donazioni si sono dimezzate rispetto a sette anni fa. Sempre meno individui entrano in seminario. Non volete ammetterlo, ma state scomparendo. Consideratela un'occasione per uscire di scena con eleganza.»

Olivetti fece un passo avanti. Sembrava meno baldanzoso, come se si fosse reso definitivamente conto del pericolo, ma voleva comunque cercare una soluzione, una via d'uscita. «E se una parte delle ricchezze cui lei accennava andasse a finanziare la vostra causa?»

«Non insultateci, e non insultate voi stessi.»

«Abbiamo una certa disponibilità economica...»

«Anche noi. Più di quanto immaginiate.»

Langdon pensò alle straordinarie ricchezze degli Illuminati, ai patrimoni dei massoni bavaresi, dei Rothschild, dei Bilderberger, al leggendario Diamante degli Illuminati...

«Risparmiate i cardinali» supplicò il camerlengo, cambiando discorso. «Sono anziani e non...»

«Vergini sacrificali» lo interruppe l'uomo al telefono. «Mi domando se sono vergini davvero...» Rise. «Agnelli immolati sull'altare della scienza... Chissà se beleranno, prima di morire...»

Il camerlengo rimase in silenzio. «Sono uomini di fede» disse infine. «Non temono la morte.»

L'uomo al telefono scoppiò in una risata di scherno. «Anche Leonardo Vetra era un uomo di fede... Eppure ieri sera ho visto una gran paura nei suoi occhi. Prima di cavargliene uno.»

Vittoria, che fino a quel momento era rimasta in silenzio, esplose e gridò con odio: «Bastardo! Hai ucciso mio padre!».

Si udì una risata stridula. «Perbacco! Chi c'è lì? Non ditemi che Vetra aveva una figlia... Be', signorina, sappia che suo padre piagnucolava come un poppante. Davvero pietoso. Un uomo patetico.»

Vittoria barcollò, come se l'avessero appena schiaffeggiata. Langdon le si avvicinò e la sorresse, ma la donna si riprese immediatamente, lanciò un'occhiata furibonda in direzione del telefono e, con voce tagliente come una lama, disse: «Giuro che ti troverò, bastardo. Entro questa notte ti troverò e allora...».

«Perbacco, che donna di carattere!» esclamò l'uomo in tono ammirato. «Mi ecciti, sai? Spero proprio di incontrarti, entro questa notte. Ti troverò. E allora...»

Lasciò la frase in sospeso, minacciosa, e chiuse la comunicazione.

42

Il cardinale Mortati, nella sua tonaca nera, stava sudando. Non solo nella Cappella Sistina faceva molto caldo, ma il conclave sarebbe dovuto incominciare nel giro di venti minuti e dei quattro cardinali assenti continuava a non esserci traccia. Il brusio nella cappella si faceva sempre più inquieto.

Mortati non riusciva a immaginare dove potessero essere andati i quattro porporati. "Che siano ancora con il camerlengo?" Sapeva che dovevano prendere il tè con lui, quel pomeriggio, ma ormai era tardi. "Che stiano poco bene? Che gli abbia fatto male qualcosa?" Non poteva crederci: era convinto che non sarebbero mancati al conclave per nessuna ragione al mondo. Accadeva una sola volta nella vita – e neppure a tutti – di avere la possibilità di salire al soglio pontificio, e, secondo la legge vaticana, per poter essere eletti bisognava partecipare alla votazione.

Non c'era nulla di ufficiale, naturalmente, ma ben pochi cardinali avevano dubbi su chi sarebbe stato il futuro pontefice. Negli ultimi quindici giorni c'erano stati fitti scambi di fax e telefonate per discutere la rosa dei candidati. Come di consueto, erano stati fatti i nomi di quattro cardinali che soddisfacevano i taciti requisiti per diventare papa, ovvero età compresa tra i sessantacinque e gli ottant'anni, condotta irreprensibile, presente e passata, conoscenza delle lingue.

Come sempre, ce n'era uno che raccoglieva più consensi e aveva maggiori probabilità di essere eletto: nel caso specifico, il cardinale Aldo Baggia di Milano. Il suo curriculum eccezionale, le impareggiabili competenze linguistiche e comunicative, uniti alla grande spiritualità, lo rendevano di gran lunga il favorito.

"Dove diavolo sarà?" si chiedeva Mortati.

Era particolarmente infastidito dall'assenza dei quattro cardinali, avendo lui il compito di supervisionare il conclave. La settimana precedente, infatti, il Collegio dei cardinali lo aveva scelto all'unanimità per il ruolo di Grande Elettore. Fra un pontificato e l'altro, il camerlengo era la massima autorità, ma Carlo Ventresca era solo un prete e la complessa procedura delle elezioni andava affidata a un cardinale, che doveva sovrintendervi direttamente dall'interno della Cappella Sistina.

Si diceva che quello del Grande Elettore fosse il compito più ingrato che poteva toccare a un cardinale. In primo luogo il Grande Elettore era ineleggibile, e poi era costretto a trascorrere i giorni precedenti il conclave a studiare l'*Universi Dominici Gregis* per imparare nei minimi dettagli i suoi misteriosi rituali, al fine di assicurare che l'elezione avvenisse correttamente.

Mortati aveva accettato di buon grado, comunque. Sapeva di essere la persona più adatta. Cardinale da molti anni, era assai legato al defunto papa e godeva della stima di tutti. Anche se ufficialmente aveva ancora l'età per venire eletto, era un po' troppo vecchio per poter essere un candidato credibile: con i suoi settantanove anni aveva ormai varcato la tacita soglia oltre la quale il Collegio riteneva che un candidato non fosse più in grado di affrontare i numerosi impegni del papato. Il pontefice lavorava circa quattordici ore al giorno, sette giorni su sette, e in genere moriva, sfiancato, nel giro di pochi anni. La battuta ricorrente fra i cardinali era che l'elezione al soglio pontificio fosse "la strada più breve per il paradiso".

Molti ritenevano che Mortati sarebbe potuto diventare papa anni prima, se non fosse stato di vedute tanto ampie. Chi nutriva ambizioni di quel tipo doveva rispettare la legge delle tre C, ovvero essere Conservatore, Conservatore, Conservatore.

Mortati aveva sempre apprezzato l'ironia del fatto che l'ultimo papa, pace all'anima sua, dopo essersi insediato si fosse rivelato tanto liberale. Intuendo che il mondo moderno si stava allontanando dalla Chiesa, aveva promosso importanti aperture, ammorbidito le sue posizioni riguardo la scienza e fatto donazioni a varie cause scientifiche accuratamente selezionate. Purtroppo, dal punto di vista politico, il suo era stato un suicidio. I cattolici conservatori lo avevano accusato di "senilità", e gli scienziati più puristi di voler allargare l'influenza della Chiesa ad ambiti che non le competevano.

«Allora, dove sono?»

Mortati si voltò.

Uno dei cardinali gli aveva posato una mano sulla spalla. «Tu lo sai, no?»

Mortati tentò di mascherare la preoccupazione. «Saranno ancora con il camerlengo.»

«A quest'ora? Va contro ogni regola!» Il cardinale si accigliò, diffidente. «O il camerlengo ha perso la cognizione del tempo?»

Mortati ne dubitava, ma non disse nulla. Sapeva che molti cardinali non avevano grande stima per il camerlengo, che ritenevano troppo giovane per affiancare così da vicino il papa. Mortati sospettava che dietro a quell'ostilità ci fosse una buona dose di invidia. Personalmente, ammirava Carlo Ventresca ed era contento che il papa lo avesse nominato camerlengo. Lo riteneva un uomo di grande fede, che metteva Dio e la Chiesa in primo piano rispetto alle meschinità della politica.

La sua tenace devozione era diventata leggendaria e molti l'attribuivano all'esperienza miracolosa che aveva vissuto da piccolo, un evento che probabilmente avrebbe lasciato un segno indelebile nel cuore di chiunque. Mortati pensava che Carlo Ventresca fosse stato veramente "miracolato" e a volte rimpiangeva di non aver mai vissuto un avvenimento in grado di infondergli una fede altrettanto incrollabile.

Purtroppo per la Chiesa, Ventresca non sarebbe mai diventato papa. Del resto, per salire al soglio pontificio occorrevano ambizioni politiche che il giovane camerlengo non possedeva: benché il papa gli avesse proposto svariate volte cariche più alte, Carlo Ventresca aveva sempre rifiutato, dicendo che preferiva servire la Chiesa come aveva fatto fino allora.

«Che cosa succederà, adesso?» chiese impaziente il cardinale con la mano sulla spalla di Mortati.

Mortati alzò gli occhi. «Scusa, dicevi?»

«Che cosa facciamo con i ritardatari?»

«Che cosa possiamo fare?» rispose. «Nulla, a parte aspettare e avere fede.»

Visibilmente insoddisfatto di quella risposta, il cardinale si allontanò e Mortati rimase lì a cercare di schiarirsi le idee. "Cos'altro si può fare, del resto?" Si voltò a guardare il celebre affresco di Michelangelo dietro l'altare, ma il *Giudizio universale* non placò la sua apprensione. L'opera, alta quindici metri, raffigurava Gesù Cristo nell'atto di dividere i virtuosi dai peccatori. Fra i corpi straziati che ardevano tra le fiamme dell'inferno c'era persino uno dei rivali di Michelangelo, rappresentato con orecchie d'asino. Guy de Maupassant aveva scritto in un racconto che quell'affresco sembrava la decorazione di un baraccone da fiera dipinta da un carbonaio ignorante.

Il cardinale Mortati era abbastanza d'accordo.

43

Langdon, affacciato alla finestra dello studio del papa, osservava dal vetro antiproiettile i giornalisti che affollavano piazza San Pietro. L'inquietante conversazione telefonica gli aveva lasciato addosso una sensazione di pesantezza... un groppo alla gola.

Gli Illuminati si erano risvegliati dal loro sonno, erano usciti dai profondi recessi della storia e come una serpe avevano avvolto tra le loro spire l'atavico nemico. Nessuna condizione, nessun negoziato: solo vendetta. Una vendetta di una semplicità diabolica ma quanto mai devastante, progettata minuziosamente per quattrocento anni. Dopo secoli di persecuzioni, per la scienza era giunto il momento del riscatto.

Il camerlengo, immobile alla scrivania, fissava il telefono con sguardo vacuo. Olivetti fu il primo a rompere il silenzio. «Oh, monsignore» disse rivolgendosi al camerlengo come a un vecchio amico «sono ventisei anni che l'unico scopo della mia vita è proteggere e difendere la Santa Sede. Evidentemente ho fallito.»

Ventresca scosse il capo. «Io e lei siamo entrambi servitori di Dio, ognuno con il suo ruolo, e servire Dio è comunque una cosa buona.»

«Ma tutto questo... non avrei mai immaginato che... È una situazione...» Olivetti era talmente sconvolto che non riusciva a parlare.

«C'è una sola possibile linea di condotta. La sicurezza del Collegio dei cardinali è mia responsabilità.»

«Temo che sia mia, monsignore.»

«Allora ordini l'evacuazione immediata.»

«Come ha detto, scusi?»

«Cercheremo l'ordigno e i quattro rapiti, oltre che i colpevoli, in un secondo tempo. Ma prima di tutto bisogna mettere in salvo i cardinali riuniti in conclave. La vita umana viene prima di ogni altra cosa, e quegli uomini sono le fondamenta della nostra Chiesa.»

«Vuole sciogliere il conclave?»

«Abbiamo altra scelta?»

«E l'elezione del nuovo papa?»

Ventresca sospirò e si voltò a guardare assorto Roma dalla finestra. «Sua Santità una volta mi disse che il papa è sempre combattuto tra due mondi, l'umano e il divino. Una Chiesa che non tiene conto della realtà terrena non vive abbastanza da poter godere del divino.» Parole di una saggezza rara per un uomo della sua età. «Stasera dobbiamo affrontare il mondo reale: sarebbe da sciocchi fare gli struzzi. L'orgoglio e il rispetto delle tradizioni non possono ottenebrare la ragione.»

Olivetti annuì, visibilmente colpito da tanto buonsenso. «L'avevo sottovalutata, monsignore.»

Il camerlengo parve non sentirlo e continuò a guardare il panorama.

«Le parlerò con franchezza, monsignore. Io vivo nel mondo reale, mi immergo quotidianamente nel suo squallore affinché altri possano evitare di sporcarsi e si dedichino a compiti più elevati. Mi permetta di inquadrarle la situazione: è il mio lavoro, è quello che sono abituato a fare. Non sia impulsivo. Per quanto le sue intenzioni siano lodevoli, i risultati potrebbero rivelarsi disastrosi.»

Il camerlengo si voltò.

Olivetti sospirò. «Evacuare i cardinali dalla Cappella Sistina è la cosa peggiore che possiamo fare, in questo momento.»

Il camerlengo non era irritato, ma perplesso. «Lei che cosa suggerisce di fare, comandante?»

«Di non dire nulla ai cardinali e sigillare il conclave, in modo da guadagnare tempo.»

Il camerlengo si alterò. «Mi sta suggerendo di sigillare il conclave nonostante l'allarme?»

«Sì, monsignore. Almeno per ora. Più avanti, se dovesse rivelarsi necessario, potremo predisporre l'evacuazione.»

Il camerlengo scosse la testa. «Rimandare il conclave prima che inizi sarebbe già un atto gravissimo: ma una volta che il Collegio è riunito, nulla può più interrompere la procedura. La legge impone che...»

«Monsignore, si ricordi del mondo reale. Stasera anche lei c'è dentro. Mi ascolti.» Olivetti aveva assunto il piglio efficiente dell'ufficiale sul campo di battaglia. «Far attraversare Roma a centosessantacinque cardinali senza preparativi adeguati e senza protezione alcuna sarebbe a dir poco incauto. I più anziani potrebbero farsi prendere dal panico e... mi perdoni, ma una morte improvvisa in un mese basta e avanza.»

"Morte improvvisa." Le parole del comandante ricordarono a Langdon i titoli dei giornali di due settimane prima: "Il papa morto improvvisamente nel sonno".

«E inoltre la Cappella Sistina è una fortezza» aggiunse Olivetti. «Noi evitiamo di pubblicizzarlo, ma la struttura è talmente ben protetta che reggerebbe a qualsiasi genere di attacco, missili esclusi. Oggi pomeriggio l'abbiamo scandagliata in lungo e in largo alla ricerca di cimici e altre microspie. La cappella è un rifugio sicuro e le garantisco che il cilindro di antimateria non si trova al suo interno. In questo momento non esiste posto più sicuro in cui i cardinali potrebbero stare. Possiamo sempre farli evacuare in seguito, se sarà necessario.»

Langdon rimase colpito dalla logica fredda e razionale di Olivetti. Gli ricordava Kohler.

«Comandante, il problema non è solo questo» si intromise Vittoria con voce agitata. «Nessuno ha mai creato una quantità tanto elevata di antimateria. Posso azzardare una stima solo teorica del raggio di distruzione, ma potrebbe interessare anche i quartieri circostanti. Se il cilindro è in una zona centrale del Vaticano o sottoterra, l'effetto fuori delle mura con ogni probabilità sarebbe minimo, ma se è nei pressi del perimetro esterno o qui dentro...» Vittoria guardò cupa fuori della finestra, verso la folla radunata in piazza San Pietro.

«Sono consapevole delle mie responsabilità nei confronti del mondo esterno, ma non è questo l'aspetto più grave» replicò Olivetti. «Sono vent'anni che mi occupo della sicurezza del Vaticano e non ho alcuna intenzione di lasciar esplodere quell'ordigno.»

Il camerlengo Ventresca lo guardò. «Pensa di poterlo trovare in tempo?»

«Devo parlare con gli esperti della sorveglianza. Se sospendessimo l'erogazione di energia elettrica in tutta la Città del Vaticano, dovremmo poter eliminare abbastanza radiofrequenze da riuscire a rilevare il campo magnetico dell'ordigno.»

Vittoria rimase piacevolmente stupita. «Vuole oscurare il Vaticano?»

«È una possibilità. Non so quanto sia fattibile, ma voglio prenderla in seria considerazione.»

«I cardinali riuniti in conclave potrebbero allarmarsi» osservò Vittoria.

Olivetti scosse la testa. «Il conclave si svolge sempre a lume di candela. I cardinali non se ne accorgerebbero neppure. Appena posti i sigilli, potrei richiamare tutte le guardie, a parte quelle di sentinella, e iniziare le ricerche. Un centinaio di uomini potrebbe setacciare una zona piuttosto vasta, in cinque ore.»

«*Quattro* ore» lo corresse Vittoria. «Per evitare la detonazione, bisogna ricaricare le batterie e per farlo bisogna riportare il cilindro al CERN.»

«Non si possono ricaricare qui?»

Vittoria fece cenno di no con la testa. «L'interfaccia è estremamente complessa. L'avrei portata con me, se solo fosse stato possibile.»

«E va bene, quattro ore» disse Olivetti, in tono grave. «Dovrebbero comunque bastare. Lasciarsi prendere dal panico non serve a niente. Monsignore, vada nella Cappella Sistina, sigilli il conclave e mi lasci il tempo di cercare quel cilindro. Se e quando la situazione si farà drammatica, prenderemo una decisione critica.»

Langdon si chiese quanto dovesse essere grave la situazione perché il comandante la definisse "critica".

Il camerlengo sembrava molto turbato. «I cardinali mi chiederanno come mai quattro loro confratelli sono assenti... Non vorranno cominciare senza Baggia. Pretenderanno di sapere che fine hanno fatto.»

177

«Trovi una scusa, monsignore. Dica che hanno fatto indigestione, che hanno mangiato qualcosa...»

Il camerlengo si indignò. «Vuole che menta al Collegio dei cardinali dall'altare della Cappella Sistina?»

«A fin di bene, monsignore. Una piccola bugia per non scatenare il panico.» Olivetti si diresse verso la porta. «Se vuole scusarmi, adesso sarà meglio che vada.»

«Comandante» lo trattenne il camerlengo. «Non possiamo abbandonare i quattro cardinali al loro destino.»

Olivetti si fermò sulla porta. «In questo momento possiamo fare ben poco per loro. Abbiamo priorità più importanti che ci costringono a metterli in secondo piano... È quello che nel gergo militare si definisce *triage*.»

«Vuole davvero lasciarli nelle mani di quegli assassini?»

Il tono del comandante si fece grave. «Se potessi evitarlo lo farei, monsignore. Se sapessi dove si trovano, o avessi modo di scoprirlo, darei la vita per cercare di liberarli. Ma purtroppo...» Indicò la finestra e il sole che brillava sui tetti di Roma. «Non posso passare al setaccio una città di cinque milioni di abitanti e voglio sprecare tempo prezioso in un'operazione inutile solo per mettermi a posto la coscienza. Mi spiace.»

Vittoria parlò d'impulso: «Se prendessimo il rapitore, però, potremmo farlo parlare...».

Olivetti si acciglò. «E come, signorina Vetra? Capisco che lei desideri catturare l'assassino di suo padre, ma...»

«Non è solo una questione personale» ribatté lei. «Quell'uomo sa dove si trovano sia l'antimateria sia i quattro cardinali. Se concentrassimo le ricerche su di lui...»

«Sarebbe fare il loro gioco» la interruppe Olivetti. «Mi creda, sguarnire di truppe il Vaticano per piantonare centinaia di chiese è proprio quello che gli Illuminati vogliono. Sperano di farci sprecare tempo e risorse, e magari di indurci a lasciare sguarnita la Banca Vaticana. O la Cappella Sistina con tutto il Sacro Collegio riunito.»

Era una considerazione inoppugnabile.

«Non potremmo rivolgerci alla polizia?» propose il camerlengo. «Richiedere che venga dichiarato lo stato di emergenza in tutta la capitale? Potremmo farci aiutare nelle ricerche.»

«Sarebbe uno sbaglio, monsignore» obiettò Olivetti. «Non

potrebbero fare molto, e oltretutto si aumenterebbe il rischio di diffondere la notizia ai media di tutto il mondo. Esattamente quel che vogliono i nostri nemici. Già così, i giornalisti ci prenderanno ben presto d'assedio.»

"Darò a ognuno di loro una luminosa visibilità mediatica" aveva detto l'uomo al telefono. "Dalle venti in poi i vostri quattro cardinali moriranno, uno alla volta, allo scoccare di ogni ora. Entro mezzanotte il mondo intero avrà gli occhi puntati su di noi."

Nella voce del camerlengo c'era una sfumatura rabbiosa quando disse: «Comandante, la coscienza ci impone di non restare senza fare nulla per i cardinali rapiti!».

Olivetti lo guardò dritto negli occhi. «La preghiera di san Francesco, monsignore. Se la ricorda?»

Carlo Ventresca recitò con voce affranta. «Dio, dammi la forza di accettare ciò che non posso cambiare.»

«Mi creda» disse Olivetti. «*Questa* è una delle cose che non si possono cambiare.» E se ne andò.

44

La sede della British Broadcasting Corporation si trova a Londra, nei pressi di Piccadilly Circus. Dal centralino giunse uno squillo e una giovane redattrice sollevò la cornetta.

«BBC» disse spegnendo una Dunhill.

La voce all'altro capo del filo era disturbata e aveva un accento mediorientale. «Ho una notizia in anteprima che potrebbe interessare alla vostra emittente.»

La redattrice prese una biro e un blocco per appunti. «Di che cosa si tratta?»

«L'elezione del papa.»

La donna corrugò stancamente la fronte. Il giorno prima la BBC aveva trasmesso un servizio sull'argomento, che aveva suscitato scarse reazioni. Il pubblico, a quanto pareva, nutriva ben poco interesse nei confronti del Vaticano. «Da quale punto di vista?»

«Avete un inviato a Roma che segue il conclave?»

«Credo di sì.»

«Ho bisogno di parlargli.»

«Mi spiace, ma non posso darle il numero se lei non mi anticipa di cosa...»

«Una grave minaccia incombe sul conclave. Non posso dire altro.»

La redattrice prese un appunto. «Il suo nome?»

«Il mio nome non conta.»

Quella risposta non sorprese la redattrice. «Può provare l'esistenza di questa minaccia di cui parla?»

«Sì.»

«Allora passerò l'informazione al nostro corrispondente. Non è nostra abitudine fornire i numeri telefonici degli inviati senza...»

«Capisco. Chiamerò un'altra emittente. Scusi il disturbo. A risentirci...»

«Un attimo» lo bloccò la donna. «Può attendere in linea?»

Mise la chiamata in attesa e allungò il collo. Individuare le telefonate di potenziali mitomani non era facile, ma l'uomo al telefono aveva superato tutte e due le prove con cui la BBC vagliava l'autenticità delle fonti telefoniche: si era rifiutato di fornire le proprie generalità e non vedeva l'ora di chiudere la chiamata. Millantatori e mitomani in cerca di attenzione di solito insistevano e supplicavano.

Per fortuna, i giornalisti vivono nell'eterno terrore di perdere il grande scoop e quindi era raro che qualcuno la mettesse in croce per avergli fatto fare un inutile colloquio con qualche psicopatico. Rubare cinque minuti a un inviato era perdonabile, fargli perdere una notizia da prima pagina no.

La redattrice guardò lo schermo sbadigliando e digitò "Città del Vaticano". Quando vide il nome dell'inviato incaricato di seguire l'elezione del papa, ridacchiò tra sé. Si trattava di un nuovo assunto, che la BBC aveva appena sottratto alla redazione di un tabloid londinese e, ovviamente, fatto cominciare dalla gavetta.

Probabilmente in quel momento si stava annoiando in attesa di registrare i suoi dieci secondi di servizio e le sarebbe stato grato del diversivo.

La redattrice trascrisse il numero satellitare dell'inviato. Poi si accese un'altra sigaretta e lo dettò all'anonimo informatore.

45

«Non funzionerà» disse Vittoria, passeggiando nervosamente per lo studio privato del papa. Si voltò verso il camerlengo. «Anche se le guardie svizzere riuscissero a superare le interferenze elettroniche, dovrebbero trovarsi praticamente sopra il cilindro per rilevare il segnale. Sempre che il cilindro sia accessibile e non schermato da una barriera, naturalmente: se fosse chiuso in un contenitore metallico o in un condotto di ventilazione, per esempio, sarebbe impossibile individuarlo. E non dimentichiamo che l'uomo al telefono ha accennato ad alcuni infiltrati nella Guardia Svizzera: chi ci garantisce che le ricerche non verranno sabotate?»

Il camerlengo sembrava disperato. «Lei cosa propone, allora, signorina?»

Vittoria era rossa in viso. Le sembrava così ovvio... «Di prendere altri provvedimenti. E subito. Se le ricerche del comandante avranno successo, tanto meglio, ma nel frattempo... Guardi dalla finestra: vede quanta gente, quanti palazzi, quanti giornalisti, quanti turisti ci sono nel raggio di esplosione? Bisogna fare qualcosa!»

Il camerlengo annuì, con aria assente.

Vittoria era frustrata: Olivetti aveva convinto tutti che c'era tempo a sufficienza, ma Vittoria sapeva che, se fosse trapelata la notizia, in Vaticano si sarebbe riversata una folla di curiosi. L'aveva sperimentato di persona una volta a Berna, quando intorno al Palazzo Federale, dove erano stati presi alcuni ostaggi, si erano raccolte centinaia di persone. Benché la polizia avesse cercato di evacuare la zona perché sembrava che stesse per esplodere una bomba, la gente rifiutava di allontanarsi. Nulla al mondo catturava l'interesse delle persone più di una tragedia imminente.

«Monsignore, l'assassino di mio padre è qui fuori, da qualche parte, e il mio istinto sarebbe di andarlo a cercare» insistette. «Invece sono a parlare con lei, perché mi sento responsabile nei confronti suoi e di tutti quelli che sono in Vaticano. Troppa gente è in pericolo, monsignore. Mi capisce?»

Il camerlengo non rispose.

Vittoria aveva il cuore che batteva all'impazzata. "Perché la Guardia Svizzera non è riuscita a rintracciare quella maledetta chiamata? Bisogna assolutamente trovare l'assassino! Lui sa dove si trovano l'antimateria e i cardinali! Se catturiamo lui, abbiamo risolto tutto!"

Era in preda a un'angoscia incontrollabile, come quando era una bambina all'orfanotrofio, frustrata e impotente. "Non sei impotente" si disse. "Qualcosa si può fare sempre e comunque." Ma non riusciva a calmarsi, oppressa da cupi pensieri. Era abituata a risolvere problemi complessi, ma quello le sembrava senza soluzione. "Che cosa ti serve? Qual è il tuo obiettivo?" Si impose di respirare profondamente, ma per la prima volta in vita sua non ci riuscì. Si sentiva soffocare.

Langdon aveva un cerchio alla testa e faceva fatica a mantenere la lucidità. Guardava Vittoria e il camerlengo, ma nei suoi occhi vedeva esplosioni, un mare di gente che si accalcava, telecamere, marchi a fuoco... "*Shaitan*... Satana... Lucifero... portatore di luce..." Scacciò dalla mente quelle immagini assurde e si sforzò di restare con i piedi per terra. "Questa è un'azione terroristica" si disse. "Caos pianificato." Ripensò a un seminario a cui aveva partecipato alla Radcliffe University quando studiava il simbolismo del corpo dei pretoriani romani; dopo averlo frequentato, aveva cambiato radicalmente idea sul terrorismo.

«Il terrorismo ha un obiettivo specifico» aveva detto il professore. «Quale?»

«Uccidere persone innocenti?» aveva azzardato uno dei partecipanti.

«Non esattamente. La morte è solamente un effetto secondario.»

183

«Dare una dimostrazione di forza?»

«No. Non esiste mezzo di persuasione più debole.»

«Seminare il terrore?»

«Esatto. Essenzialmente, l'obiettivo del terrorismo è creare paura e incertezza. La paura mina alla radice la fiducia nel sistema e indebolisce il nemico dall'interno, diffondendo inquietudine nelle masse. È importante: il terrorismo non è un'espressione di malcontento, ma un'arma politica. Dimostrare la fallibilità di un governo vuol dire intaccare la fiducia che la gente ripone in esso.»

"Intaccare la fiducia, far perdere la fede... Che sia questo il punto?"

Langdon si domandava come avrebbero reagito i cristiani di tutto il mondo nel vedere i cardinali in odore di pontificato massacrati come animali. Se neanche un uomo di fede riusciva a proteggersi dai malefici di Satana, che speranze poteva nutrire il resto dell'umanità? Il cerchio alla testa peggiorava.

"Non ci si protegge con la fede, ma con la medicina e gli airbag. Dio non basta. L'unica protezione efficace è nell'intelletto, nell'illuminazione. Non sprecare la tua fede in qualcosa che non dà risultati tangibili. Ormai nessuno cammina più sulle acque: i miracoli moderni appartengono alla scienza. Computer, vaccini, sonde spaziali... E adesso anche il miracolo divino della creazione, la materia creata dal nulla in laboratorio. Chi ha più bisogno di Dio? Nessuno! La scienza è Dio."

La voce dell'assassino risuonava nella mente di Langdon. "Mezzanotte... progressione aritmetica di morte... agnelli immolati sull'altare della scienza..."

Ebbe un'illuminazione improvvisa e scattò in piedi. La sedia su cui era seduto cadde all'indietro.

Vittoria e il camerlengo trasalirono.

«Come ho fatto a non capirlo prima!» esclamò Langdon, come in trance. «Eppure ce l'avevo proprio davanti agli occhi...»

«Che cosa?» chiese Vittoria.

Langdon si voltò verso il camerlengo. «Monsignore, sono tre anni che chiedo a questo ufficio l'autorizzazione a consultare alcuni testi nell'Archivio Vaticano. Mi è stata rifiutata per sette volte.»

«Professore, mi scusi, ma non mi sembra proprio il momento di sporgere reclami di questo...»

«E se ci andassi ora? Forse potrei scoprire dove verranno uccisi i quattro cardinali rapiti...»

Vittoria lo guardò stupita. Era certa di aver capito male.

Il camerlengo pareva indispettito, come se temesse che Langdon stesse cercando di approfittare biecamente della situazione. «Professore, secondo lei nei nostri archivi è scritto dove questo assassino intende ammazzare i cardinali?»

«Non posso garantirle che troverò le informazioni necessarie in tempo utile, ma se mi autorizza a consultare certi...»

«Professore, io devo essere nella Cappella Sistina tra quattro minuti. L'archivio è all'altro capo della Città del Vaticano.»

«Non è uno scherzo, vero?» chiese Vittoria guardando Langdon dritto negli occhi.

«Mi sembrerebbe fuori luogo scherzare in questo momento» fu la risposta.

«Monsignore» disse Vittoria rivolgendosi a Ventresca «se c'è una pur minima possibilità di scoprire in quali chiese verranno uccisi i cardinali, potremmo piantonarle e forse riusciremmo...»

«Com'è possibile scoprirlo nell'Archivio Vaticano, mi domando» insistette il camerlengo.

«Per spiegarglielo impiegherei troppo tempo» replicò Langdon. «Ma, se la mia intuizione è giusta, credo proprio che sia possibile.»

Il camerlengo aveva l'aria di volerci credere e di non riuscirci. «L'Archivio Segreto Vaticano contiene i codici più sacri della cristianità, tesori che neppure io stesso ho il privilegio di ammirare.»

«Ne sono consapevole.»

«L'accesso è consentito solo su autorizzazione scritta del curatore e del consiglio dei bibliotecari vaticani.»

«O per mandato papale» puntualizzò Langdon. «Così dicevano le lettere che mi ha inviato il direttore negandomi il permesso.»

Il camerlengo annuì.

«Non vorrei insistere, ma mi risulta che in questo momento sia lei il facente funzione del papa» incalzò Langdon. «Mi chiedo se, date le circostanze...»

185

Il camerlengo tirò fuori un orologio da taschino e guardò l'ora. «Professore, darei la vita per salvare la mia Chiesa.»

Langdon capì che diceva sul serio.

«Lei ritiene davvero che nell'Archivio Vaticano ci sia un documento in grado di aiutarci a localizzare le quattro chiese in cui l'assassino intende uccidere i cardinali rapiti?» domandò Ventresca.

«Non avrei fatto domanda di autorizzazione così tante volte, se non fossi convinto dell'importanza dei documenti che vi sono conservati. L'Italia è lontana e il mio stipendio da insegnante non mi consente di intraprendere un viaggio tanto lungo e dispendioso per soddisfare una semplice curiosità. Il documento cui sto pensando è un antico...»

«Mi perdoni, ma in questo momento sono troppo preso da altri pensieri per seguire il filo del suo discorso» lo interruppe il camerlengo. «Sa dove si trova l'Archivio Segreto?»

Langdon si sentì percorrere da un fremito di eccitazione. «Proprio dietro la Porta Sant'Anna.»

«Mi complimento con lei. Molti credono vi si acceda dalla porta segreta dietro il trono di San Pietro.»

«No. Da lì si arriva all'archivio della Reverenda Fabbrica di San Pietro. Un errore comune.»

«Normalmente i visitatori vengono assistiti da un bibliotecario, ma stasera, com'è ovvio, non c'è nessuno. Mi sta chiedendo di darle carta bianca, professore. Sappia che neppure i nostri cardinali entrano da soli.»

«Tratterò i vostri tesori con tutto il rispetto e la cura che meritano. I bibliotecari non troveranno traccia del mio passaggio.»

Le campane di San Pietro presero a suonare e il camerlengo guardò di nuovo l'ora. «Devo andare.» Fissò a lungo Langdon e disse: «Manderò una guardia ad accompagnarvi. Mi affido a lei, professore. Ora vada».

Langdon era senza parole.

Carlo Ventresca fece una cosa inaspettata: allungò un braccio e lo posò sulla spalla di Langdon, stringendogliela con forza. «Voglio che trovi quello che cerca. Più presto che può.»

46

L'Archivio Segreto Vaticano, che si affaccia sul cortile del Belvedere, in cima al viale che inizia a Porta Sant'Anna, contiene più di ventimila volumi e si dice custodisca alcuni diari inediti di Leonardo da Vinci e addirittura libri apocrifi della Bibbia.

Langdon camminava svelto lungo via delle Fondamenta, in quel momento completamente deserta, diretto all'archivio. Stentava ancora a credere di potervi entrare. Vittoria, al suo fianco, teneva il passo senza sforzo, facendo ondeggiare i lunghi capelli profumati di mandorla... Langdon si accorse che si stava distraendo e si riscosse.

«Si può sapere che cosa stiamo andando a cercare?» disse Vittoria.

«Un breve scritto di un certo Galileo.»

Sorpresa, Vittoria replicò: «Non girarci intorno. Cosa dice questo scritto?».

«Dovrebbe contenere il cosiddetto "segno".»

«Ovvero?»

Langdon accelerò il passo. «Una sorta di indicazione, di indizio, per raggiungere un luogo segreto. Gli Illuminati di Galileo dovevano difendersi dal Vaticano e si riunivano in un covo segretissimo qui a Roma, che chiamavano Chiesa dell'Illuminazione.»

«Ci vuole un bel coraggio per chiamare "chiesa" un covo satanico.»

Langdon scosse il capo. «Gli Illuminati di Galileo non erano una setta satanica, ma studiosi che contrapponevano all'oscurantismo della Chiesa il lume della scienza. Il loro covo era semplicemente un luogo sicuro in cui si riunivano e dibattevano argomenti proibiti. L'esistenza di questo covo segreto è già stata accertata, ma nessuno è ancora riuscito a localizzarlo.»

«Gli Illuminati sapevano tenere i segreti.»

«Altroché. Non rivelarono mai l'ubicazione del loro covo ai non affiliati. Ma tanta segretezza aveva anche i suoi svantaggi, per esempio quando si trattava di reclutare nuovi adepti.»

«Non facendosi un minimo di pubblicità, non potevano espandersi» commentò Vittoria, che lo seguiva di pari passo anche nel ragionamento.

«Esattamente. La fama della setta galileiana iniziò a diffondersi intorno al 1630, e molti scienziati da ogni parte del mondo si misero segretamente in viaggio per Roma nella speranza di potervi entrare e di conoscere il maestro, o magari guardare addirittura dal suo telescopio. Purtroppo, però, gli Illuminati custodivano il segreto talmente bene che costoro, una volta giunti a Roma, non sapevano dove andare o con chi parlare senza correre rischi. Quindi, da una parte la setta aveva bisogno di nuovi adepti, ma dall'altra non voleva rivelare il suo abituale luogo di incontro per motivi di sicurezza.»

Vittoria corrugò la fronte. «Un circolo vizioso.»

«Già. Un *catch 22*, come diremmo noi americani: una situazione senza via d'uscita.»

«E allora cosa fecero?»

«Da bravi scienziati, analizzarono il problema e trovarono una soluzione. E brillante, per giunta. Misero a punto una sorta di mappa, molto ingegnosa, per guidare gli interessati fino al loro covo.»

Vittoria si bloccò. «Una mappa? Ossessionati com'erano dalla segretezza?» chiese, stupita. «Non avevano paura che una copia finisse in mani sbagliate?»

«Era una mappa sui generis» spiegò Langdon. «Non era il tipo di mappa che si può copiare su carta e infatti non ne esistevano copie. Consisteva in una specie di percorso segnato per le strade della città.»

Vittoria era sempre più stupefatta. «Segnato? E come, con delle frecce?»

«In un certo senso, sì, ma molto, molto discrete. Indicazioni nascoste, simboli sparsi per Roma, che portavano da un luogo all'altro fino al covo degli Illuminati.»

Vittoria lo guardò sbigottita. «Una specie di caccia al tesoro, insomma.»

«Proprio così» rispose Langdon ridacchiando. «Gli Illuminati lo chiamavano il "Cammino dell'Illuminazione", e per entrare nella setta bisognava dimostrare di essere riusciti a percorrerlo tutto, dall'inizio alla fine.»

«Ma allora chiunque avesse voluto trovarli avrebbe potuto seguire le indicazioni. Anche il Vaticano» obiettò Vittoria.

«No, perché le indicazioni erano sotto forma di enigmi che permettevano solo a chi era in grado di decifrarli di passare da una tappa all'altra del Cammino dell'Illuminazione e arrivare alla Chiesa dell'Illuminazione. Insomma, un cammino iniziatico. Non solo una misura di sicurezza, ma anche un metodo per selezionare i nuovi adepti, per fare in modo che solo le menti più brillanti potessero giungere a destinazione.»

«Questa storia non mi convince. Nel Seicento nel clero c'erano alcune tra le persone più colte del mondo. Se questi indizi erano in giro per la città, di certo anche gli esponenti della Chiesa potevano scoprirli.»

«Certo» ribatté Langdon. «Se avessero saputo che *esistevano*... Invece non lo sapevano e mai se ne accorsero, perché gli Illuminati fecero di tutto per farli passare inosservati. Ed erano abilissimi nell'arte della dissimulazione.»

«Una sorta di mimetismo.»

«Esatto!» disse Langdon.

«Una delle tecniche di difesa più efficaci in natura» proseguì Vittoria. «Prova a individuare un pesce trombetta che nuota in verticale in mezzo a una prateria di posidonia.»

«Gli Illuminati ricorsero allo stesso trucco» spiegò Langdon. «Mimetizzarono i loro indizi tra i monumenti di Roma. Non potendo usare ambigrammi né simboli scientifici, che avrebbero dato troppo nell'occhio, si rivolsero a un loro membro, l'artista che aveva creato l'ambigramma "Illuminati", e gli commissionarono quattro sculture.»

«Sculture?»

«Sì, delle statue che dovevano rispondere a due criteri ben precisi: prima di tutto, non differenziarsi troppo dalle altre opere d'arte romane, in modo da non destare i sospetti del Vaticano.»

«Arte antica, quindi.»

Langdon annuì e continuò: «In secondo luogo, le quattro opere dovevano essere legate ciascuna a un tema specifico, ovvero alludere velatamente a uno dei quattro elementi della scienza».

«*Quattro* elementi?» disse Vittoria. «Ma se sono più di cento!»

«Non nel XVII secolo» le ricordò Langdon. «Gli antichi alchimisti credevano che l'universo fosse composto solamente da quattro elementi: Terra, Aria, Fuoco e Acqua.»

Langdon sapeva che in origine anche la croce simboleggiava i quattro elementi: i suoi quattro bracci rappresentavano infatti la terra, l'aria, il fuoco e l'acqua. Ma le loro esemplificazioni simboliche sono numerosissime: i cicli pitagorici della vita, lo *Hong-Fan* o Grande Regola cinese, le quattro tipologie temperamentali di Jung, i quadranti dello zodiaco... Persino i musulmani veneravano i quattro elementi, indicandoli con quadri, nubi, lampi e onde. E poi c'erano i quattro gradi dell'iniziazione massonica – Terra, Aria, Fuoco, Acqua – tuttora in uso nei rituali di loggia.

Vittoria pareva perplessa. «Dunque questo artista degli Illuminati avrebbe creato quattro opere d'arte dall'apparenza religiosa, ma in realtà dedicate ai quattro elementi.»

«Esatto» disse Langdon entrando nel cortile della Sentinella. Ormai erano quasi arrivati all'Archivio. «Le sculture furono donate in forma anonima alla Chiesa e andarono ad aggiungersi all'enorme patrimonio artistico di Roma. Grazie alla loro influenza politica, gli Illuminati riuscirono a farle collocare in quattro chiese scelte con cura. Ognuna conteneva un indizio che conduceva alla tappa successiva, una chiesa con un altro indizio da decifrare, lungo un percorso che si dipanava attraverso la città. Chi desiderava entrare nella società segreta doveva trovare la prima chiesa con l'indizio riguardante la Terra e poi la successiva con il simbolo dell'Aria, e via via il Fuoco e l'Acqua, per giungere infine alla Chiesa dell'Illuminazione.»

Vittoria aveva l'aria confusa. «E cosa c'entra tutto questo con l'assassino di mio padre?»

Langdon sorrise. «C'entra, c'entra. Gli Illuminati chiamavano queste quattro chiese con un nome molto particolare: "Altari della Scienza".»

Vittoria aggrottò la fronte. «Mi spiace, ma questo nome non mi dice...» Si interruppe all'improvviso. «L'Altare della Scienza!» esclamò. «L'assassino al telefono ha detto che i cardinali sarebbero stati immolati come agnelli sull'Altare della Scienza!»

Langdon annuì. «Quattro cardinali. Quattro chiese. Quattro Altari della Scienza.»

Vittoria era scioccata. «Vuoi dire che i cardinali saranno sacrificati nelle quattro chiese dell'antico Cammino dell'Illuminazione?»

«Sì, credo proprio di sì.»

«E perché mai l'assassino avrebbe dovuto darci quest'indizio?»

«E perché no?» ribatté Langdon. «Gli storici che sanno dell'esistenza di quelle sculture sono pochissimi, e quelli che ci credono davvero sono ancora meno. Se la loro ubicazione è rimasta segreta per quattrocento anni, perché non lo potrebbe restare per altre cinque ore? Oltretutto gli Illuminati non hanno più bisogno del Cammino dell'Illuminazione, visto che non si riuniscono certo nel vecchio covo segreto, che sarà scomparso da un pezzo. Ormai si incontrano probabilmente nei consigli di amministrazione delle banche, al ristorante, sui campi da golf. Questa sera, però, vogliono rendere pubblico il loro segreto. È il loro momento, quello della loro rivelazione al mondo.»

Temeva che una rivelazione degli Illuminati non potesse non avere una certa inquietante simmetria, della quale non aveva ancora parlato a nessuno. I quattro marchi. L'assassino aveva annunciato che ogni cardinale sarebbe stato marchiato con un simbolo differente. "Scoprirà quanta verità ci sia in certe antiche leggende" aveva detto l'assassino. La leggenda dei quattro marchi con altrettanti ambigrammi era antica quanto gli stessi Illuminati: Terra, Aria, Fuoco e Acqua. Ciascuno dei quattro cardinali sarebbe stato marchiato con uno degli antichi elementi. Quattro parole forgiate in perfetta simmetria, proprio come la parola "Illuminati". Secondo molti

191

studiosi, i quattro simboli sarebbero stati in inglese e non in italiano. Altri sostenevano l'inammissibilità di questa teoria, visto che la lingua della setta era l'italiano, ma gli Illuminati non lasciavano nulla al caso.

Langdon, oppresso da macabri pensieri, imboccò il viale di sampietrini davanti all'Archivio. Il complesso piano degli Illuminati iniziava a rivelarsi in tutta la sua grandezza. La setta era rimasta nell'ombra il tempo necessario ad accumulare il potere e l'influenza per riemergere senza paura e combattere per la propria causa alla luce del sole. Agli Illuminati non interessava più nascondersi. Quel che volevano, adesso, era manifestare pubblicamente il loro potere e confermare la loro pericolosità. Erano stati capaci di tramare a lungo nell'ombra e ora stavano per uscire allo scoperto, attirando su di loro l'attenzione di tutto il mondo.

«Ecco il nostro accompagnatore» disse Vittoria. Langdon si voltò e vide una guardia svizzera che arrivava a passo svelto da un cortile adiacente.

Quando li vide, la guardia si fermò di botto e li osservò come se non credesse ai propri occhi. Senza dire una parola, voltò loro le spalle, prese il walkie-talkie e parlò concitato, chiedendo istruzioni e ricevendo in risposta una serie di latrati rabbiosi che a Langdon risultarono indecifrabili, ma alla guardia evidentemente chiarissimi, perché piegò la testa, mise via il walkie-talkie e, di malumore, si girò di nuovo verso i due estranei.

Senza dire una parola li fece entrare. Oltrepassarono quattro porte d'acciaio, due ingressi protetti da passkey, scesero una rampa di scale e giunsero in un atrio con due tastierini a combinazione. Varcata una serie di cancelli elettronici, arrivarono in fondo a un lungo corridoio, davanti a una grande porta di quercia a due battenti. La guardia si fermò, lanciò a Langdon e Vittoria un'occhiataccia e, borbottando, aprì uno sportello metallico incassato nel muro. Digitò un codice e la serratura scattò.

Poi disse, burbera: «L'Archivio Segreto è oltre questa porta. Mi è stato dato ordine di scortarvi fin qui e tornare indietro per ricevere nuove istruzioni».

«Se ne va?» domandò Vittoria.

«Le guardie svizzere non sono autorizzate ad accedere all'Archivio Segreto. Voi potete entrare soltanto perché il mio comandante ha ricevuto ordini precisi direttamente dal camerlengo.»

«Ma come faremo a uscire?»

«Nessun problema. Le password servono solo per entrare.» Detto questo, la guardia girò sui tacchi e si allontanò a passo di marcia.

Vittoria disse qualcosa, ma Langdon non la udì neppure. Stava già pensando ai misteri che si celavano oltre la grande porta che aveva davanti.

47

Pur sapendo che il tempo stringeva, il camerlengo Carlo Ventresca camminava lentamente. Aveva bisogno di un momento di calma e di solitudine per riordinare le idee prima della preghiera di apertura del conclave. Stavano accadendo troppe cose. Solo, nell'ala nord dei palazzi pontifici, si sentì addosso il peso di tutti gli eventi degli ultimi quindici giorni.

Aveva eseguito alla lettera ogni incombenza che gli competeva.

Come voleva la tradizione, aveva accertato il decesso del pontefice – poggiandogli le dita sulla carotide, avvicinando l'orecchio alla sua bocca per verificare l'assenza di respiro e infine chiamandolo tre volte per nome –, poi aveva apposto i sigilli alla camera da letto, spezzato l'anello piscatorio e annullato il sigillo del papa defunto. Fatto ciò, aveva predisposto, insieme ai cardinali, tutto il necessario per le esequie e si era dedicato ai preparativi per il conclave.

"Il conclave" pensò. "L'ultimo scoglio." Era una delle tradizioni più antiche della cristianità, sebbene alcuni lo considerassero un rituale ormai obsoleto, quasi una farsa. Ma il camerlengo sapeva che quelle critiche erano solo frutto di ignoranza. Il conclave non era un'elezione, ma un antico, mistico passaggio di poteri. Comprendeva rituali che si perdevano nella notte dei tempi, come le schede per la votazione piegate e bruciate nell'apposita stufa e l'aggiunta delle sostanze necessarie per ottenere le fumate nere o bianche con cui veniva indicato il risultato delle votazioni.

Mentre percorreva le logge di Gregorio XIII, il camerlengo

si chiese se il cardinale Mortati fosse già in preda al panico. Ormai doveva essersi accorto dell'assenza dei quattro membri del Sacro Collegio. Senza di loro la votazione rischiava di protrarsi per tutta la notte. Il fatto che fosse lui il Grande Elettore lo rassicurava: Mortati era un uomo di ampie vedute che sapeva parlare con franchezza e, quella notte più che mai, il conclave aveva bisogno di un vero leader.

Giunto in cima alla Scala Regia, sentì di essere davanti a un baratro. Stava per compiere un passo cruciale per la propria vita. Già da lì udiva il brusio che proveniva dalla Cappella Sistina sottostante: i centosessantacinque cardinali erano inquieti.

"Centosessantuno" si corresse fra sé.

Per un istante fu colto da un senso di vertigine ed ebbe l'impressione di precipitare all'inferno, tra le fiamme, con gente che urlava e pietre e sangue che piovevano dal cielo.

Poi scese il silenzio.

Si era risvegliato in paradiso. Tutto intorno a lui era bianco, la luce pura e accecante. Qualcuno avrebbe potuto obiettare che a dieci anni non poteva capire il concetto di paradiso, ma il piccolo Carlo Ventresca lo capiva benissimo. Era in paradiso. E dove, se no? Nella sua breve vita aveva sentito la maestà di Dio, il suono celestiale degli organi e le voci che si levavano nel canto, aveva visto cupole imponenti e vetrate colorate, lucichio d'oro e di bronzo. Sua madre, Maria, lo portava a messa tutti i giorni. La chiesa era ormai una seconda casa, per lui.

«Perché andiamo a messa tutti i giorni?» chiedeva Carlo, non perché gli dispiacesse.

«Perché l'ho promesso a Dio» rispondeva la madre. «E le promesse fatte a Dio sono le più importanti di tutte. Non bisogna mai mancare a una promessa fatta a Dio.»

Carlo decise che non avrebbe mai mancato a una promessa fatta a Dio. Amava sua madre più di chiunque altro al mondo. Era il suo angelo custode. A volte la chiamava Maria Benedetta, anche se a lei non piaceva. Le si inginocchiava accanto, sentiva il suo profumo dolce, l'ascoltava recitare sottovoce il rosario. «Santa Maria, madre di Dio, prega per noi peccatori, adesso e nell'ora della nostra morte.»

«Dov'è mio padre?» le domandava, pur sapendo già che era morto prima che lui nascesse.

«Sei figlio di Dio. È lui tuo padre, adesso» gli rispondeva ogni volta Maria.

A Carlo quell'idea piaceva.

«Quando ti viene paura, ricorda che sei figlio di Dio e chiedi aiuto a Lui» gli diceva Maria. «Tuo Padre veglierà su di te e ti proteggerà sempre. Ha grandi progetti per te, bambino mio.» Carlo sapeva che era vero, se lo sentiva nel sangue.

Sangue...

"Piove sangue dal cielo!"

Silenzio. Poi il paradiso.

Mentre le luci accecanti si spegnevano, Carlo aveva capito che quel paradiso era in realtà l'unità di terapia intensiva dell'ospedale Santa Clara, vicino a Palermo. Carlo era l'unico superstite di un attentato terroristico: una bomba aveva fatto crollare la chiesa in cui lui e la madre assistevano alla messa. Erano morte trentasette persone, inclusa Maria. Carlo si era salvato solo perché, pochi istanti prima dell'esplosione, si era allontanato per andare in una cappella laterale a guardare un arazzo che raffigurava la storia di san Francesco. I giornali l'avevano definito "il miracolo di san Francesco".

"È stato Dio a chiamarmi" si diceva. "Voleva salvarmi."

Delirava. Gli sembrava di vedere ancora sua madre in ginocchio che gli mandava un bacio e, un attimo dopo, con un fragore sconvolgente, il suo corpo che veniva dilaniato dall'esplosione. Poteva ancora sentire il sapore del male di cui è capace l'uomo. Una pioggia di sangue. Il sangue di sua madre, di Maria Benedetta! "Dio veglierà su di te e ti proteggerà sempre."

"Ma dov'è Dio, adesso?"

Poi, quasi a dimostrare che sua madre gli aveva detto la verità, era andato a trovarlo in ospedale un sacerdote. Non un sacerdote qualunque, ma un vescovo. Aveva pregato per lui. Il miracolo di san Francesco. Quando Carlo si era ristabilito, il vescovo gli aveva trovato una sistemazione in un piccolo monastero annesso alla cattedrale dove Carlo era stato allevato e istruito dai monaci. Era diventato persino il chierichetto del suo benefattore. Il vescovo avrebbe voluto che frequentasse le scuole pubbliche, ma Carlo si era rifiutato. Era felice in quella nuova residenza. Adesso viveva davvero nella casa di Dio.

Ogni sera pregava per sua madre.

"Dio mi ha salvato per un motivo" si ripeteva. "Ma quale?"

Divenuto maggiorenne, secondo la legge avrebbe dovuto prestare il servizio di leva obbligatorio. Il vescovo gli aveva detto che, se fosse entrato in seminario, sarebbe stato esentato, ma Carlo gli aveva risposto che prima di entrare in seminario voleva conoscere il male.

Il vescovo non aveva capito.

Carlo gli aveva spiegato che, se doveva trascorrere la vita nella Chiesa per combattere il male, prima voleva capirlo. E per capire non c'era posto migliore dell'esercito, con il suo arsenale di armi e bombe. "È stata una bomba a uccidere quella santa donna di mia madre!"

Il vescovo aveva tentato di dissuaderlo, ma Carlo era stato irremovibile.

«Sii prudente, figliolo» gli aveva detto alla fine il vescovo. «E ricorda che la Chiesa ti attende al tuo ritorno.»

Il periodo di leva era stato durissimo per Carlo, abituato a vivere nel silenzio e nella meditazione. In caserma non c'era un angolo di quiete per fermarsi a riflettere, il rumore era costante, le macchine ovunque... mai un attimo di pace. Anche se i soldati andavano a messa una volta alla settimana, Carlo non avvertiva la presenza di Dio in nessuno dei suoi commilitoni, forse troppo confusi per vederlo.

Carlo odiava la vita militare, ma era determinato a resistere fino al termine della ferma, fino a che non avesse capito il male. Poiché si rifiutava di sparare, gli insegnarono a guidare l'eliambulanza. Carlo detestava il rumore e persino l'odore dell'elicottero che pilotava, ma volando si sentiva più vicino alla madre, che lo guardava dal cielo. Quando aveva scoperto che il corso di addestramento comprendeva anche alcune lezioni di paracadutismo, era rimasto terrorizzato. Ma non aveva avuto scelta.

"Dio mi proteggerà" si era detto.

Il primo lancio si rivelò l'esperienza più elettrizzante della sua vita. Era stato un po' come volare tra le braccia di Dio. Non sarebbe più sceso a terra... Quel silenzio, il librarsi nell'aria, vedere il viso di sua madre nelle bianche nubi trasportate dal vento mentre il terreno si avvicinava vertiginosamente... "Dio ha dei progetti per te, Carlo." Di ritorno dal servizio militare, Carlo era entrato in seminario.

Da allora erano passati ventitré anni.

Mentre scendeva la Scala Regia, il camerlengo Carlo Ventresca tentava di interpretare il concatenamento di eventi che lo aveva condotto fino a quella straordinaria congiuntura.

"Abbandona ogni timore" si disse. "Affida questa notte a Dio."

Vide quattro guardie svizzere aprire i battenti della grande porta della Cappella Sistina per lasciarlo entrare. Poi un mare di tonache nere e fasce color porpora. Tutte le teste si voltarono verso di lui. In quel momento capì qual era il progetto di Dio. Si segnò e varcò la soglia. Il destino della Chiesa era nelle sue mani.

48

Il giornalista Gunther Glick, seduto nel furgone della BBC parcheggiato sul lato orientale di piazza San Pietro, sudava e malediceva il suo caporedattore. Benché alla fine del mese di prova i suoi superiori lo avessero giudicato intraprendente, brillante e affidabile, lo avevano spedito a Roma a fare *Pope-watching*. Continuava a ripetersi che fare il cronista per la BBC era comunque meglio che inventarsi bufale per il "British Tattler", ma era comunque ben distante dalla sua idea di vero giornalismo.

L'incarico che gli avevano affidato era semplice. Oltraggiosamente semplice. Doveva stare lì seduto ad attendere che un pugno di vecchi rimbambiti eleggessero il loro nuovo capo, rimbambito pure lui, dopodiché doveva scendere dal furgone e registrare una diretta di quindici secondi con San Pietro come sfondo.

"Splendido."

Glick non riusciva a capacitarsi che la BBC mandasse ancora inviati a seguire eventi di così scarsa importanza. "I network americani mica ci sono. E non a caso. Quelli sì che sanno come muoversi: guardano i servizi della CNN, fanno un bel riassuntino, filmano le loro 'dirette' davanti a uno schermo blu e poi mandano in onda immagini di repertorio per rendere lo sfondo più realistico." La MSNBC usava addirittura in studio macchine del vento e della pioggia per ottenere un effetto di maggiore "autenticità". Ai telespettatori della verità non frega un accidente, vogliono essere "intrattenuti".

Glick guardava fuori dal finestrino, sempre più depresso. La basilica di San Pietro che si ergeva imponente dinanzi a lui gli ricordava come per dispetto che l'uomo riesce a realizzare grandi cose, quando si applica davvero.

«Che cosa ho fatto di buono io nella vita?» si domandò a voce alta. «Niente di niente.»

«E allora lascia perdere tutto» disse una voce femminile alle sue spalle.

Glick sussultò. Aveva quasi dimenticato di non essere solo. Sul sedile posteriore la videoperatrice Chinita Macri si puliva le lenti degli occhiali in silenzio. Le puliva continuamente. Era di colore – ma preferiva definirsi afroamericana –, leggermente sovrappeso, molto sveglia e sicura di sé. Una donna un po' eccentrica, ma gli era simpatica. E poi Glick aveva bisogno di compagnia.

«Cosa c'è che non va, Gunther?»

«Che cosa siamo venuti a fare qui?»

La donna continuò a pulirsi gli occhiali. «Ad assistere a un evento entusiasmante.»

«Ah, perché un branco di vecchietti chiusi in una stanza buia sarebbero entusiasmanti?»

«Ehi, lo sai che se vai avanti così finirai all'inferno, vero?»

«Ci sono già.»

«Dimmi, caro, cos'è che ti angustia?» Sembrava sua madre.

«È che vorrei tanto diventare famoso.»

«Be', hai lavorato per il "British Tattler".»

«Sì, ma non ho mai scritto niente di memorabile.»

«Come sarebbe a dire? E l'articolo sulle avventure erotiche della regina con gli alieni? Credevo avesse fatto scalpore.»

«Piantala.»

«E dài, non te la prendere! Le cose stanno migliorando, no? Stanotte avrai i tuoi primi quindici secondi di gloria televisiva.»

Glick sbuffò. Gli pareva già di sentire il saluto del conduttore in studio: "Grazie, Gunther, ottimo servizio". Poi avrebbe girato gli occhi e sarebbe passato al meteo. «Avrei fatto meglio a propormi come conduttore in studio.»

Chinita Macri rise. «Senza esperienza? E con quella barba? Puoi scordartelo.»

Glick si passò le dita tra la barba rossiccia. «Io trovo che mi dia un'aria da intellettuale.»

Per fortuna in quel momento squillò il cellulare del furgone, evitandogli l'ennesimo commento acido della collega. «Forse è la redazione» disse, improvvisamente speranzoso. «Magari vogliono un aggiornamento in diretta.»

«Sul conclave?» rise Chinita Macri. «Tu sogni.»

Glick rispose al telefono con la sua migliore voce da conduttore TV. «Gunther Glick, BBC, Città del Vaticano.»

L'uomo aveva un marcato accento arabo. «Mi ascolti attentamente» esordì. «Sto per cambiarle la vita.»

49

Langdon e Vittoria si ritrovarono soli davanti alla porta dell'Archivio Segreto, in un corridoio arredato con un incongruo misto di antico e moderno: una passatoia sul pavimento di marmo, telecamere a circuito chiuso strategicamente piazzate tra i cherubini del soffitto. Langdon lo chiamava stile "rinascimentale asettico". Accanto alla porta c'era una targhetta di bronzo.

ARCHIVIO VATICANO
Direttore: Padre Jaqui Tomaso

Langdon riconobbe subito il nome del religioso che aveva respinto tutte le sue richieste: conservava ancora le sue lettere. "Egregio professor Langdon, sono spiacente di comunicarle che non mi è possibile..."

"Spiacente? Ma figuriamoci!" Da quando Jaqui Tomaso dirigeva l'Archivio Segreto Vaticano, Langdon non aveva incontrato un solo studioso americano non cattolico che vi fosse stato ammesso. "Il Cerbero", lo chiamavano gli studiosi. Jaqui Tomaso era l'archivista più inflessibile del mondo.

Langdon aprì la porta ed entrò nel sancta sanctorum aspettandosi quasi di trovarvi padre Jaqui con elmetto e tuta da combattimento, armato di bazooka contro i malintenzionati. Ma la sala era deserta.

Silenzio. Luci soffuse.

L'Archivio Vaticano. Uno dei sogni della sua vita.

La prima sensazione che ebbe nel mettervi finalmente piede

fu di imbarazzo. Quanto era stato ingenuo e romantico... L'immagine che se ne era fatto per tanti anni non avrebbe potuto essere più sbagliata. Aveva immaginato grandi vetrate, scaffali polverosi carichi di volumi consunti, preti impegnati a catalogare documenti a lume di candela, monaci curvi a studiare antiche pergamene...

Nulla del genere.

A prima vista, pareva un grande hangar per aeroplani, buio e suddiviso in una decina di scomparti dalle pareti trasparenti, che sembravano campi da squash. Langdon non fu sorpreso: sapeva che per proteggere antiche pergamene e cartapecore dall'umidità, dal calore e dalle sostanze corrosive presenti nell'aria occorreva conservarle in ambienti ad atmosfera controllata. Era stato spesso in sale di lettura come quella e aveva sempre trovato sgradevole entrare in quei contenitori a tenuta stagna in cui la disponibilità di ossigeno era regolata a discrezione del bibliotecario.

Erano buie, quasi spettrali, con piccole luci in fondo agli scaffali. Nell'oscurità, Langdon indovinò la presenza di volumi e volumi carichi di storia.

Vittoria, accanto a lui, osservava in silenzio, sbalordita.

Il tempo stringeva e Langdon decise di non sprecarne nemmeno un attimo. Si mise subito a cercare il catalogo. Non trovò schedari di alcun tipo, tuttavia, ma solo alcuni terminali sparsi qua e là. «A quanto pare hanno un catalogo informatizzato.»

«Questo dovrebbe facilitare le cose» disse Vittoria, speranzosa.

Langdon avrebbe voluto poter condividere il suo entusiasmo, ma non era altrettanto ottimista. Si avvicinò a un terminale e iniziò a digitare. I suoi timori ebbero istantaneamente conferma. «Il buon vecchio metodo sarebbe stato meglio.»

«Perché?»

«Perché i cataloghi cartacei non hanno password» disse allontanandosi dai computer. «Sei una brava hacker? Pensi di riuscire ad aprire questo file?»

Vittoria scosse il capo. «L'unica cosa che so aprire sono le ostriche.»

Langdon prese fiato e si voltò verso gli scomparti ad atmosfera controllata. Si avvicinò al primo e guardò dentro attraverso il vetro. Riconobbe le sagome dei soliti scaffali, i contenitori delle pergamene, i tavoli per la consultazione. Osservò le targhette luminose che, come in qualunque biblioteca, indicavano il contenuto dei vari ripiani, e cominciò a leggere avanzando lungo la parete trasparente.

PIETRO L'EREMITA... LE CROCIATE... URBANO II... IL LEVANTE...

«I documenti non sono catalogati in ordine alfabetico per autore» disse camminando. Avrebbe dovuto immaginarlo: gli archivi antichi non erano mai ordinati per autore, perché molte opere erano anonime, né per titolo, perché spesso i documenti storici erano lettere, oppure frammenti di pergamene. La catalogazione era perciò effettuata per lo più in ordine cronologico. Lì, però, non era stato seguito neppure il criterio cronologico.

Langdon, sgomento, si spazientì. Avevano già così poco tempo... «Sembrerebbe che il Vaticano abbia un sistema di catalogazione tutto suo.»

«Sai che sorpresa...»

Riesaminò le targhette. I documenti coprivano un arco di vari secoli, ma tutte le parole chiave avevano una qualche attinenza tra loro. «Credo sia una classificazione tematica.»

«Tematica?» ripeté Vittoria in tono di disapprovazione. «Poco pratico, direi.»

Riflettendoci, Langdon pensò che in realtà poteva anche essere un sistema molto intelligente. Esortava sempre i suoi studenti a cercare di cogliere l'atmosfera di un periodo e le sue caratteristiche d'insieme, piuttosto che perdersi tra le minuzie delle date e delle singole opere d'arte. La catalogazione dell'Archivio Vaticano doveva essere improntata a un'analoga filosofia.

«In questa sala di lettura si trovano documenti di epoche diverse, ma che riguardano tutti le crociate» disse. In effetti c'erano resoconti storici, epistolari, opere d'arte, informazioni sociopolitiche, saggi più moderni, tutti insieme, come per incoraggiare uno studio approfondito dell'argomento. A Langdon sembrò geniale.

Vittoria, invece, era perplessa. «Ma certi documenti possono riferirsi a più argomenti contemporaneamente.»

«Vedi che ci sono rimandi incrociati?» Langdon le indicò le targhette di plastica colorata inserite tra i documenti. «Quelle etichette rimandano a documenti correlati, collocati altrove, sotto un altro soggetto.»

«Ho capito» disse Vittoria, non particolarmente interessata. Si mise le mani sui fianchi e si guardò intorno, poi si voltò verso Langdon. «Allora, professore, come si chiama quest'opera di Galileo che stiamo cercando?»

Langdon non riuscì a trattenere un sorriso. Non riusciva ancora a credere di essere nell'Archivio Segreto Vaticano. "È qui" pensò. "Qui che mi aspetta da qualche parte."

«Seguimi» disse Langdon incamminandosi svelto lungo il primo corridoio e leggendo la targa di ciascuna sala. «Ricordi il Cammino dell'Illuminazione? La prova iniziatica che bisognava superare per entrare a far parte degli Illuminati?»

«La caccia al tesoro?» disse Vittoria, che gli camminava a fianco.

«Il problema era trovare un sistema per informare la comunità scientifica dell'esistenza di questo Cammino dell'Illuminazione, dopo averlo predisposto.»

«Certo» disse Vittoria. «Altrimenti nessuno sarebbe andato a cercarlo.»

«Infatti. E una volta appreso della sua esistenza, l'aspirante adepto doveva individuare il punto d'inizio. Roma è grande.»

«Già.»

Mentre parlava, Langdon continuava a leggere le targhette sui vari scomparti. «Una quindicina d'anni fa io e alcuni storici della Sorbona scoprimmo una serie di lettere degli Illuminati che alludevano a un cosiddetto "segno".»

«Quello che rivelava l'esistenza del Cammino degli Illuminati e ne indicava il punto di partenza?»

«Sì. Da allora abbiamo trovato molti altri riferimenti. Ormai è assodato che questo "segno" esisteva e che Galileo lo comunicò alla comunità scientifica all'insaputa del Vaticano.»

«E come?»

«Non possiamo esserne certi, ma molto probabilmente attraverso una pubblicazione a stampa. Aveva scritto molti libri e lettere nel corso degli anni.»

«Che di certo arrivarono al Vaticano. Non era troppo pericoloso?»

«Forse. Comunque, Galileo lo segnalò lo stesso.»

«Ma nessuno studioso l'ha mai trovato?»

«Già. Stranamente, tutti i riferimenti al "segno" – nei libri dei rituali massonici, in antiche pubblicazioni scientifiche, in lettere di Illuminati – non sono mai espliciti, ma sempre in forma numerica.»

«666?»

Langdon sorrise: il numero satanico. «No, 503.»

«Che significa...»

«Non lo sappiamo. Mi ci sono arrovellato, ho cercato di scoprire tutti i significati numerologici, i possibili riferimenti topografici, a latitudini...» Arrivò in fondo al corridoio che divideva due file di scomparti e ne imboccò un altro. «In un primo tempo, ho notato soltanto che iniziava con cinque, che è uno dei numeri sacri degli Illuminati.» Si fermò.

«Poi, però, hai fatto qualche altra scoperta, giusto? Ed è per questo che siamo qui.»

«Esatto» disse Langdon, orgoglioso. «Conosci il *Dialogo dei massimi sistemi* di Galileo?»

«Certo. Nella comunità scientifica è famoso come "il grande voltafaccia".»

"Voltafaccia" non era esattamente la parola che avrebbe usato lui, ma capiva cosa intendeva Vittoria. Intorno al 1630, Galileo si era accinto a pubblicare un volume in cui avallava il modello eliocentrico del sistema solare di Copernico, ma il Sant'Uffizio gli aveva negato l'imprimatur, a meno che non vi includesse anche prove ugualmente persuasive in favore del vecchio modello tolemaico, il sistema geocentrico sostenuto dalla Chiesa. Galileo sapeva che quest'ultimo era totalmente errato, ma non aveva avuto scelta e aveva dovuto cedere alle pressioni della Chiesa e pubblicare un'opera che dava eguale spazio a entrambi i modelli.

«Come probabilmente saprai» disse Langdon «nonostante il compromesso, il *Dialogo* continuò a essere considerato eretico e Galileo fu comunque condannato alla prigione a vita.»

«Nessuna buona azione resta impunita.»

Langdon sorrise. «Niente di più vero. Ma Galileo perseverò e vergò in segreto un manoscritto meno noto, che spesso viene confuso con il *Dialogo* e si intitola *Discorsi*.»

Vittoria annuì. «Lo conosco.»

Langdon si fermò sui suoi passi, piacevolmente colpito dalla cultura di Vittoria.

«È il minimo, tenuto conto del fatto che sono italiana, scienziata e figlia di un grande ammiratore di Galileo.»

Langdon rise. Non era quello, comunque, il testo che stavano cercando. I *Discorsi*, le spiegò, non erano l'unica opera scritta da Galileo durante l'isolamento. Gli storici ritenevano che avesse scritto anche un misterioso libriccino intitolato *Diagramma*. *Diagramma della verità*, per l'esattezza.

«Mai sentito.»

«La cosa non mi sorprende. Il *Diagramma* è l'opera più misteriosa di Galileo, presumibilmente una sorta di trattato su verità scientifiche in cui credeva ma che non era autorizzato a diffondere. Come già aveva fatto per altri suoi scritti precedenti, lo affidò a un amico, che lo portò di nascosto in Olanda, dove venne pubblicato e diffuso clandestinamente nella comunità scientifica. Ma il Sant'Uffizio lo venne a sapere e iniziò una campagna censoria contro il *Diagramma*.»

Vittoria pareva affascinata da quel racconto. «E tu pensi che il "segno", l'indicazione per trovare il Cammino dell'Illuminazione, sia contenuto nel *Diagramma*?»

«Di certo fu attraverso il *Diagramma* che venne propagandato.» Langdon imboccò il terzo corridoio tra le sale e continuò a scorrere le targhette. «Gli archivisti cercano da anni di mettere le mani su una copia del *Diagramma*, ma tra i roghi del Sant'Uffizio e la scarsa qualità del supporto su cui fu stampato, sembra che sia sparito dalla faccia della terra.»

«Supporto?»

«Il *Diagramma* era stampato su un tipo di carta molto sottile, ricavata dalla pianta della carice, che dura al massimo un secolo.»

«Perché non su un materiale più resistente?»

«Fu Galileo a volere così, per proteggere i suoi seguaci. In questo modo chi fosse stato sorpreso con una copia del libro proibito non avrebbe dovuto fare altro che gettarlo nell'acqua e questo si sarebbe sciolto. Un ottimo sistema per distruggere le prove compromettenti, ma disastroso per gli archivisti. Si ritiene che una sola copia del *Diagramma* sia sopravvissuta oltre il XVIII secolo.»

«Una sola? Ed è *qui*?» Vittoria si guardò intorno, ammirata.

«Fu confiscata dal Vaticano nei Paesi Bassi poco dopo la morte di Galileo. Sono anni che chiedo di vederla. Dal momento in cui ho capito che cosa conteneva.»

Come se gli avesse letto nel pensiero, Vittoria cominciò a scorrere le targhette dei vari scomparti per accelerare i tempi.

«Grazie» le disse Langdon. «Cerca eventuali rimandi a Galileo, alla scienza o agli scienziati... Vedrai che se lo trovi te ne accorgi.»

«Okay, ma non mi hai ancora detto come hai fatto a capire che il "segno" è contenuto nel *Diagramma*. Ha qualcosa a che fare con il cinquecentotré, il numero ricorrente nelle lettere degli Illuminati?»

Langdon sorrise. «Sì. Mi ci è voluto un po', ma alla fine sono riuscito a capire che cinquecentotré è un riferimento in codice al *Diagramma*.»

Per un istante Langdon rivisse il momento dell'inattesa rivelazione: il 16 agosto di due anni prima. Era al matrimonio del figlio di un collega, in riva a un lago, e un gruppo di suonatori di cornamusa aspettava l'arrivo degli sposi a bordo di un barcone ornato di fiori e ghirlande, sul cui scafo era dipinto un numero romano: DCII.

Langdon, perplesso, aveva domandato al padre della sposa: «Che cosa vuol dire quel seicentodue?».

«Seicentodue?»

Langdon aveva indicato l'imbarcazione. «DCII è seicentodue in numeri romani, no?»

L'altro aveva riso. «Non è un numero romano... È il nome della barca.»

«DCII?»

L'uomo aveva annuito. «La *Dick e Connie II*.»

Langdon si era sentito stupido. Come aveva fatto a non capire? Era ovvio, Dick e Connie erano gli sposi e il barcone era stato battezzato così in loro onore. «E la DCI che fine ha fatto?»

«È affondata ieri, durante l'addio al celibato» aveva borbottato il suo collega.

Langdon aveva riso. «Oh, mi spiace.» Poi si era voltato a guardare di nuovo la barca. "DCII" si era detto. "Come la QEII, la *Queen Elizabeth II*, ma in miniatura." E un attimo dopo, il lampo di genio.

Si voltò verso Vittoria. «Il cinquecentotré è un messaggio in codice» spiegò. «Un trucco degli Illuminati per nascondere quello che in realtà doveva essere un numero romano. E cinquecentotré in numeri romani si scrive...»

«DIII.»

Langdon la guardò stupito. «Brava! Non dirmi che sei un'Illuminata.»

«Uso i numeri romani per codificare gli strati pelagici» replicò lei ridendo.

"Ah, già. Come ho fatto a non pensarci?"

«Insomma, che cosa vuol dire DIII?» insistette Vittoria.

«DI, DII e DIII sono abbreviazioni molto antiche. Venivano utilizzate dagli scienziati per distinguere i tre scritti galileiani più famosi.»

Vittoria disse, pronta: «*Dialogo... Discorsi... Diagramma*».

«D uno, D due, D tre. Tutti e tre di argomento scientifico. Tutti e tre controversi. Il cinquecentotré, DIII, è il *Diagramma*, il terzo.»

Vittoria pareva turbata. «C'è ancora una cosa che non capisco. Se questo "segno", questa indicazione per intraprendere il Cammino dell'Illuminazione, era davvero contenuto nel *Diagramma* di Galileo, come mai il Vaticano non lo scoprì, quando lo sequestrò?»

«Probabilmente nessuno se ne accorse, come nessuno si accorse degli altri segnali lungo il Cammino dell'Illuminazione, in piena vista eppure nascosti, mimetizzati... Anche il "segno" potrebbe essere lì in piena evidenza, ma invisibile per chi non lo sta cercando. E per chi non lo può *capire*.»

«Che cosa intendi dire?»

«Che molto probabilmente Galileo lo nascose con grande cura. Da alcuni documenti si deduce che il "segno" era in quella che gli Illuminati chiamavano "lingua pura".»

«La matematica?»

«Immagino. Mi sembra l'interpretazione più ovvia. In fondo, Galileo era uno scienziato e scriveva per gli scienziati. Il titolo stesso dell'opera, *Diagramma*, fa pensare che il "segno" potrebbe essere espresso in forma diagrammatica.»

«Sì, certo. Avrà inventato un codice matematico che gli ecclesiastici del Sant'Uffizio non sono riusciti a decifrare» disse Vittoria.

«Non sembri molto convinta» disse Langdon continuando a camminare.

«No. Prima di tutto perché non lo sembri nemmeno tu. Se eri tanto sicuro del DIII, perché non hai mai pubblicato la tua scoperta? Qualcuno che aveva accesso all'Archivio Vaticano sarebbe potuto venire qui a verificare di persona sul *Diagramma*.»

«Non ho voluto pubblicarla perché quella scoperta mi era costata un sacco di lavoro e...» Langdon si interruppe, imbarazzato.

«... e tu volevi la gloria tutta per te.»

Langdon arrossì. «Be', in un certo senso... Cioè, voglio dire...»

«Non devi vergognarti. Stai parlando con una scienziata. Per voi universitari vale la regola del "pubblica o muori". Noi al CERN diciamo: "Chi non brevetta è perduto".»

«Non l'ho fatto solo per ambizione... Avevo anche il timore che, se le informazioni contenute nel *Diagramma* fossero finite nelle mani sbagliate, anche l'ultima copia sarebbe andata perduta.»

«Per mani sbagliate intendi il Vaticano?»

«Be', la Chiesa ha sempre cercato di minimizzare la pericolosità degli Illuminati. All'inizio del Novecento il Vaticano arrivò al punto di affermare che gli Illuminati erano solo il parto di qualche mente malata. La curia riteneva, probabilmente non a torto, che l'ultima cosa di cui avevano bisogno i fedeli fosse sapere che esisteva un potente movimento anticristiano infiltrato nelle banche, nelle istituzioni e nelle università.»

"Indicativo presente, Robert" si corresse tra sé e sé. "*Esiste* un potente movimento anticristiano infiltrato nelle banche, nelle istituzioni e nelle università."

«E così pensi che il Vaticano sarebbe capace di distruggere le prove della pericolosità degli Illuminati?»

«Non è poi tanto inverosimile. Il potere della Chiesa risentirebbe negativamente di qualunque minaccia, concreta o immaginaria che sia.»

«Ancora una domanda.» Vittoria si fermò di colpo e lo guardò fisso negli occhi. «Dici sul serio?»

Langdon ricambiò lo sguardo. «In che senso?»

«Veramente questo è il tuo piano per evitare il disastro?»

Langdon non sapeva se quello che le leggeva negli occhi fosse divertita compassione o puro e semplice terrore. «Per "piano" intendi dire trovare il *Diagramma*?»

«No, intendo: trovare il *Diagramma*, decifrare un'indicazione messa lì quattrocento anni fa in chissà quale codice matematico, seguirla e fare una caccia al tesoro fra i monumenti e le chiese di Roma che solo i più geniali scienziati della storia sono riusciti a portare a termine... e il tutto in quattro ore.»

Langdon si strinse nelle spalle. «Hai una proposta migliore?»

50

Robert Langdon era in piedi fuori dalla sala di lettura numero nove e leggeva le targhette sugli scaffali.

BRAHE... CLAVIO... COPERNICO... KEPLERO... NEWTON...

Rilesse quei nomi e si sentì improvvisamente a disagio. "Gli scienziati sono qui... ma Galileo dov'è...?" Si voltò verso Vittoria, che stava controllando lo scomparto vicino. «Ho trovato gli scienziati, ma non Galileo.»

«È qua» rispose Vittoria. «Spero che tu ti sia portato gli occhiali, perché questa sala di lettura è dedicata interamente a lui.»

Langdon la raggiunse di corsa. Vittoria aveva ragione: tutte le targhette della sala di lettura numero dieci avevano la stessa parola chiave.

IL PROCESSO GALILEIANO

Ecco perché Galileo aveva uno scomparto tutto per sé! "L'*affaire* Galileo" pensò Langdon meravigliato, guardando gli scaffali attraverso il vetro. «Il processo più lungo e costoso nella storia del Vaticano: quattordici anni e l'equivalente di trecentomila dollari. Ed è tutto qui.»

«Chissà quanti atti e documenti legali.»

«Sembra che gli avvocati non si siano evoluti molto nei secoli.»

«Neppure gli squali.»

Langdon premette il grande pulsante giallo su un lato dello scomparto e al di là del vetro si accese con un ronzio una serie di luci rossastre.

«Mio Dio» esclamò Vittoria, spaventata. «Siamo qui per lavorare o per prendere la tintarella?»

«Pergamena e cartapecora sbiadiscono alla luce e quindi l'illuminazione negli archivi è sempre realizzata con apparecchi dark-light.»

«Se stai lì dentro un po', diventi pazzo.»

"O peggio" pensò Langdon, dirigendosi verso l'entrata. «Devo avvertirti che, siccome l'ossigeno è un ossidante, queste sale di lettura ad atmosfera controllata ne contengono molto poco. È un po' come stare sottovuoto, si fa fatica a respirare.»

«Be', se ce la fanno i vecchi cardinali...»

"Anche questo è vero" pensò Langdon. "Speriamo bene."

Alla sala di lettura si accedeva mediante una porta girevole elettronica divisa in quattro parti, ognuna delle quali aveva un pulsante che la faceva ruotare di mezzo giro alla volta, per evitare il più possibile la dispersione.

«Dopo che sono entrato io, premi il pulsante e seguimi» disse Langdon. «Dentro c'è solo l'otto per cento di umidità, quindi preparati: ti sentirai la bocca un po' asciutta.»

Langdon entrò nello scompartimento girevole e premette il pulsante. La porta cominciò a ruotare con un ronzio. Langdon si fece coraggio: entrare in un archivio di quel tipo era come passare dal livello del mare a seimila metri di altitudine in un secondo. Nausea e vertigini erano il sintomo più normale. Ripeté tra sé il mantra dell'archivista: "Se ci vedi doppio, piegati in due". Deglutì per stapparsi le orecchie. La porta si fermò con un sibilo.

Era entrato.

L'aria all'interno era ancora più rarefatta di quanto si fosse immaginato. Evidentemente gli archivisti vaticani non volevano correre rischi. Langdon si sforzò di vincere la nausea e cercò di rilassarsi. Il senso di oppressione al petto gli passò quasi subito. "È come nuotare" pensò, rallegrandosi nel constatare che le sue cinquanta vasche al giorno servivano a qualcosa. Si guardò intorno, respirando in maniera più normale. Nonostante le pareti trasparenti, provò un ben noto stato d'ansia. "Sono dentro una scatola" pensò. "Una scatola rosso sangue."

Udì un ronzio, si voltò e vide che Vittoria l'aveva raggiunto. Le lacrimavano gli occhi e faceva fatica a respirare.

«È questione di un minuto» la rassicurò. «Se ti gira la testa, chinati.»

«Mi sento... come se stessi facendo un'immersione... con la miscela... sbagliata» disse Vittoria boccheggiando.

Langdon aspettò che si ambientasse. Era sicuro che non ci avrebbe messo molto: sembrava in ottima forma, decisamente migliore delle anziane ex alunne della Radcliffe che una volta aveva accompagnato a visitare l'archivio della Widener Library, che si erano sentite tutte male. A una, che aveva quasi ingoiato la dentiera, Langdon aveva addirittura dovuto fare la respirazione bocca a bocca.

«Ti senti meglio?» le domandò.

Vittoria annuì.

«Ti ho portato qui per sdebitarmi del piacevolissimo giro sul vostro jet ipersonico.»

La battuta le strappò un sorriso. «*Touché.*»

Langdon infilò una mano in una cassetta accanto alla porta ed estrasse un paio di guanti di cotone.

«Servizio in guanti bianchi?» chiese Vittoria.

«Non si possono toccare i documenti senza guanti per via del pH acido della pelle. Prendine un paio anche tu.»

Vittoria ubbidì. «Quanto tempo abbiamo?»

Langdon diede un'occhiata al suo orologio di Topolino. «Le sette appena passate.»

«Dobbiamo sbrigarci. Abbiamo un'ora al massimo.»

«Molto meno» replicò Langdon indicando il condotto di ventilazione sopra la loro testa. «Normalmente quando in una sala di lettura entra qualcuno, il custode accende il sistema di riossigenazione. Visto che per noi non sarà così, tra venti minuti non riusciremo più a respirare.»

Vittoria impallidì visibilmente, nonostante la luce rossastra.

Langdon sorrise e si aggiustò i guanti. «Quindi sarà meglio darci una mossa. Il tempo stringe.»

51

Gunther Glick, l'inviato della BBC, rimase a fissare il cellulare che teneva in mano per dieci secondi, attonito.

Chinita Macri, dal sedile posteriore del furgone, gli chiese: «Cosa è successo? Chi era?».

Glick si voltò, sentendosi come un bambino che ha appena avuto un regalo in cui non sperava più. «Ho ricevuto una soffiata. Sta succedendo qualcosa, qui in Vaticano.»

«Si chiama conclave» ribatté la videoperatrice, acida. «Sai che soffiata.»

«No, qualcos'altro. Qualcosa di grosso.» Glick si chiese se la storia che gli aveva appena raccontato lo sconosciuto al telefono potesse essere vera e si vergognò un po' quando si rese conto che desiderava con tutte le sue forze che lo fosse. «Se ti dicessi che sono stati rapiti quattro cardinali e che verranno uccisi stasera, in quattro chiese diverse?»

«Ti risponderei che qualcuno ha deciso di farti uno scherzo di pessimo gusto.»

«E se ti dicessi anche che stanno per rivelarci il luogo preciso in cui verrà compiuto il primo omicidio?»

«Ti chiederei con chi diavolo hai parlato.»

«Non si è identificato.»

«Forse perché è un ballista di prima categoria.»

Glick si aspettava una reazione scettica da parte di Chinita Macri, la quale però dimenticava che Glick, avendo lavorato al "British Tattler", aveva un'esperienza decennale in fatto di bugiardi e mitomani e sapeva che quello con cui aveva appena parlato non era né l'uno né l'altro: era stato freddo, razionale e logico. "La richiamerò poco prima delle venti e le dirò dove avrà luogo il primo omicidio" gli aveva detto con forte accento mediorientale. "Lei diventerà famoso." Quando Glick gli aveva domandato perché gli stesse fornendo quelle informazioni, la risposta dell'uomo era stata raggelante: "I media sono il braccio destro dell'anarchia".

«Mi ha detto anche qualcos'altro» disse Glick.

«Che cosa? Che Elvis Presley è appena stato eletto papa?»

«Collegati al database della BBC, per favore.» Glick sentiva l'adrenalina che gli entrava in circolo. «Voglio vedere tutti gli articoli pubblicati su quella gente.»

«Quale gente?»

«Collegati, ti ho detto.»

Chinita Macri sospirò e attivò la connessione al database della BBC. «Ci vorrà un minuto.»

Glick era emozionatissimo. «L'uomo che ha telefonato sembrava molto curioso di sapere se avevo a disposizione un cameraman.»

«Videoperatore.»

«E se eravamo in grado di trasmettere in diretta.»

«Uno punto cinquecentotrentasette megahertz. Di cosa si tratta?» Il database emise un *bip*. «Okay, ci siamo. Chi stai cercando?»

Glick le diede la parola chiave.

Chinita Macri si voltò e lo fissò. «Spero che tu stia scherzando.»

52

L'organizzazione interna della sala di lettura numero 10 era meno intuitiva di quanto Langdon avesse sperato, e il manoscritto del *Diagramma* non sembrava essere stato archiviato insieme alle altre opere di Galileo. Non potendo accedere al catalogo informatizzato e non conoscendo la collocazione del manoscritto, erano a un punto morto.

«Sei sicuro che il *Diagramma* sia qui?» chiese Vittoria.

«Sì.»

«Perfetto. Basta che tu ne sia sicuro.» Vittoria andò a sinistra e lui a destra.

Langdon cominciò a leggere i titoli uno per uno e gli ci volle un grande autocontrollo per non lasciarsi distrarre da tutte le meraviglie paleografiche di quel fondo. *Il saggiatore... Sidereus Nuncius... Delle macchie solari... Lettera alla granduchessa Cristina... Apologia pro Galileo...* e così via.

Fu Vittoria a trovarlo, proprio in fondo alla sala. «Il *Diagramma della Verità*!» urlò.

Langdon si precipitò a vedere. «Dove?»

Vittoria indicò un punto nella penombra rossastra e Langdon capì immediatamente perché non l'avessero trovato prima: il manoscritto non era su uno scaffale, bensì in un contenitore per in folio, una di quelle scatole che si usano per conservare le pagine non rilegate. L'etichetta non lasciava alcun dubbio sul contenuto.

DIAGRAMMA DELLA VERITÀ
Galileo Galilei, 1639

Langdon cadde in ginocchio, con il cuore che gli batteva all'impazzata. «Il *Diagramma*!» Poi sorrise a Vittoria. «Brava! Ora aiutami a tirarlo fuori.»

Vittoria gli si inginocchiò accanto e insieme estrassero il ripiano di metallo su cui poggiava il contenitore, che scorreva su rotelle.

«Non è neppure chiuso a chiave» esclamò Vittoria, sorpresa.

«Non lo sono mai. In caso di allagamenti e incendi, è necessario portare via i documenti alla svelta.»

«Aprilo, forza.»

Langdon non si fece pregare. Trovandosi davanti al sogno della sua vita di studioso, e sapendo che l'aria nella sala di lettura si stava esaurendo in fretta, non aveva alcuna intenzione di temporeggiare. Aprì la chiusura e sollevò il coperchio. All'interno, appoggiata sul fondo del contenitore, c'era una borsa in tela olona nera. La permeabilità del tessuto era cruciale per la conservazione del manoscritto. Langdon infilò entrambe le mani nel contenitore e tirò fuori la borsa, facendo attenzione a tenerla orizzontale.

«Mi aspettavo uno scrigno o un forziere» commentò Vittoria. «Questa, invece, sembra una federa.»

«Vieni con me» disse Langdon e, tenendo la borsa davanti a sé come se fosse un'offerta sacra, si diresse verso il centro della sala dove c'era un tavolo con il piano in vetro. Doveva essere stato collocato in quella posizione centrale per ridurre al minimo gli spostamenti dei documenti, ma senza dubbio i ricercatori gradivano anche la privacy garantita dal fatto di essere circondati dagli scaffali. Negli archivi importanti come quello si facevano scoperte da cui poteva dipendere una carriera, e gli studiosi non gradivano essere spiati dai rivali attraverso il vetro.

Langdon appoggiò la borsa sul tavolo e aprì i bottoni con cui era chiusa. Vittoria era in piedi accanto a lui. Rovistando in un vassoio di attrezzi da archivista, Langdon scelse un paio di pinze con le estremità appiattite e rivestite di feltro. Era emozionatissimo e temeva di svegliarsi da un momento all'altro nel suo studio di Cambridge, davanti a una pila di compiti da correggere. Inspirò profondamente e aprì la borsa. Con le mani inguantate che gli tremavano, introdusse le pinze nella sacca.

«Rilassati» disse Vittoria. «È carta, non plutonio.»

Langdon prese il fascio di fogli con le pinze, facendo attenzione a esercitare una pressione uniforme. Invece di tirarli fuori, li tenne fermi e sfilò la sacca in modo da evitare qualsiasi tipo di torsione. Fu solo quando ebbe posato la borsa vuota da una parte e acceso l'apposita luce sotto il piano di vetro del tavolo che riprese finalmente a respirare.

Vittoria sembrava un fantasma, con il viso illuminato dal basso. «Che fogli piccoli!» mormorò, in tono rispettoso.

Langdon annuì. I fogli che avevano davanti sembravano pagine sciolte di un romanzo tascabile. Langdon vide che il primo era un frontespizio su cui erano scritti a penna il titolo, la data e la firma autografa di Galileo.

In quell'istante dimenticò la claustrofobia, la stanchezza, la spaventosa emergenza che l'aveva condotto lì, e ammirò quelle carte estasiato. Gli incontri ravvicinati con la storia lo lasciavano sempre senza parole... era come vedere le pennellate della *Gioconda* una per una.

Non aveva dubbi sull'autenticità di quei fogli che, per quanto ingialliti e un po' sbiaditi, erano straordinariamente ben conservati. "Appena scoloriti e lievemente consunti, ma perfettamente leggibili." Osservò le decorazioni a inchiostro sul frontespizio, con gli occhi che bruciavano nell'aria asciuttissima. Vittoria non parlava.

«Passami una spatola, per favore» le chiese Langdon indicando un vassoio in acciaio inossidabile pieno di attrezzi da archivista. Vittoria ubbidì. Langdon prese la spatola e vi passò sopra le dita per eliminare l'elettricità statica quindi, con estrema cautela, la infilò sotto il frontespizio, lo sollevò e girò il foglio.

La prima pagina era scritta in corsivo, in una grafia minuscola e stilizzata, praticamente indecifrabile. Langdon notò immediatamente che non c'erano né diagrammi né numeri. Era un testo in prosa.

«Eliocentrismo» lesse Vittoria, traducendogli poi il titolo sulla prima pagina. Quindi scorse il testo. «Mi sembra di capire che Galileo abbandona definitivamente il modello geocentrico. Ma è scritto in italiano antico, per cui non garantisco la traduzione.»

«Non ti preoccupare» disse Langdon. «Noi stiamo cercando la lingua pura. La matematica.» Aiutandosi con la spatola, voltò pagina. Altra prosa. Né cifre né formule. A Langdon cominciarono a sudare le mani.

«Moto dei pianeti» lesse ancora Vittoria.

Langdon inarcò le sopracciglia. In qualsiasi altro momento sarebbe stato affascinato da quella lettura; incredibilmente, il modello delle orbite planetarie osservate attraverso i potenti telescopi della NASA era quasi identico a quello intuito da Galileo.

«Non ci sono formule matematiche» disse Vittoria. «Parla di movimenti retrogradi, orbite ellittiche o qualcosa del genere.»

«Orbite ellittiche.» Langdon ricordò che i guai di Galileo con la Chiesa erano cominciati quando aveva annunciato che le orbite dei pianeti erano ellittiche. Il Vaticano esaltava la perfezione del cerchio e insisteva nell'affermare che il movimento delle sfere celesti poteva essere solo circolare. Gli Illuminati, tuttavia, vedevano la perfezione anche nell'ellisse e ammiravano la dualità matematica dei suoi fuochi gemelli. L'ellisse degli Illuminati era importante anche al giorno d'oggi nella moderna simbologia massonica.

«Volta pagina» disse Vittoria.

Langdon eseguì.

«Fasi lunari e movimenti delle maree» disse Vittoria. «Niente numeri, né diagrammi.»

Langdon girò nuovamente pagina. Niente. Girò una dozzina di pagine. Niente di niente.

«Pensavo che Galileo Galilei fosse un matematico» disse Vittoria. «Invece qui è tutto testo.»

Langdon sentì che cominciava a mancargli l'aria e, con essa, anche la speranza di farcela. Restavano ormai pochi fogli da esaminare.

«Non ci sono formule matematiche. Qualche data, qualche cifra, tutto lì...» disse Vittoria. «Nessun riferimento al "segno" degli Illuminati.»

Langdon girò l'ultimo foglio e sospirò: ancora testo.

«Cortino, come libro» osservò Vittoria, inarcando le sopracciglia.

Langdon annuì.

«Merda» imprecò Vittoria.

Anche Langdon era contrariato. La sua immagine riflessa nel vetro lo guardava beffarda, come quella mattina, quando si era specchiato nel vetro del bovindo, a casa sua. "Sembro un fantasma" si disse. «Eppure deve esserci!» esclamò con una disperazione che sorprese persino lui stesso. «È qui, me lo sento!»

«Forse la tua teoria su DIII è sbagliata.»

Langdon le lanciò un'occhiataccia.

«Va bene, va bene» capitolò Vittoria. «Poniamo che su DIII tu abbia ragione. Il "segno" non potrebbe essere indicato in simboli non matematici?»

«Ma cos'altro può essere la "lingua pura"?»

«L'arte?»

«Peccato che nel *Diagramma* non ci siano figure.»

«Be', di certo la "lingua pura" non è l'italiano. E sono d'accordo con te che la matematica sembrerebbe la soluzione più logica, ma...»

Langdon non voleva arrendersi. «I numeri potrebbero essere scritti in lettere. Potrebbero esserci formule matematiche espresse verbalmente, anziché sotto forma di equazioni.»

«Per leggere tutta 'sta roba ci vorrà un bel po' di tempo.»

«E noi ne abbiamo pochissimo. Dovremo dividerci il lavoro.» Langdon tornò alla prima pagina del manoscritto per riesaminarlo. «Conosco abbastanza italiano da capire se si parla di numeri.» Aiutandosi con la spatola divise in due il fascio di fogli come se fosse un mazzo di carte e posò la prima metà davanti a Vittoria. «È qui, da qualche parte. Ne sono sicuro.»

Vittoria sollevò il primo foglio con le mani.

«La spatola!» la sgridò Langdon porgendogliene una. «Usa questa.»

«Ho già i guanti...» protestò lei. «Che danno potrei mai fare?»

«Usala e basta.»

Vittoria prese la spatola. «Ti senti anche tu come mi sento io?»

«Nervoso?»

«No. Senza fiato.»

Anche Langdon si era accorto che l'ossigeno stava diminuendo più in fretta del previsto. Dovevano sbrigarsi. Gli enigmi archivistici non erano una novità, per lui, ma di solito aveva più di qualche minuto per risolverli. Senza dire altro, abbassò la testa e cominciò a tradurre la prima pagina della sua parte di documenti.

"Dove sei, maledetto 'segno'? Mostrati!"

Un'ombra scendeva furtiva una scala di pietra che portava in una galleria sotterranea di Roma. Nell'antico passaggio illuminato soltanto da fiaccole, che rendevano l'aria calda e pesante, riecheggiavano voci spaventate. Imploravano aiuto. Invano.

Non appena girò l'angolo, l'uomo li vide, esattamente dove li aveva lasciati. Erano quattro anziani, terrorizzati, rinchiusi in un antro di pietra protetto da sbarre di ferro arrugginito.

«*Qui êtes-vous?*» domandò uno di loro. «Cosa vuole da noi?»

«*Hilfe!*» esclamò un altro in tedesco. «Ci lasci andare!»

«Lei sa chi siamo noi?» chiese un terzo, con forte accento spagnolo.

«Silenzio» ordinò l'uomo con voce aspra.

Il quarto prigioniero, un italiano taciturno e pensieroso, incrociò lo sguardo vacuo del suo rapitore ed ebbe la certezza di aver visto l'inferno. "Che Dio ci aiuti" pensò.

L'assassino diede un'occhiata all'orologio, quindi guardò nuovamente i prigionieri e disse: «Allora, chi vuole essere il primo?».

All'interno della sala di lettura numero 10 dell'Archivio Segreto, Robert Langdon leggeva tutti i numeri che incontrava sul manoscritto. "Mille... cento... uno, due, tre... cinquanta. Ho bisogno di un riferimento numerico! Uno qualsiasi, dannazione!"

Quando arrivò in fondo al foglio, sollevò la spatola per girarlo e passare al successivo, ma gli tremavano troppo le mani. Lasciò perdere la spatola e girò il foglio con le dita. "Accidenti" pensò, con un vago senso di colpa. La mancanza di ossigeno gli stava facendo perdere i freni inibitori. "Brucerò nell'inferno degli archivisti."

«Era ora» commentò Vittoria, quando lo vide posare la spatola. Buttò quella che aveva in mano e seguì il suo esempio. «Hai trovato qualcosa?»

Vittoria scosse la testa. «Matematica pura, non mi sembra che ce ne sia. Sto leggendo velocemente, ma non ho ancora visto nulla che possa costituire un indizio.»

Langdon continuava a tradurre con sempre maggiore difficoltà: il suo italiano era stentato, la grafia fittissima e la lingua arcaica. Vittoria arrivò in fondo alla sua metà del manoscritto prima di lui e, scoraggiata, si accinse a ricominciare daccapo.

Quando Langdon finì di esaminare la sua ultima pagina, imprecò sottovoce e si voltò verso Vittoria, che strizzava gli occhi per decifrare qualcosa su uno dei suoi fogli. «Cosa c'è?» le chiese.

Vittoria, senza alzare la testa, gli domandò: «Tu hai trovato delle note a piè di pagina?».

«No, non mi pare. Perché?»

«Qui ce n'è una, nascosta in una piega.»

Langdon si avvicinò per guardare, ma riuscì a leggere solo il numero di pagina nell'angolo in alto a destra. "Folio 5." Gli ci volle un istante per fare il collegamento. Certo, poteva essere una semplice coincidenza. "Folio cinque. Cinque, Pitagora, pentacoli, Illuminati..." Che gli Illuminati avessero scelto la pagina cinque per collocarvi il "segno"? Speranzoso, chiese: «La nota è una formula matematica?».

Vittoria scosse il capo. «No, una riga di testo. In calligrafia minutissima e quasi illeggibile.»

Le speranze di Langdon diminuirono. «Dovrebbero esserci dei numeri, però: la lingua pura.»

«Ho capito...» Vittoria era titubante. «Comunque, a me sembra interessante.»

Langdon avvertì una certa trepidazione nella sua voce. «Sentiamo.»

«*The path of light is laid, the sacred test*. La via della luce è segnata, la prova sacra.»

«Come hai detto?» esclamò Langdon, sorpreso.

Vittoria ripeté.

«La via della luce?» Langdon alzò la testa.

«C'è scritto così.»

Langdon fece mente locale, in preda a una grande emozione. "La via della luce è segnata, la prova sacra." Non sapeva ancora che significato dare a quelle parole, ma erano il riferimento più chiaro che potesse immaginare al Cammino dell'Illuminazione. "Via della luce. Prova sacra." Si sentiva poco lucido, rallentato, con la mente ingolfata come un motore alimentato con il carburante sbagliato. «Sei sicura di avere tradotto bene?»

Vittoria esitò. «Veramente...» Gli diede un'occhiata strana. «Il testo è in inglese.»

Per un attimo Langdon pensò di aver capito male. «In inglese?»

Vittoria spinse il documento verso di lui e Langdon lesse la frase in caratteri minutissimi in fondo al foglio. «*The path of light is laid, the sacred test*. Sì, è proprio in inglese. Ma cosa ci fa una frase in inglese in un manoscritto italiano?»

Vittoria si strinse nelle spalle. Anche lei aveva l'aria stravolta. «Forse per lingua pura intendevano l'inglese? È considerato la lingua internazionale della scienza. È la lingua che parliamo al CERN.»

«Ma è un documento del Seicento» replicò Langdon. «A quell'epoca nessuno parlava inglese in Italia, neppure...» Si interruppe, rendendosi conto delle implicazioni di quello che stava per dire. «Neppure... il *clero*!» Ragionando velocissimo e parlando ancora più in fretta, continuò: «Nel Seicento l'inglese era una lingua sconosciuta in Vaticano. Gli ecclesiastici usavano l'italiano, il latino, il tedesco, persino lo spagnolo e il francese, ma l'inglese no. Era considerato una lingua impura, parlata da liberi pensatori e individui blasfemi come Chaucer e Shakespeare». Gli vennero in mente i marchi degli Illuminati, che molti sostenevano essere in inglese. Quella leggenda cominciava ad avere una logica.

«Stai dicendo che forse Galileo considerava l'inglese la lingua pura perché era l'unica sconosciuta in Vaticano?»

«Sì. Penso proprio che abbia inserito questo indizio in inglese per non farsi capire dal Vaticano.»

«Ma non è un indizio!» ribatté Vittoria. «Che cosa significa: "La via della luce è segnata, la prova sacra"? »

"Ha ragione" pensò Langdon. Quella frase non era un indizio. Ma, mentre se la ripeteva mentalmente, qualcosa lo colpì. "Possibile?"

«Dobbiamo uscire: qui manca l'aria» disse Vittoria con un filo di voce.

Langdon non l'ascoltava. *"The path of light is laid, the sacred test."* «È un pentametro giambico, maledizione» disse all'improvviso, contando le sillabe. «Cinque piedi di due sillabe ciascuno, una breve e una lunga.»

Vittoria lo guardò stranita. «Giambico che?»

Per un istante Langdon tornò con la memoria alla Phillips Exeter Academy e si rivide seduto ad assistere alla lezione di inglese del sabato mattina. Un inferno. Il campione di baseball della scuola, Peter Greer, non si ricordava mai quante sillabe ci fossero nel pentametro giambico shakespeariano. Il professore, che si chiamava Bissell e aveva un caratteraccio, gli urlava invariabilmente: «Pen-ta-me-tro, Greer! Pensa alla casa ba-

226

se! Un penta-gono! Cinque lati! Penta! Penta! Penta! Maledizione!».

"Cinque piedi" pensò Langdon. Ogni piede, per definizione, ha due sillabe. Non riusciva a credere di non aver mai fatto il collegamento in tutta la sua carriera. Il pentametro giambico era un metro simmetrico basato sui numeri sacri degli Illuminati, il cinque e il due! "Stai esagerando!" si disse. Cercò di rimanere obiettivo, di convincersi che era solo una coincidenza priva di significato. Ma il tarlo continuava a roderlo. "Il cinque sta per Pitagora e il pentacolo, il due per il dualismo di tutte le cose."

Poi gli venne in mente un'altra cosa, e a quel punto cominciarono a tremargli le gambe. Il pentametro giambico, per la sua semplicità, era spesso chiamato "verso puro" o "metro puro". "La lingua pura?" Che fosse quella la lingua pura a cui facevano riferimento gli Illuminati? "La via della luce è segnata, la prova sacra..."

«Oh, oh» disse Vittoria.

Langdon si voltò e la vide girare la pagina a testa in giù. Langdon ebbe un tuffo al cuore. "No, di nuovo!" «Non è possibile che quella frase sia un ambigramma!»

«No, non è un ambigramma, ma è...» La donna continuò a girare il documento di novanta gradi alla volta.

«Cosa?»

Vittoria alzò lo sguardo. «Non è l'unica frase.»

«Ce n'è un'altra?»

«Altre tre: una per lato. Una in alto, una in basso, una a sinistra e una a destra. Credo che sia una poesia.»

«Quattro versi?» A Langdon venne la pelle d'oca per l'emozione. "Galileo era un poeta?" «Fammi vedere!»

Vittoria non gli diede il foglio, ma continuò a ruotarlo di un quarto di giro alla volta. «Prima mi erano sfuggite perché sono scritte proprio sul bordo del foglio.» Guardò meglio l'ultima frase. «Mmm. Mi sa che non è stato Galileo a scriverle.»

«Perché lo dici?»

«È una poesia di John Milton.»

«John Milton?» Il famoso poeta inglese autore del *Paradiso perduto* era contemporaneo di Galileo e si diceva avesse aderito alla setta degli Illuminati. Langdon ne era abbastanza convinto, non solo perché nel 1638 Milton aveva compiuto un ampiamente documentato pellegrinaggio a Roma per "comunicare con uomini illuminati", ma anche perché aveva incontrato più volte Galileo dopo la condanna; tali incontri erano raffigurati in molti dipinti, compreso il famoso *Galileo e Milton* di Annibale Gatti, ancora in mostra presso l'Istituto e Museo di Storia della Scienza di Firenze.

«Milton conosceva Galileo, no?» disse Vittoria, decidendosi finalmente a passare il foglio a Langdon. «Magari ha scritto questa poesia per lui.»

Langdon serrò i denti e afferrò il documento, lo posò sul tavolo e lesse il verso sul bordo superiore. Poi, ruotando il foglio di novanta gradi, lesse quello sul margine destro. Girò nuovamente il foglio e lesse quello in basso. Un'altra rotazione e fu la volta di quello di sinistra. Un'ultima rotazione e completò il giro: quattro versi in tutto. Quello che Vittoria aveva letto per primo era in realtà il terzo della quartina. Esterrefatto, Langdon rilesse i quattro versi, in senso orario: in alto, a destra, in basso e a sinistra. Poi sospirò. Oramai non aveva più dubbi. «Complimenti, dottoressa.»

Vittoria fece un sorriso tirato. «Bene, ora possiamo andarcene di qui?»

«Devo copiare questi versi. Ho bisogno di una matita e un pezzo di carta.»

Vittoria scosse il capo. «Scordatelo, professore. Non abbiamo tempo di giocare agli amanuensi. Il tempo passa.» Gli prese il foglio dalle mani e si diresse verso la porta.

Langdon si scandalizzò. «Non puoi portarlo fuori di qui! È un...»

Ma Vittoria era già scomparsa.

55

Langdon uscì di corsa con Vittoria nel cortile dell'Archivio Segreto Vaticano. L'aria fresca che gli entrò nei polmoni ebbe un effetto immediato e ben presto i punti viola che gli offuscavano il campo visivo svanirono. Il senso di colpa, però, non se ne andò altrettanto facilmente. Aveva appena partecipato al furto di un cimelio di valore inestimabile dall'archivio più segreto del mondo. Il camerlengo aveva detto: "Mi affido a lei, professore".

«Facciamo presto» disse Vittoria con il foglio in mano attraversando il cortile del Belvedere e dirigendosi a passo svelto verso la caserma della Guardia Svizzera.

«Sta' attenta! Se il *Diagramma* si bagna... Basta una goccia d'acqua e...»

«Calmati. Appena avremo decifrato quei versi, lo restituiremo.»

Langdon accelerò per starle dietro. Oltre a sentirsi un criminale era ancora sotto shock per le straordinarie implicazioni della scoperta che avevano fatto. "John Milton era un Illuminato! Scrisse la quartina per Galileo perché la inserisse nel suo *Diagramma*, a pagina cinque."

Quando furono nel cortile, Vittoria passò il documento a Langdon. «Pensi di essere in grado di decifrarlo, o ci siamo appena bruciati un sacco di neuroni per niente?»

Langdon prese il documento con estrema cautela e se lo infilò in una delle tasche della giacca di tweed per tenerlo lontano dalla luce del sole e dai pericoli dell'umidità. «L'ho già decifrato.»

Vittoria si fermò di scatto. «Che cosa?»

Langdon continuò a camminare.

Vittoria si affrettò a raggiungerlo. «L'hai letto una sola volta! Non mi sembrava l'indizio più chiaro del mondo!»

Vittoria aveva ragione, ma Langdon aveva capito tutto subito. Appena letta la quartina di pentametri giambici, il primo Altare della Scienza gli era apparso in tutta la sua chiarezza. A dire il vero, la facilità con cui aveva interpretato il "segno" preoccupava un po' anche lui. Era stato educato all'etica protestante del lavoro e gli sembrava ancora di sentire suo padre che predicava: "Se una cosa non ti è costata nessuna fatica, vuol dire che l'hai fatta male". Era un vecchio aforisma del New England e Langdon sperava che non valesse, almeno per quella volta. «Be', credo di aver capito dove avrà luogo il primo omicidio. Dobbiamo avvertire Olivetti» le rispose, allungando il passo.

Vittoria lo raggiunse. «Ma come hai fatto? Fammelo vedere di nuovo.» Gli infilò una mano nella tasca e gli prese il documento.

«Attenta!» esclamò Langdon. «Non puoi...»

Vittoria lo ignorò. Continuò a camminargli a fianco con il foglio in mano, tenendolo in alto per esaminarne meglio i margini. Non appena cominciò a leggere a voce alta, Langdon fece per toglierle il foglio dalle mani, ma rimase stregato dalla voce da contralto di Vittoria che scandiva le sillabe perfettamente a tempo con la sua andatura.

Per un momento, nel sentir declamare a voce alta i versi, Langdon si sentì trasportato nel tempo. Gli parve di essere un contemporaneo di Galileo che ascoltava la poesia per la prima volta sapendo che era una prova iniziatica, la mappa del Cammino dell'Illuminazione, il primo indizio per scoprire i quattro Altari della Scienza. La quartina era molto musicale, declamata da Vittoria.

> *From Santi's earthly tomb with demon's hole,*
> *'Cross Rome the mystic elements unfold.*
> *The path of light is laid, the sacred test,*
> *Let angels guide you on your lofty quest.*

Vittoria lesse e tradusse ad alta voce.

Dalla tomba terrena di Santi con il buco del demonio,
Attraverso Roma si snodano gli elementi mistici,
La via della luce è segnata, la prova sacra,
Lascia che gli angeli ti guidino nella tua nobile ricerca.

Si zittì, come per lasciare che le antiche parole echeggiassero per conto proprio.

"From Santi's earthly tomb" ripeté Langdon tra sé e sé. Il primo verso era chiarissimo. Il Cammino dell'Illuminazione cominciava dalla tomba di Santi. Da lì, attraverso Roma, si snodava il resto del percorso.

Dalla tomba terrena di Santi con il buco del demonio,
Attraverso Roma si snodano gli elementi mistici.

"Gli elementi mistici." Anche questo era chiaro. "Terra, Aria, Fuoco, Acqua." Gli elementi della scienza, i quattro indizi degli Illuminati nascosti in opere d'arte apparentemente sacra.

«Il primo indizio sembrerebbe essere la tomba di Santi» disse Vittoria.

Langdon sorrise. «Te l'ho detto che non era così difficile.»

«Sì, ma chi è Santi?» domandò lei. «E dov'è la sua tomba?»

Langdon rise tra sé e sé. Era sorprendente quante poche persone sapessero che Santi era il cognome di un grande artista del Rinascimento, più noto con il suo nome di battesimo... Ragazzo prodigio, a venticinque anni lavorava già per papa Giulio II e alla sua morte, avvenuta a soli trentasette anni, lasciò alcuni fra i maggiori capolavori di tutti i tempi. Insomma, un mostro sacro nel mondo dell'arte. Del resto, essere conosciuti con il nome di battesimo era un privilegio di pochi, a parte Napoleone, Galileo, Gesù... oltre, naturalmente, ad alcuni idoli moderni che Langdon sentiva strepitare spesso nei dormitori di Harvard, come Sting, Madonna, Jewel e Prince, che aveva adottato il simbolo ⚥ e che Langdon aveva perciò soprannominato "la croce a tau attraversata dal simbolo ermafrodita Ankh".

«Santi è il cognome di un grande maestro del Rinascimento» spiegò Langdon. «Che di nome faceva Raffaello.»

Vittoria sembrò sorpresa. «Raffaello? Ma non si chiamava Sanzio?»

«Sanzio, o Santi.» Langdon continuò a camminare verso la caserma della Guardia Svizzera.

«Allora, il Cammino dell'Illuminazione parte dalla tomba di Raffaello?»

«È logico, se ci pensi» disse Langdon, mentre proseguivano a passo spedito. «Gli Illuminati si consideravano spiriti affini di molti grandi pittori e scultori. Potrebbero quindi aver scelto la tomba di Raffaello per rendergli omaggio.» Langdon sapeva che Raffaello era stato sospettato di ateismo, come peraltro molti altri autori di opere di arte sacra.

Vittoria rimise il foglio del *Diagramma* nella tasca di Langdon, facendo molta attenzione. «E dov'è sepolto Raffaello?»

Langdon trasse un respiro profondo. «Non ci crederai, ma è sepolto nel Pantheon.»

Vittoria sembrava scettica. «Nel Pantheon?»

«Sì.» Effettivamente neanche lui si aspettava che il Cammino dell'Illuminazione iniziasse dal Pantheon. Si era immaginato che il primo Altare della Scienza fosse in un luogo più tranquillo, una chiesa più fuori mano, meno in vista. Invece il Pantheon, con la sua enorme cupola aperta, era uno dei monumenti più noti di Roma già nel Seicento.

«Ma il Pantheon è una chiesa?» chiese Vittoria.

«Sì, la più antica di Roma. In origine era un tempio pagano, riconsacrato però nel 608 al culto della Madonna.»

Vittoria scosse il capo. «Credi davvero che il primo cardinale verrà ucciso lì? Il Pantheon dev'essere una delle mete turistiche più visitate di tutta Roma.»

Langdon si strinse nelle spalle. «Gli Illuminati hanno detto che vogliono attirare l'attenzione. Uccidere un cardinale nel Pantheon farebbe di certo parlare tutto il mondo.»

«Ma come fa questo tizio a pensare di uccidere qualcuno al Pantheon e di potersela squagliare senza essere visto? È impossibile.»

«Sì, ma come lo è rapire quattro cardinali nella Città del Vaticano. La poesia parla chiaro.»

«Ma sei *sicuro* che Raffaello sia sepolto nel Pantheon?»

«Ho visto la sua tomba.»

Vittoria annuì, pur avendo ancora un'espressione preoccupata. «Che ora è?»

Langdon guardò l'orologio. «Le sette e mezzo.»

«È lontano il Pantheon?»

«Un chilometro e mezzo circa. Abbiamo un po' di tempo.»

«La poesia parla della tomba *terrena* di Santi. Che cosa vuol dire, secondo te?»

Accelerando il passo, Langdon attraversò il cortile della Sentinella. «Terrena? Direi che a Roma non c'è posto più "terreno" del Pantheon, che prende il nome dall'antica religione che vi si praticava, il panteismo, il culto di tutti gli dèi e in particolar modo di quelli pagani della Madre Terra.»

Langdon era rimasto sconcertato nell'apprendere che la struttura del possente edificio circolare era un tributo a Gea, la dea della Terra: il Pantheon era infatti costruito in maniera tale da poter contenere una gigantesca sfera con un'approssimazione inferiore al millimetro.

«Ho capito» disse Vittoria, in tono più convinto. «E il buco del demonio? "Dalla tomba terrena di Santi con il buco del demonio"? Che cos'è secondo te?»

Langdon non era molto sicuro di quella parte. «Dev'essere un riferimento all'*oculus*» disse, facendo un ragionamento logico. «La famosa apertura circolare nella cupola del Pantheon.»

«Ma è una chiesa» disse Vittoria, camminando senza sforzo al suo fianco. «Che cosa c'entra il demonio?»

Anche Langdon se lo era chiesto. Non aveva mai sentito parlare di "buco del demonio", ma ricordava le parole del Venerabile Beda che, nel VI secolo, aveva scritto che il buco nella cupola del Pantheon era stato fatto dai demoni mentre fuggivano dal tempio quando Bonifacio IV l'aveva consacrato.

«E perché Milton parla di Santi, invece di Sanzio o Raffaello?» chiese Vittoria mentre entravano in un cortile più piccolo.

«Fai un sacco di domande.»

«Lo diceva anche mio padre.»

«Be', ci sono diverse ragioni plausibili: la prima è che Raffaello è una parola troppo lunga e non rientrava nel pentametro giambico della poesia.»

«Mi sembra che tu ti stia arrampicando sugli specchi.»

«Okay. Forse voleva rendere l'indizio più oscuro, in modo che solo le persone veramente illuminate potessero capire l'allusione a Raffaello.»

Vittoria non pareva convinta neppure di quella spiegazione. «Sono sicura che il cognome di Raffaello era noto a tutti, quando lui era vivo.»

«Invece no. Essere conosciuti per nome era uno status symbol. Raffaello evitava di usare il cognome, come le pop star di oggi. Prendi Madonna, per esempio: non usa mai il proprio cognome, Ciccone.»

Vittoria lo guardò divertita. «Sai il cognome di Madonna?»

Langdon si pentì di aver fatto quell'esempio. Era incredibile la quantità di sciocchezze che si imparano vivendo a stretto contatto con i ragazzi.

Mentre oltrepassavano l'ultimo cancello prima di arrivare alla caserma della Guardia Svizzera, furono improvvisamente fermati.

«Altolà!» gridò una voce alle loro spalle.

Langdon e Vittoria si voltarono e si videro puntare contro un fucile.

«Attento!» esclamò Vittoria, facendo un balzo all'indietro. «Non vorrà mica...»

«Fermi dove siete!» urlò la guardia, togliendo la sicura.

«È tutto a posto!» gridò una voce dall'altra parte del cortile: era Olivetti, che stava uscendo dalla caserma. «Lasciali passare!»

La guardia fece una faccia stupita. «Ma, comandante, è una donna!»

«Dentro!» ordinò Olivetti alla guardia.

«Comandante, non posso...»

«Gli ordini sono cambiati. Fra due minuti, il capitano Rocher terrà un briefing. Stiamo per intraprendere una nuova ricerca.»

Confusa, la guardia entrò velocemente nella caserma. Olivetti, impettito, si avvicinò a grandi passi a Langdon e Vittoria. «Cos'è questa storia dell'Archivio Segreto? Esigo una spiegazione.»

«Abbiamo buone notizie» disse Langdon.

Olivetti strizzò gli occhi, furente. «Spero per lei che lo siano davvero.»

56

Le quattro Alfa Romeo 155 T-Spark senza contrassegni sfrecciarono per via di Coronari rombando come caccia in fase di decollo. A bordo c'erano dodici guardie svizzere in borghese, armate di semiautomatiche Cerchi Pardini, bombolette caricate con gas nervino e pistole elettriche a lungo raggio. I tre tiratori scelti avevano fucili con sistema di puntamento a infrarossi.

Seduto accanto al guidatore della prima auto, Olivetti si voltò furibondo verso Langdon e Vittoria, che viaggiavano sul sedile posteriore, e li guardò male. «Mi ha promesso una spiegazione valida, professore. E tutto quel che ha da dirmi è questo?»

Langdon si sentiva oppresso, chiuso in macchina insieme ad altre tre persone. «Capisco le sue...»

«No, lei non capisce!» lo interruppe Olivetti truce, ma senza alzare la voce. «Ho appena sottratto al Vaticano nell'imminenza del conclave una dozzina dei miei uomini migliori, per intraprendere una caccia al tesoro su consiglio di un americano mai visto e conosciuto che sostiene di aver capito che l'assassino colpirà al Pantheon grazie a una poesia di quattrocento anni fa. Si rende conto? E per far questo ho dovuto affidare la ricerca dell'antimateria a ufficiali subalterni!»

Langdon resistette al desiderio di tirar fuori dalla tasca il foglio del *Diagramma* e sbatterglielo in faccia. «Senta, io so solo che le informazioni che abbiamo trovato fanno riferimento alla tomba di Raffaello, e la tomba di Raffaello si trova al Pantheon.»

La guardia al volante annuì. «Il professore ha ragione, comandante. Io e mia moglie...»

«Tu pensa a guidare» ordinò Olivetti, poi si girò nuovamente verso Langdon. «Come può un killer uccidere in un posto così affollato e riuscire a fuggire senza essere visto, secondo lei?»

«Non ne ho la più pallida idea» rispose Langdon. «Ma, evidentemente, gli Illuminati sono uomini dalle mille risorse. Si sono infiltrati nel CERN e nella Città del Vaticano. È già tanto aver capito dove avverrà il primo omicidio. Fermare l'assassino al Pantheon è la vostra unica possibilità.»

«Lei continua a contraddirsi» gli fece notare Olivetti. «Perché dovrebbe essere l'unica possibilità se questo "cammino" di cui parla è fatto di quattro tappe, con una serie di indizi che rimandano alla successiva? Se il Pantheon è la prima, potremo arrivare anche alle altre. Insomma, abbiamo *quattro* possibilità di catturarlo.»

«Non è detto» replicò Langdon. «Un secolo fa sarebbe stato così, ma...»

Quando Langdon si era reso conto che il primo Altare della Scienza era il Pantheon, aveva provato una sensazione di trionfo e al tempo stesso di delusione. Spesso la storia giocava brutti scherzi agli studiosi: era poco probabile che il Cammino dell'Illuminazione fosse rimasto intatto dopo tanto tempo e che tutte le statue fossero ancora al loro posto. Langdon si era illuso per un attimo di poter seguire l'intero percorso fino alla fine e arrivare nel covo degli Illuminati, ma quando aveva capito che il Cammino iniziava dal Pantheon si era reso conto che ciò non era possibile. «Alla fine del Seicento, il Vaticano fece rimuovere e distruggere tutte le statue che si trovavano nel Pantheon.»

«Perché?» chiese Vittoria, scioccata.

«Perché raffiguravano divinità dell'Olimpo pagano. Temo che questo voglia dire che l'indizio per raggiungere il secondo Altare della Scienza non c'è più, e quindi...»

«E quindi non c'è speranza di ritrovare il Cammino dell'Illuminazione?» continuò Vittoria.

Langdon annuì. «Abbiamo un'unica possibilità. Il Pantheon. Dopodiché il percorso scompare nel nulla.»

Olivetti li fissò entrambi per qualche istante, quindi si voltò e guardò avanti. «Fermati» ordinò all'autista.

L'uomo inchiodò e le altre tre Alfa Romeo si arrestarono dietro di loro con grande stridore di freni.

«Che cosa fa?» domandò Vittoria.

«Il mio lavoro» rispose Olivetti in tono freddo, tornando a girarsi. «Professore, quando ha detto che mi avrebbe spiegato la situazione strada facendo pensavo di arrivare al Pantheon con un'idea chiara del perché ci stavamo mobilitando. Dal momento che non è così, che per venire qui sto trascurando doveri importantissimi e che la vostra teoria a base di vittime immolate sull'altare della scienza e antiche poesie mi pare un tantino campata per aria, in tutta coscienza penso sia meglio finirla qui. La missione è annullata con effetto immediato.» Tirò fuori la ricetrasmittente e l'accese.

Vittoria si sporse in avanti e gli mise una mano sul braccio. «No! Non lo faccia!»

Olivetti abbassò il walkie-talkie e la fissò con occhi di fuoco. «È mai stata nel Pantheon, signorina Vetra?»

«No, ma...»

«Allora lasci che le spieghi una cosa: il Pantheon è costituito da un'unica sala circolare, di pietra e cemento, senza finestre e con una sola entrata piuttosto stretta e sorvegliata ventiquattr'ore su ventiquattro da poliziotti armati, incaricati di proteggere quel luogo sacro da vandali, terroristi, imbroglioni e borseggiatori.»

«E quindi?» disse Vittoria, in tono pacato.

«E quindi?» ripeté Olivetti trattenendo a stento la collera. «E quindi le vostre previsioni sono assurde! È assolutamente impossibile che qualcuno riesca a uccidere un cardinale dentro il Pantheon. Mi descriva uno scenario plausibile: me ne basta uno solo. Innanzi tutto, come si può far passare un ostaggio davanti ai poliziotti di guardia all'ingresso? Per non parlare poi di ucciderlo e fuggire.» Olivetti si sporse all'indietro e investì Langdon con il fiato che puzzava di caffè. «Lei come farebbe, professore? Mi descriva uno scenario plausibile.»

Langdon, in preda alla claustrofobia, evitò di rispondergli. "Non ne ho idea! Non sono un assassino! Non so come farà, so solo che..."

«Uno scenario plausibile?» intervenne Vittoria tranquilla. «Glielo dico io. L'assassino sorvola il Pantheon in elicottero e butta giù uno dei cardinali dopo averlo marchiato a fuoco. Il cardinale precipita attraverso il buco nel tetto e muore sfracellato sul pavimento.»

Seguì un istante di sbigottito silenzio. Langdon non sapeva che cosa pensare. "Hai una fantasia malata, ragazza mia, ma i riflessi pronti."

Olivetti inarcò le sopracciglia. «È possibile, devo ammetterlo... ma improbabile.»

Vittoria continuò: «Oppure l'assassino droga il cardinale, lo porta al Pantheon su una sedia a rotelle come se fosse un anziano turista, lo accompagna dentro, gli taglia la gola senza far rumore e se ne esce indisturbato».

Olivetti sembrava colpito.

"Non male!" pensò Langdon.

«Oppure l'assassino potrebbe...» continuò Vittoria.

«Ho capito» tagliò corto Olivetti. «Mi sembra sufficiente.» Prese fiato e sbuffò. Qualcuno bussò al finestrino, facendoli sobbalzare. Era uno degli uomini delle altre auto. Olivetti abbassò il vetro.

«Tutto bene, comandante?» chiese la guardia in borghese. Si tirò su la manica della camicia di jeans quel tanto che bastava per far spuntare un cronografo militare nero e aggiunse: «Sono le diciannove e quaranta. Ci vorrà un po' di tempo per prendere posizione».

Olivetti annuì vagamente e restò in silenzio per alcuni secondi. Passò un dito avanti e indietro sul cruscotto, tracciando una linea nella polvere, poi dallo specchietto retrovisore fissò Langdon, che si sentì esaminato e giudicato. Alla fine, si rivolse alla guardia che aveva bussato al finestrino e, con una certa riluttanza, disse: «Ci avvicineremo separatamente. Una macchina in piazza della Rotonda, una in via degli Orfani, una in piazza Sant'Ignazio e una in piazza Sant'Eustachio. Fermatevi a un centinaio di metri dal Pantheon. Una volta che avrete parcheggiato, preparatevi e aspettate i miei ordini. Avete tre minuti».

«Sissignore.» La guardia tornò nella sua auto.

Langdon rivolse a Vittoria uno sguardo ammirato. Lei gli

sorrise e per un istante Langdon avvertì fra loro un legame inaspettato, una sorta di magnetismo.

Il comandante si voltò e guardò Langdon negli occhi. «Professore, spero per lei che questa storia non ci scoppi tra le mani.»

Langdon si sforzò di sorridere. "E perché dovrebbe?"

57

Il direttore del CERN, Maximilian Kohler, aprì gli occhi. Gli avevano somministrato una dose di antistaminici e broncodilatatori per aiutarlo a respirare di nuovo normalmente. Era sdraiato in una stanza dell'infermeria del CERN, con la sedia a rotelle di fianco al letto.

Si guardò intorno. Indossava un camice di carta e i suoi vestiti erano piegati sulla sedia accanto al letto. Fuori della stanza sentì che un'infermiera faceva il consueto giro di controllo. Restò in ascolto per un minuto poi, il più silenziosamente possibile, si sedette sul bordo del letto e recuperò i propri abiti. Lottando con le gambe inerti, si vestì e si lasciò cadere sulla sedia a rotelle.

Trattenne un colpo di tosse e si avviò verso la porta senza accendere il motore della carrozzina, per non fare rumore. Arrivato sulla porta, si affacciò a guardare. Nel corridoio non c'era nessuno.

Maximilian Kohler uscì di soppiatto dall'infermeria.

58

«Sono le diciannove, quarantasei minuti e trenta secondi...
Siete tutti ai vostri posti?» Persino quando parlava alla ricetrasmittente, Olivetti non alzava mai la voce.

Seduto sul sedile posteriore dell'Alfa Romeo ferma poco
lontano dal Pantheon, Langdon sudava nella sua giacca di
tweed. Vittoria, seduta accanto a lui, guardava Olivetti che
trasmetteva gli ultimi ordini ai suoi uomini.

«Entreremo in azione alle otto in punto. Per ora schieratevi
lungo tutto il perimetro» stava dicendo il comandante. «Con
maggiore concentrazione in prossimità dell'ingresso. Cercate
di passare inosservati, perché il rapitore potrebbe riconoscer-
vi. Qualcuno tenga d'occhio la cupola. Ricordate: il rapitore è
il nostro obiettivo primario. Lo voglio vivo.»

"Mio Dio!" pensò Langdon, impressionato dal fatto che,
nella sua efficienza, Olivetti non sembrava affatto preoccupato della sorte del cardinale.

«Ripeto: il bersaglio deve essere preso vivo. Passo e chiu-
do.» Olivetti interruppe la comunicazione.

Vittoria era allibita, quasi arrabbiata. «Comandante, non
manda nessuno dentro?»

Olivetti si voltò. «Dentro dove?»

«Dentro al Pantheon! Dove, se no?»

Olivetti la fulminò con lo sguardo. «Non voglio che il rapitore si accorga di nulla. Il suo amico qui presente ha appena finito di dire che è la mia unica possibilità di catturare questo
criminale. Non ho intenzione di metterlo in allarme riempien-
do la chiesa di guardie.»

«E se fosse già dentro?»

Olivetti controllò l'orologio. «È stato molto chiaro: ha detto che avrebbe colpito alle otto in punto. Abbiamo ancora una quindicina di minuti.»

«Ha detto che avrebbe *ucciso* alle otto, ma potrebbe aver già portato dentro il cardinale. Lei ha ordinato ai suoi uomini di controllare chi entra, non chi esce... Secondo me occorre qualcuno dentro il Pantheon.»

«È un rischio troppo grosso.»

«No, purché stia bene attento a non farsi notare.»

«Ho un numero limitato di uomini e non...»

«Potrei andarci io» disse Vittoria.

Langdon la guardò esterrefatto.

Olivetti scosse la testa. «Non se ne parla neppure.»

«Ha ucciso mio padre.»

«Esatto, quindi potrebbe riconoscerla.»

«Ha sentito che cosa ha detto al telefono: non sapeva neppure che mio padre avesse una figlia. Di sicuro non sa che faccia ho. Potrei entrare fingendo di essere una turista. Se vedo qualcosa di sospetto, esco e faccio segno ai suoi uomini di entrare.»

«Mi dispiace, non posso permetterlo.»

«Comandante?» gracchiò la ricetrasmittente. «Abbiamo un problema sul fronte nord. La fontana ci impedisce di vedere l'entrata. Ci spostiamo allo scoperto? Che cosa dobbiamo fare?»

Vittoria perse la pazienza. «Adesso basta. Io vado.» Aprì la portiera e scese dall'auto.

Olivetti lasciò andare la ricetrasmittente, si precipitò fuori e fece il giro della macchina per fermarla.

Anche Langdon scese. "Cosa diavolo si è messa in testa?"

Olivetti sbarrava il passo a Vittoria. «Signorina Vetra, le sue intenzioni sono lodevoli, ma non posso tollerare interferenze da parte di un civile.»

«Interferenze? Voi brancolate nel buio e io voglio soltanto aiutarvi!»

«Sono d'accordo che un punto di riferimento all'interno sarebbe utile, ma...»

«Ma cosa?» chiese Vittoria. «Non le va bene che io sia una *donna*?»

Olivetti non disse nulla.

«Spero che non fosse questa la sua obiezione, comandante, perché sa benissimo che la mia è una buona idea. Non vorrà rinunciare per stupido maschilismo...»

«Ci lasci fare il nostro lavoro.»

«Mi lasci dare una mano.»

«È troppo pericoloso. Non avremmo modo di comunicare con lei. E non posso darle una ricetrasmittente, se vuole passare per una turista.»

Vittoria si infilò una mano in tasca e tirò fuori il cellulare. «Una turista può avere il telefonino, però.»

Olivetti inarcò le sopracciglia.

Vittoria aprì il telefono e mimò una chiamata. «Ciao, tesoro, sono nel Pantheon. Vedessi che meraviglia!» Lo richiuse e guardò Olivetti in tralice. «Chi vuole che ci faccia caso? Non correrò alcun rischio. Mi lasci andare a vedere!» Indicò il cellulare che Olivetti portava alla cintura. «Qual è il suo numero?»

Olivetti non rispose.

L'autista, che aveva assistito a tutta la scena ed evidentemente non era d'accordo con il comandante, scese dalla macchina e lo prese da una parte. Parlottarono sottovoce per alcuni secondi, poi Olivetti annuì e tornò da Vittoria. «Si segni questo numero.» Cominciò a dettare le cifre.

Vittoria lo memorizzò sul suo cellulare.

«Provi a chiamarmi.»

Vittoria premette un pulsante e il telefono di Olivetti cominciò a suonare. Il comandante lo prese e disse: «Signorina Vetra, entri nel Pantheon, si guardi intorno, esca, mi chiami e mi dica quello che ha visto».

Vittoria chiuse il telefono. «Grazie, comandante.»

Langdon ebbe un improvviso impulso di protezione. «Un momento» disse a Olivetti. «Non vorrà mandarla là dentro da sola?»

Vittoria lo guardò torvo. «Me la caverò benissimo, Robert.»

L'autista confabulò nuovamente con Olivetti.

«È pericoloso» sussurrò Langdon a Vittoria.

«Il professore ha ragione» disse Olivetti. «Persino i miei uomini migliori non lavorano mai da soli. Il tenente mi ha appe-

243

na fatto notare che la messinscena sarebbe comunque più convincente, se andaste tutti e due.»

"Tutti e due?" Langdon esitò. "Veramente quello che intendevo io..."

«Insieme sembrerete una coppia in vacanza» continuò Olivetti. «E vi darete una mano. Sarei più tranquillo.»

Vittoria si strinse nelle spalle. «Okay, ma sarà meglio sbrigarsi.»

Langdon sospirò. "Ecco, così mi sono messo nei guai da solo."

Olivetti indicò il fondo della via. «La prima traversa che incontrerete sarà via degli Orfani. Girate a sinistra e vi troverete direttamente davanti al Pantheon. Ci metterete due minuti al massimo. Io rimarrò qui a dirigere i miei uomini. Aspetto la vostra chiamata.» Tirò fuori la pistola. «Meglio che non andiate disarmati. Sapete sparare?»

Langdon si sentì gelare. "Non vogliamo sparare!"

Vittoria allungò la mano. «Riesco a centrare una focena in movimento da quaranta metri, in piedi, sulla prua di una nave che beccheggia.»

«Bene.» Olivetti le diede la pistola. «Deve nasconderla.»

Vittoria si guardò i pantaloncini corti, poi guardò Langdon.

"Scordatelo" pensò Langdon, ma Vittoria, senza lasciargli il tempo di protestare, gli aprì la giacca e gli infilò la pistola in una delle tasche interne. A Langdon sembrò pesantissima. La sua unica consolazione era che il *Diagramma* si trovava in un'altra tasca.

«Sembriamo due innocui turisti» disse Vittoria. «Andiamo.» Prese Langdon sottobraccio e si incamminò.

L'autista commentò: «A braccetto va benissimo. Ricordatevi, siete turisti. Anzi, sposini. Se vi teneste per mano sarebbe perfetto».

Mentre svoltavano l'angolo, Langdon ebbe la netta impressione di vedere l'ombra di un sorriso sul viso di Vittoria.

La centrale operativa della Guardia Svizzera è situata vicino agli alloggi del corpo di vigilanza e di solito viene utilizzata per coordinare le misure di sicurezza in occasione delle apparizioni del papa e degli eventi pubblici del Vaticano. Quel giorno, tuttavia, era utilizzata per un altro scopo.

L'uomo che si rivolgeva alla task force riunita nella sala era il comandante in seconda della Guardia Svizzera, il capitano Elias Rocher. Era robusto, con la faccia paffuta, e indossava la tradizionale uniforme blu da capitano, a cui aveva dato un tocco personale: un basco rosso sulle ventitré. Aveva una voce sorprendentemente limpida e musicale per un uomo della sua stazza e scandiva le parole con grande chiarezza. Aveva gli occhi velati, da miope. I suoi uomini lo chiamavano "l'Orso" e a volte, scherzando, dicevano che era "un orso che segue la vipera come un'ombra". La vipera era Olivetti. Rocher era altrettanto pericoloso, ma se non altro lo si sentiva arrivare.

Gli uomini lo ascoltavano sull'attenti, senza muovere un muscolo, sebbene le informazioni che aveva appena dato loro li avessero allarmati non poco.

Il tenente Chartrand, fresco di nomina, era in piedi in fondo alla sala e pensava che avrebbe tanto voluto essere tra il novantanove per cento dei candidati che erano stati respinti dalla Guardia Svizzera. Aveva vent'anni ed era il più giovane di tutto il corpo militare. Si trovava in Vaticano da soli tre mesi. Come tutti i suoi commilitoni, aveva fatto la scuola reclute in Svizzera e poi altri due anni di *Ausbildung* a Berna prima di essere ammesso alla durissima selezione del Vaticano, che si svolgeva in una caserma segreta situata fuori Roma. Nonostante il severo addestramento, tuttavia, non era preparato ad affrontare un'emergenza del genere.

Lì per lì aveva pensato che quel briefing fosse una sorta di bizzarra esercitazione. "Armi futuristiche? Antiche sette segrete? Cardinali rapiti?" Poi Rocher aveva mostrato le riprese della telecamera a circuito chiuso dell'arma in questione e Chartrand aveva capito che non era affatto un'esercitazione.

«Interromperemo l'erogazione di energia elettrica in aree specifiche per eliminare interferenze magnetiche esterne» stava dicendo Rocher. «Ci muoveremo a squadre di quattro, con visori a infrarossi, ed effettueremo una ricognizione standard con rilevatori di microspie regolati sotto i tre ohm. Domande?»

Nessuno parlò.

Dopo un po' Chartrand, frastornato, chiese: «Che cosa succederà se non troviamo quel cilindro in tempo?».

Se ne pentì immediatamente, perché l'Orso gli lanciò un'occhiataccia e congedò il gruppo augurando in tono tetro: «Buona fortuna, ragazzi».

60

Langdon e Vittoria passarono accanto a una fila di taxi a due isolati dal Pantheon. Gli autisti sembravano mezzo addormentati dietro il volante. Evidentemente nella Città Eterna la gente non si faceva remore a sonnecchiare in pubblico.

Langdon si sforzò di concentrarsi, ma la situazione era troppo eccezionale per poterla affrontare in maniera razionale. Soltanto sei ore prima dormiva tranquillamente nel suo letto, in America, e adesso era in Europa, invischiato in una battaglia surreale fra antichi titani, con una pistola nella tasca della giacca, mano nella mano con una donna che conosceva appena.

Lanciò un'occhiata a Vittoria, che camminava guardando fisso davanti a sé e gli teneva la mano con la forza di una donna indipendente e determinata, che non conosce l'insicurezza. Sentì di essere sempre più attratto da lei, ma si disse: "Sii realistico".

Vittoria sembrò percepire il suo disagio. «Rilassati» gli sussurrò, senza voltarsi. «Dobbiamo sembrare degli sposini.»

«Sono rilassato.»

«Mi stai stritolando la mano.»

Langdon arrossì e allentò la stretta.

«Respira con gli occhi» gli consigliò.

«Come hai detto?»

«Serve a rilassare i muscoli. Si chiama *pranayama*.»

«Piranha?»

«No, non piranha: *pranayama*. Va be', lascia perdere.»

Girato l'angolo, si trovarono in piazza della Rotonda, con il

Pantheon di fronte. Come sempre, Langdon provò una sorta di timore reverenziale. "Il Pantheon, il tempio di tutti gli dèi. Dèi pagani. Dèi della Natura e della Terra." Dall'esterno, gli sembrò più tozzo di quanto ricordasse. Le colonne verticali e il timpano triangolare quasi nascondevano la cupola, ma la pomposa iscrizione a caratteri cubitali sopra all'ingresso gli confermò che si trovavano nel posto giusto. M AGRIPPA L F COS TERTIUM FECIT. Langdon la tradusse, leggermente divertito. «Marco Agrippa, figlio di Lucio, console per la terza volta, edificò.»

"Alla faccia dell'umiltà" pensò, guardandosi intorno. Alcuni turisti giravano per la piazza armati di videocamera, altri erano seduti a gustare il miglior caffè shakerato di Roma ai tavolini all'aperto della torrefazione La Tazza d'Oro. Davanti all'ingresso del Pantheon c'erano quattro poliziotti armati sull'attenti, come preannunciato da Olivetti.

«Sembra tutto tranquillo» disse Vittoria.

Langdon annuì, ma era preoccupato. Ora che era lì, cominciava a dubitare di se stesso. Vittoria sembrava convinta che le sue supposizioni fossero giuste, ma lui temeva di aver coinvolto tutti quanti in una folle avventura. Ripensò alla poesia: "Dalla tomba terrena di Santi con il buco del demonio". "Sì" disse tra sé. Era nel posto giusto. La tomba di Santi. Era stato molte volte sotto l'occhio del Pantheon, davanti al sepolcro del grande Raffaello.

«Che ora è?» chiese Vittoria.

Langdon guardò l'orologio. «Le diciannove e cinquanta. Mancano dieci minuti all'inizio dello spettacolo.»

«Speriamo che le guardie svizzere siano all'altezza della loro fama» disse Vittoria, mentre guardava i turisti che entravano nel Pantheon. «Se dovesse succedere qualcosa dentro la chiesa, ci troveremo in mezzo a un fuoco incrociato.»

Mentre si avviavano verso l'entrata, Langdon fece un gran sospiro, sentendosi pesare la pistola nella tasca. Che cosa sarebbe successo se i poliziotti l'avessero perquisito? Per fortuna non lo degnarono neppure di uno sguardo. Evidentemente la messinscena funzionava.

Sussurrò a Vittoria: «Hai mai sparato, a parte per anestetizzare i delfini?».

«Non ti fidi di me?»

«E perché dovrei? Ti conosco appena...»

Vittoria inarcò le sopracciglia. «E io che pensavo che fossimo sposini.»

61

Dentro il Pantheon faceva fresco e l'aria era umida, carica di storia. La maestosa calotta emisferica, con una luce di quarantatré metri circa, ancora maggiore di quella della cupola di San Pietro, sembrava senza peso. Come al solito, Langdon rabbrividì entrando in quel capolavoro di ingegneria. Dal famoso foro circolare al centro della cupola filtravano gli ultimi raggi di sole. "L'occhio" pensò Langdon. "Il buco del demonio."

Erano arrivati.

Langdon percorse con lo sguardo l'occhio centrale, l'arco del soffitto, le colonne e infine il lucido pavimento di marmo. Il rumore dei passi e i mormorii dei turisti riecheggiavano sotto la cupola. Osservò le persone che vagavano nella penombra della chiesa. Erano una quindicina: chissà se c'era anche l'assassino.

«Sembra tutto tranquillo» disse Vittoria, continuando a tenerlo per mano.

Langdon annuì.

«Dov'è la tomba di Raffaello?»

Langdon rifletté un istante, cercando di orientarsi. Esaminò le tombe, gli altari, le colonne e le nicchie lungo il perimetro della chiesa e indicò un sepolcro particolarmente solenne dalla parte opposta, sulla sinistra. «Credo che Raffaello sia laggiù.»

Vittoria si guardò intorno. «Non vedo nessuno con l'aria di un assassino che sta per uccidere un cardinale. Diamo un'occhiata in giro?»

Langdon annuì. «C'è solo un posto qui dentro dove potrebbe nascondersi. Controlliamo le edicole.»

«Le nicchie?»

«Sì.» Langdon indicò con la mano. «Le nicchie nel muro.»

Lungo il perimetro della chiesa, fra una tomba e l'altra, c'era una serie di nicchie semicircolari non molto grandi, ma sufficienti a nascondere qualcuno nell'ombra. Langdon pensò con rammarico che un tempo avevano contenuto le statue degli dèi dell'Olimpo, ormai perdute. Era frustrato al pensiero di aver trovato il primo Altare della Scienza e di non poter più proseguire lungo il Cammino dell'Illuminazione. Chissà qual era stato il segno successivo, chissà dov'era la seconda tappa... Non riusciva a immaginare nulla di più emozionante che ritrovare gli indizi lasciati dagli Illuminati, le statue che portavano al loro covo. Si chiese per l'ennesima volta chi poteva essere l'anonimo scultore che le aveva realizzate.

«Io controllo di qua» propose Vittoria, indicando la parte sinistra della chiesa. «Tu vai a destra. Ci rivediamo tra centottanta gradi.»

Langdon si sforzò di sorridere.

Non appena Vittoria si fu allontanata, venne assalito nuovamente dall'insicurezza. Nel voltarsi e dirigersi verso destra, gli parve di sentire la voce dell'assassino che sussurrava: "Dalle venti in poi... Agnelli immolati sull'altare della scienza... Vergini sacrificali... Una progressione aritmetica di morte... Uno alla volta, allo scoccare di ogni ora". Guardò l'orologio: mancavano otto minuti.

Passò davanti alla tomba di uno dei re d'Italia. Alcuni turisti stavano commentando stupiti la strana posizione del sarcofago che, come molti altri a Roma, era collocato obliquamente rispetto alla parete. Non si fermò a dare loro spiegazioni, benché sapesse che le tombe cristiane spesso erano disallineate rispetto agli edifici in cui si trovavano perché erano rivolte a est. Si trattava di un'antica superstizione di cui aveva parlato al suo corso di simbologia soltanto un mese prima.

«È assurdo!» aveva esclamato una studentessa in prima fila quando Langdon aveva spiegato il motivo per cui le tombe erano rivolte a est. «Perché i cristiani avrebbero dovuto rivolgere le tombe verso il sole nascente? Stiamo parlando del cristianesimo, non di un culto basato sull'adorazione del sole!»

Langdon aveva sorriso, camminando avanti e indietro e mangiando una mela. «Signor Hitzrot!» aveva gridato.

Un ragazzo che sonnecchiava in fondo all'aula aveva fatto un salto sulla sedia. «Cosa? Chi? Io?»

Langdon aveva indicato un manifesto appeso al muro, raffigurante un'opera d'arte rinascimentale. «Chi è quell'uomo inginocchiato davanti a Dio?»

«Mmm... un santo?»

«Molto bene. E come fa a sapere che è un santo?»

«Dall'aureola?»

«Bravissimo. E quell'aureola dorata le ricorda qualcosa?»

Hitzrot aveva sorriso. «Sì! Li abbiamo studiati lo scorso semestre. Sono egizi... Come si chiamavano... i dischi solari!»

«Grazie, Hitzrot. Torni pure a dormire.» Langdon si era poi rivolto alla classe. «Le aureole, come gran parte dei simboli cristiani, furono prese in prestito dall'antico culto egizio del sole. Il cristianesimo è pieno di esempi di adorazione del sole.»

«Io vado sempre in chiesa e non mi sembra che ci siano molti adoratori del sole!» aveva obiettato la ragazza del primo banco.

«Davvero? E cosa si celebra il 25 dicembre?»

«Il Natale. La nascita di Gesù.»

«Ma pare che Cristo sia nato nel mese di marzo, quindi cos'è che festeggiamo alla fine di dicembre?»

Silenzio.

Langdon aveva sorriso. «Il 25 dicembre, ragazzi miei, è l'antica festa pagana del *Sol invictus*, il sole invincibile, che coincide con il solstizio d'inverno. È quel bellissimo periodo dell'anno in cui le giornate ricominciano ad allungarsi.» Aveva dato un altro morso alla mela e aveva proseguito: «Spesso le nuove religioni adottano le festività già esistenti per rendere la conversione meno traumatica. È un fenomeno che si chiama "trasmutazione". Aiuta la gente ad abituarsi alla nuova fede: i fedeli mantengono le stesse festività, pregano negli stessi templi, usano gli stessi simboli. L'unica cosa che cambia è l'oggetto di culto, il dio che si adora».

La ragazza del primo banco era indignata. «Sta dicendo che il cristianesimo è una specie di... "culto del sole" riveduto e corretto?»

«Nient'affatto. Il cristianesimo non ha attinto solamente al culto del sole. Il rito della canonizzazione cristiana, per esempio, è tratto dall'antico rito evemeristico della divinizzazione. Anche l'eucarestia fu presa in prestito da riti pagani in cui i fedeli "mangiavano" dio. Con tutta probabilità anche il concetto di Cristo che muore per i peccati dell'uomo non è esclusivamente cristiano.»

La ragazza l'avevo guardato storto. «Insomma, c'è qualcosa di originale nel cristianesimo?»

«In tutti i culti istituzionalizzati c'è ben poco di davvero originale. Le religioni non nascono dal nulla, ma si evolvono le une dalle altre. Le religioni moderne sono un collage, il risultato di un processo di assimilazione storica dei vari tentativi dell'umanità di capire il divino.»

«Mmm... aspetti un momento» si era intromesso Hitzrot, che nel frattempo si era svegliato del tutto. «Una cosa originale nel cristianesimo secondo me c'è, ed è l'immagine di Dio. Di solito l'arte cristiana non rappresenta Dio come un falco o chissà cosa, ma come un vecchio con la barba bianca.»

Langdon sorrise indicando un poster con uno schema dell'Olimpo appeso al muro. Al vertice della piramide sedeva un vecchio con una lunga barba bianca. «Zeus vi ricorda qualcosa?»

In quel momento era suonata la campanella.

«Buonasera» disse una voce maschile.

Langdon trasalì, si girò e si ritrovò davanti un uomo anziano con una cappa blu e una croce rossa sul petto, che gli sorrise scoprendo i denti grigi.

«Lei è inglese, vero?» gli chiese con forte accento toscano.

Langdon sbatté le palpebre, confuso. «Veramente no. Sono americano.»

L'uomo, imbarazzato, disse: «Oddio, mi scusi. È così elegante che l'ho presa per... Mi scusi».

«Ha bisogno di qualcosa?» chiese Langdon, con il cuore che gli batteva all'impazzata.

«Veramente pensavo di poterla aiutare io. Sono un cicerone.» L'uomo mostrò tutto fiero il tesserino rilasciato dal Comune. «Il mio compito è rendere più interessante la sua visita del Pantheon.»

"Davvero?" Langdon trovava che la sua visita a Roma fosse già sin troppo interessante.

«Lei mi sembra una persona colta» continuò la guida. «Immagino che l'arte le interessi particolarmente. Se vuole, posso parlarle della storia di questo affascinante edificio.»

Langdon sorrise educatamente. «È molto gentile da parte sua, ma sono professore di storia dell'arte e...»

«Magnifico!» Lo sguardo dell'uomo si illuminò come se avesse vinto un terno al lotto. «Me ne capitano così di rado!»

«Preferirei...»

La guida cominciò a recitare la sua pappardella. «Il Pantheon fu costruito da Marco Agrippa nel 27 avanti Cristo...»

«Sì» lo interruppe Langdon. «E ricostruito da Adriano nel 119 dopo Cristo.»

«Fu la cupola più grande del mondo fino al 1960, quando venne superata dal Superdome di New Orleans!»

Langdon emise un gemito. Quell'uomo era inarrestabile.

«E un teologo del V secolo credeva che fosse la dimora del diavolo perché, secondo lui, il buco nel tetto rappresentava l'entrata per i demoni!»

Langdon smise di ascoltare e guardò su, verso l'occhio della cupola. Gli tornò in mente lo scenario raccapricciante immaginato da Vittoria, con un cardinale marchiato che precipitava dal cielo e andava a sfracellarsi sul pavimento. "Quello sì che sarebbe un evento mediatico." Si sorprese a guardarsi intorno in cerca di giornalisti, ma non ne vide. Inspirò profondamente. Era un'idea ridicola e realizzarla sarebbe stata un'impresa di una difficoltà assurda.

Langdon continuò il suo giro, ma la guida lo seguì blaterando come un cucciolo in cerca di attenzioni. "Non esiste scocciatore peggiore di un fanatico della storia dell'arte" pensò Langdon tra sé e sé. "Cerca di non diventarlo anche tu."

Dall'altra parte della chiesa, Vittoria, trovandosi da sola per la prima volta da quando aveva saputo della morte di suo padre, sentiva di colpo il peso di quelle ultime otto ore. Suo padre era stato barbaramente ucciso e la sua più grande invenzione era stata rubata da un gruppo di terroristi. Il pensiero di essere stata lei a ideare il congegno che aveva reso possibile quel terribile furto la riempiva di sensi di colpa. Il conto alla rovescia che procedeva implacabile era dovuto al *suo* cilindro. Per aiutare suo padre nella ricerca della verità, era diventata complice di un atto terroristico.

Sembrava strano a dirsi, ma l'unica nota positiva in quel momento così drammatico era la presenza di un perfetto sconosciuto, Robert Langdon. Lo sentiva inspiegabilmente come un'oasi di pace, che le faceva provare qualcosa di simile all'armonia del mare da cui si era allontanata quella mattina all'alba. Era contenta che fosse lì con lei. Oltre a darle sostegno e speranza, con la sua grande intelligenza aveva contribuito a concretizzare la possibilità di catturare l'assassino di suo padre.

Prese fiato e proseguì, meditando sulle fantasie di vendetta che nutriva da quando aveva saputo di suo padre. Malgrado il suo profondo amore per la vita, desiderava con tutte le sue forze la morte dell'assassino. Nonostante tutto il suo karma positivo, non avrebbe porto l'altra guancia. Si accorse con sgomento che nel suo sangue italiano scorreva un'ancestrale sete di vendetta fino a quel momento sconosciuta, un desiderio di difendere l'onore della famiglia che affondava le sue radici in un passato lontano. "Vendetta, tremenda vendetta" pensò, e, per la prima volta in vita sua, capì.

Quelle visioni sanguinose la spronarono ad andare avanti. Si avvicinò al sepolcro di Raffaello. Anche da lontano si capiva che era di un personaggio illustre. A differenza degli altri, il sarcofago era protetto da una lastra di plexiglas. Era in una nicchia e se ne vedeva solo la parte anteriore.

OSSA ET CINERES RAPH SANCTII URBIN

Vittoria lo osservò, quindi lesse la frase sul cartello a lato della nicchia.

La rilesse una seconda volta.

E poi una terza.

Poi corse inorridita verso la parte opposta della chiesa. «Robert! *Robert!*»

62

Langdon era distratto dalla guida, che continuava nella sua instancabile esposizione. Si stava avvicinando all'ultima nicchia.

«Sembra che queste cappelle le piacciano proprio!» esclamò entusiasta il cicerone. «Sapeva che lo spessore della cupola si assottiglia progressivamente dall'imposta all'occhio centrale? È il motivo per cui dà questa sensazione di leggerezza!»

Langdon annuì, senza nemmeno starlo a sentire, e si preparò a esaminare l'ultima nicchia. Improvvisamente, si sentì tirare per un braccio. Era Vittoria. Aveva il respiro affannoso e lo sguardo terrorizzato, e Langdon, pensando che avesse trovato un cadavere, si sentì mancare.

«Sua moglie?» domandò la guida, chiaramente contenta di avere un nuovo ascoltatore. Notando il suo abbigliamento, sorrise e disse: «Lei sì che si capisce che è americana!».

Vittoria fece una smorfia. «Veramente io sono italiana.»

La guida smise di sorridere. «Oh.»

«Robert» sussurrò Vittoria, cercando di dare le spalle alla guida. «Il *Diagramma* di Galileo. Devo vederlo.»

«Il *Diagramma*? Galileo?» si incuriosì la guida. «Però, vedo che la storia la conoscete bene, voi due! Purtroppo, quel documento non è consultabile. È custodito nell'Archivio Segreto Vaticano...»

«Ci può scusare un secondo?» lo interruppe Langdon. Il panico di Vittoria lo aveva confuso. La prese da parte e tirò fuori dalla tasca il foglio. «Che cosa c'è?»

«Che data ha?» chiese lei, esaminandolo.

La guida era tornata alla carica e fissava il documento a bocca aperta. «Non mi dite che quello è...»

«Una riproduzione» lo prevenne Langdon. «Grazie di tutto. Adesso io e mia moglie vorremmo stare soli per un po'.»

La guida indietreggiò, continuando a fissare il manoscritto.

«La data» ripeté Vittoria a Langdon. «Quando fu scritto?»

Langdon indicò il numero romano in fondo alla pagina. «La data è questa. Perché?»

Vittoria la lesse. «1639?»

«Sì. Cosa c'è che non va?»

Vittoria fece una faccia sconsolata. «C'è un problema, Robert. Un problema grosso. Le date non corrispondono.»

«Quali date?»

«Raffaello è stato sepolto qui solo nel 1759. Più di un secolo *dopo* la pubblicazione del *Diagramma*.»

Langdon la fissò confuso. «Ma Raffaello è morto nel 1520, cioè molto *prima*.»

«Sì, ma qui è stato sepolto *dopo*.»

Langdon non ci capiva più niente. «Cosa stai dicendo?»

«Senti, l'ho appena letto. La salma di Raffaello fu traslata nel Pantheon nel 1759 per rendergli omaggio insieme con altri eminenti personaggi.»

Langdon stava cominciando a capire. Si sentiva mancare la terra sotto i piedi.

«All'epoca in cui furono scritti quei versi, la tomba di Raffaello era da un'altra parte» concluse Vittoria. «Il Pantheon non c'entra niente con...»

Langdon era senza fiato. «Ma questo significa che...»

«Sì! Significa che siamo nel posto sbagliato!»

Langdon non riusciva a crederci. Aveva le vertigini. "Eppure ero così sicuro..."

Vittoria corse dalla guida e la prese per un braccio. «Mi scusi, saprebbe dirci dov'era sepolto Raffaello nel Seicento?»

«A Urbino» balbettò l'uomo sbigottito. «Nella sua città natale.»

«Non è possibile!» Langdon imprecò tra sé. «Gli Altari della Scienza degli Illuminati sono qui a Roma. Di questo sono certo!»

«Gli Illuminati?» La guida restò a bocca aperta, gli occhi fissi sul documento fra le mani di Langdon. «Ma voi chi siete?»

Vittoria prese in mano la situazione. «Stiamo cercando una certa "tomba terrena di Santi". A Roma. Secondo lei, dove potrebbe essere?»

L'uomo rimase imperturbabile. «Questa è l'unica tomba che Raffaello abbia mai avuto qui a Roma.»

Langdon cercava di pensare, ma era come se il suo cervello si rifiutasse di ubbidirgli. Se nel 1639 la tomba di Raffaello non era a Roma, a cosa si riferivano i versi di Milton? "'La tomba terrena di Santi con il buco del demonio...' Cosa può essere? Possibile che non mi venga in mente nulla?"

«Esiste un altro artista di nome Santi?» chiese Vittoria.

La guida si strinse nelle spalle. «Che io sappia, no.»

«Anche non un artista... Uno scienziato, magari, un poeta, un astronomo...»

La guida sembrava a disagio. «Non mi pare proprio. L'unico Santi che mi viene in mente è Raffaello, l'architetto.»

«Architetto?» si stupì Vittoria. «Pensavo che fosse un pittore!»

«Era tutt'e due, naturalmente. Usava così, a quei tempi: pensi a Michelangelo, a Leonardo da Vinci...»

Langdon non sapeva se erano state le parole della guida o le tombe che li circondavano a fargli venire quell'idea, ma poco importava. L'importante era che gli fosse venuta. "Santi era un architetto." Partendo da quel dato, il ragionamento filò. Gli architetti del Rinascimento avevano due soli scopi nella vita: rendere gloria a Dio costruendo grandi chiese e rendere gloria ai potenti con ricche tombe. La tomba di Santi. "Possibile?" Le immagini si susseguivano rapide nella sua mente...

La *Gioconda* di Leonardo.

Le *Ninfee* di Monet.

Il *David* di Michelangelo.

La *tomba terrena* di Santi...

«È una tomba *progettata* da Santi!» disse.

Vittoria si voltò verso di lui. «Che cosa hai detto?»

«Non si riferisce alla tomba *di* Raffaello, ma a una tomba da lui progettata.»

«Non capisco.»

«Ho sbagliato a interpretare quel verso: non dobbiamo cercare la tomba in cui Raffaello fu sepolto, ma una tomba che progettò per qualcun altro. Non so come ho fatto a non pensarci prima. Metà delle sculture del periodo rinascimentale e barocco qui a Roma erano funerarie.» Sorrise. «Chissà quanti disegni di tombe ha fatto Raffaello! Centinaia, probabilmente.»

Vittoria era sbigottita. «Centinaia?»

Langdon si fece improvvisamente serio. «Oh, mio Dio, come facciamo?»

«Te ne viene in mente qualcuna particolarmente *terrena*?»

Langdon provò un profondo senso di inadeguatezza. Con suo enorme imbarazzo, si rese conto di conoscere pochissimo Raffaello. Se si fosse trattato di Michelangelo se la sarebbe cavata molto meglio, ma le opere di Raffaello non lo avevano mai appassionato. Era in grado di nominare un paio delle sue tombe più famose, ma ricordava a malapena come fossero fatte.

Forse intuendo che Langdon era in difficoltà, Vittoria si rivolse alla guida, che si stava allontanando. La prese di nuovo per un braccio e la costrinse a voltarsi. «Senta, ho bisogno di lei. Sa dirmi una tomba disegnata da Raffaello, che possa essere definita "terrena"?»

L'uomo adesso aveva un'espressione diffidente. «Ah, guardi, non saprei proprio. Ne ha disegnate tante... Forse, più che una tomba, sarà una cappella. Gli architetti progettavano sempre la cappella, oltre alla tomba.»

Langdon si rese conto che l'uomo aveva ragione.

«E gliene viene in mente una che possa essere definita "terrena"?»

La guida si strinse nelle spalle. «No, mi dispiace. Non capisco nemmeno bene che cosa volete. La parola "terrena" non mi dice niente di particolare. Ora, se non vi spiace, dovrei andare.»

Vittoria lo trattenne e gli lesse il primo verso. «*From Santi's earthly tomb with demon's hole*. Che letteralmente sarebbe: "Dalla tomba terrena di Santi con il buco del demonio". Le dice qualcosa?»

«Assolutamente niente.»

D'un tratto, Langdon sollevò lo sguardo. Per un momento, si era dimenticato della seconda parte del versetto. "Il buco del demonio?" «Ma certo!» esclamò. «Ho capito! Le risulta che Raffaello abbia progettato una cappella con un occhio?»

259

La guida fece di no con la testa. «L'unico monumento con un occhio che mi viene in mente è il Pantheon.» Fece una pausa. «Però...»

«Però cosa?» incalzarono in coro Vittoria e Langdon.

L'uomo piegò la testa di lato, pensoso. «Avete detto "buco del demonio"?» Mormorò tra sé e sé, picchiettandosi i denti. «Non potrebbe essere il... "buco del diavolo"?»

Vittoria annuì. «Sì, certo.»

La guida abbozzò un sorriso. «Era parecchio che non ne sentivo parlare ma, se non mi sbaglio, il buco del diavolo è un ipogeo.»

«Un ipogeo?» domandò Langdon. «Una cripta?»

«Sì, ma di un tipo particolare. Se non erro, è un ossario scavato in una cappella, sotto una tomba.»

«Come le terresante?» domandò Langdon, che sapeva a cosa stava facendo riferimento l'uomo.

La guida sembrò sorpresa. «Esattamente!»

Langdon ricordava che spesso sotto le chiese venivano scavati dei sepolcreti per risolvere un problema singolare. Quando le personalità illustri venivano sepolte nei sarcofagi dentro le cappelle, spesso i familiari chiedevano di essere inumati accanto a loro. Tuttavia, se la chiesa non aveva lo spazio o i fondi per costruire le tombe per un'intera famiglia, a volte veniva scavata una cripta, un semplice buco in cui venivano poste le salme dei familiari meno importanti, che veniva poi coperto con una grata. Sebbene fosse uno stratagemma ingegnoso, venne presto abbandonato per il tanfo che spesso ne emanava.

Aveva il cuore che batteva all'impazzata. "Dalla tomba terrena di Santi con il buco del diavolo." Aveva ancora una domanda da fare: «Esiste una chiesa con una tomba raffaellesca e un buco del diavolo, che lei sappia?».

La guida si grattò la testa. «Per la verità... mi dispiace, me ne viene in mente solo una.»

"Solo una?" Langdon non poteva sperare in una risposta migliore.

«Dove?» urlò quasi Vittoria.

La guida li guardò in modo strano. «È la Cappella Chigi. Vi sono seppelliti Agostino Chigi e suo fratello, ricchi mecenati delle arti e delle scienze.»

«Scienze?» chiese Langdon, scambiando un'occhiata con Vittoria.

«Dove?» chiese nuovamente la donna.

La guida non rispose. Sembrava contenta di essere di nuovo d'aiuto. «Se la tomba sia o no terrena non saprei, ma certamente è... diversa.»

«Diversa?» si stupì Langdon. «In che senso?»

«Diciamo che si differenzia parecchio dallo stile della chiesa in cui si trova. Raffaello la disegnò e basta: a costruirla fu uno scultore, non ricordo chi.»

Langdon era tutt'orecchi. "Che fosse l'anonimo maestro degli Illuminati?"

«Chiunque fosse, tuttavia, non aveva molto gusto» continuò la guida. «Dio mio, quella cappella è un orrore! Con tutte quelle piramidi...»

Langdon era strabiliato. «Piramidi? Nella cappella ci sono delle piramidi?»

«Lo so. È pazzesco, vero?» replicò l'uomo con espressione disgustata.

Vittoria guardò la guida negli occhi. «Senta, ma dov'è questa Cappella Chigi?»

«Nella chiesa di Santa Maria del Popolo, a un chilometro da qui, più o meno.»

Vittoria respirò. «Molte grazie. Adesso sarà meglio che...»

«Un momento» li fermò la guida. «Mi è venuta in mente una cosa. Che stupido sono stato!»

Vittoria lo interruppe. «Non mi dica che si è sbagliato...»

L'uomo scosse la testa. «No, ma avrei dovuto pensarci prima. La Cappella Chigi non si è sempre chiamata così. Una volta si chiamava Cappella della Terra.»

«Che si potrebbe tradurre come *Chapel of the Land*?» chiese Langdon a Vittoria.

«O *Chapel of the Earth*» rispose lei, mentre si dirigeva verso l'uscita.

Precipitandosi in piazza della Rotonda, Vittoria Vetra tirò fuori il cellulare. «Comandante Olivetti» disse. «Siamo nel posto sbagliato.»

«Sbagliato? Come sarebbe a dire?» chiese questi sconcertato.

«Il primo Altare della Scienza si trova nella Cappella Chigi!»

«Dove?» Il comandante della Guardia Svizzera sembrava arrabbiato. «Ma il professor Langdon ha detto che...»

«Nella chiesa di Santa Maria del Popolo, a circa un chilometro da qui. Mandi i suoi uomini laggiù! Abbiamo quattro minuti!»

«Ma hanno preso tutti posizione qui! Non posso...»

«Si sbrighi!» Vittoria chiuse il telefono.

Langdon uscì dal Pantheon frastornato.

Vittoria lo prese per mano e lo condusse verso la fila di taxi in attesa vicino al marciapiede. Batté sul tetto del primo, facendo sobbalzare il tassista che sonnecchiava. Poi aprì rapida la portiera posteriore, fece salire in macchina Langdon e prese posto accanto a lui.

«Santa Maria del Popolo» ordinò all'autista. «Presto!»

L'uomo, intimidito, partì sgommando.

63

Gunther Glick aveva assunto il controllo del computer e Chinita Macri fissava confusa lo schermo da dietro le sue spalle.

«Te l'avevo detto che il "British Tattler" non era l'unico a essersi occupato di questa cavolo di società segreta» disse Glick, digitando sulla tastiera.

Chinita Macri si avvicinò ulteriormente allo schermo. Glick aveva ragione: il database della BBC dimostrava che l'autorevolissimo network aveva trattato gli Illuminati in sei occasioni negli ultimi dieci anni. "Chi l'avrebbe mai detto" pensò. «Chi ha firmato i servizi?» chiese la Macri. «Giornalisti di serie C?»

«La BBC non assume giornalisti di serie C.»

«E perché ha assunto te, allora?»

Glick la guardò torvo. «Non capisco perché sei così scettica. L'esistenza degli Illuminati è documentata.»

«Se è per questo, anche quella delle streghe, degli UFO e del mostro di Loch Ness.»

Glick lesse la serie di articoli. «Hai mai sentito parlare di un certo Winston Churchill?»

«L'ho sentito nominare.»

«Qualche tempo fa, la BBC ha fatto un film sulla sua vita. Tra le altre cose, Churchill era un cattolico convinto. Nel 1920 pubblicò un articolo in cui condannava gli Illuminati e paventava una cospirazione mondiale. Lo sapevi?»

Chinita Macri era dubbiosa. «E chi glielo pubblicò? Il "British Tattler"?»

Glick sorrise. «Il "London Herald", l'8 febbraio 1920.»

«Non ci credo.»

«Guarda con i tuoi occhi.»

Chinita Macri si avvicinò allo schermo. "London Herald", 8 febbraio 1920. "Che strano!" «Be', Churchill era paranoico.»

«Non era l'unico» ribatté Glick, proseguendo con la lettura. «Pare che nel 1921 Woodrow Wilson, nel corso di ben tre trasmissioni radiofoniche, abbia accusato gli Illuminati di esercitare un crescente controllo sul sistema bancario americano. Vuoi che ti legga la trascrizione?»

«No, grazie.»

Glick gliela lesse comunque. «Disse: "Esiste un potere così organizzato, così oscuro, così completo, così pervasivo, che nessuno può permettersi di parlarne male a voce alta".»

«Mai sentita una roba del genere.»

«Forse perché nel 1921 eri solo una bambina.»

«Che gentile.» Chinita Macri non si scompose. Aveva quarantatré anni e sapeva di dimostrarli, anche perché i suoi crespi capelli neri cominciavano a ingrigire ed era troppo orgogliosa per tingerseli. Sua madre, battista, le aveva insegnato ad accontentarsi e a essere fiera di sé. "Non ti devi nascondere se sei donna e pure nera" le diceva. "Se ti vergogni di come sei, è la fine. Gira a testa alta, sorridi e lascia che gli altri si chiedano come mai sei sempre allegra."

«Hai mai sentito parlare di Cecil Rhodes?» chiese Glick.

Chinita Macri sollevò lo sguardo. «Il magnate britannico?»

«Sì. Quello delle Rhodes Scholarships.»

«Non mi dire che...»

«Era un Illuminato.»

«Ma va'!»

«Giuro. BBC, 16 novembre 1984.»

«La BBC dice che Cecil Rhodes faceva parte degli Illuminati?»

«Proprio così. E definisce le Rhodes Scholarships "borse di studio istituite per cooptare nella setta giovani menti brillanti".»

«È ridicolo! Mio zio ha vinto quella borsa di studio!»

Glick le fece l'occhiolino. «Anche Bill Clinton.»

Chinita Macri si stava arrabbiando. Detestava il giornalismo scandalistico, ma conosceva abbastanza bene la BBC da sapere che dietro i suoi servizi c'erano studi pignoli e attente ricerche.

«Questo forse te lo ricordi» disse Glick. «"BBC, 5 marzo 1998. Il presidente della commissione parlamentare Chris Mullin impone ai deputati britannici di dichiarare una loro eventuale appartenenza alla massoneria."»

Chinita Macri se lo ricordava. Il provvedimento era stato in seguito esteso anche a giudici e rappresentanti delle forze dell'ordine. «Perché?»

Glick lesse: «"... nel timore che fazioni segrete all'interno della massoneria esercitino un controllo indebito sul sistema politico ed economico"».

«Ah, be', certo.»

«Si scatenò un putiferio. I massoni in parlamento andarono su tutte le furie. E a buon diritto, visto che nella maggior parte dei casi erano entrati nella massoneria solo per scopi umanitari. Non avevano la minima idea delle affiliazioni passate della loro fratellanza.»

«*Presunte* affiliazioni.»

«Quello che era.» Glick esaminò gli articoli. «Guarda qui. Sembra che gli Illuminati risalgano ai tempi di Galileo e degli *Alumbrados* spagnoli. Si parla persino di Karl Marx e della Rivoluzione russa.»

«La storia si ripete.»

«Bene, vuoi qualcosa di attuale? Guarda qua: si parla degli Illuminati anche in un numero recente del "Wall Street Journal".»

Quell'affermazione catturò l'attenzione della Macri. «Sul "Journal"?»

«Indovina qual è il videogioco attualmente più diffuso in America?»

«"Strip poker" con Pamela Anderson?»

«Quasi. Si chiama *Illuminati di Baviera: il Nuovo ordine mondiale.*»

Chinita Macri lesse sullo schermo: «"La Steve Jackson Games sta riscuotendo un successo travolgente con il suo gioco di ambientazione storica in cui un'antica setta satanica della Baviera si prepara a conquistare il mondo. Gioca online anche tu..."». Chinita Macri stava cominciando a sentirsi poco bene. «Perché questi Illuminati ce l'hanno tanto con il cristianesimo?»

«Non solo con il cristianesimo» disse Glick. «Con tutte le religioni.» Glick piegò la testa di lato e sorrise. «Anche se dalla

265

telefonata che abbiamo appena ricevuto sembra che abbiano una predilezione speciale per il Vaticano.»

«Ma piantala! Non penserai che il tipo che ha chiamato sia davvero chi dice di essere, vero?»

«Un emissario degli Illuminati che si accinge a uccidere quattro cardinali?» Glick sorrise. «Lo spero proprio.»

64

Il taxi di Langdon e Vittoria coprì il tragitto in poco più di un minuto, passando da via della Scrofa, e inchiodò in piazza del Popolo appena prima delle otto. Essendo sprovvisto di euro, Langdon pagò l'autista in dollari, dandogli molto più del dovuto, e scese di corsa assieme a Vittoria. La piazza era silenziosa, a parte le chiacchiere e le risate provenienti dai tavolini davanti al Caffè Rosati, famoso punto di ritrovo degli intellettuali romani. L'aria profumava di caffè e pasticcini.

Langdon non era più molto sicuro di sé, dopo l'errore che aveva commesso, ma gli bastò darsi una rapida occhiata intorno per capire che l'atmosfera di quel luogo era tipica degli Illuminati. Non solo la piazza aveva una forma quasi perfettamente ellittica, ma al centro si ergeva un grande obelisco egizio, con la punta piramidale. Trafugati ai tempi dell'Impero Romano, gli obelischi erano sparsi per tutta la città ed erano carichi di valore simbolico.

Mentre esaminava il monolito, la sua attenzione fu attirata da un monumento ancora più straordinario sullo sfondo, che dominava la piazza da secoli.

«Siamo nel posto giusto» sussurrò a Vittoria, improvvisamente circospetto. «Guarda.» Le indicò l'imponente struttura in pietra in fondo alla piazza, la Porta del Popolo, alla cui sommità c'era un'incisione simbolica. «Ti ricorda qualcosa?»

Vittoria guardò su. «Una stella splendente sopra una struttura triangolare?»

Langdon scosse la testa. «Una sorgente di luce sopra una piramide.»

Vittoria si voltò, lo sguardo improvvisamente acceso. «Come nel *Great Seal*?»

«Esattamente. Il simbolo massonico sul biglietto da un dollaro.»

Vittoria fece un respiro profondo e si guardò intorno. «Allora, dov'è la chiesa che cerchiamo?»

La chiesa di Santa Maria del Popolo sembrava una nave da guerra arenatasi ai piedi di una collina. Le impalcature che coprivano la facciata non facevano che rendere ancora più bizzarro quell'edificio in pietra fondato nell'XI secolo.

Si incamminarono. Langdon guardava la chiesa perplesso. "Possibile che lì dentro stia per aver luogo un assassinio?" Non vedeva l'ora che Olivetti li raggiungesse. La pistola in tasca gli sembrava sempre più pesante.

La scalinata antistante la chiesa aveva un'armoniosa forma a ventaglio, inutilmente invitante per via dei ponteggi, delle attrezzature edili e del cartello che diceva: VIETATO L'ACCESSO AI NON ADDETTI AI LAVORI.

Langdon si rese conto che una chiesa chiusa per restauri era un luogo ben più adatto del Pantheon, per un assassinio. Non c'era bisogno di ricorrere a fantasiosi espedienti: bastava solo trovare il modo per entrare.

Vittoria si infilò senza esitazione tra le impalcature in cerca della porta.

«Aspetta» la avvertì Langdon. «Se è ancora dentro...»

Vittoria non lo ascoltò neppure e si avvicinò all'unica porta di accesso al cantiere.

Langdon le andò dietro. Prima che potesse dire qualcosa, vide che aveva la mano sulla maniglia. Trattenne il respiro, ma vide che la porta non si apriva.

«Deve esserci un'altra entrata» disse Vittoria.

«È probabile» replicò Langdon, sollevato. «Senti, Olivetti sarà qui tra poco: entrare è troppo pericoloso. Controlliamo da fuori e aspettiamo che...»

Vittoria si voltò furibonda. «Se c'è un'altra entrata, significa che c'è un'altra uscita. Se l'assassino la usa, siamo fregati.»

Langdon sapeva che Vittoria aveva perfettamente ragione. A destra della chiesa c'era un vicolo stretto e buio, delimitato da muri molto alti. Puzzava di urina, come tante viuzze di quella città dove i bagni pubblici scarseggiano.

Lo imboccarono e ne percorsero una quindicina di metri, poi Vittoria prese Langdon per un braccio e gli fece segno con il dito.

Ma Langdon l'aveva già vista: era una porta di legno, con cardini molto pesanti. Pensò che dovesse trattarsi dell'ingresso della sagrestia, un'entrata privata per i sacerdoti.

Vittoria si avvicinò e la guardò attentamente. Sembrava perplessa. Langdon la raggiunse e osservò lo strano anello al posto della maniglia.

«Un *anulus*» sussurrò. Lo sollevò lentamente e lo tirò verso di sé. Si udì scattare un meccanismo. Vittoria si fece da parte, improvvisamente a disagio. Langdon ruotò l'anello in senso orario. Gli fece fare un giro completo, ma non accadde nulla. Accigliandosi, provò in senso contrario, ma il risultato fu il medesimo.

Vittoria guardò avanti, verso il vicolo buio. «Credi che ci sia un'altra entrata?»

Langdon ne dubitava. Le chiese rinascimentali erano progettate come piccole fortezze, nell'eventualità che la città venisse presa d'assedio, e quindi tendevano ad avere il minor numero di entrate possibili. «Ammesso che ci sia, immagino che si trovi nell'abside» rispose. «Ma sarà più una via di fuga che un'entrata.»

Vittoria si stava già incamminando.

Langdon la seguì nel vicolo buio. Una campana cominciò a suonare le otto.

Quando Vittoria lo chiamò la prima volta, Langdon non sentì. Si era fermato vicino a una vetrata protetta da un'inferriata e cercava di sbirciare all'interno della chiesa.

«Robert!» La voce della donna era poco più di un sussurro.

Langdon si voltò e vide che Vittoria era in fondo al vicolo e gli stava facendo cenno di raggiungerla. Si avviò a passo svelto. Sotto un arco rampante, in una nicchia, c'era uno stretto corridoio che portava nei sotterranei della chiesa.

«Un ingresso segreto?» chiese Vittoria.

Langdon annuì, pur essendo convinto che, più che un ingresso, fosse un'uscita.

269

Vittoria si inginocchiò e guardò dentro. «Andiamo a vedere.»

Langdon stava per obiettare, ma Vittoria gli prese la mano e fece per entrare.

«Aspetta!» disse Langdon.

Vittoria si voltò verso di lui, impaziente.

Langdon sospirò. «Ti faccio strada io.»

Lei sembrò sorpresa. «Che cavaliere!»

«Tu sei più bella, ma io sono più vecchio. Vado per primo.»

«Era un complimento?»

Langdon sorrise e le passò davanti. «Attenta ai gradini.» Avanzò lentamente nell'oscurità, tenendo una mano appoggiata al muro di pietra ruvida. Gli venne in mente Dedalo, che sperava di uscire dal labirinto del Minotauro tenendo sempre la mano sul muro, convinto che avrebbe trovato l'uscita solo se non l'avesse mai staccata. Continuò a scendere, non del tutto certo di voler arrivare fino in fondo.

Il corridoio si restringeva leggermente. Langdon rallentò. Vittoria era dietro di lui. A un certo punto il muro curvò verso sinistra e si ritrovarono in una nicchia semicircolare illuminata da una fievole luce. Langdon intravide una pesante porta di legno.

«Oh, oh» disse.

«È chiusa?»

«Era chiusa.»

«Come hai detto, scusa?» Vittoria gli andò vicino.

Langdon indicò la porta socchiusa, da cui filtrava un debole fascio di luce. I cardini erano stati divelti da una sbarra di ferro, ancora conficcata nel legno.

Restarono un momento in silenzio, poi Langdon sentì che Vittoria gli posava le mani sul petto, insinuandosi sotto la giacca.

«Non ti scaldare» gli disse. «Sto solo cercando la pistola.»

In quel momento, all'interno dei Musei Vaticani, le guardie svizzere si stavano sparpagliando per perlustrarli. Siccome le sale erano buie, indossavano i visori a raggi infrarossi in dotazione al corpo dei marine, che davano a tutto quanto una bizzarra sfumatura verdognola. Ogni guardia indossava cuffie collegate a un rilevatore che oscillava ritmicamente, lo stesso che usavano due volte alla settimana per cercare eventuali microspie all'interno del Vaticano. Avanzavano con metodo, controllando dietro le statue, nelle nicchie, negli armadi, sotto i mobili. L'antenna emetteva un suono in presenza del più piccolo campo magnetico.

Quella sera, tuttavia, non trovarono niente.

65

L'interno di Santa Maria del Popolo era un antro buio e assomigliava più a una stazione di metropolitana in costruzione che a una chiesa. Fra le enormi colonne che si ergevano dal pavimento e sostenevano il soffitto a volta c'erano buche, pile di mattoni, cumuli di sabbia, carriole e persino una scavatrice arrugginita. L'aria era carica di polvere, che danzava nei coni di debole luce che entravano dal rosone. Langdon e Vittoria, l'uno di fianco all'altra sotto un grande affresco del Pinturicchio, si guardavano intorno nel più assoluto silenzio.

Tutto sembrava immobile.

Vittoria teneva la pistola davanti a sé con entrambe le mani. Langdon guardò l'ora: le braccia di Topolino segnavano le otto e quattro minuti.

"Entrare qui dentro è stata una follia" pensò. "Rischiamo la pelle." Ma sapeva che aspettare l'assassino fuori sarebbe stato azzardato, visto che non sapevano da dove sarebbe uscito e loro avevano un'unica pistola. Se volevano cercare di prenderlo, dovevano per forza entrare in chiesa... sempre che si trovasse ancora lì. Langdon si sentiva in colpa per avere fatto perdere a tutti del tempo prezioso, andando al Pantheon. Era stato lui a metterli in difficoltà. Ma adesso non era il momento di andare troppo per il sottile, bisognava sbrigarsi.

Vittoria si guardava intorno preoccupata. «Allora» sussurrò a Langdon «dov'è questa Cappella Chigi?»

Langdon si voltò verso il fondo della cattedrale e ne studiò i muri. Le chiese rinascimentali avevano sempre molte cappelle e alcune grandi cattedrali, come Notre-Dame, ne avevano addirittura decine. Spesso si trattava di nicchie semicircolari disposte lungo i lati della chiesa, che contenevano tombe.

"Maledizione" pensò, vedendone quattro su ciascuna parete laterale. Otto cappelle non erano moltissime, per la verità, ma a causa dei lavori in corso erano tutte coperte da tendoni di plastica, forse per ripararle dalla polvere.

«Non so quale sia, fra quelle» disse Langdon indicandole. «Dovremo controllarle una per una. Credo che faremmo meglio ad aspettare che arrivi Olivetti...»

«Qual è la navata sinistra?» lo interruppe Vittoria.

Langdon la fissò sorpreso. «Perché me lo chiedi?»

Vittoria indicò il muro alle spalle di Langdon, dove c'era una piastrella decorativa, incastonata nella pietra, con lo stesso simbolo che avevano visto fuori: una struttura piramidale sormontata da una stella. Accanto, vi era una targa impolverata con la scritta:

STEMMA DI ALESSANDRO CHIGI
LE CUI SPOGLIE SONO CONSERVATE
NELLA NAVATA SINISTRA DI QUESTA CATTEDRALE

Langdon annuì. "Lo stemma di Alessandro Chigi era una struttura piramidale sormontata da una stella?" Si chiese se il ricco mecenate fosse stato un Illuminato. Fece un cenno di approvazione a Vittoria. «Ottimo lavoro, Nancy Drew.»

«Scusa?»

«Non importa.»

Un oggetto di metallo cadde sul pavimento a qualche metro di distanza da loro, con un rumore che riecheggiò in tutta la chiesa. Langdon trascinò Vittoria dietro una colonna. Lei puntò la pistola nella direzione del rumore. Silenzio. Restarono immobili, in attesa, e poco dopo udirono un fruscio. Langdon tratteneva il respiro. "Non saremmo mai dovuti entrare!" Il fruscio sembrava avvicinarsi, intermittente. Tutto a un tratto intravidero qualcosa che si muoveva dall'altra parte della colonna.

«Maledetto...» imprecò Vittoria sottovoce, rilassandosi. Langdon tirò un sospiro di sollievo.

Accanto alla colonna c'era un ratto enorme che trascinava

un panino mangiucchiato e ancora avvolto nella carta. Quando li vide, si bloccò e li fissò un momento, quindi, per nulla impressionato, proseguì per andare a rintanarsi con il suo ricco bottino.

«Figlio di...!» imprecò Langdon, con il cuore in gola.

Vittoria abbassò la pistola recuperando il controllo. Langdon sbirciò da dietro la colonna e vide un cestino per terra: evidentemente un operaio lo aveva posato su un cavalletto, ma l'intraprendente roditore l'aveva fatto cadere per impossessarsi del suo contenuto.

Langdon si guardò attentamente intorno, poi sussurrò: «Se è ancora qua dentro, l'assassino avrà sentito di certo quel rumore. Sei sicura di non voler aspettare Olivetti?».

«Dimmi dov'è la navata sinistra» insistette Vittoria.

Langdon cercò di orientarsi. La terminologia delle chiese era come quella dei teatri: completamente contraria all'intuizione logica. Dando la schiena all'altare maggiore – il centro del palcoscenico – Langdon indicò la sua destra.

Vittoria si voltò da quella parte.

La Cappella Chigi doveva essere nella quarta nicchia, l'ultima. Fortunatamente, Langdon e Vittoria erano sul lato giusto della chiesa. Sfortunatamente, però, erano all'estremità sbagliata e sarebbero dovuti passare davanti a varie cappelle coperte da tendoni di plastica.

«Aspetta» disse Langdon. «Vado avanti io.»

«Non ci pensare neanche.»

«Sono io ad aver sbagliato, al Pantheon.»

Lei si voltò. «Ma sono io ad avere la pistola.»

Langdon le lesse nel pensiero. Vittoria voleva a tutti i costi essere lei a prendere l'assassino di suo padre e ritrovare l'arma di distruzione di massa che aveva involontariamente contribuito a creare.

Capì che era inutile insistere e lasciò che facesse strada lei, seguendola guardingo. Quando passarono davanti alla prima cappella, dietro il cui telo di plastica poteva essere in agguato l'assassino, provò una tensione terribile. "Mi sento come il concorrente di un gioco a premi surreale. Scelgo la cappella numero tre" pensò. La chiesa, dagli spessi muri di pietra, era immersa nel silenzio più assoluto. Dietro la plastica frusciante che proteggeva la prima nicchia ondeggiavano come fantasmi pallide sagome scure. "Sono solo statue" si disse Langdon, augurandosi che fosse davvero così. Erano le otto e sei minuti. L'assassino era stato puntuale ed era fuggito prima del loro arrivo oppure si trovava ancora dentro la chiesa? Langdon non sapeva che cosa sperare.

Passarono davanti alla seconda cappella, minacciosa nella chiesa sempre più buia. Sembrava che la notte stesse calando più in fretta, forse perché i vetri erano impolverati. A un certo punto il telo di plastica più vicino si mosse all'improvviso, come sollevato da una folata di vento. Langdon si chiese se qualcuno da qualche parte avesse aperto una porta.

Vittoria rallentò, avvicinandosi alla terza nicchia. Sollevò la pistola e guardò la targa, su cui erano incise due parole:

CAPPELLA CHIGI

Langdon annuì. Senza dire una parola, si nascosero dietro una grande colonna. Vittoria puntò la pistola verso il telo di plastica e fece cenno a Langdon di scostarlo.

"Una buona occasione per iniziare a pregare" pensò. Esitante, cominciò con grande cautela a scostare il telo da una parte. Lo sollevò di un paio di centimetri, facendo un gran rumore, e si bloccò. Silenzio. Dopo qualche istante, muovendosi come al rallentatore, Vittoria si sporse e sbirciò nella cappella. Langdon, alle sue spalle, allungò il collo per guardare.

Trattenevano entrambi il respiro.

«È vuota» sospirò poi Vittoria, abbassando la pistola. «Siamo arrivati troppo tardi.» Langdon non l'ascoltava. Era rapito dalla vista di quella cappella. Non se l'aspettava affatto così. Interamente rifinita in marmo rossiccio, era di una bellezza mozzafiato. L'occhio esperto di Langdon notò subito tutti i particolari: era la cappella più "terrena" che si potesse immaginare, come se fosse stata progettata dallo stesso Galileo e dagli Illuminati.

La cupola era adorna di stelle scintillanti, che brillavano fra i sette pianeti del sistema solare. Sotto erano raffigurati i dodici segni dello zodiaco, simboli pagani, terreni, legati all'astronomia. Lo zodiaco era anche direttamente collegato alla Terra, all'Aria, al Fuoco e all'Acqua, che rappresentano rispettivamente il potere, l'intelletto, l'ardore e l'emozione. "La Terra simboleggia il potere" rammentò Langdon.

Ancora più in basso, c'era un tributo alle quattro stagioni: primavera, estate, autunno e inverno. Ma la cosa più incredibile erano le due enormi strutture che dominavano la cappella. Langdon le fissò in meravigliato silenzio. "Non può essere" pensò. "È impossibile!" Invece era proprio così. Sui due lati della cappella c'erano altrettante piramidi di marmo, alte circa tre metri, in perfetta simmetria.

«Non vedo né cardinali né assassini» sussurrò Vittoria. Scostò il telo di plastica ed entrò.

Langdon fissava sbigottito le piramidi. "Cosa ci fanno delle piramidi dentro una cappella cristiana?" E non era tutto. Sulla faccia anteriore di ciascuna piramide c'era un medaglione marmoreo perfettamente ellittico, lucido, risplendente alla luce del sole crepuscolare che filtrava attraverso la cupola. "Incredibile. Le ellissi di Galileo? Le piramidi? Una volta stellata?" L'atmosfera che si respirava in quella cappella non poteva non far pensare agli Illuminati.

«Robert» esclamò Vittoria con voce rotta. «Guarda!»

Langdon si girò e la vista che si trovò davanti lo fece ritornare bruscamente alla realtà. «Maledizione!» gridò, facendo un passo indietro.

Sul pavimento c'era un mosaico in marmo policromo che ritraeva la "morte alata", uno scheletro che teneva in mano uno stemma su cui era rappresentata una sorta di piramide sormontata da una stella, come quella che avevano visto fuori. Ma non fu quell'immagine a fargli gelare il sangue nelle vene. Il mosaico era montato su una pietra circolare, che era stata sollevata e posata di lato, accanto a una botola nel pavimento.

«Il buco del diavolo» disse Langdon con un filo di voce. Era rimasto così attratto dal soffitto della cappella che non ci aveva fatto caso. Vi si avvicinò cauto. Dal buco proveniva un tanfo nauseabondo.

Vittoria si coprì la bocca con una mano. «Che puzza.»

«Puzza di morte» disse Langdon. «Devono esserci dei cadaveri, là sotto.» Tappandosi il naso, si affacciò per guardare dentro. Era buio pesto. «Non si vede un accidente.»

«Pensi che ci sia qualcuno?»

«Come faccio a saperlo?»

Vittoria si avvicinò alla botola e vide una scaletta di legno marcio appoggiata al muro del cunicolo.

Langdon scosse il capo. «Non ci pensare neanche.»

«Può darsi che tra gli attrezzi degli operai ci sia una torcia. Vado a controllare.» Sembrava ben contenta di avere una scusa per allontanarsi da lì.

«Attenta!» la mise in guardia Langdon. «Non sappiamo con certezza se l'assassino...»

Ma Vittoria se n'era già andata.

"Quando si mette in testa una cosa, non la ferma più nessuno!" pensò Langdon.

Si voltò nuovamente verso la botola, con la testa che gli girava per via delle esalazioni. Trattenendo il respiro, si sporse a guardare giù. Appena i suoi occhi si furono abituati all'oscurità, cominciò a intravedere alcune sagome indistinte. Sembrava che il cunicolo portasse a una piccola grotta. "Il buco del diavolo." Si chiese quante generazioni di Chigi fossero state sepolte lì. Chiuse gli occhi, perché le pupille si dilatassero consentendogli di vedere meglio al buio, e quando li riaprì individuò una sagoma pallida e indistinta. Gli venne la pelle d'oca, ma resistette all'impulso di ritrarsi. "Quello è un uomo o sono io che ho le traveggole?" Chiuse di nuovo gli occhi, questa volta più a lungo, in modo che riuscissero a cogliere anche la luce più fioca.

Il capogiro peggiorava e mille pensieri gli si affollavano nella mente. "Ancora qualche secondo." Non sapeva se fosse per colpa delle esalazioni o dell'inclinazione della testa, ma si sentiva sempre più debole. Quando decise di riaprire gli occhi, vide qualcosa di assolutamente incomprensibile.

Sotto di lui c'era una cripta immersa in una surreale luce bluastra. Si udiva un lieve sibilo. La luce si rifletteva, tremolante, sulle pareti del cunicolo. Improvvisamente, una lunga ombra si materializzò sopra di lui. Sorpreso, Langdon cercò di alzarsi.

«Attento!» esclamò qualcuno alle sue spalle.

Langdon fece per girarsi, ma si sentì colpire al collo. Con la coda dell'occhio vide Vittoria con in mano una fiamma ossidrica, che sibilava bagnando di luce bluastra la cappella.

Langdon si portò una mano sul collo. «Cosa diavolo...»

«Ti stavo facendo luce» disse. «E tu mi sei venuto addosso.»

Langdon lanciò un'occhiataccia alla fiamma ossidrica.

«Non sono riuscita a trovare nient'altro» si giustificò Vittoria. «Non ci sono torce elettriche.»

Langdon si massaggiò il collo. «Non ti ho sentito arrivare.»

Vittoria gli passò la fiamma ossidrica, arricciando il naso per il cattivo odore che proveniva dalla cripta. «Credi che queste esalazioni siano infiammabili?»

«Speriamo di no.»

Langdon si avvicinò lentamente alla botola. Facendo molta attenzione, si sporse e puntò la fiamma nel cunicolo, cercando di illuminare la cripta. Era circolare, con un diametro di circa sei metri e il fondo di terra, scuro e irregolare, a una decina di metri di profondità. Poi vide una figura più chiara rispetto al resto.

Il suo istinto fu di scappare. «È qui» esclamò, facendosi forza per non voltare la testa dall'altra parte. «Credo sia stato denudato.» Langdon ripensò al cadavere senza vestiti di Leonardo Vetra.

«È uno dei cardinali?»

Langdon non ne aveva idea, ma non riusciva a immaginare chi altri potesse essere. Fissò la sagoma pallida. Era immobile, senza vita. E tuttavia... Esitò: c'era qualcosa di molto strano nella sua posizione. Sembrava quasi che...

«Mi sente?» gridò Langdon.

«Pensi che sia ancora vivo?»

Nessuna risposta.

«Non si muove» disse Langdon. «Ma sembra...» "No, è impossibile."

«Sembra cosa?» Anche Vittoria sbirciò dentro.

Langdon fissava nel buio. «Sembra in piedi.»

Vittoria trattenne il respiro e si sporse per vedere meglio. Dopo qualche istante, si tirò indietro. «Hai ragione, è in piedi! Forse è vivo e ha bisogno di aiuto!» Si sporse di nuovo e gridò nel cunicolo: «Ehi, lei! Mi sente?».

Ma il silenzio era totale.

Vittoria si diresse verso la scala traballante. «Io vado giù.»

Langdon l'afferrò per un braccio. «No. È pericoloso. Ci vado io.»

Questa volta Vittoria non protestò.

66

Chinita Macri era furibonda. Era seduta sul furgoncino della BBC, fermo all'angolo di via Tomacelli. Gunther Glick, al posto di guida, stava controllando la cartina senza raccapezzarsi. La sua misteriosa fonte gli aveva telefonato di nuovo, questa volta per passargli delle informazioni.

«Piazza del Popolo» insistette Glick. «È lì che dobbiamo andare: c'è una chiesa in cui troveremo la prova.»

«Quale prova?» Chinita smise di pulire l'obiettivo che aveva in mano e si voltò verso il collega. «La prova che un cardinale è stato assassinato?»

«Così ha detto il tizio al telefono.»

«Tu credi a tutto quello che ti dicono?» Chinita Macri avrebbe voluto essere lei a comandare, ma purtroppo i videoperatori erano al servizio dei reporter e, se Gunther Glick voleva dar retta al pazzo che gli aveva telefonato, lei doveva seguirlo.

Lo guardò, teso e assorto, chino sulla cartina. I suoi genitori dovevano aver avuto un perverso senso dell'umorismo per dargli un nome assurdo come Gunther Glick. Non c'era da sorprendersi che si sentisse sempre in dovere di dimostrare qualcosa al prossimo. Ma nonostante il nome infelice e la fissazione di passare alla storia, Glick era tenero, gentile, flemmaticamente inglese... una versione più vivace di Hugh Grant.

«Non sarebbe meglio tornare a San Pietro?» gli chiese nel suo tono più paziente. «Magari a controllare questa misteriosa chiesa ci andiamo più tardi. Il conclave è cominciato un'ora fa. Come facciamo, se eleggono il papa mentre noi non ci siamo?»

Glick non la stava nemmeno a sentire. «Secondo me, qui dobbiamo voltare a destra.» Girò la cartina e continuò a studiarla. «Sì, se svolto a destra e poi a sinistra...» Mise la freccia e si immise nel traffico.

«Attento!» gli gridò Chinita Macri, che aveva la vista acuta. Fortunatamente, anche Glick aveva i riflessi pronti e inchiodò, evitando di farsi travolgere da una fila di Alfa Romeo apparse come dal nulla, che attraversarono l'incrocio a gran velocità per poi voltare a sinistra, sgommando, a quello successivo e imboccare la stessa strada che aveva intenzione di prendere Glick.

«Ma sono pazzi, quelli?» si indignò Chinita Macri.

Anche Glick era scosso. «Hai visto?»

«Sì che ho visto! A momenti ci ammazzano...»

«No, voglio dire: hai visto che le macchine erano tutte uguali?» Era emozionatissimo.

«Oltre che pazzi, anche senza fantasia.»

«E che erano tutte al completo?»

«E allora?»

«Quattro macchine identiche e tutte al completo?»

«Hai mai sentito parlare di car sharing?»

«In Italia?» Glick diede un'occhiata all'incrocio. «Ma se questi manco conoscono la benzina senza piombo!» Schiacciò l'acceleratore e seguì le macchine.

Chinita Macri sbatté all'indietro sul sedile. «Ma sei fuori?»

Glick accelerò e girò a sinistra, dietro le Alfa Romeo. «Qualcosa mi dice che non siamo gli unici che stanno andando in chiesa.»

67

La discesa fu lenta.

Langdon procedeva con grande cautela giù per la vecchia scala di legno, scalino per scalino, lungo il cunicolo che portava nel "buco del diavolo". "Quanti spazi stretti e bui mi toccherà affrontare ancora oggi?" La scala scricchiolava in modo sinistro e l'odore di morte e di umidità era nauseabondo. "Ma dove diamine è finito Olivetti?"

Vittoria, da sopra, gli faceva luce con la fiamma ossidrica, sempre più fioca a mano a mano che Langdon scendeva. L'unica cosa che aumentava, là sotto, era la puzza.

A un certo punto, Langdon posò il piede su un piolo consumato e scivolò. Per non cadere, si buttò in avanti e si aggrappò alla scala con tutte e due le braccia. Riacquistò l'equilibrio e, imprecando, riprese a scendere.

Tre scalini più in basso, rischiò nuovamente di cadere, ma non perché aveva messo un piede in fallo. Questa volta aveva fatto un salto per la paura nel vedersi davanti un loculo pieno di ossa scavato nella parete del cunicolo e un teschio proprio sotto il naso. Appena si riprese, ancora senza fiato, si guardò intorno e si rese conto che nel muro c'erano numerose aperture, simili a piccole mensole, in cui erano adagiati degli scheletri. Era letteralmente circondato da cadaveri.

"Scheletri a lume di candela" pensò, con una smorfia di disappunto. Era il titolo di una serata a cui era stato invitato il mese prima, una cena di beneficenza organizzata dal Museo archeologico di New York nella sala in cui era stato ricostruito uno scheletro di brontosauro. Lo aveva invitato Rebecca

Strauss, un'ex modella che scriveva recensioni per il "New York Times", grande amante degli abiti in velluto nero, accanita fumatrice e con il seno un tantino troppo sodo per la sua età. Dopo quella cena, rigorosamente a lume di candela, gli aveva telefonato due volte, ma lui non l'aveva mai richiamata. Ripensandoci in quel momento sorrise al pensiero di come se la sarebbe cavata Rebecca Strauss in un luogo macabro come quello.

Fu con sollievo che posò il primo piede sulla terra spugnosa: pareva umida, sotto le suole delle scarpe. Ripetendosi che le pareti non si sarebbero richiuse su di lui, si fece coraggio e si voltò: la cripta era circolare, con un diametro di circa sei metri. Premendo il naso contro la manica della giacca, Langdon guardò la sagoma chiara, muta e immobile. Nella penombra non riusciva a vederla bene: capì solo che aveva la testa voltata dall'altra parte.

Mentre si avvicinava, cercò di dare un senso a quello che aveva davanti. L'uomo gli dava la schiena e Langdon non riusciva a vederlo in faccia. Ciononostante, sembrava in piedi.

«Mi scusi?» provò. Nessuna risposta. Più ci pensava, più l'uomo gli sembrava inspiegabilmente basso. Troppo basso...

«Cosa c'è là sotto?» urlò Vittoria dalla cappella, cercando di fargli luce.

Langdon non rispose. Ormai lo aveva davanti, e tutto fu chiaro. Lottò contro la nausea e il terribile senso di claustrofobia che gli dava quella cripta buia e puzzolente... C'era un uomo anziano sepolto fino alla vita in posizione eretta, nudo, le mani legate dietro alla schiena con una fascia color porpora, cardinalizia. Aveva la schiena lievemente inarcata all'indietro, la testa riversa e gli occhi rivolti al cielo, come per pregare.

«È morto?» gridò Vittoria.

"Spero per lui, che sia morto." Langdon guardò gli occhi rovesciati del cadavere, che sembravano voler schizzare fuori delle orbite: erano azzurri e iniettati di sangue. Si avvicinò per captare un eventuale respiro ed ebbe un moto di repulsione. «Oh, mio Dio!»

«Che cosa c'è?»

Langdon inspirò profondamente per ricacciare indietro la nausea e rispose: «Un cadavere. Ho anche capito come è morto». Era una scena raccapricciante. La bocca dell'uomo era stata spalancata e riempita di terra. «Soffocato. Con una manciata di terra.»

«Terra?» esclamò Vittoria sgomenta. «Oddio, Robert. La "tomba terrena"!»

Langdon ripensò al verso di Milton e ai quattro simboli: Terra, Aria, Fuoco, Acqua. L'assassino aveva minacciato di marchiare ogni vittima con uno degli antichi elementi della scienza. Il primo era la Terra. In preda a un senso di vertigine, Langdon girò intorno al cadavere riflettendo sui leggendari marchi degli Illuminati e sui loro artistici ambigrammi. Un attimo dopo, lo vide: il marchio impresso a fuoco sul petto del cardinale, era nero e sanguinolento. L'ustione era spaventosa. "La lingua pura..."

Langdon si sentì mancare.

«*Earth*» sussurrò, piegando la testa per vedere il simbolo al contrario. «Terra.»

Poi, con un fremito di terrore, pensò che quello era soltanto il primo.

68

Nella Cappella Sistina illuminata da una miriade di candele, il cardinale Mortati era nervoso. Il conclave aveva ufficialmente avuto inizio. Ma sotto i peggiori auspici.

Mezz'ora prima, all'ora designata, il camerlengo Carlo Ventresca aveva fatto il suo ingresso nella cappella e si era diretto all'altare per la liturgia di apertura. Poi aveva allargato le braccia e parlato in tono diretto, come mai a Mortati era capitato di sentire da quel pulpito.

«Immagino che siate tutti consapevoli del fatto che quattro cardinali non si sono presentati a questo conclave» aveva esordito. «In qualità di rappresentante di Sua Santità, vi esorto tuttavia a procedere alla votazione... con fede e determinazione. Possiate avere dinanzi agli occhi solamente Dio.» Quindi si era voltato e si era avviato verso la porta della cappella.

«Ma... dove sono Baggia e gli altri?» lo aveva interpellato un cardinale.

Il camerlengo aveva aspettato un istante, prima di rispondere. «Purtroppo, non ve lo posso dire.»

«Quando torneranno?»

«Purtroppo, non ve lo posso dire.»

«Stanno bene?»

«Purtroppo, non ve lo posso dire.»

«Ritorneranno?»

«Purtroppo, non ve lo posso dire.»

C'era stato un lungo silenzio.

«Abbiate fede» aveva detto il camerlengo prima di congedarsi.

Come voleva la tradizione, le porte della Cappella Sistina erano state chiuse dall'esterno con due grosse catene. Quattro guardie svizzere sorvegliavano il corridoio. Mortati sapeva che le porte sarebbero state riaperte solo dopo l'elezione del nuovo pontefice, oppure se uno dei cardinali impegnati nel conclave avesse avuto un malore o se fossero arrivati i quattro porporati assenti. Pregava con tutto il cuore che si avverasse quest'ultima eventualità, ma temeva che non sarebbe successo.

"Procediamo con fede e determinazione." Ricordando l'esortazione del camerlengo, aveva preso in mano la situazione. Bisognava procedere al voto. Cos'altro si poteva fare?

C'erano voluti trenta minuti per i preparativi di rito prima della votazione e Mortati aveva atteso pazientemente sull'altare che tutti i cardinali, in ordine di anzianità, si avvicinassero per espletare la particolare procedura di voto.

Finalmente, anche l'ultimo giunse all'altare e si inginocchiò di fronte a lui.

«Chiamo a testimone Cristo Signore, il quale mi giudicherà, che il mio voto è dato a colui che, secondo Dio, ritengo debba essere eletto» dichiarò il cardinale, ripetendo la formula pronunciata dagli altri prima di lui.

Si alzò in piedi e sollevò la scheda perché tutti la vedessero, quindi la posò su un piatto posto sopra una grande urna. Poi sollevò il piatto e lo inclinò, facendo scivolare la scheda nell'urna. Il piatto serviva a garantire che nessuno depositasse di nascosto più di una scheda.

Dopo che la scheda fu caduta nell'urna, il cardinale la coprì nuovamente con il piatto, si inchinò davanti alla croce e ritornò al proprio posto.

Con quello, era stato espresso anche l'ultimo voto.

Ora toccava a Mortati compiere il proprio dovere.

Lasciando il piatto sull'urna, la agitò per mescolare le schede. Quindi tolse il piatto, estrasse una scheda a caso e l'aprì. La scheda era larga esattamente cinque centimetri. Lesse ad alta voce in modo che tutti potessero sentire.

«*Eligo in Summum Pontificem...*» dichiarò, leggendo il testo stampato in cima a ogni scheda. E annunciò il nome del candidato scritto sotto. A quel punto prese un ago e lo infilò nella scheda, in corrispondenza della parola *Eligo*, facendovi passare il filo con estrema attenzione. Poi prese nota del voto in un registro e ricominciò.

Scelse un'altra scheda dall'urna, la lesse a voce alta, la infilzò con l'ago e prese nota del voto. Ben presto si rese conto che la prima votazione non avrebbe avuto esito positivo: aveva estratto sette schede e ognuna recava il nome di un cardinale diverso. Come solitamente avveniva, il voto era scritto in stampatello o con una grafia camuffata, ma quell'usanza nel caso specifico sembrava particolarmente inutile, visto che era abbastanza ovvio che ogni cardinale aveva votato per sé. E non per sciocca ambizione personale, come Mortati ben sapeva: era un modo per mantenere lo status quo, una manovra difensiva, una tattica di temporeggiamento per essere sicuri che nessun cardinale ricevesse un numero di voti sufficiente a vincere e si rendesse necessaria un'altra votazione.

I cardinali stavano aspettando gli assenti...

Quando anche l'ultima delle schede fu registrata, Mortati dichiarò che l'esito della votazione era negativo.

Prese il filo che univa le schede e ne legò le due estremità formando un anello, che posò su un vassoio d'argento. Quindi si diresse verso la stufa alle sue spalle, dove diede fuoco alle schede dopo avervi aggiunto un'apposita sostanza chimica che avrebbe colorato il fumo. In questo modo il mondo esterno avrebbe visto la fumata nera uscire dal comignolo della cappella e avrebbe capito che era stata effettuata la prima votazione, ma il pontefice non era stato ancora eletto.

69

Quasi asfissiato dalle mefitiche esalazioni, Langdon risalì a fatica la scala a pioli, verso la luce che filtrava dall'imboccatura della botola. Sentiva delle voci, ma non capiva che cosa dicessero. Non riusciva a scacciare dalla mente l'immagine del cardinale marchiato a fuoco.

Earth... "Terra"...

Aveva la vista annebbiata e per un attimo temette di svenire. A un certo punto, perse l'equilibrio e cercò di aggrapparsi al bordo della botola, ma non ci riuscì. In mancanza di appigli, rischiò di precipitare di sotto. Si sentì afferrare per le ascelle e si ritrovò improvvisamente sospeso nel vuoto.

Due robuste guardie svizzere lo tirarono fuori dal buco del diavolo, ormai boccheggiante, e lo coricarono sul freddo pavimento di marmo della cappella.

Per un istante, Langdon perse l'orientamento: non sapeva più dov'era. Vide stelle e pianeti sopra di lui, sagome indistinte che si muovevano tutto intorno, udì delle grida. Cercò di mettersi a sedere e si accorse di essere ai piedi di una piramide di marmo. Poi riconobbe un'aspra voce rabbiosa e ritornò alla realtà.

Olivetti stava urlando a Vittoria: «Perché non l'avete capito subito, che avrebbe ucciso in questa chiesa?». Lei stava cercando di spiegargli la situazione, ma Olivetti la interruppe e si voltò per dare ordini ai suoi uomini. «Portate via il cadavere! Controllate dappertutto!»

Langdon cercò di tirarsi su a sedere. La Cappella Chigi era piena di guardie svizzere. Il telo di plastica che copriva l'ingresso era stato tolto e l'aria fresca gli sembrò una benedizione. Ritornando lentamente in sé, vide Vittoria che si avvicinava e gli si inginocchiava accanto. Sembrava un angelo.

«Stai bene?» chiese tastandogli il polso con le dita delicate.

«Sì, grazie.» Langdon si mise a sedere. «Olivetti è arrabbiato?»

Vittoria annuì. «Ne ha ben donde. Abbiamo sbagliato tutto.»

«*Io* ho sbagliato tutto.»

«Cerca di farti perdonare, allora: aiutaci a prenderlo. La prossima volta non possiamo permetterci di sbagliare.»

"La prossima volta?" Trovò spietato l'atteggiamento di Vittoria. "Non ci sarà una prossima volta! Abbiamo sprecato la nostra unica chance di fermare il massacro!"

Vittoria guardò l'orologio di Langdon. «Topolino dice che abbiamo ancora quaranta minuti. Riprenditi e aiutami a trovare il prossimo Altare della Scienza.»

«Te l'ho già spiegato, Vittoria, le statue sono state rimosse... Il Cammino dell'Illuminazione è...» Langdon si interruppe.

Vittoria abbozzò un sorriso.

Langdon si tirò in piedi a fatica e ammirò le opere d'arte che li circondavano, girando su se stesso. "Piramidi, stelle, pianeti, ellissi..." Di colpo gli tornò in mente tutto. "È questo il primo Altare della Scienza, non il Pantheon!" Più ci pensava, più la Cappella Chigi gli pareva perfettamente in armonia con la cultura degli Illuminati. Inoltre, era molto meno conosciuta del Pantheon, che era famoso in tutto il mondo. Era una cappella fuori mano, una semplice nicchia in una chiesa, un tributo a un grande mecenate della scienza, ed era piena di simboli che rimandavano alla Terra. "Perfetta."

Si appoggiò al muro e guardò le sculture piramidali. Vittoria aveva ragione: se quella cappella era il primo Altare della Scienza, chissà che non contenesse ancora la statua che indicava la tappa successiva lungo il Cammino dell'Illuminazione. Speranzoso, si rese conto che avevano ancora una chance di prendere l'assassino. Bastava trovare l'indizio che li avrebbe condotti al secondo Altare della Scienza.

Vittoria si avvicinò. «Ho scoperto chi è il misterioso scultore degli Illuminati.»

Langdon si girò di scatto. «Sul serio?»

«Ci resta solo da capire quale tra le sculture di questa cappella è l'indizio che...»

«Aspetta un attimo! Hai capito chi è lo scultore degli Illuminati?» Erano anni che cercava invano di scoprirlo...

Vittoria sorrise. «Il Bernini.»

Langdon pensò subito che Vittoria aveva preso un granchio. Era impossibile che fosse il Bernini. Gian Lorenzo Bernini era lo scultore più famoso di tutti i tempi, dopo Michelangelo. Nel Seicento, aveva realizzato più opere di chiunque altro. L'artista che stavano cercando, invece, doveva essere un perfetto sconosciuto. O quasi.

Vittoria aggrottò la fronte. «Ti vedo perplesso.»

«Non può essere lui.»

«Perché? Bernini era un contemporaneo di Galileo, era uno scultore importante...»

«Infatti. È troppo famoso. Ed era cattolico.»

«Sì» disse Vittoria. «Proprio come Galileo.»

«No» ribatté Langdon. «Niente affatto. Galileo era una spina nel fianco della Chiesa, mentre Bernini era il suo *enfant prodige*, adorato e vezzeggiato. Visse praticamente tutta la vita nella Città del Vaticano, dove era considerato un'autorità.»

«Una copertura perfetta.»

Langdon non sapeva più come spiegarglielo. «Vittoria, gli Illuminati chiamavano il loro artista segreto "maestro ignoto".»

«Sì, ignoto ai più. Anche nella massoneria solo gli affiliati di grado più alto sono al corrente di tutto. Probabilmente Galileo tenne segreta l'identità del Bernini alla maggior parte degli Illuminati per motivi di sicurezza. Il Vaticano non doveva scoprirlo.»

Langdon non era ancora convinto, ma dovette ammettere che il ragionamento di Vittoria aveva una sua logica, per quanto bizzarra. Sapeva per certo che gli Illuminati avevano l'abitudine di diffondere le informazioni a compartimenti stagni e che a conoscere la verità erano solo i membri di più alto livello. Per mantenere il segreto era indispensabile che solo pochissimi fossero edotti di tutto.

«Soltanto così si spiega perché fece queste due piramidi» concluse Vittoria con un sorriso.

Langdon le guardò e scosse la testa. «Bernini era uno scultore religioso. Non è possibile che queste due piramidi siano opera sua.»

Vittoria si strinse nelle spalle. «Perché allora lì è scritto così?»

Langdon si girò.

DESCRIZIONE DELLA CAPPELLA CHIGI
Progettata da Raffaello, completata da Gian Lorenzo Bernini

Langdon lesse il cartello due volte, ma continuava a essere perplesso. Gian Lorenzo Bernini era specializzato in arte sacra, aveva scolpito madonne, angeli, profeti e papi, non *piramidi*!

Le osservò confuso. Due piramidi, ognuna con uno splendente medaglione ellittico: non poteva esserci scultura meno sacra. Le piramidi, le stelle, i segni dello zodiaco... Ma se quella cappella era stata "completata da Gian Lorenzo Bernini", allora Vittoria aveva ragione: il Bernini doveva essere "il maestro ignoto" degli Illuminati. Se le sculture in quella cappella erano tutte opera sua... I pensieri gli si affastellavano nella mente troppo veloci perché riuscisse a seguirne il filo...

"Bernini era un Illuminato. Era l'autore degli ambigrammi. E aveva ideato il Cammino dell'Illuminazione."

Langdon era senza parole: possibile che lì, in quella piccola cappella, il famoso Bernini avesse collocato una scultura che indicava il successivo Altare della Scienza?

«Bernini!» esclamò. «Non l'avrei mai immaginato.»

«Chi, se non un famoso artista benvoluto dal Vaticano, avrebbe potuto piazzare le sue opere in diverse chiese romane e creare il Cammino dell'Illuminazione? Uno sconosciuto non ce l'avrebbe fatta di sicuro.»

Langdon ci pensò su. Guardò le piramidi, chiedendosi se l'indizio fosse racchiuso in una di esse. "O in tutte e due?"

«Le piramidi sono l'una di fronte all'altra» disse, incerto su come interpretarle. «Oltretutto, sono identiche, quindi non so quale...»

«Non credo che siano le piramidi l'indizio che stiamo cercando.»

«Ma sono le uniche sculture, qua dentro.»

Vittoria lo interruppe e indicò Olivetti e i suoi uomini intorno alla botola.

Langdon si voltò a guardare e, in un primo momento, non vide nulla. Poi una guardia si mosse e lo storico scorse il particolare di una scultura in marmo bianco. Un braccio, un busto, un viso scolpito, nascosti in una piccola nicchia. Erano due figure umane a grandezza naturale, vicine. Gli venne il batticuore. Si era lasciato prendere dalle piramidi e dal buco del diavolo al punto che la statua gli era sfuggita. Si fece largo tra le guardie e vi si avvicinò. Riconobbe lo stile del Bernini, la complessità della composizione, l'intensità dei volti e le pieghe delle vesti, la squisita qualità del marmo bianchissimo che il Vaticano poteva permettersi, ma fu solo quando fu a pochi centimetri di distanza che la riconobbe. Fissò i due volti e rimase senza fiato.

«Chi sono?» chiese Vittoria, alle sue spalle.

Langdon era in piedi, attonito. «*Abacuc e l'angelo*» disse con un filo di voce. Era un'opera del Bernini piuttosto famosa, riprodotta in quasi tutti i testi di storia dell'arte. Langdon non sapeva che si trovasse lì.

«Abacuc?»

«Sì. Il profeta che predisse la distruzione della terra.»

Vittoria sembrava a disagio. «Credi che sia questo l'indizio?»

Langdon annuì. Non era mai stato così sicuro di qualcosa in vita sua. Il primo indizio degli Illuminati era quello: non aveva dubbi. Sebbene si aspettasse una statua che in qualche modo "indicasse" il successivo Altare della Scienza, di certo non pensava a nulla di così letterale: sia l'angelo sia Abacuc avevano le braccia tese a indicare qualcosa in lontananza.

Langdon sorrise. «Piuttosto chiaro, no?»

Vittoria sembrava emozionata ma confusa. «Vedo che stanno indicando qualcosa, ma mi sembra che si contraddicano l'uno con l'altro. L'angelo indica da una parte e il profeta dall'altra.»

Langdon scoppiò a ridere. Era vero: le due figure indicavano un punto lontano, in direzione opposta. Ma lui aveva già risolto il problema. Con uno slancio, si diresse verso la porta.

«Dove vai?» gridò Vittoria.

«Esco!» Langdon correva, sentendosi di nuovo leggero. «Vado a vedere in che direzione punta il dito la statua!»

«Aspetta! Come fai a sapere quale delle due devi seguire?»

«Ti ricordi l'ultimo verso della quartina?» le rispose lui uscendo.

«"Lascia che gli angeli ti guidino nella tua nobile ricerca"?» Guardò il dito teso dell'angelo. Di colpo, le vennero le lacrime agli occhi. «Accidenti!»

70

Gunther Glick e Chinita Macri erano nascosti nel furgone della BBC in fondo a piazza del Popolo. Erano arrivati poco dopo le quattro Alfa Romeo, in tempo per assistere a una serie incredibile di eventi. La videoperatrice non aveva ancora capito che cosa potessero significare, ma era stata bene attenta a riprendere tutto.

Appena giunti, avevano visto un drappello di giovani uomini precipitarsi fuori dalle Alfa Romeo e circondare la chiesa. Alcuni sembravano armati. Uno di loro, forse il capo, aveva salito la scalinata della chiesa con un gruppetto di uomini e fatto saltare a colpi di pistola le serrature della porta. Non avendo udito spari, Chinita Macri aveva dedotto che avessero utilizzato dei silenziatori. Poi erano entrati.

Aveva insistito per restare a bordo del furgone e filmare la scena di nascosto. Dopotutto, le pistole erano pur sempre pistole e da dove era parcheggiato il furgone la visuale era ottima. Glick non aveva protestato. In quel momento, vide alcuni uomini che entravano e uscivano dalla chiesa gridando. Ne mise a fuoco alcuni che perquisivano la zona circostante. Erano in borghese, ma si comportavano come militari. «Secondo te, chi sono?» chiese a Glick.

«Non ne ho la più pallida idea.» Sembrava concentrato. «Stai riprendendo tutto, vero?»

«Certamente.»

Glick era soddisfatto. «Sei convinta, adesso, che abbiamo fatto bene a venire?»

Chinita Macri non sapeva che cosa dire. Sicuramente stava

succedendo qualcosa, ma faceva quel mestiere da troppo tempo per non sapere che spesso dietro gli eventi più straordinari c'era una spiegazione molto banale. «Potrebbe essere un buco nell'acqua» rispose. «Magari la tua fonte ha chiamato anche loro e sono venuti a controllare. Potrebbe essere un falso allarme.»

Glick la prese per un braccio. «Guarda! Inquadra quello!» Le indicò la chiesa.

Chinita Macri si girò e mise a fuoco un uomo che stava uscendo proprio in quel momento. «Ciao, bello» disse.

«Chi è?»

La videoperatrice zumò. «Mai visto prima.» Fece un primo piano e sorrise. «Ma non mi dispiacerebbe rivederlo.»

Robert Langdon scese di corsa la scalinata della chiesa e si diresse verso il centro della piazza. Era quasi buio, ormai: il sole era già calato dietro gli edifici circostanti e le ombre si allungavano sul selciato.

«Okay, Bernini» disse a voce alta. «Cosa diavolo indica il tuo angelo?»

Si girò e studiò come era orientata la chiesa, facendo mente locale sulla posizione della Cappella Chigi e della statua dell'angelo. Dopo un attimo di riflessione, si voltò verso ovest, dove stava tramontando il sole. Bisognava fare in fretta. «Sudovest» dichiarò soddisfatto. Poi guardò i palazzi che gli bloccavano la visuale. «Il prossimo indizio è da quella parte.»

Cercò di rammentare quel che sapeva di storia dell'arte italiana. Conosceva piuttosto bene le opere del Bernini, che però erano troppe perché lui potesse ricordarle tutte. Ciononostante, considerando la relativa fama del primo indizio, *Abacuc e l'angelo*, sperava di riconoscere anche il secondo.

"Terra, Aria, Fuoco e Acqua" pensò. La Terra l'avevano trovata. Abacuc era il profeta che prediceva la distruzione della terra.

Adesso dovevano trovare l'Aria. Langdon si sforzò di pensare. "Una scultura del Bernini che abbia qualcosa a che fare con l'aria..." Non gli veniva in mente niente, ma si sentiva galvanizzato. "Sono sul Cammino dell'Illuminazione! È ancora intatto!"

Scrutando in direzione sudovest, cercò di scorgere una cupola o un campanile oltre gli edifici che gli impedivano la vista. Non vide nulla. Gli serviva una piantina della città. Se fossero riusciti a stabilire quali chiese si trovavano a sudovest di quel punto, forse una avrebbe acceso una lampadina nella sua memoria. "Aria" continuava a ripetersi. "Aria... Bernini... una statua... aria... Rifletti!"

Si voltò e si diresse nuovamente verso la chiesa. Sotto le impalcature c'erano Vittoria e Olivetti che gli venivano incontro.

«Sudovest» disse Langdon, con il fiatone. «La prossima chiesa è a sudovest rispetto a questa.»

Olivetti domandò, gelido: «È sicuro, stavolta?».

Langdon non batté ciglio. «Ci serve una cartina, con tutte le chiese di Roma.»

Il comandante lo fissò imperturbabile.

Langdon guardò l'orologio. «Abbiamo solo mezz'ora.»

Olivetti scese la scalinata e si avviò verso la macchina, che era parcheggiata davanti alla chiesa. Langdon sperava che stesse andando a cercare una cartina.

Vittoria sembrava eccitata. «Allora, l'angelo indica a sudovest? Che chiese ci sono in quella direzione?»

«Non riesco a vedere oltre quei maledetti edifici.» Langdon si voltò e guardò nuovamente la piazza. «E non conosco abbastanza Roma da...» Si interruppe.

Vittoria sembrò sorpresa. «Cosa c'è?»

Langdon guardava fisso la piazza. Dalla scalinata della chiesa godeva di una vista migliore. Non riusciva ancora a scorgere nessuna chiesa, ma sentiva che quella era la direzione giusta. Alzò lo sguardo verso le impalcature, che arrivavano quasi al rosone, molto più in alto di tutti gli edifici circostanti. E capì che cosa doveva fare.

Dall'altra parte della piazza, Chinita Macri e Gunther Glick sedevano incollati al parabrezza del furgone della BBC.

«Stai riprendendo?» domandò Gunther.

Chinita Macri restrinse l'inquadratura sull'uomo che si stava arrampicando su per le impalcature. «È un po' troppo ben vestito per giocare all'Uomo Ragno.»

«E chi è la Donna Ragno?»

La videoperatrice guardò la bella ragazza in piedi sotto i ponteggi. «Scommetto che ti piacerebbe saperlo.»

«Secondo te, devo chiamare la redazione?»

«Non ancora. Stiamo a guardare. È meglio avere qualcosa in mano, prima di ammettere che abbiamo abbandonato il conclave.»

«Credi che abbiano davvero fatto fuori uno di quei vecchi rimbambiti?»

Chinita Macri si mise a ridere. «Lo sai, vero, che finirai all'inferno?»

«Sì, ma dopo aver vinto il Pulitzer.»

71

A mano a mano che Langdon saliva, l'impalcatura sembrava meno stabile, ma la vista su Roma diventava sempre più bella.

Quando arrivò in cima, aveva il fiatone. Si arrampicò sulla passerella più alta, si rassettò i vestiti e si alzò in piedi. Non soffriva di vertigini, anzi, trovava l'altezza entusiasmante.

Il panorama era davvero stupefacente. La distesa di tetti rossi brillava alla luce del tramonto. Da quella postazione, per la prima volta in vita sua, oltre la coltre di smog e traffico, vedeva le antiche radici di Roma, la Città di Dio.

Strizzando gli occhi per gli ultimi raggi abbaglianti del tramonto, cercò i campanili e le guglie delle chiese, ma non ne trovò nella direzione che gli interessava. "Ci saranno centinaia di chiese, qui a Roma. Possibile che a sudovest di Santa Maria del Popolo non ce ne sia nemmeno una?" pensò. Ma forse la chiesa che cercava era nascosta. O forse non esisteva neanche più.

Decise di riprovare e seguì lentamente con lo sguardo una linea immaginaria alla ricerca di un campanile. Naturalmente non tutte le chiese l'avevano, ed esistevano cappelle e santuari poco imponenti. Per non parlare del fatto che Roma era molto cambiata dal Seicento, quando le case non potevano per legge essere più alte delle chiese. Adesso Langdon riusciva solo a vedere palazzi, grattacieli e antenne della televisione.

Per la seconda volta, raggiunse l'orizzonte senza aver notato nulla di interessante. Nemmeno una guglia. In lontananza, quasi ai margini della città, il cupolone si stagliava contro il cielo rossastro. Ammirando da quell'altezza la basilica di San

Pietro e la Città del Vaticano, si chiese come stesse procedendo il conclave e se le guardie svizzere avessero localizzato l'antimateria. Ne dubitava, a dire il vero. Anzi, temeva che non ci sarebbero mai riusciti.

Intanto la quartina di Milton continuava a ronzargli nella testa. Se la ripeté fra sé, verso per verso, riflettendo su ogni parola. "Dalla tomba terrena di Santi con il buco del demonio." E quella l'avevano trovata. "Attraverso Roma si snodano gli elementi mistici": Terra, Aria, Fuoco e Acqua. "La via della luce è segnata, la prova sacra": il Cammino dell'Illuminazione era segnato da sculture del Bernini. "Lascia che gli angeli ti guidino nella tua nobile ricerca": l'angelo indicava verso sudovest...

«Laggiù!» esclamò Gunther Glick sul furgone della BBC, gesticolando freneticamente. «Sta succedendo qualcosa!»

Chinita Macri inquadrò l'ingresso della chiesa. In effetti c'era parecchio movimento. Uno degli uomini dall'aria militaresca aveva spostato una delle Alfa Romeo proprio ai piedi della scalinata e aveva spalancato il bagagliaio. Si guardava intorno, come per controllare che nessuno lo stesse guardando, e per un attimo Chinita Macri temette che li avesse scoperti. Ma era solo una sua paranoia, perché l'uomo, evidentemente soddisfatto, prese un walkie-talkie e cominciò a parlare.

Un attimo dopo, dalla chiesa uscì un gruppo serrato di uomini, che appena fuori si allargarono come giocatori di football americano che rompono il capannello, disponendosi in fila in cima alla scalinata. Facendo muro, iniziarono a scendere i gradini. Dietro di loro c'erano quattro soldati, quasi completamente nascosti, che trasportavano qualcosa. Sembrava molto pesante e poco maneggevole.

Glick si sporse in avanti. «Hanno sgraffignato qualche opera d'arte, secondo te?»

Chinita Macri zoomò e cercò con il teleobiettivo un varco fra gli uomini in fila. Se solo si fossero staccati leggermente... Le sarebbe bastato un fotogramma. Ma gli uomini avanzavano compatti. "Su, dài!" Non li perse di vista un attimo, e fu ricompensata: quando i soldati alzarono ciò che stavano trasportando per infilarlo nel bagagliaio dell'Alfa Romeo, il più anziano vacillò per un attimo. Fu solo una frazione di secondo, ma a Chinita Macri bastò. Aveva una decina di fotogrammi... «Chiama la redazione» disse a Glick. «Abbiamo un morto.»

Al CERN, nel frattempo, Maximilian Kohler entrò nello studio di Leonardo Vetra e, con grande efficienza, incominciò a frugare fra le sue carte. Non trovando ciò che cercava, passò nella camera da letto. Il primo cassetto del comodino era chiuso a chiave, ma Kohler riuscì ad aprirlo facendo leva con un coltello preso in cucina.

Dentro, trovò quello che stava cercando.

72

Langdon scese dalle impalcature e saltò a terra. Si rassettò frettolosamente i vestiti impolverati. Vittoria lo stava aspettando.

«Allora?» gli chiese.

Il professore scosse la testa, sconsolato.

«Hanno messo il cardinale nel bagagliaio.»

Langdon guardò l'auto parcheggiata lì davanti e vide Olivetti e un gruppetto di guardie che esaminavano una cartina spiegata sul cofano. «Stanno cercando quali chiese ci sono in direzione sudovest?»

Vittoria annuì. «Pare non ce ne siano. La prima che si incontra è San Pietro.»

Langdon sbuffò: per una volta erano tutti d'accordo. Si avvicinò a Olivetti. Le guardie si fecero da parte.

Il comandante alzò lo sguardo. «Niente. Ma su questa pianta non sono segnate tutte le chiese. Ci sono solo le più grandi. E, comunque, sono una cinquantina.»

«Noi dove siamo?» chiese Langdon.

Olivetti gli indicò piazza del Popolo e tracciò una linea retta in direzione sudovest. Passava molto distante dai quadratini neri che indicavano le chiese più importanti di Roma, che purtroppo erano anche le più antiche, e quindi quelle che esistevano già nel Seicento.

«Bisogna prendere una decisione» disse Olivetti. «Lei è sicuro che la direzione sia giusta?»

In ansia, Langdon ripensò al braccio proteso dell'angelo. «Sì, comandante. Sicurissimo.»

Olivetti fece spallucce e tracciò un'altra linea retta che attraversava il ponte Regina Margherita, via Cola di Rienzo e piazza del Risorgimento e, senza toccare nessun'altra chiesa, terminava bruscamente al centro di piazza San Pietro.

«Perché non potrebbe essere San Pietro?» chiese una delle guardie, con una brutta cicatrice sotto l'occhio sinistro. «Anche quella è una chiesa.»

Langdon scosse la testa. «Dev'essere un luogo pubblico, e al momento non lo è per niente.»

«La linea però attraversa la piazza» gli fece notare Vittoria, guardando la cartina da dietro la spalla di Langdon. «Che è un luogo pubblico.»

Langdon aveva già preso in considerazione quell'ipotesi. «Ma non ci sono statue.»

«Non c'è un monolito nel centro?»

Vittoria aveva ragione: in mezzo a piazza San Pietro c'era un obelisco egizio. Langdon alzò gli occhi verso quello che avevano davanti, al centro di piazza del Popolo. "Già. Strana coincidenza..." pensò. Perplesso, rispose: «Però non è opera del Bernini: fu portato a Roma da Caligola. E poi non ha niente a che vedere con l'Aria». C'era un altro problema, oltretutto. «E poi, la quartina dice esplicitamente "attraverso Roma". La basilica di San Pietro non è a Roma, ma nel territorio della Città del Vaticano.»

«Su questo ci sarebbe da discutere» ribatté la guardia.

Langdon alzò gli occhi stupito. «In che senso, scusi?»

«Piazza San Pietro è da sempre oggetto di controversia. Nella maggior parte delle cartine risulta nel Vaticano ma, essendo fuori delle mura, c'è chi sostiene che faccia parte di Roma.»

«Sta scherzando?» si stupì Langdon. Questa gli suonava proprio nuova.

«Glielo faccio notare solo perché il comandante Olivetti e la signorina Vetra cercavano una statua che avesse a che fare con l'aria» continuò la guardia.

Langdon spalancò gli occhi. «E le risulta che in piazza San Pietro ce ne sia una?»

«Be', non è proprio una statua e probabilmente non c'entra niente...»

«Ci interessa comunque» lo incoraggiò Olivetti.

La guardia fece spallucce. «Lo so perché sono spesso di guardia in piazza San Pietro e la conosco bene...»

«La statua» lo interruppe Langdon spazientito. «Com'è? Dov'è?» Certo che gli Illuminati avevano avuto un bel coraggio, se avevano piazzato il secondo indizio proprio davanti alla basilica di San Pietro...

«Ci passo davanti tutti i giorni» rispose la guardia. «È qui al centro, proprio dove passa la linea che ha tracciato il comandante. Per questo mi è venuta in mente. Come dicevo, non è proprio una statua, è più una specie di... incisione.»

Olivetti era ansioso. «Un'incisione?»

«Sissignore. Alla base dell'obelisco. È una specie di placca ovale di marmo e sopra c'è scolpita una faccia che soffia.» Si interruppe, poi riprese: «Perciò, quando parlavate di aria...».

Langdon lo fissò meravigliato. «Un bassorilievo!» esclamò, dopo un attimo di silenzio.

Tutti si voltarono verso di lui.

«Il bassorilievo è una forma di scultura» spiegò Langdon. "La scultura è l'arte di lavorare un materiale per creare figure, a tutto tondo o in rilievo." Quante volte aveva ripetuto quella definizione ai suoi studenti? I bassorilievi sono essenzialmente delle sculture bidimensionali, come i profili dei grandi statisti sulle monete o i medaglioni del Bernini nella Cappella Chigi.

«Un bassorilievo?» disse la guardia.

«Esattamente!» Langdon batté con la mano sul cofano dell'automobile. «Non ci avevo pensato! Il bassorilievo di cui stiamo parlando si chiama West Ponente, o Il soffio di Dio.»

«Il soffio di Dio?»

«Sì! Se non allude all'aria questo... Ed è opera dell'architetto della piazza!»

Vittoria assunse un'espressione confusa. «Credevo che San Pietro fosse opera di Michelangelo...»

«La basilica» precisò Langdon. «Ma la piazza fu progettata dal Bernini!»

Il corteo di Alfa Romeo si allontanò da piazza del Popolo a gran velocità. Troppo in fretta per notare il furgone della BBC che lo seguiva.

73

Gunther Glick schiacciò il pedale dell'acceleratore e si immise nel traffico, tallonando le quattro Alfa Romeo che si dirigevano verso il ponte Regina Margherita. In genere, quando pedinava qualcuno, si teneva a distanza per non farsi notare, ma questa volta riusciva a malapena a star dietro al corteo che sfrecciava per le strade di Roma.

Chinita Macri era nel piccolo laboratorio sul retro del furgone, al telefono con Londra. Appena ebbe chiuso la comunicazione, gridò a Glick: «Vuoi prima le notizie buone o quelle cattive?».

Glick si accigliò. Chissà come l'avevano presa, in sede. «Quelle cattive.»

«Il capo si è incazzato perché abbiamo abbandonato la postazione.»

«Me l'aspettavo.»

«Ed è anche convinto che la tua soffiata sia una bufala.»

«Naturalmente.»

«Ti ha definito inaffidabile e incompetente.»

Glick fece una smorfia. «Va bene. E le buone notizie?»

«Ha detto che se gli mandiamo le riprese, ci dà un'occhiata.»

Il reporter sorrise. "Vediamo se mi darà dell'inaffidabile e dell'incompetente anche dopo averle visionate." «Mandagliele, allora.»

«Se non ti fermi, non ci riesco.»

Glick imboccò sparato via Cola di Rienzo. «Come faccio a fermarmi adesso?» Svoltò bruscamente a sinistra dietro le Alfa Romeo e attraversò piazza Risorgimento.

Chinita Macri dovette aggrapparsi alla console del computer per non cadere. Nel retro del furgone scivolava tutto avanti e indietro. «Ti avverto che, se si rompono le apparecchiature, a Londra le riprese ce le dobbiamo portare a piedi» urlò.

«Tieniti forte, Chinita. Mi sa che siamo quasi arrivati.»

La donna alzò gli occhi. «Dove?»

Glick guardò la basilica che si stagliava davanti a loro e sorrise. «Al punto di partenza.»

Le quattro Alfa Romeo si fecero largo senza problemi in mezzo al traffico intorno a piazza San Pietro e si divisero, fermandosi lungo il perimetro della piazza e facendo scendere le guardie in punti diversi senza dare nell'occhio. Le guardie si mescolarono fra i turisti e i giornalisti. Alcune si appostarono tra i pilastri del colonnato. Guardando la scena dal finestrino, Langdon ebbe la sensazione che intorno a San Pietro si stesse stringendo un cappio.

Oltre agli uomini appena sguinzagliati, Olivetti aveva chiesto che gli mandassero rinforzi in borghese in prossimità dell'obelisco, dove era situato il *West Ponente* del Bernini. Osservando l'ampiezza di quel luogo, Langdon venne assalito da mille dubbi: come pensava di cavarsela, l'assassino? Come avrebbe fatto a portare un cardinale in mezzo a tanta gente e ucciderlo sotto gli occhi di tutti? Controllò sul suo orologio di Topolino: mancavano sei minuti alle nove.

Olivetti, che era seduto davanti, si voltò verso Langdon e Vittoria. «Voglio che voi due andiate a mettervi proprio sopra questo bassorilievo del Bernini, qualunque cosa sia. Fate di nuovo finta di essere due turisti, e chiamate appena notate qualcosa di strano.»

Prima che Langdon potesse rispondere, Vittoria lo prese per mano e lo trascinò fuori dall'auto.

Il sole era ormai tramontato dietro la basilica di San Pietro e la piazza era tutta in ombra. Langdon aveva la pelle d'oca, mentre camminava con Vittoria in mezzo alla folla, osservando ogni volto come se fosse quello dell'assassino. La mano di Vittoria, invece, era calda.

Attraversando quella piazza grandiosa, constatò che il Bernini era decisamente riuscito a ottenere l'effetto che si era proposto nel progettarla: intimorire chiunque vi mettesse piede. Oltre che intimorito, Langdon era anche affamato, benché gli sembrasse strano che in un'emergenza tanto grave gli fosse venuto in mente di mangiare.

«Andiamo all'obelisco?» chiese Vittoria.

Langdon annuì e si diresse verso il centro della piazza.

«Che ore sono?» chiese Vittoria camminando svelta, ma disinvolta.

«Le nove meno cinque.»

Lei non commentò, ma Langdon si sentì stringere la mano con più forza. Aveva ancora la pistola e si augurava che Vittoria non decidesse di prendergliela dalla tasca della giacca per sparare all'assassino in mezzo a piazza San Pietro, davanti alle televisioni di tutto il mondo. A pensarci bene, però, una scena del genere non sarebbe stata poi così terribile, rispetto all'omicidio di un cardinale marchiato a fuoco.

"Aria" pensò. "Il secondo elemento della scienza." Cercò di immaginare come potesse essere fatto il marchio e quale morte avesse scelto l'assassino per la sua vittima. Guardò l'immensa distesa di granito protetta dalle guardie svizzere: se l'assassino avesse veramente colpito lì, non sarebbe mai riuscito a farla franca.

Al centro della piazza si ergeva l'obelisco egizio di Caligola, venticinque metri di altezza, trecentocinquanta tonnellate di peso, la punta piramidale sormontata da una croce di ferro che pareva risplendere magicamente nella fioca luce della sera... Si diceva fosse cava e contenesse le reliquie della croce di Cristo.

Ai lati dell'obelisco c'erano due fontane perfettamente simmetriche. Gli storici dell'arte sapevano che segnavano con esattezza i fuochi dell'ellisse disegnata dal Bernini, ma era un dettaglio architettonico su cui Langdon non aveva mai veramente riflettuto prima. Era come se Roma, all'improvviso, si fosse riempita di ellissi, di piramidi e di inquietanti geometrie simboliche.

Avvicinandosi all'obelisco, Vittoria rallentò il passo. Faceva respiri profondi, quasi volesse invitare anche Langdon a rilassarsi insieme con lei. Langdon ci provò, abbassando le spalle e cercando di non stringere i denti.

Erano in prossimità del secondo Altare della Scienza, audacemente posizionato appena fuori della basilica più grande del mondo: il *West Ponente* del Bernini, un bassorilievo a forma di ellisse nel centro di piazza San Pietro.

Gunther Glick, nascosto dietro il colonnato, osservava. In condizioni normali, non avrebbe degnato di uno sguardo l'uomo in giacca di tweed e la donna in shorts color cachi, che sembravano turisti qualsiasi in giro per Roma. Ma quella non era una giornata normale: aveva ricevuto una soffiata telefonica, aveva visto un morto, inseguito un corteo di Alfa Romeo che sfrecciavano per la capitale e osservato un distinto signore in giacca di tweed arrampicarsi – Dio solo sapeva per quale motivo – sulle impalcature di Santa Maria del Popolo. Decise perciò che era meglio tenere d'occhio i due finti turisti.

Si girò alla ricerca della sua videoperatrice. Chinita Macri era esattamente dove le aveva detto di andare, cioè a poca distanza dalla coppia. Portava la telecamera in maniera disinvolta ma, nonostante la sua aria da giornalista annoiata, dava più nell'occhio di quanto Glick avesse voluto. In quel punto della piazza non c'erano altri reporter e la scritta BBC sulla telecamera era un tantino troppo evidente.

In quel momento, dal retro del furgone stavano trasmettendo a Londra le immagini del cadavere nudo nascosto nel bagagliaio. Chissà come avrebbe reagito il suo capo...

Peccato non aver scoperto il morto prima dell'arrivo di quelle guardie in borghese, le stesse che adesso si erano mescolate fra i turisti che giravano per la piazza. Era sicuro che stesse per succedere di nuovo qualcosa di grosso.

"I media sono il braccio destro dell'anarchia" aveva detto l'assassino. Gli sarebbe dispiaciuto perdere l'occasione di fare un grande scoop. Guardò in lontananza i furgoni delle altre televisioni e Chinita Macri che pedinava la misteriosa coppia di finti turisti. Sì, era pronto a scommettere che stava per succedere di nuovo qualcosa...

306

74

Langdon vide quello che stava cercando da una decina di metri di distanza. In mezzo ai turisti, l'ellisse di marmo bianco
del *West Ponente* del Bernini risaltava fra i sampietrini. Evidentemente l'aveva notata anche Vittoria, perché gli strinse la
mano con più forza.

«Calma» le bisbigliò Langdon. «Fai i tuoi esercizi piranha.»

Vittoria allentò la presa.

Sembrava tutto normale in una maniera inquietante: i turisti passeggiavano, le suore chiacchieravano ai bordi della
piazza, una bambina dava da mangiare ai piccioni alla base
dell'obelisco...

Langdon si trattenne dal guardare l'orologio. Sapeva che
era quasi l'ora.

Si fermarono, cercando di non farsi notare, davanti all'ellisse intorno all'obelisco, come due turisti che si attardino dove-
rosamente dinanzi a un monumento di relativo interesse.

«*West Ponente*» disse Vittoria, leggendo l'iscrizione sulla
pietra.

Langdon osservò il bassorilievo e si sentì uno stupido per
non aver mai capito, né quando studiava storia dell'arte né
durante i suoi numerosi viaggi a Roma, il vero significato di
quell'opera.

In quel momento gli sembrava chiarissimo.

Il bassorilievo era ellittico, lungo circa un metro, e raffigurava un viso, una specie di angelo dalla cui bocca usciva un
alito di vento che spirava in direzione opposta al Vaticano...
"il soffio di Dio". Era l'omaggio dell'artista al secondo ele-

mento: l'aria... un soffio che esce dalle labbra di un angelo. Mentre lo osservava, Langdon capì che il significato di quell'opera era molto più complesso. Bernini aveva rappresentato il soffio con cinque linee e accanto al bassorilievo c'erano due stelle splendenti. Langdon ripensò a Galileo. "Due stelle, cinque soffi, ellissi, simmetria..." Gli girava la testa, si sentiva mancare...

Vittoria riprese a camminare e lo tirò da una parte. «Credo che qualcuno ci stia seguendo» gli sussurrò.

Langdon alzò gli occhi. «Dove?»

Vittoria gli rispose solo dopo essersi allontanata di una trentina di metri, e gli fece segno con il dito, come per mostrargli un particolare della basilica. «Ce l'abbiamo alle calcagna da quando siamo scesi dalla macchina.» Facendo finta di niente, si guardò dietro le spalle. «È ancora lì. Continuiamo a camminare.»

«Pensi che sia l'assassino?»

Vittoria scosse la testa. «Non credo proprio: è una donna con una telecamera della BBC.»

Le campane di San Pietro iniziarono a suonare con un fragore assordante, e Langdon e Vittoria trasalirono: era arrivata l'ora. Nel tentativo di seminare la videoperatrice, si erano allontanati dal *West Ponente*, ma adesso ci stavano ritornando.

A parte lo scampanare, sembrava tutto tranquillo: i turisti giravano pacifici, un barbone ubriaco dormicchiava in una strana posizione alla base dell'obelisco, la bambina continuava a dare da mangiare ai piccioni. Forse l'assassino si era spaventato vedendo la donna con la telecamera e aveva rinunciato ai suoi macabri propositi. "Poco probabile" decise Langdon, ripensando alle sue parole: "La loro morte avrà ampia risonanza... Il sogno di ogni martire".

Mentre anche l'eco del nono rintocco svaniva, sulla piazza calò il silenzio.

Poi la bambina si mise a urlare.

75

Langdon la raggiunse per primo.

La bambina, terrorizzata, gli indicò un barbone ubriaco e malconcio seduto alla base dell'obelisco. Il poveretto doveva essere uno dei tanti vagabondi della capitale. Era avvolto in una lurida coperta e aveva i capelli grigi e sporchi sul viso. La bambina scappò urlando. Langdon si avvicinò al vecchio con un brutto presentimento. Sulla coperta in cui era avvolto si stava allargando una macchia scura. Sangue.

Successe tutto in un attimo.

Il vecchio si accasciò, piegandosi su se stesso. Langdon corse a sorreggerlo, ma arrivò troppo tardi: l'uomo stramazzò a faccia in giù sul selciato e rimase immobile.

Langdon gli si inginocchiò accanto. Vittoria lo raggiunse. Nel frattempo si avvicinarono alcuni curiosi.

Vittoria posò due dita sul collo dell'uomo. «È ancora vivo» disse. «Mettiamolo supino.»

Langdon afferrò il vecchio per le spalle e lo girò. La lurida coperta gli si aprì sul petto. Era marchiato a fuoco.

Vittoria trasalì, senza fiato.

Langdon rimase impietrito, in preda alla nausea e allo sgomento. Il simbolo era di una semplicità terrificante.

«*Air*» lesse Vittoria con un filo di voce. «"Aria"... È lui.»

Le guardie svizzere si materializzarono come dal nulla nella piazza, urlando ordini e lanciandosi all'inseguimento di un assassino che nessuno aveva visto.

Un turista riferì di aver notato pochi minuti prima un signore scuro di pelle, che era stato tanto gentile da aiutare quel povero straccione rantolante ad attraversare la piazza e si era addirittura seduto per un po' accanto a lui ai piedi dell'obelisco.

Vittoria controllò il torace dell'uomo e vide che ai lati dell'ustione c'erano due profondi fori, appena sotto la cassa toracica. Gli posò la testa all'indietro per fargli la respirazione a bocca a bocca ma, quando incominciò a soffiare, dai fori uscirono sibilando due spruzzi di sangue, che colpirono Langdon sul volto.

Vittoria si interruppe inorridita. «I polmoni...» balbettò. «Gli hanno perforato i polmoni!»

Langdon si pulì e fissò i due fori che gorgogliavano. Per quel pover'uomo non c'era più niente da fare.

Vittoria lo coprì pietosamente con la coperta mentre arrivavano le guardie svizzere.

Langdon si rialzò, disorientato, e la vide. La donna che li aveva pedinati era accucciata ai piedi dell'obelisco con la telecamera della BBC sulla spalla e filmava la scena. Langdon incrociò il suo sguardo e capì che aveva ripreso tutto quanto. La videoperatrice si alzò, agile come un felino, e scappò via.

76

Chinita Macri stava correndo più veloce che poteva. Aveva fatto lo scoop della sua vita.

La telecamera le sembrava pesantissima, mentre cercava di evitare la folla in piazza San Pietro che incalzava nella direzione opposta. Tutti sembravano attirati dal trambusto che era scoppiato vicino all'obelisco, mentre lei cercava di allontanarsi il più possibile. L'uomo con la giacca di tweed l'aveva vista e lei aveva paura che qualcuno la stesse inseguendo.

Era ancora sotto shock. Chissà se quel poveretto era davvero la vittima designata... La misteriosa fonte telefonica di Glick all'improvviso le parve meno folle.

Mentre correva verso il furgone, le si parò di fronte un uomo dall'aria decisamente autoritaria, che la guardò negli occhi. Chinita Macri si fermò. L'uomo tirò fuori un walkie-talkie e mormorò qualcosa, poi fece per bloccarla, ma lei indietreggiò e si mescolò fra i passanti con il cuore che le batteva all'impazzata.

Nascosta in mezzo alla folla, estrasse la cassetta dalla telecamera e se la infilò nei pantaloni. "Questa è più preziosa dell'oro" pensò, sistemandosi la giacca in maniera da nasconderla e per una volta si rallegrò di avere un paio di chili di troppo. "Gunther, dove diavolo sei?"

Vide un altro soldato alla sua sinistra e capì che ormai le restava pochissimo tempo. Si lasciò trasportare dalla folla e, preso un nastro vergine dalla borsa, lo infilò nella telecamera. Poi si mise a pregare.

Era a una trentina di metri dal furgone della BBC quando le

si pararono davanti due uomini, ben piantati e con le braccia conserte. Capì di non avere scampo.

«La cassetta» le ordinò uno dei due. «Me la dia.»

Chinita Macri arretrò e abbracciò la telecamera con gesto protettivo. «Non ci penso nemmeno.»

Uno degli uomini le fece vedere che sotto la giacca aveva una pistola.

«Se vuole spararmi, si accomodi, ma io la cassetta non gliela do» disse, meravigliandosi lei stessa della sua audacia.

«Non faccia storie» insistette l'altro.

"Ma dov'è finito Gunther?" Chinita Macri batté un piede per terra e si mise a strepitare: «Sono una videoperatrice della BBC! Ai sensi dell'articolo 12 della legge sulla libertà di stampa, questo nastro è di proprietà della BBC!».

I due uomini restarono impassibili. Quello con la pistola fece un passo verso di lei. «E io sono un tenente della Guardia Svizzera, e ai sensi della legge vaticana ho il potere di perquisirla e sequestrare le sue registrazioni.»

Intorno a loro si stava formando un capannello di gente.

Chinita Macri gridò: «Non vi consegnerò nulla senza l'autorizzazione del mio capo, dalla sede di Londra. Desidero pertanto...».

Ma lasciò la frase a metà, perché una delle due guardie le strappò di mano la telecamera e l'altra le torse un braccio con forza, costringendola a girarsi verso la basilica. «Grazie» le disse poi, spintonandola tra la folla che si accalcava.

Chinita Macri pregò che non la perquisissero, perché in quel caso avrebbero certamente trovato il nastro. Doveva riuscire a temporeggiare finché...

Improvvisamente, successe l'impensabile: sentì una mano insinuarsi sotto la giacca e sfilarle la cassetta dai pantaloni. Si voltò e rimase senza parole. Dietro di lei, un affannato Gunther Glick le fece l'occhiolino e sparì in mezzo alla folla.

77

Robert Langdon entrò barcollando nella toilette accanto allo studio privato del papa e si lavò la faccia sporca del sangue del cardinale Lamassé, orribilmente ucciso pochi minuti prima in piazza San Pietro. "Vergini sacrificali... Agnelli immolati sull'altare della scienza..." Fino a quel momento l'assassino era riuscito a mettere in pratica tutte le sue minacce.

Langdon si guardò allo specchio e vide che aveva gli occhi scavati e le guance coperte di barba ispida. Il bagno era lussuoso e immacolato, tutto marmi neri e oro, con asciugamani di cotone e saponi profumati.

Sentendosi impotente, cercò di non pensare al marchio sanguinolento che aveva appena visto sul petto del cardinale: *Air*. Ma non riusciva a togliersi quell'immagine dalla mente. Da quando si era svegliato quella mattina aveva già visto tre ambigrammi... e con ogni probabilità ne avrebbe visti altri due.

Sentì che Olivetti, il camerlengo e il capitano Rocher, nella stanza accanto, stavano discutendo su come procedere. Evidentemente le ricerche dell'antimateria non avevano ancora dato risultati. O le guardie svizzere non erano riuscite a registrare la presenza del cilindro, oppure era stato nascosto in zone del Vaticano che il comandante Olivetti giudicava inaccessibili.

Langdon si asciugò il viso e le mani, poi si voltò a cercare l'orinatoio. Non lo trovò. C'era solo la tazza. Sollevò il coperchio.

Mentre svuotava la vescica, sentì tutta la stanchezza di quella giornata. Non era stata solo faticosa, ma anche destabilizzante dal punto di vista emotivo. Era sfinito, non mangiava e non si fermava da quella mattina e aveva assistito a due brutali omicidi. Dove l'avrebbe portato adesso il Cammino dell'Illuminazione? Pensò con orrore ai possibili sviluppi di quella tragedia.

Cercò di riflettere, ma non gli veniva in mente niente.

Mentre tirava lo sciacquone, fece una considerazione inaspettata. "Questa è la toilette del papa" pensò. "Ho appena fatto la pipì nella toilette di Sua Santità." Gli scappò da ridere.

78

A Londra, un'impiegata della BBC estrasse un nastro dal ricevitore satellitare e lo portò in tutta fretta nell'ufficio del caporedattore, dove lo inserì nel videoregistratore e schiacciò il tasto PLAY.

Mentre il nastro partiva, gli riferì la conversazione che aveva avuto con Gunther Glick, l'inviato al Vaticano. Gli disse inoltre che l'archivio fotografico della BBC le aveva appena confermato l'identità della vittima di piazza San Pietro.

Poco dopo, il caporedattore uscì dall'ufficio ululando. Tutti rimasero impietriti.

«In onda fra cinque minuti!» urlò l'uomo. «Questa è roba che scotta! Le altre reti ci pagheranno a peso d'oro per averla! Sbrigatevi a contattarli! Tenete presente che esiste anche un filmato.»

Quelli del commerciale presero in mano il telefono.

«Di cosa si tratta?» chiese uno.

«Uno spezzone di trenta secondi... Un omicidio.»

«A quanto vendiamo?»

«Un milione di dollari.»

Tutte le teste si alzarono di colpo. «Che cosa?»

«Avete sentito bene! Voglio il top del top: CNN, MSNBC e compagnia bella. Offritegli un'anteprima e dategli cinque minuti per decidere prima che lo mandiamo in onda noi.»

«Ma cosa diavolo è successo?» chiese qualcuno. «Hanno scuoiato vivo il primo ministro?»

Il caporedattore scosse la testa. «Meglio ancora.»

In quello stesso istante, a Roma, l'assassino si stava riposando su una comoda poltrona e ammirava la sala leggendaria che lo circondava. "Sono seduto nella Chiesa dell'Illuminazione" pensò. "Il covo degli Illuminati." Non riusciva a credere che esistesse ancora, dopo tutto quel tempo.

Ligio al dovere, compose il numero del giornalista della BBC con cui aveva parlato prima. Era arrivato il momento. Il mondo stava per ricevere la notizia più scioccante di tutte.

79

Vittoria Vetra sorseggiò un bicchiere d'acqua e mangiò distrattamente una delle brioche appena procurategli da una guardia svizzera. Sapeva che era meglio buttare giù qualcosa, anche se non aveva fame. Lo studio privato del papa era affollato e tutti parlavano, tesi. Rocher, Olivetti e una mezza dozzina di guardie cercavano di fare il punto della situazione e discutevano sulle mosse successive.

Robert Langdon era in piedi e guardava la piazza dalla finestra con aria abbattuta.

Vittoria gli si avvicinò. «Hai qualche idea?»

Il professore scosse la testa.

«Ne vuoi una?»

Alla vista delle brioche l'umore di Langdon migliorò. «Oh, grazie.» Ne prese una e la divorò.

Il brusio nella stanza cessò di colpo quando il camerlengo Ventresca entrò scortato da due guardie svizzere. Vittoria pensò che, se prima le era sembrato provato, adesso era l'ombra di se stesso.

«Che cosa è successo?» chiese a Olivetti. Ma dalla sua espressione si capiva che doveva già essere al corrente delle novità.

Olivetti fece rapporto, illustrando la situazione con fredda professionalità. «Il cardinale Ebner è stato trovato morto nella chiesa di Santa Maria del Popolo poco dopo le venti, soffocato e marchiato a fuoco con l'ambigramma *Earth*. Il cardinale Lamassé è deceduto in piazza San Pietro dieci minuti fa in seguito alla perforazione dei polmoni. Recava sul petto il marchio

Air, anch'esso un ambigramma. In entrambi i casi l'assassino è riuscito a fuggire.»

Il camerlengo attraversò la stanza e si lasciò cadere pesantemente sulla sedia dietro la scrivania papale, a capo chino.

«I cardinali Guidera e Baggia, quindi, sono ancora vivi» continuò il comandante.

Quando il camerlengo rialzò la testa, aveva un'espressione addolorata. «E questo dovrebbe esserci di consolazione? Due dei quattro cardinali rapiti sono stati uccisi e gli altri lo saranno fra breve, se non riuscirete a liberarli.»

«Li troveremo» lo rassicurò Olivetti. «Sono ottimista.»

«Ottimista? Ma se finora non siamo riusciti a combinare nulla!»

«Questo non è vero, monsignore. Abbiamo perso due battaglie, ma vinceremo la guerra. Gli Illuminati hanno intenzione di trasformare questa serata in una kermesse televisiva. Fino a questo momento abbiamo ostacolato i loro piani. I cadaveri sono stati recuperati senza incidenti. E inoltre» continuò Olivetti «il capitano Rocher mi informa che le ricerche dell'ordigno esplosivo stanno andando a gonfie vele.»

Il capitano Rocher fece un passo avanti. Vittoria pensò che aveva un aspetto più umano delle altre guardie, meno rigido benché altrettanto risoluto. Anche la sua voce sembrava meno gelida e imperturbabile. «Spero di trovarlo entro un'ora, signore.»

«Mi perdoni, capitano, ma non riesco a condividere il suo ottimismo» ribatté il camerlengo. «Ho l'impressione che le ricerche richiederanno molto più tempo di quello che abbiamo a disposizione.»

«Se volessimo setacciare tutta la Città del Vaticano, probabilmente sì. Ma dopo un'attenta valutazione ho stabilito che il cilindro quasi certamente si trova in una delle zone bianche, ovvero quelle aperte al pubblico, come i musei e la basilica. In quelle zone abbiamo già sospeso l'erogazione di energia elettrica e condotto accurate ricerche con mezzi sofisticati.»

«Dunque avete intenzione di setacciare solo una piccola parte della Città del Vaticano?»

«Sissignore. È molto improbabile che l'intruso sia riuscito ad accedere alle zone interne del Vaticano. Il fatto che la telecamera del sistema a circuito chiuso sia stata rubata in un'area aperta al pubblico, ossia dal vano scala di uno dei musei, confermerebbe la mia ipotesi. È alquanto probabile, pertanto, che sia stata nascosta, insieme con il cilindro di antimateria, in un'altra area aperta al pubblico. Ed è in queste zone che abbiamo concentrato le ricerche.»

«Stiamo parlando di una persona che ha sequestrato quattro cardinali, capitano. Ho l'impressione che abbia più risorse di quante lei creda. Forse ha avuto accesso anche a zone non aperte al pubblico.»

«Non è detto. Le ricordo che i cardinali hanno passato gran parte della giornata nei Musei Vaticani e nella basilica di San Pietro. È probabile che siano stati rapiti lì.»

«Ma come sono usciti fuori dalle mura vaticane?»

«Stiamo ancora indagando.»

«Capisco.» Il camerlengo emise un sospiro, si alzò in piedi e si diresse verso Olivetti. «Comandante, vorrei che mi spiegasse il suo piano di evacuazione.»

«Lo stiamo ancora perfezionando, monsignore. Nel frattempo sono fiducioso che il capitano Rocher riuscirà a localizzare il cilindro.»

Rocher batté i tacchi, forse in segno di apprezzamento per la fiducia che gli era stata accordata. «I miei uomini hanno già esaminato due terzi delle zone bianche. Siamo ottimisti.»

Ventresca sembrava molto più sfiduciato.

In quel momento la guardia con la cicatrice sotto l'occhio entrò nello studio del papa con una lavagna e una cartina. Si diresse verso Langdon. «Professor Langdon? Ho le informazioni che mi aveva chiesto sul *West Ponente*.»

Langdon si pulì la bocca dalle briciole. «Bene. Vediamo.»

Gli altri continuarono a parlare mentre Vittoria, Langdon e la guardia spiegavano la cartina sulla scrivania del papa.

Il soldato indicò piazza San Pietro. «Noi siamo qui. Se tracciamo una linea partendo dal soffio centrale del bassorilievo, che punta verso levante, usciamo dal Vaticano e arriviamo dalla parte opposta di Roma.» La guardia posò il dito sulla cartina e lo spostò da piazza San Pietro al cuore della capitale, oltre il Tevere. «Vede? La linea attraversa quasi tutta Roma e passa vicino ad almeno una ventina di chiese.»

Langdon si sentì cascare le braccia. «Una ventina?»

«Forse anche di più.»

«Ce n'è qualcuna esattamente sulla linea?»

«Alcune sembrano più vicine di altre» rispose la guardia «ma riportare su una cartina l'esatta prosecuzione del soffio del *West Ponente* non è facile. Consideri un certo margine di errore.»

Langdon guardò fuori della finestra e si accigliò, grattandosi il mento. «Gliene viene in mente qualcuna che contenga un'opera del Bernini che abbia una qualche attinenza con il fuoco?»

Silenzio.

«Oppure un obelisco» continuò. «Una chiesa situata nei pressi di un obelisco?»

La guardia si mise a controllare la cartina.

Vittoria scorse un lampo di speranza negli occhi di Langdon e capì a cosa stava pensando. "Ha ragione!" Le prime due tappe del Cammino dell'Illuminazione erano piazze con al centro un obelisco, che quindi poteva essere un elemento ricorrente. Più ci pensava, più le sembrava sensato: obelischi come fari che illuminavano gli Altari della Scienza.

«È un'ipotesi azzardata, ma so che ai tempi del Bernini furono eretti o spostati molti obelischi» disse Langdon. «Immagino che l'artista abbia avuto un ruolo nel decidere la loro ubicazione.»

«E comunque potrebbe aver sistemato gli indizi accanto a obelischi già esistenti» intervenne Vittoria.

Langdon annuì. «Giusto.»

«Mi dispiace, ma lungo la linea non ci sono obelischi» disse la guardia. Spostò di nuovo il dito sulla cartina. «Nemmeno uno. E neppure nelle vicinanze. Niente di niente.»

Langdon fece un sospiro.

Vittoria pareva scoraggiata: aveva sperato che fosse un'idea valida. Evidentemente sarebbe stato più difficile del previsto. Si sforzò di pensare positivo. «Robert, riflettici bene. Tu dovresti conoscere una statua del Bernini che abbia a che fare con il fuoco, in un modo o nell'altro.»

«Credimi, ci ho pensato a lungo, ma il Bernini fu un artista estremamente prolifico. Realizzò centinaia di opere. Speravo che il *West Ponente* ci indicasse una chiesa in particolare, qualcosa che ci mettesse sulla strada giusta...»

«Fuoco...» insistette Vittoria. «Non vi viene in mente un'opera del Bernini che contenga la parola "fuoco" nel titolo?»

Langdon fece spallucce. «I *Fuochi d'artificio*, ma sono schizzi, non sculture. E poi si trovano a Lipsia, in Germania.»

Vittoria aggrottò la fronte, pensosa. «E che sia il *respiro* a indicare la direzione è certo, secondo te?»

«Hai visto anche tu il bassorilievo, Vittoria. Il disegno era perfettamente simmetrico. L'unica indicazione possibile è la direzione del respiro.»

Vittoria capì che aveva ragione.

«Senza contare che quel medaglione era il rimando all'Aria» continuò Langdon «per cui seguire il respiro sembra l'opzione più sensata, dal punto di vista simbolico.»

Vittoria annuì. "Allora seguiamo il respiro. Ma fino a dove?"

Olivetti si avvicinò. «Avete scoperto qualcosa?»

«Le chiese sono parecchie» rispose la guardia. «Una ventina almeno. Forse potremmo dislocare quattro guardie per ciascuna...»

«Impossibile» tagliò corto Olivetti. «Abbiamo mancato due volte l'assassino pur sapendo esattamente dov'era. Uno spiegamento di forze così ingente vorrebbe dire lasciare sguarnito il Vaticano e interrompere le ricerche del cilindro di antimateria.»

«Abbiamo bisogno di un catalogo delle opere complete del Bernini» disse Vittoria. «Se avessimo davanti tutti i titoli, forse ci verrebbe in mente qualcosa.»

«Non saprei» rispose Langdon. «Se Bernini creò alcune opere solo per gli Illuminati, potrebbero non essere citate.»

Vittoria non era d'accordo. «Le altre due sculture erano note. Tu le conoscevi.»

Langdon alzò le spalle. «Questo è vero.»

«Se controllassimo i nomi di tutte le opere del Bernini potremmo vedere se ce n'è qualcuna che contiene la parola "fuoco" e che si trova sulla traiettoria che ci interessa.»

Langdon si convinse che valeva la pena di tentare e si voltò verso Olivetti. «Mi serve un elenco di tutte le opere del Bernini. Non è che per caso da queste parti esiste un catalogo di facile consultazione?»

«Cosa vuol dire di facile consultazione?»

«Non importa» tagliò corto Langdon. «Un catalogo qualsiasi. I Musei Vaticani dovrebbero averlo.»

La guardia con la cicatrice fece una faccia perplessa. «Nei musei al momento è stata sospesa l'erogazione di energia elettrica, e comunque l'archivio è immenso. Senza lo staff a darle una mano...»

«Stiamo cercando un'opera creata dal Bernini quando era alle dipendenze del Vaticano?» lo interruppe Olivetti.

«Penso proprio di sì» rispose Langdon. «Lavorò per il papato quasi tutta la vita. E certamente ai tempi del conflitto con Galileo.»

Olivetti annuì. «In questo caso, un catalogo ci sarebbe.»

Vittoria sgranò gli occhi speranzosa. «Dove?»

Il comandante non rispose. Prese da parte la guardia e mormorò qualcosa.

La guardia sembrava titubante, ma annuì e, quando Olivetti terminò di parlare, si rivolse a Langdon. «Da questa parte, professore. Sono le nove e un quarto. Dobbiamo fare in fretta.»

Langdon si diresse con lui verso la porta.

Vittoria li seguì. «Vengo a darvi una mano.»

Olivetti la trattenne. «No, signorina Vetra. Ho bisogno di parlarle.» La sua autorevolezza non lasciava spazio a discussioni.

Mentre Langdon e la guardia si allontanavano, Olivetti, impassibile, condusse Vittoria da una parte. Ma, qualunque cosa avesse intenzione di dirle, non fece in tempo, perché il suo walkie-talkie iniziò a gracchiare. «Comandante?»

Tutti i presenti si voltarono.

La voce alla radiotrasmittente non avrebbe potuto essere più cupa. «Accenda il televisore.»

80

Quando due ore prima era uscito dall'Archivio Segreto Vaticano, Langdon non si sarebbe mai immaginato di mettervi piede un'altra volta. Invece era di nuovo lì, senza fiato per la corsa.

L'aveva accompagnato la guardia svizzera con la cicatrice, che in quel momento lo stava guidando lungo una serie di sale di lettura ad atmosfera controllata. Il silenzio di quel luogo sembrava ostile, e Langdon fu grato quando la guardia lo ruppe.

«Da questa parte» disse, facendogli strada verso il fondo di un locale fiancheggiato da una serie di piccole sale. Controllò le varie targhette e si avvicinò a una di esse. «Ecco, dovrebbe essere qui. Esattamente dove ha detto il comandante.»

Langdon lesse: PATRIMONIO DEL VATICANO. Diede una scorsa all'elenco. Beni immobili, valute, Banca Vaticana, antichità... La lista proseguiva.

«Sono i documenti relativi a tutti i beni vaticani» spiegò la guardia.

Langdon era allibito. "Gesù." Nonostante l'oscurità, vide che la sala era piena di volumi.

«Secondo il comandante, tutte le opere create dal Bernini su commissione del Vaticano dovrebbero essere elencate qui.»

Langdon annuì speranzoso. Al tempo del Bernini, le opere realizzate da un artista sotto il patrocinio del papa diventavano per legge proprietà del Vaticano. Era un metodo feudale, ma gli artisti vivevano nell'agio e si lamentavano di rado. «Anche quelle ospitate nelle chiese fuori delle mura vaticane?»

Il soldato lo guardò con un'espressione strana. «Naturalmente. Tutte le chiese cattoliche di Roma sono proprietà del Vaticano.»

Langdon rilesse la lista. Citava una ventina di chiese situate sulla linea retta che partiva dal *West Ponente*. Una di queste doveva essere il terzo Altare della Scienza. Langdon si augurava di riuscire a scoprire in tempo quale fosse. In altre circostanze, le avrebbe visitate volentieri una per una, ma purtroppo gli restava solo una ventina di minuti per trovare quella che conteneva il tributo del Bernini al Fuoco.

Langdon si avvicinò alla porta girevole elettronica della sala di lettura. La guardia non lo seguì. Langdon capì che era titubante e sorrise. «L'aria è rarefatta, ma respirabile.»

«Gli ordini sono di accompagnarla fin qui e di ritornare immediatamente in caserma.»

«Mi lascia qui da solo?»

«Mi dispiace, ma noi guardie svizzere non abbiamo il permesso di entrare negli archivi. Ho già violato il regolamento scortandola fin qui. E il comandante me l'ha fatto notare.»

«Violare il regolamento?» Langdon pensò che non si rendevano conto del pericolo che stavano correndo quella sera. «Ma da che parte sta il suo comandante?»

L'espressione amichevole della guardia sparì di colpo. Lanciò a Langdon un'occhiataccia e, tutt'a un tratto, sembrò uguale al comandante Olivetti.

«Perdoni il mio scatto» si scusò lo storico, rammaricandosi di essersi lasciato andare. «È che... mi servirebbe una mano.»

La guardia non batté ciglio. «Io ubbidisco agli ordini, non li metto in discussione. Quando avrà trovato quello che cerca, contatti il comandante.»

Langdon si innervosì. «E dove lo trovo?»

Il soldato prese il proprio walkie-talkie e lo appoggiò sul tavolino. «Canale uno.» Poi si allontanò, scomparendo nell'oscurità.

81

Il televisore nello studio del papa era un Hitachi a schermo piatto, nascosto in un apposito armadio di fronte alla scrivania, le cui ante erano state aperte. Vittoria si avvicinò. Sul grande schermo apparve una giovane reporter mora, con gli occhi di cerbiatta.

«Kelly Horan-Jones» annunciò «in diretta da Città del Vaticano, per MSNBC News». L'immagine alle sue spalle era una veduta notturna della basilica di San Pietro illuminata a giorno.

«Non è in diretta» disse seccamente Rocher. «Questa è un'immagine d'archivio! Le luci della basilica adesso sono spente.»

Olivetti lo zittì.

La giornalista stava dicendo concitata: «Sconvolgenti sviluppi al conclave attualmente in corso in Vaticano. È stata confermata la notizia che due cardinali del Sacro Collegio sono stati brutalmente assassinati».

Olivetti imprecò sottovoce.

Mentre la giornalista parlava, una guardia arrivò ansimando alla porta. «Comandante, il centralino ha le linee intasate. Ci viene richiesto un comunicato ufficiale su...»

«Staccatelo» rispose Olivetti senza voltarsi.

La guardia rimase perplessa. «Ma comandante...»

«Via!»

La guardia si allontanò di corsa.

Vittoria intuì che il camerlengo sarebbe voluto intervenire, ma si era trattenuto, limitandosi a fissare a lungo Olivetti con durezza. Poi si era voltato di nuovo verso il televisore.

La MSNBC stava trasmettendo un filmato in cui si vedevano alcune guardie svizzere trasportare il corpo esanime del cardinale Ebner fuori della chiesa di Santa Maria del Popolo e caricarlo su un'Alfa Romeo. Un primo piano mostrava il corpo nudo dell'ecclesiastico un attimo prima che venisse depositato nel portabagagli.

«Chi ha girato queste immagini?» chiese Olivetti.

La giornalista della MSNBC continuava a parlare. «Pare che si tratti del cardinale Ebner, di Francoforte, e che gli uomini che hanno prelevato il cadavere appartengano alla Guardia Svizzera.»

Aveva un'espressione contrita e parlava in tono grave. «La MSNBC ritiene giusto informare i telespettatori che le immagini che seguiranno sono particolarmente crude e pertanto se ne consiglia la visione solo a un pubblico adulto.»

Vittoria si irritò di fronte a quella falsa sollecitudine per la sensibilità dei telespettatori, sapendo benissimo che era solo un trucco per aumentare l'audience. Dopo una premessa del genere, nessuno avrebbe cambiato canale.

La giornalista andò giù con mano pesante. «Ripetiamo: le immagini che stiamo per mandare in onda potrebbero risultare scioccanti.»

«Quali immagini?» chiese Olivetti. «Ma se avete appena...»

Sullo schermo apparve una coppia di turisti che passeggiava al centro di piazza San Pietro. Vittoria riconobbe se stessa e Robert. In un angolo si leggeva la scritta in sovrimpressione: PER CORTESE CONCESSIONE DELLA BBC. Si sentivano suonare le campane.

«Oh, no» gridò Vittoria. «Oh, no...»

Il camerlengo, confuso, si girò verso Olivetti. «Credevo che aveste confiscato il nastro!»

Si udiva un urlo, poi la telecamera inquadrava una bambina che indicava un barbone sporco di sangue e Robert Langdon che accorreva in suo aiuto.

Nello studio privato del papa tutti guardarono inorriditi le scene drammatiche trasmesse dalla televisione: il cardinale che cadeva a faccia in giù, Vittoria che dava ordini, una chiazza di sangue, il terribile marchio a fuoco, il tentativo disperato di rianimare il poveretto.

«Queste immagini d'eccezione sono state girate solo pochi minuti fa in piazza San Pietro» continuava la giornalista. «Secondo fonti attendibili, la vittima sarebbe il cardinale francese Lamassé. Perché fosse coperto di cenci resta un mistero, così come il motivo per cui non era in conclave. Per ora il Vaticano si è rifiutato di rilasciare dichiarazioni.»

«Ci siamo rifiutati di rilasciare dichiarazioni?» protestò incredulo Rocher. «Dateci un attimo!»

La giornalista continuava a parlare in tono grave. «Benché il movente dei due omicidi non sia ancora stato chiarito, si ritiene siano opera della setta segreta degli Illuminati, che avrebbe rivendicato il crimine.»

Olivetti esclamò: «Che cosa?».

«... per maggiori informazioni sugli Illuminati, visitate il nostro sito...»

«Non è possibile!» esclamò stizzito Olivetti, cambiando canale.

Trovò un giornalista di origine ispanica che diceva: «... la setta satanica degli Illuminati, che alcuni storici considerano...».

Olivetti iniziò un rapidissimo zapping. Sembrava che tutti i canali stessero trasmettendo in diretta dal Vaticano.

«... gli uomini della Guardia Svizzera poco fa hanno portato via da una chiesa un cadavere, che sembrerebbe appartenere al cardinale...»

«... dal fatto che le luci della basilica e dei musei sono spente, si deduce che...»

«... abbiamo ora in linea il dottor Tyler Tingley, che ci parlerà di questa antica setta segreta inaspettatamente ricomparsa...»

«... ci sarebbero altre due vittime designate, il cui assassinio pare sia già stato annunciato...»

«... uno dei cardinali più accreditati, il cardinale Baggia, sembra non essersi presentato in conclave e...»

Vittoria smise di guardare. Stava succedendo tutto così in fretta... Ormai era buio, ma la tragedia sembrava attirare in Vaticano un sacco di gente. La ressa nella piazza stava aumentando a vista d'occhio, fra curiosi sempre più numerosi e giornalisti a caccia di notizie.

Olivetti posò il telecomando e si rivolse al camerlengo:

«Non capisco come sia potuto succedere, monsignore. Abbiamo confiscato il nastro della telecamera!».

Carlo Ventresca sembrava troppo scioccato per parlare.

Nessuno aprì bocca. Le guardie svizzere erano sull'attenti.

Alla fine, con una calma raggelante, troppo sconvolto per essere infuriato, il camerlengo disse: «È evidente che abbiamo gestito la crisi meno bene di quanto mi è stato fatto credere». Guardò fuori della finestra. «Dovrò rilasciare una dichiarazione.»

Olivetti scosse la testa. «No, monsignore. È esattamente quello che vogliono gli Illuminati: che lei dia al mondo conferma del loro potere. Secondo me, conviene mantenere il silenzio stampa.»

«E a questa gente non diciamo nulla?» esclamò il camerlengo indicando fuori della finestra. «Sono ormai decine di migliaia e fra poco diventeranno centinaia di migliaia. Se continuiamo così, rischiamo una carneficina. Bisogna avvertire questa gente e far evacuare i cardinali riuniti in conclave.»

«Non siamo ancora a questo punto. Aspetti che il capitano Rocher abbia trovato l'antimateria.»

Il camerlengo si voltò. «Sta cercando di darmi degli ordini?»

«No, le sto solo dando un consiglio. Se è il pensiero della folla che si sta raccogliendo qui intorno a turbarla, possiamo sempre annunciare che c'è stata una fuga di gas e farla allontanare. Ammettere che siamo tenuti in scacco da un gruppo di terroristi potrebbe ritorcersi contro di noi.»

«Comandante, glielo dico per la prima e ultima volta: non ho intenzione di affacciarmi a questa finestra e mentire al mondo. Se annuncerò qualcosa, sarà la verità.»

«La verità? Vuole rivelare al mondo che il Vaticano sta per essere distrutto da una setta satanica? Non farà altro che indebolire la nostra posizione.»

Il camerlengo lo fulminò con lo sguardo. «Come potrebbe essere più debole di così?»

All'improvviso Rocher lanciò un urlo, afferrò il telecomando e alzò il volume del televisore. Tutti si girarono verso lo schermo.

La giornalista della MSNBC sembrava ancora più turbata di prima. Al suo fianco comparve un'immagine del defunto pon-

tefice. «... nuove informazioni appena giunteci dalla BBC...» Si
voltò verso il cameraman come se cercasse una conferma prima di continuare, quindi guardò l'obiettivo e, con espressione
cupa, si rivolse ai telespettatori. «Gli Illuminati avrebbero appena rivendicato la responsabilità della...» sembrava incapace
di proseguire «... morte del pontefice, avvenuta quindici giorni fa.»

Il camerlengo rimase a bocca aperta.

Rocher lasciò cadere il telecomando.

Vittoria non riusciva a credere alle proprie orecchie.

«Le leggi vaticane non consentono di sottoporre i pontefici
ad autopsia e pertanto l'affermazione della setta non potrà
mai essere smentita. Gli Illuminati avrebbero comunque dichiarato che la morte del papa non sarebbe avvenuta in seguito a un ictus, come riportato dalle autorità vaticane, ma per
avvelenamento.»

Nella stanza calò nuovamente il silenzio.

«È una follia! Una spudorata menzogna!» sbottò Olivetti.

Rocher riprese lo zapping. La notizia sembrava essersi diffusa da un canale all'altro con la velocità del fulmine. Tutte le
reti parlavano invariabilmente della possibilità che la morte
del papa non fosse avvenuta per cause naturali. Sembrava
una gara a chi trovava le frasi più a effetto.

OMICIDIO AL VATICANO

IL PAPA AVVELENATO

SATANA NELLA CASA DI DIO

Il camerlengo distolse lo sguardo. «Che Dio ci aiuti.»

Rocher si sintonizzò per un attimo sulla BBC. «... una fonte
mi ha informato del fatto che in Santa Maria del Popolo sarebbe stato commesso un omicidio...»

«Aspetti!» gridò Ventresca. «Non cambi canale!»

Rocher posò il telecomando. Sullo schermo era inquadrato
un giornalista dall'aria compita, seduto dietro la scrivania dello studio della BBC. Alle sue spalle c'era la fotografia di un inviato con la barba rossa. Sotto la foto si leggeva la scritta:
GUNTHER GLICK – IN DIRETTA DAL VATICANO. Glick stava evidentemente parlando al telefono, la comunicazione era disturba-

ta. «... la mia collega è riuscita a riprendere il trasferimento del cadavere dalla chiesa.»

«Ripetiamo che l'inviato della BBC in Vaticano, Gunther Glick, è stato il primo a riferire i tragici eventi di questa sera» stava dicendo il conduttore a Londra. «Il portavoce degli Illuminati lo ha contattato telefonicamente due volte. Gunther, è vero che il presunto assassino ti ha telefonato solo pochi secondi fa per fare una dichiarazione?»

«Sì.»

«E ti ha rivelato che gli Illuminati sono in qualche modo responsabili della morte del papa?» Il conduttore sembrava incredulo.

«Esattamente. Mi ha riferito che il Santo Padre non è deceduto in seguito a un ictus, ma è stato avvelenato dalla setta degli Illuminati.»

Nello studio del papa rimasero tutti di stucco.

«Avvelenato?» chiese il giornalista. «E come?»

«Non lo ha specificato» rispose Glick. «Anche se ha citato un farmaco che il pontefice prendeva e che si chiama...» si sentì un fruscio di fogli «... eparina.»

Il camerlengo, Olivetti e Rocher si scambiarono un'occhiata perplessa.

«Eparina?» domandò Rocher nervosamente. «Ma non è...?»

Il camerlengo sbiancò. «La medicina che prendeva il papa.»

Vittoria era sbalordita. «Il papa prendeva l'eparina?»

«Soffriva di tromboflebite» rispose il camerlengo. «Faceva un'iniezione al giorno.»

Rocher era rimasto a bocca aperta. «L'eparina però non è un veleno. Perché allora dicono che...»

«In dosaggi eccessivi può essere letale» spiegò Vittoria. «È un potentissimo anticoagulante. Un'overdose può causare un'emorragia interna, anche a livello cerebrale.»

Olivetti la guardò sospettoso. «E lei come fa a saperlo?»

«I biologi marini la somministrano ai mammiferi in cattività per prevenire la formazione di trombi dovuta alla riduzione dell'attività fisica. Sapesse quanti ne muoiono a seguito di dosaggi sbagliati...» Si interruppe. «Nell'uomo, una dose eccessiva può causare una sintomatologia molto simile a quella di un ictus. Se non si effettua l'autopsia...»

Il camerlengo aveva un'espressione profondamente turbata.

«Monsignore» intervenne Olivetti «ritengo si tratti di una trovata pubblicitaria degli Illuminati. Nessuno può aver somministrato al papa una dose eccessiva di eparina. Chi avrebbe potuto avere accesso alle sue medicine? E comunque, nel caso volessimo replicare alla loro dichiarazione, come possiamo confutarla? Con quali prove? L'autopsia è proibita e in ogni caso non dimostrerebbe niente: troveremmo certamente tracce del farmaco, visto che gli veniva somministrato quotidianamente.»

«Giusto» rispose il camerlengo. Con voce più aspra, continuò: «Ma c'è qualcosa che non mi convince. Nessuno fuori del Vaticano era al corrente della terapia di Sua Santità».

Ci fu un momento di silenzio.

«Se il papa è morto per un'overdose di eparina, dal cadavere si dovrebbe vedere» disse Vittoria.

Olivetti si voltò verso di lei. «Signorina, forse non ha capito: non si può sottoporre un papa a esame autoptico. Non profaneremo il corpo di Sua Santità facendolo a pezzi solo perché qualcuno si fa beffe di noi!»

Vittoria era in imbarazzo: non voleva assolutamente sembrare irrispettosa. «Mi scusi, non intendevo questo. Non era mia intenzione suggerirvi di riesumare la salma del papa...» replicò esitante. Le tornò in mente una cosa che aveva detto Langdon nella Cappella Chigi, quando le aveva parlato dei sarcofagi papali, che non vengono mai interrati né sigillati. Era un retaggio degli egizi, che non sigillavano né interravano le tombe per il timore di intrappolarvi dentro l'anima del defunto e si affidavano semplicemente alla forza di gravità, tant'è vero che i coperchi dei loro sarcofagi potevano pesare anche centinaia di chilogrammi. Teoricamente, sarebbe bastato scoperchiare...

«In che senso, si dovrebbe vedere?» chiese il camerlengo a Vittoria, interrompendo il corso dei suoi pensieri.

Vittoria rispose timorosa: «Per esempio, da un'emorragia nella mucosa orale».

«Può spiegarsi meglio?»

«Se al moribondo sanguinano le gengive, quando il sangue si coagula l'interno della bocca diventa nero.» Vittoria ricorda-

331

va di aver visto la fotografia di due orche dell'acquario di Londra cui era stata accidentalmente somministrata una dose eccessiva di eparina. Le povere bestie galleggiavano senza vita nella vasca con la bocca spalancata e la lingua nera come la pece.

Il camerlengo non fece commenti e si voltò a guardare fuori della finestra.

Rocher sembrava aver perso il suo ottimismo. «Monsignore, se fosse vero che il pontefice è stato avvelenato...»

«Ma non può essere vero» lo interruppe Olivetti. «È assolutamente impossibile che un estraneo si sia avvicinato al papa.»

«Se fosse vero che il pontefice è stato avvelenato» ripeté imperterrito Rocher «dovremmo cambiare completamente approccio nelle ricerche del cilindro di antimateria e ammettere la possibilità di un'infiltrazione ben più profonda di quella che abbiamo presupposto finora. Cercare solo nelle zone bianche allora non basterebbe più. Se le difese del Vaticano fossero compromesse fino a tal punto, dovremmo contemplare l'ipotesi di non riuscire a localizzare il cilindro in tempo.»

Olivetti squadrò Rocher con sguardo gelido. «Capitano, ora le dico cosa faremo.»

«No» si intromise il camerlengo, voltandosi di scatto. «Glielo dico io.» Guardò Olivetti negli occhi. «Questa storia è già durata fin troppo. Tra venti minuti deciderò se interrompere il conclave ed evacuare la Città del Vaticano. Non voglio discussioni. Sono stato chiaro?»

Olivetti non batté ciglio. E nemmeno rispose.

Carlo Ventresca aveva assunto un tono deciso, come attingendo a qualche riserva di energia nascosta. «Capitano Rocher, lei completerà le sue ricerche nelle zone bianche e quando avrà concluso farà rapporto direttamente a me.»

Rocher annuì, lanciando un'occhiata imbarazzata a Olivetti.

Il camerlengo fece poi un cenno a due guardie. «Voglio che mi portiate qui questo Glick, il reporter della BBC. Subito. Se gli Illuminati sono in comunicazione con lui, potrebbe esserci d'aiuto. Andate.»

I due ubbidirono.

Il camerlengo si rivolse allora alle altre guardie svizzere. «Sentite: non voglio ulteriori omicidi. Esigo che entro le dieci troviate i due cardinali ancora assenti e catturiate l'assassino. Sono stato chiaro?»

«Ma, monsignore» Olivetti cercò di farlo ragionare «non abbiamo idea di dove possa...»

«Il professor Langdon è qui per aiutarla. Mi sembra molto competente. Io ho fiducia in lui.»

Ciò detto, si avviò verso la porta con passo deciso. Sembrava avere recuperato la sua sicurezza. Fece segno a tre guardie di seguirlo. «Voi, venite con me.»

Gli uomini lo seguirono immediatamente.

Sulla porta, il camerlengo si fermò e si voltò verso Vittoria. «Signorina Vetra, venga anche lei, per cortesia.»

Vittoria ebbe un attimo di esitazione. «Dove andiamo?»

«A trovare un vecchio amico» rispose Ventresca.

82

Al CERN, Sylvie Baudeloque stava morendo di fame e non vedeva l'ora di potersene tornare a casa. Il suo principale si era evidentemente ripreso fin troppo bene dalla crisi, visto che l'aveva chiamata e aveva preteso – non domandato, ma preteso – che si fermasse in ufficio anche dopo l'orario. E senza una spiegazione.

Nel corso degli anni, Sylvie si era abituata a ignorare i bizzarri cambiamenti di umore e le eccentricità di Kohler: i suoi silenzi, la sua insistenza a filmare in segreto qualsiasi incontro con la videocamera che teneva sempre nella sedia a rotelle... A volte arrivava a sperare che un giorno o l'altro il suo principale si sparasse accidentalmente, durante una delle sue visite settimanali al poligono di tiro. Purtroppo, però, Kohler aveva una buona mira.

Era seduta alla scrivania e aveva lo stomaco che gorgogliava. Kohler non era ancora tornato, né le aveva affidato del lavoro extra. Sylvie, che non aveva più voglia di stare lì con le mani in mano e lo stomaco vuoto, decise di lasciargli un biglietto e andarsene in mensa a mangiare un boccone.

Ma non ci arrivò.

Passando davanti alla *"suite de loisir"* del centro, con le sue sale video, notò uno strano affollamento. Molti dipendenti sembravano avere interrotto la cena per guardare il telegiornale. Che fosse successo qualcosa di grave? Sylvie entrò nella prima saletta, che era piena di giovani programmatori incollati alla TV. Stava andando in onda il notiziario. Lesse la scritta in sovrimpressione e rimase senza fiato.

Incredula, si fermò ad ascoltare. Un'antica setta segreta stava uccidendo i cardinali del conclave? Per dimostrare che cosa? Il loro odio, l'arroganza, l'ignoranza?

Eppure, l'atmosfera nella sala video non sembrava affatto cupa.

Due giovani passarono di corsa nel corridoio sventolando una maglietta con una foto di Bill Gates e la scritta: IL GENIO EREDITERÀ LA TERRA!

«Gli Illuminati!» urlò qualcuno. «Ve l'avevo detto che esistevano davvero!»

«Incredibile! E io che pensavo fossero solo un videogame...»

«Hanno ammazzato il papa! Ti rendi conto?»

«Cristo! Quanti punti becchi, per un'impresa del genere?»

Scoppiarono tutti a ridere.

Sylvie era sbalordita. Cattolica in un ambiente di scienziati atei, era abituata a sentir parlare male della religione, ma da lì a gioire per una tragedia... Come potevano essere tutti così insensibili? Perché tanto odio?

A Sylvie piaceva andare in chiesa, la rasserenava entrare in un luogo di comunione e di introspezione, magari per cantare insieme agli altri fedeli. Era stata in molte chiese in occasione di funerali, matrimoni e battesimi, oppure per ammirare opere d'arte quando viaggiava, e si era sempre sentita bene accolta. Nessuno chiedeva niente, persino le offerte erano volontarie. Mandava i figli al catechismo e ogni volta le sembrava che uscissero contenti e pieni di buone intenzioni, decisi ad aiutare gli altri e a essere più gentili con il prossimo. C'era forse qualcosa di male in questo?

La stupiva che tanti scienziati del CERN, pur essendo molto intelligenti, non riuscissero a comprendere l'importanza della Chiesa. Credevano forse che quark e mesoni potessero infondere fiducia nell'uomo della strada o che le equazioni fossero in grado di rispondere al bisogno umano di credere?

Uscì dalla sala video, profondamente turbata. Anche le altre salette erano affollate. Le venne in mente la telefonata che Kohler aveva ricevuto dal Vaticano quel giorno. Possibile che fosse una semplice coincidenza? Non era la prima volta che succedeva; ultimamente avevano chiamato per protestare contro le più recenti scoperte nel campo della nanotecnologia, che potevano avere pericolose ripercussioni sulla bioingegneria genetica. Il CERN non ci faceva nemmeno caso. Anzi, invariabilmente, subito dopo le sparate del Vaticano, arrivavano le chiamate delle aziende high-tech pronte a pagare fior di quattrini pur di mettere le mani sulle nuove scoperte. "La pubblicità va sempre bene, anche quando è negativa" diceva sempre Kohler.

Sylvie si domandò se fosse il caso di chiamarlo per dirgli di accendere la TV, ma decise che con ogni probabilità aveva già sentito la notizia. Anzi, Sylvie avrebbe giurato che stava registrando il telegiornale con la sua maledetta minicam e un sorriso maligno sulla faccia.

A un certo punto passò davanti a una sala video in cui nessuno stava esultando. Anzi, l'atmosfera sembrava tetra. Gli scienziati davanti al televisore erano i più anziani e rispettati del CERN. Quando Sylvie entrò e si mise a sedere, non si voltarono neppure.

Maximilian Kohler, nel gelido appartamento di Leonardo Vetra, chiuse il diario rivestito di pelle che aveva trovato nel comodino e guardò il notiziario. Dopo alcuni minuti, rimise il diario al suo posto, spense il televisore e uscì.

In quel momento, nella Cappella Sistina, il cardinale Mortati bruciò un'altra serie di schede. Dalla stufa si alzò una fumata nera.

Nemmeno la seconda votazione aveva avuto esito positivo.

83

La luce delle torce elettriche non arrivava lontano nel buio sconfinato della basilica di San Pietro. Il vasto spazio soprastante era nero e opprimente come una notte senza luna, e Vittoria si sentiva sperduta: il vuoto la circondava come un oceano desolato. Cercò di stare al passo con le guardie svizzere e il camerlengo. Sopra le loro teste, udì una colomba che volava via tubando.

Quasi avesse percepito il suo disagio, Carlo Ventresca rallentò e le posò una mano sulla spalla. Con quel tocco riuscì a comunicarle grande forza, come se avesse voluto infonderle quasi per magia la calma necessaria per affrontare ciò che li aspettava.

"Che cosa stiamo per fare?" si chiese Vittoria. "È una pazzia!"

Eppure si rendeva conto di non potersi sottrarre a quel compito sacrilego e raccapricciante. Per le gravi decisioni che si accingeva a prendere, il camerlengo aveva bisogno di quell'informazione... e quell'informazione era chiusa in un sarcofago nelle Grotte Vaticane. Era curiosa di vedere che cosa avrebbero trovato. "Possibile che gli Illuminati abbiano assassinato il papa? Davvero sono così potenti? Davvero sto per eseguire la prima autopsia su un pontefice?"

Vittoria trovava bizzarro il fatto di aver più paura a camminare in quella chiesa buia di quanta ne avesse mai avuta immergendosi di notte fra i barracuda. La natura era il suo rifugio: riusciva a comprenderla, mentre le questioni umane e spirituali la disorientavano. Il pensiero dei barracuda in agguato nella notte le ricordava la ressa dei giornalisti fuori della basilica. Le immagini dei cardinali marchiati a fuoco le ricordavano quella di suo padre... e la risata crudele dell'assassino. Quel criminale era là fuori, poco lontano. Vittoria sentì che la rabbia stava prendendo il sopravvento sulla paura.

Mentre giravano intorno a una colonna dalla circonferenza più ampia del tronco di una sequoia, intravide un riflesso arancione. La luce sembrava provenire da sotto il pavimento, al centro della basilica. A mano a mano che si avvicinavano, capì di che cosa si trattava. Era la famosa sala che si trovava sotto l'altare maggiore, il sontuoso mausoleo in cui venivano conservate le reliquie più sacre del Vaticano. Avvicinandosi alla cancellata, Vittoria guardò giù e vide l'urna dorata circondata da decine e decine di sfavillanti lampade a olio.

«Le ossa di san Pietro?» chiese, pur sapendo benissimo che si trattava della tomba del principe degli apostoli. Chiunque entrasse in San Pietro sapeva che cosa c'era in quell'urna dorata.

«Veramente, no» rispose il camerlengo. «È un errore comune. Questo non è un reliquiario. Quella cassa contiene i palli, le stole di lana d'agnello che il papa impone ai cardinali appena eletti.»

«Credevo che...»

«Come tutti, del resto. Persino le guide dicono che è la tomba di san Pietro, ma in realtà il santo è sepolto più giù, nella terra. Nel 1939 sono stati fatti degli scavi, ma adesso nessuno vi può accedere.»

Vittoria rimase scioccata. Mentre si allontanavano dalla nicchia e tornavano verso il buio più assoluto, pensò ai pellegrini che avevano percorso migliaia di chilometri per ammirare quell'urna dorata, convinti di essere davanti ai resti di san Pietro. «Non sarebbe più giusto che lo diceste alla gente?»

«Il contatto con il divino è comunque benefico, anche se è solo immaginario.»

La scienziata non trovò nulla da ribattere: aveva letto innumerevoli studi sull'effetto placebo, sull'aspirina che cura il cancro nei malati convinti che sia un farmaco miracoloso. Che cos'era la fede, in fondo?

«La Chiesa non è molto incline al cambiamento» continuò il camerlengo. «Ammettere gli errori del passato, modernizzarci, sono cose che evitiamo da sempre. Sua Santità stava cercando di modificare un po' la rotta.» Fece una pausa. «Tentava di dialogare con il mondo moderno, cercava nuove strade per giungere a Dio.»

Vittoria annuì nell'oscurità. «Per esempio la scienza?»

«Sinceramente, la scienza mi sembra irrilevante.»

«Irrilevante?» Vittoria avrebbe potuto definire il ruolo della scienza nel mondo moderno in mille modi, ma di certo non "irrilevante".

«La scienza è in grado di curare o di uccidere. Dipende dallo spirito di chi la usa. Ed è lo spirito che mi interessa.»

«Quando ha sentito la vocazione?»

«Prima ancora di nascere.»

Vittoria lo guardò con aria interrogativa.

«Mi scusi, ma è una domanda che mi mette ogni volta in imbarazzo. Voglio dire, ho sempre saputo che volevo servire Dio, fin dal primo momento in cui fui in grado di pensare. Ma solo quando diventai maggiorenne, sotto le armi, capii veramente qual era la mia missione.»

Vittoria era sorpresa. «Lei è stato sotto le armi?»

«Per due anni. E siccome mi rifiutavo di sparare, mi insegnarono a pilotare gli elicotteri per le operazioni di soccorso sanitario. In effetti piloto ancora, ogni tanto.»

Vittoria cercò di immaginarsi il giovane prete ai comandi di un elicottero e, stranamente, ci riuscì benissimo. Il camerlengo Ventresca aveva tutta la grinta necessaria. «Ha mai pilotato con il papa a bordo?»

«Santo cielo, no. Un carico così prezioso va sempre affidato a professionisti. Però Sua Santità ogni tanto mi lasciava portare l'elicottero fino a Castel Gandolfo.» Fece una pausa, osservandola. «Signorina Vetra, la ringrazio per il suo aiuto. E mi dispiace per suo padre, davvero.»

«Grazie.»

«Io non ho mai conosciuto mio padre. È morto prima che nascessi. E ho perso mia madre quando avevo dieci anni.»

Vittoria lo guardò e, sentendosi di colpo molto vicina a lui, gli chiese: «Lei è orfano?».

«Sono sopravvissuto a un attentato. In cui morì mia madre.»

«Chi si prese cura di lei?»

«Dio» rispose il camerlengo. «Mi mandò letteralmente un altro padre, un vescovo di Palermo che apparve al mio capezzale quando ero ricoverato in ospedale e mi prese con sé. In quel momento non ne fui sorpreso perché, fin da piccolissimo, sentivo su di me la mano protettiva del Signore. L'apparizione del vescovo non fece altro che confermare ciò che già sospettavo, e cioè che Dio mi aveva scelto per servirlo.»

«Credeva che Dio l'avesse scelto?»

«Sì, e lo credo ancora.» Nella voce del camerlengo non c'era traccia di presunzione, ma solo gratitudine. «Lavorai molti anni sotto la guida del vescovo, che poi diventò cardinale, ma non si dimenticò di me. È lui l'unico padre che ricordo.» Il fascio di luce di una torcia gli passò sul viso e Vittoria gli lesse negli occhi un gran senso di solitudine.

Il gruppetto arrivò ai piedi di una colonna e tutti puntarono le torce verso un'apertura nel pavimento. Vittoria guardò la scala che scendeva nel vuoto e improvvisamente ebbe una gran voglia di tornare indietro, ma le guardie stavano già aiutando il camerlengo. Subito dopo, aiutarono anche lei.

«Che cosa ne è stato di lui?» chiese Vittoria mentre scendeva, cercando di mantenere ferma la voce. «Mi riferisco al cardinale che la prese con sé.»

«Lasciò il Collegio cardinalizio per un altro incarico.»

Vittoria rimase sorpresa.

«Poi, con mio grande rammarico, è passato a miglior vita.»

«Condoglianze» disse Vittoria. «È successo di recente?»

Il camerlengo si voltò. Le ombre accentuavano l'espressione addolorata che aveva sul viso. «Esattamente quindici giorni fa. Stiamo andando da lui.»

84

Le luci rossastre brillavano nella sala di lettura dell'Archivio Segreto, che era molto più piccola di quella in cui Langdon aveva trovato il *Diagramma*. C'era meno aria. E meno tempo. Si pentì di non aver chiesto a Olivetti di accendere l'impianto di riciclo dell'aria.

Langdon individuò subito la sezione contenente i registri intitolati "Belle Arti". Era ben visibile perché occupava quasi otto scaffali. La Chiesa cattolica era proprietaria di milioni di pezzi in tutto il mondo.

Controllò i ripiani in cerca di Gian Lorenzo Bernini. Iniziò circa a metà del primo scaffale, dove pensava di trovare la lettera B. Dopo un istante di panico, in cui credette che il volume che cercava mancasse, capì con sgomento che i registri non erano in ordine alfabetico. "Ormai dovrei esserci abituato..."

Fu solo quando tornò indietro, all'inizio dello scaffale, e salì sulla scala scorrevole fino al ripiano più alto, che intuì com'era disposto il materiale. In cima c'erano i registri più grossi, con le opere dei maestri rinascimentali: Michelangelo, Raffaello, Leonardo da Vinci, Botticelli. Inoltre, i registri erano ordinati secondo il valore patrimoniale delle varie opere. Quello intitolato "Bernini" era tra "Raffaello" e "Michelangelo". Era spesso circa dodici centimetri.

Sentendo già che gli mancava l'aria, Langdon scese la scala con l'ingombrante volume sottobraccio. Poi, come un bambino con un giornalino a fumetti, si sdraiò per terra e lo aprì.

Era solido, rilegato in tela, scritto a mano in italiano. Le opere erano catalogate una per pagina, con una breve descrizione, la data, l'ubicazione, il costo del materiale e, a volte, uno schizzo. Langdon sfogliò il registro e vide che era di oltre ottocento pagine. Evidentemente Bernini si era dato molto da fare.

Ai tempi in cui studiava storia dell'arte, Langdon si era sempre domandato come facessero certi artisti a produrre da soli tante opere nel corso della loro vita. In seguito aveva appreso, con notevole delusione, che i più famosi ne realizzavano solo una piccola parte e facevano lavorare sui loro disegni i giovani apprendisti delle loro botteghe. Gli scultori come il Bernini preparavano modelli di terracotta in scala ridotta, che poi lasciavano scolpire nel marmo ad altri, più in grande. Langdon sapeva benissimo che, se il Bernini avesse dovuto realizzare personalmente tutte le opere che gli erano state commissioniate, sarebbe stato al lavoro ancora adesso.

«L'indice» disse ad alta voce, cercando di snebbiarsi il cervello. Andò in fondo al volume con l'intenzione di cercare la F e tutti i titoli contenenti la parola "fuoco", ma l'indice non seguiva quel criterio. Imprecò a bassa voce. "Che cos'hanno questi contro l'ordine alfabetico?"

Le voci evidentemente erano state trascritte in ordine cronologico, una per una, a mano a mano che il Bernini creava una nuova opera. E questo non gli facilitava di certo il compito. Inoltre, gli venne in mente un altro pensiero scoraggiante. Non era detto che nel titolo della scultura che stava cercando comparisse la parola "fuoco". Le due opere precedenti, *Abacuc e l'angelo* e il *West Ponente*, non contenevano alcun riferimento specifico alla Terra o all'Aria.

Passò un paio di minuti a sfogliare a caso le pagine del registro, nella speranza che gli saltasse agli occhi un'illustrazione in grado di aiutarlo. Niente. Vide decine di opere sconosciute, che non aveva mai sentito nominare, e altre molto note, che conosceva bene... *Daniele e il leone*, *Apollo e Dafne* e cinque o sei fontane. Guardando queste ultime, fece mentalmente un salto in avanti e pensò all'Acqua. Rifletté che il quarto Altare della Scienza poteva essere una fontana, che sarebbe stata un omaggio perfetto all'Acqua. Ma si augurava di riuscire a catturare l'assassino prima di doverci pensare, anche perché il Bernini

342

aveva realizzato decine di fontane a Roma, e quasi tutte collocate di fronte a una chiesa.

Tornò a concentrarsi sul problema più immediato: il Fuoco. Sfogliando il registro, per farsi coraggio pensò che, come gli aveva fatto notare giustamente Vittoria, le prime due sculture erano note e probabilmente sarebbe riuscito a riconoscere anche la terza. Scorse di nuovo l'indice, in cerca di titoli conosciuti. Alcuni gli erano familiari, ma nessuno sembrava fare al caso suo. Si rese conto che non sarebbe mai riuscito a portare a termine la sua ricerca dentro quella sala, perché l'aria era sempre più rarefatta, perciò decise di portare fuori il registro, pur sapendo che era un'imprudenza. "È solo un registro, non è come portarsi via un manoscritto originale di Galileo" si disse, ripromettendosi di rimettere a posto il foglio che aveva nella tasca interna della giacca prima di uscire dall'Archivio Segreto.

Più in fretta che poteva, si accinse a raccogliere il volume da terra, ma nel chinarsi vide qualcosa che lo fece esitare. Nonostante vi fossero numerose annotazioni sparse nell'indice, ne aveva appena notata una che l'aveva colpito.

La nota diceva che la famosa *Estasi di santa Teresa*, poco dopo la cerimonia inaugurale, era stata spostata dalla sua ubicazione originaria, in Vaticano. Ma non era stato questo a incuriosire Langdon, che conosceva le vicissitudini della statua, da molti considerata un capolavoro ma rifiutata da papa Urbano VIII che la riteneva sessualmente troppo esplicita per il Vaticano e l'aveva relegata in una cappella poco conosciuta dall'altra parte della città. Quello che aveva colpito Langdon era il fatto che l'opera era stata trasferita in una delle chiese della sua lista. Inoltre, l'annotazione precisava che vi era stata spostata "dietro suggerimento dell'artista".

"Dietro suggerimento dell'artista?" Langdon era perplesso. Era strano che il Bernini avesse suggerito di nascondere il suo capolavoro in una chiesa semisconosciuta. Normalmente un artista desidera che le sue opere vengano esposte in bella vista e non in...

Langdon esitò. "A meno che..."

Non osava crederci... Possibile che il Bernini avesse deliberatamente realizzato un'opera così scandalosa per indurre le autorità ecclesiastiche a nasconderla in una chiesa fuori mano, magari suggerita da lui stesso? E collocata lungo una linea immaginaria che partiva dal soffio centrale del *West Ponente*?

Emozionatissimo, cercò di restare con i piedi per terra: se ben ricordava, quella statua non aveva niente a che vedere con il fuoco. E tantomeno con la scienza. L'*Estasi di santa Teresa* può essere definita "pornografica", forse, ma certamente non scientifica. Una volta un critico inglese l'aveva stroncata definendola "l'opera d'arte più inadatta a una chiesa cristiana". Langdon ne capiva benissimo il motivo: la statua ritraeva santa Teresa con la testa reclinata all'indietro, in preda a un orgasmo travolgente. Per quanto resa in modo artisticamente ineccepibile, non era certo una scena da esporre in Vaticano.

Langdon andò a cercare la pagina con la descrizione dell'opera. Appena vide lo schizzo, le sue speranze si riaccesero. Oltre a santa Teresa, decisamente in estasi, c'era un'altra figura di cui Langdon si era dimenticato.

Un angelo.

Subito gli tornò in mente anche la sordida leggenda...

Teresa era una suora che fu santificata dopo aver dichiarato di essere stata visitata miracolosamente da un angelo durante il sonno. Più tardi i suoi detrattori avevano insinuato che quella visita aveva avuto un carattere sessuale, più che spirituale. In fondo alla pagina Langdon riconobbe un famoso passo dell'autobiografia di santa Teresa, che lasciava ben poco all'immaginazione:

... in un'estasi mi apparve un angelo... io vedevo nella mano di questo angelo un dardo lungo; esso era d'oro e portava all'estremità una punta di fuoco. L'angelo mi penetrò con il dardo fino alle viscere e quando lo ritirò mi lasciò tutta bruciata d'amore per Dio... ma questo indicibile martirio... mi faceva nello stesso tempo gustare le delizie più soavi...

Gli sfuggì un sorriso. "Se non è una metafora sessuale questa..." Sorrideva anche per la descrizione della statua riportata nel registro. Benché fosse in italiano, riconobbe la parola "fuoco", che ricorreva almeno cinque o sei volte:

... il dardo dell'angelo aveva una punta di fuoco...

... la testa dell'angelo emanava raggi di fuoco...

... la donna in preda al fuoco della passione...

Ma Langdon si convinse definitivamente solo quando riguardò lo schizzo. Il dardo fiammeggiante dell'angelo era una vera e propria freccia che indicava la direzione da prendere. "Lascia che gli angeli ti guidino nella tua nobile ricerca." Perfino il tipo di angelo scelto dal Bernini era significativo. Era un serafino, e Langdon sapeva che "serafino" letteralmente significa "colui che arde".

Robert Langdon non era tipo da cercare conferme dall'alto, ma appena lesse il nome della chiesa in cui si trovava la statua decise che forse il Signore era con lui.

Santa Maria della Vittoria.

"Vittoria" pensò sorridendo. "Perfetto."

Si rimise in piedi ed ebbe un lieve capogiro. Guardò la scala e si domandò se fosse il caso di rimettere a posto il registro. "Ma chi se ne frega" pensò poi. "Che ce lo rimetta padre Jaqui." Richiuse il volume e lo lasciò sullo scaffale più in basso.

Quando si avviò verso la porta automatica della sala aveva il respiro affannoso, ma si sentiva rinvigorito dalla fortuna che aveva avuto.

La buona sorte, però, si esaurì prima che lui raggiungesse il pulsante fluorescente di apertura.

Improvvisamente udì un sibilo sinistro, le luci nella sala si abbassarono e il pulsante di apertura della porta si spense. Un attimo dopo, come un mostro che esali il suo ultimo respiro, tutto l'archivio precipitò nel buio più totale. Qualcuno aveva appena tolto la corrente.

85

Le Grotte Vaticane, che ospitano le tombe di tutti i papi, sono situate sotto la navata centrale della basilica di San Pietro.

Arrivata in fondo alla scala a chiocciola, Vittoria entrò in un tunnel che le ricordò quello dell'acceleratore di particelle del CERN. Era buio e freddo, illuminato solamente dalle torce delle guardie svizzere, e vi regnava un'atmosfera surreale. Nelle pareti erano scavate nicchie poco profonde, che sembravano vuote, ma in realtà contenevano grandi sarcofagi.

Vittoria rabbrividì. "È il freddo" si disse, pur sapendo che non era del tutto vero. Aveva la netta sensazione di essere osservata, non da persone in carne e ossa, ma da spettri in agguato nell'oscurità. Sul coperchio di ciascun sarcofago c'era l'effigie a grandezza naturale del papa che vi riposava, con i paramenti liturgici e le braccia incrociate sul petto. L'impressione era che i pontefici si affacciassero dalle tombe, come se da sotto il coperchio cercassero di liberarsi delle loro spoglie mortali. Il corteo avanzava alla luce delle torce e l'ombra del profilo dei papi scolpito sui sarcofagi oscillava sulle pareti, allungandosi a dismisura per poi scomparire in una sorta di macabra danza.

Nessuno parlava, e Vittoria non capiva se fosse per rispetto o per paura. Probabilmente per entrambi i motivi. Il camerlengo camminava a occhi chiusi, come se conoscesse la strada a memoria. A Vittoria venne il sospetto che avesse ripetuto molte volte quel lugubre percorso, da quando era mancato il papa, forse per recarsi a pregare sulla sua tomba.

"Lavorai molti anni sotto la guida del cardinale" le aveva

detto raccontandole di come questi lo avesse "salvato". "È lui l'unico padre che ricordo." Solo adesso Vittoria capiva il senso di quelle parole. Il cardinale che aveva preso sotto la propria ala il piccolo orfano era poi asceso al soglio pontificio e lo aveva promosso camerlengo.

"Questo spiega molte cose" pensò Vittoria. Era sempre stata incline a cogliere le emozioni degli altri e aveva intuito qualcosa di inquietante in Carlo Ventresca. Fin dal loro primo incontro aveva percepito in lui un'angoscia che non poteva essere legata soltanto alla grave crisi che si era trovato improvvisamente a dover affrontare. Era qualcosa di più personale. Dietro la calma del religioso, Vittoria aveva scorto un uomo tormentato dai propri demoni. E ora aveva la conferma di aver visto giusto. Non solo il camerlengo stava affrontando la peggiore emergenza di tutta la storia del Vaticano, ma si trovava a doverlo fare da solo, dopo aver perso il suo mentore, l'uomo che lo aveva protetto fino a quel momento.

Le guardie rallentarono, come se non sapessero esattamente dove si trovava la tomba dell'ultimo papa, ma il camerlengo procedette sicuro e andò a fermarsi davanti a un sepolcro di marmo più lucido degli altri. Sul coperchio c'era il bassorilievo che ritraeva il defunto pontefice. Vittoria riconobbe il viso che aveva visto in televisione ed ebbe un moto di paura. "Ma cosa stiamo facendo?"

«Capisco che non abbiamo molto tempo» disse il camerlengo. «Ma desidero che ci raccogliamo un momento in preghiera.»

Le guardie, ferme dove si trovavano, chinarono il capo. Anche Vittoria fece lo stesso e, nel silenzio generale, sentì che le batteva forte il cuore. Il camerlengo si inginocchiò davanti al sarcofago e pregò in italiano. Vittoria lo ascoltò e fu assalita da un'improvvisa voglia di piangere per il *suo* mentore, per *suo* padre. Le parole del camerlengo erano adatte tanto al papa quanto a Leonardo Vetra.

«Santo Padre, consigliere, amico.» La voce echeggiava smorzata tra le pareti della cripta. «Quando ero giovane mi dicesti che quella che sentivo nel cuore era la voce di Dio. Mi dicesti che dovevo seguirla ovunque, a costo di qualsiasi sofferenza. La sento anche ora, e mi chiede di portare a termine incarichi impossibili. Dammi la forza. Concedimi il tuo perdono. Ciò che faccio... lo faccio in nome di ciò in cui tu credi. Amen.»

«Amen» bisbigliarono le guardie.

"Amen, padre." Vittoria si asciugò gli occhi.

Il camerlengo si alzò lentamente e fece un passo indietro. «Spostate il coperchio.»

Le guardie esitarono. «Monsignore, per legge siamo al suo servizio» disse una. Fece una pausa e aggiunse: «Faremo quello che ci ordina...».

Quasi gli avesse letto nel pensiero, il camerlengo replicò: «Un giorno vi chiederò perdono per avervi messo in questa situazione. Oggi vi chiedo di ubbidirmi. Le leggi del Vaticano sono state concepite per proteggere questa Chiesa. Ed è nello stesso spirito che adesso vi ordino di infrangerle».

Ci fu un momento di silenzio, poi il capo della piccola squadra impartì l'ordine e i tre appoggiarono le torce per terra. Illuminati dal basso, con le ombre che si allungavano sul soffitto, gli uomini si avvicinarono al sarcofago, appoggiarono le mani sul coperchio, dalla parte della testa, e a un segnale del capo fecero forza tutti insieme per spingerlo da una parte. Quando vide che l'enorme lastra di marmo non accennava a spostarsi, Vittoria fu tentata di sperare che non ce la facessero: tutt'a un tratto l'idea di quel che avrebbero trovato nella tomba le faceva paura.

Gli uomini spinsero ancora più forte, ma la lastra era inamovibile.

«Riproviamo» li spronò il camerlengo, rimboccandosi le maniche della tonaca per dare loro una mano. «Forza!»

Anche Vittoria stava per offrirsi di aiutare, quando la lastra iniziò a spostarsi. Le guardie spinsero ancora e, con un aspro stridore di pietra su pietra, il coperchio ruotò di lato, rimanendo obliquo rispetto alla cassa, con la testa della statua del papa verso il fondo della nicchia e i piedi che sporgevano nel corridoio.

Fecero tutti un passo indietro.

Una delle guardie si chinò, raccolse la sua torcia e la puntò verso il sarcofago. Il fascio di luce tremò per un istante, poi si stabilizzò. Gli altri si avvicinarono uno alla volta e, nonostante la poca luce, Vittoria li vide trasalire e farsi il segno della croce uno dopo l'altro.

Il camerlengo, tremante, con le spalle curve, guardò a lungo nel sarcofago prima di scostarsi.

Vittoria temeva di trovare il cadavere con la bocca chiusa dal rigor mortis e di dover chiedere che gli spezzassero la mascella per esaminare la lingua. Ma vide che non era necessario. La mandibola era rilassata e il papa aveva la bocca spalancata.

E la lingua nera come la pece.

86

Nessuna luce. Silenzio assoluto.

L'Archivio Segreto Vaticano era completamente al buio.

Langdon si rese conto all'improvviso che la paura poteva essere un potente stimolo all'azione. Ansimando, si precipitò verso la porta girevole e a tastoni cercò il pulsante sulla parete. Lo premette con la palma della mano, senza che succedesse nulla. Provò di nuovo. La porta era bloccata.

In preda al panico, si mise a urlare, ma gli uscì solo un filo di voce. Si sentiva mancare l'aria e l'adrenalina gli accelerava il battito cardiaco. Era come se qualcuno gli avesse appena dato un pugno nello stomaco.

Si buttò con tutto il suo peso contro la porta e per un attimo si illuse che si fosse mossa, ma quando provò a uscire e vide le stelle, si rese conto che era la stanza a girare, e non la porta. Indietreggiò barcollando, inciampò nella scala e cadde rovinosamente, sbucciandosi un ginocchio contro il bordo di uno scaffale. Imprecando, si rialzò e a tastoni cercò la scala.

Sperava fosse di legno massiccio o di ferro, invece era di alluminio. L'afferrò come se fosse un ariete e prese la rincorsa nel buio, deciso a sfondare la parete trasparente. Era più vicina di quanto si aspettasse. La scala vi sbatté contro e rimbalzò all'indietro. Dal suono che fece, Langdon capì che per rompere quel vetro ci sarebbe voluto ben altro che una scala di alluminio.

Quando gli venne in mente la pistola, sentì rinascere le speranze, ma subito dopo si ricordò che non l'aveva più: gliel'aveva requisita Olivetti nello studio privato del papa dicendo che non voleva gente armata nelle vicinanze del camerlengo. In quel momento gli era parsa una decisione sensata.

Gridò di nuovo, ma con ancora meno voce di prima.

Poi gli venne in mente il walkie-talkie che la guardia aveva lasciato sul tavolino fuori della sala di lettura. "Perché diavolo non me lo sono portato dietro?" pensò. Rendendosi conto che incominciava ad annebbiarglisi la vista, si costrinse a riflettere con lucidità. Gli era già successo di rimanere in trappola, in modo ancora peggiore, ed era sopravvissuto; pur essendo solo un bambino, era riuscito a cavarsela. Non poteva lasciarsi sopraffare dalla paura del buio. "Concentrati!" si disse.

Si sdraiò per terra, con le braccia lungo i fianchi. La prima cosa da fare era riprendere il controllo di sé.

"Rilassati. Risparmia il fiato."

Non dovendo più contrastare la forza di gravità per pompare il sangue, il cuore riprese a battere normalmente. Era un trucco che usavano i nuotatori per riossigenare il sangue quando c'era poco tempo tra una gara e l'altra.

"C'è abbastanza aria qui dentro" si disse. "Più che sufficiente. Adesso concentrati." Rimase in attesa, come se la luce dovesse tornare da un momento altro. Ma non fu così. Da sdraiato, riusciva a respirare un po' meglio. Fu colto da una strana sensazione di rassegnazione, di pace, ma non cedette.

"Devi muoverti, maledizione! Ma dove..."

Topolino gli brillava allegramente al polso, come se quell'oscurità lo divertisse: erano solo le nove e trentatré... ancora mezz'ora prima del "Fuoco". A Langdon sembrava che fosse passata un'eternità. La sua mente, invece di escogitare un piano di fuga, pretendeva una spiegazione. "Chi ha staccato la corrente? Che Rocher abbia deciso di allargare il campo delle ricerche? Ma Olivetti lo avrebbe avvertito che io ero qui!" Sapeva che in quel momento stabilire di chi era la colpa del blackout non aveva alcuna importanza.

Spalancò la bocca, inclinò la testa all'indietro e cercò di prendere i respiri più profondi che poteva. Ogni inspirazione bruciava un po' meno della precedente e la testa gli si snebbiò. Cercò di riordinare le idee e di escogitare una soluzione.

"Pareti di vetro" si disse. "Ma di un vetro terribilmente spesso."

351

Fece mente locale per ricordare se nella sala di lettura c'erano armadietti di acciaio pesante, ignifughi, come se ne vedevano a volte negli archivi per conservare i manoscritti più preziosi, ma non ne aveva notati. E poi chissà quanto tempo ci avrebbe messo a trovarne uno al buio. Senza contare che, debole com'era, non sarebbe nemmeno riuscito a sollevarlo.

"Il tavolo!" Sapeva che, come nella sala dedicata a Galileo, anche lì doveva essercene uno. Che cosa farne, però? Ammesso e non concesso che fosse riuscito a sollevarlo, non avrebbe avuto la possibilità di spostarlo più di tanto perché c'era poco spazio tra gli scaffali e i corridoi erano strettissimi.

"Troppo stretti..."

Improvvisamente ebbe un'idea.

Di nuovo fiducioso, si alzò di scatto... troppo: ebbe un giramento di testa e dovette allungare una mano nel buio in cerca di qualcosa a cui appoggiarsi. Trovò uno scaffale. Aspettò di aver riacquistato l'equilibrio e raccolse le forze. Gli ci sarebbero volute tutte.

Si piazzò contro lo scaffale come un giocatore di football che si alleni contro un sacco, puntò i piedi per terra e spinse. "Se riuscissi almeno a inclinarlo..." Inutile: la scaffalatura non si mosse di un centimetro. Si rimise in posizione e riprovò. I piedi gli scivolavano all'indietro sul pavimento. Lo scaffale cigolò, ma non si mosse.

Doveva trovare un modo per far leva.

Cercò a tastoni la parete di vetro e la seguì velocemente fino in fondo alla sala. Arrivò all'angolo prima del previsto e ci andò a sbattere contro. Imprecò, si voltò verso lo scaffale, afferrò un ripiano all'altezza della propria testa e, puntellandosi con un piede contro la parete di vetro e l'altro sul ripiano più basso, iniziò ad arrampicarsi. Sentì cadere libri da tutte le parti, ma non ci badò: per quanto rispetto provasse per la cultura del passato, l'istinto di sopravvivenza era più forte. Siccome il buio lo disorientava, chiuse gli occhi per eliminare del tutto gli stimoli visivi e riuscì a muoversi più velocemente. Più saliva, più faceva fatica a respirare. Si arrampicò fino in cima, rovesciando volumi per trovare nuovi appigli finché, come un rocciatore che conquisti una vetta, riuscì ad aggrapparsi al ripiano più alto. Tese le gambe all'indietro e puntò i piedi contro la parete di vetro, spostandosi fino a trovarsi quasi in posizione orizzontale.

"Ora o mai più, Robert" si disse. "Fai finta di fare i piegamenti nella palestra di Harvard."

Con un ultimo sforzo, si raccolse, abbracciò lo scaffale con tutte le sue forze e cominciò a spingerlo in avanti. Non successe niente.

Boccheggiando, si rimise in posizione e riprovò, tendendo le gambe. Lo scaffale si spostò leggermente. Spinse un'altra volta e lo scaffale oscillò di un paio di centimetri avanti e indietro. Sfruttando quel lieve movimento, prese fiato e spinse di nuovo, facendolo oscillare un po' di più.

"È come un'altalena" pensò. "Mantieni il ritmo. Insisti."

Continuò a far dondolare lo scaffale, allungando ogni volta un po' di più le gambe. Gli bruciavano i quadricipiti, ma strinse i denti e cercò di resistere. Il pendolo si era messo in movimento. "Ancora tre spinte" pensò per incoraggiarsi.

Ne bastarono due.

Ci fu un attimo di equilibrio instabile poi, mentre una cascata di libri rovinava a terra dai vari ripiani, Langdon e l'intero scaffale precipitarono in avanti.

A circa metà altezza da terra, lo scaffale andò a sbattere contro quello davanti. Langdon non mollò la presa e cercò di spostare tutto il proprio peso in avanti, in modo da rovesciare anche il secondo scaffale. Dopo un attimo di terrificante immobilità, con uno scricchiolio sinistro iniziò a inclinarsi anche quello e Langdon si sentì di nuovo proiettare in avanti.

Come tessere di un gigantesco domino, gli scaffali incominciarono ad abbattersi, l'uno dopo l'altro, con un gran fragore di metallo e libri che piovevano da tutte le parti. Langdon tenne duro e si chiese quanti fossero in tutto. E quanto pesassero. Il vetro che sperava di sfondare a quel modo era molto spesso...

Lo scaffale a cui era aggrappato era ormai quasi orizzontale quando finalmente udì il rumore diverso che stava aspettando, dall'altra parte della sala: uno schianto secco di metallo contro vetro. Le pareti tremarono e Langdon capì che l'ultimo scaffale, sotto il peso di tutti gli altri, era crollato contro la parete di vetro. Tese l'orecchio, sperando si sentirla andare in frantumi...

Invece silenzio assoluto. Solo l'eco del tonfo degli scaffali contro la parete di vetro. Si ritrovò sdraiato su una pila di libri, sbalordito. Poi udì uno scricchiolio. Se avesse avuto ancora un briciolo di fiato, lo avrebbe trattenuto.

Passò un secondo. Due...

Stava già per perdere i sensi, quando sentì cedere qualcosa in lontananza, una sottilissima crepa che si formava nel vetro. E, all'improvviso, la parete esplose. Fu come una cannonata. Lo scaffale su cui si trovava Langdon crollò definitivamente a terra, dappertutto caddero schegge di vetro come una pioggia miracolosa nel deserto e, finalmente, entrò l'aria.

Trenta secondi dopo, nelle Grotte Vaticane si udì gracchiare un walkie-talkie e poi una voce che, ansimando, gridava: «Sono Robert Langdon! Mi sentite?».

Vittoria, che era davanti a un cadavere, alzò gli occhi. "Robert!" Quanto avrebbe voluto che fosse lì con lei...

Le guardie si scambiarono occhiate stupite. Una di esse afferrò la ricetrasmittente che aveva alla cintura. «Professore? È sul canale tre. Il comandante aspetta sue notizie sul canale uno.»

«Lo so che è sul canale uno, maledizione! Non voglio parlare con lui. Voglio parlare con il camerlengo. Subito! Trovatemelo, per favore!»

Nell'oscurità dell'Archivio Segreto, in piedi in un mare di schegge di vetro, Langdon cercava di riprendere fiato. Sentì scorrere qualcosa di caldo sulla mano sinistra e capì che doveva essere sangue. La voce del camerlengo lo fece sussultare.

«Sono Carlo Ventresca. Che cosa succede?»

Langdon premette il pulsante, con il cuore che batteva ancora forte. «Credo che qualcuno abbia appena tentato di uccidermi!»

Silenzio.

Langdon cercò di calmarsi. «E so anche dove avverrà il prossimo omicidio.»

La voce che gli rispose non era quella del camerlengo. Era il comandante Olivetti. «Professor Langdon. Non dica una sola parola di più.»

87

L'orologio di Topolino, sporco di sangue, segnava le nove e quarantuno quando Langdon attraversò di corsa il cortile del Belvedere e si avvicinò alla fontana antistante la centrale operativa della Guardia Svizzera. La mano non gli sanguinava più, ma gli faceva un male da morire. Entrò e vi trovò tutti quanti: Olivetti, Rocher, il camerlengo, Vittoria e un gruppetto di soldati. Erano trafelati quanto lui.

Vittoria gli corse subito incontro. «Robert, sei ferito!»

Senza lasciargli il tempo di rispondere, Olivetti gli si parò davanti. «Professor Langdon, mi fa piacere constatare che sta bene. Sono spiacente per l'equivoco nell'archivio.»

«Equivoco?» ribatté Langdon. «Sapeva perfettamente che...»

«È stata colpa mia» intervenne Rocher, in tono contrito, facendo un passo in avanti. «Non avevo idea che lei fosse là dentro. L'impianto elettrico dell'archivio è in comune con alcune zone bianche. Stavamo ampliando le ricerche. Sono stato io a causare il blackout. Se solo avessi saputo...»

«Robert» disse Vittoria, prendendogli la mano ferita tra le sue ed esaminandola. «Il papa è stato avvelenato. Ucciso dagli Illuminati.»

Langdon la ascoltò senza capire. Era arrivato alla saturazione. Riusciva solo a sentire il calore delle mani di Vittoria.

Il camerlengo, senza dire una parola, tirò fuori un fazzoletto di seta e lo porse a Langdon perché si pulisse. Nei suoi occhi verdi brillava una luce diversa.

«Robert» insistette Vittoria «hai detto di aver scoperto dove verrà ucciso il prossimo cardinale, giusto?»

Langdon era confuso. «Certo, è al...»

«No» lo interruppe Olivetti. «Professor Langdon, quando le ho chiesto di non dire una sola parola di più al walkie-talkie, c'era un motivo.» Si girò verso i suoi uomini e disse: «Vogliate scusarci».

Le guardie uscirono dignitosamente e con disciplina.

Olivetti si rivolse ai presenti. «Mi rincresce dirlo, ma l'assassinio del Santo Padre non può essere avvenuto senza qualche complice all'interno. Non possiamo più fidarci di nessuno, nemmeno delle nostre guardie.» Era chiaro che la cosa lo addolorava moltissimo.

Rocher sembrava sulle spine. «Questo significa che...»

«Già» lo interruppe Olivetti. «Non possiamo fidarci al cento per cento dei risultati delle vostre ricerche. Ma conviene comunque continuare a cercare.»

Rocher stava per dire qualcosa, ma evidentemente ci ripensò e uscì dalla stanza.

Il camerlengo fece un profondo respiro. Non aveva ancora aperto bocca e Langdon percepì un nuovo rigore in lui, come se avesse compiuto una svolta decisiva. «Comandante» disse con espressione indecifrabile. «Ho deciso di sospendere il conclave.»

Olivetti arricciò le labbra, perplesso. «Glielo sconsiglio. Abbiamo ancora due ore e venti minuti.»

«Troppo poco.»

Olivetti ribatté, in tono di sfida: «Che intenzioni ha? Vuole fare evacuare i cardinali?».

«Ho intenzione di salvare questa Chiesa con il potere conferitomi da Dio. Come lo farò, a questo punto, non la riguarda più.»

Olivetti si inalberò. «Quali che siano le sue intenzioni...» Fece una pausa e riprese: «Non ho l'autorità per impedirglielo, soprattutto alla luce delle evidenti mancanze del mio apparato di sicurezza. Le chiedo solamente di aspettare almeno altri venti minuti... fino alle dieci. Se le informazioni del professor Langdon sono giuste, è possibile che riusciamo a catturare l'assassino. Abbiamo ancora una chance di rispettare il protocollo e salvare la reputazione della Chiesa».

«Salvare la reputazione della Chiesa?» Il camerlengo trattenne a stento una risata. «Abbiamo superato il limite da un pezzo, comandante. Forse lei non se n'è accorto, ma questa è una guerra.»

Dalla sala di controllo arrivò una guardia, che disse concitata al camerlengo: «Monsignore, abbiamo appena fermato il reporter della BBC, Gunther Glick».

Il camerlengo annuì. «Voglio parlargli. Faccia in modo che mi aspetti fuori della Cappella Sistina con la sua videooperatrice.»

Olivetti strabuzzò gli occhi. «Che cosa?»

«Le concedo venti minuti, comandante. Non uno di più.» E se ne andò.

Quando l'Alfa Romeo di Olivetti uscì a tutta velocità dalle mura del Vaticano, non trovò una fila di macchine pronte a seguirlo come la volta precedente. Vittoria, seduta dietro, medicava la mano di Langdon con il kit di pronto soccorso che aveva trovato nel cruscotto.

Olivetti guardava fisso davanti a sé. «Okay, professor Langdon. Dove andiamo?»

88

Nonostante la sirena spiegata, nessuno parve fare caso all'auto di Olivetti che sfrecciava sul ponte diretta verso il centro di Roma. Il traffico si muoveva prevalentemente nella direzione opposta, verso il Vaticano, come se la Santa Sede fosse improvvisamente diventata la zona più alla moda della notte romana.

Langdon era seduto dietro, con la mente piena di interrogativi irrisolti. Si domandava se questa volta sarebbero riusciti a catturare l'assassino e a estorcergli le informazioni di cui avevano bisogno. O era già troppo tardi? Quanto avrebbe aspettato ancora il camerlengo prima di informare la folla in piazza San Pietro del pericolo che correva? "L'equivoco" nell'archivio, poi, continuava a preoccuparlo.

Olivetti non sfiorò mai il pedale del freno e procedette come un razzo verso la chiesa di Santa Maria della Vittoria. Langdon si rese conto che, in una giornata qualsiasi, avrebbe avuto una paura da morire a viaggiare a quella velocità, mentre in quel momento si sentiva come anestetizzato. Solo le fitte alla mano ferita gli impedivano di addormentarsi.

Sopra le loro teste ululava la sirena. "Niente di meglio per annunciare all'assassino il nostro arrivo" pensò Langdon. Era vero però che ci stavano mettendo pochissimo tempo. A parte il fatto che Olivetti avrebbe certamente spento la sirena arrivando nelle vicinanze della chiesa.

Con un certo stupore si rese conto che il suo cervello aveva registrato la notizia dell'omicidio del papa solo adesso, ma era vero che fino allora non aveva avuto neanche un momento per riflettere. L'uccisione del papa era un atto inconcepibile e nello stesso tempo perfettamente logico: gli Illuminati avevano sempre usato la strategia dell'infiltrazione nelle istituzioni, che permetteva di manovrare il potere dall'interno. E comunque non era la prima volta che un papa veniva ucciso. Le morti sospette erano state numerose in passato ma, siccome non si eseguivano autopsie, non era mai stata fatta luce sulla verità. In tempi recenti, ad alcuni studiosi era stato permesso di radiografare la tomba di papa Celestino V, che si sospettava fosse stato ucciso per mano del suo successore, Bonifacio VIII. I ricercatori pensavano di trovare qualche piccolo segno di violenza, tipo una frattura, ma incredibilmente le radiografie avevano rivelato la presenza di un chiodo lungo una ventina di centimetri conficcato nel cranio del papa.

A Langdon tornò in mente una rassegna stampa che gli avevano inviato qualche anno prima alcuni colleghi che studiavano gli Illuminati. Sulle prime aveva creduto che si trattasse di uno scherzo e perciò era andato nell'archivio di microfilm della biblioteca di Harvard a controllare se gli articoli fossero autentici. Sorprendentemente, aveva verificato che lo erano. Li conservava ancora nella sua bacheca a monito di come anche testate rispettabili a volte si lasciassero prendere dalla paranoia. Alla luce di tutto quello che era successo, tuttavia, i sospetti dei media gli parevano assai meno campati per aria. Li ricordava molto bene...

BBC
14 giugno 1998

Papa Giovanni Paolo I, morto nel 1978, fu vittima di un complotto ordito da una loggia massonica... La loggia segreta P2 avrebbe deciso di assassinarlo appena intuì che aveva intenzione di sollevare l'arcivescovo americano Paul Marcinkus dall'incarico di presidente dello IOR. L'ipotesi che l'istituto di credito vaticano fosse stato coinvolto in loschi affari finanziari con la loggia massonica...

THE NEW YORK TIMES
24 agosto 1998

Perché il defunto papa Giovanni Paolo I era a letto con la tonaca, e per giunta strappata? Ma le domande non finiscono qui. Non sono state condotte indagini mediche. Il cardinale Villot ha vietato l'autopsia, forte del fatto che non era mai stata eseguita su nessun papa. E le medicine di Giovanni Paolo I erano misteriosamente scomparse dal suo comodino, così come gli occhiali, le pantofole e il testamento.

LONDON DAILY MAIL
27 agosto 1998
... un complotto che vede coinvolti una potente loggia massonica, che agiva fuori della legge e senza scrupolo alcuno, e il Vaticano.

Il cellulare di Vittoria squillò e distolse Langdon da quegli sgradevoli ricordi.

Vittoria parve sorpresa nel sentirlo suonare e, quando rispose, anche se distante Langdon riconobbe la voce tagliente del suo interlocutore.

«Vittoria? Sono Maximilian Kohler. Avete trovato l'antimateria?»

«Max? Sta bene?»

«Ho visto il telegiornale. Non hanno accennato al CERN né all'antimateria. Meno male. Che cosa sta succedendo?»

«Non abbiamo ancora localizzato il cilindro. La situazione è complessa. Robert Langdon è stato di grande aiuto. Stiamo seguendo una pista che dovrebbe portarci all'assassino dei cardinali. In questo momento siamo diretti...»

«Signorina Vetra» la interruppe Olivetti. «Ha già detto abbastanza.»

Vittoria coprì il telefono con una mano, chiaramente infastidita. «Comandante, sto parlando con il direttore del CERN, che sicuramente ha tutti i diritti di...»

«Compreso quello di venire qui e aiutarci a gestire la crisi» ribatté secco Olivetti. «In ogni caso, la sua non è una linea sicura. Ha già detto abbastanza.»

Vittoria prese fiato. «Max?»

«Ho delle notizie da darle» disse Kohler. «A proposito di suo padre... Credo di avere scoperto con chi parlò dell'antimateria.»

Vittoria si rabbuiò. «Non ne parlò mai con nessuno.»

«Mi dispiace, Vittoria, ma so per certo che lei si sbaglia. Devo ancora controllare alcuni documenti top secret e la richiamo. A presto.» E chiuse la comunicazione.

Vittoria, pallidissima, si rimise in tasca il telefono.

«Tutto bene?» le chiese Langdon.

Vittoria annuì, ma le sue dita tremanti la tradirono.

«La chiesa è nei pressi di piazza Barberini» disse Olivetti, spegnendo la sirena e controllando l'orologio. «Abbiamo solo nove minuti.»

Quando Langdon aveva scoperto dov'era la terza tappa del Cammino dell'Illuminazione, gli era parso di ricordare qualcosa a proposito di piazza Barberini, ma non riusciva a capire cosa. In quel momento gli venne in mente. La piazza era stata oggetto di una vivace polemica. Vent'anni prima, la costruzione di una stazione della metropolitana aveva scatenato le proteste di numerosi storici dell'arte, i quali temevano che gli scavi potessero compromettere la stabilità dell'obelisco che si trovava al centro della piazza. Era stato perciò deciso di trasferirlo altrove e sostituirlo con una piccola fontana, detta del Tritone.

"Al tempo del Bernini in piazza Barberini c'era un obelisco!" pensò Langdon. Se gli restava ancora qualche dubbio sull'ubicazione del terzo Altare della Scienza, quella riflessione l'aveva definitivamente fugato.

A un isolato dalla piazza, Olivetti entrò in un vicolo e inchiodò a pochi metri dall'angolo. Si levò la giacca, si rimboccò le maniche e caricò la pistola.

«Non possiamo correre il rischio che qualcuno vi riconosca» disse. «Siete stati in TV. Vi metterete dall'altra parte della piazza, nascosti, e terrete d'occhio l'ingresso principale. Io entrerò da dietro.» Tirò fuori un'altra pistola e la porse a Langdon, il quale la riconobbe immediatamente. «Non si sa mai.»

Langdon si accigliò. Era la seconda volta, quel giorno, che gli veniva offerta la stessa pistola. Se la infilò nella tasca interna della giacca. Quel gesto gli rammentò che aveva ancora il foglio del *Diagramma*. Non riusciva a capacitarsi di aver dimenticato di restituirlo. Si immaginava già la faccia del curatore dell'Archivio Segreto Vaticano nel venire a sapere che il preziosissimo manoscritto era stato portato in giro per Roma come una qualsiasi mappa della città. Poi ripensò alla sala di lettura distrutta e ai volumi sparsi ovunque e decise che il curatore avrebbe avuto ben altri grattacapi. "Sempre che l'archivio sopravviva a questa notte..."

Olivetti scese dall'auto e indicò l'imboccatura del vicolo. «La piazza è da quella parte. Tenete gli occhi bene aperti e non fatevi vedere.» Prese il cellulare appeso alla cintura. «Signorina Vetra, ha ancora il mio numero in memoria?»

Vittoria tirò fuori il suo telefonino e chiamò il numero memorizzato al Pantheon. Il cellulare alla cintura di Olivetti vibrò, in modalità silenziosa.

Il comandante fece un cenno di assenso. «Bene. Se notate qualcosa, fatemi sapere.» Tolse la sicura alla pistola. «Io aspetterò dentro. Quel pagano non mi sfuggirà.»

In quello stesso istante, nelle vicinanze, c'era un altro telefono che squillava.

L'assassino rispose: «Pronto».

«Sono io» disse la voce. «Giano.»

L'assassino sorrise. «Buonasera, maestro.»

«Temo che conoscano la tua posizione. Stanno arrivando per fermarti.»

«Troppo tardi. Qui ho già predisposto tutto.»

«Bene. Fai in modo di uscirne vivo. La missione non è ancora compiuta.»

«Chi cerca di ostacolarmi morirà.»

«Chi cerca di ostacolarti sa il fatto suo.»

«Sta parlando di uno studioso americano?»

«Lo conosci?»

L'assassino ridacchiò. «Ha del sangue freddo, ma è ingenuo. Gli ho parlato al telefono poco fa. È insieme a una donna che sembra il contrario di lui.» Sentì un brivido di eccitazione, al ricordo del temperamento focoso della figlia di Leonardo Vetra.

Ci fu un momento di silenzio, e per la prima volta l'assassino percepì una certa titubanza nel suo padrone. Poi Giano disse: «Eliminali, se necessario».

L'assassino sorrise. «Sarà fatto.» A quell'idea si sentì invadere da un piacevole tepore in tutto il corpo. "Ma forse la donna me la terrò come ricompensa."

89

Sembrava che in piazza San Pietro fosse scoppiata la guerra.

In un'atmosfera carica di tensione, i furgoni dei network televisivi cercavano di assicurarsi le postazioni migliori. I giornalisti, come soldati che si preparino alla battaglia, allestivano sofisticate apparecchiature elettroniche. Tutto intorno alla piazza, le varie reti televisive facevano a gara nell'innalzare l'ultimo ritrovato nell'arsenale dei media: il megaschermo.

Ogni rete ne montava uno sul tetto del furgone o su impalcature portatili trasmettendo in diretta i servizi e il logo dell'azienda per farsi pubblicità. Se venivano piazzati bene, per esempio davanti al luogo dell'azione, le altre reti non potevano fare a meno di riprenderli, facendo quindi pubblicità ai propri concorrenti.

Ma, a parte la frenetica attività dei media, davanti a San Pietro si stava rapidamente preparando anche una grande veglia pubblica. Arrivava gente da tutte le direzioni, e la piazza, che di solito pareva sconfinata, cominciava a riempirsi. I curiosi si accalcavano intorno ai megaschermi e seguivano la diretta, increduli ed emozionati.

A non più di un centinaio di metri di distanza, dentro la basilica, l'atmosfera era serena. Il tenente Chartrand e tre guardie avanzavano nel buio con visori a infrarossi e dispositivi di rilevamento sulla testa, passando al setaccio tutta la navata principale. Le ricerche nelle zone del Vaticano aperte al pubblico fino a quel momento non avevano dato risultati.

«Sarà meglio levarsi i visori, qui» disse una delle guardie.

Chartrand se lo stava già togliendo. Erano arrivati vicino alla Nicchia dei Palli, sotto l'altare della Confessione. Era illuminata da novantanove lampade a olio che, viste ai raggi infrarossi, avrebbero provocato danni irreparabili agli occhi.

Chartrand si stirò il collo, sollevato, e scese nel sotterraneo a controllare. La Nicchia era bellissima, dorata e splendente. Era la prima volta che vi metteva piede.

Da quando era arrivato in Vaticano, aveva scoperto un nuovo mistero ogni giorno. Le lampade a olio, per esempio, che erano esattamente novantanove e per tradizione venivano tenute sempre accese, rifornite costantemente di olio benedetto dai sacerdoti della basilica, affinché non si spegnessero mai. Si diceva che sarebbero arse fino alla fine dei tempi.

"O almeno fino a mezzanotte" pensò Chartrand, sentendosi improvvisamente la bocca asciutta.

Passò il dispositivo di rilevamento sulle lampade. Non c'era nulla, e la cosa non lo sorprese: il cilindro, secondo le immagini della telecamera rubata, era nascosto in una zona buia.

Procedendo nel sotterraneo, arrivò a una botola nel pavimento, chiusa da una grata. Sotto c'era una scala stretta e ripida che scendeva ancora più in basso. Chartrand aveva sentito storie sinistre su ciò che si trovava là sotto e ringraziò il cielo di non dovervi scendere. Gli ordini di Rocher erano stati chiari: "Cercate solo nelle aree aperte al pubblico, quelle bianche; ignorate le altre zone".

«Che cos'è questo odore?» chiese voltandosi dall'altra parte. Dal sotterraneo proveniva un profumo dolciastro, inebriante, che dava alla testa.

«È il fumo delle lampade» rispose una delle guardie.

Chartrand si sorprese. «Sembra più acqua di colonia che cherosene.»

«Non è cherosene. Per le lampade vicino all'altare maggiore si usa una miscela speciale a base di etanolo, zucchero, butano e profumo.»

«*Butano?*» Chartrand gettò un'occhiata sospettosa alle lampade.

La guardia annuì. «Non ne rovesci nemmeno una goccia. Ha un profumo celestiale, ma brucia come l'inferno.»

Concluso il sopralluogo nella Nicchia dei Palli, le guardie tornarono nella basilica. Uno dei walkie-talkie gracchiò.

Era un aggiornamento. Ascoltarono, scioccati.

A quanto pareva c'erano stati nuovi gravissimi sviluppi di cui era prudente non parlare via radio ma, contro ogni tradizione, il camerlengo aveva deciso di entrare in conclave per conferire con i cardinali. Un evento senza precedenti nella storia della Chiesa. D'altronde, pensò Chartrand, era anche la prima volta nella storia che il Vaticano si trovava sull'orlo di una catastrofe nucleare. Lo rassicurava il fatto che il camerlengo avesse preso in mano la situazione: era la persona che rispettava di più in tutta la curia. Alcune guardie lo consideravano praticamente un santo, animato da un fervore religioso quasi ossessivo, e sapevano che, quando si fosse trattato di combattere i nemici di Dio, sarebbe stato pronto a qualsiasi cosa.

Lo avevano visto spesso teso, nella settimana precedente il conclave, e avevano notato che i suoi occhi verdi erano più accesi del solito, ma non c'era da stupirsi, avevano commentato: non solo aveva dovuto seguire i preparativi del sacro conclave, ma aveva dovuto farlo proprio nel momento in cui aveva perso il suo mentore, il papa.

Chartrand era in servizio in Vaticano solo da pochi mesi quando gli avevano raccontato la storia dell'attentato dinamitardo in cui Carlo Ventresca aveva visto morire la madre. "Una bomba in una chiesa... e adesso sta per succedere di nuovo la stessa cosa." Purtroppo i delinquenti che avevano messo quella bomba – probabilmente un gruppo terroristico anticristiano – non erano mai stati identificati e la tragedia con il tempo era stata dimenticata. Non c'era da meravigliarsi che il camerlengo disprezzasse l'apatia.

Un paio di mesi prima, in un pomeriggio tranquillo, Chartrand lo aveva incontrato per caso nei Giardini vaticani. Ventresca aveva capito che era appena arrivato e lo aveva invitato a fare una passeggiata con lui. Avevano chiacchierato del più e del meno e il camerlengo lo aveva fatto subito sentire a suo agio.

«Padre, posso farle una domanda un po' strana?» aveva chiesto Chartrand.

«Solo se posso darle una risposta strana» aveva ribattuto con un sorriso il camerlengo.

Chartrand aveva riso. «L'ho già chiesto a tutti i preti che conosco, ma continuo a non capire.»

«Che cosa la turba?» Il camerlengo camminava a piccoli passi affrettati, facendo svolazzare la tonaca, e Chartrand aveva pensato che le sue scarpe nere con la suola di para, un po' consumate, si addicevano all'immagine di uomo umile e moderno che dava di sé.

Chartrand aveva fatto un respiro profondo. «Non riesco a conciliare l'onnipotenza e la benevolenza di Dio.»

Il camerlengo aveva sorriso. «Ha letto la Bibbia.»

«Non tutta.»

«E non le è chiaro perché nella Bibbia Dio viene descritto come un'entità onnipotente e benevolente?»

«Esatto.»

«Vuol dire semplicemente che Dio può tutto ed è ben disposto verso l'umanità.»

«Capisco il concetto, ma mi sembra che ci sia una contraddizione.»

«Certo. La contraddizione è il dolore. La fame nel mondo, la guerra, la malattia...»

«Appunto!» Chartrand sapeva che il camerlengo avrebbe capito. «Le terribili tragedie che succedono nel mondo mi sembrano la dimostrazione che Dio non può essere onnipotente e al tempo stesso benevolente. Se ci ama e ha il potere di cambiare le cose, perché non ci risparmia tanto dolore?»

Il camerlengo si era accigliato. «Perché?»

Chartrand si era sentito a disagio. Aveva forse esagerato? Era forse una di quelle domande che non si dovrebbero fare a un religioso? «Be', se Dio ci ama e ci può proteggere, perché non lo fa? Vuol dire che è onnipotente ma indifferente, oppure benevolente ma incapace di aiutarci.»

«Lei ha figli, tenente?»

Chartrand era arrossito. «No, monsignore.»

«Immagini di avere un figlio di otto anni... Gli vorrebbe bene?»

«Certamente.»

«Farebbe il possibile per risparmiargli qualunque dolore nella vita?»

«Certamente.»

«Lo lascerebbe andare in giro con lo skate-board?»

Chartrand lo aveva guardato con stupore. Il camerlengo era sempre molto aggiornato, per essere un ecclesiastico. «Be', direi di sì» aveva risposto Chartrand. «Lo lascerei andare sullo skate-board, ma gli raccomanderei di stare attento.»

«Quindi, come padre, darebbe a suo figlio alcuni buoni consigli e poi lo lascerebbe libero di commettere i propri errori.»

«Non gli correrei dietro per proteggerlo costantemente, se è questo che intende.»

«E se suo figlio cadesse e si sbucciasse un ginocchio?»

«Imparerebbe a stare più attento.»

Il camerlengo aveva sorriso. «Per cui, anche avendo il potere di intervenire e di prevenire il dolore di suo figlio, sceglierebbe di dimostrargli il suo amore lasciando che impari la lezione?»

«Certo. Il dolore ci aiuta a crescere. È così che si impara.»

Il camerlengo aveva annuito. «Ecco la risposta alla sua domanda.»

90

Langdon e Vittoria osservavano piazza Barberini dal vicolo sull'angolo ovest, tenendosi nell'ombra. La chiesa era di fronte a loro, con la cupola che spuntava nella caligine sopra i tetti dei palazzi. La notte aveva portato finalmente un po' di frescura e Langdon si sorprese nel vedere che la piazza era completamente deserta. Poi, sentendo i televisori accesi dalle finestre spalancate, ricordò perché in giro non c'era anima viva.

«... ancora nessun commento dal Vaticano... Gli omicidi dei due cardinali per mano degli Illuminati... una presenza satanica a Roma... sospetti di nuove infiltrazioni...»

La notizia si era propagata per Roma come l'incendio di Nerone. La capitale era attonita, come il resto del mondo. Langdon si chiese se davvero sarebbero riusciti a fermare la carneficina. Osservando la piazza, si rese conto che aveva mantenuto l'originaria forma ellittica, nonostante l'aggiunta di edifici moderni. In alto, come una specie di monumento contemporaneo a un eroe del passato, c'era una grande insegna al neon che brillava sul tetto di un hotel di lusso. Vittoria gliel'aveva già fatta notare: sembrava stranamente appropriata.

HOTEL BERNINI

«Sono le dieci meno cinque» disse Vittoria, guardandosi intorno. Appena pronunciate quelle parole, prese Langdon per un braccio e lo tirò nell'ombra, poi gli indicò il centro della piazza. Langdon seguì il suo sguardo e si irrigidì.

C'erano due figure vestite di scuro che passavano sotto i

lampioni, con la testa coperta dal tradizionale velo nero delle vedove cattoliche. Langdon avrebbe giurato che si trattava di due donne ma, nella luce fioca, non ne era del tutto sicuro. Una era chiaramente più anziana e camminava con difficoltà, curva, sorreggendosi all'altra, più alta e robusta.

«Dammi la pistola» gli disse Vittoria.

«Ma non puoi...»

Con agilità felina, Vittoria gli infilò la mano in tasca ed estrasse fulminea l'arma. Poi, senza fare rumore, come se i suoi piedi neanche sfiorassero il selciato, sparì sul lato sinistro della piazza per avvicinarsi da dietro alle due figure vestite di scuro. Langdon la seguì con lo sguardo, trattenendo il fiato. Poi, imprecando, le corse dietro.

Le due figure procedevano lentamente e a Langdon e Vittoria bastarono pochi secondi per arrivare alle loro spalle. Vittoria incrociò le braccia con aria indifferente per nascondersi la pistola sotto l'ascella e accelerò il passo. Langdon faceva fatica a starle dietro. A un certo punto diede accidentalmente un calcio a un sassolino. Vittoria gli lanciò un'occhiataccia. Ma le due donne parevano non essersi accorte di nulla. Parlottavano.

Quando furono a circa dieci metri, Langdon iniziò a distinguerne le voci, anche se non capiva che cosa si dicevano. Vittoria accelerò ancora l'andatura e allargò leggermente le braccia lasciandogli intravedere la pistola. Ormai erano a sei metri di distanza e le voci erano più chiare, una molto più forte dell'altra, rabbiosa. Langdon intuì che appartenesse alla più anziana. Aveva una voce roca, vagamente maschile. Langdon stava cercando di decifrare le sue parole, quando udì un'altra voce.

«Scusate!» esclamò Vittoria in tono cordiale.

Le due donne si fermarono di colpo e si voltarono. Vittoria continuò ad avanzare verso di loro senza rallentare. Langdon capì che le due donne non avrebbero avuto il tempo di reagire e, senza neppure rendersene conto, si fermò. Vide Vittoria che abbassava le braccia, con la pistola stretta in pugno, e oltre le sue spalle il viso illuminato dal lampione. Colto dal panico, si buttò in avanti. «Vittoria, no!»

Ma Vittoria, con un movimento rapidissimo e allo stesso tempo molto naturale, aveva già rialzato le braccia, come se avesse freddo, e aveva fatto sparire la pistola sotto l'ascella. Langdon, correndo verso di lei, quasi urtò le due donne.

«Buonasera» disse Vittoria, un po' imbarazzata.

Langdon tirò un sospiro di sollievo. Le due donne li guardarono con aria di rimprovero da sotto il velo nero. Erano entrambe anziane, ma una era così vecchia che quasi non si reggeva in piedi e si appoggiava all'altra. Avevano in mano un rosario e sembravano turbate da quell'improvvisa interruzione.

Vittoria sorrise, anche se aveva l'aria scossa. «Scusate, sapreste dirmi dov'è Santa Maria della Vittoria?»

Le due donne indicarono la chiesa in cima a una salita dietro di loro. «Là.»

«Grazie» rispose Langdon, mettendo un braccio sulle spalle di Vittoria e attirandola a sé con garbo. Non riusciva a capacitarsi: per un pelo non avevano aggredito due vecchie signore.

«Non si può entrare» aggiunse una delle due. «È chiusa.»

«Chiusa?» chiese Vittoria sorpresa. «Come mai?»

Le donne risposero contemporaneamente, in tono indignato. Langdon non capì tutto quello che dicevano, ma solo che protestavano perché erano state cacciate dalla chiesa, dove avevano pregato per il Vaticano fino a un quarto d'ora prima, da un signore che aveva detto che la chiesa doveva essere sgomberata.

«Lo conoscevate?» chiese Vittoria, nervosa.

Le donne scossero la testa. Era uno straniero maleducato, che aveva mandato via in malo modo tutti quanti, persino il giovane parroco e il sagrestano. Questi avevano minacciato di chiamare la polizia, ma lo sconosciuto si era messo a ridere e aveva risposto che oltre alla polizia sarebbero arrivate anche le televisioni.

"Le televisioni?" Langdon era allibito.

Le donne borbottarono ancora qualcosa a proposito di un "arabo", in tono di disapprovazione, e si allontanarono.

«Un arabo?» chiese Langdon a Vittoria.

Lei, tesa, confermò: «Hanno detto così».

Langdon rabbrividì, si voltò verso la chiesa e intravide qualcosa che lo spaventò a morte.

Ignara, Vittoria prese il cellulare e premette un pulsante annunciando: «Avverto Olivetti».

Interdetto, Langdon la prese per un braccio e con mano tremante le indicò la chiesa.

Vittoria trasalì.

Le vetrate brillavano come occhi malvagi, illuminate dall'interno... Dentro la chiesa era scoppiato un incendio.

91

Langdon e Vittoria si precipitarono verso il portone di Santa Maria della Vittoria, ma lo trovarono chiuso a chiave. Vittoria prese la semiautomatica di Olivetti e sparò tre colpi contro la vecchia serratura, che andò in mille pezzi.

La chiesa non aveva vestibolo per cui, appena ebbero spalancato il portone, si trovarono davanti la navata. La scena era talmente surreale e spaventosa che Langdon chiuse gli occhi e li riaprì, sperando di aver visto male.

La chiesa era barocca, con le pareti e l'altare dorati e sontuosamente decorati. Esattamente al centro, sotto la cupola, erano state accatastate alcune panche di legno in modo da formare una specie di pira funeraria da cui si alzavano crepitando grandi fiammate. Langdon le seguì con gli occhi e vide che il vero orrore era in alto, sotto la volta della chiesa.

Ai lati della cupola c'erano due catene, a cui normalmente venivano appesi i turiboli per spandere l'incenso sui fedeli raccolti in preghiera. Adesso, però, non sorreggevano un incensiere.

Vi era appeso un essere umano. Era nudo e legato per i polsi alle due catene, con le braccia spalancate e così tese che parevano sul punto di smembrarsi; sembrava inchiodato a un crocifisso sospeso e invisibile.

Langdon rimase a guardare, impietrito. Un attimo dopo, si rese conto dell'atrocità suprema: l'uomo era vivo. Sollevò la testa, li vide e con il terrore negli occhi rivolse loro una muta supplica. Era stato marchiato a fuoco sul petto. Langdon non riusciva a vedere bene il marchio, ma non aveva dubbi su cosa recasse scritto. Le fiamme si levavano sempre più alte, lambendo i piedi dell'uomo appeso, che lanciò un urlo di dolore e fu scosso da un tremito.

Come animato da una forza invisibile, Langdon corse lungo la navata fino ai banchi accatastati. L'aria era irrespirabile e dovette fermarsi a tre metri dal rogo per via del calore. Gli bruciava la faccia e fu costretto a ripararsi gli occhi e a indietreggiare. Inciampò e cadde pesantemente sul pavimento di marmo. Si rialzò in piedi e riprovò ad avvicinarsi al fuoco, facendosi scudo con le mani.

Ma capì subito che era impossibile.

Ritornando sui suoi passi, esaminò le pareti della chiesa in cerca di qualcosa con cui spegnere le fiamme, magari un arazzo. Ma sapeva benissimo che non ce ne potevano essere. "È una chiesa barocca, non un castello tedesco!" Guardò di nuovo in alto.

Il fumo e le fiamme salivano vorticosamente verso la cupola. Le catene a cui era appeso l'uomo passavano attraverso due carrucole sul soffitto e poi scendevano fino a due gallocce di metallo fissate ai muri della chiesa. Langdon andò a esaminarne una da vicino. Era in alto, ma se fosse riuscito a raggiungerla e ad allentare la catena avrebbe potuto spostare il poveretto dalla traiettoria del fuoco.

Sentì crepitare le fiamme e quindi un grido agghiacciante: il fuoco lambiva ormai le piante dei piedi del cardinale, già coperte di vesciche. Stava bruciando vivo. Langdon corse verso la galloccia.

In fondo alla chiesa, Vittoria si appoggiò a una panca cercando di riprendersi dallo shock. Distolse gli occhi da quello spettacolo orrendo e pensò: "Fai qualcosa!". Poi si chiese dove fosse Olivetti. Aveva intercettato l'assassino? L'aveva acciuffato? Dove lo aveva portato? Stava per correre in aiuto di Langdon, quando udì qualcosa e si fermò.

C'era un altro rumore oltre al crepitio delle fiamme, una specie di vibrazione metallica.

Era lì nei pressi, sembrava provenire dalla fila di panche alla sua sinistra, un suono che si ripeteva a intervalli regolari, sordo e prolungato, simile alla suoneria di un telefono, ma più secco. Impugnando saldamente la pistola, Vittoria si spostò lungo le panche. Il suono stava crescendo di intensità, vibrante.

Arrivata in fondo alla fila di panche, capì che il rumore proveniva dal basso, dietro l'angolo. Avanzando guardinga con la pistola in pugno, si rese conto di avere il cellulare nell'altra, regolato in modalità vibrazione. Nel panico, si era scordata di aver selezionato il numero del comandante Olivetti. Avvicinò il telefono all'orecchio e sentì che dava il segnale di libero. Il comandante non rispondeva.

Sempre più spaventata, capì improvvisamente che cos'era lo strano rumore. Fece un passo avanti, tremante, e si sentì mancare il terreno sotto i piedi nel vedere la forma immobile sul pavimento. Non era insanguinata e non aveva lividi, ma la testa era in una posizione assolutamente innaturale, ruotata di centottanta gradi. Vittoria si sforzò di non pensare a suo padre.

Il telefono alla cintura del comandante Olivetti vibrava sul pavimento freddo. Vittoria spense il cellulare e il rumore cessò. Nel silenzio, Vittoria udì un altro suono, un respiro pesante nel buio, alle proprie spalle.

Fece per voltarsi, con la pistola in pugno, ma capì che era troppo tardi. Si sentì colpire dietro la nuca e attraversare da una scarica elettrica dalla testa ai piedi.

«Ora sei mia» bisbigliò la voce dell'assassino.

Poi tutto diventò nero.

All'altra estremità della chiesa, sulla parete di sinistra, Langdon era in piedi su una panca e cercava di raggiungere la catena, fissata a circa due metri sopra la sua testa. Le gallocce di quel tipo erano abbastanza comuni nelle chiese e venivano murate in alto proprio per evitare manomissioni. I preti solitamente usavano delle scale a pioli per raggiungerle. Anche l'assassino doveva averne utilizzata una per appendere la sua vittima.

"E dove l'ha messa, poi?" Langdon controllò se fosse stata appoggiata sul pavimento. Gli sembrava di averne vista una da qualche parte, ma dove? Quando gli tornò in mente, ebbe un tuffo al cuore. Si voltò verso il fuoco crepitante e, naturalmente, vide la scala a pioli in cima alla pira, avvolta dalle fiamme.

Disperato, osservò dall'alto in ogni angolo della chiesa nella speranza di trovare qualcosa su cui salire per raggiungere la galloccia. A un certo punto si rese conto che aveva perso di vista Vittoria. "Dove diavolo sarà finita? Che sia corsa a chiedere aiuto?" La chiamò, urlando a squarciagola, ma non ottenne risposta. "E dov'è finito Olivetti?"

Udì un urlo di dolore, guardò su e vide il cardinale che agonizzava. Capì che ormai era troppo tardi per cercare di salvarlo. L'unica cosa che poteva fare era tentare di spegnere il fuoco, o almeno abbassare le fiamme. "Acqua." «Mi serve dell'acqua, maledizione, tanta acqua!» urlò.

«A quella penseremo dopo» disse una voce cavernosa dal fondo della chiesa.

Langdon si voltò e quasi cadde dalla panca per lo spavento.

Una mostruosa ombra scura stava avanzando verso di lui. Nonostante il bagliore delle fiamme, aveva gli occhi neri come la pece. Langdon riconobbe la pistola che aveva in pugno: era quella che aveva tenuto in tasca lui fino a poco prima, quando Vittoria gliel'aveva presa.

Fu assalito dal terrore. Il suo primo istinto fu pensare a Vittoria. Che cosa le aveva fatto quella bestia? L'aveva ferita, o peggio? Il cardinale appeso sopra le fiamme lanciò un ultimo urlo agghiacciante. Stava per morire e lui non poteva fare più nulla per aiutarlo. Quando l'assassino gli puntò la pistola al petto, l'istinto di sopravvivenza prevalse sul panico. Nell'attimo in cui sentì partire il colpo, si tuffò con le braccia in avanti, sperando di andare a cadere oltre le panche allineate sotto di lui.

L'impatto sul duro pavimento fu più violento di quel che si aspettava. Rotolò da una parte, sentì un rumore di passi sulla sua destra, si girò verso l'altare, poi cominciò a strisciare più svelto che poteva sotto le panche.

In alto, al centro della chiesa, il cardinale Guidera stava vivendo gli ultimi strazianti attimi della sua tortura. Guardò giù e vide che aveva le cosce ormai piene di vesciche che scoppiavano. "Sono all'inferno" pensò. "Dio mio, perché mi hai abbandonato?" Era certo di essere finito all'inferno, perché vide il marchio che gli era stato impresso a fuoco sul petto. Era rovesciato eppure, per una sorta di diabolica illusione, leggibilissimo.

Tre scrutini. Nessun papa.

Nella Cappella Sistina il cardinale Mortati aveva iniziato a pregare per un miracolo. "Signore, fa' che i quattro cardinali assenti tornino a noi!" Il ritardo si era protratto già abbastanza. Avrebbe potuto capire se ne fosse mancato uno, ma tutti e quattro! Era una situazione drammatica: in quelle condizioni per raggiungere i due terzi dei voti ci sarebbe voluta un'intercessione divina.

Quando si udì girare il chiavistello della porta esterna, Mortati e tutto il Collegio dei cardinali si voltarono contemporaneamente verso l'entrata. Mortati sapeva che ciò poteva significare una cosa sola. A rigore i sigilli della porta della cappella potevano essere tolti solo in due casi: per far uscire eventuali malati gravi o per far entrare i ritardatari.

"Che i quattro cardinali stiano arrivando?"

Mortati ringraziò il Signore: il conclave era salvo.

Ma quando la porta si aprì, il brusio che echeggiò nella cappella non fu di gioia. Mortati fissò incredulo l'uomo che avanzava. Per la prima volta nella storia del Vaticano, un *camerlengo* aveva appena oltrepassato la sacra soglia del conclave dopo aver spezzato i sigilli della porta.

"Chi si crede di essere?"

Carlo Ventresca si diresse all'altare a grandi passi e si rivolse all'uditorio attonito. «Confratelli, ho atteso finché ho potuto» disse. «Ma credo che ora abbiate il diritto di sapere.»

Langdon non sapeva proprio dove stesse andando. Procedeva per istinto, cercando di allontanarsi dal pericolo. A forza di strisciare fra le panche, gli bruciavano i gomiti e le ginocchia, ma non si fermò. Una vocina gli diceva di spostarsi verso sinistra. "Se riesci a raggiungere la navata centrale, puoi cercare di correre fuori..." Ma no, era impossibile: c'era un muro di fuoco che impediva di raggiungerla! Ingegnandosi per trovare una soluzione, continuò a strisciare alla cieca. Il rumore di passi era sempre più vicino.

Pensava di avere ancora tre metri di panche prima di raggiungere la parte anteriore della chiesa, ma si sbagliava. Improvvisamente, con suo grande stupore, si trovò allo scoperto e si dovette fermare. Nella cappella alla sua sinistra c'era la scultura per cui era arrivato fin lì. Gli sembrò gigantesca. Se ne era completamente dimenticato: l'*Estasi di santa Teresa* del Bernini, con la santa riversa in una posa sensuale, la bocca socchiusa in un gemito, e un angelo in procinto di trafiggerla con un dardo di fuoco.

Una pallottola colpì la panca appena sopra la sua testa. Langdon si tese come un corridore ai blocchi di partenza e, spinto solo dall'adrenalina, senza quasi rendersi conto delle proprie azioni, si mise a correre verso destra, piegato in due e con la testa bassa. Nel sentire gli spari alle sue spalle, si gettò di nuovo a terra e scivolò sul marmo finendo contro la balaustra di una nicchia sul lato destro della chiesa.

Fu in quel momento che la vide, stesa scompostamente per terra, in fondo alla chiesa. "Vittoria!" Era accasciata sul pavimento, ma Langdon si accorse che respirava ancora. Non c'era tempo per soccorrerla, però.

L'assassino aveva girato intorno alle panche sul lato sinistro della chiesa e stava avanzando inesorabile verso di lui. In quell'istante Langdon pensò che era la fine. L'assassino prese la mira e Langdon fece l'unica cosa che poteva: scavalcò la balaustra e si tuffò nella nicchia. Appena toccò il pavimento, le colonnine di marmo della balaustra furono raggiunte da una pioggia di pallottole.

Sentendosi come un animale in trappola, Langdon si rifugiò verso il fondo della nicchia semicircolare che – ironia della sorte – conteneva un sarcofago. "La mia tomba" pensò. Sembrava proprio adatta a lui: era una semplice scatola di marmo, senza orpelli. Sobria e semplice, sorretta da due supporti anch'essi di marmo. Langdon valutò se era possibile passarci sotto.

Sentì un rumore di passi alle sue spalle.

Non sapendo cos'altro fare, si stese per terra e scivolò verso il sarcofago. Afferrando i due supporti con le mani, si spinse in avanti e strisciò nello spazio vuoto sotto la base di marmo. Gli spari ripresero.

Ci fu un rumore assordante, poi Langdon ebbe una sensazione che non aveva mai provato prima... una pallottola gli sfiorò la pelle: udì un sibilo, come un colpo di frusta, poi il proiettile rimbalzò sul marmo, sollevando una nuvola di polvere. Con le pulsazioni a mille, continuò a strisciare sotto l'urna e, piano piano, riuscì a scivolare fuori dall'altro lato.

Purtroppo era una strada senza uscita.

Dietro il sarcofago c'era soltanto la parete di fondo della nicchia. Langdon pensò che sarebbe morto lì, in quello spazio angusto. "E molto presto" concluse, vedendo spuntare la canna della pistola nello spazio vuoto sotto il sarcofago. L'assassino teneva l'arma parallela al pavimento, mirando allo stomaco di Langdon.

Non poteva mancarlo.

Langdon fece appello al proprio istinto di sopravvivenza. Si raggomitolò e, faccia a terra, schiacciò le mani contro il pavimento, riaprendo la ferita che si era procurato nell'Archivio Segreto. Senza curarsi del dolore, si sollevò da terra come quando faceva i piegamenti sulle braccia. Proprio in quel momento partirono gli spari. Sentì l'onda d'urto delle pallottole che gli sfioravano la pancia andandosi a conficcare nel muro di travertino. Chiuse gli occhi, cercando di resistere, e pregò perché quell'inferno finisse.

E così fu.

A un certo punto, sentì uno sparo a vuoto.

Aprì lentamente gli occhi, quasi temesse che le sue palpebre potessero fare rumore. Tremava per il dolore e lo sforzo, ma restò in quella scomoda posizione, inarcato come un gatto. Non aveva quasi neanche il coraggio di respirare. Benché assordato dagli spari, tese l'orecchio per capire se l'assassino era ancora lì o se ne era andato. Silenzio. Pensò a Vittoria, disperandosi di non poterla aiutare.

Dopo un po', sentì un rumore, un verso quasi inumano: un suono gutturale di chi sta compiendo uno sforzo.

Improvvisamente il sarcofago sembrò sollevarsi su un lato e Langdon si lasciò cadere a terra. La forza di gravità superò quella dell'attrito e il coperchio scivolò dall'urna e andò a schiantarsi sul pavimento accanto a lui. Poi anche il sarcofago si spostò dai supporti e si inclinò verso Langdon.

Vedendoselo cadere addosso, Langdon si rese conto che il sarcofago lo avrebbe schiacciato, a meno che lui non fosse riuscito a infilarcisi dentro. Piegò le gambe e la testa, rannicchiandosi, e portò le braccia lungo il corpo. Poi chiuse gli occhi e aspettò lo schianto.

Quando giunse, il pavimento sotto di lui tremò. Il bordo superiore del sarcofago toccò terra a pochi millimetri dalla sua testa. Langdon batteva i denti, ma si rese conto che il braccio destro, che aveva ormai dato per perso, era miracolosamente intatto. Aprì gli occhi e vide un filo di luce: il bordo del sarcofago rovesciato non aderiva completamente al pavimento, ma era ancora parzialmente appoggiato ai supporti. Langdon si trovò letteralmente faccia a faccia con la morte.

L'occupante originario del sarcofago era sospeso direttamente sopra di lui. Lo scheletro rimase lì un momento, titubante come un innamorato, poi si staccò dal fondo dell'urna con un macabro crepitio e gli rovinò addosso come per abbracciarlo. Una pioggia di polvere e ossa putride gli finì negli occhi e in bocca.

Prima che Langdon potesse reagire, un braccio si insinuò alla cieca sotto la fessura da cui filtrava la luce, facendosi largo tra le ossa ammucchiate come un pitone affamato. Cercò a tastoni il collo di Langdon finché non lo trovò e cominciò a stringere. Langdon tentò di opporsi, ma si accorse che la manica sinistra gli era rimasta incastrata sotto il sarcofago. Con un solo braccio libero, la battaglia era persa.

Piegò le gambe nel poco spazio disponibile, cercò il fondo del sarcofago con i piedi e, trovatolo, ve li puntò contro. Ormai quasi senza fiato, chiuse gli occhi e spinse con tutte le sue forze. L'urna si spostò. Di poco, ma quanto bastava.

Con uno scricchiolio sinistro, scivolò definitivamente giù dai supporti e schiacciò il braccio all'assassino, che emise un gemito di dolore e mollò la presa sul collo di Langdon. Contorcendosi nell'oscurità, l'uomo riuscì finalmente a liberare il braccio e il sarcofago ricadde con un tonfo sul pavimento di marmo.

Fu di nuovo buio pesto.

Il silenzio era totale.

Nessun bussare frustrato sul sarcofago capovolto, nessun tentativo di smuovere la tomba di marmo. Niente. Avvolto nell'oscurità, tra un mucchio di ossa, Langdon combatté la claustrofobia pensando a Vittoria.

"Sei viva?"

Se avesse saputo la verità – l'orrore al quale Vittoria stava per andare incontro – forse le avrebbe augurato di morire.

Seduto nella Cappella Sistina fra i suoi colleghi sbalorditi, il cardinale Mortati tentava di dare un senso alle parole del camerlengo. Alla luce delle candele, Ventresca aveva appena raccontato una storia di un tale odio e perfidia che Mortati era rabbrividito. Aveva parlato di cardinali rapiti, marchiati a fuoco e uccisi; degli Illuminati – un nome che faceva riemergere antiche paure –, della loro rinascita e sete di vendetta, del defunto papa, avvelenato dai membri di quella setta. E poi, quasi sussurrando, di una nuova tecnologia mortale, l'antimateria, che a mezzanotte avrebbe distrutto la Città del Vaticano.

Alla fine del discorso, sembrava che Satana avesse risucchiato tutta l'aria dalla cappella. Nessuno riusciva più a muoversi. Le parole del camerlengo erano come sospese nell'oscurità.

L'unico suono che Mortati udiva era l'inconsueto ronzio di una telecamera in fondo alla sala. Nessun conclave nella storia aveva mai tollerato una simile presenza, ma era stato il camerlengo a volerla. Fra lo stupore dei cardinali, era entrato nella Cappella Sistina con due giornalisti della BBC, un uomo e una donna, e aveva annunciato che avrebbero trasmesso il suo discorso in mondovisione.

In quel momento, di fronte alla telecamera, fece un passo avanti e disse con voce profonda: «Agli Illuminati e agli uomini di scienza, voglio dire questo». Fece una pausa. «Avete vinto.»

Il silenzio nella cappella era tale che Mortati sentiva il battito disperato del proprio cuore.

«Le premesse c'erano tutte» continuò il camerlengo. «La vostra vittoria era inevitabile. Mai prima d'ora mi è stato chiaro come in questo momento. La scienza è il nuovo Dio.»

"Ma cosa sta dicendo?" pensò Mortati. "È diventato matto? Tutto il mondo lo sta ascoltando!"

«La medicina, le telecomunicazioni, i viaggi spaziali, le manipolazioni genetiche... sono questi i miracoli di cui oggi si parla ai bambini. Sono questi i miracoli che dimostrano come la scienza ci darà delle risposte. Le vecchie storie di immacolata concezione, roveti ardenti e mari che si dividono al passaggio dei profeti non valgono più. Dio è diventato obsoleto. La scienza ha vinto la battaglia. Ci arrendiamo.»

Un mormorio di confusione e di smarrimento corse per la cappella.

Il camerlengo aggiunse, con maggiore enfasi nella voce: «Ma questa vittoria ha avuto un prezzo. E molto alto».

Silenzio.

«La scienza avrà anche alleviato le sofferenze della malattia e la pesantezza del lavoro, ci avrà anche fornito una miriade di gadget per il nostro divertimento e la nostra comodità, ma ci ha lasciato in un mondo dove non esiste più la meraviglia. I nostri tramonti si sono ridotti a frequenze e lunghezze d'onda. La complessità dell'universo si è trasformata in una serie di equazioni matematiche. La nostra concezione del valore della vita umana è stata sfatata. La scienza afferma che la terra e i suoi abitanti sono solo puntini insignificanti nell'immensità dell'universo. Un accidente cosmico.» Fece una pausa. «Persino la tecnologia che promette di unirci ci divide. Oggi ognuno di noi è elettronicamente collegato a tutto il resto del pianeta e tuttavia ci sentiamo sempre più soli. Siamo bombardati dalla violenza, da divisioni, conflitti e tradimenti. Lo scetticismo è diventato una virtù. Ormai le doti dell'uomo intelligente sono il cinismo e la continua ricerca della prova scientifica. Non c'è da stupirsi se oggigiorno gli esseri umani si sentono più depressi e impotenti che in passato. Esiste ancora qualcosa di sacro? La scienza cerca risposte nella sperimentazione sui feti e pretende addirittura di modificare il nostro DNA. Seziona il mondo creato da Dio in frammenti sempre più piccoli in cerca di un significato... e trova solo ulteriori domande.»

Mortati lo guardava con soggezione. Il camerlengo sembrava dotato di un potere ipnotico. Non aveva mai visto nessuno parlare da un altare con tanta forza e presenza fisica. La sua voce era carica di convinzione e di tristezza.

«La vecchia battaglia tra scienza e fede si è conclusa» proseguì. «Avete vinto, ma non lealmente. Non avete dato risposte. Avete avuto la meglio modificando la nostra società in modo così radicale che le verità che un tempo consideravamo linee guida ora sembrano inapplicabili. La fede non può competere. La scienza fa progressi a ritmo esponenziale. Si moltiplica come un virus. Ogni nuova scoperta apre la via ad altre scoperte. Furono necessarie migliaia di anni per passare dall'invenzione della ruota a quella dell'automobile, ma è bastato solo qualche decennio per passare dall'automobile ai viaggi nello spazio. Oggi misuriamo il progresso scientifico in settimane. Stiamo perdendo il controllo. L'abisso che ci separa è sempre più profondo e, a mano a mano che la fede passa in secondo piano, gli uomini sentono un vuoto spirituale sempre più grande. Siamo alla ricerca disperata di un significato. Ma *veramente* disperata. Avvistamenti di UFO, sedute spiritiche e di channelling, viaggi astrali, ricerche sulla mente umana: tutte queste idee eccentriche hanno una facciata scientifica, ma sono spudoratamente irrazionali. Sono il grido disperato dell'anima moderna, sola, tormentata, paralizzata dalla sua razionalità e dall'incapacità di accettare che ciò che si discosta dalla tecnologia possa avere un senso.»

Mortati si accorse che si stava protendendo in avanti. Come lui, gli altri cardinali e i telespettatori di tutto il mondo pendevano dalle labbra del camerlengo. Nel suo discorso non c'era retorica né vetriolo. Nessun riferimento alle Scritture o a Gesù Cristo. Usava espressioni moderne, chiare, senza giri di parole. Sembrava che Dio parlasse per bocca sua, ma usando un linguaggio aggiornato per trasmettere un messaggio antico. In quel momento, Mortati comprese uno dei motivi per cui il papa precedente aveva così caro quel giovane. In un mondo apatico, cinico, dominato dalla tecnologia, gli uomini come il camerlengo, realistici, capaci di parlare all'anima della gente, erano l'unica speranza per la Chiesa.

Il camerlengo continuò con maggiore enfasi. «Voi dite che

la scienza sarà la nostra salvezza. Io dico che la scienza è stata la nostra rovina. Fin dai tempi di Galileo, la Chiesa ha cercato di frenare il suo lento cammino, talvolta con gli strumenti sbagliati, ma sempre in buona fede. Le tentazioni, però, sono troppo forti perché un uomo possa resistervi. Vi avverto, guardatevi attorno: le promesse della scienza non sono state mantenute. Le promesse di efficienza e semplicità hanno generato solo inquinamento e caos. Siamo una specie frammentata e frenetica, che sta precipitando verso la rovina e la catastrofe.»

Il camerlengo fece una lunga pausa, poi rivolse lo sguardo alla telecamera.

«Chi è questo Dio della scienza? Chi è questo Dio che dà ai suoi uomini il potere, ma non le regole morali per usarlo? Quale Dio dà il fuoco ai suoi figli senza avvertirli che è pericoloso? Il linguaggio della scienza non ci dice ciò che è bene e ciò che è male. I manuali scientifici ci spiegano come provocare una reazione nucleare, ma non ci chiedono di riflettere sulle sue implicazioni morali. Agli uomini di scienza voglio dire questo: la Chiesa è stanca. Siamo stanchi di tentare di farvi da guida. Abbiamo praticamente esaurito le nostre risorse nel tentativo di far sentire la voce della moderazione mentre voi continuate ciecamente a cercare di realizzare il massimo guadagno con il minimo sforzo. Non vi stiamo chiedendo perché non vi controllate, bensì come pensate di riuscire a farlo. Il mondo si muove così velocemente che, anche se vi fermaste per un istante ad analizzare le conseguenze delle vostre azioni, qualcuno più efficiente di voi vi sorpasserebbe. E così continuate sulla vostra strada. Costruite armi di distruzione di massa, mentre il papa incontra i capi di Stato implorandoli di rinunciare all'uso della forza. Clonate esseri viventi, mentre la Chiesa ci invita a considerare le implicazioni morali delle nostre azioni. Incoraggiate le persone a comunicare tramite cellulari e computer, mentre la Chiesa apre le sue porte per ricordarci di entrare in comunione con gli altri come vuole la nostra natura. In nome della ricerca uccidete bambini non ancora nati per salvare altre vite. Ancora una volta è la Chiesa che mostra la fallacia di questo ragionamento. Voi sostenete che la Chiesa è ignorante. Ma chi è più ignorante? Chi non riesce a definire il fulmine o chi non ne rispetta il grandioso potere? La Chiesa vi apre le sue porte, le apre a tutti. Eppure, più ci avviciniamo a voi, più voi ci respingete. "Dimostrateci che Dio esiste" dite. Io vi rispondo: prendete i vostri telescopi, scrutate i cieli e poi ditemi come può Dio *non* esistere!» Il camerlengo aveva le lacrime agli occhi. «Mi chiedete com'è fatto, ma come potete porre una domanda del genere? La risposta è una, sempre la stessa. Non percepite Dio nella vostra scienza? Come fate a non vederlo? Sostenete che sarebbe bastato un minimo cambiamento della forza di gravità o del peso di un atomo per fare del nostro universo una nebulosa senza vita anziché uno splendido oceano di corpi celesti, e non riuscite a vedere la mano di Dio in tutto questo? Vi sembra più facile credere che abbiamo pescato la carta giusta da un mazzo composto da miliardi di carte? Possibile che l'uomo sia spiritualmente così povero da credere più volentieri nell'impossibilità matematica che nell'esistenza di un potere più grande di lui?»

Con voce sempre più profonda e convincente, proseguì: «Che voi crediate o no in Dio, a questo dovete credere: quando noi esseri umani rinunciamo a rimetterci a un potere più grande di noi, rinunciamo alla responsabilità. La fede, tutte le fedi, servono a ricordarci che c'è un'entità inconoscibile a cui siamo tenuti a rispondere... Solo attraverso la fede possiamo rendere conto delle nostre azioni al prossimo, a noi stessi e a Dio. La religione è imperfetta, ma solo perché è imperfetto l'uomo. Se la gente potesse vedere la Chiesa come la vedo io, se riuscisse a guardare al di là dei riti che si svolgono tra queste mura, vedrebbe un miracolo moderno: un'assemblea di persone imperfette, anime semplici il cui unico desiderio è far sentire la voce della compassione in un mondo ormai sfuggito a qualsiasi controllo».

Il camerlengo avanzò verso il Collegio dei cardinali e la videoperatrice della BBC lo seguì istintivamente, facendo una panoramica della sala.

«Siamo obsoleti?» chiese il camerlengo. «Questi uomini sono dinosauri? Io sono un dinosauro? Il mondo non ha bisogno di una voce che parli per i poveri, i deboli, gli oppressi, i bambini mai nati? Non abbiamo bisogno di anime che, per quanto imperfette, ci esortino a seguire le direttive della moralità e a non perderci per strada?»

A questo punto Mortati capì che il camerlengo, consciamente o no, aveva compiuto una mossa brillante. Facendo riprendere i cardinali dalle telecamere, stava dando un volto umano alla Chiesa. Il Vaticano non era più fatto di edifici, ma di *persone*. Persone che, come il camerlengo, avevano dedicato la propria esistenza al servizio del bene.

«Questa sera ci troviamo sull'orlo di un baratro» affermò Ventresca. «Non possiamo permetterci di restare indifferenti. Che lo chiamiate Satana, corruzione o immoralità, il male esiste, e cresce di giorno in giorno. Non ignoratelo.» Abbassò la voce e la telecamera lo inquadrò nuovamente. «Le forze del male, anche se poderose, non sono invincibili. Il bene *può* prevalere. Ascoltate il vostro cuore. Ascoltate Dio. Insieme, possiamo salvarci da questo abisso.»

Ora Mortati capiva perché il conclave era stato violato. Non c'era altro modo. Quella di Carlo Ventresca era una drammatica e disperata richiesta di aiuto. Stava parlando sia ai suoi amici sia ai suoi nemici. Stava esortando tutti, con lui o contro di lui, a vedere la luce e fermare quella pazzia. Sicuramente, ascoltandolo, qualcuno si sarebbe reso conto della follia di quel complotto e si sarebbe fatto avanti.

Si inginocchiò davanti all'altare. «Pregate con me.»

Tutti i cardinali lo imitarono e si unirono a lui in preghiera. Fuori, in piazza San Pietro e in ogni angolo del globo, l'umanità, attonita, si inginocchiò con loro.

95

L'assassino distese la sua preda priva di sensi sul sedile posteriore del furgone e si concesse un minuto per ammirarla. Pur non essendo bella come certe prostitute con cui era stato, Vittoria aveva qualcosa di selvaggio che lo eccitava. Aveva un corpo stupendo, lucido di sudore, profumato.

Assaporando il momento in cui avrebbe potuto godere di lei, non sentiva neppure male al braccio. Quando il sarcofago gli era caduto addosso si era procurato una brutta contusione, ma il dolore non era nulla rispetto al piacere che già pregustava. E poi lo consolava il fatto che l'americano che gli aveva causato quel danno probabilmente era già morto.

Guardando la sua prigioniera inerme, la immaginò nuda. Poi le infilò una mano sotto il reggiseno, palpeggiandola. "Sì" pensò sorridendo. "Ne è valsa proprio la pena." Si trattenne dal possederla in quel momento, nonostante il desiderio che provava, chiuse la portiera e si allontanò per la strada buia.

Non era necessario informare i giornalisti, questa volta... L'incendio avrebbe attirato sufficiente attenzione.

Dopo avere ascoltato il discorso del camerlengo, Sylvie rimase seduta un attimo, attonita. Nulla prima di allora l'aveva fatta sentire così fiera di essere cattolica e così imbarazzata di lavorare al CERN. Tornando in ufficio, notò che l'umore nelle sale video era molto più sommesso e cupo di prima. Quando aprì la porta della stanza di Kohler, tutti e sette i telefoni stavano suonando contemporaneamente. E siccome il centralino aveva ordine di non passare al direttore le chiamate dei giornalisti, dietro tanta frenesia poteva esserci una cosa soltanto.

Geld. Soldi.

La tecnologia dell'antimateria aveva già trovato dei compratori.

In Vaticano, Gunther Glick si sentiva al settimo cielo. Insieme con il camerlengo era appena uscito dalla Cappella Sistina. Lui e Chinita Macri avevano firmato in quel momento il servizio del secolo. E che servizio! Il camerlengo era stato straordinario.

Ventresca si voltò verso i due giornalisti. «Ho chiesto alle guardie svizzere di prepararvi le foto dei cardinali scomparsi e del papa. Vi avverto che sono tutt'altro che piacevoli da vedere. Cadaveri marchiati a fuoco, ustioni raccapriccianti, lingue nere... Ma penso sia bene che il mondo veda.»

Glick pensò che la Città del Vaticano era il paese della cuccagna, per lui. "Sicuro di volerci dare una foto in esclusiva del papa morto ammazzato?" pensò. Invece, cercando di contenere l'entusiasmo, disse: «Se è questo il suo desiderio, monsignore...».

Il camerlengo annuì. «La Guardia Svizzera vi consegnerà anche il filmato del cilindro di antimateria con il conto alla rovescia.»

Glick non ci poteva credere. "Sì, è proprio il paese della cuccagna!"

«Presto gli Illuminati scopriranno di avere sopravvalutato le loro forze» concluse il camerlengo.

96

Buio e senso di soffocamento. Come il tema ricorrente di una sinfonia diabolica, Langdon era di nuovo in preda alla claustrofobia.

"Niente luce, niente aria, nessuna via di uscita."

Era intrappolato sotto il sarcofago rovesciato, spaventosamente vicino alla resa. Cercò di distrarsi, di non pensare alle pareti incombenti e alla mancanza d'aria: meglio riflettere su processi logici, matematica, musica... qualsiasi cosa. Ma non riusciva a darsi pace. "Non sono in grado di muovermi! Non riesco a respirare!"

Quando il sarcofago si era abbattuto definitivamente su di lui, gli si era liberata la manica della giacca e adesso poteva muovere entrambe le braccia. Tentò di spingere il sarcofago verso l'alto, ma era troppo pesante. Forse sarebbe stato meglio avere ancora la manica impigliata: almeno ci sarebbe stata una fessura per far passare un po' di aria.

Mentre faceva forza con le braccia, vide brillare qualcosa nel buio: era il suo vecchio amico Topolino, che con il muso fluorescente sembrava prenderlo in giro.

Sondò l'oscurità alla ricerca di eventuali altre fonti di luce, ma tra il sarcofago e il pavimento della cappella non c'era la minima fessura. Maledisse la perizia degli artigiani che lo avevano costruito. Se si trovava in quella situazione tanto critica era per colpa del loro perfezionismo, che pure magnificava sempre ai suoi studenti: geometria impeccabile, esecuzione magistrale e, naturalmente, utilizzo di marmo di Carrara di prima qualità, privo di venature, durissimo e assai resistente.

Ma, come si suol dire, la perfezione è morte.

«Muoviti, dannazione» disse ad alta voce, spingendo ancora più forte. Il sarcofago si spostò leggermente. Langdon strinse i denti e riprovò. Era pesantissimo, ma riuscì a sollevarlo di qualche millimetro, lasciando entrare uno spiraglio di luce. Poi il sarcofago ricadde con un tonfo e Langdon rimase nel buio a cercare di riprendere fiato. Avrebbe voluto far leva anche con le gambe, ma non aveva lo spazio per allungarle.

In preda alla claustrofobia, gli sembrava che il sarcofago si chiudesse sempre più attorno a lui, stritolandolo. Cercò di non lasciarsi prendere dal panico e di combattere le allucinazioni.

«Sarcofago» declamò in tono professorale. Ma anche la cultura gli era nemica. "Sarcofago deriva dal greco *sarx*, 'carne' e *phagein*, 'divorare': sono intrappolato dentro quello che letteralmente è un 'mangiatore di carne'."

L'etimologia della parola gli ricordò che si trovava in compagnia di uno scheletro, di ossa ormai prive di qualsiasi traccia di carne. Ma, insieme alla pelle d'oca e alla nausea, questo gli diede anche un'idea.

Armeggiando alla cieca, trovò un osso. "Una costola, forse?" Non era il caso di sottilizzare: gli interessava avere qualcosa da usare come cuneo. Se fosse riuscito a sollevare il sarcofago anche di pochi millimetri e a infilare l'osso nella fessura, non sarebbe morto soffocato.

Grazie a una serie di acrobazie, con una mano puntò l'osso fra il bordo e il pavimento, mentre con l'altra cercava di sollevare il sarcofago. Non riuscì a spostarlo neanche di un millimetro. Riprovò. Per un attimo sembrò che l'urna oscillasse leggermente.

Si sentiva soffocare, per il fetore e la mancanza di ossigeno. Non poteva perdere tempo: doveva usare tutte e due le braccia.

Si organizzò: posizionò l'osso in maniera da poterlo spostare con la spalla al momento opportuno e spinse il sarcofago all'insù con tutte e due le mani. La claustrofobia e il panico stavano per avere il sopravvento su di lui: era la seconda volta in un giorno che rimaneva intrappolato. Lanciò un urlo e diede una spinta poderosa verso l'alto. Il sarcofago si sollevò da terra per una frazione di secondo. Langdon mosse la spalla contro cui aveva posizionato l'osso e riuscì a infilarlo nella fessura. Quando il sarcofago ricadde, l'osso si frantumò. Ma tra il pavimento e il bordo filtrava un filo di luce: l'urna era rimasta lievemente sollevata da terra.

Esausto, Langdon si rilassò e sperò che il senso di soffocamento si alleviasse. Constatò invece che peggiorava con il passare del tempo. Forse l'aria che filtrava da quella minuscola fenditura non era sufficiente a mantenerlo in vita. Quanto sarebbe riuscito a resistere ancora? Se avesse perso i sensi, l'avrebbero mai ritrovato?

Si sentiva le braccia pesanti. Guardò l'ora: le dieci e dodici. Con le dita tremanti, armeggiò con l'orologio e compì un ultimo gesto disperato, facendo ruotare una lancetta e premendo un pulsante.

Stava per perdere conoscenza. Vedeva le pareti del sarcofago chiudersi su di lui, in preda ad antiche paure. Come faceva sempre quando veniva preso dalla claustrofobia, cercò di immaginarsi all'aperto, in mezzo a un prato. Ma non riuscì a sentirsi meglio: l'incubo che lo perseguitava sin da quando era bambino era tornato ad angosciarlo...

Correndo nel prato, il bambino pensava che i fiori erano così belli da sembrare dipinti. Avrebbe voluto che anche i suoi genitori fossero lì, ma stavano montando la tenda.

«Non allontanarti troppo» aveva detto sua madre.

Lui aveva fatto finta di non sentire ed era corso verso il bosco.

A un certo punto, in quel prato immenso, aveva trovato un mucchio di pietre e aveva pensato che fossero i ruderi di una vecchia casa. Sapeva che era meglio non avvicinarsi, e comunque lo interessava di più la magnifica scarpetta di Venere poco lontano, il fiore più raro e più bello del New Hampshire. Fino a quel momento, l'aveva visto soltanto sui libri.

Emozionato, si era avvicinato all'orchidea e si era inginocchiato. Il terreno era molle, bagnato. Evidentemente il fiore era nato in un punto particolarmente fertile, vicino a del legno marcio.

Non vedeva l'ora di portarsi a casa quel trofeo. Aveva allungato la mano, emozionatissimo...

Ma non era riuscito a cogliere quel fiore tanto ambito.

Gli era mancata letteralmente la terra sotto i piedi.

Aveva sentito un rumore sinistro ed era precipitato nel buio. Sicuro di morire, si era preparato allo schianto, ed era rimasto molto sorpreso di atterrare sul morbido, senza farsi male.

Faceva un freddo terribile.

Era caduto nell'acqua profonda, a testa in giù. Era buio pesto e c'era un muro liscio tutto intorno. Istintivamente si era girato e aveva tirato fuori la testa.

Luce.

Era fievole, lontanissima. Molto più in alto di lui.

Aveva cercato un appiglio, qualcosa a cui aggrapparsi, ma invano. Aveva capito di essere caduto in un pozzo abbandonato. Aveva provato a gridare, ma la sua voce rimbombava nel cunicolo. Aveva chiesto aiuto, urlando a squarciagola, ma non era accorso nessuno e la luce che filtrava dall'alto si era fatta sempre più debole.

Poi, era sceso il crepuscolo.

Il buio altera la percezione del tempo. Aveva cominciato a sentirsi intorpidito, in quell'acqua nera e profonda, ma aveva continuato a gridare. Era tormentato dalle allucinazioni e gli pareva che il pozzo gli si chiudesse sopra la testa, seppellendolo vivo. Aveva le braccia indolenzite. Era stanchissimo. A volte gli pareva di udire delle voci e gridava, ma era come se non gli uscisse la voce... Come negli incubi.

Più il buio calava, più stretto sembrava diventare il pozzo. I muri gli si stringevano intorno a poco a poco e lui faceva forza per spingerli all'indietro e non farsi stritolare. A un certo punto, esausto, si era arreso, lasciandosi cullare dall'acqua.

I soccorritori lo avevano trovato appena cosciente: era rimasto nell'acqua cinque ore. Il "Boston Globe", due giorni dopo, aveva pubblicato in prima pagina un articolo intitolato: *Il piccolo delfino ce l'ha fatta*.

97

L'assassino entrò sorridendo con il furgone nell'imponente fortezza sul Tevere. A piedi, imboccò la galleria di pietra e salì in alto, sempre più in alto... Fortunatamente la sua preda non pesava molto.

Giunse alla porta.

"La Chiesa dell'Illuminazione" esultò. "L'antico covo degli Illuminati. Chi avrebbe mai pensato che fosse proprio qui?"

Entrò e la distese su un divano. Poi le legò le braccia dietro la schiena e le caviglie. La desiderava, ma si sarebbe trattenuto: prima doveva portare a termine anche l'ultima missione. "Acqua."

"Un piccolo sfizio potrei togliermelo, però" pensò. Si inginocchiò vicino alla ragazza e le posò una mano sulla coscia. Era liscia, bellissima. La accarezzò, insinuandosi sotto gli shorts.

A un certo punto si bloccò. "Non essere impaziente" si disse, eccitato. "Prima il dovere, poi il piacere."

Uscì un momento sul balcone di pietra per calmare i bollenti spiriti nella brezza della sera. In basso, il Tevere scorreva tumultuoso. Guardò la cupola di San Pietro, che si trovava a circa un chilometro da lì, illuminata dai riflettori delle televisioni.

«La vostra ora è giunta» disse a voce alta, ricordando le migliaia di musulmani massacrati dai crociati. «A mezzanotte incontrerete il vostro Dio.»

Sentì che la prigioniera si agitava e si voltò. Da una parte, avrebbe voluto lasciare che si svegliasse: leggere l'orrore negli occhi di una donna era l'afrodisiaco migliore che conoscesse.

Ma preferì essere prudente. Era meglio che la donna rimanesse incosciente durante la sua assenza. Anche se era legata e non aveva alcuna possibilità di sfuggirgli, al suo ritorno non voleva trovarla stremata perché aveva cercato invano di liberarsi. "Voglio che tu ti mantenga in forze per me."

Le sollevò leggermente la testa e le appoggiò una mano sulla nuca, alla base del cranio. Trovò il punto preciso sul meridiano del Vaso Governatore e premette con il pollice. Vittoria perse conoscenza all'istante. "Venti minuti" pensò l'assassino. Quella donna sarebbe stata il giusto coronamento di una giornata perfetta: dopo averlo fatto godere, avrebbe esalato l'ultimo respiro e lui sarebbe uscito sul balcone ad ammirare lo spettacolo pirotecnico di mezzanotte nel cielo sopra il Vaticano.

Lasciò la sua preda distesa sul divano e scese nelle segrete della fortezza, illuminate da fiaccole. "L'ultima tappa." Si avvicinò al tavolo e guardò ammirato i ferri sacri che erano stati lasciati lì per lui. "Acqua." *Water*, l'ultimo marchio.

Come già aveva fatto tre volte quel giorno, prese una fiaccola dal muro e iniziò a scaldare il ferro. Quando fu incandescente, lo portò nella cella.

Vi era chiuso un vecchio, solo e silenzioso.

«Cardinale Baggia» gli disse l'assassino. «Ha pregato?»

Negli occhi del cardinale non c'era traccia di paura. «Sì, ho pregato per la tua anima.»

98

I sei pompieri che accorsero nella chiesa di Santa Maria della Vittoria spensero l'incendio con estintori ad halon. L'acqua sarebbe costata meno, ma avrebbe rischiato di rovinare gli affreschi della cappella e i vigili del fuoco avevano l'incarico di usare la massima cautela.

Nel loro lavoro, le tragedie erano all'ordine del giorno, ma l'esecuzione che aveva avuto luogo in quella chiesa li sconvolse. La vittima era stata crocifissa, appesa e arsa viva: il suo corpo straziato sembrava uscito da un film dell'orrore.

Purtroppo i giornalisti avevano battuto sul tempo i pompieri, come spesso accadeva, ed erano riusciti a riprendere la scena prima che la chiesa venisse fatta evacuare.

Quando finalmente il corpo fu recuperato e steso a terra, sulla sua identità non ci furono più dubbi.

Qualcuno mormorò: «È il cardinale Guidera di Barcellona».

Era nudo, con gli arti inferiori orribilmente bruciati: le cosce presentavano ustioni profonde e sanguinolente, le tibie erano addirittura scoperte. Un pompiere si sentì male e un altro dovette uscire a prendere una boccata d'aria.

Il marchio a fuoco sul petto del cardinale era orripilante. Il caposquadra lo fissò sconvolto. "Questa è opera del diavolo" si disse. "Opera di Satana in persona." Si fece il segno della croce per la prima volta da quando era bambino.

«Qui ce n'è un altro!» gridò qualcuno.

Il caposquadra riconobbe immediatamente la seconda vittima. L'austero comandante della Guardia Svizzera non aveva mai attirato molte simpatie tra le forze dell'ordine della capitale. Il vigile del fuoco cercò di mettersi in contatto con il Vaticano, ma le linee telefoniche erano tutte occupate. "Poco male" pensò: nel giro di qualche minuto la Guardia Svizzera sarebbe venuta a conoscenza dell'accaduto dalla televisione.

Mentre cercava di valutare i danni e si arrovellava alla ricerca di una spiegazione per quello scempio, gli cadde l'occhio su una cappella crivellata di pallottole, con un sarcofago capovolto. Evidentemente c'era stata una colluttazione, uno scontro a fuoco. "Se ne occuperanno la polizia e la Santa Sede" pensò. E fece per allontanarsi.

Poi, però, si bloccò sui suoi passi e si voltò indietro. Dal sarcofago proveniva un fievole suono. Il suono che un vigile del fuoco si augura di non sentire mai.

«Una bomba!» urlò. «Uscite tutti!»

Quando gli artificieri capovolsero il sarcofago e scoprirono l'origine di quel suono, rimasero sbigottiti.

«Un medico!» gridò finalmente uno di loro. «Chiamate un'ambulanza!»

99

«Di Olivetti non si sa più niente?» chiese il camerlengo a Rocher, che lo stava accompagnando dalla Cappella Sistina allo studio privato del papa.

«Nossignore. Temiamo il peggio.»

Quando furono sulla porta dello studio, il camerlengo disse con aria provata: «Capitano, io per stasera non posso fare altro. Anzi, temo di aver fatto già troppo. Adesso, è tutto nelle mani di Dio. Mi ritiro a pregare e non voglio essere disturbato».

«Sissignore.»

«Il tempo stringe, capitano. Trovi il cilindro di antimateria.»

«Lo stiamo cercando.» Rocher ebbe un attimo di esitazione. «Sembra che sia nascosto molto bene.»

Il camerlengo fece una smorfia, come se quel pensiero lo terrorizzasse. «Capisco. Senta, alle undici e un quarto, se il pericolo permane, voglio che faccia allontanare tutti i cardinali. La loro salvezza è nelle sue mani. Le chiedo solo una cosa: faccia in modo che possano abbandonare la Sistina con dignità. Li lasci uscire in piazza San Pietro, così che si uniscano alla folla. Non voglio che qualcuno li veda scappare tremebondi dalla porta di servizio.»

«Va bene, monsignore. E lei? Devo venire a chiamarla alle undici e un quarto?»

«Non ce ne sarà bisogno.»

«Monsignore...»

«Uscirò quando sarà il momento.»

Rocher pensò che il camerlengo, da bravo comandante, non intendesse abbandonare la nave fino all'ultimo.

Ventresca aprì la porta dello studio privato del papa ed entrò. «Prima di andarsene, capitano, potrebbe farmi un favore?» disse voltandosi.

«Certamente.»

«Fa freddo, qui. Ho i brividi.»

«Senza corrente, la stufa elettrica è fuori uso. Vuole che le accenda il camino?»

Il camerlengo sorrise stancamente. «Grazie. Davvero molte grazie.»

Rocher uscì dallo studio del papa, lasciando Carlo Ventresca in preghiera davanti a una statuetta della Vergine Maria, vicino al camino scoppiettante.

L'immagine di quella sagoma in ginocchio, avvolta dalla luce tremolante del focolare, era difficile da scacciare dalla mente. Nel corridoio incontrò una guardia. Nonostante la fioca luce delle candele, riconobbe subito il tenente Chartrand.

«Capitano» lo chiamò il giovane, allarmato, porgendogli un cellulare. «Penso che il discorso del camerlengo sia stato utile: ho al telefono una persona che ritiene di avere informazioni importanti da comunicarci. Ha chiamato uno dei nostri numeri privati. Non so come lo abbia ottenuto.»

Rocher si bloccò di colpo. «Quali informazioni?»

«Vuole parlare con l'ufficiale in comando.»

«Di Olivetti non ci sono notizie?»

«Nossignore.»

Rocher prese il cellulare. «Sono il capitano Rocher. In questo momento sono io l'ufficiale in comando.»

«Mi ascolti, capitano Rocher. Prima le spiegherò chi sono e poi le dirò che cosa deve fare.»

Al termine della telefonata, Rocher era senza parole: adesso sapeva da chi prendeva ordini.

Al CERN, Sylvie Baudeloque stava cercando affannosamente di annotare i messaggi registrati sulla segreteria di Kohler quando squillò il telefono sulla scrivania del direttore. Nel vedere che era la linea privata trasalì, chiedendosi chi mai poteva essere.

Rispose. «Pronto?»

«Signorina Baudeloque? Sono Kohler. Chiami il pilota del mio jet privato e gli dica di prepararsi a decollare tra cinque minuti.»

100

Robert Langdon non aveva la minima idea di dove si trovasse, né di che ora fosse. La prima cosa che vide, quando riaprì gli occhi, fu una spirale di fumo che saliva verso una cupola barocca. Aveva qualcosa sulla faccia. Una mascherina per l'ossigeno. Se la tolse. C'era una terribile puzza di bruciato e gli fischiavano le orecchie. Cercò di tirarsi su a sedere e vide che vicino a lui c'era un uomo con una tuta arancione, in ginocchio.

«Stia tranquillo» gli disse lo sconosciuto, aiutandolo a stendersi di nuovo. «Adesso arriva il medico.»

Langdon si sdraiò e seguì con lo sguardo le volute di fumo che aleggiavano nella chiesa. Gli girava la testa. "Che cosa mi è successo?" Ricordava solo di aver provato molta paura.

«L'ha salvata Topolino» disse l'uomo con la tuta arancione. «Senza di lui, a quest'ora...»

Langdon non capiva. "Chi mi ha salvato? Quale topolino?"

L'uomo gli indicò l'orologio e Langdon cominciò a ricordare. Aveva impostato la sveglia. Guardò con gratitudine il suo amato orologio e vide che mancavano pochi minuti alle dieci e mezzo.

Si alzò di scatto.

Gli era tornato in mente tutto.

Langdon era davanti all'altare maggiore, insieme al capo della squadra dei pompieri e ai suoi uomini che lo tempestavano di domande. Lui, però, non li ascoltava nemmeno: gli interrogativi a cui doveva dare una risposta erano ben altri.

Aveva male dappertutto, ma sapeva di dover agire immediatamente.

Si avvicinò all'altare un vigile del fuoco, che disse: «Ho controllato di nuovo, ma i corpi sono solo due. Quello del cardinale Guidera e quello del comandante della Guardia Svizzera. Non c'è nessuna donna».

«Grazie» rispose Langdon, non sapendo se sentirsi sollevato o affranto. Ricordava di aver visto Vittoria priva di sensi in fondo alla chiesa. "Ma se ora non c'è più..." L'unica spiegazione che gli venne in mente non era per nulla rassicurante. Al telefono l'assassino aveva detto a Vittoria: "Che donna di carattere! Mi ecciti... Spero proprio di incontrarti, entro questa notte... E allora...".

Langdon si guardò attorno. «Dove sono gli uomini della Guardia Svizzera?»

«Non siamo riusciti a contattarli. Le linee telefoniche del Vaticano sono intasate.»

Langdon si sentì oppresso e solo. Olivetti e il cardinale erano morti, Vittoria era scomparsa e lui aveva perso una preziosissima mezz'ora sotto un sarcofago.

Sentiva il brusio dei giornalisti che si accalcavano fuori della chiesa. Era certo che le immagini del terzo cardinale assassinato sarebbero andate in onda molto presto, se non erano già state trasmesse. Sperava che il camerlengo si fosse preparato al peggio e avesse fatto evacuare il Vaticano. "Basta giochetti! Abbiamo perso!"

Si rese conto che le motivazioni che lo avevano spinto ad agire fino a quel momento – salvare la Città del Vaticano, liberare i quattro cardinali rapiti, affrontare una setta segreta che studiava da anni – erano passate in secondo piano. Adesso la sua priorità – semplice, istintiva, primitiva – era ritrovare Vittoria.

Si sentiva improvvisamente svuotato. Aveva sentito dire spesso che certe situazioni uniscono più di tanti anni di convivenza. Adesso sapeva che era vero. Senza Vittoria, si sentiva solo come non gli succedeva da anni. Ma il dolore gli dava la forza di continuare.

Cercò di liberare la mente da ogni altro pensiero e di concentrarsi. Sperava che l'assassino decidesse di portare a termine la sua missione prima di abbandonarsi ai piaceri della carne, altrimenti probabilmente era già troppo tardi. "No" si disse. "Non è troppo tardi." Il rapitore di Vittoria aveva ancora da fare: doveva colpire ancora una volta, prima di potersi dare alla macchia.

"L'ultimo Altare della Scienza" pensò. Ne mancava ancora uno: "Terra, Aria, Fuoco... Acqua".

Guardò l'orologio. Mancava mezz'ora. Si allontanò dal gruppo di vigili del fuoco e si diresse verso l'*Estasi di santa Teresa*. Questa volta non ebbe alcun dubbio su ciò che stava cercando.

"Lascia che gli angeli ti guidino nella tua nobile ricerca."

L'angelo che impugnava il dardo fiammeggiante si librava su uno sfondo di fiamme dorate, proprio sopra la santa riversa. Langdon ne seguì la traiettoria fino alla parete della cappella. La osservò attentamente, ma non c'era niente. Il quarto Altare della Scienza si trovava oltre quella parete, da qualche parte della capitale avvolta nelle tenebre.

«Che direzione è questa?» chiese con ritrovata determinazione al capo dei vigili del fuoco.

«In che senso?» L'uomo diede un'occhiata al punto che gli indicava e rispose, incerto: «Non saprei... ovest, credo».

«Che chiese ci sono, da quella parte?»

L'uomo era sempre più confuso. «Mah, ce ne saranno a decine. Perché me lo chiede?»

Langdon aggrottò la fronte. Era logico che ci fossero decine di chiese. «Mi serve una cartina di Roma. Subito.»

Il caposquadra mandò uno dei suoi uomini a prenderne una sul camion. Langdon si voltò verso la statua. "Terra... Aria... Fuoco... VITTORIA."

"L'ultimo elemento è l'Acqua" si disse. "Acqua... Bernini... In una chiesa, ma quale?" Era come cercare un ago in un pagliaio. Si spremette le meningi per cercare di ricordarsi tutte le opere del Bernini. "Un omaggio all'acqua..."

Gli venne in mente il *Tritone*, il dio marino degli antichi greci. Poi si ricordò che era troppo vicino a dove si trovava in quel momento, e per di più nella direzione sbagliata. Si sforzò di riflettere. A chi poteva essersi ispirato il Bernini per rendere omaggio all'acqua? Nettuno? Tritone? Peccato che la statua a loro dedicata si trovasse al Victoria and Albert Museum di Londra.

403

«Ecco qua» disse il vigile, porgendogli una cartina.

Langdon lo ringraziò e la aprì. Capì subito di aver chiesto aiuto alle persone giuste. Quella pianta di Roma era la più dettagliata che avesse mai visto. «Dove siamo noi?»

Il pompiere gli fece segno con il dito. «Vicino a piazza Barberini.»

Langdon osservò ancora una volta la freccia dell'angelo e decise che il caposquadra aveva ragione: sembrava proprio puntare verso ovest. Tracciò una linea sulla mappa partendo dal punto in cui si trovava in quel momento, lungo la direzione della freccia, e si scoraggiò subito: a ogni centimetro il suo dito passava sopra una croce nera. Roma era piena di chiese. A un certo punto si ritrovò in periferia. Langdon sbuffò e lasciò perdere. "Dannazione!"

Cercò sulla cartina le tre chiese in cui erano stati uccisi i cardinali. Santa Maria del Popolo... San Pietro... Santa Maria della Vittoria...

Ne osservò la posizione e notò una cosa assai strana. Aveva avuto la sensazione che fossero sparse a caso, invece le tre chiese sembravano corrispondere ai vertici di un triangolo isoscele. Era talmente incredibile che dubitò di se stesso. «Avete una penna?» chiese, senza alzare lo sguardo dalla piantina.

Qualcuno gli porse una biro.

Con il batticuore, Langdon tracciò un cerchio attorno a ognuna delle tre chiese e controllò per ben tre volte: era proprio un triangolo. Perfettamente isoscele!

Per prima cosa gli venne in mente il *Great Seal* sulla banconota da un dollaro: un tronco di piramide a base quadrata con un occhio al vertice, "l'occhio che tutto vede". Ma non poteva essere la soluzione che cercava: aveva tre punti, ma doveva individuarne un quarto.

"Dove diavolo si trova l'altro?" Ovunque fosse stato posizionato il quarto Altare della Scienza, il triangolo si sarebbe trasformato in qualcos'altro. L'unica possibilità di conservare la disposizione triangolare era collocare il quarto punto al centro. Langdon lo cercò e controllò se vi si trovava qualcosa di interessante. Niente. A parte il fatto che quell'ipotesi non lo convinceva, perché i quattro elementi della scienza avevano tutti la stessa importanza. L'acqua non era speciale e quindi non aveva senso che fosse al centro, circondata dagli altri tre...

Eppure il suo sesto senso gli suggeriva che la disposizione simmetrica dei primi tre Altari della Scienza non poteva essere casuale. "Mi sfugge qualcosa!" L'alternativa era una sola: che i quattro punti non formassero un triangolo, ma un'altra figura geometrica.

Langdon osservò la carta. "Un quadrato?" Non aveva alcun significato simbolico, ma era pur sempre una figura geometrica. Cercò con il dito sulla mappa un punto che potesse trasformare il triangolo in un quadrato, ma non riuscì a ottenere alcun quadrato perfetto, perché gli angoli formati dai tre punti che aveva non erano di novanta gradi.

Mentre osservava gli eventuali altri punti in cui poteva trovarsi il quarto Altare, notò che il prolungamento della linea immaginaria che partiva dal dardo dell'angelo passava per uno di essi. Stupefatto, lo evidenziò con un cerchio e vide che, insieme con gli altri tre, formava una strana figura romboidale.

Langdon aggrottò la fronte. I rombi non avevano alcuna valenza simbolica per gli Illuminati... "Certo che però..."

Gli venne in mente il celebre Diamante degli Illuminati. "Ma no, era ridicolo!" Abbandonò quell'ipotesi. E poi la figura che aveva ottenuto sembrava più che altro un aquilone, non un diamante...

Quando guardò che cosa c'era nel quarto punto che aveva segnato sulla cartina, ebbe la sorpresa di vedere che corrispondeva al centro di piazza Navona. In quella piazza si trovava una chiesa che aveva già preso in considerazione, ma che non conteneva opere del Bernini. Era intitolata a Sant'Agnese, un'avvenente fanciulla romana che era stata chiusa in un bordello perché si era rifiutata di rinunciare alla fede cristiana.

"Ci deve essere qualcosa, in quella chiesa!" Langdon si scervellò, cercando di fare mente locale, ma non ricordava che in Sant'Agnese in Agone ci fossero opere che avessero a che fare con l'acqua, né del Bernini né di altri artisti. Tuttavia, la disposizione dei punti sulla piantina lo insospettiva. "Un romboide..." Non poteva certo essere una coincidenza, e nello stesso tempo non era così evidente da avere per forza un senso. "Un aquilone?" Langdon si chiese se non avesse sbagliato tutto. "Mi sfugge qualcosa? Cosa?"

Gli ci vollero altri trenta secondi, ma quando finalmente capì provò una soddisfazione che mai gli era capitato di provare prima.

La genialità degli Illuminati non aveva fine.

La figura geometrica che stava osservando non andava vista come un romboide. Langdon l'aveva ottenuta collegando tra loro i punti adiacenti, ma gli Illuminati credevano nella fusione degli opposti. Con mano tremante, unì con un tratto di penna i vertici opposti del romboide e si trovò davanti agli occhi una gigantesca *croce*. Ecco svelati i quattro elementi della scienza, proprio davanti ai suoi occhi... a formare una croce che attraversava Roma.

Mentre la fissava meravigliato, gli ritornarono in mente i versi di Milton... E capì dove avevano sbagliato.

"'*Cross Rome the mystic elements unfold...*"

"'*Cross Rome...*"

La vedeva chiaramente solo adesso, ma la risposta era sempre stata lì, sotto il suo naso. Nella quartina di Milton c'era già la soluzione, solo che loro se l'erano lasciata sfuggire. '*Cross...* "croce".

"'*Cross Rome the mystic elements unfold...*"

Un astuto gioco di parole. Avevano interpretato quel "'*Cross Rome...*" come un'abbreviazione di *across*, "attraverso", considerandola una licenza poetica introdotta per rispettare la metrica della poesia. Invece, quella parola nascondeva un indizio.

La croce era un chiaro esempio della dualità degli Illuminati, simbolo religioso nato dall'unione dei quattro elementi della scienza. Il Cammino dell'Illuminazione di Galileo era un tributo *sia* alla scienza *sia* a Dio!

I pezzi mancanti del puzzle andarono a posto subito dopo.

Piazza Navona.

Al centro della piazza, davanti alla chiesa di Sant'Agnese in Agone, c'era una delle opere più note del Bernini, meta di tutti i turisti.

La Fontana dei Quattro Fiumi.

Chiaro omaggio all'Acqua, celebrava i quattro fiumi più importanti del mondo: il Nilo, il Gange, il Danubio e il Rio della Plata.

L'Acqua, l'ultimo Altare della Scienza... "Perfetto!"

Che la fontana del Bernini fosse sormontata da un obelisco era la cosiddetta ciliegina sulla torta.

Langdon lasciò i pompieri attoniti e attraversò la chiesa, diretto verso il cadavere di Olivetti.

"Le dieci e trentuno" pensò. "C'è ancora tempo." Era la prima volta in tutta la giornata che si sentiva fiducioso.

Si inginocchiò accanto al corpo di Olivetti e, al riparo da occhi indiscreti, gli prese la pistola e la ricetrasmittente. Era consapevole di avere bisogno di aiuto, ma non sapeva a chi chiederlo. E comunque l'ultimo Altare della Scienza doveva rimanere un segreto ancora per un po', se non voleva che giornalisti e auto a sirene spiegate si riversassero in piazza Navona a intralciargli il lavoro.

Uscì alla chetichella ed evitò i giornalisti che facevano ressa per entrare in chiesa. Attraversò piazza Barberini e, senza farsi notare, accese la ricetrasmittente di Olivetti per mettersi in contatto con la Città del Vaticano. Ma non ci riuscì: o non era sulla frequenza giusta o era necessario un qualche codice per utilizzare quel walkie-talkie. Trafficò un po' con manopole e tasti. Niente. Capendo che non sarebbe riuscito a chiedere aiuto in quel modo, si guardò intorno alla ricerca di una cabina telefonica. Neanche l'ombra. E comunque le linee del Vaticano sarebbero state intasate.

Era solo.

Se qualche minuto prima si sentiva fiducioso, adesso non più. Era sporco, ferito, stanco e affamato.

Si voltò a guardare la chiesa e osservò il fumo che si alzava dalla cupola, illuminato dalla luce delle telecamere e dai fari delle autopompe. Si chiese se fosse il caso di tornare dentro a chiedere aiuto, ma poi pensò che farsi affiancare da qualche sconosciuto, specie se poco esperto, gli sarebbe stato più di ostacolo che altro. "L'assassino non deve scoprirci..." Era preoccupato soprattutto per Vittoria: quella era l'ultima occasione per catturare il suo rapitore.

"Piazza Navona." Doveva assolutamente arrivarci per primo! Cercò un taxi, ma le strade erano praticamente deserte e sembrava che tutti i tassisti avessero lasciato le loro auto posteggiate per rintanarsi da qualche parte a guardare la televisione. Piazza Navona era a meno di due chilometri di distanza, ma arrivarci a piedi sarebbe stato un inutile spreco di energie. Sempre guardando la chiesa, Langdon valutò l'ipotesi di prendere in prestito un mezzo.

"Un camion dei pompieri? Il furgone di qualche TV? Ma non diciamo cretinate..."

I minuti passavano, doveva prendere una decisione. Tirò fuori la pistola e commise un atto così deplorevole che temette di essere indemoniato. Corse vicino a una Citroën ferma al semaforo, puntò la pistola contro l'uomo alla guida e gli intimò: «Scenda!».

L'uomo, tremante, scese subito.

Langdon si sedette al volante e partì a tutto gas.

101

Gunther Glick era seduto sulla panca di una cella dentro la caserma della Guardia Svizzera. Non sapeva più a che santo votarsi. "Fa' che *non* sia solo un sogno." Sarebbe stato lo scoop della sua vita. Uno scoop eccezionale. Tutti i giornalisti del mondo avrebbero voluto essere al suo posto, in quel momento. "No, non è un sogno" si disse "e tu sei una star. In questo preciso momento Dan Rather si sta strappando i capelli per l'invidia."

Chinita Macri, seduta accanto a lui, sembrava sotto shock. E ne aveva tutti i motivi. Oltre a mandare in onda in esclusiva il discorso del camerlengo, avevano mostrato al mondo intero immagini raccapriccianti del papa e dei cardinali uccisi – quella lingua nera! –, nonché una ripresa in diretta del cilindro di antimateria con il suo bel conto alla rovescia. "Straordinario!"

Naturalmente lo avevano fatto con il benestare del camerlengo, quindi non era per questo che li avevano sbattuti in cella. Era stata una piccola iniziativa personale di Glick a far arrabbiare la Guardia Svizzera. In effetti, l'inviato della BBC aveva intuito che sarebbe stato meglio non divulgare lo scambio cui aveva inavvertitamente assistito, ma si era lasciato trasportare. L'idea di avere per le mani un altro scoop gli aveva fatto dimenticare ogni prudenza.

«Tu e il tuo deus ex machina!» si lamentò Chinita Macri con aria scontenta.

Glick sorrise. «Non poteva venirmi in mente nome migliore, ti pare?»

«Ma fammi il piacere!»

"È gelosa" pensò Glick. Dopo il discorso del camerlengo, aveva avuto la fortuna di trovarsi al posto giusto nel momento giusto e, per puro caso, aveva sentito il capitano Rocher aggiornare la propria squadra. A quanto diceva, aveva ricevuto la telefonata di un misterioso individuo che sosteneva di avere informazioni importantissime riguardo agli eventi di quella sera. Il capitano sembrava convinto che l'autore della telefonata potesse davvero salvare la situazione e aveva raccomandato alle guardie di tenersi pronte ad accoglierlo.

Glick aveva capito che si trattava di una notizia riservata, ma da bravo giornalista se ne era fregato altamente. Aveva cercato un angolino in disparte, aveva ordinato a Chinita Macri di accendere la telecamera e aveva divulgato al mondo la notizia.

«Nuovi scioccanti sviluppi in Vaticano» aveva esordito in tono grave, rivolgendosi ai telespettatori. E aveva spiegato che era imminente l'arrivo di un misterioso personaggio che con ogni probabilità avrebbe salvato la Città del Vaticano dalla drammatica crisi. "Un deus ex machina" lo aveva definito. Una trovata straordinaria. Le altre reti avevano ripreso la notizia e Glick era diventato una star.

"Sono un mito" si disse. "Peter Jennings starà meditando il suicidio."

Non si era fermato lì, naturalmente. Ottenuta l'attenzione di tutto il mondo, aveva tirato fuori il suo asso nella manica: un grande complotto.

"Sono un grande. Mitico!"

«Ce l'abbiamo in quel posto» mormorò sconsolata Chinita Macri. «Ed è tutta colpa tua.»

«Ma cosa dici? Sono stato un genio!»

Chinita Macri lo fissò incredula. «A dire che George Bush Senior era un Illuminato?»

Glick sorrise. "Be', ha una sua logica..." George Bush era notoriamente un massone del trentatreesimo grado ed era a capo della CIA quando l'agenzia aveva chiuso le indagini sugli Illuminati per mancanza di prove. E poi tutti quei discorsi sui "mille puntini luminosi" e sul "nuovo ordine mondiale"... non ci voleva molto a capire che Bush faceva parte della setta degli Illuminati.

«E l'accenno al CERN?» insistette Chinita Macri. «Sai quanti avvocati ti troverai davanti alla porta di casa domani?»

«Ma andiamo! Basta pensarci: gli Illuminati sparirono dalla faccia della terra negli anni Cinquanta, proprio nel periodo in cui venne fondato il CERN, paradiso degli "illuminati" di tutto il mondo. Finanziamenti privati *à gogo* e poi, guarda caso, costruiscono una roba che può distruggere la Chiesa e se la fanno fregare. Ma dài, è ovvio!»

«Talmente ovvio da andare a raccontare in televisione che il CERN è il nuovo quartier generale degli Illuminati?»

«Certamente. Le sette segrete mica scompaiono dall'oggi al domani. Avranno ben continuato a incontrarsi da qualche parte, questi Illuminati. E dove, se non al CERN? Non dico che quelli del CERN sono tutti Illuminati, non me lo sogno nemmeno. Probabilmente è come una loggia massonica, dove la maggior parte delle persone non fa niente di male, ma nelle alte sfere...»

«Hai mai sentito parlare di diffamazione, Gunther? Di responsabilità penale?»

«E tu hai mai sentito parlare di vero giornalismo?»

«Giornalismo? Gunther, questa volta l'hai sparata grossa, lasciatelo dire. Avrei dovuto spegnere la telecamera, ecco che cosa avrei dovuto fare! E quella boiata sul logo del CERN, poi... Un simbolo satanico? Tu sei fuori!»

Glick sorrise. "È gelosa, tutto qui." Il riferimento al logo del CERN era stato magistrale. Dopo il discorso del camerlengo tutti parlavano di CERN e di antimateria, e alcune reti televisive usavano il logo del CERN come sfondo ai loro servizi. Lì per lì, sembrava un logo normalissimo: due cerchi parzialmente sovrapposti che rappresentavano due acceleratori di particelle, e cinque rette tangenti, che rappresentavano gli iniettori. Era sotto gli occhi di tutti, ma solo lui, che di simbologia un po' se ne intendeva, modestamente, aveva visto il riferimento agli Illuminati.

«Non te ne intendi per niente» ribatté Chinita Macri. «Sei fortunato, tutto lì. Avresti dovuto lasciare l'interpretazione dei simboli al professore di Harvard.»

«Il quale, però, con tutto il rispetto, se l'è lasciata sfuggire» ribatté Glick. "Quel logo rimanda chiaramente agli Illuminati!"

Glick era fiero di sé. Benché il CERN contasse moltissimi acceleratori di particelle, il logo ne rappresentava solo due. "La dualità." La maggior parte degli acceleratori di particelle ha un unico iniettore, ma il logo ne mostrava cinque. "Il pentacolo." Ma il massimo dell'intuizione era stato l'accenno al numero "6", formato dal cerchio e dalla sua retta tangente. Ruotando il logo, se ne vedeva un altro, e poi un altro ancora. Il logo conteneva tre sei! 666: il numero del diavolo! Il Marchio della Bestia!

Che genio!

Chinita Macri lo guardava con odio evidente.

"Le passerà" pensò Glick.

Gli venne in mente una cosa: se il CERN era il quartier generale della setta, il famoso Diamante degli Illuminati non poteva essere in Svizzera? Aveva letto qualcosa in proposito su Internet: "Un diamante perfetto, frutto dell'unione degli antichi elementi. Così perfetto che suscitava l'ammirazione di tutti coloro che lo vedevano".

Chissà, forse sarebbe stato quello il suo prossimo scoop: rivelare al mondo dove era custodito il Diamante degli Illuminati...

102

Piazza Navona. La Fontana dei Quattro Fiumi.

Le notti romane possono essere sorprendentemente fresche, dopo la calura del giorno. Entrando nella piazza, Langdon si strinse la giacca sul petto, infreddolito. Dalle finestre aperte arrivava il brusio dei televisori accesi, tutti sintonizzati sui notiziari. Langdon guardò l'ora: mancavano quindici minuti alle undici. Era contento di potersi permettere un attimo di pausa.

La piazza era deserta. L'imponente fontana del Bernini lo attirava come per incanto, con la sua acqua spumeggiante, illuminata dai faretti strategicamente posizionati sul fondo della vasca. L'atmosfera sembrava elettrica.

A impressionarlo fu soprattutto l'altezza della fontana, che al centro aveva una sorta di scogliera di travertino di oltre sei metri, costellata di caverne e grotte dalle quali zampillava l'acqua e decorata con figure pagane. Sopra si innalzava un obelisco di dodici metri. Langdon lo seguì con lo sguardo fino alla sommità, dove si scorgeva l'ombra di un piccione appollaiato, silenzioso, sullo sfondo del cielo romano.

"Una croce" pensò, continuando a riflettere meravigliato sulla disposizione delle tappe del Cammino dell'Illuminazione sulla pianta di Roma. La Fontana dei Quattro Fiumi del Bernini era l'ultimo Altare della Scienza. Poche ore prima, al Pantheon, aveva temuto che il Cammino dell'Illuminazione non esistesse più. Non avrebbe mai immaginato di poter arrivare fino in fondo. Invece, contrariamente alle sue previsioni, era ancora intatto: "Terra, Aria, Fuoco, Acqua"... E lui l'aveva seguito, dall'inizio alla fine.

"Non proprio" si disse. Il percorso prevedeva *cinque* tappe, non quattro. La fontana, il quarto Altare della Scienza, lo avrebbe dovuto condurre all'ultima: il covo degli Illuminati, la Chiesa dell'Illuminazione. Chissà se esisteva ancora e se era lì che l'assassino aveva nascosto Vittoria.

Langdon esaminò a una a una le sculture presenti sulla fontana alla ricerca di un indizio. "Lascia che gli angeli ti guidino nella tua nobile ricerca." Si rese subito conto che non c'era nessun angelo: dal punto in cui si trovava non gli sarebbe sfuggito. La Fontana dei Quattro Fiumi era un'opera pagana, come dimostravano le statue di figure umane e di animali. C'era persino un armadillo. Un angelo sarebbe stato fuori luogo.

"Che sia il posto sbagliato?" Osservò la disposizione a croce dei quattro fiumi e, innervosito, strinse i pugni. "No, è il posto giusto."

Erano le dieci e quarantasei, quando un furgone nero apparve da un vicolo in fondo alla piazza. Ad attirare l'attenzione di Langdon fu il fatto che procedeva a fari spenti. Lo vide entrare nella piazza e fare il giro.

Si acquattò nel buio, vicino alla scalinata della chiesa, con il cuore che batteva all'impazzata.

Compiuti due giri della piazza, il furgone si diresse verso la fontana e si fermò di lato, con il portellone laterale a pochi centimetri dal bordo della vasca.

I getti della fontana formavano una nebbiolina sull'acqua.

Langdon ebbe un cattivo presentimento. Che l'assassino fosse in anticipo e si trovasse a bordo di quel furgone? Aveva dato per scontato che arrivasse a piedi, magari sottobraccio alla sua ultima vittima, come in piazza San Pietro, dandogli la possibilità di intervenire. Così, cambiava tutto...

Il portellone laterale del furgone si aprì.

Dentro c'era un uomo, nudo e sofferente, legato con metri e metri di pesanti catene. Cercava di divincolarsi, ma il peso era eccessivo. Aveva una catena anche in bocca, come il morso di un cavallo, per impedirgli di gridare. A un certo punto Langdon vide un'altra persona che armeggiava dietro all'uomo incatenato, nel buio, preparandosi a scendere.

Capì di avere solo pochi secondi per agire.

Prese la pistola, si tolse la giacca e la buttò per terra. Temeva che lo impacciasse nei movimenti e soprattutto non voleva rischiare di bagnare il *Diagramma* di Galileo. Preferiva che restasse lì per terra, al sicuro e all'asciutto.

Avanzando verso destra, girò intorno alla fontana e si appostò di fronte al furgone. La massiccia scogliera gli impediva di vedere bene. Si raddrizzò e si avvicinò di corsa alla vasca, sperando che il rumore dell'acqua coprisse quello dei suoi passi. Giunto alla fontana, scavalcò il bordo e si trovò immerso in una specie di gorgo spumeggiante.

L'acqua gli arrivava alla cintola ed era gelida. Strinse i denti e avanzò a fatica. Il fondo, già scivoloso di per sé, era reso ancora più infido dallo strato di monetine che vi gettavano i turisti, convinti che portasse fortuna. Langdon sperò che portasse fortuna anche a lui: ne aveva bisogno. Gli spruzzi sembravano ancora più forti, lì dov'era. Si domandò se la mano con cui impugnava la pistola gli tremava per il freddo o per la paura.

Raggiunse la scogliera di travertino e vi girò intorno, procedendo verso sinistra con fatica, aggrappandosi alle statue. Si nascose dietro un gigantesco cavallo marmoreo e sbirciò verso il furgone, che si trovava a non più di cinque metri di distanza. L'assassino era in ginocchio sul pianale e si accingeva a far rotolare il cardinale incatenato nella fontana.

Langdon gli puntò contro la pistola e uscì allo scoperto, sentendosi un cowboy. «Non ti muovere.» Il suo tono di voce era più fermo della pistola che impugnava.

L'assassino alzò gli occhi ed ebbe un attimo di smarrimento, come se avesse visto un fantasma. Poi fece un sorriso diabolico e alzò le braccia in segno di resa. «Hai vinto.»

«Scendi dal furgone.»

«Sei un po' bagnato?»

«E tu un po' in anticipo?»

«Be', ho fretta di tornare dalla graziosa signorina che mi aspetta.»

Langdon prese la mira. «Guarda che non esiterò a sparare.»

«Stai esitando.»

Langdon strinse la pistola con maggior forza. Il cardinale era immobile: sembrava esausto, allo stremo. «Liberalo.»

«Non ci penso nemmeno. Tu sei venuto per lei, no? Non puoi pretendere altro.»

Langdon combatté contro il desiderio di sparare e mettere fine a quella storia una volta per tutte. «Dov'è Vittoria?»

«Vittoria è al sicuro. Mi sta aspettando.»

"È ancora viva, dunque." Speranzoso, chiese: «È nella Chiesa dell'Illuminazione?».

L'uomo sorrise. «Non la troverai mai.»

Langdon non poteva crederci. "Il covo degli Illuminati esiste ancora?" Sempre con la pistola puntata domandò: «Dov'è?».

«In un luogo rimasto segreto per secoli. Anche a me è stato rivelato solo da pochissimo. Morirò, piuttosto che risponderti.»

«Lo troverò anche senza il tuo aiuto.»

«Come sei arrogante...»

Langdon indicò la fontana. «Sono arrivato fino qui.»

«Non sei il primo. Ma l'ultima parte è la più difficile.»

Langdon gli si avvicinò, facendo attenzione a non scivolare. L'assassino sembrava calmissimo. Teneva le mani in alto. Langdon pensò che poteva sparargli e finirla una volta per tutte, ma... "No. Solo lui sa dov'è Vittoria e dov'è l'antimateria. Devo farlo parlare!"

A bordo del furgone con le mani in alto, l'assassino guardò il suo aggressore. Gli faceva pena, poveretto. Stava dando prova di un certo coraggio, ma anche di inesperienza, e il coraggio senza l'esperienza rischia di essere molto pericoloso. Esistevano delle regole per sopravvivere in un combattimento, e l'americano le stava infrangendo tutte.

"Eri in vantaggio, ma non hai sfruttato l'elemento sorpresa."

L'americano era troppo indeciso... Che cosa aspettava, che arrivassero i rinforzi? O forse che lui commettesse qualche errore, magari rivelandogli informazioni importanti...

"Prima neutralizza l'avversario, poi fagli tutte le domande che vuoi. Altrimenti rischi di farti ammazzare."

L'americano parlava, parlava... Cercava di farsi dire delle cose, di abbindolarlo.

Gli veniva da ridere. "Di', cowboy, non siamo mica in un film! Nei duelli veri, non si parla per delle mezz'ore. Si spara e basta."

Senza distogliere lo sguardo da Langdon, cercò a tastoni una cosa sul soffitto del furgone. Finalmente la trovò. Sempre con lo sguardo fisso, l'afferrò.

Adesso toccava a lui.

Fu un movimento improvviso. Per un attimo Langdon pensò che le leggi fisiche avessero cessato di esistere. L'assassino sembrò librarsi in volo, poi allungò le gambe e con i piedi colpì il cardinale incatenato, scaraventandolo fuori dal furgone e facendolo precipitare nella fontana in un mare di spruzzi.

Fradicio, Langdon si rese conto troppo tardi di che cosa era successo. L'assassino si era appeso a una maniglia di sicurezza sul tetto del furgone, si era dondolato per prendere lo slancio e adesso stava per avventarsi su di lui.

Premette il grilletto. Il proiettile colpì l'assassino al piede sinistro, che un attimo dopo, insieme al piede destro, atterrò sul petto di Langdon, sbattendolo lungo disteso nella fontana.

L'assassino lo seguì nell'acqua, che si colorò di rosso.

Langdon, dolorante, si ritrovò immerso nella vasca gelida e reagì solo dopo un po'. Si rese conto di non avere più la pistola, che doveva essergli caduta da qualche parte. La cercò sott'acqua, sul fondo scivoloso. A un certo punto mise la mano su qualcosa di metallico. "Ma no, sono solo monetine..." Le lasciò ricadere in acqua. Aprì gli occhi e cercò di orientarsi nella vasca illuminata. L'acqua spumeggiava come in un gelido idromassaggio.

L'istinto l'avrebbe spinto in superficie a prendere fiato, ma il terrore lo teneva sul fondo. Doveva continuare a nuotare e tentare di capire dove fosse l'assassino. O per lo meno la pistola! Cercò disperatamente a tastoni sul fondo.

"Sei in vantaggio, sei nel tuo ambiente" si disse. Era un nuotatore provetto, nonostante la maglia zuppa gli ostacolasse i movimenti. "L'acqua è il tuo elemento."

Quando sentì di nuovo sotto le dita qualcosa di metallico, sperò che la fortuna fosse tornata a sorridergli. Di certo questa volta non si trattava di una manciata di monetine. Afferrò l'oggetto e cercò di tirarlo su, ma era inamovibile.

Ancora prima di vedere il cardinale agonizzante, capì di avere in mano la catena con cui era stato legato. Trovandosi di

417

fronte il viso atterrito del porporato, che lo fissava con gli occhi sbarrati dal fondo della fontana, Langdon rimase come paralizzato.

Sorprendentemente, c'era ancora una scintilla di vita in quello sguardo, e Langdon prese le catene con tutte e due le mani e cercò di riportare il moribondo in superficie, ma il corpo, pesante come un'ancora, risaliva molto lentamente. Insistendo, riuscì a issare la testa del vecchio cardinale sul pelo dell'acqua e lo sentì respirare affannosamente.

Poi l'uomo ebbe un sussulto e gli sfuggì dalle braccia, anche per colpa delle catene viscide, e colò a picco come un masso, scomparendo nell'acqua spumeggiante.

Langdon si immerse e si guardò intorno nel liquido torbido. Scorse il cardinale e afferrò le catene che lo stringevano. Notò che anche lui era stato marchiato a fuoco:

Un attimo dopo, vide due scarponi avanzare verso di lui sott'acqua. Uno lasciava una scia rossastra.

103

Essendo un abile giocatore di pallanuoto, Langdon aveva resistito a scontri acquatici ben peggiori. I colpi bassi che ci si scambiavano sott'acqua durante le partite di pallanuoto, senza farsi vedere dagli arbitri, erano degni dei più violenti incontri di wrestling. Langdon aveva ricevuto calci e graffi, era stato trattenuto in maniera fallosa e una volta addirittura morsicato da un difensore deciso a fermarlo a tutti i costi.

Ma l'acqua gelida della Fontana dei Quattro Fiumi era ben diversa da quella della piscina del campus di Harvard e la posta in palio molto più alta: qui Langdon non si giocava la partita, ma la vita. Era la seconda volta che lui e l'assassino si affrontavano senza arbitri e senza rivincite. Dalla forza con cui il suo avversario gli spingeva la testa verso il fondo della vasca era chiaro che il suo intento era uccidere.

Cercò di divincolarsi. "Devi liberarti!" Ma non ce la faceva. L'avversario aveva un elemento a favore che nella pallanuoto non era previsto: i piedi piantati per terra. Anche Langdon, contorcendosi, cercò di mettersi in piedi. Gli sembrava che l'assassino, probabilmente per via della botta presa in Santa Maria della Vittoria, usasse un braccio solo, ma non riusciva lo stesso a sottrarsi alla sua stretta.

Si rese conto che non sarebbe mai riuscito a contrastarla e decise di cambiare tattica rinunciando ai tentativi di risalire in superficie. "Se non sei capace in un modo, prova in un altro." Facendo appello alle ultime forze che gli restavano, si diede una spinta in avanti con le gambe e con le braccia, come per nuotare a farfalla.

Quel movimento improvviso evidentemente colse alla sprovvista l'assassino, perché perse la presa e si sbilanciò. Langdon ne approfittò per darsi un'altra spinta con le gambe e liberarsi. Finalmente, buttò fuori l'aria e salì verso la superficie. Riuscì a malapena a riempirsi i polmoni, però: l'assassino gli si lanciò di nuovo addosso e gli appoggiò le mani sulle spalle, spingendolo giù. Langdon si agitò, cercando di posare i piedi sul fondo della vasca, ma l'assassino con uno sgambetto lo fece cadere.

Era di nuovo sott'acqua.

Cercava di divincolarsi, ma ormai era stanco, dolorante e non ce la faceva più. Guardò sul fondo della vasca per cercare la pistola, ma l'acqua in quel punto era particolarmente agitata e non si vedeva niente. L'assassino lo spinse in giù con maggior forza e Langdon fu abbagliato da una luce potente: era finito sopra uno dei faretti che illuminavano la fontana dal basso. Allungò le braccia per aggrapparvisi e liberarsi più facilmente, ma era bollente e per di più montato su un supporto mobile e gli sfuggì dalle mani.

L'assassino continuava a tenergli la testa sott'acqua.

In quel momento Langdon individuò un sottile cilindro nero fra le monete che aveva sotto il naso. "Il silenziatore della pistola di Olivetti!" Allungò la mano per prenderlo e si accorse che non era di metallo, ma di plastica. Era un tubo flessibile, che sembrava un serpente, lungo circa un metro, da cui uscivano delle bollicine. Langdon non aveva trovato la pistola, ma uno dei numerosi tubi dai quali uscivano i getti d'aria che davano all'acqua della fontana il caratteristico effetto spumeggiante.

A poca distanza, il cardinale Baggia sentì che la sua anima stava per abbandonare il corpo. Benché si fosse preparato a quel momento per tutta la vita, non aveva mai immaginato una fine così. Il dolore era insopportabile: le carni bruciate, le membra contuse sotto il peso delle catene che lo trattenevano sott'acqua... Si rammentò che le sue sofferenze non erano nulla, rispetto a quelle patite da Gesù Cristo.

"Lui è morto per me."

Sentiva che poco lontano era in corso una colluttazione e

questo lo angustiava: non poteva sopportare che il suo aguzzino stesse per uccidere l'uomo dallo sguardo gentile che aveva cercato di aiutarlo.

In preda a un dolore sempre più forte, fissò il cielo scuro sopra l'acqua che lo avvolgeva e, per un attimo, gli parve di vedere anche le stelle.

Era giunta la sua ora.

Liberatosi di tutte le paure e dei dubbi, aprì la bocca ed esalò quello che sapeva essere il suo ultimo respiro, osservando la propria anima salire al cielo in una nuvola di bollicine. Istintivamente inspirò. Si sentì trafiggere i polmoni da una miriade di spilli ghiacciati, ma il dolore durò solo pochi secondi.

Poi... la pace eterna.

L'assassino cercava di non lasciarsi distrarre dal dolore al piede e di concentrarsi sull'americano che stava per affogare. Gli teneva la testa sott'acqua. "Non mollare finché non sei sicuro che è morto." Spinse con maggior forza, certo che questa volta Langdon non avrebbe avuto scampo. Come prevedeva, l'americano si muoveva sempre meno.

A un certo punto lo sentì irrigidirsi e cominciare a tremare.

"Ci siamo" si disse. "Gli dev'essere appena entrata l'acqua nei polmoni." Calcolò che nel giro di cinque secondi sarebbe morto.

Ce ne vollero sei.

Poi sentì che si rilassava. Il corpo della sua vittima sembrava un pallone che si sgonfiava lentamente. "Okay, è morto." Per buona misura lo tenne sott'acqua ancora una trentina di secondi, sentì che andava a fondo e mollò la presa. I giornalisti avrebbero trovato una doppia sorpresa nella Fontana dei Quattro Fiumi.

«Tabban!» Uscendo dalla vasca e guardandosi il piede sanguinante, l'assassino imprecò. Aveva lo scarpone rotto in punta e l'alluce spappolato. Si arrabbiò, rimproverandosi di essere stato così sbadato. Strappò il risvolto di un pantalone e lo usò per tamponare la ferita. Gli faceva male tutta la gamba. «Ibn al-kalb!» Strinse i denti e premette con più forza, finché la ferita non cessò quasi completamente di sanguinare.

Cercando di scacciare il dolore e di pensare alla ricompensa che lo attendeva, salì sul furgone. Il suo compito a Roma era terminato. Sapeva cosa gli ci voleva per tirarsi su. Vittoria Vetra lo attendeva legata. Benché bagnato fradicio e infreddolito, era eccitato.

"Mi sono guadagnato la mia ricompensa."

Vittoria si risvegliò dolorante e intirizzita. Era supina e aveva tutti i muscoli irrigiditi, in particolare quelli delle braccia. Quando cercò di muoversi, sentì male alle spalle. Le ci volle un momento per capire che aveva le braccia legate dietro la schiena. La prima reazione fu di confusione. "Sto sognando?" Quando cercò di sollevare la testa, capì dalla terribile fitta alla nuca che, purtroppo, era sveglissima.

La confusione lasciò il posto alla paura. Si guardò intorno. Era in un'ampia stanza di pietra arredata con mobili antichi e illuminata da fiaccole. Osservando le panche disposte in cerchio pensò che forse si trattava di un'antica sala consiliare.

Sentì un alito di vento sulla faccia e vide una portafinestra che si affacciava su un balcone. Era buio, ma le parve di intravedere in lontananza la cupola di San Pietro.

104

Robert Langdon era sul fondo della vasca, su un letto di monetine, e aveva ancora in bocca il tubo da cui usciva l'aria per creare l'effetto spumeggiante nella Fontana dei Quattro Fiumi. Gli bruciava la gola perché quell'aria era tutt'altro che pura, ma non osava lamentarsi: era vivo.

Non era sicuro di saper imitare in maniera abbastanza realistica la morte per annegamento, ma essendo sempre vissuto a stretto contatto con l'acqua ne aveva sentito resoconti accurati. Aveva fatto quello che aveva potuto. Alla fine, aveva anche buttato fuori tutta l'aria dai polmoni e smesso di respirare, in modo da andare a fondo.

Fortunatamente, l'assassino c'era cascato e se n'era andato.

Langdon aveva resistito il più possibile in fondo alla vasca, ma ormai non ce la faceva più. Si domandò se l'assassino fosse ancora lì nei pressi. Prese un'ultima boccata d'aria dal tubo, poi lo mollò e nuotò verso la scogliera al centro della fontana, vi girò intorno e riemerse in una zona dove non poteva essere visto, nascosto dalle grandi statue di marmo.

Il furgone non c'era più.

Non aveva bisogno di vedere altro. Trasse un respiro profondo e si diresse verso il punto dove era affogato il cardinale Baggia. Era praticamente certo che fosse troppo tardi per salvarlo, ma non poteva andare via senza nemmeno controllare. Lo trovò, si mise in posizione con i piedi ben piantati sul fondo della vasca e si chinò per sollevarlo. Quando lo tirò fuori dall'acqua, vide che aveva gli occhi fuori delle orbite e rovesciati all'insù. Non c'erano né respiro né polso.

Consapevole di non poter sollevare il corpo del cardinale Baggia oltre il bordo della fontana, lo trascinò verso una rientranza nella scogliera di travertino e con fatica lo distese dove l'acqua era meno profonda.

Quindi si mise al lavoro. Per prima cosa, gli praticò delle compressioni sul petto in modo da fargli uscire l'acqua dai polmoni. Poi gli fece il massaggio cardiaco e la respirazione bocca a bocca, contando con attenzione e resistendo alla tentazione di soffiare troppo forte e troppo velocemente. Provò a rianimarlo per tre minuti. Insistette ancora un po' e capì che non c'era più niente da fare.

L'uomo che quella sera avrebbe potuto essere eletto papa giaceva esanime davanti a lui.

Stranamente, anche lì, nudo e disteso in mezzo a una fontana, manteneva la sua dignità. L'acqua gli lambiva il petto, quasi fosse pentita di averlo ucciso e volesse lenire la bruciatura che recava il suo nome...

Con delicatezza, Langdon gli avvicinò una mano al viso e gli chiuse gli occhi. Commosso, per la prima volta dopo anni scoppiò in lacrime.

105

Esausto e confuso, Langdon si allontanò dal corpo senza vita del cardinale Baggia. Mentre camminava nell'acqua profonda, si sentì svuotato e terribilmente solo. Proprio quando temeva di crollare, però, si riscosse trovando la forza di ignorare il dolore che sentiva in petto e ciò che aveva passato e di concentrarsi su quello che poteva ancora fare.

"Devo individuare il covo degli Illuminati e liberare Vittoria."

Si voltò verso il centro della fontana alla ricerca dell'ultimo indizio. In quel gruppo di statue doveva essercene una che indicava il rifugio degli Illuminati, ma quale? Più si guardava intorno, più sentiva svanire le speranze. "Lascia che gli angeli ti guidino nella tua nobile ricerca" sembrava gorgogliare l'acqua della fontana, beffarda. Fissò a una a una le figure scolpite dal Bernini. "Questa fontana è pagana: non ci sono angeli!"

Dopo averle esaminate attentamente tutte, l'istinto gli fece alzare gli occhi verso l'obelisco. "Quattro Altari della Scienza sparsi per Roma a tracciare una croce gigantesca" pensò.

Controllò i geroglifici scolpiti nel granito chiedendosi se l'indizio fosse nascosto lì, ma accantonò subito l'idea: i geroglifici risalivano a centinaia di anni prima del Bernini ed erano stati decifrati solo dopo la scoperta della stele di Rosetta. Certo, lo scultore avrebbe potuto aggiungervi qualcosa di suo. Che pochi avrebbero notato, in mezzo a tutti quei simboli...

Speranzoso, girò intorno alla fontana per studiare i quattro lati dell'obelisco. Gli ci vollero due minuti e, dopo aver esaminato anche l'ultimo lato, ripiombò nella disperazione: tra i geroglifici non sembrava essere stato aggiunto alcun simbolo, tantomeno un angelo.

Guardò l'ora: erano le undici in punto. Non riusciva a rendersi conto se il tempo volasse o scorresse lento e non poteva togliersi dalla testa Vittoria, prigioniera dell'assassino. Provava un senso di impotenza insopportabile. Scoraggiato ed esausto, sul punto di gettare la spugna, alzò la testa per gridare tutta la sua disperazione.

Ma l'urlo gli si spense nella gola: in cima all'obelisco c'era qualcosa. Lo aveva già visto prima, ma non gli aveva dato importanza, dando per scontato che fosse uno degli innumerevoli piccioni che si nutrivano dei rifiuti della città. In quel momento, invece, lo colpì. Non era affatto un angelo, tuttavia.

Lo guardò meglio e di nuovo pensò che non poteva che essere un piccione. "O no?" Gli pareva di riconoscerne la testa e il becco, però... Possibile che fosse rimasto lì fermo tutto il tempo, che non fosse volato via nonostante il trambusto nella fontana? Eppure sembrava esattamente nella stessa posizione di prima, appollaiato in cima all'obelisco, rivolto verso ovest.

Langdon lo osservò un momento, poi immerse una mano nella fontana, prese una manciata di monete e le lanciò verso il cielo stellato. Una o due colpirono l'obelisco di granito, ma il piccione non si mosse. Langdon riprovò e questa volta colpì il bersaglio. Sentì un tintinnio.

Quel dannato piccione era di bronzo.

"Stai cercando un angelo, non un piccione" si disse. Ma poi, di colpo, capì: quello in cima all'obelisco non era un piccione.

Era una colomba.

Quasi senza rendersene conto, Langdon si buttò di nuovo nell'acqua, raggiunse la parete di travertino e iniziò ad arrampicarvisi, aggrappandosi alle enormi braccia e teste delle sculture. Quando fu a una certa altezza e riuscì a vedere meglio, non ebbe più dubbi: era una colomba. Il colore scuro era dovuto all'inquinamento, che doveva averla annerita. Tutt'a un tratto ricordò di aver visto una coppia di colombe al Pantheon. Una *coppia* di colombe non aveva alcun significato. Ma questa era sola.

"La colomba è il simbolo pagano dell'Angelo della Pace." Era sicurissimo che il Bernini avesse scelto un simbolo pagano per rappresentare l'angelo, per meglio camuffarlo in una fontana che non aveva nulla di sacro. "Lascia che gli angeli ti guidino nella tua nobile ricerca." La colomba era l'angelo! Gli Illuminati non avrebbero potuto trovare un segno più nobile di quella colomba in cima all'obelisco come ultima indicazione del loro Cammino.

L'uccello era rivolto a ovest. Langdon cercò di seguirne lo sguardo, ma gli edifici intorno alla piazza gli bloccavano la visuale. Si arrampicò più in alto. Di colpo gli tornò alla mente un'orazione di san Gregorio di Nissa: "... Esiste per l'anima umana un solo veicolo capace di farla viaggiare verso i cieli, il rendersi simile nell'aspetto a una colomba...».

A Langdon sembrava di volare. Salì ancora più in alto finché, raggiunta la base dell'obelisco, dovette fermarsi. Si diede un'occhiata intorno e si rese conto che non c'era bisogno di salire ulteriormente: da lì godeva di una vista straordinaria. Gli sembrava di avere tutta Roma ai suoi piedi.

Alla sua sinistra c'era San Pietro, alla sua destra la cupola di Santa Maria della Vittoria, da cui si alzava ancora il fumo dell'incendio che aveva ucciso il terzo cardinale. Di fronte, in lontananza, c'era piazza del Popolo, e lui era lì, sul quarto e ultimo Altare. Quattro obelischi, che formavano una gigantesca croce.

Trepidante, Langdon alzò gli occhi verso la colomba e seguì con lo sguardo la direzione del suo becco, poi abbassò gli occhi e cercò fra gli edifici romani...

Lo vide subito.

Era così ovvio e visibile, così semplice...

Lo fissò, non riuscendo a capacitarsi di come il covo degli Illuminati fosse potuto rimanere nascosto tanto tempo. La città sembrava scomparire, di fronte a quell'enorme rocca di pietra oltre il fiume. Era uno dei tanti monumenti famosi di Roma, sul Tevere, non lontano dal Vaticano. Ma la geometria della struttura lo lasciò senza fiato: un castello a pianta circolare inserito in una cinta di mura a pianta quadrata, circondata da un giardino a forma di stella. Una stella *a cinque punte*.

L'antica fortezza di pietra era illuminata dai riflettori. Sulla sommità del torrione centrale si trovava un enorme angelo in bronzo, che puntava la sua spada verso il basso. Vi si arrivava dal famoso Ponte degli Angeli, o Ponte Sant'Angelo, imponente costruzione abbellita da dieci angeli scolpiti dal Bernini.

Langdon vide con grande chiarezza che la croce formata dagli obelischi del Cammino degli Illuminati non poteva che portare lì, visto che uno dei suoi bracci passava *esattamente* per il centro del ponte, dividendolo in due parti uguali.

Recuperò la sua giacca di tweed e stette bene attento a tenerla a distanza dagli abiti fradici. Salì sulla Citroën che aveva rubato e partì a tutto gas nella notte.

106

Erano le undici e zero sette. L'auto di Langdon correva per le strade di Roma. Percorse a tutta velocità il Lungotevere Tor di Nona, dal quale poteva vedere la sua meta, che si ergeva come una montagna alla sua destra.

Castel Sant'Angelo.

Vide il Ponte degli Angeli solo all'ultimo momento e fece una brusca frenata appena in tempo per riuscire a imboccarlo... ma il ponte era chiuso al traffico. Sbandò e andò a sbattere contro i "panettoni" di cemento che impedivano l'accesso alle auto. Prese una gran botta contro il volante e il motore si spense con un sibilo sinistro.

Langdon uscì barcollando dall'auto, maledicendosi per la propria sbadataggine. Aveva freddo, tremava. Indossò la giacca sulla maglia bagnata, grato del fatto che la sua doppia fodera, sperava, avrebbe protetto adeguatamente il *Diagramma* di Galileo. La fortezza si ergeva solenne al di là del ponte. Dolorante ed esausto, si mise a correre.

Gli angeli del Bernini sembravano scostarsi al suo passaggio, come cavalieri in un torneo, per permettergli di arrivare a destinazione. "Lascia che gli angeli ti guidino nella tua nobile ricerca." Più Langdon si avvicinava, più il castello sembrava inaccessibile e maestoso e gli incuteva quasi maggior soggezione della basilica di San Pietro. Corse verso il primo bastione, rabbioso, guardando la torre centrale sormontata da un angelo che brandiva una spada.

Sembrava deserto.

Langdon sapeva che, nel corso dei secoli, l'edificio era stato utilizzato dal Vaticano per molteplici scopi: come tomba, fortezza, nascondiglio per i papi, prigione per i nemici della Chiesa e, infine, museo. Ma evidentemente era stato utilizzato anche dagli Illuminati. Era un'ipotesi plausibile, a ben pensarci: il castello era di proprietà del Vaticano, ma veniva usato sporadicamente e il Bernini vi aveva apportato numerose modifiche nel corso degli anni. Si diceva che fosse disseminato di entrate segrete, passaggi e stanze nascoste. Langdon non aveva dubbi sul fatto che l'angelo e il giardino pentagonale fossero opera del Bernini.

Giunto alle mastodontiche porte del castello provò a spingerle, ma invano. C'erano due batacchi in ferro, che non prese neppure in considerazione. Fece un passo indietro e osservò il ripido muro esterno. Quelle mura avevano respinto orde di barbari, pagani e saraceni: superarle sarebbe stato impossibile.

"Vittoria, sei qua dentro?"

Si mise a correre lungo il perimetro dell'edificio. "Non può non esserci un'altra entrata!"

Superato il secondo bastione sul lato ovest, giunse ansimando a un piccolo parcheggio sul Lungotevere. Trovò una seconda entrata, ma il ponte levatoio era alzato. Guardò nuovamente verso l'alto.

L'esterno del castello era illuminato dai riflettori disposti tutto intorno. Le finestre sembravano buie, ma Langdon controllò con attenzione e vide che in cima alla torre centrale, a circa trenta metri di altezza, proprio sotto la spada dell'angelo, c'era un balcone di marmo con un parapetto che sembrava illuminato dai riflessi di una fiamma. "Che in quella stanza ci siano un camino o una fiaccola accesi?" Langdon si soffermò un attimo a guardare, tremante di freddo. "Un'ombra?" Era concentratissimo. Dopo un po' la vide di nuovo. Gli vennero i brividi. "Lassù c'è qualcuno!"

Non poté fare a meno di urlare: «Vittoria!» ma lo scroscio del Tevere alle spalle coprì la sua voce. Incerto su dove andare, nervosissimo, si chiese dove diavolo fossero finite tutte le guardie svizzere e se si fossero almeno accorte che aveva cercato di mettersi in contatto con loro.

Vide il furgone di una televisione parcheggiato poco lontano e lo raggiunse. Vi era seduto un uomo panciuto, con le cuffie in testa, che trafficava a una console. Langdon bussò al finestrino e l'uomo trasalì. Poi lo squadrò da capo a piedi, soffermandosi sui vestiti fradici, e si tolse le cuffie.

«Che problema c'è, amico?» chiese con un forte accento australiano.

«Mi lascia telefonare?» rispose Langdon sconvolto.

L'uomo alzò le spalle. «Non si riesce. È tutta la sera che provo. Niente da fare. Le linee sono intasate.»

Langdon imprecò. «Ha visto entrare qualcuno da lì?» chiese indicando il ponte levatoio.

«Per la verità, sì. C'è un furgone nero che entra ed esce continuamente.»

Langdon ebbe un tuffo al cuore.

«Che razza di fortunato, eh?» commentò l'operatore guardando prima la fortezza e poi il Vaticano, che da quella posizione non si vedeva molto bene. «Da lassù ci dev'essere una vista fenomenale. Io non sono nemmeno riuscito ad arrivare a piazza San Pietro, con tutto il traffico che c'era, e quindi mi tocca girare da qui.»

Langdon non lo ascoltava. Stava valutando le varie possibilità.

«Lei cosa pensa di questa storia del "deus ex machina"?» gli domandò l'australiano. «È vera o è una bufala?»

Langdon si girò. «Scusi, diceva?»

«Non ha sentito? Pare che il comandante della Guardia Svizzera abbia ricevuto la telefonata di uno che diceva di avere delle informazioni molto importanti. E che questo signore stia per arrivare da un momento all'altro. Certo che, se risolve la situazione, avremo un'audience della madonna.» Scoppiò a ridere.

Langdon non capiva niente. "Deus ex machina? Sta per arrivare qualcuno in grado di risolvere la situazione? E come? Trovando il cilindro di antimateria? Ma, se sa dov'è, perché non l'ha detto alla Guardia Svizzera? Deve proprio venire di persona?" C'era qualcosa che non gli quadrava, ma non aveva tempo per riflettere.

«Ehi, ma io l'ho già vista» esclamò a un certo punto l'australiano, guardandolo meglio. «Non è quello che ha soccorso il cardinale ammazzato in piazza San Pietro?»

431

Langdon non rispose. Gli era appena caduto l'occhio sull'antenna satellitare fissata a un braccio telescopico sul tetto del furgone. Guardò di nuovo il castello: le mura esterne erano alte quindici metri e la torre centrale anche il doppio. Assolutamente inespugnabile... Raggiungere la parte più alta da lì era impossibile, ma se fosse riuscito a superare almeno il primo muraglione...

Si rivolse al giornalista, indicando il braccio che sosteneva l'antenna. «Quanto è lungo?»

«Cosa, quello?» L'uomo lo guardò stupito. «Quindici metri, perché?»

«Potrebbe spostare il furgone vicino alle mura, per favore? Me la dà una mano?»

«A fare cosa? Scusi se glielo chiedo.»

Langdon gli spiegò.

L'australiano strabuzzò gli occhi. «Lei è tutto matto! Guardi che quell'aggeggio costa duecentomila dollari! Non è mica una scala!»

«Mi sembrava interessato a fare audience. Be', ho delle informazioni che faranno la sua fortuna.» Era l'unico modo per ottenere quello che gli serviva.

«Informazioni da duecentomila dollari?»

Langdon gli disse che cosa gli avrebbe rivelato in cambio di quel favore e, un minuto dopo, era a quindici metri da terra, appeso all'estremità dell'antenna che ondeggiava nella brezza romana. Si sporse fino a raggiungere la cima del primo bastione e lasciò andare l'antenna. Poi si calò lentamente sul terrapieno.

«Ora tocca a lei, non si dimentichi» urlò l'australiano. «Dove si trova il cardinale Baggia?»

Langdon si sentiva in colpa: avrebbe preferito non rendere pubblica quella notizia. Ma i patti erano patti, e comunque l'assassino avrebbe allertato la stampa in ogni caso. «In piazza Navona» rispose. «Nella fontana.»

L'australiano abbassò il braccio telescopico e partì sgommando verso lo scoop che l'avrebbe reso famoso.

In una stanza dai muri di pietra che dominava la città, l'assassino si tolse gli scarponi grondanti acqua e si bendò il piede ferito. Gli faceva male, ma il dolore non gli avrebbe impedito di godersi la meritata ricompensa.

Si girò verso la sua preda.

Era in un angolo della stanza, sdraiata su un'ottomana con le mani legate dietro la schiena e un bavaglio sulla bocca. L'assassino le si avvicinò e vide compiaciuto che era sveglia. Rimase sorpreso nel leggerle negli occhi più rabbia che paura. "Ma prima o poi le verrà. E tanta."

107

Robert Langdon correva sul terrapieno lungo il perimetro del castello illuminato dai riflettori. Il cortile sottostante sembrava un museo di antiche armi da guerra, pieno com'era di catapulte, palle di cannone di marmo e congegni spaventosi. Alcune parti del castello erano aperte al pubblico durante il giorno e il cortile era stato parzialmente restaurato.

Lo percorse con lo sguardo e si fermò a osservare il nucleo centrale della cittadella, la torre a pianta circolare sormontata dall'angelo in bronzo, alta trenta metri. La finestra del balcone in cima sembrava ancora illuminata. Langdon avrebbe voluto chiamare Vittoria, ma si trattenne: era meglio cercare il modo di arrivare da lei.

Guardò l'ora.

Le braccia di Topolino segnavano le undici e dodici minuti.

Scese nel cortile passando per una delle rampe di pietra lungo il perimetro interno e si nascose nell'ombra. Cominciò a correre in senso orario e incontrò tre antichi portoni, tutti sbarrati. "Ma come ha fatto a entrare l'assassino?" Continuò a cercare. Passò davanti a due porte, più recenti, chiuse entrambe con un lucchetto. "Non di qui." Continuò a correre.

Aveva quasi completato il giro del cortile quando vide un sentiero di ghiaia che dal ponte levatoio conduceva verso l'interno della fortezza. Sembrava entrare in una galleria scavata nella torre centrale. "La rampa elicoidale!" Langdon aveva sentito parlare della grande rampa d'accesso anticamente usata dai cavalieri per scendere rapidamente dalla sommità del nucleo centrale. "L'assassino dev'esserci salito con il furgone!" L'inferriata che chiudeva l'accesso alla galleria era alzata e Langdon, emozionatissimo, entrò. Ma la rampa non saliva.

Scendeva.

Evidentemente da quell'ingresso si accedeva alle segrete e non alla torre.

Langdon era all'imboccatura di una stretta galleria che sembrava avvitarsi su se stessa fino al centro della terra. Esitante, uscì a guardare di nuovo il balcone. Doveva prendere una decisione quanto prima... Imboccò la galleria che portava alle segrete.

In cima alla torre, l'assassino era in piedi di fronte alla sua preda. Le accarezzò un braccio. Aveva la pelle morbidissima. Eccitato, pregustava già le sue bellezze. In quanti modi l'avrebbe violata?

Sapeva di meritarla. Aveva servito Giano nel migliore dei modi. Quella donna era una ricompensa, un bottino di guerra. Dopo avere goduto di lei, l'avrebbe spinta giù dal divano e l'avrebbe fatta inginocchiare costringendola a rendergli un ultimo servizio. La sottomissione, a quel punto, sarebbe stata totale. All'apice del piacere, le avrebbe tagliato la gola.

Ghayat assa'adah, lo chiamavano. "Il massimo del godimento."

Beato e soddisfatto, sarebbe poi uscito sul balcone ad assaporare il trionfo degli Illuminati... Una vendetta desiderata da molti e da tempo immemorabile.

La galleria era sempre più buia, a mano a mano che scendeva. L'illuminazione finiva dopo il primo giro. A un certo punto Langdon capì che stava procedendo in piano e rallentò. Dall'eco dei suoi passi intuì di essere entrato in una stanza. Gli parve di scorgere un bagliore nell'oscurità, ma forse si trattava di un effetto ottico. Avanzò a tastoni e tutt'a un tratto posò la mano su qualcosa di liscio. Vetro e metallo... "Un'automobile?" Ne tastò la superficie, trovò una portiera e l'aprì.

Si accese una luce nell'abitacolo. Langdon fece un passo indietro e riconobbe il furgone nero dell'assassino. Provò un senso di ribrezzo. Rimase un attimo a guardarlo, poi vi salì alla ricerca di una pistola, visto che aveva perso quella di Olivetti nella fontana. Non trovò armi, ma in compenso vide il cellulare di Vittoria, distrutto e ormai inutilizzabile. Temette il peggio e pregò di non essere arrivato troppo tardi.

Accese i fari e si guardò intorno. Si trovava in uno stanzone spoglio, che immaginò fosse stato a lungo utilizzato per tenerci cavalli e munizioni. Non aveva altre uscite.

"Sono in un vicolo cieco. Non ho preso la direzione giusta!"

Scese dal furgone e controllò i muri dello stanzone. Non c'erano porte né inferriate. Ripensò all'angolo sopra l'entrata della galleria e si chiese se fosse una semplice coincidenza. "Ma no, era impossibile..." Gli tornò in mente quello che gli aveva detto l'assassino in piazza Navona: "Vittoria è al sicuro. Mi sta aspettando... Non la troverai mai". Era arrivato fin lì, non poteva lasciarsela sfuggire proprio adesso... Aveva il batticuore e si sentiva frustrato e pieno di odio. Cercò di non perdere la testa.

Quando vide le macchie di sangue per terra, temette subito per Vittoria ma, guardandole bene, si accorse che erano orme lasciate da qualcuno che correva. Tutte uguali, tutte del piede sinistro... "L'assassino è passato di qui!"

Le orme insanguinate si dirigevano verso un angolo buio. Langdon non capiva dove andassero a finire.

Le seguì e, raggiunto l'angolo, rimase sbigottito. Una delle lastre di pietra, in quel punto del pavimento, non era quadrata come le altre. Sicuramente questo voleva dire qualcosa, anche perché era a forma di pentacolo. La punta del pentacolo era diretta verso l'angolo, dove c'era un'apertura abilmente mimetizzata nel muro di pietra. Langdon vi si infilò e si trovò in un corridoio. Il cancello di legno che lo chiudeva era stato sfondato.

Dal fondo proveniva una luce.

Langdon scavalcò i resti del cancello e si diresse di corsa verso la luce. Il corridoio portava a una stanza illuminata da una fiaccola appesa al muro. Evidentemente in quella parte del castello non c'era elettricità... Di certo non era aperta al pubblico. Un luogo che sarebbe stato spaventoso anche alla luce del sole, ma il bagliore della fiaccola lo rendeva ancora più sinistro.

Era finito nelle segrete.

Comprendevano una decina di celle, la maggior parte delle quali non aveva più sbarre, ormai rose dalla ruggine. La più ampia era anche la meglio conservata. Scorse qualcosa per terra e rimase senza fiato nel vedere che erano vesti nere e fasce color porpora. "Ecco dove l'assassino ha tenuto rinchiusi i cardinali!"

Vicino alle celle c'era una porta di ferro socchiusa che conduceva a un altro corridoio. Stava per imboccarlo, ma si bloccò. Le tracce di sangue sul pavimento non portavano in quella direzione. Quando lesse la scritta sopra la porta, capì perché.

"Il Passetto."

Era sbigottito. Ne aveva sentito parlare spesso, ma non aveva mai avuto occasione di vedere quello stretto passaggio lungo più di un chilometro che univa Castel Sant'Angelo al Vaticano. Ufficialmente usato dai pontefici per mettersi in salvo durante gli assedi, si era rivelato utile anche ai papi meno devoti per andare a incontrare segretamente le loro amanti o assistere alle torture dei loro nemici. Avrebbe dovuto essere chiuso con pesanti lucchetti le cui chiavi erano conservate in qualche luogo segreto del Vaticano. "Ecco come hanno fatto gli Illuminati a entrare e uscire dal Vaticano a loro piacimento!" Langdon si chiese chi fosse il traditore che aveva consegnato loro le chiavi del Passetto. "Olivetti? Un'altra guardia svizzera?" Ma in quel momento aveva altro a cui pensare...

Seguendo le tracce di sangue, si allontanò dalle segrete e si trovò di fronte a un'inferriata semichiusa. Era arrugginita e aveva una pesante catena, ma niente lucchetto. Dietro l'inferriata c'era una ripida scala che saliva e per terra un altro pentacolo. Langdon lo osservò, percorso da un brivido, e si chiese se era stato il Bernini in persona a intagliare quella lastra di pietra. L'arco della porta era decorato da un piccolo cherubino. "Sono sulla strada giusta!"

I gradini erano sporchi di sangue

Prima di avventurarsi di sopra, Langdon decise di procurarsi un'arma. Una qualsiasi, l'importante era non proseguire disarmato. Gli cadde l'occhio su una sbarra di ferro lunga circa un metro e mezzo, con un'estremità appuntita. Era pesantissima, ma in giro non c'era altro. L'assassino era ferito e inoltre non si aspettava certo di ritrovarselo davanti, quindi Langdon partiva avvantaggiato. C'era solo da sperare che non fosse troppo tardi.

I gradini della scala a chiocciola erano lisci e pericolosi. Langdon li salì con l'orecchio teso a captare il minimo rumore, ma il silenzio sembrava totale. Più saliva, meno luce arrivava da sotto. A un certo punto si ritrovò completamente al buio e dovette appoggiare una mano contro il muro per orientarsi. Quella scala sembrava non finire mai. "Anche Galileo vi era passato, bramoso di condividere la propria visione del mondo con altri uomini di scienza e di fede?"

Scoprire che la Chiesa dell'Illuminazione si trovava a Castel Sant'Angelo era stato uno shock, per Langdon. Non avrebbe mai immaginato che gli Illuminati si incontrassero in un edificio di proprietà del Vaticano. Mentre le guardie perquisivano case e cantine di scienziati famosi, quelli si davano appuntamento lì, proprio sotto il naso del pontefice. Quadrava tutto: Gian Lorenzo Bernini era stato incaricato dei lavori di restauro e quindi aveva libero accesso alla fortezza, che aveva potuto modificare come e quanto aveva voluto, senza dover dire niente a nessuno. Quante entrate segrete aveva aggiunto? Quanti elementi decorativi nascosti a indicare la via che conduceva al covo? Langdon sentiva di essere vicinissimo.

La scala diventava sempre più stretta e Langdon cominciava a sentirsi soffocare, ma nonostante la claustrofobia continuò a salire. Quando si vide davanti una striscia di luce, capì che si trovava a pochi passi dalla sua meta. La luce filtrava da sotto una porta. Langdon vi si avvicinò senza far rumore.

Non aveva idea della sua posizione, ma dalla lunghezza della scala calcolò che doveva essere in cima alla torre centrale o quasi. Probabilmente era proprio sotto il gigantesco angelo sulla sommità del castello.

"Angelo di Dio, veglia su di me" pensò. E impugnò ancora più saldamente la sbarra di ferro.

Distesa sul divano, Vittoria aveva le braccia doloranti. Quando si era risvegliata e aveva scoperto di avere le mani legate dietro la schiena, aveva pensato di rilassarsi e liberarle. Ma non ne aveva avuto il tempo, perché l'assassino era tornato. In quel momento ce l'aveva di fronte, a torso nudo, possente, pieno di cicatrici. La guardava con gli occhi neri socchiusi e Vittoria aveva la sensazione che stesse decidendo da dove cominciare. Lentamente, forse per provocarla, si sfilò la cintura e la lasciò cadere sul pavimento.

In preda a orrore e raccapriccio, Vittoria chiuse gli occhi. Quando li riaprì, l'assassino aveva estratto un coltello a serramanico facendoglielo scattare sotto il naso.

Vittoria si vide riflessa nella lama di acciaio. Era terrorizzata.

L'assassino le passò la lama sulla pancia, dalla parte non affilata. Il gelo del metallo la fece rabbrividire. Poi, sprezzante, le fece scivolare il coltello sotto la cintura dei pantaloncini. Vittoria trattenne il respiro e l'uomo continuò a muovere lentamente la lama, scendendo sempre più giù. A un certo punto le si avvicinò e le sussurrò in un orecchio: «Questo è il coltello con cui ho cavato l'occhio a tuo padre».

In quell'istante, Vittoria si rese conto di essere capace di uccidere.

L'assassino cominciò a tagliarle gli shorts, ma tutt'a un tratto si fermò e alzò gli occhi: nella stanza era entrato qualcuno.

«Allontanati da lei» ordinò una voce profonda.

Vittoria non vide chi era, ma riconobbe la voce. "Robert! Sei vivo, allora!"

L'assassino aveva la faccia di chi ha appena visto un fantasma. «Ringrazia il tuo angelo custode, professor Langdon.»

108

A Langdon bastò una frazione di secondo per rendersi conto che si trovava in un luogo sacro. Anche se antichi e scoloriti, gli arredi di quella sala oblunga erano pieni di simboli a lui ben noti: pentacoli, pianeti, colombe e piramidi.

Era entrato nella Chiesa dell'Illuminazione. Alla fine, l'aveva trovata. Davanti a lui c'era l'assassino a torso nudo, in piedi di fronte a Vittoria, che era stesa su un divano con mani e piedi legati. Viva. Langdon tirò un sospiro di sollievo. Per un attimo i loro occhi si incrociarono e un fiume di emozioni li travolse: gratitudine, disperazione e rammarico.

«Così, ci incontriamo di nuovo» disse l'assassino. Fissò la sbarra che Langdon aveva in mano e rise di gusto. «Di' un po', cosa pensi di fare con quella?»

«Slegala.»

Per tutta risposta, l'assassino avvicinò il coltello alla gola di Vittoria. «L'ammazzo, piuttosto.»

Era capacissimo di farlo, Langdon lo sapeva. Cercò di mantenere la calma. «Probabilmente lei preferirebbe... vista l'alternativa.»

L'assassino sorrise a quell'insulto. «Hai ragione, sarebbe uno spreco ammazzarla.»

Langdon fece un passo in avanti, brandendo la sbarra arrugginita con la punta verso l'assassino. Gli faceva male la mano. «Lasciala andare.»

L'assassino fece finta di pensarci su un attimo, sospirò e abbassò le spalle, come in segno di resa. Poi, però, alzò un braccio fulmineo e lanciò il coltello.

Langdon non sapeva se fosse stato l'istinto o la stanchezza a farlo cadere in ginocchio. Sapeva solo che il coltello gli aveva sfiorato l'orecchio sinistro ed era caduto per terra alle sue spalle. L'assassino non ebbe alcuna reazione. Sorrise al suo avversario, che era in ginocchio con la sbarra in mano, e gli si avvicinò con passo felino.

Langdon si alzò in piedi, intralciato dagli abiti bagnati, brandendo la sbarra. L'assassino, mezzo nudo, si muoveva molto più agilmente, e la ferita al piede sembrava non dargli fastidio. Langdon intuì che era un uomo abituato a sopportare il dolore. Per la prima volta in vita sua, rimpianse di non avere con sé una pistola.

L'assassino fece lentamente il giro della stanza, come per giocare, tenendosi a distanza da Langdon. Voleva raccogliere il coltello da terra, ma Langdon lo fermò. Allora fece per tornare da Vittoria, ma Langdon glielo impedì.

«Abbiamo ancora tempo» azzardò lo storico. «Dimmi dove si trova il cilindro. La ricompensa del Vaticano sarà sicuramente molto superiore a quella degli Illuminati.»

«Quanto sei ingenuo!»

Langdon cercò di colpirlo con la sbarra, ma l'assassino si scansò. Langdon allora girò intorno a una panca per chiuderlo in un angolo. "Possibile che in questa stanza non ci siano angoli?" In effetti la stanza era ovale. Stranamente, l'assassino non sembrava intenzionato né ad attaccare né a fuggire. Stava al gioco di Langdon. Aspettava.

"Ma perché non attacca?" Si muoveva in circolo, scattante. Sembrava una partita di scacchi senza fine. Sentendo la sbarra sempre più pesante, Langdon capì qual era la strategia del suo avversario. "Vuole prendermi per stanchezza." E stava riuscendo nel suo intento: Langdon era sfinito e nemmeno l'adrenalina riusciva più a dargli la lucidità di cui aveva bisogno. Doveva agire, e in fretta.

L'assassino sembrò leggergli nel pensiero. Si spostò, con l'intenzione di costringerlo ad avvicinarsi al tavolo al centro della stanza, su cui brillava qualcosa alla luce della fiaccola. "Un'arma?" Senza perdere di vista l'avversario, Langdon avanzò verso il tavolo. L'assassino fissava l'oggetto che vi era posato sopra, ma Langdon capì che lo faceva per distrarlo e si impose di non guardare da quella parte. Alla lunga, però, l'istinto prevalse e lanciò un'occhiata.

Rimase di stucco. Non era un'arma, ma una cassetta di rame pentagonale, senza coperchio, rivestita da una patina opaca. Era foderata e suddivisa in cinque scomparti, in ognuno dei quali si trovava un marchio. Erano di ferro, lavorati a sbalzo, con solide impugnature in legno. Langdon sapeva cosa c'era scritto sopra.

ILLUMINATI, EARTH, AIR, FIRE, WATER

Si girò di scatto, temendo che l'assassino approfittasse di quell'attimo di distrazione per attaccarlo. Ma non era così. Giocava di rimessa e sembrava divertirsi. Langdon fece fatica a concentrarsi di nuovo su di lui. Lo guardò, brandendo la sbarra, ma continuava a pensare ai marchi nella cassetta. Erano oggetti affascinanti, sulla cui esistenza molti storici si dicevano scettici, ma la stranezza che lo aveva colpito e gli aveva fatto venire un orribile presentimento era un'altra. Mentre l'assassino continuava a muoversi per la stanza, Langdon lanciò un'altra occhiata alla cassetta. "Oh, mio Dio!"

Negli scomparti esterni c'erano cinque marchi e al centro c'era posto per un sesto. Lo scomparto era vuoto, ma era chiaro che era fatto per contenere un altro marchio... più grande e di forma quadrata.

Langdon si accorse solo all'ultimo momento che l'assassino stava per colpirlo.

Gli si era lanciato addosso e lui, distratto, fu troppo lento a reagire. La sbarra sembrava essere diventata improvvisamente pesantissima e per l'assassino fu un gioco schivarla e afferrarla al volo, cercando di strappargliela di mano. Era forte, nonostante si fosse fatto male a un braccio in Santa Maria della Vittoria. Langdon lottò accanitamente, ma alla fine si sentì sfuggire la sbarra dalle mani doloranti e, un attimo dopo, se la vide puntare contro. La situazione si era rovesciata.

Langdon non riusciva più a reggersi in piedi e l'assassino, sorridendo, cercava di metterlo con le spalle al muro. «Come dice quel proverbio?» farfugliò l'uomo. «Qualcosa del tipo: "Tanto va la gatta al lardo...".»

Langdon era terrorizzato e, vedendo l'assassino incalzare, si maledisse per essersi distratto. Com'era possibile che ci fosse un *sesto* marchio degli Illuminati? Frustrato, disse: «Non ho mai sentito parlare di un sesto marchio degli Illuminati!».

«Oh, sì che ne hai sentito parlare» ridacchiò l'assassino, costringendolo a indietreggiare verso la parete.

Langdon era più che perplesso: era sempre stato convinto che ce ne fossero soltanto cinque... Mentre arretrava contro il muro ovale della stanza, si guardò intorno alla ricerca di un'arma, di qualcosa con cui difendersi.

«L'unione perfetta degli antichi elementi» disse l'assassino. «Il marchio più bello di tutti. Peccato che tu non avrai mai l'occasione di vederlo.»

Langdon era ormai allo stremo delle forze e continuava a spostarsi lungo il muro, cercando di escogitare qualcosa. «E tu l'hai visto?» chiese, per guadagnare tempo.

«Un giorno, forse, avrò questo onore. Se darò prova di meritarlo» rispose stuzzicandolo con la sbarra di ferro.

Langdon non poteva fare altro che strisciare contro la parete, pur sapendo che l'assassino stava tentando di farlo cadere in trappola. "Dove vuole portarmi?" Non poteva guardarsi alle spalle. «Il marchio» disse. «Dove si trova?»

«Non qui. A quanto pare è Giano a custodirlo.»

«Giano?» Quel nome non gli diceva nulla.

«Il capo degli Illuminati. Arriverà fra poco.»

«Il capo degli Illuminati sta venendo qui?»

«Sì, per l'ultimo marchio.»

Langdon lanciò a Vittoria un'occhiata spaventata, ma lei, stranamente calma, teneva gli occhi chiusi come per estraniarsi dal mondo che la circondava e respirava profondamente. Che fosse lei che gli Illuminati volevano marchiare? O lui stesso?

«Che arroganza» lo schernì l'assassino leggendogli nel pensiero. «Voi due non contate niente. Morirete, questo è chiaro. Ma l'ultimo marchio è riservato a un nemico pericoloso.»

Langdon cercò di capire a chi poteva riferirsi. "Un nemico pericoloso?" Gli Illuminati avevano già ucciso i quattro cardinali più eminenti e il papa... Cercò la risposta negli occhi dell'assassino.

"Il camerlengo?"

In quella notte di tregenda, Carlo Ventresca era stato una luce di speranza per il mondo. In una sera, da solo, aveva screditato gli Illuminati più di quanto avessero fatto tanti storici catastrofisti. Evidentemente avrebbe pagato, per questo. L'ultima vittima degli Illuminati doveva essere lui.

«Non arriverai mai a lui» lo provocò Langdon.

«Io no» rispose l'assassino. «Sarà Giano ad avere questo onore.»

«Vuoi dire che a marchiare il camerlengo sarà il capo degli Illuminati in persona?»

«Il potere porta con sé alcuni privilegi.»

«Ma nessuno può entrare in Vaticano adesso!»

Compiaciuto, l'assassino rispose: «No, a meno che non abbia un appuntamento».

Langdon si impose di riflettere: l'unica persona attesa in Vaticano in quel momento era quello che la stampa chiamava il "deus ex machina", il misterioso detentore di informazioni di vitale importanza che millantava di poter risolvere la situazione. Si irrigidì. "Mio Dio, non è possibile!"

L'assassino fece un sorriso maligno, chiaramente soddisfatto nel vederlo sgomento. «Anch'io mi chiedevo come avrebbe fatto Giano ad arrivare fino a lui. Poi ho sentito la radio che parlava di questo "deus ex machina".» Sorrise. «Il Vaticano lo accoglierà a braccia aperte.»

Langdon rischiò di cadere all'indietro. "Giano... il deus ex machina? Quale terribile inganno..." Il capo degli Illuminati sarebbe stato scortato come un re al cospetto del camerlengo. "Ma come ha fatto a convincere Rocher? Oppure Rocher è d'accordo?" Langdon rabbrividì. I primi sospetti sul conto del capitano della Guardia Svizzera gli erano venuti quando aveva rischiato di morire soffocato nell'Archivio Segreto Vaticano...

L'assassino continuava a tormentare Langdon, punzecchiandolo sul fianco con la sbarra.

Ritraendosi, Langdon esclamò: «Non ne uscirà vivo!».

L'altro alzò le spalle. «Ci sono cose per cui vale la pena di morire.»

Diceva sul serio, era evidente. "Quella di Giano in Vaticano

444

era una missione suicida? Un sacrificio in nome di un ideale?" In quel momento capì: eliminando il papa, gli Illuminati avevano involontariamente dato molto più potere all'uomo che si era poi rivelato il loro peggior nemico e adesso dovevano assolutamente toglierlo di mezzo. L'onore sarebbe toccato al capo della setta.

Langdon sentì all'improvviso il muro dietro di sé sparire. Fu colpito da una corrente d'aria fresca e capì che, a furia di strisciare lungo la parete della stanza, era finito davanti al balcone. Dietro di lui c'era la finestra aperta. "Ecco che cosa aveva in mente l'assassino fin dal principio!"

Questi non perse tempo e lo aggredì con la sbarra di ferro. L'intenzione era di colpirlo in pieno petto, ma Langdon si scansò e la punta della sbarra gli strappò soltanto la maglia. L'assassino riprovò e Langdon fu costretto a indietreggiare fino alla balaustra del balcone. Non aveva scampo: ormai l'assassino non poteva più mancarlo. Tentò l'impossibile e scattò di lato, allungando le braccia per afferrare la sbarra. La ferita alla mano gli faceva un male insopportabile, ma non mollò la presa.

L'assassino restò imperturbabile. Lottarono faccia a faccia qualche istante, talmente vicini che Langdon sentì l'alito pesante del suo avversario. La sbarra gli stava sfuggendo piano piano dalle mani: l'altro era troppo forte... Disperato, Langdon puntò i piedi, sbilanciandosi all'indietro... Cercò persino di pestare il piede ferito dell'assassino, che però era evidentemente abituato a combattere e sapeva come difendersi.

Langdon aveva giocato la sua ultima carta e aveva perso la partita.

L'assassino lo mandò a sbattere contro la bassa balaustra, poi impugnò la sbarra di traverso e gliela spinse contro il petto, facendolo inarcare all'indietro. Langdon sentì il vuoto alle sue spalle.

«Ma'assalamah» disse sghignazzando l'assassino. «Arrivederci.»

Con sguardo truce, lo spinse di sotto, ma Langdon con la forza della disperazione riuscì ad aggrapparsi alla balaustra con tutte e due le mani. Con la sinistra perse la presa quasi subito, ma con la destra riuscì a tenersi. E così si ritrovò praticamente a testa in giù, a trenta metri di altezza, appeso soltanto per un braccio.

Vide che l'assassino alzava la sbarra preparandosi a dargli il colpo di grazia. La sbarra si stava già abbassando su di lui, quando Langdon ebbe una visione. Forse fu l'imminenza della morte, o la paura, ma gli parve di vedere un'aura luminosa intorno al suo carnefice. Era apparsa come dal nulla, all'improvviso... Sembrava una sfera di fuoco.

Proprio quando era sul punto di assestare il colpo mortale, l'assassino lanciò un urlo di dolore e si lasciò sfuggire dalle mani la sbarra di ferro.

L'assassino si voltò di scatto e Langdon vide che aveva la schiena in fiamme. Aggrappandosi alla balaustra, si tirò su e scorse Vittoria che lo fronteggiava, con la testa alta e lo sguardo fiero. Aveva la fiaccola fra le mani e una luce vendicativa negli occhi. "Come avrà fatto a liberarsi?" Poco importava, a quel punto. Langdon scavalcò la balaustra e tornò sul balcone.

La battaglia non sarebbe durata a lungo, pensò: l'assassino l'avrebbe avuta vinta ben presto. Lo vide gettarsi con un urlo di rabbia su Vittoria, che cercò invano di scansarlo. Le era già sopra e tentava di strapparle di mano la fiaccola, ma Langdon non gliene diede il tempo e gli assestò un pugno sulla bruciatura con tutte le sue forze.

L'assassino lanciò un urlo agghiacciante. Si irrigidì e inarcò la schiena per il dolore. Vittoria gli premette sul viso la fiaccola e, con uno sfrigolio raccapricciante, gli bruciò l'occhio sinistro. Gridando, l'assassino si coprì il volto con le mani.

«Occhio per occhio...» sibilò Vittoria. Prese la rincorsa e lo colpì con la fiaccola come fosse una mazza da baseball, sbattendolo contro la balaustra. Prima che riacquistasse l'equilibrio, Langdon e Vittoria gli si buttarono addosso entrambi contemporaneamente e lo spinsero di sotto. L'uomo precipitò senza emettere suono. L'unico rumore che si udì, poco dopo, fu lo schianto del corpo su un mucchio di palle di cannone.

Langdon si girò e fissò Vittoria sconcertato. Aveva ancora le corde che le pendevano dal busto e dalle spalle e lo sguardo rabbioso.

«Houdini praticava lo yoga.»

109

Nel frattempo, in piazza San Pietro, le guardie svizzere facevano muro nel tentativo di spingere la folla assiepata a distanza di sicurezza. Invano. Tutti sembravano più interessati al destino che incombeva sul Vaticano che non alla propria incolumità. I megaschermi delle reti televisive stavano trasmettendo in diretta le immagini del cilindro di antimateria visualizzato sui monitor dell'impianto a circuito chiuso, cortesemente fornite dal camerlengo. Purtroppo il conto alla rovescia non sembrava scoraggiare affatto i presenti. Pareva che la gente avesse deciso che quella minuscola sfera di antimateria nel cilindro aveva l'aria troppo innocua per essere pericolosa come si diceva. Secondo il display a LED mancavano poco meno di quarantacinque minuti alla detonazione. Valeva la pena di trattenersi ancora un po'.

Ciononostante, tutti gli uomini della Guardia Svizzera erano d'accordo sulla coraggiosa decisione del camerlengo di far conoscere al mondo la verità e di documentare addirittura con le immagini la perfidia del piano degli Illuminati. Senza dubbio questi avevano dato per scontato che il Vaticano reagisse con la consueta reticenza, ma avevano sottovalutato l'intraprendenza del camerlengo Carlo Ventresca.

Nella Cappella Sistina, il decano era inquieto. Erano le undici e un quarto. Molti cardinali avevano continuato a pregare, mentre altri si erano radunati vicino all'uscita, evidentemente in ansia. Alcuni cominciarono a bussare alla porta.

Fuori, il tenente Chartrand li udì, ma non sapeva che cosa

fare. Controllò l'orologio: era giunto il momento. Il capitano Rocher aveva dato ordine di non lasciare uscire i cardinali fino al suo segnale, ma quelli bussavano sempre più forte e lui era sulle spine. Si chiese se il capitano si fosse semplicemente dimenticato di loro. A parte il fatto che si era comportato in modo molto bizzarro, da quando aveva ricevuto la telefonata del misterioso "deus ex machina".

Prese la ricetrasmittente. «Capitano? Chartrand. Sono le undici e un quarto passate. Devo aprire la Cappella Sistina?»

«Quella porta deve rimanere chiusa. Mi sembra di averglielo già detto chiaramente.»

«Sissignore. Volevo solo...»

«Il nostro ospite arriverà a momenti. Salga al piano di sopra e resti di guardia davanti alla porta dello studio privato del papa con alcuni dei suoi uomini. Il camerlengo non deve uscire di lì.»

«Scusi? Non capisco.»

«Cosa non capisce, tenente?»

«Niente, capitano. Sto già andando.»

Al piano di sopra, nello studio del papa, il camerlengo guardava il fuoco, assorto in preghiera. "O Signore, dammi la forza. Fai un miracolo." Smosse le braci, chiedendosi se sarebbe sopravvissuto a quella notte.

110

Le undici e ventitré minuti.

Vittoria era sul balcone di Castel Sant'Angelo e guardava Roma. Tremava e aveva gli occhi lucidi. Avrebbe tanto voluto abbracciare Robert Langdon, ma non poteva. Era come paralizzata, in trance. Mentre cercava di riprendersi, fece il punto della situazione: l'uomo che aveva ucciso suo padre giaceva senza vita nel cortile sottostante e lei era scampata alla morte per un soffio.

Quando Langdon le sfiorò la spalla con una mano, fu come se il calore di quel gesto sciogliesse per magia il gelo che la attanagliava e, con un brivido, si riscosse. Si voltò e lo guardò. Anche lui era conciato male, fradicio ed esausto. Doveva aver attraversato l'inferno, per venirla a salvare.

«Grazie...» sussurrò.

Langdon le rispose con un sorriso stanco e Vittoria ricordò che in realtà era lui a doverla ringraziare. Se erano salvi, era grazie all'agilità con cui era riuscita a liberarsi dai legacci.

Sarebbe rimasta a fissarlo negli occhi chissà quanto, ma la tregua durò poco. «Dobbiamo andare via da qui» disse Langdon.

Vittoria spostò lo sguardo sul Vaticano, pensierosa. Lo Stato più piccolo del mondo sembrava stranamente vicino, illuminato dai riflettori delle TV. Sgomenta, notò che piazza San Pietro era ancora invasa da un mare di gente. Evidentemente la Guardia Svizzera era riuscita a far indietreggiare la folla solo di una cinquantina di metri, perché soltanto l'area antistante la basilica, meno di un terzo della piazza, sembrava sgombra. Per il resto, la folla pareva compatta e, anzi, quelli che si trovavano a distanza di sicurezza cercavano di avanzare per vedere meglio, impedendo agli altri di arretrare. "La gente è troppo vicina!" pensò Vittoria. "Troppo!"

«Io torno in piazza San Pietro» disse Langdon in tono deciso. Vittoria si voltò e chiese incredula: «Che cosa?».

Langdon le disse del deus ex machina e le spiegò che era una trappola. Il capo degli Illuminati, un certo Giano, stava andando in Vaticano di persona per compiere una terribile missione – marchiare a fuoco il camerlengo – e dimostrare definitivamente la supremazia degli Illuminati.

«In Vaticano nessuno sospetta niente» continuò Langdon. «Quest'uomo arriverà da un momento all'altro e devo avvertire la Guardia Svizzera, prima che lo lascino entrare. Non posso contattarli in altro modo.»

«Non riuscirai mai a farti largo tra una folla del genere!»

Langdon era fiducioso. «Ce la farò, fidati.»

Ancora una volta Vittoria ebbe la sensazione che fosse un passo avanti a lei. «Vengo anch'io.»

«No. Perché rischiare in due?»

«Voglio comunque trovare il modo di far evacuare la piazza. È troppo pericoloso...»

Proprio in quel momento, il balcone su cui si trovavano cominciò a vibrare e un rombo assordante scosse l'intero Castel Sant'Angelo. Poi in direzione di San Pietro si alzò un'accecante luce bianca. Vittoria ebbe un unico pensiero. "Mio Dio! L'antimateria è esplosa prima del tempo!" Ma subito dopo, invece della deflagrazione, udì un'ovazione della folla. Strizzò gli occhi per guardare, ma adesso i riflettori delle televisioni sembravano puntati verso di loro! Pareva che tutti si fossero voltati verso Castel Sant'Angelo e vociassero, indicando loro due. Il rombo crebbe ancora. L'atmosfera nella piazza diventò improvvisamente gioiosa.

Langdon guardò perplesso. «Ma cosa diavolo...»

Nel cielo ci fu un boato.

Da dietro la torre spuntò all'improvviso l'elicottero del papa, che passò una quindicina di metri sopra di loro e si diresse verso la Città del Vaticano. Le luci dei fari lo seguirono, e un attimo dopo Langdon e Vittoria si trovarono nuovamente immersi nel buio.

Nel momento in cui il grande elicottero giunse in piazza San Pietro, Vittoria ebbe un brutto presentimento: ormai era troppo tardi. Atterrò sollevando una nuvola di polvere nello spazio tra la folla e la basilica, proprio ai piedi della scalinata.

«Un ingresso davvero trionfale...» commentò Vittoria. Sullo sfondo di marmo bianco, intravide un gruppetto di persone che uscivano da San Pietro e andavano verso l'elicottero. Da quella distanza riconobbe soltanto un basco rosso. «E che accoglienza solenne! Guarda, quello è Rocher.»

Langdon batté il pugno sulla balaustra. «Bisogna che li avvertiamo!» Si voltò per andare.

Vittoria lo trattenne, afferrandolo per un braccio. «Aspetta!» Non riusciva a capacitarsi di quello che aveva visto: con il dito che le tremava, indicò in direzione dell'elicottero. Nonostante la distanza, era certa di non sbagliare. La persona appena scesa dall'elicottero era inconfondibile. Vittoria la vide attraversare lo spiazzo velocemente, senza difficoltà.

Un re su un trono elettronico.

Maximilian Kohler.

111

Kohler rimase disgustato dall'opulenza della Galleria del Belvedere. L'oro usato per la decorazione del soffitto sarebbe bastato per finanziare un anno di ricerca sul cancro. Rocher lo accompagnò alla rampa di accesso per i disabili e, lungo un tortuoso percorso, nel Palazzo Apostolico.

«Non c'è l'ascensore?» chiese Kohler.

«Non c'è corrente» rispose Rocher, indicando le candele accese qua e là nei corridoi bui. «Abbiamo sospeso l'erogazione di energia elettrica per effettuare le ricerche del cilindro.»

«Che non hanno avuto risultato, presumo.»

Rocher annuì.

Kohler ebbe un attacco di tosse. Sapeva che molto probabilmente era uno degli ultimi che avrebbe avuto, ma il pensiero della morte non lo spaventava. Arrivati all'ultimo piano, imboccarono il corridoio che conduceva allo studio privato del papa.

Le quattro guardie svizzere che lo piantonavano avevano l'aria preoccupata. «Capitano, non l'aspettavamo qui. Pensavamo che il signore avesse informazioni tali per cui...»

«Vuole solo parlare con il camerlengo.»

Le guardie guardarono Kohler con sospetto e si fecero da parte.

«Avvertite il camerlengo che il direttore del CERN, il dottor Maximilian Kohler, è qui e lo vuole incontrare» ordinò Rocher.

«Sissignore!» Una delle guardie si avviò verso lo studio.

Le altre restarono immobili a fissare Rocher. Erano chiaramente a disagio. «Solo un momento, capitano. Il tempo di annunciare l'ospite.»

Kohler, però, non aveva voglia di aspettare e le aggirò con la sua carrozzella.

Le guardie fecero solo il gesto di bloccarlo. «Si fermi, per favore! Dottore!»

Kohler ebbe un moto di avversione nei loro confronti: nemmeno le forze di sicurezza meglio addestrate del mondo erano esenti dalla compassione per uno storpio! Se avesse camminato sulle proprie gambe, lo avrebbero fermato. Invece era opinione comune che gli storpi fossero inoffensivi...

Kohler era consapevole di avere pochissimo tempo per portare a termine la sua missione e sapeva anche che quella notte rischiava la vita. La cosa, però, non lo turbava: la morte era un prezzo che era pronto a pagare. Aveva sofferto troppo nella sua esistenza per lasciare che tutto il suo lavoro venisse distrutto da un uomo come il camerlengo Ventresca.

«Signore!» urlarono le guardie, correndo avanti per sbarrargli il passo. «Si fermi!» Una estrasse una pistola e gliela puntò contro.

Kohler si fermò.

Rocher li raggiunse con aria mortificata. «Dottor Kohler, per favore. È questione di un attimo. Nessuno può entrare nello studio privato del papa senza essere annunciato.»

Kohler lo guardò negli occhi e capì di non avere scelta. "Okay" pensò. "Aspetterò."

Senza farlo apposta, le guardie lo avevano fermato davanti a un grande specchio dorato. Kohler detestava vedere la propria immagine deforme e sentì crescere dentro di sé un'antica rabbia, che riuscì a trasformare in determinazione. Era circondato da nemici, da gente che lo aveva privato della sua dignità, che lo aveva messo in condizione di non poter toccare una donna, di non poter andare a ritirare un premio reggendosi sulle proprie gambe. "Di quale verità possono essere mai detentori costoro? Di quali prove? Un libro di vecchie favole pieno di promesse di miracoli? No! È la scienza che compie miracoli ogni giorno!" Kohler guardò il proprio viso impassibile riflesso nello specchio. "Forse stanotte morirò per colpa della religione" pensò. "Ma non sarà la prima volta."

Per un istante si ritrovò undicenne, costretto a letto in casa dei suoi genitori, a Francoforte, fra lenzuola di lino pregiato intrise del suo sudore. Scottava ed era attanagliato da dolori insopportabili. I suoi genitori erano inginocchiati al suo capezzale da due giorni. E pregavano.

Nella sua stanza c'erano tre fra i migliori medici di Francoforte.

«Per favore, ripensateci!» aveva supplicato uno dei medici. «Guardatelo! La febbre sta aumentando. Soffre moltissimo ed è tra la vita e la morte!»

Ma lui sapeva che cosa avrebbe risposto sua madre prima ancora che aprisse bocca. «*Gott wird ihn beschützen.*»

"Sì" aveva pensato. "Dio mi proteggerà." La convinzione di sua madre gli aveva dato coraggio. "Dio mi proteggerà."

Un'ora più tardi, Max si sentiva come se gli fosse passato sopra un camion e non riusciva neanche a piangere, tanto gli mancava il respiro.

«Vostro figlio è in preda ad atroci sofferenze» aveva detto un altro. «Lasciate almeno che cerchi di alleviargli il dolore. Basta un'iniezione di...»

«*Ruhe, bitte!*» Il padre di Max lo aveva messo a tacere senza neanche aprire gli occhi. E aveva continuato a pregare.

"Papà, ti supplico!" avrebbe voluto urlare Max. "Lascia che mi faccia l'iniezione." Ma le sue parole erano state soffocate da un attacco di tosse.

Un'ora più tardi, il dolore era aumentato ancora.

«Vostro figlio rischia di morire o di rimanere paralizzato!» aveva detto con aria di rimprovero uno dei medici. «Abbiamo dei farmaci che possono salvarlo.»

Ma i suoi genitori non avevano voluto che gli somministrassero nulla, perché non credevano nella medicina e non volevano interferire nella volontà di Dio. Avevano pregato ancora più intensamente: se Dio aveva donato loro quel figlio, perché glielo avrebbe dovuto togliere? Sua madre gli aveva sussurrato di farsi forza e gli aveva spiegato che Dio lo stava mettendo alla prova, come Abramo nella Bibbia... Voleva una prova della sua fede.

Max aveva cercato di avere fede, ma i dolori erano atroci.

«Non posso stare a guardare senza far nulla!» aveva detto uno dei medici, ed era uscito dalla stanza.

All'alba del mattino dopo, Max era in stato di semincoscienza e in preda a dolori spaventosi in tutti i muscoli. "Dov'è Gesù?" si chiedeva. "Non mi ama più?" Sentiva che la fine era vicina.

Sua madre si era addormentata vicino al letto, con le mani giunte. Il padre era in piedi alla finestra e guardava sorgere il sole come in trance, pregando incessantemente sottovoce.

In quel momento, aveva sentito una presenza sopra di sé. "Un angelo?" Non vedeva quasi nulla, dietro le palpebre gonfie. Ma la voce che gli sussurrava nell'orecchio non apparteneva a un angelo, ma a uno dei medici, quello che era rimasto seduto nell'angolo della camera per due giorni implorando i suoi genitori di lasciargli somministrare al ragazzo un nuovo farmaco che veniva dall'Inghilterra.

«Non me lo perdonerei mai, se non facessi almeno un tentativo» gli aveva detto, prendendogli delicatamente il braccio. «Avrei dovuto farlo prima.»

Max aveva sentito una lieve puntura nel braccio.

Poi il medico, in silenzio, aveva preso la sua borsa e prima di andarsene gli aveva posato una mano sulla fronte. «Questo farmaco ti salverà la vita. Ho grande fiducia nel potere della medicina.»

Nel giro di pochi minuti, Max si era sentito invadere, come per magia, da un piacevole senso di torpore che aveva cancellato il dolore e, per la prima volta dopo giorni, era riuscito a prendere sonno.

Quando la febbre era scesa, suo padre e sua madre avevano gridato al miracolo. Ma quando si erano accorti che il figlio era rimasto storpio lo avevano condotto, sconsolati, da un sacerdote per chiedere consiglio.

«Il ragazzo è sopravvissuto per grazia di Dio» aveva sentenziato questi.

Max, sulla sua sedia a rotelle, aveva ascoltato in silenzio.

«Ma non può più camminare!» aveva detto la signora Kohler piangendo.

Il sacerdote aveva annuito tristemente. «Sì. Forse Dio lo ha punito per non aver avuto abbastanza fede.»

«Dottor Kohler!» Era la guardia svizzera che poco prima era entrata nello studio del papa. «Il camerlengo le concede udienza.»

Kohler borbottò qualcosa e partì.

«Non si aspettava una sua visita» disse la guardia.

«Lo credo.» Kohler si affrettò. «Vorrei incontrarlo da solo.»

«Impossibile» disse la guardia. «Nessuno...»

«Tenente!» lo interruppe Rocher. «Il dottor Kohler parlerà con il camerlengo a tu per tu.»

La guardia fece una faccia incredula.

Rocher autorizzò le guardie a procedere ai controlli di routine prima di lasciar entrare Kohler nello studio privato del papa, ma il metal detector portatile non serviva a nulla, data la miriade di congegni elettronici di cui era dotata la sedia a rotelle. Le guardie lo perquisirono in modo sommario, imbarazzate dal suo handicap, per cui non trovarono la pistola che era alloggiata sotto il sedile, né gli sequestrarono l'altro oggetto, quello che avrebbe segnato l'indimenticabile fine di quella notte movimentata.

Quando Kohler entrò nello studio, il camerlengo Ventresca era solo, inginocchiato a pregare davanti al camino, dove il fuoco si stava ormai spegnendo. Senza aprire gli occhi, disse: «Dottor Kohler, è venuto per fare di me un martire?».

112

Langdon e Vittoria correvano nel Passetto, diretti verso il Vaticano. La fiaccola che Langdon teneva in mano faceva luce solo per pochi metri davanti a loro. La galleria era stretta e bassa e odorava di umido. Langdon avanzava per primo, seguito da Vittoria.

Uscendo da Castel Sant'Angelo, la galleria saliva e passava sotto un bastione merlato che sembrava un acquedotto romano, dopodiché proseguiva in piano fin dentro le mura della Città del Vaticano.

Nella mente di Langdon si susseguivano immagini di quella giornata come in un caleidoscopio... Kohler, Giano, l'assassino, Rocher... un sesto marchio? "Oh, sì che ne hai sentito parlare" gli aveva detto l'assassino. "Il marchio più bello di tutti." Langdon era certo di non averlo mai sentito nominare. Non ricordava alcun riferimento a un sesto marchio, né reale né immaginario, neppure fra le teorie più strampalate sugli Illuminati. Si favoleggiava di lingotti d'oro e di un magnifico diamante, ma nessuno parlava di un sesto marchio.

«Kohler non può essere Giano!» sentenziò Vittoria mentre correvano. «È impossibile!»

"Impossibile" era una parola che quella notte Langdon aveva cancellato dal proprio vocabolario. «Non sono poi così sicuro» le rispose. «È un uomo pieno di rancore e molto influente.»

«Questa faccenda ha messo il CERN in pessima luce e Kohler non farebbe mai nulla che danneggiasse la reputazione dell'istituto!»

Era vero che il CERN aveva fatto una gran brutta figura quella sera, data l'insistenza degli Illuminati a rendere pubblico lo spettacolo, eppure Langdon si chiedeva se alla fine dei conti l'effetto fosse veramente negativo. Le critiche della Chiesa erano all'ordine del giorno per il CERN. E, più ci pensava, più si domandava se quella crisi non andasse addirittura a vantaggio del centro di ricerche svizzero. Se il gioco era farsi pubblicità, l'antimateria era la vincitrice indiscussa della serata: nel mondo non si parlava d'altro.

«Sai cosa diceva P.T. Barnum, quello che inventò il circo?» chiese Langdon a Vittoria «"Non mi interessa quello che dite di me, l'importante è che scriviate giusto il mio nome." Scommetto che c'è già la fila di quelli che vogliono l'antimateria. E quando a mezzanotte avranno visto quant'è potente...»

«È assurdo» lo interruppe Vittoria. «Le scoperte scientifiche non si pubblicizzano mostrandone gli effetti distruttivi! Per l'antimateria quello che sta succedendo è terribile, credimi!»

La fiaccola di Langdon stava per spegnersi. «Mah, forse è meno complicato di quanto crediamo. Magari Kohler dava per scontato che il Vaticano avrebbe mantenuto segreta l'antimateria per non stare al gioco degli Illuminati e contava sul fatto che la Chiesa reagisse con la solita riservatezza. Invece il camerlengo ha cambiato le carte in tavola.»

Vittoria non rispose.

All'improvviso Langdon capì come potevano essere andate le cose. «Sì! Kohler non prevedeva una reazione del genere da parte del camerlengo, totalmente contraria alla tradizionale segretezza del Vaticano. Ventresca ha reso pubblica l'emergenza con una sincerità del tutto imprevedibile: ha mostrato l'antimateria in televisione, per l'amor del cielo. È stata una mossa molto abile, che Kohler non si sarebbe mai aspettato. E così il piano degli Illuminati gli si è ritorto contro: il camerlengo è diventato il nuovo capo della Chiesa e Kohler è costretto a eliminarlo!»

«Kohler sarà un bastardo, ma non è un assassino» dichiarò Vittoria. «Non può essere coinvolto nell'uccisione di mio padre.»

Langdon ripensò alle parole di Kohler: "Vetra aveva moltissimi nemici nel mondo scientifico. Molti puristi lo disprezzavano, anche qui al CERN". Dopodiché gli aveva spiegato che per molti di loro fondere scienza e religione era la più grande bestemmia in campo scientifico. «Forse Kohler aveva scoperto che stava lavorando a quel progetto e ne temeva le implicazioni religiose.»

«E per questo avrebbe ucciso mio padre? No, Robert, è ridicolo! A parte il fatto che non ne sapeva niente. Ne sono più che sicura.»

«Mentre tu non c'eri, tuo padre potrebbe aver avuto un momento di debolezza e avergli chiesto consiglio. Tu stessa hai affermato che era preoccupato per le implicazioni morali della sua invenzione.»

«Non avrebbe chiesto consigli di ordine morale a Maximilian Kohler» ribatté Vittoria sprezzante. «Non credo proprio!»

Il Passetto curvava leggermente verso ovest. Più correvano, più la luce della fiaccola vacillava. Langdon temeva che si spegnesse: sarebbero piombati nel buio più assoluto.

Intanto Vittoria obiettava: «E poi, perché Kohler si sarebbe preoccupato di telefonarti stamattina per chiederti aiuto, se ci fosse lui dietro tutto questo?».

Langdon ci aveva già pensato. «Telefonandomi, si è procurato un alibi. Adesso nessuno lo potrà accusare di non aver fatto nulla. Probabilmente non si aspettava che arrivassimo fino a questo punto.»

Il pensiero di essere stato "usato" da Kohler lo mandava su tutte le furie. La sua presenza aveva dato credibilità agli Illuminati: le sue credenziali e le sue pubblicazioni erano state citate dai media, e il fatto che un professore di Harvard fosse accorso in Vaticano per contribuire a risolvere il mistero in qualche modo aveva trasformato in vera emergenza una situazione che altrimenti sarebbe potuta sembrare frutto della paranoia di un manipolo di fanatici. Grazie a lui, in tutto il mondo anche i più scettici si erano convinti che la setta degli Illuminati non solo era storicamente reale, ma costituiva tuttora un pericolo da non sottovalutare.

«L'inviato della BBC sostiene che il CERN è il nuovo covo degli Illuminati» disse.

«Che cosa?» Vittoria, dietro di lui, perse l'equilibrio. Si riprese subito e lo raggiunse. «Che cos'è che sostiene?»

«Quello che ti ho detto, testuale. Ha paragonato, in diretta TV, il CERN a una loggia massonica che, senza saperlo, ospitava tra le sue mura gli Illuminati.»

«Questo sì che sarà la rovina del CERN!»

Langdon non ne era altrettanto sicuro. In fondo, quella teoria non era poi così strampalata. Il CERN, meta ambita dai ricercatori di tutto il mondo, disponeva di finanziamenti privati apparentemente illimitati. E Maximilian Kohler era il direttore.

"Kohler è Giano." «Se Kohler non fosse coinvolto in tutta la faccenda, cosa sarebbe venuto a fare in Vaticano?» ribatté in tono di sfida.

«A cercare di fermare questa follia, a mostrare la sua solidarietà. Forse è davvero il deus ex machina! Magari ha scoperto chi altri era a conoscenza del progetto dell'antimateria ed è venuto fino a qui per rivelarlo.»

«L'assassino ha detto che è venuto per marchiare a fuoco il camerlengo.»

«Ma ti rendi conto di quello che dici? Sarebbe una missione suicida. Kohler non ne uscirebbe vivo.»

Langdon rifletté sulle parole di Vittoria. Forse anche quello era calcolato.

Si accorsero da una certa distanza che la galleria era sbarrata da un cancello di ferro. Langdon ebbe un tuffo al cuore. Quando si avvicinarono, però, videro che l'antico lucchetto era aperto. Il cancello si aprì senza problemi.

Langdon tirò un sospiro di sollievo nel constatare che, come aveva immaginato, il passaggio sotterraneo era ancora in uso e che doveva esserci transitato qualcuno anche recentemente. Quello stesso giorno. Ormai era quasi certo che i quattro cardinali fossero stati portati fuori dal Vaticano passando di lì.

Mentre correvano, sentirono l'eco della confusione di piazza San Pietro alla loro sinistra. Ormai dovevano essere vicinissimi.

Trovarono un altro cancello, molto pesante, anche questo aperto. Il rumore proveniente dalla piazza si attenuò di nuovo. Langdon dedusse che avevano oltrepassato le mura vaticane e si chiese dove andasse a sbucare esattamente quell'antico passaggio segreto. "Nei giardini? Nella basilica? Nella residenza del papa?"

All'improvviso si trovarono davanti una porta di ferro apparentemente invalicabile. Langdon fece luce con la fiaccola e vide che era completamente liscia, senza maniglie o pomelli, senza buchi della serratura né cardini. Non c'era modo di aprirla.

Langdon si sentì prendere dal panico. Era una di quelle porte di sicurezza che si aprono in una direzione sola, l'*altra*. La torcia si spense e Langdon, disperato, si ritrovò a brancolare nel buio. In tutti i sensi.

Guardò l'ora. Le braccia fluorescenti di Topolino segnavano le undici e ventinove.

Con un urlo carico di frustrazione, cominciò a picchiare con la torcia contro la porta.

113

C'era qualcosa che non andava.

Il tenente Chartrand, sull'attenti davanti allo studio privato del papa, percepiva nell'atteggiamento inquieto del soldato che era di guardia con lui la stessa ansia che lo rodeva da un po'. A detta di Rocher, l'incontro privato che si stava svolgendo a porte chiuse nell'ufficio poteva salvare il Vaticano dalla rovina, ma l'istinto gli diceva che c'era qualcosa di strano. Perché Rocher si stava comportando in modo così bizzarro?

Sì, c'era decisamente qualcosa che non andava.

Il capitano, alla sua destra, guardava fisso davanti a sé con espressione stranamente distaccata. Chartrand non lo riconosceva: da un'ora a quella parte non sembrava più lui: alcune delle decisioni che aveva preso non avevano alcun senso.

"Qualcuno di noi sarebbe dovuto entrare" pensò. Aveva sentito chiudere a chiave la porta. "Perché Rocher ha permesso al direttore del CERN di restare solo con il camerlengo?"

Ma c'era anche un'altra cosa che lo turbava, forse ancora di più: i cardinali ancora chiusi nella Cappella Sistina. Era pura follia. Il camerlengo aveva ordinato di farli uscire alle undici e un quarto e Rocher aveva contravvenuto ai suoi comandi senza informarlo. Inoltre, quando Chartrand gli aveva espresso la propria preoccupazione, era andato su tutte le furie. Ma gli ordini non si discutono, e ormai era Rocher a comandare.

"Mezz'ora" pensava intanto Rocher, controllando con aria indifferente il suo cronografo svizzero nella poca luce gettata dai candelabri nel corridoio. "Ti prego, sbrigati."

Chartrand moriva dalla voglia di sapere che cosa stava

succedendo oltre quella porta, ma si rendeva conto che nessuno meglio del camerlengo avrebbe potuto gestire quella drammatica situazione. Quella sera Ventresca aveva superato prove durissime senza dare segni di cedimento, a testa alta, dimostrando grande sincerità e sicurezza. Chartrand era fiero di essere cattolico. Gli Illuminati avevano sottovalutato il camerlengo Ventresca.

Proprio in quel momento, però, uno strano rumore lo distolse dai suoi pensieri. Dal fondo del corridoio provenivano dei colpi. Attutiti, lontani, ma incessanti. Rocher alzò lo sguardo, poi si voltò verso Chartrand e, senza parlare, gli fece un cenno. Chartrand capì al volo, accese la torcia elettrica e andò a vedere che cosa stava succedendo.

I colpi erano sempre più forti. Una trentina di metri più avanti, il corridoio ne incrociava un altro. Chartrand corse fin lì. Sembrava che il rumore provenisse da dietro l'angolo, oltre la Sala Clementina. Rimase perplesso. C'era solo una stanza da quella parte, la biblioteca privata del papa, che era stata chiusa a chiave dopo la morte del pontefice. Non era possibile che ci fosse qualcuno, là dentro!

Si precipitò verso la porta di legno della biblioteca, semplice ma austera. Sì, il rumore proveniva da lì. Chartrand ebbe un attimo di esitazione: non era mai entrato nella biblioteca privata del papa. Era un privilegio riservato a pochi, perché nessuno era autorizzato a mettervi piede se non in compagnia del Santo Padre in persona.

Titubante, Chartrand provò a girare la maniglia. Come prevedibile, la porta era chiusa a chiave. Avvicinò l'orecchio. I colpi erano più forti. Poi udì anche delle voci, delle urla, qualcuno che chiamava.

Non riusciva a distinguere le parole, ma il tono era decisamente spaventato. Che ci fosse qualcuno intrappolato nella biblioteca? Che l'edificio non fosse stato evacuato completamente? Per un attimo si chiese se doveva tornare indietro e chiedere il parere di Rocher, ma poi pensò che era stato addestrato a prendere decisioni. Estrasse la pistola, prese la mira e con un colpo solo fece saltare la serratura. Il legno si squarciò e la porta si aprì.

La biblioteca era completamente buia. Chartrand puntò la

torcia e vide che era di forma rettangolare, con alti scaffali di legno carichi di libri, un divano di pelle, un caminetto in marmo e alcuni tappeti orientali. Aveva sentito dire che nella biblioteca si trovavano tremila volumi antichi e centinaia di giornali e periodici, qualsiasi pubblicazione Sua Santità desiderasse leggere. Su un tavolo basso c'erano riviste scientifiche e di politica.

Il rumore era chiarissimo, adesso. Puntò il fascio di luce nella direzione da cui proveniva: sulla parete di fondo, alle spalle del divano, c'era una grossa porta di ferro che pareva una cassaforte, con quattro serrature gigantesche. Al centro era incisa una scritta, a caratteri piccoli, che lasciò Chartrand senza fiato:

IL PASSETTO

Chartrand la guardò esterrefatto. "La via di fuga segreta del papa!" Sapeva della sua esistenza e anche che si favoleggiava vi si accedesse dalla biblioteca, ma gli risultava che fosse inutilizzata da secoli. Com'era possibile che ci fosse qualcuno che bussava dall'altra parte?

Prese la torcia e la batté contro la porta. Sentì esclamazioni soffocate di giubilo, poi i colpi cessarono e si udirono di nuovo delle voci. Riuscì a distinguere solo poche parole sconnesse.

«... Kohler... trappola... camerlengo...»

«Chi parla?» gridò.

«... Robert Langdon... Vittoria Vetra...»

Chartrand rimase di stucco. "Pensavo che fossero morti!"

«... la porta» urlarono ancora. «Fateci entrare!»

Chartrand la guardò e si rese conto che ci sarebbe voluta la dinamite per sfondarla. «Impossibile!» urlò.

«... colloquio... fermare... camerlengo... pericolo...»

Nonostante fosse stato addestrato a controllare le proprie emozioni, Chartrand ebbe un momento di panico, nel sentire quelle parole. Aveva capito bene? Con il cuore in gola, si voltò per tornare di corsa allo studio del papa, ma si fermò di scatto. Con la coda dell'occhio aveva notato una cosa che prima gli era sfuggita. Le chiavi. Erano infilate nelle rispettive serrature. Chartrand sgranò gli occhi, incredulo. Che cosa ci facevano lì?

Le chiavi di quella porta avrebbero dovuto essere custodite in cassaforte! Il Passetto era in disuso da secoli!

Posò la torcia a terra e girò la prima chiave. L'ingranaggio era arrugginito e indurito, ma funzionava ancora. Qualcuno l'aveva usato di recente. Passò alla seconda serratura, poi alla terza e quindi all'ultima. Spinse e la porta, cigolando, si aprì. Chartrand prese la torcia e la puntò nella galleria.

Robert Langdon e Vittoria Vetra sembravano due spettri, quando si affacciarono nella biblioteca. Erano laceri ed esausti, ma almeno erano vivi.

«Non capisco!» esclamò Chartrand. «Che cosa sta succedendo? Da dove venite?»

«Dov'è Maximilian Kohler?» chiese Langdon.

Indicando con un gesto una direzione imprecisata, Chartrand rispose: «A colloquio privato con il camerlengo...».

Langdon e Vittoria lo spinsero da una parte e si precipitarono nel corridoio buio. Chartrand si voltò e istintivamente puntò la pistola contro di loro. Subito dopo l'abbassò e li inseguì. Evidentemente Rocher li sentì arrivare perché si fece trovare davanti alla porta dello studio privato del papa con le gambe larghe e la pistola puntata nella loro direzione. «Altolà!»

«Il camerlengo è in pericolo!» gridò Langdon fermandosi e alzando le braccia in segno di resa. «Apra la porta! Maximilian Kohler vuole uccidere il camerlengo!»

Rocher sembrava arrabbiato.

«Apra la porta, presto!» aggiunse Vittoria. «Ci lasci entrare!»

Ma era troppo tardi.

Dallo studio provenne un urlo raccapricciante. Era il camerlengo.

114

Lo scontro durò solo pochi secondi.

Il camerlengo Ventresca stava ancora urlando, quando Chartrand spinse Rocher da una parte e spalancò la porta. Entrò di corsa, seguito da Langdon e Vittoria.

La scena che si presentò ai loro occhi era sconcertante.

Lo studio privato del papa era illuminato solo dalle candele e dal fuoco che si stava spegnendo. Kohler era vicino al caminetto e barcollava, in piedi davanti alla sua sedia a rotelle. Aveva in mano una pistola e la puntava sul camerlengo, che si contorceva dal dolore per terra, ai suoi piedi. Aveva la veste sbottonata e una grande bruciatura nera sul petto nudo. Langdon, da lontano, non riuscì a distinguere il simbolo, ma vide un grosso marchio quadrato sul pavimento, vicino a Kohler. Il metallo era ancora incandescente.

Due guardie svizzere intervennero tempestivamente, aprendo il fuoco. Kohler stramazzò all'indietro sulla carrozzella, con una macchia di sangue che si allargava sul petto. La sua pistola cadde sul pavimento.

Langdon, stordito, osservava dalla soglia.

Vittoria sembrava paralizzata. «Maximilian...» sussurrò.

Il camerlengo si trascinò fino a Rocher, come in trance, e con lo sguardo da invasato, pieno di sacro terrore, lo additò urlando: «ILLUMINATO!».

«Maledetto bugiardo!» gridò Rocher, correndo verso di lui. «Ipocrita...»

Chartrand agì d'istinto e gli sparò tre colpi nella schiena. Il capitano cadde esanime in un lago di sangue, ucciso all'istante. Chartrand e le guardie si precipitarono a soccorrere il camerlengo che gemeva rannicchiato sul pavimento.

Le guardie gridarono inorridite alla vista del marchio a fuoco sul petto del religioso. Una di loro, scorgendo il ferro posato a terra, indietreggiò spaventata. Chartrand, anche lui scioccato, coprì la bruciatura con i lembi della veste.

Langdon era sconvolto. Si avvicinò, cercando di dare un senso a quel caos, a tutta quella folle violenza. Kohler, con un ultimo gesto simbolico, si era introdotto in Vaticano e aveva marchiato a fuoco l'uomo più importante nella gerarchia della Chiesa. "Ci sono cose per cui vale la pena di morire" aveva detto l'assassino, a Castel Sant'Angelo. Ma come aveva potuto un uomo nelle sue condizioni ridurre all'impotenza il camerlengo? Certo, era armato, però... "Non importa come ci è riuscito! Ha portato a termine la sua missione!"

Langdon si avvicinò al camerlengo, attratto dal marchio ancora fumante sul pavimento. "Il sesto marchio?" Si sentiva confuso: era perfettamente quadrato, abbastanza grande ed era chiaramente quello che mancava dalla scatola che aveva visto nel covo degli Illuminati. "Il marchio più bello di tutti" aveva detto l'assassino. Si inginocchiò per raccoglierlo. Il metallo era ancora caldo. Impugnò il manico di legno e lo sollevò. Non avrebbe saputo dire che cosa si aspettava, ma sicuramente non quello che vide.

Lo esaminò a lungo senza capire. Perché le guardie erano inorridite quando l'avevano visto? Era un quadrato di ghirigori senza senso. "Il più bello di tutti?" Era simmetrico, notò ruotandolo, ma illeggibile.

Sentendosi posare una mano sulla spalla, alzò gli occhi pensando che fosse Vittoria. Ma la mano era coperta di sangue e apparteneva a Maximilian Kohler.

Langdon lasciò cadere il marchio e si alzò barcollando. "È ancora vivo!"

Accasciato sulla sedia a rotelle, Kohler era moribondo ma respirava ancora. Lo guardò negli occhi e Langdon riconobbe lo stesso sguardo opaco con cui lo aveva accolto al CERN quella mattina, ma ancora più ostile e rancoroso.

Lo scienziato fu scosso da un fremito e Langdon intuì che stava cercando di fare qualcosa. Le guardie erano tutte intorno al camerlengo. Langdon avrebbe voluto chiamare qualcuno, ma non ci riuscì, come paralizzato dalla forza che Kohler emanava nei suoi ultimi istanti di vita. Con uno sforzo supremo il moribondo alzò un braccio ed estrasse un piccolo aggeggio dal bracciolo della sedia a rotelle, un'apparecchiatura grande come una scatola di fiammiferi. Tremando, la porse a Langdon che, per un attimo, temette fosse un'arma.

«La consegni...» farfugliò Kohler. «La consegni ai media.» Poi crollò e la scatoletta gli cadde in grembo.

Langdon la fissò con gli occhi sgranati. Era una minicamera palmare elettronica, con la scritta SONY RUVI da una parte. "Che uomo, ragazzi" pensò. Kohler doveva aver registrato le sue ultime volontà e voleva che fossero trasmesse in televisione... senza dubbio si trattava di una predica sull'importanza della scienza e sugli errori della religione. Langdon decise che per quella sera aveva fatto abbastanza per la causa di Kohler e, invece di consegnare la videocamera a Chartrand, se la infilò nella tasca più profonda della giacca. "Che l'ultimo messaggio di Kohler marcisca all'inferno!"

La voce del camerlengo ruppe il silenzio. Stava cercando di mettersi seduto. «I cardinali» disse ansimando a Chartrand.

«Sono ancora nella Cappella Sistina!» esclamò questi. «Il capitano Rocher ha ordinato...»

«Fateli uscire... subito. Tutti.»

Chartrand mandò una delle guardie ad aprire le porte della cappella.

Il camerlengo fece una smorfia di dolore. «L'elicottero... qui davanti... portatemi all'ospedale.»

115

In piazza San Pietro, il pilota della Guardia Svizzera era seduto nella cabina di pilotaggio dell'elicottero papale e si sfregava le tempie. La confusione nella piazza era tale che sovrastava il rumore dei motori. "Altro che veglia solenne: c'è da stupirsi che non sia ancora scoppiata una sommossa."

Mancavano meno di venticinque minuti alla mezzanotte, ma la gente era ancora tutta lì, chi a pregare, chi a piangere, chi a insultare la Chiesa e a urlare che se l'era meritato. C'era persino chi recitava versetti dell'Apocalisse.

Disturbato dal riflesso dei fari delle televisioni sul vetro, che aggravava il suo mal di testa, il pilota strizzò gli occhi per leggere gli striscioni che sventolavano nel caos generale.

L'ANTIMATERIA È L'ANTICRISTO!
SCIENZA = SATANA
DOV'È ADESSO IL VOSTRO DIO?

Gemette, con la testa che gli faceva sempre più male. Avrebbe coperto il vetro con l'apposito telone per isolarsi da quella bolgia, se non gli fosse stato ordinato di prepararsi a decollare nel giro di pochi minuti. Il tenente Chartrand gli aveva appena comunicato, via radio, la terribile notizia. Il camerlengo era stato aggredito da Maximilian Kohler ed era gravemente ferito. Chartrand, l'americano e la donna lo stavano portando fuori affinché potesse essere trasferito in ospedale.

Il pilota si sentiva responsabile di quanto era successo e si rammaricava di non aver seguito il proprio istinto. Poco prima, quando era andato a prendere Kohler all'aeroporto, aveva percepito qualcosa di inquietante nel suo sguardo spento. Ma la sua era stata solo una sensazione e gli ordini ricevuti da Rocher andavano eseguiti. Se avesse avuto ragione a diffidare dello scienziato, però?

Il boato della folla lo riscosse da quelle elucubrazioni. Alzò lo sguardo per vedere che cosa stava succedendo e notò una fila di cardinali uscire solennemente dalla basilica e dirigersi verso la piazza. Il sollievo che dovevano aver provato nell'uscire finalmente dalla Sistina aveva già lasciato il posto allo sconcerto per la scena che si parava loro davanti.

Il vociare della folla era fortissimo e il mal di testa del pilota stava diventando insopportabile. Aveva bisogno di un'aspirina. Anzi, tre. Non gli piaceva prendere medicinali prima di volare, ma un analgesico sarebbe stato sicuramente meno pericoloso di quel mal di testa feroce. Cercò di aprire l'armadietto fissato al pavimento fra i due sedili anteriori, dove teneva la cassetta del pronto soccorso insieme alle mappe e ai manuali. Stranamente, era chiuso a chiave. Si guardò intorno alla ricerca della chiave, ma alla fine lasciò perdere. Inutile, non era la sua serata fortunata. Ricominciò a massaggiarsi le tempie.

Nella basilica buia, Langdon, Vittoria e le due guardie correvano verso l'entrata principale. Non avendo trovato nulla di meglio, avevano adagiato il camerlengo su un tavolo lungo e stretto, trasformato in barella per l'occasione. Da fuori si sentiva rumoreggiare la folla raccolta nella piazza. Il camerlengo era semincosciente.

Il tempo stava per scadere.

116

Erano le undici e trentanove quando Langdon e gli altri uscirono dalla basilica di San Pietro, in un bagliore accecante. I riflettori delle reti televisive risplendevano sul marmo bianco come la luce del sole sulla neve della tundra. Langdon strizzò gli occhi, abbagliato, e cercò riparo dietro una colonna, ma la luce proveniva da tutte le direzioni. Di fronte a lui, sopra la folla, erano stati allestiti enormi schermi televisivi.

In cima alla scalinata che si affacciava sulla piazza si sentiva come un attore impacciato sul più grande palcoscenico del mondo. Da qualche parte, dietro tutte quelle luci abbacinanti, c'erano l'elicottero e una folla immensa, ma lui non li vedeva. I cardinali che stavano uscendo in fila sulla sinistra si fermarono per assistere alla scena, visibilmente angosciati.

«Fate attenzione!» raccomandò Chartrand calmissimo quando cominciarono a scendere la scala per raggiungere l'elicottero.

Mentre reggeva con le braccia indolenzite il camerlengo disteso inerte sul tavolo, Langdon si chiese che cosa poteva ancora capitare di peggio. Ed ebbe subito la risposta: i due giornalisti della BBC, appena rilasciati, li avevano visti e adesso correvano verso di loro. Chinita Macri teneva la telecamera in alto e filmava la scena. "Ecco gli avvoltoi" pensò Langdon.

«Fermi!» gridò Chartrand. «Tornate indietro!»

Ma Gunther Glick e Chinita Macri non lo stettero a sentire. Langdon scommise tra sé che nel giro di sei secondi le altre reti televisive avrebbero ripreso le immagini che la BBC stava già trasmettendo in diretta, ma si sbagliava: ce ne misero solo due. Le interviste agli esperti di affari vaticani si interruppero contemporaneamente su tutti gli schermi della piazza e comparve un primo piano del camerlengo steso sulla barella improvvisata mentre veniva trasportato verso l'elicottero, ripreso da una telecamera che saliva la scalinata oscillando.

"Non è giusto!" pensò Langdon. Avrebbe voluto correre giù e fermare l'operatrice, ma non era possibile e comunque non sarebbe servito a nulla.

In quel momento accadde un evento straordinario, forse provocato dal rumore della folla o dall'aria fresca della notte.

Come svegliatosi da un incubo, il camerlengo spalancò gli occhi e si tirò su a sedere di scatto. Langdon e gli altri, colti alla sprovvista, persero l'equilibrio e la parte anteriore del tavolo si inclinò. Il camerlengo cominciò a scivolare in avanti. Per evitare il peggio, posarono il tavolo per terra, ma il camerlengo continuò a scivolare e, incredibilmente, posò i piedi per terra e si alzò. Rimase disorientato per qualche secondo, poi si precipitò in avanti barcollando e, senza dare a nessuno il tempo di fermarlo, scese le scale in direzione di Chinita Macri.

«No!» urlò Langdon.

Chartrand corse verso di lui per trattenerlo, ma il camerlengo si voltò e, con lo sguardo allucinato, disse: «Lasciatemi!».

Chartrand indietreggiò.

Ma il peggio doveva ancora venire. La veste strappata, che Chartrand gli aveva sistemato come meglio poteva sul petto, iniziò ad aprirsi e a scivolargli giù dalle spalle, lasciandolo nudo fino alla vita.

Tutti rimasero senza fiato nella piazza e nel resto del mondo, raggiunto in un attimo dalle immagini immortalate da cameraman e fotografi. Su tutti gli schermi comparve in primo piano il petto marchiato a fuoco del camerlengo, in ogni suo macabro dettaglio. Alcune reti fermarono addirittura l'immagine per ruotarla di centottanta gradi.

"La vittoria definitiva degli Illuminati."

Langdon guardava attonito: il marchio era lo stesso che aveva visto poco prima sul ferro arroventato, ma solo ora ne capiva il significato e la perfezione. Fu una rivelazione sconvolgente.

Aveva dimenticato la prima regola della simbologia: l'o-

472

rientamento. "Quand'è che un quadrato non è più un quadrato?" Inoltre, nella confusione, aveva dimenticato che i marchi in ferro, come i timbri in gomma, riportano le parole alla rovescia. Quello che aveva visto era il negativo del marchio impresso sul petto del camerlengo!

Sempre più confuso, ricordò un'antica citazione degli Illuminati: "Un diamante perfetto, frutto dell'unione degli antichi elementi. Così perfetto che suscitava l'ammirazione di tutti coloro che lo vedevano".

Ormai ne era certo: il mito era vero.

Earth, *Air*, *Fire*, *Water*.

"Il Diamante degli Illuminati."

117

Sicuramente in Vaticano non si era mai visto nulla di paragonabile alla confusione e all'isteria che regnavano in piazza San Pietro in quel momento. Nessuna battaglia, nessuna crocifissione, nessun pellegrinaggio, nessuna visione mistica... nessuno degli avvenimenti che si erano svolti in quel luogo sacro in duemila anni di storia era paragonabile alla drammaticità di quel momento.

Langdon vi assisteva dall'alto della scalinata, accanto a Vittoria, e provava un'inconsueta sensazione di straniamento. Gli sembrava che tutto fosse rallentato, come se fossero finiti in una piega spazio-temporale e il tempo si fosse fermato.

Il camerlengo marchiato a fuoco che delirava sotto gli occhi di tutto il mondo...

Il Diamante degli Illuminati rivelato nella sua diabolica genialità...

Il conto alla rovescia ormai agli sgoccioli...

In realtà, il dramma era appena iniziato.

Il camerlengo, come in preda a una sorta di trance postraumatica, sembrava posseduto da chissà quali demoni. Cominciò a balbettare, a farfugliare rivolto a spiriti invisibili, poi alzò gli occhi, allargò le braccia e si rivolse al cielo.

«Parla!» urlò. «Sì, ti sento!»

In quell'istante, Langdon capì. Ed ebbe un tuffo al cuore.

Anche Vittoria doveva aver capito, perché impallidì. «È in stato di shock» disse. «Ha le allucinazioni. Crede di parlare con Dio!»

"Bisogna farlo smettere" pensò Langdon. Era una fine

troppo terribile e imbarazzante. "Bisogna portarlo in ospedale!"

Qualche gradino sotto di loro, Chinita Macri sembrava aver trovato la posizione ideale per riprendere la scena. Le sue immagini apparivano direttamente sugli schermi sistemati in tutta la piazza come in una sorta di sconfinato drive-in che proiettava lo stesso film dell'orrore.

O, meglio, uno spettacolo epico. Il camerlengo, con la veste stracciata e il petto ustionato, sembrava un eroe che dopo terribili vicissitudini e peripezie fosse giunto all'apoteosi. Urlava, rivolto al cielo: «Ti sento, Dio!».

Chartrand indietreggiò sgomento.

La folla tacque e per un attimo sembrò che su tutto il pianeta fosse sceso il silenzio. Anche la gente a casa, davanti alla TV, tratteneva il respiro.

Il camerlengo, in piedi sulla scalinata, allargò le braccia. Sembrava quasi Gesù Cristo, nudo e ferito sulla croce. Poi le alzò al cielo e, con lo sguardo rivolto verso l'alto, esclamò: «Grazie! Grazie, Dio!».

Nessuno ruppe il silenzio.

«Grazie, Dio!» ripeté il camerlengo a gran voce, con il viso illuminato da una gioia che ricordava il sole che riappare in cielo dopo un temporale. «Grazie, Dio!»

"Grazie, Dio?" si chiese Langdon fissandolo meravigliato.

Il camerlengo era raggiante, completamente trasformato. Sempre con gli occhi al cielo, faceva energicamente di sì con la testa e gridava: «Su questa pietra edificherò la mia Chiesa!».

Langdon colse la citazione, ma non capì che cosa c'entrasse.

Il camerlengo si voltò verso la folla e la ripeté ad alta voce. «Su questa pietra edificherò la mia Chiesa!» Poi scoppiò in una gran risata e disse di nuovo: «Grazie, Dio! Grazie!».

Era chiaramente impazzito.

Il mondo osservava attonito.

Ma la conclusione della scena fu del tutto imprevedibile.

Con un ultimo grido di giubilo, il camerlengo si voltò e corse dentro la basilica.

118

Le undici e quarantadue.

Con sua grande sorpresa, Langdon si ritrovò a capo del gruppo di persone che si precipitarono dentro la basilica all'inseguimento del camerlengo. Era il più vicino alla porta e agì d'istinto.

"Va a morire in chiesa" pensò, correndo dentro la basilica. «Monsignore! Si fermi!»

San Pietro era completamente buia e, finché non si fu abituato all'oscurità, Langdon vedeva poco o niente. Si fermò e sentì il fruscio della veste del camerlengo che correva alla cieca verso l'abisso.

Un attimo dopo arrivarono anche Vittoria e alcune guardie. Avevano le torce quasi scariche e non riuscivano a illuminare molto in là. In ogni caso, del camerlengo non c'era traccia.

«Monsignor Ventresca!» chiamò Chartrand con voce impaurita. «Aspetti! Monsignore!»

Sentendo del trambusto alle loro spalle, tutti si voltarono e videro Chinita Macri che varcava la soglia con la telecamera in spalla; la spia rossa accesa significava che stava continuando a filmare e trasmettere le immagini. Glick la seguiva di corsa, con il microfono in mano.

Langdon non poteva credere che quei due avessero una simile faccia tosta.

«Fuori!» intimò Chartrand. «Uscite immediatamente di qui!»

Ma i due giornalisti fecero finta di non sentire.

«Chinita! È un suicidio!» gridò Glick ora in tono implorante. «Io non vengo!»

L'operatrice lo ignorò. Per tutta risposta, accese il riflettore della telecamera, abbagliando tutti quanti.

Langdon si coprì gli occhi e si voltò dall'altra parte. "Maledizione!" Quando guardò di nuovo, però, vide che la chiesa era illuminata per una trentina di metri.

In quell'istante, si sentì rieccheggiare in lontananza la voce del camerlengo: «Su questa pietra edificherò la mia Chiesa!».

Chinita Macri puntò la telecamera in direzione della voce. Lontano, nel buio, al limite del fascio di luce, si intravide una veste nera ondeggiante che correva al centro della navata.

Per una frazione di secondo tutti osservarono la strana scena immobili, poi Chartrand si lanciò all'inseguimento del camerlengo. Subito dopo Langdon, Vittoria e le guardie lo imitarono.

Chinita Macri chiudeva il corteo, illuminando il loro cammino e trasmettendo il sinistro inseguimento al mondo intero. Glick, restio, si lasciò sfuggire un'imprecazione e li seguì, continuando a trasmettere il suo commento improvvisato.

Una volta il tenente Chartrand aveva calcolato che la navata centrale della basilica di San Pietro era lunga come quattro campi da calcio, ma quella sera gli sembrò il doppio. Mentre correva dietro al camerlengo, si chiese dove fosse diretto. Evidentemente Ventresca era in stato di shock e delirava a causa delle ferite riportate e del trauma psicologico, dopo aver assistito all'uccisione di due persone nello studio privato del papa.

Da qualche parte, più avanti, fuori dal fascio di luce della telecamera della BBC, si udì la voce squillante del camerlengo che ripeteva gioioso: «Su questa pietra edificherò la mia Chiesa!».

Chartrand sapeva che era una citazione dalle Sacre Scritture: se non andava errato, Matteo 16,18. Ma quella frase suonava perversamente inadatta alla situazione, visto che la Chiesa stava per essere distrutta. Il camerlengo era sicuramente impazzito.

Oppure no?

Chartrand ebbe un attimo di incertezza. Non credeva che Dio apparisse e parlasse ai comuni mortali: era convinto che coloro i quali millantavano di aver avuto esperienze del genere fossero fanatici mitomani. Dio non interagiva direttamente con l'uomo!

Un attimo dopo, però, quasi lo Spirito Santo fosse disceso sulla terra per smentirlo, Chartrand ebbe una visione.

A una cinquantina di metri di distanza, al centro della basilica, gli apparve infatti una sagoma trasparente, luminosa, uno spettro diafano con i lineamenti del camerlengo. Seminudo, pareva brillare di luce propria. Chartrand si fermò di botto, con il batticuore. "Il camerlengo ha l'aureola!" In quel momento la figura spettrale parve diventare ancora più brillante, poi sprofondò a poco a poco, finché non sparì del tutto come se, per magia, fosse stata inghiottita nel sottosuolo.

Anche Langdon aveva visto il fantasma, e per un attimo anche lui aveva pensato di avere avuto una visione. Ma mentre superava Chartrand – che si era bloccato, incantato – e si dirigeva verso il punto in cui era sparito il camerlengo, capì che cos'era successo. Il camerlengo era arrivato davanti all'ingresso della Nicchia dei Palli, illuminata giorno e notte da novantanove lampade a olio, e il loro bagliore lo aveva fatto sembrare un fantasma. Quando era sceso nella cripta, controluce, chi era nella navata aveva avuto l'impressione che la terra l'avesse inghiottito.

Langdon arrivò di corsa alla scala che scendeva nella nicchia e guardò giù. Il camerlengo stava correndo verso la porta a vetri della sala sotterranea in cui veniva custodita la famosa urna dorata. "Che cosa fa?" si chiese Langdon. "Non penserà mica che nell'urna..."

Il camerlengo spalancò la porta ed entrò. Stranamente, però, non prestò attenzione all'urna e continuò a correre. Fece ancora un paio di metri, si inginocchiò e iniziò ad armeggiare con la grata di ferro che copriva una botola nel pavimento.

Langdon capì dove voleva andare e inorridì. "Buon Dio, no!" Si precipitò giù per la scala gridando: «No! Monsignore, si fermi!».

Quando Langdon aprì la porta a vetri, il camerlengo aveva già sollevato la pesante grata, lasciandola ricadere con uno schianto sul pavimento, e si accingeva a infilarsi nello stretto cunicolo che scendeva nelle viscere della terra. Ma Langdon lo afferrò per le spalle nude e lo trattenne.

Il camerlengo si voltò, sorpreso. «Che cosa vuole?»

Langdon si stupì nel vedere che non aveva più lo sguardo da invasato, ma sembrava lucido e determinato, consapevole delle proprie azioni. L'ustione sul petto era spaventosa.

«Padre» gli disse in tono più pacato. «Non può scendere là sotto. Dobbiamo far evacuare il Vaticano.»

«Figliolo» rispose il camerlengo, con voce stranamente posata. «Ho appena avuto una rivelazione. So che...»

«Monsignore!» Era Chartrand, che li aveva appena raggiunti. Nel vedere la botola aperta, fu assalito dal terrore. Si fece il segno della croce e ringraziò Langdon con lo sguardo per aver fermato il camerlengo. Langdon capì: aveva letto abbastanza sulla storia della basilica di San Pietro per sapere che cosa si nascondeva là sotto. Era il luogo più sacro di tutta la cristianità. Lo chiamavano necropoli, terrasanta, Grotte Vaticane, Catacombe. Secondo i resoconti dei pochi eletti che vi erano scesi nel corso degli anni, era un labirinto di camere funerarie in cui era facilissimo perdersi. L'ultimo posto in cui avrebbe voluto inseguire il camerlengo, insomma.

«Monsignore» supplicò ancora Chartrand. «Lei è in stato di shock. Dobbiamo andarcene da qui. Non può scendere là sotto. Sarebbe un suicidio.»

Il camerlengo posò una mano sulla spalla a Chartrand con fare rassicurante e gli disse: «Non sa quanto le sono grato per il suo interessamento e il suo aiuto, ma ho avuto una rivelazione. So dove si trova l'antimateria».

Tutti sgranarono gli occhi.

Il camerlengo spiegò: «"Su questa pietra edificherò la mia Chiesa." Ecco la rivelazione. Il significato è chiaro».

Langdon continuava a non capire come Carlo Ventresca potesse essere così convinto di aver parlato con Dio e, soprattutto, di aver interpretato correttamente le sue parole. "Su questa pietra edificherò la mia Chiesa?" Gesù aveva detto quella frase a Pietro, il primo degli apostoli. Che cosa c'entrava con tutto questo?

Chinita Macri si avvicinò con la telecamera. Glick taceva, sbalordito.

Il camerlengo continuò, più in fretta: «Gli Illuminati hanno piazzato il loro ordigno sulla pietra angolare di questa chiesa.

Nelle fondamenta». Cominciò a scendere la scala. «Sulla pietra su cui è stata costruita questa chiesa. E io so dove si trova.»

Langdon ebbe la certezza che era giunto il momento di prendere il camerlengo e portarlo via a forza. Benché sembrasse lucido, delirava. "Una pietra? La pietra angolare? Nelle fondamenta?" Quella scala non conduceva alle fondamenta, ma alla necropoli! «Quella frase è una metafora, monsignore! Non c'è nessuna pietra!»

Il camerlengo parve stranamente rattristato. «Sì che c'è una pietra, figliolo.» Indicò il cunicolo. «Pietro.»

Langdon, raggelato, capì.

La sconcertante semplicità di quella rivelazione lo fece rabbrividire. In piedi davanti alla botola che portava alla necropoli si rese conto che, contrariamente a quanto aveva creduto, là sotto una pietra c'era.

Pietro. Pietro era la pietra.

La fede di Pietro era incrollabile, salda come la roccia su cui Dio avrebbe edificato la sua Chiesa. Pietro era stato crocifisso e sepolto proprio lì, sul colle Vaticano, e i primi cristiani avevano costruito un piccolo altare sulla sua tomba. Poi, con la diffusione del cristianesimo, l'altare era diventato sempre più grande, finché intorno a esso era stata costruita la basilica. La Chiesa cattolica era quindi stata letteralmente edificata su Pietro, il primo apostolo. La pietra.

«Il cilindro di antimateria è sulla tomba di san Pietro» disse Ventresca con voce alta e chiara.

La rivelazione avuta dal camerlengo, nonostante la sua presunta origine soprannaturale, aveva una certa logica. Con il senno di poi, che l'antimateria fosse sulla tomba di san Pietro sembrava la soluzione più ovvia. Gli Illuminati avevano scelto di sistemarla nel cuore della cristianità, letteralmente e figurativamente. "La vittoria definitiva."

«A dimostrazione del fatto che ciò che ho detto è vero, la botola era aperta» continuò il camerlengo, indicando la grata. «Non lo è *mai*. Qualcuno dev'essere sceso recentemente.»

Tutti guardarono nel cunicolo.

Un attimo dopo, con sorprendente agilità, il camerlengo si voltò e si infilò nella botola con una delle lampade a olio in mano.

119

Gli scalini di pietra scendevano ripidissimi.

"Morirò qui sotto" pensò Vittoria, aggrappandosi alla grossa fune che serviva da corrimano mentre seguiva gli altri nel sotterraneo. Langdon aveva cercato di impedire al camerlengo di avventurarsi nella necropoli, ma era intervenuto Chartrand, evidentemente convinto che il camerlengo sapesse quello che faceva.

Il tenente lo aveva tenuto fermo per un po', ma poi Langdon si era divincolato e aveva seguito il camerlengo giù per la scala, seguito a sua volta dalla guardia. Anche Vittoria alla fine gli era andata dietro e adesso scendeva precipitosamente quella ripida scala in cui mettere un piede in fallo poteva essere mortale. Davanti a lei, più in basso, brillava la luce dorata della lampada del camerlengo, mentre alle sue spalle arrancavano i giornalisti della BBC. Il riflettore della telecamera proiettava ombre distorte, illuminando Chartrand e Langdon. Vittoria stentava a credere che il mondo intero stesse seguendo alla TV quella folle corsa e avrebbe voluto gridare: "Spegnete quella dannata telecamera!". Poi si ricordò che era solo grazie alla luce del proiettore che vedevano dove stavano andando, e si morse la lingua.

Soppesava freneticamente le varie ipotesi. "Cosa potrà mai fare il camerlengo qui sotto? Anche se riuscisse a trovare l'antimateria, sarebbe comunque troppo tardi."

Istintivamente, tuttavia, pensava che il camerlengo avesse ragione. Piazzare l'antimateria sottoterra, e a una simile profondità, sembrava quasi una scelta nobile e misericordiosa: l'annichilazione dell'antimateria sarebbe stata parzialmente contenuta, come nel laboratorio Z del CERN, non ci sarebbero state né una devastante ondata di calore, né una pioggia di frammenti nel raggio di chilometri e chilometri. Si sarebbe semplicemente aperta una voragine di proporzioni bibliche che avrebbe inghiottito la basilica.

Che Kohler avesse voluto essere clemente e risparmiare molte vite? Vittoria continuava a non capire fino a che punto il direttore del CERN potesse essere coinvolto in quella faccenda. Sapeva che detestava la religione, ma le sembrava impossibile che avesse partecipato a un complotto così sanguinario. Aveva davvero odiato la Chiesa al punto di decidere di distruggere il Vaticano, di assoldare un membro della setta degli Assassini perché uccidesse suo padre, il papa e quattro cardinali? Le sembrava inconcepibile. E come aveva fatto a trovare complici all'interno del Vaticano? Doveva essersi fatto aiutare da Rocher. "Rocher era un Illuminato." Il capitano avrebbe potuto procurarsi la chiave dello studio privato del papa, del Passetto, della necropoli, delle Grotte Vaticane... Avrebbe potuto collocare l'antimateria sulla tomba di san Pietro – cui solo pochissime persone avevano accesso – e poi ordinare ai suoi uomini di non perdere tempo a cercare nelle zone vietate al pubblico. Avrebbe potuto fare in modo che nessuno trovasse mai il cilindro di antimateria.

"Ma ha fatto i conti senza la rivelazione giunta dall'alto al camerlengo."

La rivelazione. Era quella la parte che Vittoria stentava ancora a credere. Dio aveva davvero *parlato* al camerlengo? L'istinto le diceva che non era possibile, ma studiando l'interconnettività dei sistemi organici assisteva continuamente a fenomeni di comunicazione apparentemente miracolosi: uova di tartarughe marine deposte nello stesso giorno che, trasportate a chilometri di distanza l'una dall'altra, si schiudevano nel medesimo istante; enormi banchi di meduse che pulsavano perfettamente a tempo, come se fossero d'accordo. "Ovunque esistono delle linee invisibili di comunicazione" pensò.

"Anche tra Dio e l'uomo?"

Sentì la mancanza di suo padre. Lui l'avrebbe aiutata ad avere fede. Una volta le aveva spiegato la comunicazione tra l'uomo e il divino dal punto di vista scientifico ed era riuscito a convincerla. Ricordava ancora il giorno in cui lo aveva visto pregare e gli aveva chiesto: «Papà, perché preghi? Dio non può risponderti».

Leonardo Vetra, interrotto nella sua meditazione, aveva replicato con un sorriso paterno. «Sei così scettica, figlia mia! Non credi che Dio possa parlare all'uomo, vero? Cercherò di spiegartelo usando un linguaggio che conosci bene.» Aveva preso da una mensola un modellino del cervello umano e le si era seduto di fronte. «Tu sai che normalmente gli esseri umani utilizzano solo una piccola percentuale del loro cervello. In situazioni emotivamente forti, tuttavia, come per esempio un trauma fisico, una gioia o una paura molto intensa, oppure nella meditazione, i neuroni entrano in uno stato di eccitazione che ha come risultato una grande chiarezza mentale.»

«E con questo?» aveva detto Vittoria. «Solo perché uno pensa più chiaramente, non vuol dire che parli con Dio, ti pare?»

«È qui che ti volevo!» aveva esclamato Vetra. «È proprio in questi momenti di chiarezza mentale che si riescono a risolvere problemi apparentemente insormontabili. È quello che i guru chiamano "coscienza superiore", i biologi "stati alterati della coscienza" e gli psicologi "consapevolezza sovrasensoriale".» Aveva fatto una pausa. «E che i cristiani chiamano "preghiera esaudita".» Aveva poi aggiunto, sorridendo: «A volte, una rivelazione divina consiste semplicemente nel fare in modo che il nostro cervello ascolti quello che il cuore già sa».

In quel momento, correndo sottoterra, Vittoria si rese conto che forse suo padre aveva ragione. Era davvero così difficile credere che il trauma subito dal camerlengo gli avesse semplicemente permesso di "vedere" dove si trovava l'antimateria?

"Ognuno di noi è un Budda. Ognuno di noi sa tutto. Dobbiamo solo aprire la mente e ascoltare la nostra saggezza."

Fu in quel momento di chiarezza, scendendo nelle viscere della basilica, che sentì aprirsi la mente ed emergere la saggezza. Vide chiaramente quali erano le intenzioni del camerlengo e questa consapevolezza fece nascere in lei una paura che non aveva mai provato prima.

«No, monsignore!» urlò. «Lei non capisce!» Le venne in mente la folla accorsa nella Città del Vaticano e il sangue le si gelò nelle vene. «Se porta l'antimateria in superficie... quella gente morirà!»

Langdon scendeva tre scalini alla volta, ormai, e stava guadagnando terreno. Lo spazio era angusto, ma non provava alcun senso di claustrofobia. La paura che di solito lo attanagliava in situazioni del genere era svanita, di fronte a un timore ancora più grave.

«Monsignore!» La luce della lampada del camerlengo era sempre più vicina. Langdon gridò: «Deve lasciare il cilindro di antimateria dov'è. Non c'è altra soluzione!».

Stentava a credere alle proprie parole: non solo aveva preso per buona la rivelazione che il camerlengo diceva di aver ricevuto, ma stava cercando di convincerlo a far saltare in aria la basilica di San Pietro, uno dei maggiori capolavori architettonici di tutti i tempi.

"Là fuori c'è tutta quella gente... Non si può fare altro."

Distruggere la chiesa sembrava essere l'unico modo per salvare vite umane innocenti. Langdon pensò che gli Illuminati avrebbero apprezzato il simbolismo di quella scelta obbligata.

L'aria che saliva dalla necropoli era fredda e umida. Da qualche parte, là sotto, erano sepolti san Pietro e molti dei primi cristiani. Langdon rabbrividì, sperando di uscirne vivo.

All'improvviso la luce della lanterna del camerlengo parve fermarsi. Langdon si avvicinò.

La scala finiva di colpo davanti a un cancello di ferro battuto con tre teschi lavorati a sbalzo. Il camerlengo lo stava aprendo. Langdon si precipitò a sbarrargli il passo. Intanto arrivarono tutti gli altri, pallidi come fantasmi... soprattutto Glick, che sembrava più terreo in viso a ogni scalino che scendeva.

Chartrand prese Langdon per un braccio. «Lo lasci passare!»

«No!» disse Vittoria, ansimando. «Dobbiamo allontanarci da qui al più presto! Non potete portare su il cilindro, o tutti quelli che sono nella piazza moriranno!»

Il tono di voce del camerlengo era stranamente calmo. «Ascoltatemi... Dobbiamo avere fede. Ci rimane poco tempo.»

«Lei non capisce» lo interruppe Vittoria. «Un'esplosione in superficie avrà effetti molto più devastanti che non qui sotto!»

Il camerlengo la guardò con gli occhi verdi attentissimi, da persona lucida. «Chi ha parlato di esplosione in superficie?»

Vittoria lo fissò. «Pensava di lasciare il cilindro qui sotto?»

Con grande certezza, il camerlengo replicò: «Non ci saranno altri morti questa sera».

«Ma...»

«Per favore... abbiate fede.» Il suo tono calmissimo mise a tacere tutti. «Non sto chiedendo a nessuno di seguirmi. Siete tutti liberi di andarvene. Vi chiedo soltanto di non interferire nella volontà del Signore. Lasciatemi fare ciò che sono stato chiamato a fare.» Il suo sguardo si fece ancora più intenso. «Sono qui per salvare questa chiesa. E posso farlo. Lo giuro sulla mia vita.»

Il silenzio che seguì parve assordante come un tuono.

120

Le undici e cinquantuno.

Letteralmente *necropoli* significa "città dei morti".

Niente di quello che aveva letto Langdon in proposito sarebbe potuto bastare a prepararlo alla vista dell'enorme sotterraneo pieno di antichi sarcofagi. L'aria odorava di morte. C'era un dedalo di stretti passaggi fra una tomba e l'altra, la maggior parte delle quali erano di mattoni, con lapidi di marmo. Il soffitto di terra era basso, sostenuto da numerosi pilastri scavati nella roccia, che si ergevano come rozze colonne in quella sorta di sinistro villaggio.

"La città dei morti" pensò Langdon, combattuto fra la meraviglia dello studioso e una paura folle. Intanto, insieme agli altri, si addentrava sempre più in quei passaggi tortuosi. "Ho fatto la scelta sbagliata?"

Il primo a convincersi delle parole del camerlengo era stato Chartrand, che aveva spalancato il cancello dichiarando la propria fiducia in lui. Gunther Glick e Chinita Macri, dietro suggerimento del camerlengo stesso, si erano generosamente prestati a illuminare il cammino. In realtà, considerata l'accoglienza trionfale che avrebbero ricevuto se fossero usciti vivi da quell'avventura, le loro motivazioni non erano poi così altruistiche. La più restia a proseguire era stata Vittoria. Langdon le aveva letto negli occhi una diffidenza, forse dettata dall'intuito femminile, che lo aveva lasciato inquieto.

"Ormai è troppo tardi" aveva pensato. "Non abbiamo altra scelta."

Vittoria non parlava, ma Langdon sapeva che stavano pensando tutti e due la stessa cosa. "Se il camerlengo si è sbagliato, nove minuti non ci basteranno per uscire dalla Città del Vaticano."

Mentre correvano tra i sarcofagi, Langdon si sentì le gambe di piombo e notò con sorpresa che stavano procedendo in salita. Quando capì il motivo, ebbe un brivido. La topografia dei sotterranei era rimasta invariata dai tempi di Cristo. "Stiamo risalendo il colle Vaticano originario!" Langdon aveva sentito dire da autorevoli esperti che la tomba di san Pietro si trovava vicino alla *sommità* del colle Vaticano e si era sempre chiesto come facessero a saperlo. Ora capiva: il colle esisteva ancora!

Gli pareva di essere tornato indietro nel tempo e di rivivere la storia dei secoli passati. Da qualche parte nel buio, più avanti, si trovava la tomba di san Pietro, la più sacra delle reliquie cristiane. Era difficile immaginare la sepoltura originale, indicata da una semplice lapide. A mano a mano che la fama di san Pietro era cresciuta, vi erano stati costruiti sopra altari e cappelle sempre più grandi, fino all'omaggio più grande di tutti, la basilica sormontata dalla cupola di Michelangelo, alta centoventi metri, il cui vertice corrispondeva esattamente al punto dove era stato sepolto san Pietro.

Continuarono a correre nei tortuosi cunicoli. Langdon controllò l'orologio. Le braccia di Topolino indicavano che mancavano otto minuti a mezzanotte. Cominciava a chiedersi se anche lui e Vittoria sarebbero andati ad aggiungersi a tutti quei morti, per sempre.

«Guardate!» urlò Glick alle loro spalle. «Tane di serpenti!»

Langdon se ne avvide appena in tempo: davanti a loro c'era una serie di piccoli fori nel pavimento. Fece un gran salto per evitarli.

Anche Vittoria saltò e, continuando a correre, chiese preoccupata: «Tane di serpenti?».

«Altro che serpenti!» esclamò Langdon. «Credimi, è meglio che non ti dica che cosa sono.» Sapeva che i primi cristiani, credendo nella resurrezione della carne, usavano quei fori per "nutrire i morti" versando latte e miele nelle celle funerarie sottostanti.

Il camerlengo si sentiva debole e in preda a un dolore atroce, ma si fece coraggio e continuò a correre, forte della consapevolezza di agire per il bene di Dio e dell'umanità. "Ci siamo quasi" pensò. "Le sofferenze dell'anima possono essere peggiori di quelle della carne." Tuttavia era stanco e sapeva di avere pochissimo tempo. «Salverò la Tua Chiesa, Padre. Lo giuro.»

Nonostante la provvidenziale luce del riflettore della BBC alle spalle, continuava a tenere alta la sua lampada a olio. "Sono un faro nella notte. Sono la luce." Correndo, faceva schizzare l'olio dalla lampada e, per un attimo, temette di rovesciarselo addosso e di bruciarsi. Per quella notte, il suo corpo aveva subito già abbastanza scottature.

Arrivato a destinazione, nonostante fosse madido di sudore e senza fiato, si sentì rinascere. Avanzò barcollando fino a un piccolo spiazzo in cui era stato molte volte, dove finiva la necropoli. Su un muro di terra, una piccola targa recava la scritta: MAUSOLEO S.

La tomba di san Pietro.

Davanti a lui, a circa un metro da terra, c'era un'apertura nella parete. Senza nessuna targa dorata, nessun orpello. Solo un semplice buco nel muro, l'imboccatura di una piccola grotta contenente un modesto sarcofago logorato dal tempo. Il camerlengo ci guardò dentro e sorrise, spossato. Sentendo che gli altri stavano per arrivare, posò la lampada a terra e si inginocchiò per pregare.

"Ti ringrazio, Dio. Siamo quasi alla fine."

Nel frattempo, sulla piazza, il cardinale Mortati, circondato dai porporati sbalorditi, seguiva sugli schermi il dramma che si stava svolgendo nella necropoli. Non sapeva più a che cosa credere. Tutto il mondo aveva visto quel che aveva visto lui? Dio aveva davvero parlato al camerlengo? Il cilindro di antimateria si trovava effettivamente sulla tomba di san...

«Guardate!» Dalla folla si levò un boato.

«È là!» Tutti stavano indicando gli schermi. «È un miracolo!»

Mortati alzò gli occhi. Le immagini erano mosse, ma indimenticabili.

Si vedeva il camerlengo di spalle, inginocchiato in preghiera sulla nuda terra, davanti a una nicchia scavata nella parete che conteneva un sarcofago in terracotta. Mortati lo aveva visto una volta sola, ma sapeva benissimo che dentro c'erano le spoglie di san Pietro.

Non era così ingenuo da credere che le grida di gioia e di stupore che si alzavano dalla folla fossero dovute alla vista di quelle reliquie così importanti. Non era per la tomba di san Pietro che tutti si erano inginocchiati spontaneamente e avevano iniziato a pregare e a ringraziare il Signore, ma per l'oggetto che si trovava *sopra* il sarcofago.

Il cilindro di antimateria.

Era lì... Nascosto nelle tenebre della necropoli. Silenzioso, inesorabile, letale. La rivelazione ricevuta dal camerlengo era vera.

Mortati fissò meravigliato il cilindro trasparente con la gocciolina di liquido metallico sospesa al centro e la luce rossa intermittente del LED che si rifletteva sulle pareti della grotta. Mancavano solo cinque minuti alla fine.

A poca distanza dal cilindro, sempre sul sarcofago, si trovava la telecamera dell'impianto a circuito chiuso.

Mortati si fece il segno della croce di fronte alla scena più impressionante che avesse mai visto in tutta la sua vita. Un attimo dopo realizzò che il peggio doveva ancora venire.

Vide il camerlengo alzarsi in piedi, afferrare il cilindro, voltarsi verso il resto del gruppo con espressione lucida e decisa, spingerli da una parte e ripartire nella direzione da cui era venuto.

Poi apparve Vittoria Vetra in primo piano. Sembrava terrorizzata. «Dove va, monsignore? Aveva detto che...»

«Abbia fede!» le rispose il camerlengo allontanandosi di corsa.

Vittoria si voltò verso Langdon. «E ora cosa facciamo?»

Langdon avrebbe voluto fermare Ventresca, ma Chartrand glielo impedì, deciso a lasciare che il camerlengo facesse ciò che aveva in mente.

Le immagini sullo schermo diventarono mosse, brevi inquadrature di scene di confusione e paura: il caotico corteo stava correndo affannosamente verso l'uscita.

Mortati esclamò terrorizzato: «Lo sta portando *fuori*?».

Sui teleschermi di tutto il mondo comparve l'immagine del camerlengo che riemergeva dalle Grotte Vaticane reggendo il cilindro di antimateria alto davanti a sé. «Non ci saranno altri morti stasera!»

Ma si sbagliava.

121

Il camerlengo uscì dal portale della basilica di San Pietro esattamente alle undici e cinquantasei. Avanzò sotto le luci dei riflettori, reggendo il cilindro di antimateria come se fosse un ostensorio. Con gli occhi iniettati di sangue si vide, lacero e ferito, ingrandito sui megaschermi. Non aveva mai udito un frastuono come quello che si alzò in quel momento dalla folla accalcata nella piazza: pianti, urla, canti, preghiere... un misto di venerazione e di terrore.

«Liberaci dal male» sussurrò.

Era completamente esausto dopo la corsa nella necropoli, che aveva rischiato di concludersi con un disastro, perché Robert Langdon e Vittoria Vetra avevano cercato di fermarlo e di ributtare il cilindro sottoterra. "Pura follia!"

Sapeva che in qualsiasi altro momento non sarebbe riuscito a tener testa a tanta gente, ma quella notte Dio era di nuovo al suo fianco. Quando Robert Langdon stava per raggiungerlo, il fido Chartrand lo aveva agguantato e i giornalisti erano troppo interessati a filmare e troppo carichi di attrezzature per intromettersi.

"Le vie del Signore sono infinite."

Sentiva gli altri che si avvicinavano alle sue spalle, li vedeva sugli schermi. Raccogliendo le ultime forze, sollevò sopra la testa il cilindro di antimateria e, mostrando il petto nudo e marchiato, quasi in segno di sfida nei confronti degli Illuminati, corse giù dalla scalinata.

C'era un'ultima cosa da fare.

"Che Dio mi aiuti" pensò. "Che Dio mi aiuti."

"Quattro minuti..."

Langdon uscì di corsa dalla basilica e fu accecato dai riflettori delle reti televisive. Riuscì a scorgere solo la sagoma scura del camerlengo che scendeva a precipizio la scalinata proprio davanti a lui. Per un attimo, circondato com'era da un'aura di luce, gli parve una visione celestiale, un semidio avvolto in un sudario che avanzava imperterrito nonostante le ferite, tenendo fra le mani un ordigno in procinto di esplodere ed esortando il mondo ad aver fede.

Lo seguì. "Ma che cosa sta facendo? Così li farà morire tutti!"

«Nella Casa di Dio non c'è posto per l'opera del diavolo» urlò il camerlengo continuando a correre verso la folla, che ora sembrava terrorizzata.

«Padre!» gli gridò Langdon. «Dove crede di andare?»

«Il cielo! Dimentichiamo troppo spesso di guardare al cielo!»

In quel momento Langdon vide dove era diretto il camerlengo e capì: il cielo sarebbe stata la loro salvezza.

Il cielo stellato avrebbe salvato la Città Eterna.

L'elicottero che avrebbe dovuto trasportare il camerlengo all'ospedale era pronto, con il pilota seduto ai comandi e il motore acceso. Vedendo che il camerlengo vi si avvicinava, Langdon provò un improvviso senso di euforia.

Nella sua mente si affacciarono velocissime una serie di possibilità...

Per prima cosa pensò al mare. Quanto distava? Una decina di chilometri? Quindici? Sapeva che la spiaggia di Fiumicino era a soli sette minuti di treno da Roma. Ma in elicottero, a trecento chilometri all'ora, senza fermarsi... Se fossero riusciti a portare il cilindro lontano dalla costa e a lanciarlo in mare aperto... C'erano anche altre soluzioni, pensò, correndo. Le cave a nord della città, per esempio, erano abbastanza vicine. Quanto erano grandi? Cinque chilometri quadrati? A quell'ora erano certamente deserte! Se avessero sganciato il cilindro laggiù...

«State indietro!» urlava Carlo Ventresca, con un gran dolore nel petto. «Andatevene!»

Attorno all'elicottero, le guardie svizzere fissavano a bocca aperta il camerlengo che si avvicinava gridando: «Fate largo!».

Indietreggiarono.

492

Sotto gli sguardi attoniti dei telespettatori di tutto il mondo, il camerlengo girò attorno all'elicottero, raggiunse la cabina di pilotaggio e spalancò il portellone. «Scendi, figliolo! Veloce!»

Il pilota ubbidì.

Rendendosi conto che, nello stato in cui era, avrebbe avuto bisogno di entrambe le braccia per salire a bordo, il camerlengo si voltò verso il pilota timoroso e gli affidò il cilindro. «Reggimelo un attimo e ripassamelo quando sarò salito.»

In quel momento udì Robert Langdon gridare e vide che correva verso l'elicottero. "Adesso capisci" pensò. "Ora hai fede!"

Preso posto ai comandi, regolò alcune leve e si affacciò per farsi passare il cilindro.

Ma il pilota non l'aveva più. «Me l'ha preso lui!» si giustificò.

Il camerlengo ebbe un tuffo al cuore. «Chi?!»

Indicando Langdon, il pilota ripeté: «Lui!».

Langdon rimase sorpreso dal peso del cilindro. Corse dall'altro lato dell'elicottero e salì dietro, dove si era seduto qualche ora prima con Vittoria. Lasciò il portellone aperto e si allacciò la cintura. Poi si rivolse al camerlengo che era al posto del pilota. «Partiamo, presto!»

Il camerlengo si voltò verso Langdon, pallidissimo. «Cosa ci fa lei qui?»

«Lei pensi a decollare! Io lancerò il cilindro!» urlò Langdon. «Non abbiamo tempo! Parta!»

Il camerlengo sembrava paralizzato e invecchiato di colpo. «Posso farlo da solo» mormorò. «Devo farlo da solo.»

Langdon non ascoltava. Si rese conto che stava urlando. «Parta, la supplico! Sono qui per aiutarla!» Abbassò gli occhi e restò senza fiato nel vedere che mancavano tre minuti. «Padre! Abbiamo solo tre minuti!»

Il camerlengo parve riscuotersi. Deciso, si voltò e azionò i comandi. L'elicottero si alzò in volo con un rumore assordante.

Langdon scorse Vittoria che, in una nuvola di polvere, correva verso di lui. I loro sguardi si incontrarono, poi la vide rimpicciolirsi sempre più.

122

Langdon era frastornato dal rombo del motore e dal vento che entrava dal portellone aperto. Si tenne forte al sedile, con lo stomaco serrato, mentre il camerlengo saliva in verticale, sempre più in alto. Piazza San Pietro, sotto di loro, si ridusse in breve tempo a un'ellisse scintillante nel mare di luci della città.

Il cilindro che stringeva tra le mani sudate e sporche di sangue gli sembrava pesantissimo. La gocciolina di antimateria ondeggiava dolcemente al suo interno, illuminata dalla luce intermittente della spia rossa che scandiva il conto alla rovescia.

«Due minuti!» gridò Langdon al camerlengo, chiedendosi dove avesse intenzione di sganciare il cilindro.

Le luci di Roma sotto di loro si estendevano in tutte le direzioni. Verso ovest, in lontananza, Langdon vide una linea frastagliata oltre la quale c'era una distesa buia, infinita: era la costa, più lontana di quanto avesse immaginato. Inoltre, la concentrazione di luci lungo la costa lo fece riflettere sugli effetti devastanti che avrebbe potuto avere un'esplosione in mare aperto. Non aveva valutato le possibili conseguenze di un'onda d'urto di dieci chiloton.

Quando si voltò e guardò davanti a sé, si sentì più speranzoso. In lontananza si profilavano le ombre dei Castelli Romani. Sulle colline si vedevano brillare le ville dei ricchi, ma più a nord il buio era totale. C'era un'ampia zona completamente nera, senza alcuna luce. Il nulla.

"Le cave!" pensò Langdon.

Osservò con attenzione quella zona deserta e concluse che doveva essere abbastanza grande. E, soprattutto, vicina. Molto più vicina del mare. Elettrizzato, pensò che fosse lì che il camerlengo voleva annichilare l'antimateria. Stava puntando dritto da quella parte! Stranamente, però, invece di avvicinarsi, le cave apparivano sempre più lontane. Disorientato, guardò in basso per cercare di capire che cosa stesse succedendo e passò dall'eccitazione al panico: proprio sotto di loro, migliaia di metri più in basso, c'era piazza San Pietro.

"Siamo ancora sopra il Vaticano!"

«Camerlengo!» esclamò con voce strozzata. «Si allontani! Abbiamo preso abbastanza quota! Deve cominciare a volare in orizzontale! Non possiamo sganciare il cilindro sulla Città del Vaticano!»

Il camerlengo non rispose, apparentemente concentratissimo sui comandi.

«Abbiamo meno di due minuti!» urlò Langdon, sollevando il cilindro. «Non vedo più le cave! Dovrebbero essere a circa cinque chilometri in direzione nord! Non...»

«No!» lo interruppe il camerlengo. «È troppo pericoloso. Mi dispiace.» Mentre l'elicottero continuava a prendere quota, si voltò e sorrise con rammarico a Langdon. «Mi dispiace che sia venuto anche lei, professore. Perché ha voluto immolarsi?»

Langdon lo guardò in faccia e improvvisamente capì. Il sangue gli si gelò nelle vene. «Ma... non possiamo buttarlo proprio da nessuna parte?»

«Dobbiamo soltanto prendere quota!» rispose il camerlengo, in tono rassegnato. «Far sì che esploda il più in alto possibile.»

Langdon si sentì uno stupido: aveva completamente frainteso il senso dell'esortazione del camerlengo a guardare al cielo.

Carlo Ventresca intendeva il cielo nel senso letterale del termine. Non aveva mai pensato di lanciare il cilindro di antimateria in un luogo dove potesse fare danni limitati, voleva semplicemente portarlo il più lontano possibile dalla Città del Vaticano.

Quello era un viaggio di sola andata.

123

In piazza San Pietro, Vittoria Vetra guardava verso l'alto. L'elicottero si era rimpicciolito fino a diventare un puntino nel cielo, e le luci dei riflettori non riuscivano più a illuminarlo. Anche il rumore dei rotori era diventato un ronzio appena percettibile. Era come se, in quel momento, tutto il mondo avesse lo sguardo rivolto al cielo, in silenzio, in attesa... Tutti i popoli, di tutte le fedi religiose, stavano con il fiato sospeso.

Vittoria era angosciata da un turbine di emozioni contrastanti. Mentre l'elicottero spariva alla vista, si immaginò la faccia di Robert a bordo. "Che cosa ha creduto di fare? Non aveva capito?"

Le telecamere nella piazza erano puntate nel buio, in attesa che succedesse qualcosa, mentre un mare di gente guardava in alto e proseguiva mentalmente il conto alla rovescia. Su tutti i teleschermi appariva la stessa immagine serena: il cielo stellato di Roma. Vittoria sentì che le si riempivano gli occhi di lacrime.

Alle sue spalle, sulla scalinata di marmo, centosessantun cardinali scrutavano il cielo in silenzio, intimoriti. Alcuni giunsero le mani in preghiera. La maggior parte rimase immobile, impietrita. Alcuni piangevano. I secondi trascorrevano inesorabili.

Nelle case, nei bar, nelle fabbriche, negli aeroporti, negli ospedali di tutto il mondo la gente assisteva ammutolita. Uomini e donne si davano la mano. Altri stringevano i figli tra le braccia. Il tempo sembrava essersi fermato, tutti avevano il fiato sospeso.

Le campane di San Pietro cominciarono a suonare, implacabili.

Vittoria lasciò sfogo alle lacrime.

Sotto gli occhi dell'umanità intera, il tempo scadde.

La cosa più spaventosa fu il silenzio.

Altissimo nel cielo sopra la Città del Vaticano apparve un puntino di luce bianchissima, pura come mai se ne era vista. Per un istante sembrò che fosse nato un nuovo corpo celeste.

Poi il puntino cominciò a crescere, a dilatarsi, si allargò in tutte le direzioni fino a diventare una macchia di un candore accecante che, velocissima, ingoiava l'oscurità circostante. La sfera di luce si ingrandiva e diventava sempre più intensa, come se si accingesse a invadere tutta la volta celeste, e intanto scendeva verso il basso, verso di loro, prendendo velocità.

Abbagliata, la folla trattenne il fiato e, riparandosi gli occhi con le mani, lanciò un grido strozzato, terrorizzata.

Con rombo spaventoso la luce si allargò in tutte le direzioni.

Poi accadde il miracolo.

La sfera di luce smise di allargarsi, come se avesse urtato contro un'invisibile barriera, come frenata miracolosamente dalla volontà di Dio. Fu come se l'esplosione fosse avvenuta dentro una gigantesca palla di vetro. La luce parve rimbalzare verso l'interno, aumentando di intensità, poi rimase sospesa, come se la sfera avesse raggiunto il diametro prestabilito. Per un attimo sopra Roma brillò una palla di luce perfetta e muta. La notte era illuminata a giorno.

In quel momento ci fu l'esplosione.

Si sentì un boato cupo, una fragorosa onda d'urto che si abbatté sulla piazza con terribile violenza, scuotendo la Città del Vaticano fino alle fondamenta, lasciando tutti senza fiato e facendo cadere molti a terra. L'eco dell'esplosione, seguita da un'improvvisa ventata di aria calda, percorse il colonnato e spazzò la piazza con un lamento sepolcrale e un sibilo sinistro, sollevando una nuvola di polvere. La gente, riparandosi la testa con le mani, assistette a quella che credette essere la fine del mondo.

Ma, velocemente come era apparsa, la sfera implose, come riassorbita in se stessa e risucchiata dal piccolo punto di luce che l'aveva generata.

124

Mai prima di allora un simile assembramento era stato tanto silenzioso.

A una a una, le persone raccolte in piazza San Pietro chinarono gli occhi e osservarono una pausa di raccoglimento, mentre il cielo tornava scuro. Anche i riflettori si abbassarono come in segno di rispetto. Sembrava che il mondo intero fosse in meditazione.

Il cardinale Mortati si inginocchiò per pregare e altri cardinali lo imitarono. Le guardie svizzere abbassarono le loro lunghe alabarde e rimasero immobili come statue. Nessuno parlava. Nessuno si muoveva. Il cuore di tutti traboccava di emozioni: lutto, paura, meraviglia, fede... e un timoroso rispetto per la potenza nuova e spaventosa di cui avevano appena osservato la manifestazione.

Vittoria Vetra tremava ai piedi della scalinata. Chiuse gli occhi. Era scossa da un turbinio di emozioni, ma una parola sola le martellava nella testa, come il rintocco di una campana: un nome. Cercò di scacciarlo, ma invano. Si sforzò di non pensarci perché la faceva soffrire troppo e tentò di concentrarsi anche lei sulle cose a cui stavano pensando gli altri: la potenza impressionante dell'antimateria, la liberazione del Vaticano, il camerlengo, le imprese, i miracoli, i gesti eroici di quella notte... Ma quel nome continuava a echeggiarle nella mente, incessante, e le dava un opprimente senso di solitudine.

"Robert."

Era andato a Castel Sant'Angelo per lei.

L'aveva salvata.

Ed era stato ucciso dalla tecnologia che lei e suo padre avevano messo a punto.

Mentre pregava, il cardinale Mortati si chiedeva se anche lui avrebbe udito la voce di Dio, com'era successo al camerlengo. "Bisogna credere nei miracoli per potervi assistere?" Mortati era un moderno sacerdote di una religione antica. I miracoli non avevano mai avuto un posto di rilievo nella sua fede. La sua religione parlava di miracoli, certo – le stigmate, la resurrezione dai morti, la Sacra Sindone –, ma la sua mente razionale li aveva sempre considerati frutto di una grande debolezza umana: il bisogno di avere delle prove. I miracoli non erano altro che storie cui tutti si aggrappavano perché desideravano che fossero vere.

Però...

"Sono davvero così moderno da non riuscire ad accettare ciò che ho appena visto con i miei occhi?" Se non era un miracolo quello... Sì! Dio, con poche parole bisbigliate all'orecchio del camerlengo, era intervenuto e aveva salvato la sua Chiesa. Perché era così difficile crederci? Cosa si sarebbe dovuto pensare di Dio, se non fosse intervenuto? Che era indifferente? Impotente di fronte al male? Il miracolo era stato l'unica risposta possibile!

In ginocchio, pregò per l'anima del camerlengo e lo ringraziò in cuor suo perché, nonostante la giovane età, gli aveva aperto gli occhi affinché anche lui vedesse il miracolo di una fede incrollabile.

Non immaginava, però, fino a che punto la sua fede sarebbe stata messa alla prova...

Il silenzio in piazza San Pietro fu rotto da un mormorio quasi impercettibile, che poi crebbe fino a diventare un brusio e quindi un boato. All'unisono, la folla urlò: «Guardate! Guardate!».

Mortati aprì gli occhi e si voltò verso la folla. Tutti gesticolavano indicando la facciata della basilica alle sue spalle. Vide facce pallidissime, gente che si inginocchiava, alcuni che svenivano, altri scossi da un pianto incontrollabile.

«Guardate! Guardate!»

Mortati si voltò, perplesso, verso il punto indicato dalla folla: la balaustra sul tetto della basilica, dove si trovavano le statue di Gesù Cristo e degli Apostoli.

In piedi, alla destra di Gesù, con le braccia aperte al mondo, c'era il camerlengo Carlo Ventresca.

125

Robert Langdon non era più in caduta libera.

Non aveva più paura. Non provava alcun dolore. Non sentiva neanche più il rumore del vento che gli sibilava nelle orecchie, solo lo sciacquio dolce dell'acqua che lo cullava, come se dormisse tranquillamente su una spiaggia.

Con una sorta di paradossale lucidità, capì di essere morto. E ne fu felice. Si abbandonò completamente a quella sorta di torpore, si lasciò trasportare. Il dolore e la paura erano stati come anestetizzati, e non gli dispiaceva affatto. L'ultima cosa che ricordava era l'inferno.

"Prendimi ora, te ne prego..."

Ma lo sciacquio che lo cullava e gli dava quel gran senso di pace lo stava anche riportando alla realtà, lo risvegliava da un sogno. "No! Non voglio!" Non voleva svegliarsi. I demoni si stavano intromettendo nel suo stato di beatitudine, bussavano per riscuoterlo da quel momento magico. Vedeva immagini confuse, udiva delle grida, il vento che soffiava. "Per favore, no!" Più cercava di resistere, più il trambusto si avvicinava.

E, all'improvviso, si trovò a rivivere tutto quanto...

L'elicottero continuava la sua vertiginosa ascesa, con Langdon a bordo. Dal portellone aperto vedeva le luci di Roma sempre più lontane. L'istinto di sopravvivenza gli diceva di gettare immediatamente il cilindro, ma era consapevole che nel giro di venti secondi questo sarebbe precipitato cadendo su una città piena di gente.

"Più in alto! Dobbiamo andare più in alto!"

A che quota saranno stati in quel momento? Sapeva che i piccoli velivoli a elica potevano arrivare a un'altezza di circa seimila metri. L'elicottero doveva averla quasi raggiunta. Erano a tremila metri? Quattromila? C'era ancora una possibilità. Se avessero calcolato bene i tempi, il cilindro sarebbe esploso prima di toccare terra, a distanza di sicurezza sia dalla città sia dall'elicottero. Osservò Roma dall'alto.

«E se ha sbagliato i calcoli, professore?» chiese il camerlengo.

Langdon si voltò sbigottito. Il camerlengo non lo aveva neppure guardato, ma sembrava avergli letto nel pensiero osservando la sua immagine riflessa nel vetro. Non era più concentrato sui comandi e aveva lasciato andare la cloche, come se avesse innescato il pilota automatico. Allungò le braccia per cercare qualcosa sopra la propria testa, nel soffitto della cabina di pilotaggio, dietro un fascio di cavi. Tirò fuori una chiave che vi era stata nascosta e fissata con il nastro adesivo.

Langdon lo osservò perplesso mentre apriva velocemente l'armadietto di metallo che si trovava tra i sedili e ne estraeva una specie di grande sacco nero di nylon, che posò sul sedile accanto al suo. Langdon fece mille ipotesi. Il camerlengo si muoveva tranquillamente, come se avesse trovato una soluzione.

«Mi passi il cilindro» gli disse con voce calma.

Langdon non sapeva più che cosa pensare. Mise il cilindro in mano al camerlengo. «Novanta secondi!»

A quel punto il camerlengo fece una cosa che lasciò Langdon senza parole: con grande cautela sistemò il cilindro di antimateria nell'armadietto, chiuse il coperchio e girò la chiave.

«Ma è impazzito?» esclamò Langdon.

«Per non cadere in tentazione» replicò il camerlengo, gettando la chiave dal portellone.

Mentre la chiave precipitava nel buio, Langdon ebbe la sensazione di precipitare anche lui nell'abisso.

Il camerlengo prese il sacco e infilò le braccia nelle apposite cinghie, se ne strinse una terza in vita e se lo aggiustò sulle spalle come fosse uno zaino. Poi si voltò verso Langdon, che lo fissava esterrefatto.

«Mi spiace» disse. «Non avevo previsto che andasse così.»

Aprì il portellone e si lanciò nel vuoto.

Insieme a quell'immagine terribile riemersa dall'inconscio, Langdon iniziò a sentire anche il dolore. Un dolore reale, fisico, bruciante. Invocò la morte, che mettesse fine alle sue sofferenze, ma mentre il rumore dell'acqua si faceva sempre più forte, cominciò a vedere altre immagini frammentarie. Il suo inferno era appena iniziato. Vedeva scene confuse, fotogrammi frammentari di panico allo stato puro. In bilico tra la morte e un incubo, pregava che tutto finisse, ma le immagini si delineavano sempre più nitide nella sua mente.

Il cilindro di antimateria era chiuso a chiave nell'armadietto, inaccessibile. Il conto alla rovescia procedeva inesorabile, mentre l'elicottero continuava a prendere quota. "Cinquanta secondi." Più in alto, sempre più in alto. Langdon si guardò intorno disperato, tentando di capire che cosa era successo esattamente. "Quarantacinque secondi." Cercò sotto i sedili un altro paracadute. "Quaranta secondi." Non ce n'erano! Eppure ci doveva essere una soluzione! "Trentacinque secondi." Andò verso il portellone aperto e si affacciò, con il vento che lo sferzava, a guardare le luci di Roma giù in basso. "Trentadue secondi."

Prese una decisione...

Una decisione impensabile...

Robert Langdon si lanciò dall'elicottero senza paracadute. Venne inghiottito dalle tenebre, mentre sopra di lui l'elicottero sembrava schizzare verso l'alto. Il rumore dei rotori si allontanò velocemente e fu sostituito dal sibilo del vento.

Precipitando verso il suolo, ritrovò una sensazione che non provava da anni, da quando aveva smesso di fare tuffi dal trampolino: l'attrazione irresistibile della forza di gravità. A mano a mano che si prendeva velocità, ci si sentiva come attirati verso il basso, risucchiati. Solo che questa volta non si era lanciato da quindici metri in una piscina. Si era lanciato da migliaia di metri di altezza su una città: una distesa infinita di pietre e cemento.

In quel turbinio di vento e di disperazione udì riecheggiare dalla tomba la voce di Kohler... Sentì le parole che aveva pronunciato quella mattina mentre erano davanti al tubo di Newton del CERN. "Un metro quadrato di stoffa rallenta la caduta di un corpo di circa il venti per cento." Il venti per cento non sarebbe bastato neanche lontanamente a sopravvivere a una caduta del genere, ma spinto più dal terrore che dalla speranza, strinse saldamente l'unica cosa che aveva preso dall'elicottero, prima di lanciarsi. Un oggetto afferrato a caso, ma che per un attimo aveva riacceso in lui la speranza di salvarsi.

La tela cerata che serviva a riparare l'elicottero dal sole era appoggiata nella parte posteriore del mezzo. Era un rettangolo sagomato di circa due metri per quattro, una specie di grande lenzuolo... un paracadute ante litteram, in qualche modo. Non aveva imbracatura, ma solo dei grossi elastici alle estremità che servivano per fissarlo all'elicottero. Lo aveva afferrato, aveva impugnato gli anelli e si era lanciato nel vuoto.

Un estremo atto di coraggio.

Non si illudeva di farcela.

Si era tuffato a soldatino, le braccia alzate, le dita saldamente chiuse intorno agli anelli. Il telone si era gonfiato sopra la sua testa come un fungo. Il vento gli sibilava nelle orecchie.

Mentre precipitava a peso morto, udì una forte esplosione sopra la propria testa. Gli parve molto più lontana di quanto si fosse immaginato, ma l'onda d'urto lo investì quasi immediatamente. Gli mancò il respiro e fu avvolto da un'improvvisa ondata di aria calda. Lottò con tutte le sue forze per non soccombere al calore insopportabile. La tela cerata cominciò a fondersi, ma non si strappò.

Cadeva a picco, ai margini di una massa di luce ribollente, come un surfista che cerchi di cavalcare un'onda anomala. Improvvisamente il calore diminuì.

Continuò a precipitare nella notte buia e di nuovo fresca.

Per un attimo ritrovò la speranza, ma durò poco: anche se il telone rallentava la sua caduta, stava comunque scendendo troppo rapidamente, e se ne accorgeva dalla fatica che faceva a reggersi agli anelli. Non sarebbe sopravvissuto all'atterraggio. Si sarebbe sfracellato al suolo.

Gli passarono per la mente formule matematiche, ma era troppo intontito per raccapezzarcisi... "un metro quadrato di tela... velocità ridotta del venti per cento". Riuscì solo a calcolare che la tela cerata era abbastanza grande per rallentarlo più del venti per cento. Purtroppo, però, era evidente che non sarebbe bastata a salvarlo: stava scendendo troppo rapidamente... non sarebbe sopravvissuto all'impatto con la distesa di cemento che lo aspettava.

Sotto di lui si allargavano in tutte le direzioni le luci di Roma. La città era un cielo stellato in cui stava per inabissarsi, interrotto soltanto da una striscia scura che la tagliava in due: un nastro buio e sinuoso come un serpente. Langdon lo guardò e sentì risorgere la speranza.

Con uno sforzo quasi sovrumano, tirò verso il basso il lato destro del telone. Sbatacchiando, il paracadute improvvisato gli fece cambiare direzione. Tirò di nuovo, ancora più forte, ignorando il dolore alla mano. Il telone si inclinò e Langdon si sentì trasportare lateralmente. Non di molto, ma nella direzione giusta. Guardò di nuovo giù. Il sinuoso serpente nero era molto più a destra, ma lui si trovava ancora a un'altezza che gli avrebbe permesso di virare nuovamente. Aveva aspettato troppo? Tirò ancora una volta con tutte le sue forze, pur sapendo che ormai era nelle mani di Dio. Si concentrò sulla parte più ampia del serpente e, per la prima volta in tutta la sua vita, pregò perché si avverasse un miracolo.

Di quello che successe dopo, gli rimaneva solo un ricordo sfocato.

Il buio che si avvicinava sempre di più, l'istinto di tuffatore che riaffiorava, il riflesso automatico di stendere la colonna vertebrale e le punte dei piedi, di riempire d'aria i polmoni per proteggere gli organi vitali, flettere le gambe e, infine, il sollievo per il fatto che il Tevere era agitato e l'impatto con l'acqua mossa era tre volte meno duro che con uno specchio d'acqua calma.

Poi ci fu l'impatto e... il buio.

Era stato il rumore della tela cerata che sbatteva ad attirare l'attenzione del gruppetto di persone che stavano osservando la palla di fuoco sul Vaticano. Quella notte il cielo di Roma aveva fatto da sfondo a spettacoli straordinari... un elicottero che prendeva sempre più quota, un'enorme esplosione e ora quello strano oggetto precipitato nelle acque impetuose del Tevere, vicino all'Isola Tiberina.

Da quando l'isola era stata destinata ad accogliere le persone in quarantena durante l'epidemia di peste del 1656, si pensava che avesse mistici poteri di guarigione. Per questo motivo vi era stato costruito l'ospedale Fatebenefratelli.

Portarono a riva il corpo esanime. Il polso batteva ancora, anche se debolmente. "Incredibile!" Si chiesero se era stato il leggendario potere taumaturgico dell'Isola Tiberina a far sì che non morisse. Quando, alcuni minuti dopo, l'uomo cominciò a tossire e riprese lentamente conoscenza, i soccorritori non ebbero più dubbi: l'isola aveva davvero poteri magici.

126

Il cardinale Mortati sapeva che non c'erano parole, in nessuna lingua del mondo, per descrivere quel momento. Il silenzio che regnava in piazza San Pietro era più eloquente di un coro di cherubini.

Guardando il camerlengo sulla balaustra, si rese conto del paralizzante contrasto fra ciò che gli diceva il cuore e ciò che la sua mente elaborava: era una visione realistica, concreta, ma... com'era possibile? Avevano visto tutti Ventresca che saliva in elicottero e poi l'esplosione luminosa nel cielo. Eppure, adesso il camerlengo era in piedi sul tetto della basilica. Che fosse stato trasportato lì da un angelo? Che fosse resuscitato?

"È impossibile..." pensò.

Nel profondo del suo cuore, Mortati avrebbe voluto credere, ma la mente gli imponeva di essere razionale. Anche gli altri cardinali guardavano in alto, sbigottiti quanto lui.

Era il camerlengo, su questo non c'erano dubbi. Ma sembrava diverso, etereo, quasi si fosse purificato. Corpo o spirito? La sua pelle bianchissima pareva diafana alla luce dei fari.

Dalla piazza si levò un applauso, spontaneo e appassionato. Un gruppo di suore si inginocchiò e intonò un canto. La folla era in visibilio e a un certo punto tutti si misero a invocare all'unisono il camerlengo, scandendo il suo nome. I cardinali, con le lacrime agli occhi, si unirono al coro. Mortati si guardò intorno incredulo, cercando di capire.

Sul tetto della basilica di San Pietro Carlo Ventresca guardava la moltitudine che lo fissava sbigottita. Gli sembrava di sognare. Si sentiva trasformato, trasfigurato, e si chiedeva se era stato il suo corpo o solo il suo spirito a scendere dal cielo sul Vaticano, atterrando come un angelo silenzioso nei giardini deserti, il paracadute nero nascosto agli occhi della folla dall'ombra imponente della cupola. Era stato il suo corpo o il suo spirito a trovare la forza di salire l'antica scala fino alla balaustra dove si trovava adesso?

Si sentiva leggero come un fantasma.

I fedeli raccolti sulla piazza scandivano il suo nome, ma sapeva che non era lui che acclamavano. Erano animati da una gioia profonda, la stessa che provava lui quotidianamente quando pregava il Signore. Stavano vivendo un'emozione cui da sempre anelavano, la certezza dell'esistenza dell'aldilà, come se Dio si fosse rivelato a loro in tutta la sua potenza.

Era tutta la vita che pregava perché succedesse, ma in quel momento persino a lui sembrava impossibile che il Creatore avesse trovato il modo per manifestarsi. Avrebbe voluto gridare a quella gente che il Dio in cui credevano era un Dio vivente. "Avete assistito a un miracolo!"

Rimase lì qualche minuto, con le membra intorpidite, eppure più vivo che mai. Alla fine chinò la testa e fece un passo indietro.

Solo, si inginocchiò a pregare.

127

Le immagini intorno a lui erano confuse, intermittenti, poi a poco a poco Langdon riuscì a mettere a fuoco. Aveva male dappertutto e non si sentiva più le gambe. Era sdraiato per terra, su un fianco. Sentiva un puzzo acre, come di bile, e uno sciacquio incessante di onde, tutt'altro che rilassante, però. C'erano anche altri suoni, gente che parlava. Intravide delle sagome bianche che si muovevano intorno a lui. Possibile che fossero tutti vestiti di bianco? Decise che doveva essere finito in un manicomio. Oppure in paradiso. Ma a giudicare da come gli bruciava la gola escluse quest'ultima ipotesi.

«Ha finito di vomitare» disse una voce maschile in italiano. «Giratelo.» Era una voce ferma, professionale.

Langdon sentì che lo voltavano cautamente sulla schiena. Gli girava la testa e, quando cercò di tirarsi su a sedere, si sentì trattenere da mani delicate ma decise. Si arrese. Poco dopo ebbe l'impressione che qualcuno gli stesse frugando nelle tasche.

Perse i sensi.

Il dottor Giacobbi era ateo. L'approccio scientifico della medicina lo aveva allontanato dalla religione molto tempo prima. Tuttavia, gli eventi di quella sera in Vaticano avevano messo a dura prova la sua logica sistematica. "Da quando in qua piove gente dal cielo?"

Sentì il polso del poveretto che avevano appena ripescato nel Tevere e decise che solo Dio poteva averlo salvato. L'impatto con l'acqua gli aveva fatto perdere i sensi e, se il dottore non fosse stato sulla riva a guardare l'inatteso spettacolo piro-tecnico con la sua équipe, probabilmente nessuno si sarebbe accorto di lui e sarebbe annegato.

«È americano» disse un'infermiera, guardandogli nel por-tafoglio.

"Americano?" I romani scherzavano sul fatto che a Roma c'erano talmente tanti americani che il piatto tipico della città ormai era l'hamburger. "Ma da quando in qua piovono ameri-cani dal cielo?" Giacobbi gli puntò in un occhio il fascio di lu-ce di una piccola torcia per vedere se la pupilla era reattiva. «Signore? Signore? Mi sente? *Can you hear me?*»

L'uomo non rispose e perse nuovamente i sensi. Giacobbi non si stupì, perché dopo il massaggio cardiaco aveva vomita-to un sacco di acqua.

«Si chiama Robert Langdon» disse l'infermiera leggendo il nome sulla patente.

Il gruppetto riunito appena fuori dell'ospedale restò di sasso.

«Impossibile!» esclamò Giacobbi. Robert Langdon era il professore americano che in televisione dicevano stesse aiu-tando il Vaticano nell'emergenza. Giacobbi l'aveva visto salire in elicottero in piazza San Pietro pochi minuti prima e scom-parire nel cielo nero. Era corso fuori con la sua équipe per as-sistere all'esplosione dell'antimateria e aveva visto con i suoi occhi la terribile palla di fuoco illuminare la notte. "Non può essere la stessa persona!" pensò.

«È lui!» insistette l'infermiera, ravviandogli i capelli bagna-ti. «Riconosco la giacca.»

Intanto qualcuno sulla porta dell'ospedale si era messo a gridare. Era una donna, che urlava e strepitava agitando una radiolina e invocando il Signore. Pareva che il camerlengo si fosse miracolosamente affacciato alla balaustra della basilica di San Pietro.

Giacobbi decise che la mattina dopo alle otto, appena finito il turno, sarebbe andato direttamente in chiesa.

Le luci sopra Langdon erano più forti, adesso, fredde e asetti-che. Gli sembrava di essere disteso su un lettino e sentiva odo-re di medicinali. Non aveva più i vestiti e gli avevano appena fatto un'iniezione.

"Zingari non sono" decise, nel delirio. "Alieni, piuttosto." Aveva sentito dire che gli extraterrestri rapivano gli umani, ma di solito non facevano loro del male. Erano interessati solamente ai loro...

«Non provateci neppure!» gridò, tirandosi su a sedere di scatto.

«Rimanga sdraiato» disse una delle creature che lo circondavano, trattenendolo. Aveva una targhetta sul petto, con la scritta DOTTOR GIACOBBI. Assomigliava molto a un essere umano.

Langdon balbettò: «Credevo...».

«Stia tranquillo, signor Langdon. È in ospedale. *Hospital.*»

Le nebbie cominciavano a diradarsi. Langdon tirò un sospiro di sollievo. Detestava gli ospedali, ma certamente era meglio trovarsi lì che in mezzo a un gruppo di alieni castratori.

«Mi chiamo Giacobbi.» Il medico si presentò e gli spiegò che cosa era successo. «È fortunato a essere ancora vivo.»

Langdon non si sentiva per niente fortunato. E non riusciva a spiegarsi quegli strani ricordi: l'elicottero, il camerlengo... Aveva male dappertutto. Gli diedero un po' d'acqua per sciacquarsi la bocca e poi gli cambiarono la medicazione sulla mano.

«Dove sono i miei vestiti?» domandò Langdon, vedendo che gli avevano messo un camice di carta.

Un'infermiera gli indicò un mucchietto di stracci gocciolanti su un tavolo. «Erano fradici. Glieli abbiamo dovuti tagliare per svestirla.»

Langdon pensò alla sua bella giacca di tweed e sospirò.

«Aveva dei fazzoletti di carta nelle tasche.»

Fu allora che Langdon vide i brandelli di pergamena bagnata appiccicati alla fodera della giacca. Il prezioso foglio del *Diagramma* di Galileo, l'ultima copia esistente al mondo, si era disintegrato. Inorridito, si limitò a guardare quello scempio.

«Qualcosa siamo riusciti a salvare, però» continuò l'infermiera porgendogli un vassoio di plastica. «Portafoglio, minicam, penna. Guardi, ho cercato di asciugare la telecamera meglio che potevo, ma...»

«Io non possiedo telecamere.»

L'infermiera fece una faccia perplessa e gli mostrò gli oggetti sul vassoio. Langdon abbassò lo sguardo e vide che, vicino al portafoglio e alla penna, c'era una minicam Sony Ruvi. Si ricordò che gliel'aveva data Kohler, chiedendogli di consegnarla ai media.

«Era nella tasca della giacca. Temo che se ne dovrà comprare una nuova, però.» L'infermiera controllò il piccolo schermo. «Si è crepato. Però l'audio funziona. Non si sente benissimo, ma...» Si avvicinò la telecamera all'orecchio. «Sì, sì: funziona.» Ascoltò un istante, poi aggrottò la fronte. «Sono due che litigano, mi pare.»

La porse a Langdon, che provò a sentire. Le voci erano metalliche e molto fievoli, ma riconoscibili. Una era più nitida, l'altra più lontana.

Ascoltò stupefatto la registrazione. Benché non potesse vedere il filmato, a un certo punto capì cos'era successo e ringraziò di non aver visionato la scena.

"Mio Dio!"

Fece ripartire daccapo la registrazione, poi abbassò la telecamera, impietrito. L'antimateria, l'elicottero...

"Adesso capisco..."

Gli venne di nuovo da vomitare. Disorientato e furibondo, scese dal lettino con le gambe che gli tremavano.

«Signor Langdon!» lo rimproverò il medico, cercando di farlo coricare di nuovo.

«Datemi dei vestiti» disse Langdon, infreddolito.

«Signor Langdon, lei deve stare a riposo.»

«No, devo andarmene immediatamente da qui. Per favore, datemi qualcosa da mettermi addosso.»

«È molto debole...»

«Per favore!»

Giacobbi e l'infermiera si scambiarono un'occhiata perplessa, poi il medico disse: «Non abbiamo vestiti da darle. Magari domani può farsi portare un cambio da qualche amico».

Langdon trasse un respiro profondo e guardò Giacobbi negli occhi. «Mi ascolti bene, dottore. Io adesso esco da questo ospedale e vado in Vaticano. Ora, non posso andare in Vaticano con il sedere di fuori, giusto? Perciò mi serve qualcosa da mettermi addosso. Chiaro?»

Giacobbi restò un attimo zitto. «Veda di trovargli dei vestiti» disse quindi all'infermiera.

Quando Langdon uscì barcollando dal Fatebenefratelli, sull'Isola Tiberina, gli sembrava di essere uno scout un po' troppo cresciuto. Aveva indosso una tuta blu, con la cerniera davanti e una serie di distintivi cuciti sul petto.

La donna che lo accompagnò fuori era grande e grossa e portava una divisa simile. Il medico gli aveva assicurato che l'avrebbe portato in Vaticano a tempo di record.

«C'è molto traffico» disse Langdon, ricordando alla sua accompagnatrice che il Vaticano era pieno di gente e di auto.

La donna non si scompose e gli indicò uno dei distintivi che aveva sul petto. «La porto in ambulanza» disse.

Langdon tirò un sospiro di sollievo. Nello stato in cui era, l'ambulanza era il mezzo di trasporto più adatto per lui.

La donna svoltò l'angolo dell'edificio e si diresse verso uno spiazzo di cemento sul fiume, dove era parcheggiata l'ambulanza. Quando Langdon la vide si fermò di botto. Era un elicottero.

La donna si voltò indietro e, vedendolo sgomento, cercò di incoraggiarlo. «*Fly Vatican City. Very fast*» gli disse. «In un attimo saremo in Vaticano.»

128

I cardinali del Sacro Collegio erano in gran fermento, quando rientrarono nella Cappella Sistina. Mortati era talmente confuso e agitato che si sentiva mancare la terra sotto i piedi. Credeva nei miracoli delle Scritture, ma quello a cui aveva appena assistito era un evento che sfuggiva alla sua capacità di comprensione. Alla veneranda età di settantanove anni, dopo una vita dedicata al Signore, sapeva che un simile miracolo avrebbe dovuto instillare in lui una grande gioia e una fede più forte e sincera. Invece era a disagio. C'era qualcosa che non lo convinceva.

«Eminenza!» lo chiamò una guardia svizzera, correndogli dietro nel corridoio. «Siamo saliti sulla balaustra come ci ha ordinato. Il camerlengo è... in carne e ossa! Non è uno spirito, è proprio lui!»

«Gli avete parlato?»

«È raccolto in preghiera: non abbiamo osato disturbarlo.»

Mortati era titubante. «Ditegli che il Sacro Collegio lo aspetta.»

«Ma, eminenza, essendo in carne e ossa...» La guardia lasciò la frase a metà.

«Sì, dica.»

«Ha il petto ustionato. Non bisognerebbe medicarlo? Chissà come soffre...»

Mortati ci pensò su un attimo. La carriera ecclesiastica non lo aveva preparato ad affrontare una simile emergenza. «Aiutatelo a lavarsi, medicatelo e dategli una tonaca pulita. Lo aspetteremo nella Cappella Sistina.»

La guardia corse via.

Mortati si diresse verso la cappella, dove nel frattempo si

erano raccolti tutti i cardinali. Nel corridoio vide Vittoria Vetra seduta su una panca presso la Scala Regia. Era sola e sembrava affranta. Mortati intuì la sua disperazione e pensò di dirle qualche parola di conforto, ma poi decise di rimandare. Aveva un compito da portare a termine, prima, benché non sapesse nemmeno bene quale.

Entrò nella cappella, dove regnava grande agitazione, e chiuse la porta. "Signore, aiutami tu."

Mentre l'eliambulanza del Fatebenefratelli sorvolava la Città del Vaticano, Langdon stringeva i denti ripromettendosi di non salire mai più su un elicottero per il resto della sua vita.

Dopo aver convinto la sua accompagnatrice a non preoccuparsi eccessivamente delle norme sul traffico aereo, data la congiuntura, si fece lasciare all'eliporto.

«Grazie» le disse, scendendo faticosamente a terra. La donna lo salutò, fece il gesto di mandargli un bacio e subito decollò, scomparendo nella notte.

Langdon trasse un respiro profondo cercando di schiarirsi le idee e di pensare lucidamente alle sue prossime mosse. Con la telecamera in mano, salì sul golf cart che aveva già preso una volta, quel pomeriggio. Non era stato ricaricato e il display segnalava che le batterie erano quasi scariche. Decise di non accendere i fari, per risparmiare energia e per non farsi vedere.

In fondo alla Cappella Sistina, Mortati osservava sbigottito il pandemonio che si era scatenato tra i cardinali.

«È stato un miracolo!» gridava uno. «C'era la mano di Dio!»

«Sì!» facevano eco altri porporati. «Dio ci ha manifestato la Sua volontà.»

«Il camerlengo sarà il nostro papa» propose uno. «È stato Dio a indicarcelo miracolosamente.»

«Sono d'accordo!» urlò un altro. «Le regole del conclave sono state scritte dall'uomo, ma il Signore ha manifestato la Sua volontà. Procediamo immediatamente al voto.»

«Un momento. Questo è compito mio» intervenne Mortati.

Tutti si voltarono dalla sua parte.

Mortati si sentì addosso i loro sguardi di disapprovazione:

515

sembravano irritati dalla sua pacatezza, quasi offesi. Avrebbe tanto voluto provare la loro stessa esultanza, ma non ci riusciva. Aveva un peso sull'anima, una tristezza che non riusciva a spiegarsi. Si era ripromesso di condurre la votazione con il cuore puro, ma non riusciva a vincere la propria titubanza.

«Ascoltatemi» disse con una voce che stentò quasi a riconoscere, andando all'altare. «Temo che passerò il resto dei miei giorni a cercare di dare un significato agli eventi cui ho assistito stasera. Tuttavia non credo che nominando papa il camerlengo faremmo la volontà di Nostro Signore.»

Nella cappella scese un silenzio di tomba.

«Come può dire una cosa simile?» chiese dopo un momento un cardinale. «Carlo Ventresca ha salvato la Chiesa perché Dio gli ha parlato. È riuscito a salvarsi per miracolo. Di quali altri segni abbiamo bisogno?»

«Sta per raggiungerci» disse Mortati. «Aspettiamo il suo arrivo e sentiamo che cosa ha da dirci, prima di procedere alla votazione. Forse ci darà una spiegazione.»

«Quale spiegazione?»

«In quanto decano, ho fatto voto di rispettare le leggi del conclave. Tutti voi sapete che il camerlengo non potrebbe, a rigore, essere eletto pontefice...» Mortati vide gli sguardi di disapprovazione dei cardinali. «Se procedessi alla votazione adesso, in qualche modo avallerei il vostro desiderio di eleggere pontefice un uomo ineleggibile secondo la legge vaticana. Insomma, vi indurrei a infrangere un sacro voto.»

«Ciò che è avvenuto qui stasera trascende la legge...» obiettò qualcuno.

«Ne siamo proprio sicuri?» lo interruppe Mortati, quasi senza rendersene conto. «Ritenete davvero che Nostro Signore ci stia chiedendo di andare contro la legge della Sua Chiesa? Di abbandonare la ragione e cedere all'impulsività?»

«Ma lei ha visto quello che abbiamo visto noi?» chiese un cardinale furibondo. «Non è presunzione da parte sua mettere in dubbio tanta potenza?»

Mortati rispose con voce tonante: «Non sto mettendo in dubbio la potenza di Dio! Dio ci ha dato la ragione affinché agiamo con circospezione. Comportarci in modo prudente vuol dire fare la Sua volontà».

516

129

Vittoria Vetra sedeva affranta su una panca presso la Scala Regia, nel corridoio che portava alla Cappella Sistina. Vide una porta che si apriva e una figura che entrava. "Un fantasma?" Era bendato, zoppicava e aveva indosso una specie di uniforme blu. Si alzò in piedi, incredula. «Robert?»

Il fantasma non le rispose, ma le si avvicinò, la strinse fra le braccia e la baciò sulle labbra, con passione e gratitudine.

Vittoria si commosse. «Oh, grazie a Dio...»

Langdon la baciò di nuovo, ancora più appassionatamente, e Vittoria lo strinse a sé, dimenticando la paura e il dolore. Sembrava si conoscessero da sempre. Chiuse gli occhi e le parve di sognare.

«Dio lo ha salvato dalla morte» gridò qualcuno nella Sistina. «Sia fatta la volontà del Signore! Chi altri, se non un eletto, sarebbe potuto sopravvivere a quella tremenda esplosione?»

«Io» rieccheggiò una voce dal fondo.

Tutti si voltarono sbigottiti verso l'uomo che avanzava lungo la navata. «Professor Langdon?»

Senza parlare, Langdon andò lentamente verso l'altare. Entrò anche Vittoria Vetra, seguita da due guardie svizzere che spingevano un carrello su cui era posato un grosso televisore. Langdon aspettò che lo sistemassero di fronte ai cardinali, quindi fece cenno alle guardie di uscire. Queste ubbidirono, chiudendo la porta dietro di loro.

Langdon e Vittoria rimasero soli con i cardinali. Langdon collegò la minicam al televisore e premette PLAY.

Lo schermo si accese.

La scena si svolgeva nello studio privato del papa. La qualità delle immagini era scadente, come se le riprese fossero state effettuate da una telecamera nascosta. Da una parte c'era il camerlengo, in penombra davanti al caminetto. Benché sembrasse rivolto all'obiettivo, si capiva che stava parlando a qualcuno, probabilmente l'autore del filmato. Langdon spiegò che si trattava di Maximilian Kohler, il direttore del CERN, che aveva registrato la conversazione avuta quella sera con il camerlengo utilizzando una telecamera nascosta nel bracciolo della sedia a rotelle.

Mortati e i cardinali guardavano stupefatti. Il colloquio era già in corso, ma Langdon non sembrava intenzionato a far ripartire la registrazione dall'inizio. Evidentemente quello che desiderava mostrare ai cardinali doveva ancora succedere...

«Leonardo Vetra teneva un diario?» stava dicendo il camerlengo. «Immagino che per il CERN questo sia un bene. Se vi annotò il procedimento per creare l'antimateria...»

«No» lo interruppe Kohler. «Immagino che le farà piacere sapere che quella scoperta è morta con lui. Ma nel suo diario Vetra ha scritto qualcos'altro di molto importante. Che la riguarda personalmente.»

Il camerlengo parve turbato. «Non capisco.»

«Descrive un incontro avuto con lei il mese scorso.»

Il camerlengo sembrò esitare, poi guardò la porta. «Rocher non avrebbe dovuto autorizzarla a entrare senza il mio permesso. Come ha fatto ad arrivare fin qui?»

«Rocher sa tutto. Gli ho spiegato il ruolo che lei ha avuto nella vicenda.»

«Il ruolo che ho avuto nella vicenda? Qualsiasi cosa lei gli abbia raccontato, Rocher è una guardia svizzera ed è troppo fedele alla Chiesa per credere alle parole di uno scienziato pieno di rancore come lei.»

«Ha ragione nel dire che Rocher è fedele alla Chiesa. Lo è a tal punto che non riusciva ad accettare che uno dei suoi uomini l'avesse tradita e ha cercato per tutto il giorno di trovare una spiegazione diversa.»

«Così lei gliene ha fornita una.»

«Gli ho detto la triste verità.»

«Se Rocher le avesse creduto, mi avrebbe arrestato.»

«Gli ho chiesto io di non farlo. Gli ho promesso che avrei mantenuto il segreto, se mi avesse permesso di parlare a quattr'occhi con lei.»

Il camerlengo scoppiò in una risata amara. «Vuole ricattare la Chiesa con una storia così inverosimile?»

«Non voglio ricattare nessuno. Voglio solo che lei mi racconti tutto. Leonardo Vetra era mio amico.»

Il camerlengo non rispose, limitandosi a guardare il suo interlocutore.

«Allora glielo racconto io» proseguì Kohler. «Più o meno un mese fa, Leonardo Vetra la contattò per chiedere un'udienza al pontefice, che gli fu concessa sia perché il papa ammirava molto il suo lavoro di scienziato sia perché si trattava di un'emergenza.»

Il camerlengo si voltò verso il camino, senza parlare.

«Vetra venne in Vaticano in gran segreto, senza dire nulla neppure a sua figlia. La cosa lo turbava grandemente, perché avevano giurato di non parlare a nessuno del progetto a cui lavoravano. Ma Vetra era preoccupato e aveva bisogno di una guida spirituale. Nel corso di quell'udienza, cui lei assistette, Leonardo Vetra raccontò al pontefice di aver fatto una scoperta scientifica che portava con sé profonde implicazioni religiose. Aveva dimostrato che dal punto di vista fisico la Genesi era riproducibile e che una fonte di energia molto intensa – che Vetra chiamava "Dio" – poteva riprodurre la Creazione del mondo.»

Silenzio.

«Il papa rimase stupefatto» continuò Kohler. «Chiese a Vetra di rendere pubblica la sua scoperta, perché a suo dire avrebbe colmato l'abisso che separava la scienza dalla religione, cosa che era il sogno della sua vita. Vetra gli fece presente i problemi che questo avrebbe comportato e i motivi per cui aveva bisogno di una guida spirituale: la sua riproduzione della Creazione, infatti, aveva originato, esattamente come descritto nella Bibbia, ogni cosa e il suo opposto: luce e ombra, materia e antimateria. Vuole continuare lei?»

Il camerlengo non proferì parola, e si chinò ad attizzare il fuoco.

«Continuerò io, allora» disse Kohler. «Dopo la visita di Vetra in Vaticano, lei venne al CERN. Vetra ne parla sul suo diario.»

Il camerlengo alzò la testa.

Kohler proseguì: «Il papa non poteva venire a Ginevra di persona senza attirare l'attenzione dei media e quindi preferì mandare lei. Vetra le fece visitare il suo laboratorio segreto e le mostrò l'annichilazione dell'antimateria, il Big Bang, l'energia della Creazione. Le mostrò anche il campione di antimateria che conservava nel Deposito materiali pericolosi del CERN per dimostrare la validità della sua scoperta. Lei rimase strabiliato e, al suo ritorno, spiegò tutto al pontefice».

Il camerlengo sospirò. «È questo che la turba? Il fatto che, quando ho parlato in televisione questa sera, ho rispettato il desiderio di segretezza del suo collega fingendo di non aver mai saputo nulla dell'antimateria?»

«No. Quello che mi turba è che Leonardo Vetra le dimostrò scientificamente l'esistenza del Dio in cui lei dice di credere e lei lo ha fatto ammazzare!»

Il camerlengo si voltò verso la telecamera, imperturbabile.

L'unico rumore nella stanza era lo scoppiettio del fuoco nel camino.

Poi l'immagine cominciava a ballare, si vedeva il braccio di Kohler passare davanti all'obiettivo e l'ombra dello scienziato che si chinava a prendere qualcosa sotto la carrozzella. Quando tutto tornò normale, si vide un'inquadratura agghiacciante: una pistola puntata contro il camerlengo.

La voce del direttore del CERN diceva: «Confessi i suoi peccati, padre».

Ventresca sembrava stupito. «Non uscirà vivo di qui, se ne rende conto?»

«La morte sarà un sollievo, dopo l'inferno in cui la sua religione mi ha costretto a vivere per tutti questi anni.» Teneva la pistola con entrambe le mani. «Le lascio un'ultima possibilità. Confessi, o sparo.»

Il camerlengo lanciò un'occhiata verso la porta.

«Rocher è qui fuori» disse Kohler in tono di sfida. «Pronto a ucciderla.»

«Rocher ha prestato giuramento e deve proteggere...»

«Rocher mi ha lasciato entrare qui dentro, armato. È disgustato dalle sue menzogne. Confessi, le conviene. Voglio sentire dalla sua bocca che cosa è successo veramente.»

Il camerlengo era titubante.

Kohler tolse la sicura alla pistola. «Pensa forse che non abbia il coraggio di sparare?»

«Anche se le spiegassi, lei non capirebbe.»

«Ci provi comunque.»

Il camerlengo rimase un istante fermo alla luce del fuoco nel camino, poi iniziò a parlare con il tono di chi, invece di fare una confessione, racconti un'impresa altruistica di cui va molto fiero. «Fin dall'inizio dei tempi la Chiesa ha combattuto contro i nemici di Dio. Con la parola e con la spada. Ed è sempre sopravvissuta.»

Parlava con enfasi, esaltato.

«I demoni del passato erano i demoni del fuoco e dell'abominio, nemici contro cui si poteva combattere, nemici che incutevano timore. Tuttavia Satana è astuto, e con il passare del tempo ha assunto un nuovo volto. Il volto della ragione, trasparente e insidioso, ma pur sempre senz'anima.» Con un impeto di collera, proseguiva: «Mi dica, dottor Kohler, come può la Chiesa condannare ciò che la ragione trova perfettamente sensato? Come può denigrare i principi su cui ormai si fonda la nostra società? Ogni volta che la Chiesa lancia uno dei suoi moniti, voi la tacciate di ignoranza, di paranoia, di oscurantismo. E in questo modo il male avanza, nascosto dietro un velo di arrogante intellettualismo, e si diffonde come un cancro, santificato dai miracoli della vostra tecnologia. La scienza si reputa alla pari di Dio, si presenta al mondo come buona e giusta, capace di liberare l'uomo dalla malattia, dalla fame e dal dolore, onnipotente e benevolente come un nuovo dio. Glissa sulle armi e sul caos, sulla solitudine esistenziale dell'uomo moderno, naturalmente, e si propone come unica salvatrice dell'umanità». Ventresca avanzava verso la pistola puntata contro di lui. «Io, però, ho visto in faccia il diavolo che si nasconde dietro queste menzogne, ho visto il pericolo in agguato...»

«Ma di cosa parla? Vetra ha praticamente dimostrato l'esistenza del vostro Dio! Era vostro alleato!»

«Alleato? Scienza e fede non possono essere alleate! Lei e io non cerchiamo il medesimo dio. Chi è il suo dio, mi dica? Il dio degli atomi, dei protoni, delle particelle? Qual è il suo messaggio? Come parla al cuore dell'uomo, quali responsabilità gli ricorda? Gli insegna a rispettare il prossimo? No, Vetra era in errore: la sua non era un'opera religiosa, ma sacrilega. L'uomo non può ricostruire in una provetta la Creazione e mostrarla al mondo! Questo non è glorificare Dio, ma sminuirlo!» Incrociava le braccia, con espressione indignata.

«Per questo ha fatto uccidere Leonardo Vetra?»

«Per la Chiesa! Per l'umanità! Folle è colui che si crede padrone della Genesi. Dio in provetta? Una goccia di liquido capace di distruggere un'intera città? Bisognava fermarlo!» Improvvisamente tacque e si voltò a guardare le fiamme nel camino, meditabondo.

Kohler puntò la pistola. «Ha confessato, Ventresca. Non ha scampo.»

Il camerlengo scoppiò in una risata amara. «Al contrario: confessare i propri peccati è la via verso la salvezza. Lei non capisce.» Lanciò un'occhiata in direzione della porta e disse: «Il Signore offre infinite possibilità a chi è dalla sua parte». Con queste parole, si strappò la veste sul petto.

Kohler sussultò, evidentemente turbato. «Che cosa fa?»

Per tutta risposta, il camerlengo si chinò a prendere qualcosa fra le braci.

«Fermo!» urlò Kohler. «Che cosa fa?»

Quando il camerlengo si rialzò, aveva fra le mani un ferro incandescente, il Diamante degli Illuminati. Con sguardo da folle disse: «Ero intenzionato a farlo da solo, ma Dio ha voluto che ci fosse anche lei. Sia fatta la Sua volontà. Lei sarà la mia salvezza».

Senza dargli tempo di reagire, Ventresca chiuse gli occhi e inarcò la schiena, premendosi il ferro arroventato sul torace. Si udì uno sfrigolio sinistro di carne bruciata. «Madre santissima! O Maria Benedetta, aiuta tuo figlio!» urlò Ventresca.

La telecamera inquadrava Kohler, adesso, che si alzava in piedi con fatica.

Il camerlengo lanciò un grido ancora più forte e, barcollando, gettò il marchio ai piedi del direttore del CERN. Poi cadde a terra contorcendosi dal dolore.

Le immagini, da quel punto in poi, erano molto sfocate.

Si vedevano entrare le guardie svizzere, si sentivano degli spari, poi si vedeva Kohler portarsi le mani al petto e ricadere, sanguinante, sulla carrozzella.

«No!» gridava Rocher, cercando di impedire ai suoi di sparare al direttore del CERN.

Il camerlengo, che si dimenava per terra urlando, si voltava verso di lui, indicandolo, e gridava: «Illuminato!».

«Maledetto bugiardo!» replicava Rocher avventandosi su Ventresca. «Ipocrita...»

Ma non riusciva a finire, perché Chartrand gli sparava tre colpi e lo uccideva.

Le guardie accorrevano in aiuto del camerlengo e la telecamera inquadrava uno sbigottito Robert Langdon in ginocchio accanto alla sedia a rotelle di Kohler, che guardava il marchio. Poi le immagini prendevano a tremare convulsamente: Kohler stava staccando la telecamera dal bracciolo della sua carrozzella e la porgeva al professore.

«La consegni... la consegni ai media» diceva con un rantolo.

E le immagini finivano.

130

Carlo Ventresca cominciava a sentir svanire l'effetto dell'adrenalina. Una guardia svizzera lo stava accompagnando su per la Scala Regia, verso la Cappella Sistina. Udì il canto che si era levato in piazza San Pietro e capì di aver smosso mari e monti.

"Ti ringrazio, Signore."

Aveva pregato perché Dio gli desse la forza, e le sue preghiere erano state esaudite. Quando aveva dubitato, il Signore lo aveva rassicurato. "La tua è una missione sacra" gli aveva detto. "E io ti darò la forza di portarla a termine." Nonostante l'aiuto di Dio, aveva avuto paura e si era chiesto se la strada intrapresa fosse veramente quella giusta.

"Se non lo fai tu, *chi* potrà farlo?" gli aveva detto Dio. "Se non ora, *quando*? Se non così, *come*?"

Gesù aveva salvato l'umanità, l'aveva riscossa dall'apatia, aveva aperto gli occhi ai dubbiosi riempiendoli prima di orrore e poi di speranza. Facendosi crocifiggere e poi risorgendo, aveva cambiato il mondo.

Troppi secoli erano trascorsi da allora, però, e il tempo aveva sbiadito il ricordo di quel miracolo. La gente aveva dimenticato, si era rivolta a falsi idoli, al dio tecnologico e ai miracoli della razionalità. "E i miracoli del cuore?"

Il camerlengo aveva pregato tanto perché Dio gli mostrasse la strada per rinnovare la fede dell'uomo, ma Dio era stato zitto. Solo quando credeva ormai di aver toccato il fondo, gli aveva indicato la via. "Oh, l'orrore di quella notte!"

Ricordava ancora le lunghe ore trascorse disteso sulla nuda terra a martoriarsi le carni per purificare la propria anima dal dolore che la vergognosa notizia appena appresa gli aveva procurato. «Non è possibile!» aveva esclamato. Ma sapeva che era la verità. Si sentiva ingannato, tradito. Il vescovo che lo aveva preso sotto la sua ala protettrice, l'uomo che era stato come un padre per lui, il cardinale che aveva accompagnato fino al papato era un bugiardo, un mentitore. Un comune peccatore. La sua menzogna era così terribile che Carlo Ventresca era certo che nemmeno Dio avrebbe mai potuto perdonarlo. «I tuoi voti! Hai infranto i tuoi voti!» gli aveva gridato.

Il papa aveva cercato di spiegarsi, ma Carlo Ventresca non aveva avuto la forza di ascoltarlo ed era corso via, brancolando nei lunghi corridoi in preda ai conati di vomito, strappandosi le vesti. Si era ritrovato solo e sanguinante per terra, davanti al sepolcro di san Pietro. "Maria, santa Madre, che cosa devo fare?" In quel momento di estrema sofferenza, abbandonato da tutti, solo nella necropoli, aveva pregato Dio di portarlo via da quel mondo crudele e senza fede. E Dio gli aveva parlato.

Con voce tonante e solenne gli aveva detto: "Hai fatto voto di servire il tuo Dio?".

«Sì» aveva risposto il camerlengo.

"Saresti disposto a morire per il tuo Signore?"

«Sì, certo. Prendimi ora!»

"Saresti disposto a morire per la tua Chiesa?"

«Sì, anche subito!»

"Saresti disposto a morire per... l'umanità?"

Nel silenzio che era seguito, il camerlengo si era sentito precipitare nell'abisso. Era una caduta senza fine, nell'oscurità più totale... Ma conosceva la risposta. L'aveva sempre saputa. «Sì!» urlò. «Sono disposto a dare la vita per l'umanità! Come Tuo figlio, morirò per loro.»

Era rimasto lì per ore, disteso per terra, tremante. Poi aveva visto il volto di sua madre. "Dio ha dei progetti per te" gli aveva detto. Il camerlengo era precipitato sempre più nella pazzia. E Dio gli aveva parlato di nuovo, questa volta attraverso il silenzio. Ma lui aveva capito. "Fa' che l'uomo ritrovi la fede."

"Chi, se non io? Quando, se non ora?"

Mentre le guardie aprivano la porta della Cappella Sistina, il camerlengo Carlo Ventresca sentì la forza della vocazione come quando era bambino. Era l'eletto. Dio lo aveva chiamato.

"Sia fatta la Sua volontà."

Si sentiva rinato. Le guardie lo avevano medicato, lavato e aiutato a indossare una veste pulita di lino bianco. Gli avevano fatto anche un'iniezione di morfina contro il dolore dell'ustione. Il camerlengo avrebbe preferito non prendere medicine, desideroso di seguire l'esempio di Gesù Cristo, che aveva sopportato atroci sofferenze per tre lunghi giorni. Sentiva già il torpore provocato dal farmaco, uno strano obnubilamento.

Entrando nella cappella, non rimase sorpreso nel vedere che tutti lo osservavano stupiti. "È lo stupore dell'uomo davanti a Dio" pensò. "Dio si manifesta attraverso di me e loro lo vedono." Avanzando al centro della cappella, sentiva su di sé gli sguardi di tutti i cardinali. Ma non era soltanto stupore quello che leggeva nei loro occhi. Che cos'era? Aveva cercato di immaginare come l'avrebbero accolto. Con gioia? Con profondo rispetto? Non gli sembrava di vedere né gioia né riverenza nei loro sguardi.

Poi vide Robert Langdon presso l'altare.

131

Tutti i cardinali nella Cappella Sistina erano voltati verso il camerlengo Carlo Ventresca, in piedi nella navata. Robert Langdon era vicino all'altare, accanto a un televisore che mostrava le immagini di una scena che il camerlengo riconobbe, pur non riuscendo a capacitarsi di come fosse stata ripresa e trasmessa in quel luogo. Vittoria Vetra, accanto al professore, aveva la faccia stanca e tirata.

Ventresca chiuse un istante gli occhi, sperando di avere avuto le allucinazioni, magari dovute alla morfina, ma quando li riaprì non era cambiato nulla. Dunque, tutti sapevano.

Stranamente, non provava alcuna paura. "Mostrami la via, Padre. Infondi in me il Tuo spirito, dammi le parole per spiegare loro la Tua visione."

Ma Dio non gli rispose.

"Padre, ci siamo spinti troppo lontano: non possiamo fallire proprio ora."

Silenzio.

"Non capiscono che cosa abbiamo fatto."

Il camerlengo non sapeva a chi appartenesse la voce che gli tuonava nella testa, ma il messaggio era inequivocabile.

"La verità vi renderà liberi..."

E fu così che il camerlengo Carlo Ventresca si diresse verso l'altare della Cappella Sistina a testa alta. La luce delle candele non addolciva la durezza dello sguardo dei cardinali. Era chiaro che volevano una spiegazione, che si aspettavano che desse un senso al caos, che fugasse le loro paure.

"Posso solo dire la verità" si disse il camerlengo. Troppi segreti erano racchiusi tra quelle mura, e uno era talmente grave che lo aveva portato alla follia. "Ma la follia può essere illuminante" pensò.

«Se poteste dare la vostra anima per salvarne milioni di altre, lo fareste?» chiese ad alta voce, avanzando verso l'altare.

I cardinali si limitarono a guardarlo. Nessuno si mosse. Il silenzio era profondissimo, a parte l'eco di un coro gioioso che proveniva dalla piazza.

Il camerlengo continuò a camminare. «Che cos'è peggio, uccidere il nemico o restare a guardare mentre viene ucciso il vostro vero amore?» "I fedeli in piazza San Pietro stanno cantando!" Si fermò un istante e alzò gli occhi al soffitto affrescato. Il Dio di Michelangelo lo guardava dall'alto della volta scura, apparentemente soddisfatto.

«Non potevo più restare a guardare» disse il camerlengo. Ma nessuno capiva. Non vedevano la radiosa semplicità di ciò che aveva fatto? Non ne comprendevano la necessità?

Eppure aveva agito con tanta purezza di cuore...

Gli Illuminati. La scienza e il diavolo.

Far risorgere l'antica paura per poi sconfiggerla.

"Orrore e speranza. Rinsalda la loro fede."

Quella notte la potenza degli Illuminati era tornata a manifestarsi, e con effetti straordinari. Era scomparsa l'apatia, la paura aveva fatto tremare il globo come un terremoto, unendo tutti i popoli. E la maestà del Signore aveva sconfitto le tenebre.

"Non potevo restare a guardare!"

Era stato Dio a ispirarlo, rischiarando come un faro le tenebre del suo dolore. "Il mondo è senza Dio, bisogna fare qualcosa. Chi può farlo, se non tu? Sei stato salvato per un motivo. Mostra loro gli antichi demoni, ricorda loro cos'è la paura. L'apatia è morte. Senza tenebre non può esservi luce, senza il male non può esservi il bene. Mettili di fronte a un'alternativa, falli scegliere fra la luce e le tenebre. Dov'è la paura? Dove sono gli eroi? Se non ora, quando?"

Il camerlengo era ormai di fronte ai cardinali, che si dividevano al suo passaggio come le acque del mar Rosso davanti a Mosè. Robert Langdon spense il televisore, prese Vittoria Vetra per mano e scese dall'altare. Ventresca sapeva che Langdon poteva essersi salvato solo per volontà del Signore e si chiese perché Dio l'avesse voluto salvare.

A rompere il silenzio fu l'unica donna presente nella Cappella Sistina. «È stato lei a uccidere mio padre?» gli chiese, facendosi avanti.

Quando il camerlengo la guardò negli occhi, non riuscì a capire quali emozioni li animassero. Paura, certamente, ma anche... collera, forse? Eppure avrebbe dovuto capire che il genio di suo padre era troppo pericoloso, che era stato necessario fermarlo per il bene dell'umanità.

«Stava compiendo l'opera del Signore» disse Vittoria.

«L'opera del Signore non si può compiere in un laboratorio, ma solo nel nostro cuore.»

«Il cuore di mio padre era puro! E i suoi studi dimostrano...»

«I suoi studi dimostrano che la mente umana va più veloce dell'anima!» la interruppe il camerlengo con più asprezza di quanto avrebbe voluto. «Se un religioso come suo padre è riuscito a creare un'arma come quella che abbiamo visto all'opera stasera, possiamo solo immaginare che cosa sarebbe capace di fare con quella tecnologia un uomo comune...»

«Un uomo come lei, intende dire?»

Il camerlengo trasse un respiro profondo. Possibile che quella donna non capisse? La morale non riusciva a tenere il passo con la scienza. L'umanità non era spiritualmente pronta a gestire la tecnologia che aveva messo a punto. "Non è mai stata inventata un'arma che poi non sia stata usata!" Ma sapeva che l'antimateria era soltanto l'ennesima arma nel già enorme arsenale dell'uomo. L'uomo era un distruttore, aveva imparato a uccidere molto tempo prima. "Il sangue di mia madre pioveva dal cielo..." Il genio di Leonardo Vetra era pericoloso anche per un altro motivo.

«Per secoli la Chiesa è stata a guardare mentre la scienza minava le sue fondamenta» disse Ventresca. «Negava i miracoli, allenava la mente a predominare sul cuore, condannava la religione tacciandola di essere l'oppio dei popoli. Diceva che Dio era un'allucinazione, l'illusione di chi non sa accettare che la vita è priva di senso. Io non posso restare a guardare questo scempio, la scienza che imbriglia la potenza di Dio! La scienza dice che bisogna dimostrare tutto. Ebbene, io dimostrerò la sua ignoranza! Che male c'è ad ammettere l'esistenza di qualcosa che va oltre la nostra capacità di comprensione? Il giorno in cui la scienza ricrea Dio in laboratorio è il giorno in cui l'uomo smette di aver bisogno di credere.»

«O smette di aver bisogno della Chiesa?» lo provocò Vittoria. «Il dubbio è l'unico alleato che vi resta. È il dubbio, è il bisogno che tutti noi abbiamo di dare un senso alla vita, a portarvi fedeli. L'insicurezza dell'uomo, la sua esigenza di trovare un'anima illuminata che gli assicuri che esiste un disegno più grande di noi. Ma la Chiesa non è l'unica a poter fare questo! Cerchiamo tutti Dio, ognuno a modo suo. Di cosa avete paura? Che Dio si manifesti altrove, al di fuori di queste mura? Che la gente lo trovi nella propria vita e abbandoni i vostri antiquati rituali? Le religioni si evolvono, la mente trova risposte, il cuore coglie nuove verità. Mio padre condivideva con voi la sua ricerca, seguiva una strada parallela alla vostra, come può non averlo capito? Dio non è un'autorità onnipotente che guarda dall'alto minacciando di castigare chi non gli ubbidisce. Dio è l'energia che scorre nelle sinapsi del nostro sistema nervoso e in ogni fibra del nostro cuore! Dio è in ogni cosa!»

«A parte la scienza» la corresse il camerlengo con un'occhiata pietosa. «La scienza è per definizione senz'anima. Separata dal cuore in maniera irrevocabile. I miracoli intellettuali come l'antimateria giungono in questo mondo senza un manuale di istruzioni morali. E questo è di per sé un grave pericolo. Ma il pericolo più grave è che la scienza propagandi la sua empia ricerca come la via dell'illuminazione, promettendo risposte a quegli interrogativi che *non possono* avere soluzione!» Scosse la testa. «No, questo è inaccettabile.»

Ci fu un momento di silenzio. Il camerlengo provò all'improvviso una grande stanchezza, sotto lo sguardo implacabile di Vittoria Vetra. Non aveva previsto quella discussione. O forse era l'ultima prova cui il Signore lo sottoponeva?

Fu Mortati il primo a parlare. «Ma Baggia e gli altri cardinali...» cominciò inorridito. «Non dirmi che li hai...»

Il camerlengo si voltò dalla sua parte, stupito nel sentire tanto dolore nella sua voce. Eppure Mortati avrebbe dovuto capire...

Ogni giorno venivano annunciati nuovi miracoli della scienza, ma da quanto tempo la religione non finiva in prima pagina? Erano secoli che rimaneva in secondo piano. Ci voleva un miracolo, qualcosa che riscuotesse il mondo dalla sua apatia, che riportasse l'uomo sul cammino della virtù, che rinsaldasse la fede. I quattro cardinali scomparsi non erano veri leader, ma camaleonti, che avrebbero sicuramente abbracciato il nuovo mondo e abbandonato le vecchie tradizioni. Invece ci voleva un leader, un leader vero, giovane ed energico, capace di miracoli. I quattro cardinali erano più utili alla Chiesa da morti che da vivi. Orrore e speranza, il sacrificio di pochi per il bene dei più. Il mondo li avrebbe venerati come martiri, la Chiesa avrebbe reso onore ai loro nomi. "Quante migliaia di vite si sono sacrificate per la gloria di Dio? In fondo, i cardinali erano solo quattro..."

«Rispondi» disse Mortati.

«Ho partecipato del loro dolore» disse il camerlengo indicandosi il petto. «Anch'io sono pronto a morire per Nostro Signore, ma il mio compito è lungi dall'essere terminato. Sentite? I fedeli cantano in piazza San Pietro!»

Il camerlengo vide l'orrore negli occhi di Mortati e provò di nuovo una sconcertante confusione. "È la morfina?" si chiese. Mortati lo guardava come se pensasse che li aveva ammazzati lui, con le sue stesse mani. "Ne sarei capace, se così mi chiedesse Dio" pensò. Ma non lo aveva fatto. Lo aveva fatto fare all'assassino, uno stolto pagano che aveva indotto a credere di svolgere una missione per conto degli Illuminati. "Mi chiamo Giano" gli aveva detto. "Ti dimostrerò il mio potere." E così era stato. Per colpa del suo odio, l'assassino era diventato una pedina nelle mani di Dio.

«Sentite come cantano?» continuò sorridendo, con il cuore pieno di gioia. «Nulla unisce gli animi più della vicinanza del male. Bruciate una chiesa e la gente si alzerà in piedi, si prenderà per mano e canterà lodi al Signore nel ricostruirla. Guardate come si è mobilitato il mondo stasera! La paura ha riscosso gli animi. Bisogna creare demoni moderni per l'uomo moderno. L'apatia è morte. Mostrategli la faccia del diavolo, fategli vedere che una setta satanica si è infiltrata nei nostri governi, nelle nostre banche, nelle nostre scuole, minacciando di distruggere la Casa di Dio con il suo fanatico amore per la scienza. La depravazione esiste, bisogna essere prudenti e cercare la virtù. Diventare virtuosi!»

Sperava che adesso lo avessero capito. Gli Illuminati non erano tornati a colpire. La setta era morta da tempo, ma la leggenda viveva ancora, e lui ne aveva approfittato. Chi conosceva la storia degli Illuminati aveva provato di nuovo paura di fronte alla loro malvagità. Quelli che non li avevano mai neppure sentiti nominare avevano appreso della loro esistenza e si erano stupiti della propria cecità. Gli antichi demoni erano risorti a nuova vita per riscuotere dal sonno un mondo indifferente.

«E... i marchi?» chiese Mortati sbigottito.

Il camerlengo non rispose. Mortati non poteva saperlo, ma quei marchi erano stati confiscati dal Vaticano oltre un secolo prima e chiusi nel reliquiario privato del pontefice, un nascondiglio segreto nell'Appartamento Borgia dove erano contenuti tutti gli oggetti che la Chiesa riteneva pericoloso esporre agli occhi del mondo.

"Perché nascondere ciò che poteva incutere timore? Il timore avvicina l'uomo a Dio!"

La chiave del reliquiario veniva lasciata in eredità da un papa all'altro, ma Ventresca se ne era impossessato. Si diceva che in quel nascondiglio segreto fossero contenuti quattordici volumi mai pubblicati dei vangeli apocrifi e la terza profezia di Fatima, mai rivelata perché troppo terribile, ma Ventresca vi aveva trovato la collezione degli Illuminati, tutti i segreti che la Chiesa aveva scoperto dopo aver bandito la setta da Roma: il Cammino dell'Illuminazione, ideato da uno dei più illustri artisti del Vaticano, Gian Lorenzo Bernini, per guidare gli scienziati più celebri d'Europa a Castel Sant'Angelo, dove si facevano beffe della religione... Vi era anche una scatola pentagonale, con i marchi di ferro, tra cui il famoso Diamante degli Illuminati. Era un capitolo della storia del Vaticano che i papi del passato avevano preferito dimenticare, ma il camerlengo non era d'accordo.

«L'antimateria, però...» disse Vittoria Vetra. «Ha rischiato di distruggere la Città del Vaticano!»

«Non corri alcun rischio, quando Dio è con te» rispose Ventresca. «Stavo compiendo la Sua volontà.»

«Lei è matto» gridò la donna.

«Quanti milioni di anime ho salvato?»

«Quante persone ha ucciso?»

«Ho salvato anime.»

«Lo vada a raccontare a mio padre e a Maximilian Kohler!»

«L'arroganza del CERN doveva essere denunciata. Una gocciolina di questo vostro intruglio è in grado di distruggere ogni cosa nel raggio di un chilometro, giusto? Lei ha una gran faccia tosta a dare del matto a me!» In preda a una collera profonda, continuò: «Il vero credente è disposto a tutto ciò che Dio gli chiede. Ricordate Abramo, pronto a sacrificare il proprio figlio? E Gesù, che morì crocifisso? Esponiamo la croce in ogni stanza perché il suo corpo straziato, insanguinato, agonizzante, ci ricordi quanto è terribile il potere del male e ci mantenga vigili. Le ferite sul corpo di Cristo sono un richiamo vivente al potere delle tenebre, così come le ferite sul *mio* corpo! Vite malvagie, Dio avrà il sopravvento su di voi!».

Nel silenzio generale, le sue parole riecheggiarono fra le mura della cappella fino a spegnersi. Il tempo sembrava essersi fermato. Alle spalle del camerlengo c'era il *Giudizio universale*, dove Michelangelo aveva dipinto i dannati sulla via dell'Inferno. Mortati stava per piangere.

«Che cos'hai fatto, Carlo?» gli chiese in un sussurro. Poi chiuse gli occhi, e una lacrima gli rigò la guancia. «A Sua Santità?»

Tutti sospirarono addolorati, come se per un attimo avessero dimenticato che il papa era stato avvelenato.

«Era un vile bugiardo» disse il camerlengo.

Mortati era sgomento. «Che cosa dici? Era un uomo sincero e di gran cuore. Ti amava!»

«Anch'io lo amavo» rispose Ventresca. "Lo amavo moltissimo! Ma lui mi ha tradito! Mi ha ingannato! Ha infranto i suoi voti!"

Forse per i cardinali era troppo presto per capire, ma prima o poi la luce avrebbe rischiarato i loro animi. Non appena avesse spiegato loro che cos'era successo, avrebbero compreso. Il papa era il più ignobile bugiardo che la Chiesa avesse mai accolto fra le sue file. Oh, ricordava bene quella sera terribile in cui era tornato dalla Svizzera con la notizia dell'esperimento di Vetra e della creazione della temibile antimateria... Si aspettava che il papa ravvisasse i pericoli di quella ricerca, invece Sua Santità era entusiasta e speranzoso. Aveva addirittura suggerito di finanziare gli studi dello scienziato con i fondi vaticani...

Che follia, investire nell'opera di chi vuole rendere obsoleta la Chiesa e mettere a punto armi di distruzione di massa, bombe come quella che aveva ucciso sua madre...

«Ma... è impossibile!» aveva esclamato il camerlengo.

«Sono debitore nei confronti della scienza» gli aveva spiegato allora il pontefice. «Non l'ho mai detto a nessuno. La scienza mi ha fatto un enorme regalo, quando ero giovane. Un regalo che non ho mai dimenticato.»

«Non capisco. Che cosa può offrire la scienza a un uomo di Dio?»

«È complicato» gli aveva risposto il papa. «Ho bisogno di tempo per spiegartelo. Ma prima di tutto c'è una cosa che ti devo dire. È venuto il momento che tu sappia ciò che ti ho tenuto segreto per tutti questi anni.»

E gli aveva rivelato una verità sconvolgente.

Il camerlengo era rannicchiato sulla nuda terra davanti alla tomba di san Pietro. Nella necropoli faceva freddo e il sangue che gli colava dalle ferite che si era inflitto coagulava velocemente. Lì Sua Santità non lo avrebbe trovato. Nessuno avrebbe potuto trovarlo...

"È complicato" gli ripeteva l'eco della voce del papa. "Ho bisogno di tempo per spiegartelo..."

Ma il camerlengo era sicuro che non sarebbe mai riuscito a capire.

"Bugiardo! Io avevo fiducia in te! DIO aveva fiducia in te!"

Una semplice frase gli aveva fatto crollare il mondo addosso. Tutto ciò che aveva sempre creduto riguardo al pontefice, suo mentore, era falso. La verità lo aveva ferito con tale violenza che era uscito di corsa dallo studio privato del papa e aveva vomitato nel corridoio.

«Aspetta!» gli aveva gridato il Santo Padre, correndogli dietro. «Lascia che ti spieghi!»

Ma il camerlengo era fuggito. Come poteva Sua Santità pretendere che lui lo stesse ancora a sentire? Quale depravazione! Vergogna! E se qualcun altro avesse scoperto che la Chiesa era stata così scandalosamente profanata? I sacri voti del papa, dunque, non significavano nulla?

In preda alla follia, con le orecchie che gli fischiavano, era andato a rifugiarsi davanti alla tomba di san Pietro. E lì Dio gli si era manifestato.

LA VENDETTA DI DIO RICADRÀ SU DI TE!

Insieme avevano concepito un piano. Avrebbero difeso la

132

Chiesa, riportato la fede in un mondo che non credeva più a nulla. Il male era ovunque, ma nessuno se ne accorgeva più. Insieme, avrebbero rivelato al mondo le tenebre, affinché il mondo vedesse... e Dio trionfasse. Orrore e speranza. Il mondo sarebbe tornato a credere.

La prima prova che Dio gli aveva proposto era meno ardua di quanto avesse immaginato. Avrebbe dovuto introdursi di nascosto nella camera da letto del papa, fargli l'iniezione e tappargli la bocca mentre si dibatteva negli spasmi della morte. Quell'impostore! Gli aveva letto negli occhi che voleva dirgli qualcosa, ma era troppo tardi.

Il papa aveva già detto abbastanza.

«Il papa aveva un figlio.»

Nella Cappella Sistina, il camerlengo non aveva esitato nel pronunciare quelle cinque parole, quella rivelazione stupefacente. Tutti erano inorriditi. Sulle facce piene di disapprovazione dei cardinali si leggeva uno stupore che rasentava l'incredulità, quasi stessero pregando tutti che il camerlengo si fosse sbagliato.

"Il papa aveva un figlio." Anche Langdon rimase scioccato, perduto in un mare di quesiti irrisolti. Sentì la mano di Vittoria stringere la sua.

La dichiarazione del camerlengo era rimasta come sospesa nell'aria. Carlo Ventresca aveva lo sguardo da pazzo, ma la sua convinzione era totale. Langdon avrebbe voluto provare maggior distacco, oppure risvegliarsi in un mondo che avesse un senso e scoprire che era stato tutto un brutto sogno.

«È una menzogna!» gridò uno dei cardinali.

«Non ci credo!» protestò un altro. «Sua Santità era l'uomo più devoto che sia mai esistito!»

Con un filo di voce, sconvolto, Mortati prese la parola. «Amici miei, quello che ha detto il camerlengo è vero.» Tutti i porporati si voltarono verso di lui, quasi avesse bestemmiato. «Il papa aveva veramente un figlio.»

I cardinali sbiancarono, inorriditi.

Il camerlengo, meravigliato, esclamò: «Lei ne era a conoscenza? Ma... come poteva saperlo?».

Mortati sospirò. «Quando Sua Santità fu eletto, io ero l'avvocato del diavolo.»

Nella cappella si alzò un brusio.

"Allora è vero" pensò Langdon, al corrente che l'avvocato del diavolo era la massima autorità vaticana in materia di scandali. Un pontefice non può nascondere scheletri negli armadi e quindi, prima di un conclave, un cardinale veniva incaricato di indagare sui precedenti dei porporati più papabili. Costui, detto "avvocato del diavolo" era incaricato di scoprire tutti gli eventuali motivi per cui un candidato non poteva diventare papa; veniva nominato anticipatamente dal Sommo Pontefice in previsione della propria morte, ma non doveva rivelare a nessuno la propria identità.

«Io ero l'avvocato del diavolo» ripeté Mortati. «Per questo lo venni a sapere.»

Tutti rimasero a bocca aperta. Sembrava proprio che quella notte tutte le regole fossero destinate a essere infrante.

Il camerlengo era furibondo. «E non lo disse a nessuno?»

«Affrontai Sua Santità, il quale confessò» rispose Mortati. «Mi spiegò tutta la storia e mi esortò a lasciarmi guidare dal cuore nel decidere se rivelare o no il suo segreto.»

«E il cuore le suggerì di occultarlo?»

«Era di gran lunga il favorito per l'elezione al soglio pontificio, stimato e amato da tutti. Lo scandalo sarebbe stato un colpo terribile, per la Chiesa.»

«Ma, se aveva un figlio, aveva infranto il sacro voto di castità!» urlò il camerlengo. Gli pareva di sentire la voce di sua madre. "Le promesse fatte a Dio sono le più importanti di tutte. Non bisogna mai mancare a una promessa fatta a Dio." «Il papa era venuto meno al proprio voto di castità!»

Mortati era il ritratto dell'angoscia. «No, Carlo. Sua Santità non te lo spiegò?»

«Che cosa avrebbe dovuto spiegarmi?» Il camerlengo ripensò a quando era fuggito di corsa, mentre il papa lo chiamava: "Lascia che ti spieghi!".

Lentamente, tristemente, Mortati raccontò che, molti anni prima, quando il papa era ancora un semplice sacerdote, si era innamorato di una giovane suora. Essendo entrambi consacrati a Dio e votati alla castità, non avevano preso neppure in considerazione l'idea di mancare alla loro promessa. Tuttavia, a mano a mano che il loro amore cresceva, pur riuscendo a resistere alle tentazioni della carne, si erano trovati inaspettatamente a desiderare di partecipare al miracolo della creazione divina. Volevano un figlio, un figlio tutto loro. Quel desiderio era diventato sempre più ardente, soprattutto in lei. Però avevano continuato a considerare Dio più importante. Trascorso un anno, quando la frustrazione aveva raggiunto un'intensità quasi insopportabile, un giorno lei era corsa dall'amato, emozionatissima: aveva appena letto un articolo su un nuovo miracolo della scienza, un metodo per mezzo del quale un uomo e una donna potevano generare un figlio senza avere rapporti sessuali. La suora era convinta che fosse un segno di Dio. Il prete, vedendola così felice, aveva acconsentito. Un anno dopo lei aveva avuto un bambino, grazie all'inseminazione artificiale.

«Non... non può essere» balbettò il camerlengo in preda al panico, sperando che fosse la morfina ad alterargli la coscienza. "Ho forse le allucinazioni?"

Mortati aveva gli occhi lucidi. «Per questo Sua Santità è sempre stato tanto favorevole alla scienza, Carlo. Perché sentiva di doverle qualcosa di grande. La scienza gli aveva permesso di apprezzare le gioie della paternità senza venire meno al voto di castità. Una volta mi disse che non aveva rimpianti, a parte il fatto che salendo nella gerarchia della Chiesa non aveva potuto frequentare la donna che amava né veder crescere il suo bambino.»

Il camerlengo Carlo Ventresca si sentì nuovamente sprofondare nella follia: se avesse potuto, si sarebbe strappato la carne con le sue stesse mani. "Come facevo a saperlo, io?"

«Il papa non commise alcun peccato, Carlo. Fu sempre casto.»

«Ma...» Il camerlengo, sconvolto, cercava invano una spiegazione razionale. «Era una posizione estremamente pericolosa...» obiettò con un filo di voce. «E se si fosse fatta avanti quella donnaccia? O, peggio ancora, suo figlio? Immaginate quale disonore per la Chiesa!»

Con voce tremante, Mortati disse: «Il figlio si è già fatto avanti».

Tutti trattennero il fiato.

«Carlo, sei tu il figlio di Sua Santità.» Mortati sembrava sul punto di svenire.

539

Il camerlengo sentì il fuoco della fede che si spegneva nel suo cuore. Tremava, in piedi davanti all'altare, con il *Giudizio universale* di Michelangelo alle spalle, sapendo di avere appena avuto un assaggio di quello che doveva essere l'inferno. Aprì la bocca per parlare, ma non riuscì a emettere suono.

«Non capisci?» balbettava Mortati. «Per questo Sua Santità venne da te quando eri in ospedale a Palermo, dopo l'incidente. Per questo ti prese con sé e ti allevò. La suora che amava era tua madre, Maria, che abbandonò il convento per crescerti, ma rimase sempre devota a Dio. Quando il papa seppe che era morta in un attentato e che tu, suo figlio, eri sopravvissuto per miracolo, giurò che non ti avrebbe mai più lasciato solo. Carlo, i tuoi genitori erano entrambi vergini. Trovarono il modo di farti venire al mondo senza rompere il loro voto di castità. Tu eri il loro miracolo.»

Il camerlengo, impietrito davanti all'altare, si tappò le orecchie per non udire altro. Poi, sentendosi crollare il mondo addosso, cadde in ginocchio gemendo, angosciato.

Secondi. Minuti. Ore.

Sembrava che dentro la Cappella Sistina il tempo avesse perso il suo significato. Vittoria si sentì a poco a poco liberata dalla paralisi che pareva aver colto tutti i presenti, lasciò la mano di Langdon e si avviò verso la porta. Aveva la sensazione di muoversi sott'acqua, al rallentatore, tra la folla di cardinali...

Vedendola passare, si riscossero anche loro dalla sorta di trance in cui erano caduti e cominciarono a pregare. Alcuni piangevano, altri avevano lo sguardo vacuo, ma a mano a mano che lei si avvicinava alla porta ritrovarono lentamente la lucidità. Quando era ormai sulla soglia, Vittoria si sentì afferrare per un braccio, non con violenza, ma con decisione. Si voltò e si trovò a faccia a faccia con un cardinale incartapecorito, dall'aria spaventata.

«No, non se ne può andare così» le mormorò.

Vittoria lo fissò incredula.

Si avvicinò un altro cardinale. «Dobbiamo riflettere, prima di agire.»

E poi un altro. «Il dolore che tutto questo rischia di provocare...»

La circondarono. Vittoria li guardò esterrefatta. «Ma le cose che sono successe oggi, stanotte... Il mondo ha il diritto di sapere la verità.»

«In cuor mio ne sono convinto» disse il vecchio cardinale che l'aveva presa per un braccio. «Tuttavia, questa è una strada senza ritorno. Dobbiamo pensare alle speranze infrante, all'inevitabile perdita di fiducia, al cinismo...»

I cardinali che le sbarravano il passo erano sempre più numerosi: un muro di vesti nere le si parava davanti. Uno disse: «Sente la gente nella piazza? Che effetto avrebbe sul loro cuore sapere la verità? Dobbiamo agire con prudenza».

«Abbiamo bisogno di tempo per riflettere e per pregare» disse un altro. «Dobbiamo essere lungimiranti. Le ripercussioni di queste...»

«Ha ucciso mio padre!» esclamò Vittoria. «E il suo stesso padre!»

«E per questo pagherà, ne sono sicuro» replicò tristemente il porporato, continuando a tenerla per un braccio.

Anche Vittoria ne era sicura, ed era decisa a fare in modo che pagasse al più presto. Fece di nuovo per andarsene, ma i cardinali, spaventati, glielo impedirono.

«Che cosa volete fare?» gridò lei. «Uccidermi?»

Gli anziani prelati sbiancarono e Vittoria si pentì immediatamente di quel che aveva detto. Erano anime buone e per quella sera avevano visto già abbastanza. Non intendevano minacciarla: si sentivano semplicemente in trappola, avevano paura e stavano cercando una via di uscita da quella situazione intricata.

«Io voglio soltanto fare quel che è giusto» disse il più vecchio di tutti.

«Allora lasciatela andare» dichiarò una voce baritonale, calmissima, alle sue spalle. Era Robert Langdon, che le si avvicinò e la prese per mano. «La dottoressa Vetra e io ce ne andiamo. Scusate.»

Esitanti, malfermi sulle gambe, i cardinali cominciarono a farsi da parte.

«Aspettate!» Era Mortati. Avanzò verso di loro al centro della navata, lasciando il camerlengo solo e sconfitto all'altare. Il decano sembrava esausto e aveva gli occhi lucidi. Con un'espressione colpevole in viso, si avvicinò a Langdon e Vittoria e mise loro una mano sulla spalla. Vittoria ebbe la sensazione che fosse un gesto sincero.

«Andate pure» disse. Poi, dopo un attimo di doloroso silenzio, aggiunse a capo chino: «Vi chiedo solo una cosa...». Sembrava non riuscire ad alzare la testa e a guardarli di nuovo negli occhi. «Lasciate che sia io a dirlo. Andrò in piazza e darò la notizia, in un modo o nell'altro. Non so ancora come, ma spiegherò tutto. È giusto che siamo noi a confessare i nostri errori.»

Si voltò mestamente verso l'altare e disse: «Carlo, hai messo la Chiesa in una situazione disastrosa». Si bloccò e si guardò intorno. Presso l'altare non c'era nessuno.

Si udì un fruscio lungo la navata laterale e poi il rumore della porta che si chiudev

Il camerlengo era sparito.

Con la veste bianca sventolante, il camerlengo Carlo Ventresca corse nel corridoio antistante la Sistina. Vedendolo uscire da solo, le guardie svizzere lo guardarono perplesse, ma lui disse che aveva bisogno di un momento di tranquillità e loro, ubbidienti, lo lasciarono passare.

Quando ebbe svoltato l'angolo e fu lontano dai loro sguardi, si sentì assalire da una tempesta di emozioni. Aveva avvelenato l'uomo che aveva sempre chiamato "Santo Padre" e che lo chiamava "figlio mio". Aveva sempre dato a quelle due parole, "padre" e "figlio", un significato metaforico. Adesso sapeva la terribile verità: erano letteralmente vere.

Come nella notte fatale di due settimane prima, si sentì sull'orlo del baratro.

Pioveva, la mattina in cui avevano svegliato il camerlengo da un sonno agitato per dirgli che il papa non apriva la porta e non rispondeva al telefono. I membri della curia erano preoccupati e l'unica persona autorizzata a entrare negli appartamenti privati del pontefice senza farsi annunciare era lui.

Ci era andato, da solo, e aveva trovato il papa nella stessa posizione della sera prima, raggomitolato nel letto. Era morto, aveva una smorfia terrificante sul viso e la lingua nera come la pece. Sembrava il diavolo in persona.

Il camerlengo non aveva provato alcun rimorso. Dio aveva parlato.

Nessuno avrebbe subodorato l'inganno. Nessuno avrebbe saputo niente, almeno per il momento.

Aveva dato la terribile notizia: Sua Santità era stata stroncata da un ictus. E aveva cominciato i preparativi per il conclave.

La voce di sua madre gli aveva bisbigliato all'orecchio: "Mai mancare a una promessa fatta a Dio".

"Ho sentito, mamma" aveva risposto. "Questo mondo ha perso la fede. Bisogna riportarlo sulla retta via. Orrore e speranza. Non c'è altro mezzo."

"Sì" aveva replicato Maria. "Se non lo fai tu, chi ci penserà? Chi guiderà la Chiesa fuori dalle tenebre?"

Certamente non uno dei cardinali papabili, vecchi ormai prossimi alla morte, progressisti pronti a seguire le orme del vecchio papa appoggiando la scienza, disposti a rinunciare alle antiche tradizioni pur di trovare seguito fra la gente di oggi. Vegliardi disperatamente sorpassati che pretendevano in modo patetico di non esserlo, destinati a un inevitabile fallimento. La forza della Chiesa stava nella tradizione. Tutto cambiava, ma la Chiesa non aveva bisogno di inseguire il progresso: doveva semplicemente ricordare al mondo la propria importanza. "O voi malvagi! Dio vincerà!"

La Chiesa aveva bisogno di una guida. "I vecchi non hanno carisma! Solo Gesù ha carisma." Giovane, energico, potente... MIRACOLOSO!

«La guida verrà a prendervi tra poco» aveva detto il camerlengo ai quattro cardinali, lasciandoli soli a prendere il tè nella biblioteca privata del papa poco prima dell'inizio del conclave.

I porporati lo avevano ringraziato, emozionati al pensiero di poter finalmente visitare il famoso Passetto. "Un privilegio raro!" Prima di congedarsi, Ventresca aveva aperto la porta del passaggio segreto e poco dopo, puntualissimo, si era presentato un prete straniero con una fiaccola. Li aveva invitati a seguirlo e i quattro cardinali erano entrati nella galleria.

Per non uscirne mai più.

"Loro saranno l'orrore, io la speranza."

"No! Sono io l'orrore..."

Il camerlengo avanzava barcollando nella basilica di San Pietro, buia. Inspiegabilmente la follia, i sensi di colpa, il ricordo di suo padre e il dolore della scoperta, e persino gli effetti della morfina, gli avevano dato una grande lucidità, una visione chiara del proprio destino. "So quello che devo fare" pensò atterrito.

Nulla, quel giorno, era andato come previsto; fin dall'inizio erano sorti ostacoli inaspettati. Ma lui si era adattato, con coraggio e flessibilità. Non avrebbe mai immaginato che quella notte si concludesse così, eppure adesso vedeva la realizzazione di un grandioso piano preordinato.

Non poteva che finire in quel modo.

Oh, quale terrore aveva provato nella Cappella Sistina, quando si era chiesto se Dio lo aveva abbandonato! Oh, com'era imperscrutabile la volontà del Signore! Era caduto in ginocchio, in preda al dubbio. Aveva teso l'orecchio per sentire la voce di Dio, ma aveva udito solo un gran silenzio. Aveva supplicato il Signore di mandargli un segno, un aiuto, un'indicazione. Qual era la volontà di Dio? Che la Chiesa venisse distrutta dallo scandalo e dall'ignominia? Impossibile! Era stato Dio a chiedergli di agire, no?

Poi, sull'altare, aveva capito. Aveva scorto la strada che Dio gli indicava attraverso un oggetto ordinario visto in una luce straordinaria. Il crocifisso. Gesù inchiodato su un'umile croce di legno. E aveva capito con chiarezza che non era solo e che non lo sarebbe mai più stato.

"Sia fatta la Tua volontà."

Dio aveva sempre chiesto grandi sacrifici ai suoi discepoli più amati. "Come ho potuto metterci così tanto a capire? Sono forse troppo pavido? Troppo umile?" Non importava: Dio aveva trovato il modo. Adesso il camerlengo capiva persino perché Robert Langdon era stato risparmiato: per portare la verità, per rendere inevitabile *quella* fine.

L'unica via verso la salvezza della Chiesa...

Al camerlengo pareva di volare, mentre scendeva nella Nicchia dei Palli. La morfina gli era entrata definitivamente in circolo, ma sapeva che era Dio a guidarlo.

In lontananza udì il clamore dei cardinali che uscivano costernati dalla Sistina e davano ordini alle guardie svizzere.

Ma era inutile: non l'avrebbero trovato in tempo.

Come attirato da una forza irresistibile, si precipitò giù per la scala che portava nel sotterraneo in cui brillavano novantanove lampade. Dio lo stava riaccompagnando nelle terresante. Si avvicinò alla grata del cunicolo che portava alla necropoli. Era laggiù che si sarebbe conclusa quella notte di tregenda, nelle sacre tenebre di quel sotterraneo. Prese una lampada a olio e si accinse a scendere.

Poi, all'improvviso, si fermò: aveva la sensazione che ci fosse qualcosa che non andava. In che modo quel che stava per fare poteva servire a Dio? Che senso aveva una fine solitaria e silenziosa? Gesù aveva sofferto davanti agli occhi del mondo intero. Non era quella la volontà del Signore! Si mise in ascolto della voce del suo Dio, dentro di sé, ma percepì soltanto il ronzio confuso indotto dalla morfina.

"Carlo." Era sua madre. "Dio ha dei progetti per te."

Perplesso, il camerlengo si rimise in cammino.

E allora Dio gli apparve.

Il camerlengo si fermò, gli occhi sgranati. La luce delle novantanove lampade proiettava la sua ombra sulla parete di marmo, gigantesca e spaventosa, sagoma indistinta circondata da un alone di luce dorata. Con le fiammelle che gli tremolavano intorno, il camerlengo pareva un angelo che ascende al cielo. Rimase immobile un attimo, alzò le braccia e guardò il proprio riflesso. Poi si voltò verso la scala.

L'intenzione di Dio era chiarissima.

Erano già passati tre minuti e nei corridoi intorno alla Cappella Sistina regnava il caos, ma del camerlengo non c'era traccia. Sembrava quasi fosse stato inghiottito dalle tenebre. Mortati stava per ordinare una perquisizione su vasta scala in tutto il Vaticano quando dalla piazza giunse un boato. La folla, tra grida di giubilo, acclamava festante. I cardinali si scambiarono occhiate perplesse.

Mortati chiuse gli occhi e disse: «Che Dio ci aiuti».

Per la seconda volta, i membri del Sacro Collegio si precipitarono in massa in piazza San Pietro. Anche Langdon e Vittoria, trascinati dai porporati, uscirono di nuovo nella notte. Riflettori e telecamere erano tutti puntati verso la basilica.

Affacciato al balcone al centro della grandiosa facciata, c'era il camerlengo Carlo Ventresca, con le braccia alzate verso il cielo. Da lontano, vestito di bianco e inondato di luce abbagliante, sembrava un'apparizione.

La folla che si accalcava nella piazza travolse come un'onda gigantesca le barriere erette dalla Guardia Svizzera e si riversò festante verso la basilica, piangendo, cantando, filmando. Il caos era totale. La marea umana raggiunse le porte di San Pietro, apparentemente inarrestabile.

Invece, si fermò.

Lassù in alto, sul balcone, il camerlengo si era mosso. Aveva giunto le mani in preghiera e chinato la testa. A uno a uno, i fedeli raccolti nella piazza lo imitarono.

E, come per incanto, sulla Città del Vaticano scese il silenzio.

Nella sua mente sempre più confusa, il camerlengo recitava preghiere piene di speranza e di rimpianto. "Perdonami, Padre... O Madre, piena di grazia... voi siete la Chiesa... solo voi potete capire il sacrificio del vostro figlio unigenito... Oh, Gesù mio... salvaci dalle fiamme dell'inferno... porta tutte le anime in paradiso, soprattutto le più bisognose della tua pietà..."

Non ebbe bisogno di aprire gli occhi per guardare la folla sottostante, le televisioni, il mondo intero che assisteva alla scena, perché li sentiva nell'animo. Nonostante il dolore, provava un esaltante senso di comunione con il mondo. Sembrava che tutti, a casa davanti al televisore, in macchina, ovunque, pregassero insieme, uniti. Come sinapsi di un unico sistema nervoso che rispondano simultaneamente a uno stesso stimolo, tutti i credenti si rivolsero a Dio in decine di lingue diverse, in centinaia di paesi. Mormoravano parole nuove e tuttavia conosciute, antiche verità impresse nell'animo di ognuno.

E quel senso di comunione era eterno.

Nel silenzio si levarono cori di giubilo.

Il camerlengo capì che era giunto il momento.

"Santissima Trinità, ti offro il corpo, il sangue e l'anima più preziosi... in remissione dei peccati commessi con parole, opere e omissioni..."

Cominciò a sentire il dolore fisico che gli si diffondeva in tutto il corpo, facendogli desiderare di strapparsi la carne con le sue stesse unghie, come quando Dio gli era apparso qualche settimana prima. "Pensa alle sofferenze di Cristo." Ormai sentiva il sapore acre del fumo in gola e neppure la morfina bastava più a lenire il suo strazio.

"La mia opera su questa terra è compiuta."

L'orrore era suo. La speranza di tutti.

Nella Nicchia dei Palli, aveva ubbidito alla volontà di Dio e si era unto dalla testa ai piedi. I capelli, la faccia, la veste di lino, la pelle. Si era intriso degli oli santi delle novantanove lampade, che avevano lo stesso odore dolce di sua madre, ma bruciavano. La sua ascesa al cielo sarebbe stata una grazia, un sollievo miracoloso e rapidissimo, e non avrebbe causato scandalo, ma infuso nuova forza e ammirazione nella gente.

Si infilò una mano nella tasca della veste candida e trovò il piccolo accendino dorato che aveva preso nella Nicchia dei Palli.

Mormorò un versetto del libro dei *Giudici*: «Mentre la fiamma saliva dall'altare al cielo, l'angelo del Signore salì con la fiamma...».

Sollevò il pollice.

In piazza San Pietro la folla cantava...

Lo spettacolo cui assistette il mondo intero fu indimenticabile.

Dal balcone di piazza San Pietro, come un'anima che si liberi finalmente dai vincoli terreni, con un bagliore improvviso, il corpo del camerlengo prese fuoco. Non si udì alcun grido. Lo si vide alzare le braccia e rivolgere lo sguardo verso il cielo, avvolto dalle fiamme. Sotto gli occhi di tutti, la colonna di fuoco continuò a bruciare per quella che parve un'eternità, finché a poco a poco si spense. Il camerlengo non c'era più. Non si capiva se fosse crollato dietro la balaustra o se si fosse dissolto nell'aria. Una nuvola di fumo si sollevò in spesse volute sopra la Città del Vaticano.

L'alba sorse tardi su Roma, quel giorno.

Un temporale aveva disperso la folla di piazza San Pietro, ma i media erano ancora lì. I giornalisti, al riparo sotto gli ombrelli o a bordo dei furgoni, commentavano gli avvenimenti della nottata, mentre le chiese di tutto il mondo straripavano di fedeli. Era giunto il momento di riflettere e discutere, per tutte le religioni. Gli interrogativi erano tanti e le risposte sembravano sollevarne continuamente di nuovi. Il Vaticano taceva e, per il momento, non rilasciava dichiarazioni.

Nelle Grotte Vaticane il cardinale Mortati era in ginocchio davanti al sarcofago aperto, da solo. Allungò una mano e chiuse la bocca nera del povero defunto. Finalmente Sua Santità pareva sereno, pronto all'eterno riposo.

Ai piedi di Mortati c'era un'urna dorata piena delle ceneri che aveva lui stesso raccolto e portato fino lì. «Chiedo venia» sussurrò posando l'urna nel sarcofago accanto alla salma. «Non esiste amore più grande di quello di un padre per il proprio figlio.» Nascose l'urna sotto la veste del papa. In quel luogo potevano essere sepolti soltanto i pontefici, ma Mortati aveva la sensazione che quella che stava facendo fosse la cosa più giusta.

«Eminenza?» disse una voce. Era il tenente Chartrand, accompagnato da tre guardie svizzere. «La stanno aspettando in conclave.»

Mortati fece di sì con la testa. «Un momento.» Guardò un'ultima volta il sarcofago, poi si alzò e disse alle guardie: «È ora che Sua Santità riposi in pace, come merita».

I quattro uomini si fecero avanti e, con uno sforzo sovrumano, spinsero il coperchio sul sarcofago, sigillandolo per sempre.

Mortati attraversò il cortile Borgia da solo, diretto alla Cappella Sistina. Il vento umido, di burrasca, gli scompigliava la veste. Un altro cardinale uscì dal Palazzo Apostolico e si avviò insieme con lui.

«Posso avere l'onore di accompagnarla in conclave, eminenza?»

«L'onore è mio.»

Turbato, il cardinale replicò: «Eminenza, il Collegio le deve delle scuse per ieri notte. Siamo stati accecati da...».

«La prego» disse Mortati. «A volte la nostra mente prende per vero quel che il nostro cuore desidera essere vero.»

Il cardinale tacque a lungo prima di dire: «Dunque non è più Grande Elettore. Ha sentito?».

Mortati sorrise. «Sì. Ringrazio Dio.»

«Il Sacro Collegio voleva che non fosse escluso dai papabili.»

«Oh, abbiate pietà di me.»

«Lei è un uomo saggio. Sarebbe un'ottima guida per la Chiesa.»

«Sono vecchio. Anche se fosse, lo sarei per poco.»

Entrambi risero.

Quando furono in fondo al cortile Borgia, il cardinale guardò Mortati con espressione turbata. Sembrava titubante, ma forse era ancora scioccato dalla sera prima. «Ha saputo che non sono stati trovati resti sul balcone?»

Mortati sorrise. «Forse li ha portati via la pioggia.»

Il porporato guardò il cielo plumbeo. «Già...»

136

Il cielo era ancora coperto da nuvoloni scuri quando, a metà mattina, dal comignolo della Cappella Sistina uscirono i primi sbuffi di fumo. Era bianco, perlaceo, e si alzò lentamente disperdendosi nel vento.

In piazza San Pietro, il giornalista Gunther Glick osservava in silenzio la fumata bianca, meditabondo. Era l'ultimo capitolo di quella drammatica saga...

Chinita Macri gli si avvicinò, con la telecamera in spalla. «Ci siamo» disse.

Glick annuì tristemente, si voltò verso di lei lisciandosi i capelli e trasse un respiro profondo. "Il mio ultimo servizio" pensò. Intorno si era radunata una piccola folla di curiosi.

«In onda tra sessanta secondi» annunciò Chinita Macri.

Glick guardò il tetto della Cappella Sistina alle proprie spalle. «Hai inquadrato la fumata?»

Chinita Macri annuì, paziente. «So fare il mio mestiere, Gunther.»

Glick si sentì stupido. La sera prima Chinita Macri si era probabilmente assicurata il premio Pulitzer con la sua performance dietro l'obiettivo. Mentre lui... preferiva non pensarci. Era sicuro che la BBC stesse per licenziarlo, visti i problemi legali che senza dubbio avrebbe avuto con il CERN, la Casa Bianca e chissà quanti altri...

«Così vai benissimo» lo rassicurò la collega condiscendente, guardandolo un po' preoccupata da dietro l'obiettivo. «Senti, se posso dire la mia...» Esitò e si morse la lingua.

«Vuoi darmi qualche consiglio?»

Chinita Macri sospirò. «Volevo solo dirti che non c'è bisogno di chiudere in bellezza.»

«Ho capito. Preferisci una conclusione sottotono?»

«Più che sottotono, a dire il vero. Mi fido di te.»

Glick sorrise. "Era impazzita? Perché non concludere in bellezza?" Una storia come quella non meritava una fine sottotono, anzi. Quel che ci voleva era una scioccante rivelazione finale.

Per fortuna, Glick aveva proprio quel che ci voleva...

«Cinque... quattro... tre...»

Mentre metteva a fuoco l'immagine, Chinita Macri intravide un lampo birichino nello sguardo di Glick e si pentì della propria incoscienza. Avrebbe dovuto prevedere che quell'imbecille le avrebbe giocato qualche brutto tiro.

Ma ormai era tardi per i ripensamenti: erano in onda.

«Vi parlo in diretta dal Vaticano» cominciò Glick fissando solenne la telecamera, mentre alle sue spalle si alzava la fumata bianca. «Ormai è ufficiale: il cardinale Saverio Mortati, settantanovenne, progressista, è appena stato eletto al soglio pontificio. Benché alla vigilia non figurasse fra i papabili, è stato scelto all'unanimità dal Sacro Collegio, con una votazione senza precedenti nella storia del conclave.»

Chinita Macri stava cominciando a rilassarsi. Glick aveva un'aria sorprendentemente professionale, quel giorno. Addirittura severa. Per la prima volta in vita sua, aveva il tono e l'atteggiamento da vero giornalista.

«Come vi abbiamo riferito nei collegamenti precedenti, per il momento il Vaticano non ha rilasciato alcuna dichiarazione sui prodigiosi avvenimenti della notte scorsa» aggiunse con la giusta enfasi.

"Bene." Chinita Macri si tranquillizzò. "Fin qui è perfetto."

Glick fece una faccia di circostanza. «E, sebbene la giornata di ieri sia stata densa di eventi portentosi, il bilancio è tragico: sono morti infatti quattro cardinali, oltre al comandante Olivetti e al capitano Rocher della Guardia Svizzera, caduti nell'esercizio delle loro funzioni. Tra le vittime si contano inoltre Leonardo Vetra, inventore dell'antimateria, e Maximilian Kohler, direttore del CERN, deceduto dopo essere accorso in

Vaticano per aiutare a risolvere la crisi. Non sono stati rilasciati comunicati ufficiali al riguardo, ma sembra che la morte di Kohler sia avvenuta a seguito dell'improvviso aggravamento di una malattia di cui soffriva da tempo.»

Chinita Macri approvò con la testa. Il servizio era perfetto. Stava andando tutto come avevano concordato.

«Dopo l'esplosione avvenuta nei cieli sopra il Vaticano la scorsa notte, la tecnologia dell'antimateria sta suscitando grande interesse e vivaci polemiche nella comunità scientifica. Con un comunicato letto questa mattina a Ginevra da Sylvie Baudeloque, la segretaria di Kohler, il consiglio di amministrazione del CERN, pur ribadendo il proprio ottimismo riguardo al potenziale di questa nuova tecnologia, ha annunciato che l'attività di ricerca e la concessione di eventuali licenze sono sospese in attesa che ne vengano confermate la sicurezza e l'affidabilità.»

"Ottimo" pensò Chinita Macri. "Ce l'abbiamo fatta."

Glick continuò: «Spicca per la sua assenza dagli schermi Robert Langdon, il professore di Harvard giunto in Vaticano ieri pomeriggio per dare il suo contributo alla risoluzione della crisi. Inizialmente dato per morto nell'esplosione dell'elicottero, sarebbe stato visto in piazza San Pietro dopo la mezzanotte. Sebbene sia ancora poco chiaro come possa esservi giunto, un portavoce dell'ospedale Fatebenefratelli sostiene che il professore sarebbe stato medicato e quindi dimesso dopo essere precipitato dal cielo nelle acque del Tevere poco dopo la mezzanotte». Glick inarcò le sopracciglia e concluse guardando l'obiettivo: «Se la notizia dovesse essere confermata, potremmo dire che è stata *veramente* una notte piena di miracoli».

"Conclusione magistrale!" Chinita Macri sorrise. "Perfetto! Adesso saluta e chiudiamo il collegamento."

Ma Glick non aveva alcuna intenzione di congedarsi dal suo pubblico. Dopo una brevissima pausa, fece un passo verso la telecamera e, con un sorriso enigmatico, aggiunse: «Ma prima di restituirvi la linea...».

"No!"

«... vorrei presentarvi un ospite.»

Chinita Macri si sentì gelare il sangue nelle vene. "Un ospite? Sei matto? Chi diavolo sei andato a pescare? Dài, restituisci la linea!" Ma ormai era troppo tardi. Glick si era compromesso.

«La persona che sto per presentarvi» disse «è un americano... un illustre studioso.»

Mentre Glick si voltava verso la piccola folla di curiosi che gli si era raccolta intorno e faceva cenno all'ospite di avvicinarsi, Chinita Macri trattenne il fiato. "Speriamo che sia riuscito a scovare Robert Langdon. Dio, fa' che non dia la parola a qualche pazzoide che crede nel complotto degli Illuminati!"

Ma appena l'ospite si fece avanti, la videoperatrice ebbe un tuffo al cuore. Non era affatto Robert Langdon, bensì un tizio con la testa pelata, gli occhiali spessi e il bastone, in jeans e camicia di flanella. Chinita Macri rabbrividì. "Ecco, lo sapevo che tirava fuori un pazzoide!"

«Ho l'onore di presentarvi il professor Joseph Vanek della De Paul University di Chicago, noto esperto di questioni vaticane.»

Nel sentire quel nome, Chinita Macri ebbe di nuovo un attimo di esitazione: Joseph Vanek non era un fanatico di complotti, ma un esperto di cui aveva già sentito parlare.

Gunther Glick gli rivolse la prima domanda. «Professor Vanek, lei ha alcune sorprendenti rivelazioni da fare ai nostri telespettatori, vero?»

«Sì» confermò Vanek. «Dopo una notte così piena di sorprese, è difficile credere che ce ne possano essere ancora e invece...» Lasciò la frase in sospeso.

Glick sorrise. «E invece sembra ci sia uno sviluppo imprevisto nella vicenda.»

Vanek annuì. «Sì. Per quanto possa sembrare incredibile, ritengo che il Sacro Collegio abbia eletto due papi in meno di ventiquattr'ore.»

A Chinita Macri per un pelo non cadde di mano la telecamera.

Glick sorrise con fare ammiccante. «Due papi in meno di ventiquattr'ore?»

L'esperto confermò. «Sì. Devo premettere che da una vita studio le leggi che regolano le elezioni dei papi. È una materia estremamente complessa e va detto che molte norme sono state dimenticate, o comunque non vengono più applicate in quanto obsolete. È possibile che neppure il Grande Elettore sia al corrente di questa clausola ma, ai sensi dell'articolo 63 del *Romano Pontifici Eligendo*, il papa può essere eletto anche per *acclamazione* o per *ispirazione*.» Pausa. «Come è successo ieri sera.»

Glick pendeva dalle labbra del suo ospite. «Vuole spiegarci meglio?»

«Come ricorderete, ieri notte, quando il camerlengo Carlo Ventresca era sul tetto della basilica di San Pietro, tutti i cardinali lo hanno *acclamato*.»

«Sì, è vero.»

«Ripensate a quella scena mentre cito testualmente dalle antiche leggi elettorali.» Vanek tirò fuori una serie di fogli, si schiarì la voce e cominciò a leggere: «"L'elezione per acclamazione si ha quando i cardinali elettori, come ispirati dallo Spirito Santo, liberamente e spontaneamente proclamano uno, all'unanimità e a viva voce, Sommo Pontefice"».

Glick sorrise. «Quindi secondo lei quando, ieri notte, tutti i cardinali hanno acclamato Carlo Ventresca, di fatto lo hanno eletto papa?»

«Sì. Inoltre, il *Romano Pontifici Eligendo* afferma che l'elezione per acclamazione rende nulle le norme sui requisiti di eleggibilità dei cardinali e permette a *qualsiasi* prelato di essere eletto. Per cui Carlo Ventresca, semplice sacerdote, poteva accedere al soglio pontificio.» Il professor Vanek guardava fisso l'obiettivo. «Ricapitolando: Carlo Ventresca è stato eletto papa nelle prime ore di questa mattina. Il suo pontificato è durato poco più di sedici minuti. Se non fosse miracolosamente asceso al cielo in una colonna di fuoco, a quest'ora riposerebbe nelle Grotte Vaticane insieme a tutti gli altri papi.»

«Grazie, professore.» Glick strizzò maliziosamente l'occhio a Chinita Macri e commentò: «Lei è stato molto illuminante...».

Vittoria, in cima a una delle scale del Colosseo, lo chiamava ridendo: «Forza, Robert, sbrigati! Lo sapevo che avrei dovuto sposare un uomo più giovane!». Aveva un sorriso incantevole.

Lui si sforzava di tenerle dietro, ma aveva le gambe pesanti come due macigni. «Aspettami» implorava. «Per favore...»

Aveva la testa che gli martellava.

Si svegliò di soprassalto.

Era buio.

Rimase a lungo immobile, sdraiato in un letto morbido che non era il suo, senza riuscire a capire dove si trovasse. I cuscini erano di piume, enormi e meravigliosamente soffici. L'aria profumava di pot-pourri. La portafinestra era aperta e fuori, sul lussuoso balcone, una brezza leggera soffiava sotto una luna bellissima in un cielo percorso da nuvole leggere. Langdon cercò di ricordare come era arrivato lì e, soprattutto, dove era "lì".

Gli tornavano in mente solo immagini frammentarie e surreali...

Un'improvvisa vampata di fuoco... un angelo che si materializzava sopra la folla... lei che lo prendeva per mano e lo portava via nella notte... esausto, sconvolto, lungo vie sconosciute... fino a lì, fino a quella stanza... lo sorreggeva, mezzo addormentato, sotto il getto caldo della doccia... lo metteva a letto... e vegliava su di lui, che cadeva in un sonno profondissimo.

Nella penombra, vide un altro letto. Era sfatto, ma sotto le lenzuola non c'era nessuno. Udì lo scroscio attutito di una doccia, oltre il muro.

Mentre guardava il letto di Vittoria, notò lo stemma ricamato sulla federa: HOTEL BERNINI. Non poté fare a meno di sorridere. Vittoria aveva scelto un albergo di gran lusso con vista sulla fontana del Tritone del Bernini... Non avrebbe potuto trovare posto più adatto.

Capì che cos'era a martellargli nella testa: stavano bussando alla porta, sempre più forte.

Confuso, Langdon si alzò. "Chi sa ɔhe siamo qui?" si chiese, vagamente inquieto. Si infilò il bell'accappatoio dell'hotel e andò ad aprire. Davanti alla porta di legno della suite ebbe un attimo di esitazione. Poi l'aprì e si trovò di fronte un uomo in uniforme blu e gialla, che lo guardava dall'alto in basso. «Tenente Chartrand della Guardia Svizzera vaticana» si presentò.

Non ce ne sarebbe stato bisogno: Langdon l'aveva riconosciuto. «Come... come ha fatto a trovarci?» chiese.

«Ho visto che vi allontanavate dalla piazza e vi ho seguito. Sono felice che siate ancora qui.»

Langdon, in ansia, si chiese se i cardinali avessero mandato Chartrand a prenderli per scortarli in Vaticano. In fondo, lui e Vittoria erano le uniche due persone, al di fuori del Collegio cardinalizio, al corrente della verità. Costituivano un pericolo.

«Sua Santità mi ha chiesto di consegnarle questo» disse Chartrand porgendogli una busta chiusa con il sigillo vaticano. Langdon la aprì. Conteneva un biglietto scritto a mano.

Signor Langdon e signorina Vetra,
pur desiderando ardentemente chiedervi la massima discrezione sugli eventi occorsi nelle ultime ventiquattr'ore, mi rendo conto di non poter pretendere da voi più di quanto già abbiate fatto. Pertanto, me ne asterrò umilmente, nella speranza che vi lascerete guidare dal cuore. Il mondo oggi sembra migliore... e forse le domande sono più potenti delle risposte. La mia porta per voi sarà sempre aperta.
Sua Santità, *Saverio Mortati*

Langdon lesse due volte il messaggio. Era evidente che il Collegio cardinalizio aveva scelto di farsi guidare da un animo nobile e generoso.

Senza lasciargli il tempo di fare commenti, Chartrand tirò fuori un pacchetto. «Da parte di Sua Santità, in segno di gratitudine.»

Langdon lo prese. Era pesante, avvolto in carta marrone.

«Per decreto pontificio, questo oggetto proveniente dal reliquiario privato del papa le viene dato in prestito a tempo indefinito. Sua Santità le chiede solamente di provvedere nel suo testamento affinché alla sua morte torni alla Santa Sede» disse Chartrand.

Langdon aprì il pacco e rimase senza parole. Era il sesto marchio. Il Diamante degli Illuminati.

Chartrand disse sorridendo: «La pace sia con voi». Si voltò e si avviò nel corridoio.

«Grazie» balbettò Langdon, stringendo il prezioso dono con mani tremanti.

La guardia si fermò, esitante. «Professor Langdon, posso chiederle una cosa?»

«Certo.»

«I miei colleghi e io siamo curiosi. Negli ultimi minuti... Che cos'è successo esattamente sull'elicottero?»

Langdon fu assalito dall'ansia. Se lo aspettava, sapeva che il momento della verità sarebbe arrivato. Ne aveva parlato con Vittoria la notte prima, mentre si allontanavano alla chetichella da piazza San Pietro, e avevano preso la decisione insieme, ancora prima di leggere il messaggio del papa.

Leonardo Vetra aveva sperato che la sua scoperta dell'antimateria avrebbe provocato un risveglio spirituale nel mondo e, se di sicuro non aveva potuto prevedere gli eventi del giorno prima, il suo sogno si era comunque realizzato: dopo quello che era successo, il mondo pensava a Dio in maniera completamente diversa. Né Langdon né Vittoria sapevano quanto sarebbe durato, ma erano convinti di non dover rompere l'incantesimo seminando il dubbio e facendo scoppiare uno scandalo. "Le vie del Signore sono infinite" disse fra sé Langdon, chiedendosi se paradossalmente quel che era successo il giorno prima, in fondo, non fosse stato la volontà di Dio.

«Professor Langdon?» insistette Chartrand. «Le stavo chiedendo dell'elicottero...»

Langdon fece un sorriso mesto. «Sì, lo so...» Le parole gli vennero dal cuore. «Sarà per lo shock della caduta, ma la mia memoria... non so... è tutto molto confuso.»

Chartrand fece una faccia sgomenta. «Non ricorda nulla?»

Langdon sospirò. «No. Temo che rimarrà per sempre un mistero.»

Quando Robert Langdon tornò nella camera da letto, alla vista di Vittoria, in piedi sul balcone con la schiena appoggiata alla ringhiera e gli occhi fissi su di lui, fu costretto a fermarsi. Sembrava una visione celestiale. La sua sagoma che si stagliava contro il cielo illuminato dalla luna pareva quella di una dea romana, avvolta nell'accappatoio bianco di spugna, la cintura stretta in vita che ne metteva in risalto le curve armoniose. Dietro di lei, una leggera foschia aleggiava sopra la fontana del Tritone.

Langdon provò un'attrazione irresistibile, come mai gli era successo in vita sua, con nessuna donna. In silenzio, posò il marchio degli Illuminati e il messaggio del papa sul comodino. Le avrebbe spiegato dopo. Uscì sul balcone.

Vittoria sembrava felice di vederlo. «Sei sveglio» mormorò con dolcezza. «Finalmente.»

Langdon sorrise. «È stata una giornataccia.»

Vittoria si passò una mano tra i capelli e l'accappatoio le si aprì leggermente sul seno. «Immagino che adesso vorrai la tua... ricompensa.»

Quella frase lo colse alla sprovvista. «Come, scusa?»

«Siamo adulti e vaccinati, Robert. A me puoi dirlo. Non provi anche tu un desiderio famelico e sconvolgente? Ammettilo: te lo leggo negli occhi.» Sorrise. «Anch'io, sai...»

«Anche tu?» Incoraggiato, fece un passo verso di lei.

«Ma certo.» Gli mostrò il menu del servizio in camera. «Tant'è vero che ho ordinato il meglio.»

Fu un banchetto squisito. Cenarono insieme alla luce della luna, seduti sul balcone. Mangiarono risotto ai tartufi e una deliziosa insalata mista. Bevvero dolcetto e parlarono a lungo.

Non occorreva essere specializzati in simbologia per interpretare i segni che Vittoria gli stava mandando. Mentre mangiavano il dessert – semifreddo ai frutti di bosco accompagnato da savoiardi e caffè fumante – Vittoria accostò le gambe nude alle sue e con lo sguardo ardente gli fece capire che desiderava con tutto il cuore che lui posasse il cucchiaino, la prendesse in braccio e la portasse a letto.

Langdon, però, non si mosse. Continuò a comportarsi da perfetto gentiluomo e, nascondendo un sorriso malizioso, pensò: "Bisogna essere in due per giocare a questo gioco".

Quando ebbero finito di mangiare, tornò dentro e si sedette sull'orlo del letto da solo, girando e rigirando tra le mani il marchio degli Illuminati e commentandone ripetutamente la prodigiosa simmetria. Vittoria stette a guardare, dapprima confusa e poi visibilmente frustrata.

«Lo trovi molto interessante, vero?» gli domandò.

Langdon annuì. «Irresistibile.»

«Non c'è niente che ti interessa di più, in questa stanza?»

Langdon si grattò la testa, fingendo di riflettere. «Mah, forse una cosa ci sarebbe.»

Vittoria sorrise e avanzò di un passo. «Cosa?»

«Sapere come hai fatto a confutare la teoria della relatività usando i tonni.»

Vittoria allargò le braccia. «Oh, adesso basta! Smettila di prendermi in giro! Ti avverto.»

Langdon assunse un'espressione ironica. «Magari nel tuo prossimo esperimento potresti studiare le sogliole per dimostrare che la terra è piatta.»

Vittoria era esasperata, ma sorrise. «Per sua informazione, professore, il mio prossimo esperimento entrerà negli annali della storia della scienza. Intendo misurare la massa dei neutrini.»

«Davvero?» Langdon la guardò esterrefatto. «E come gliela misuri, con il centimetro?»

Con un movimento fluido e rapidissimo, Vittoria gli prese le mani e lo immobilizzò. «Spero che tu creda nell'immortalità dell'anima, Robert Langdon» gli disse ridendo mentre gli saliva a cavalcioni, con una luce maliziosa negli occhi.

«Per la verità» rispose lui, non riuscendo più a trattenere una risata «ho sempre fatto fatica a immaginare qualunque cosa al di fuori di questo mondo.»

«Non me lo dire! Non hai mai avuto un'esperienza mistica? Un momento di perfetta estasi religiosa?»

Langdon scosse la testa. «No. E dubito di essere in grado di averla.»

Vittoria si sfilò l'accappatoio. «Scommetto che non sei mai stato a letto con un'esperta di yoga, vero?»

RINGRAZIAMENTI

Ho un debito di gratitudine nei confronti del mio editor Jason Kaufman, che è anche uno dei miei migliori amici, per aver creduto fin dall'inizio in Robert Langdon... e per aver sognato i possibili sviluppi di questa avventura.

Ringrazio l'incomparabile Heide Lange – conosciuta grazie ad *Angeli e demoni* – per aver dato nuova vita a questo romanzo in patria e averlo fatto conoscere nel mondo.

Emily Bestler di Atria, Ben Kaplan e tutto lo staff di Pocket Books per avermi sempre appoggiato e per l'entusiasmo con cui hanno accolto questo libro.

Il leggendario George Wieser, per avermi convinto a scrivere romanzi, e il mio primo agente, Jake Elwell, per il suo aiuto e per aver venduto questo romanzo alla Pocket Books.

Il caro amico Irv Sittler per avermi aiutato a ottenere un'udienza dal papa, per avermi guidato in parti della Città del Vaticano che pochi hanno occasione di vedere e per aver reso indimenticabile il mio soggiorno romano.

Uno degli artisti più dotati e ingegnosi dei nostri tempi, John Langdon, che ha raccolto e brillantemente superato la sfida da me posta ideando gli ambigrammi per questo romanzo.

Stan Planton, bibliotecario alla Ohio University di Chillicothe, per essere stato la mia principale fonte di informazioni su innumerevoli argomenti.

Sylvia Cavazzini, per avermi cortesemente guidato nel Passetto.

E i miei genitori, Dick e Connie Brown, i migliori del mondo, per... tutto.

Desidero ringraziare inoltre il CERN, Henry Beckett, Brett Trotter, la Pontificia Accademia delle Scienze, il Brookhaven Institute, la Fermi-Lab Library, Olga Wieser, Don Ulsch del National Security Institute, Caroline H. Thompson della University of Wales, Kathryn Gerhard e Omar Al Kindi, John Pike e la Federation of American Scientists,

Heimlich Viserholder, Corinna e Davis Hammond, Aizaz Ali, il Galileo Project della Rice University, Julie Lynn e Charlie Ryan della Mockingbird Pictures, Gary Goldstein, Dave (Vilas) Arnold e Andra Crawford, il Global Fraternal Network, la Phillips Exeter Academy Library, Jim Barrington, John Maier, l'occhio eccezionalmente acuto di Margie Wachtel, alt.masonic.members, Alan Wooley, la Library of Congress Vatican Codices Exhibit, Lisa Callamaro e la Callamaro Agency, Jon A. Stowell, i Musei Vaticani, Aldo Baggia, Noah Alireza, Harriet Walker, Charles Terry, Micron Electronics, Mindy Renselaer, Nancy e Dick Curtin, Thomas D. Nadeau, NuvoMedia e Rocket E-books, Frank e Sylvia Kennedy, l'Ente provinciale per il turismo di Roma, il maestro Gregory Brown, Val Brown, Werner Brandes, Paul Krupin di Direct Contact, Paul Stark, Tom King di Computalk Network, Sandy e Jerry Nolan, il guru del Web Linda George, l'Accademia Nazionale delle Arti di Roma, il fisico e collega Steve Howe, Robert Weston, la Water Street Bookstore di Exeter, New Hampshire e l'Osservatorio Vaticano.

QUESTO VOLUME È STATO IMPRESSO
NEL MESE DI NOVEMBRE DELL'ANNO 2005
PRESSO MONDADORI PRINTING S.P.A.
STABILIMENTO NSM – CLES (TN)

STAMPATO IN ITALIA – PRINTED IN ITALY